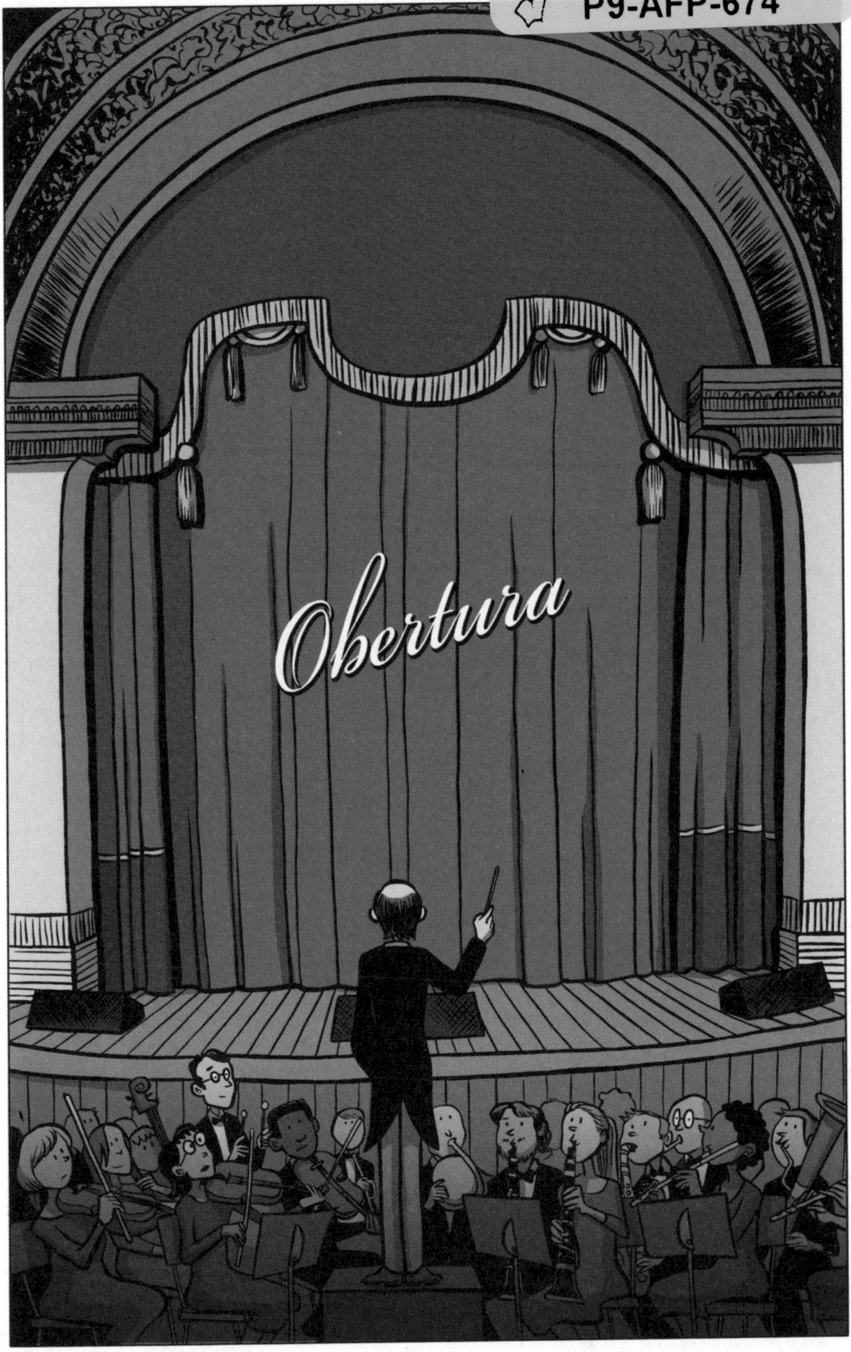
Obertura

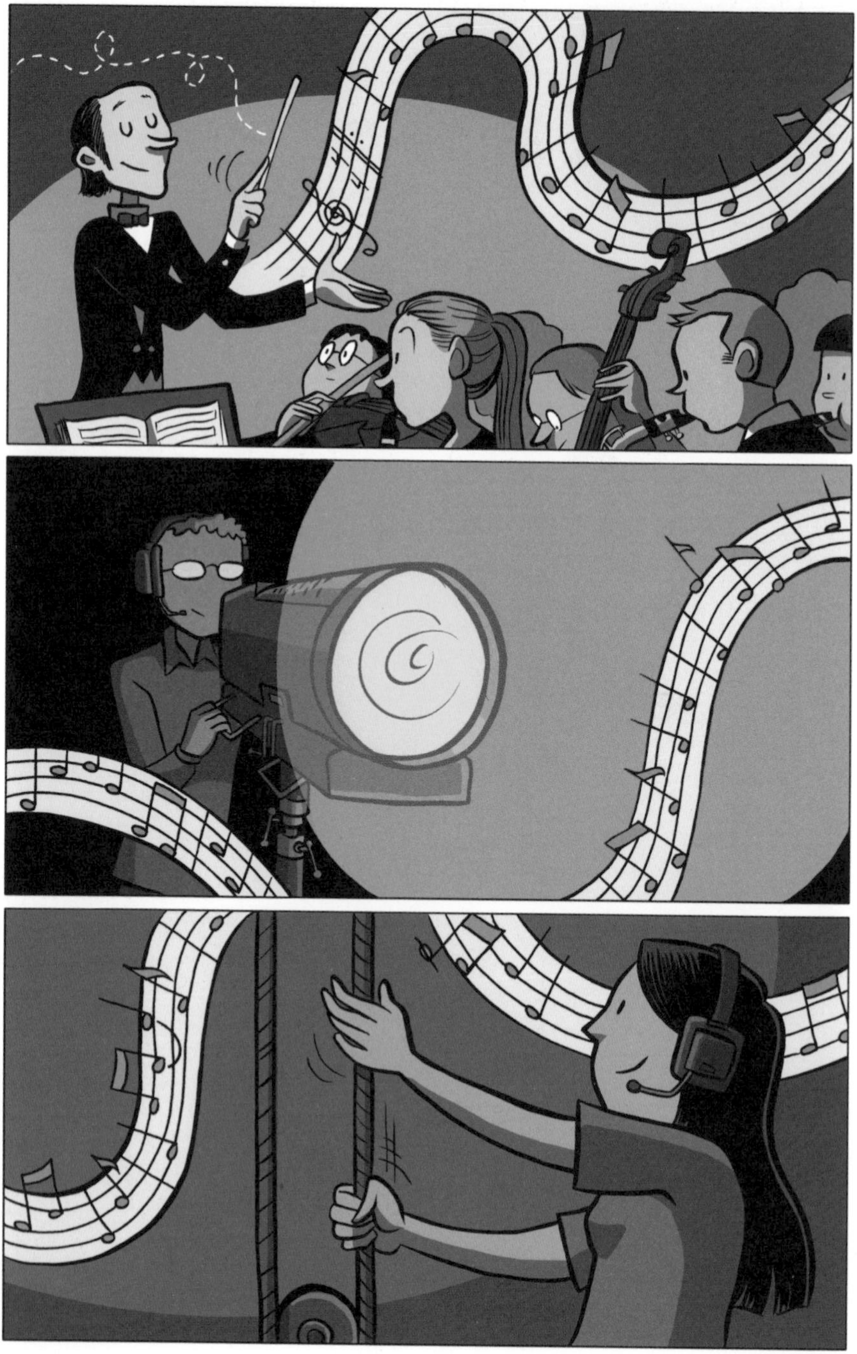

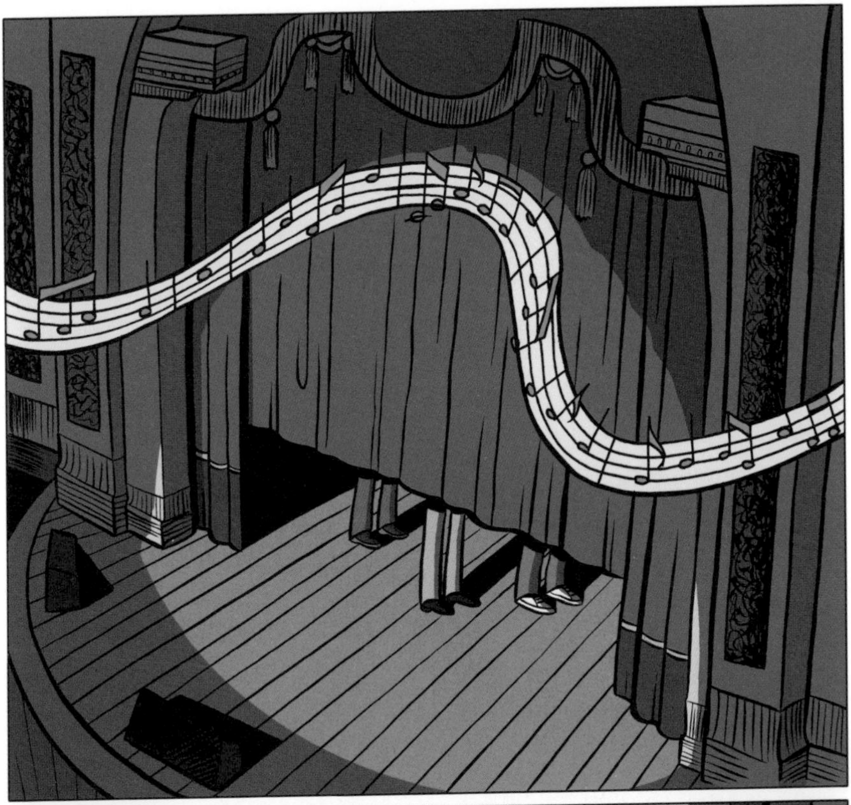

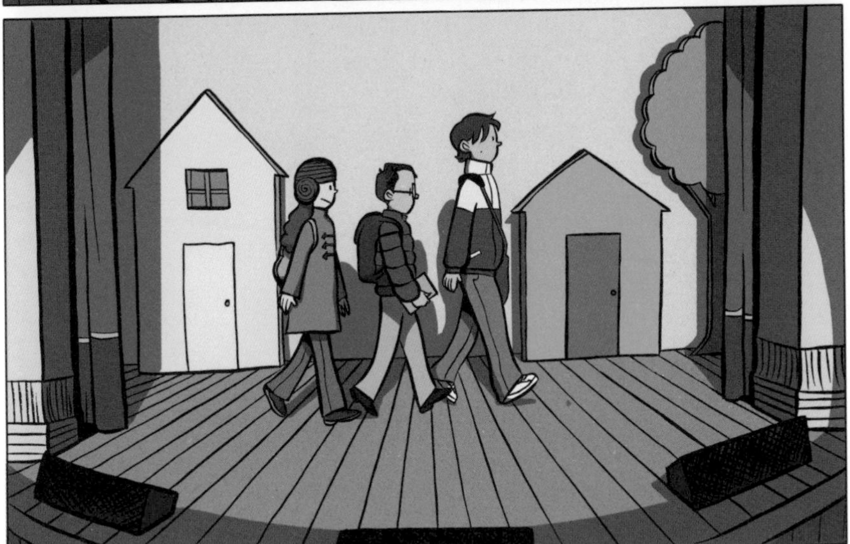

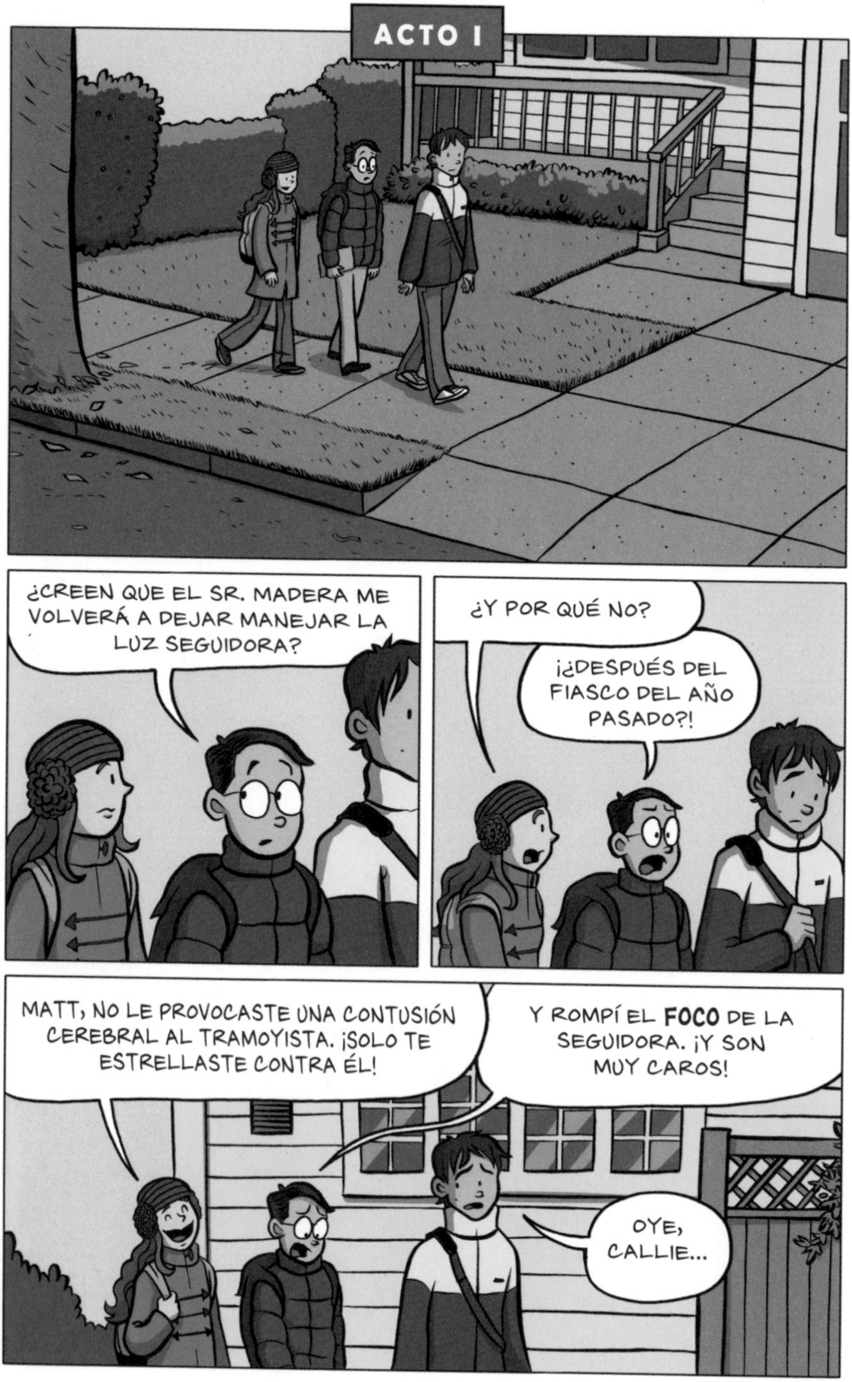
ACTO I
¿CREEN QUE EL SR. MADERA ME VOLVERÁ A DEJAR MANEJAR LA LUZ SEGUIDORA?
¿Y POR QUÉ NO?
¡¿DESPUÉS DEL FIASCO DEL AÑO PASADO?!
MATT, NO LE PROVOCASTE UNA CONTUSIÓN CEREBRAL AL TRAMOYISTA. ¡SOLO TE ESTRELLASTE CONTRA ÉL!
Y ROMPÍ EL **FOCO** DE LA SEGUIDORA. ¡Y SON MUY CAROS!
OYE, CALLIE...

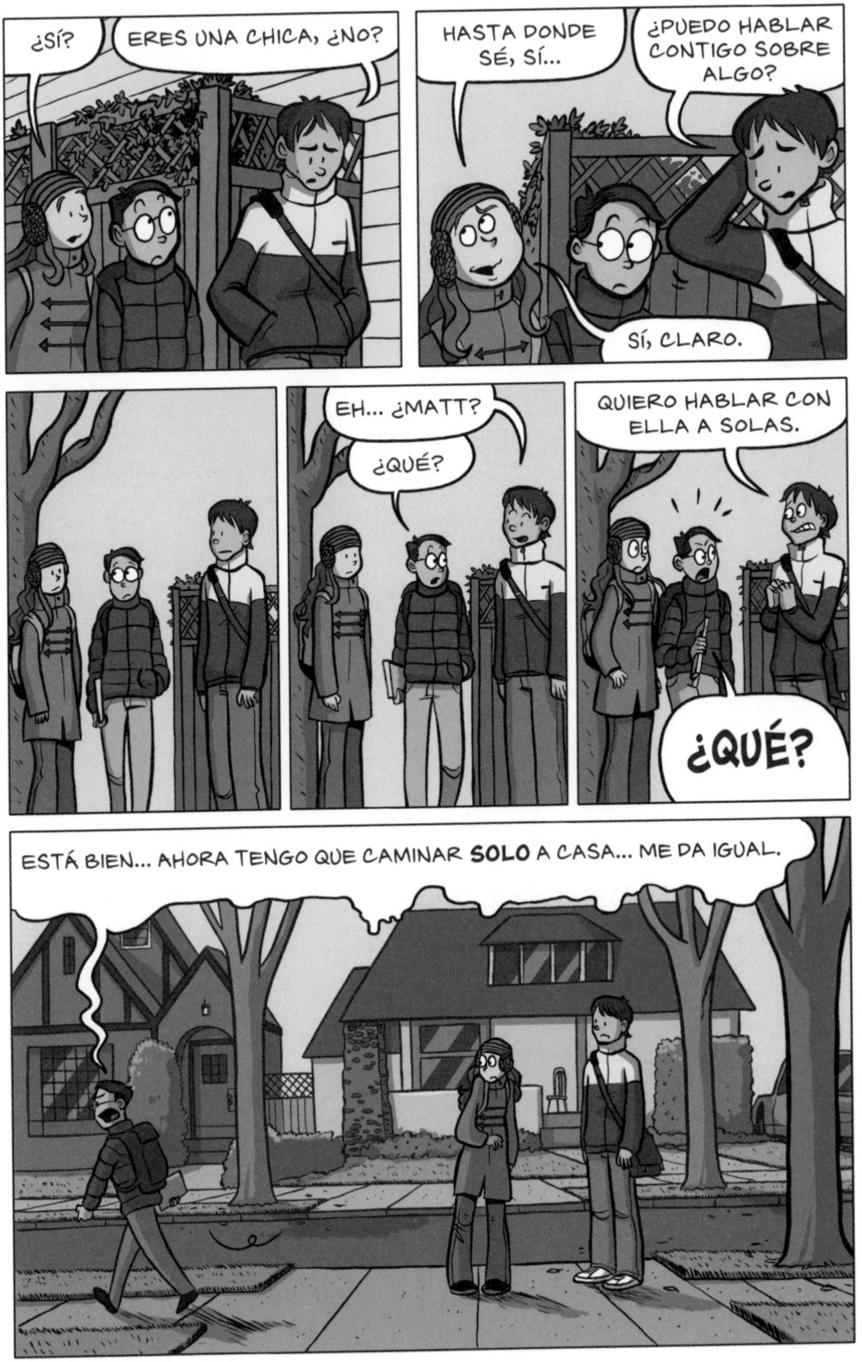
¿SÍ?
ERES UNA CHICA, ¿NO?
HASTA DONDE SÉ, SÍ...
¿PUEDO HABLAR CONTIGO SOBRE ALGO?
SÍ, CLARO.
EH... ¿MATT?
¿QUÉ?
QUIERO HABLAR CON ELLA A SOLAS.
¿QUÉ?
ESTÁ BIEN... AHORA TENGO QUE CAMINAR **SOLO** A CASA... ME DA IGUAL.

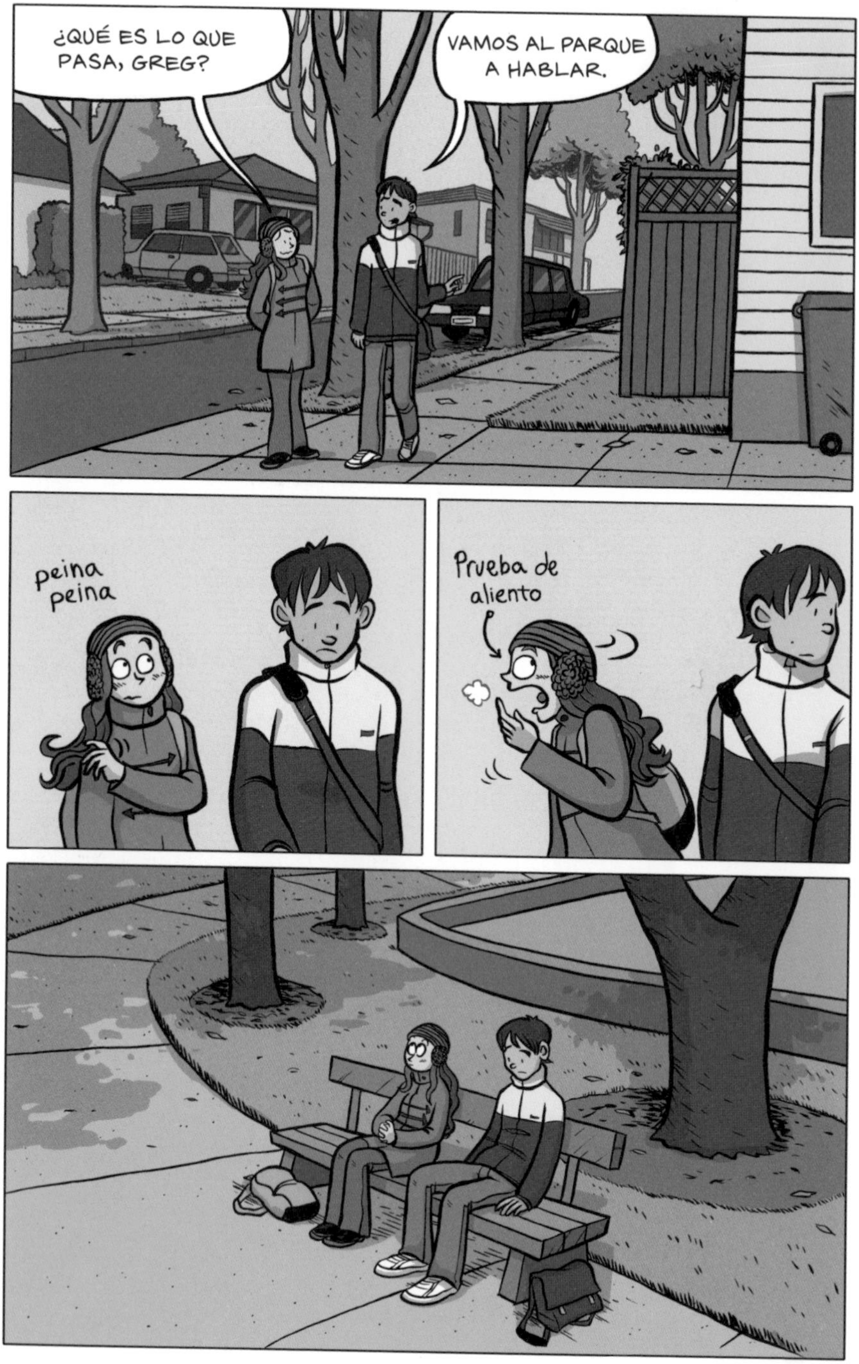
¿QUÉ ES LO QUE PASA, GREG?
VAMOS AL PARQUE A HABLAR.
peina peina
Prueba de aliento

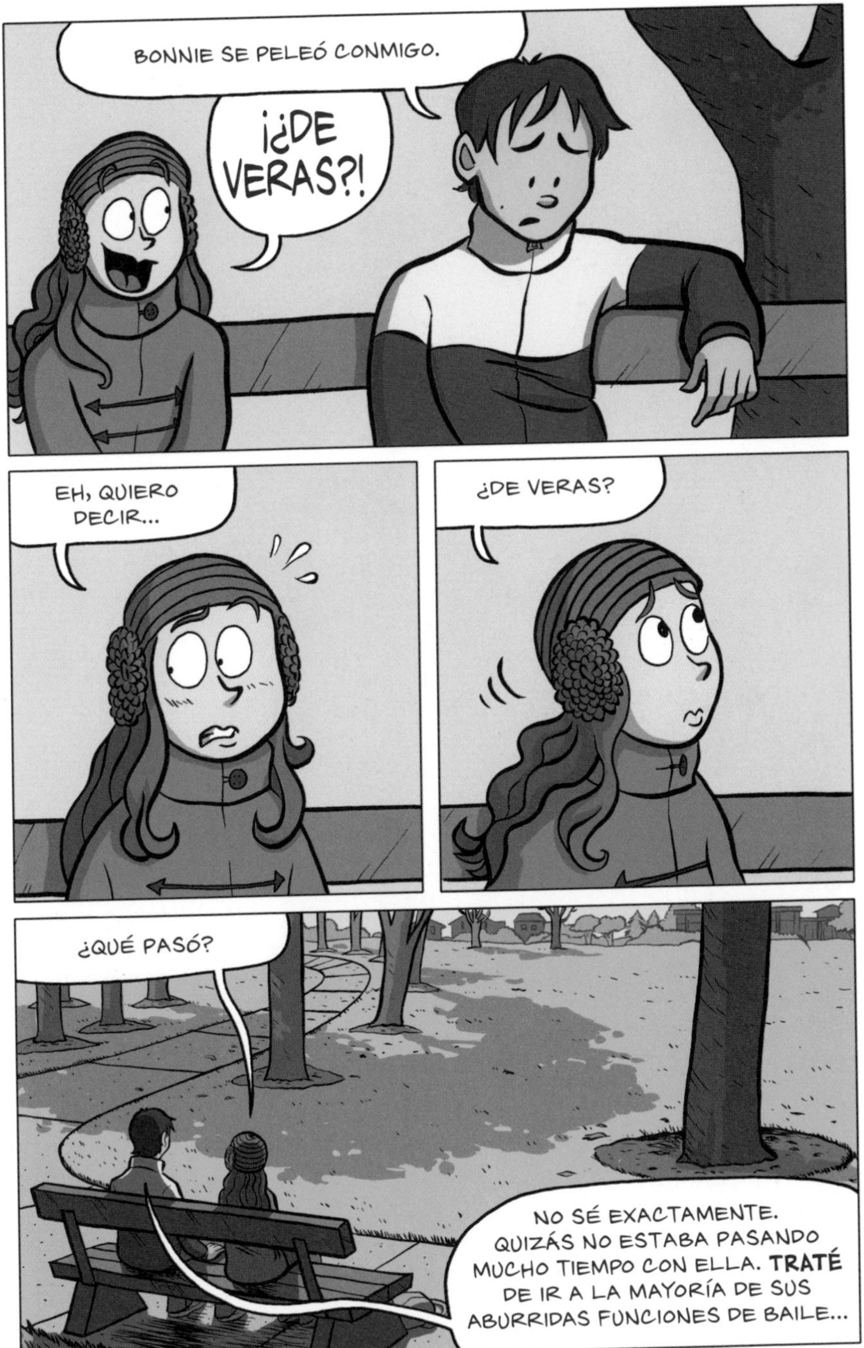
BONNIE SE PELEÓ CONMIGO.
¡¿DE VERAS?!
EH, QUIERO DECIR...
¿DE VERAS?
¿QUÉ PASÓ?
NO SÉ EXACTAMENTE. QUIZÁS NO ESTABA PASANDO MUCHO TIEMPO CON ELLA. **TRATÉ** DE IR A LA MAYORÍA DE SUS ABURRIDAS FUNCIONES DE BAILE...

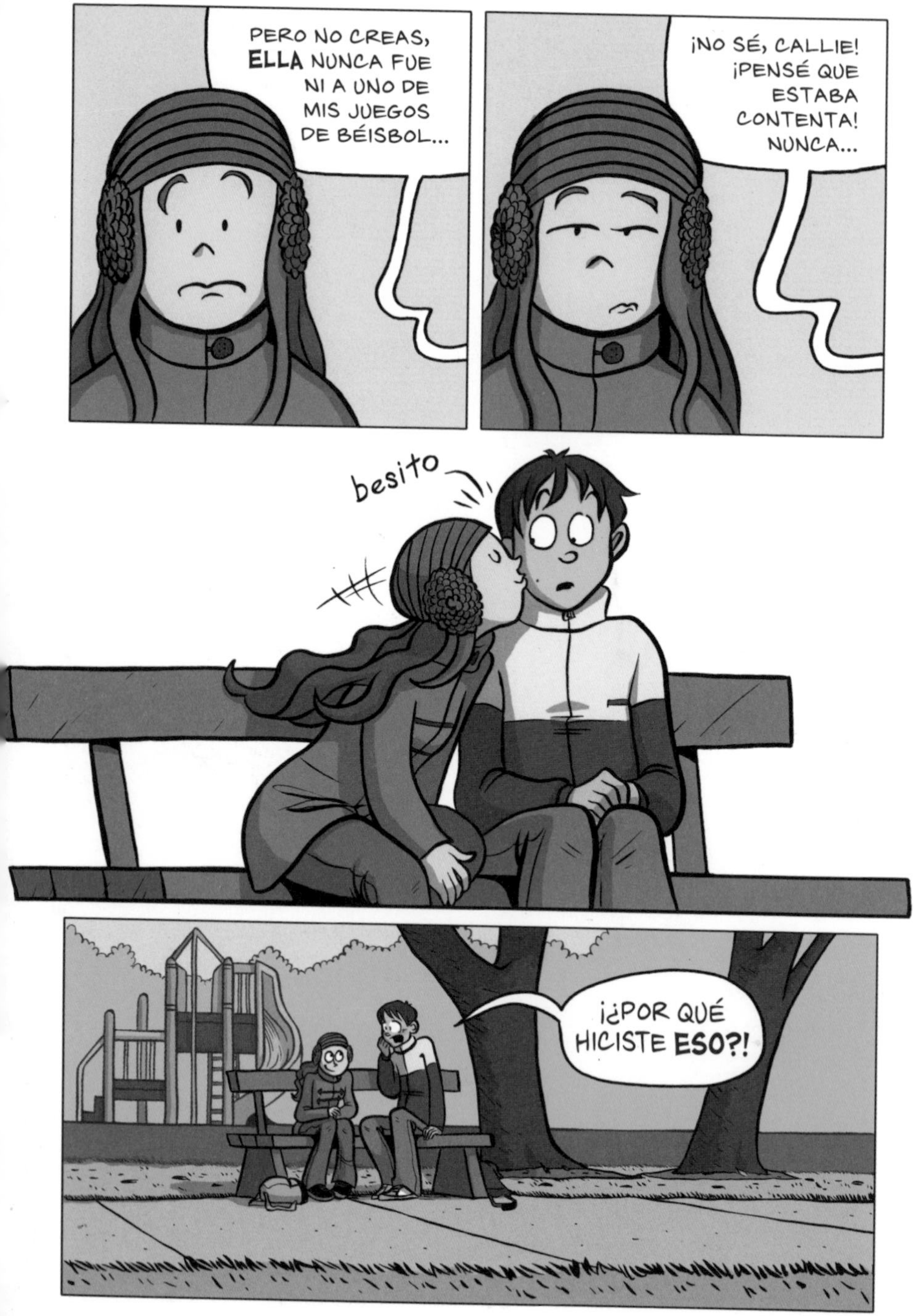
PERO NO CREAS, ELLA NUNCA FUE NI A UNO DE MIS JUEGOS DE BÉISBOL...
¡NO SÉ, CALLIE! ¡PENSÉ QUE ESTABA CONTENTA! NUNCA...
besito
¡¿POR QUÉ HICISTE ESO?!

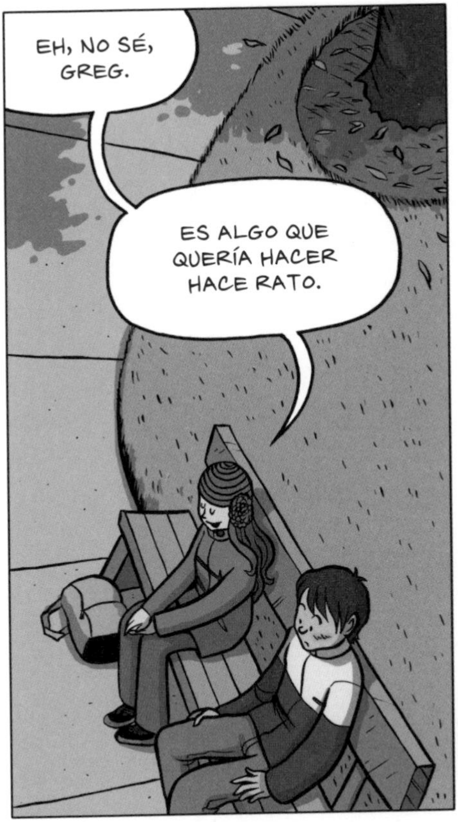
EH, NO SÉ, GREG.
ES ALGO QUE QUERÍA HACER HACE RATO.

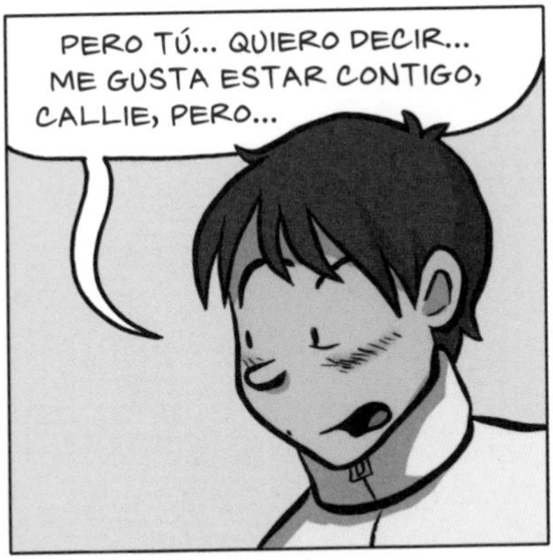
PERO TÚ... QUIERO DECIR... ME GUSTA ESTAR CONTIGO, CALLIE, PERO...

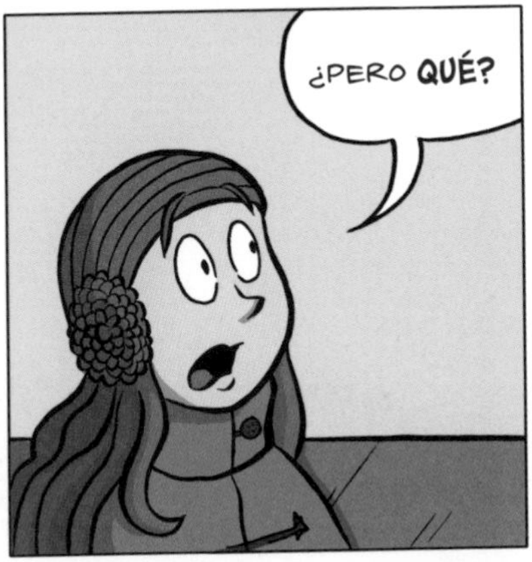
¿PERO **QUÉ?**

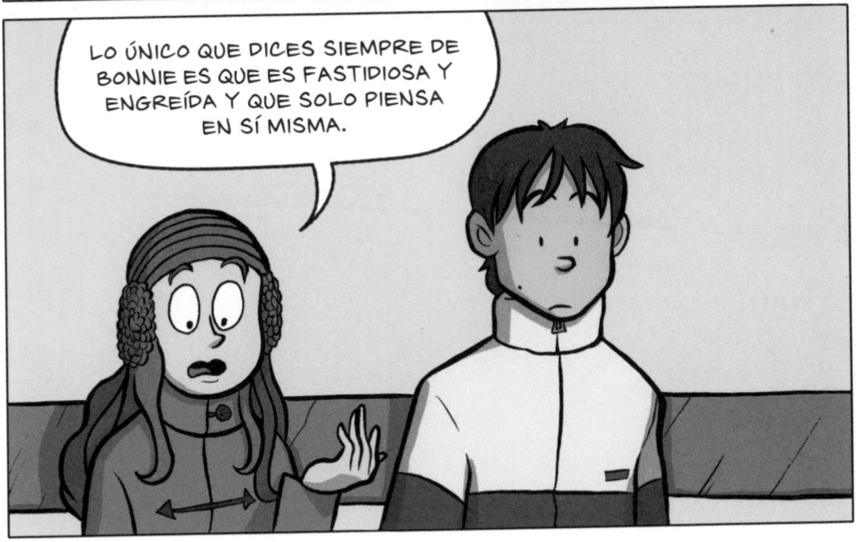
LO ÚNICO QUE DICES SIEMPRE DE BONNIE ES QUE ES FASTIDIOSA Y ENGREÍDA Y QUE SOLO PIENSA EN SÍ MISMA.

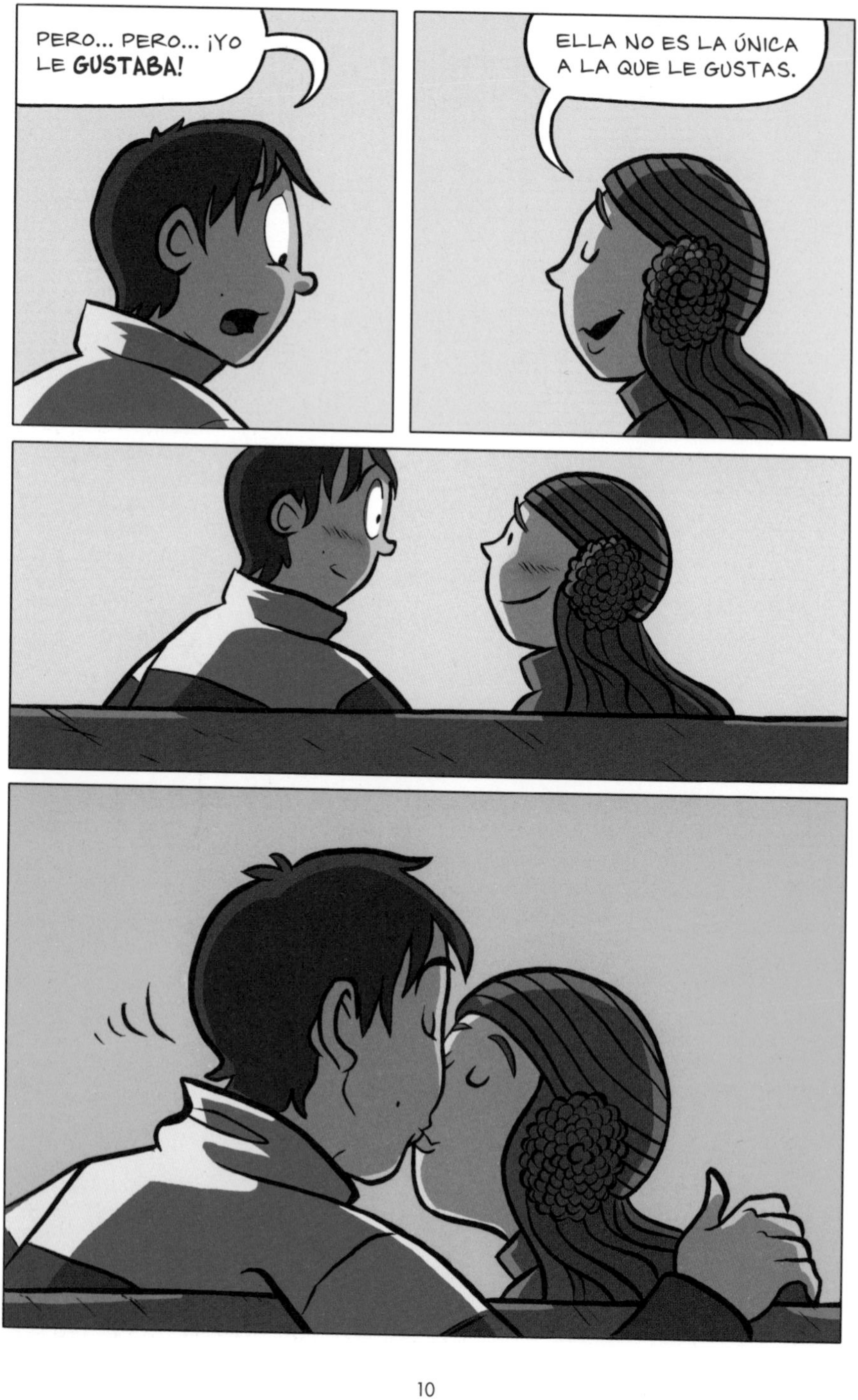
PERO... PERO... ¡YO LE **GUSTABA**!
ELLA NO ES LA ÚNICA A LA QUE LE GUSTAS.

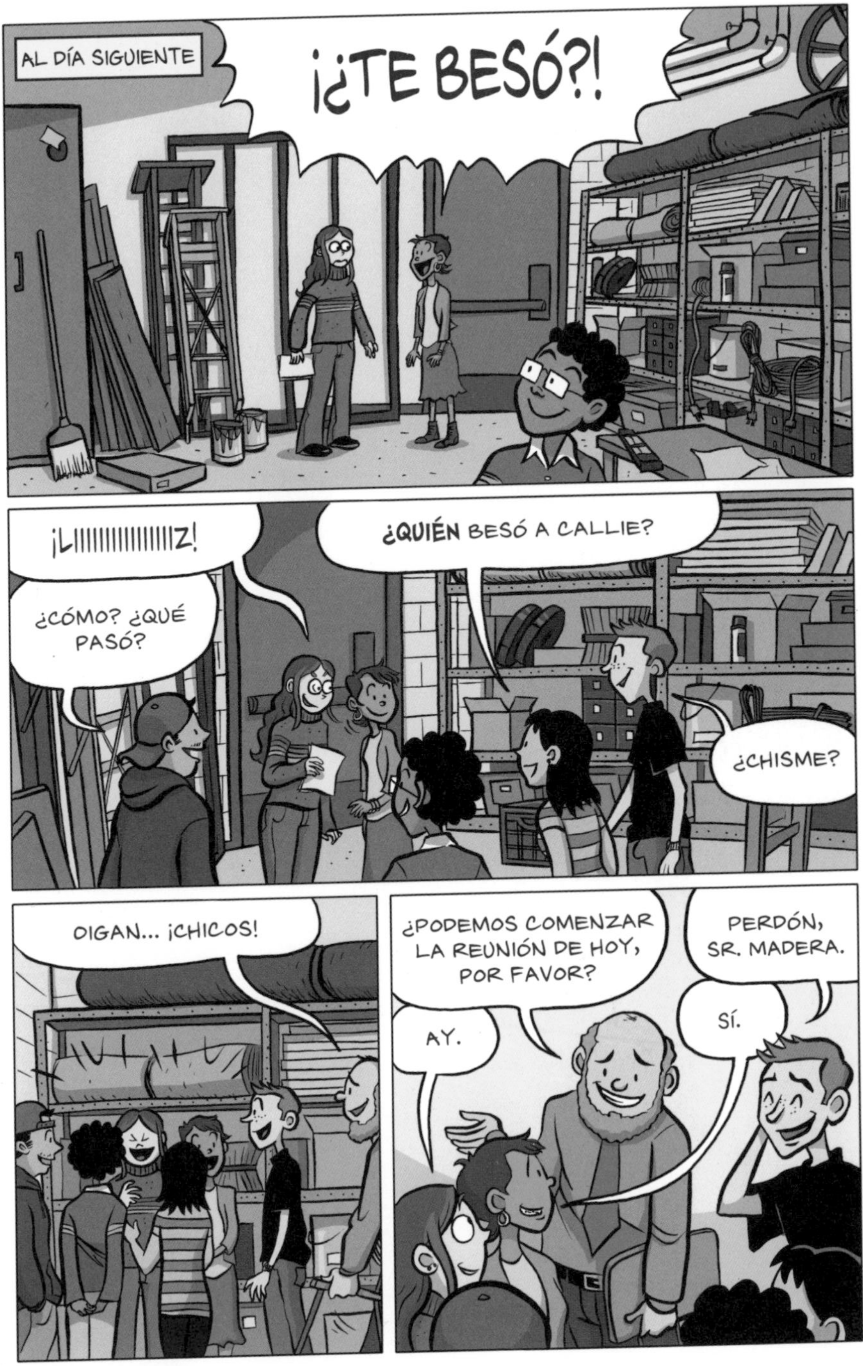
AL DÍA SIGUIENTE
¡¿TE BESÓ?!
¡LIIIIIIIIIIIIIZ!
¿QUIÉN BESÓ A CALLIE?
¿CÓMO? ¿QUÉ PASÓ?
¿CHISME?
OIGAN... ¡CHICOS!
¿PODEMOS COMENZAR LA REUNIÓN DE HOY, POR FAVOR?
PERDÓN, SR. MADERA.
AY.
SÍ.

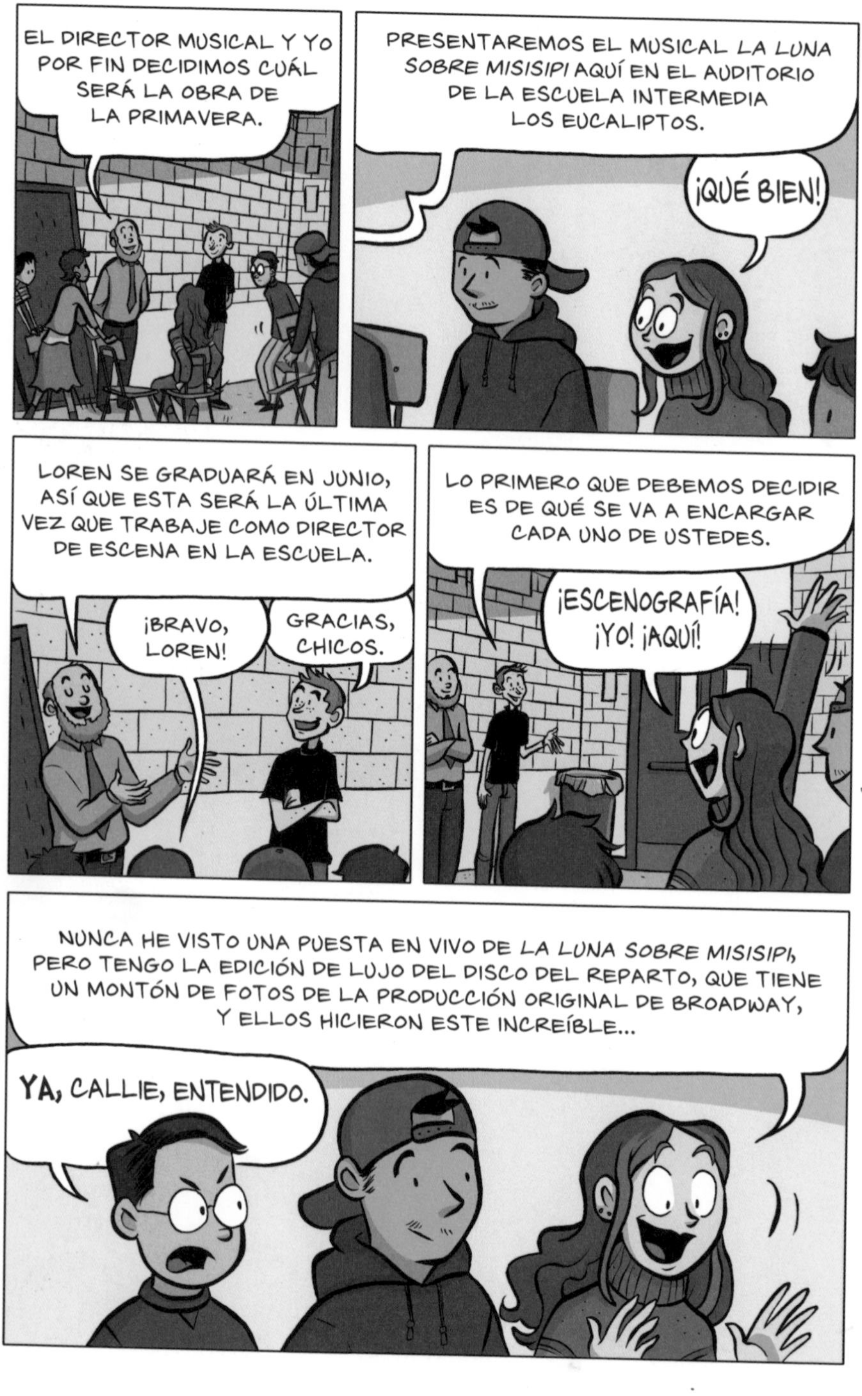
EL DIRECTOR MUSICAL Y YO POR FIN DECIDIMOS CUÁL SERÁ LA OBRA DE LA PRIMAVERA.
PRESENTAREMOS EL MUSICAL *LA LUNA SOBRE MISISIPI* AQUÍ EN EL AUDITORIO DE LA ESCUELA INTERMEDIA LOS EUCALIPTOS.
¡QUÉ BIEN!
LOREN SE GRADUARÁ EN JUNIO, ASÍ QUE ESTA SERÁ LA ÚLTIMA VEZ QUE TRABAJE COMO DIRECTOR DE ESCENA EN LA ESCUELA.
¡BRAVO, LOREN!
GRACIAS, CHICOS.
LO PRIMERO QUE DEBEMOS DECIDIR ES DE QUÉ SE VA A ENCARGAR CADA UNO DE USTEDES.
¡ESCENOGRAFÍA! ¡YO! ¡AQUÍ!
NUNCA HE VISTO UNA PUESTA EN VIVO DE *LA LUNA SOBRE MISISIPI*, PERO TENGO LA EDICIÓN DE LUJO DEL DISCO DEL REPARTO, QUE TIENE UN MONTÓN DE FOTOS DE LA PRODUCCIÓN ORIGINAL DE BROADWAY, Y ELLOS HICIERON ESTE INCREÍBLE...
YA, CALLIE, ENTENDIDO.

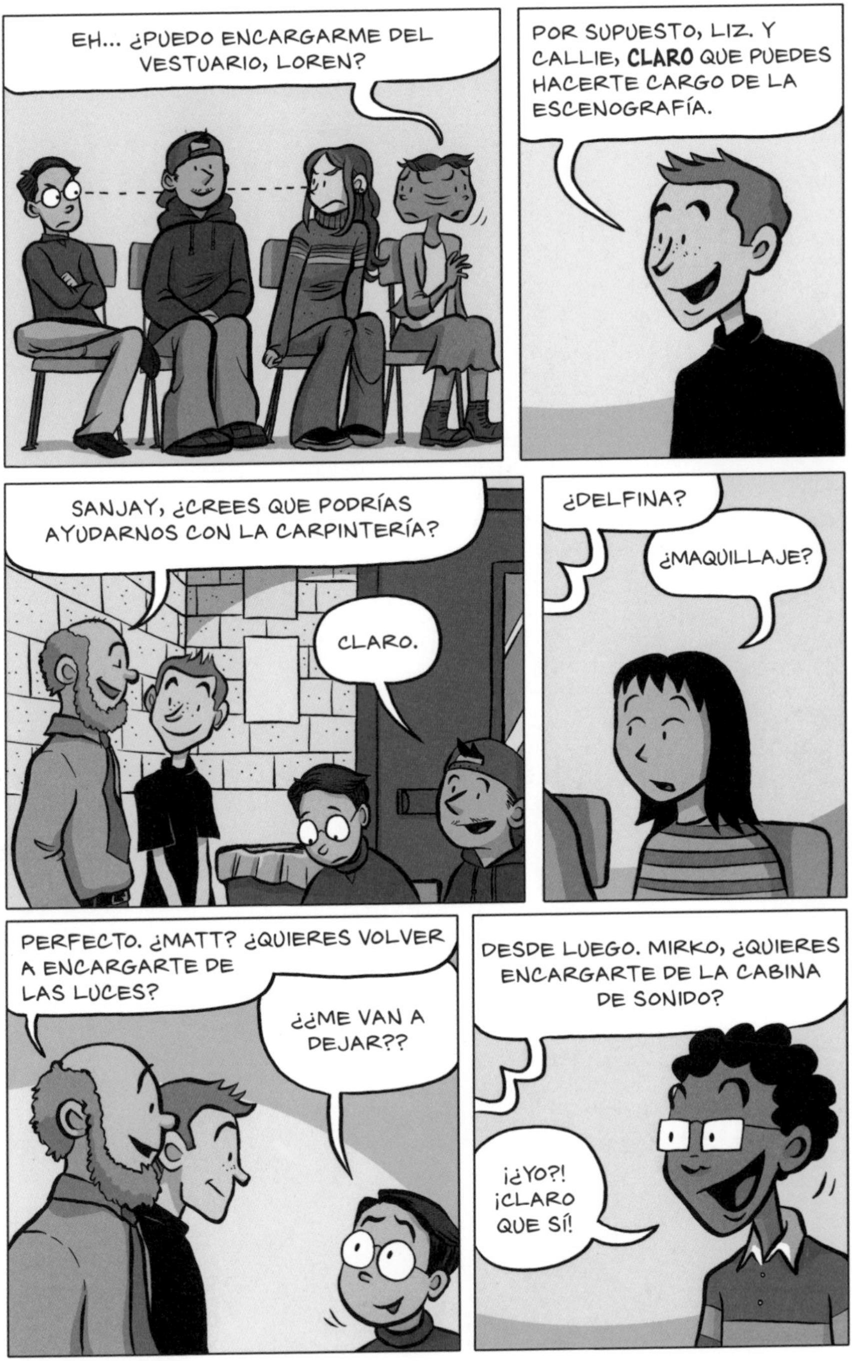
EH... ¿PUEDO ENCARGARME DEL VESTUARIO, LOREN?
POR SUPUESTO, LIZ. Y CALLIE, **CLARO** QUE PUEDES HACERTE CARGO DE LA ESCENOGRAFÍA.
SANJAY, ¿CREES QUE PODRÍAS AYUDARNOS CON LA CARPINTERÍA?
CLARO.
¿DELFINA?
¿MAQUILLAJE?
PERFECTO. ¿MATT? ¿QUIERES VOLVER A ENCARGARTE DE LAS LUCES?
¿¿ME VAN A DEJAR??
DESDE LUEGO. MIRKO, ¿QUIERES ENCARGARTE DE LA CABINA DE SONIDO?
¡¿YO?! ¡CLARO QUE SÍ!

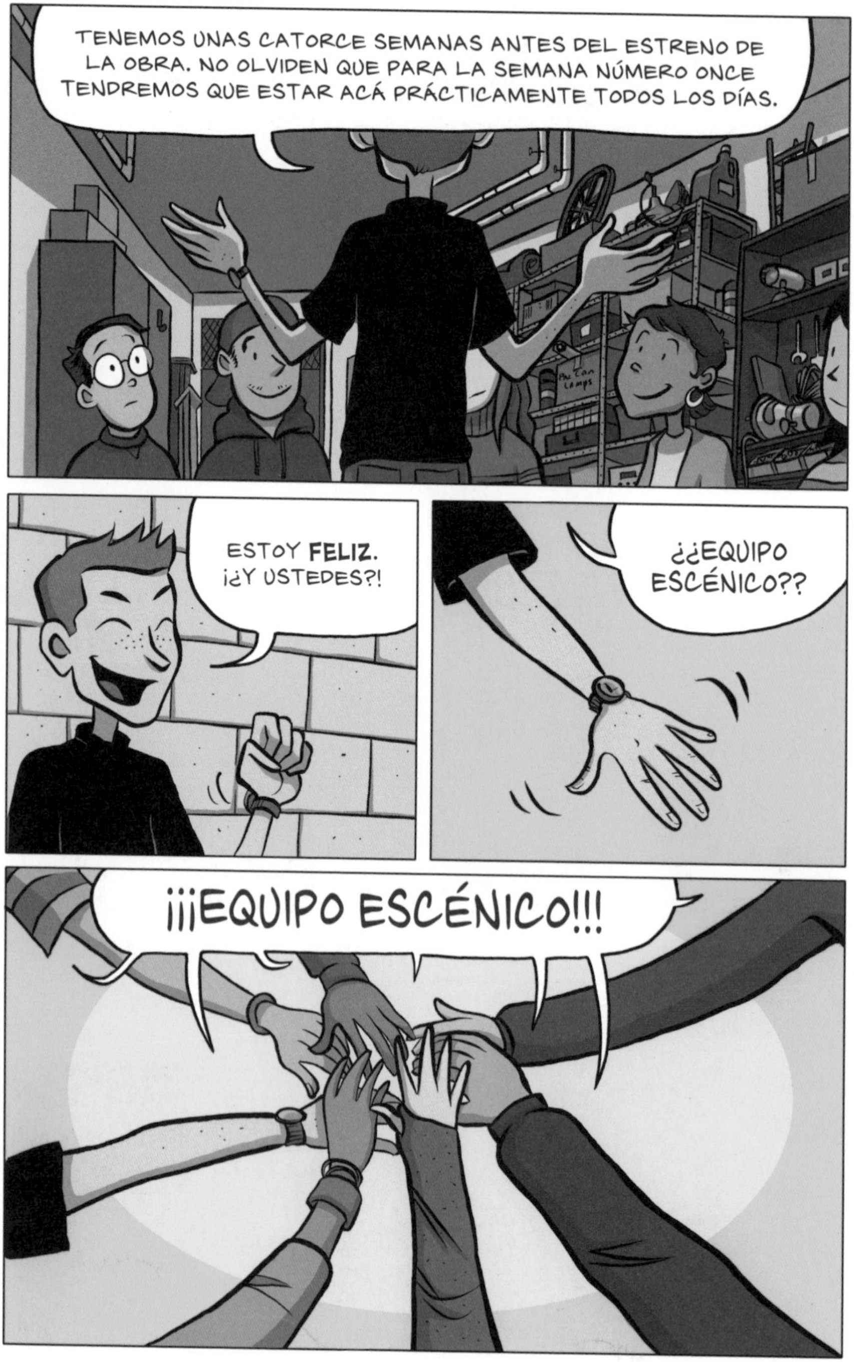
TENEMOS UNAS CATORCE SEMANAS ANTES DEL ESTRENO DE LA OBRA. NO OLVIDEN QUE PARA LA SEMANA NÚMERO ONCE TENDREMOS QUE ESTAR ACÁ PRÁCTICAMENTE TODOS LOS DÍAS.
ESTOY **FELIZ**. ¡¿Y USTEDES?!
¿¿EQUIPO ESCÉNICO??
¡¡¡EQUIPO ESCÉNICO!!!

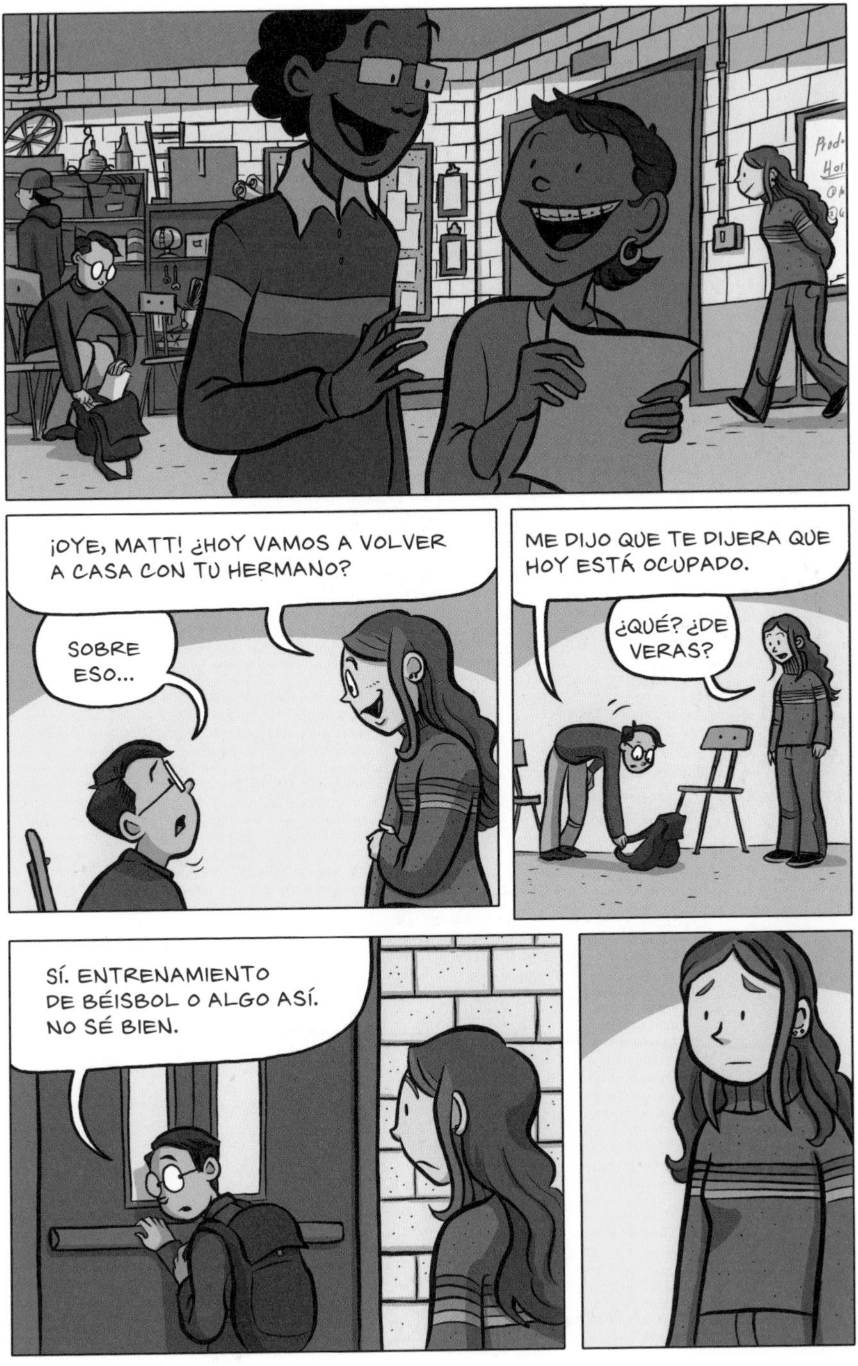
¡OYE, MATT! ¿HOY VAMOS A VOLVER A CASA CON TU HERMANO?
SOBRE ESO...
ME DIJO QUE TE DIJERA QUE HOY ESTÁ OCUPADO.
¿QUÉ? ¿DE VERAS?
SÍ. ENTRENAMIENTO DE BÉISBOL O ALGO ASÍ. NO SÉ BIEN.

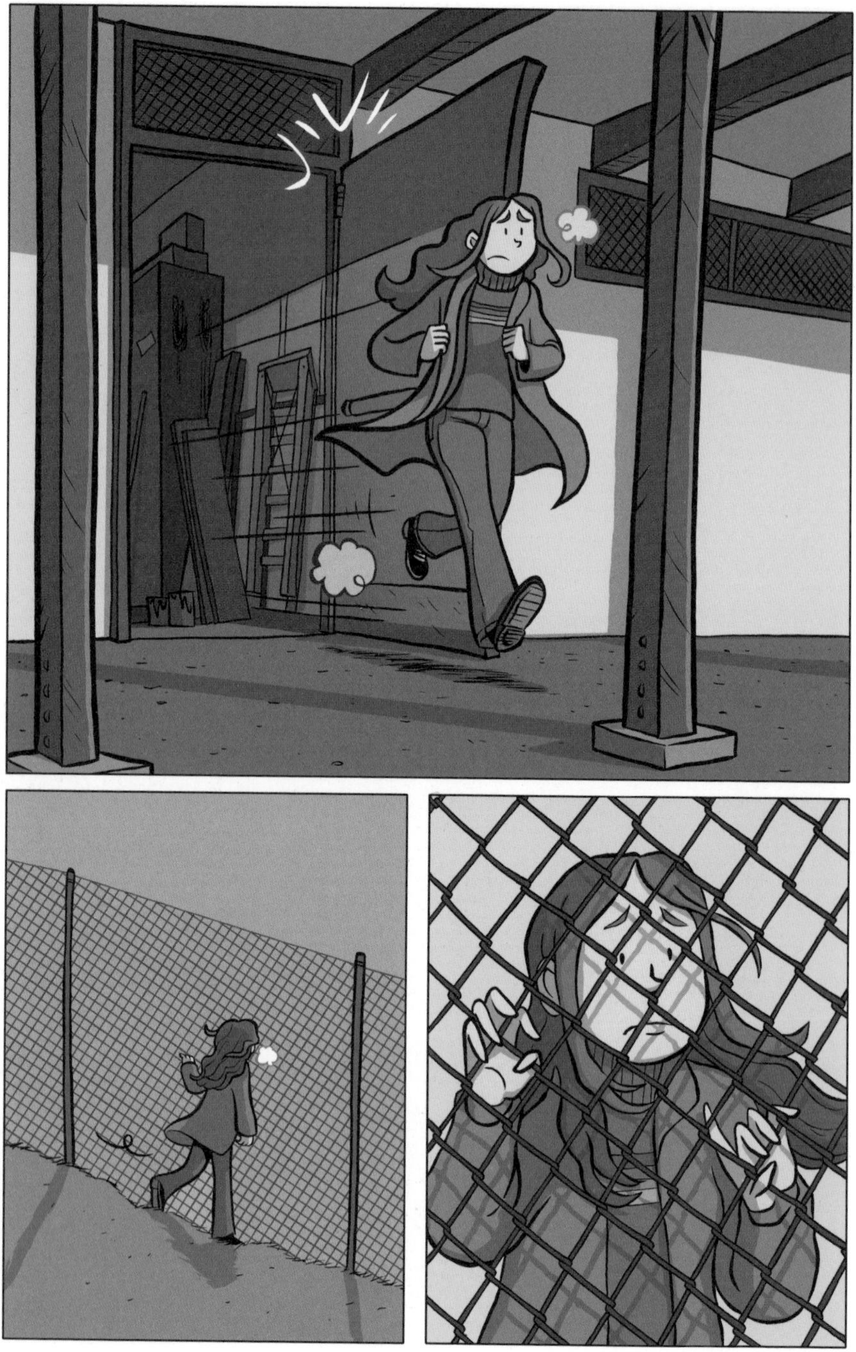

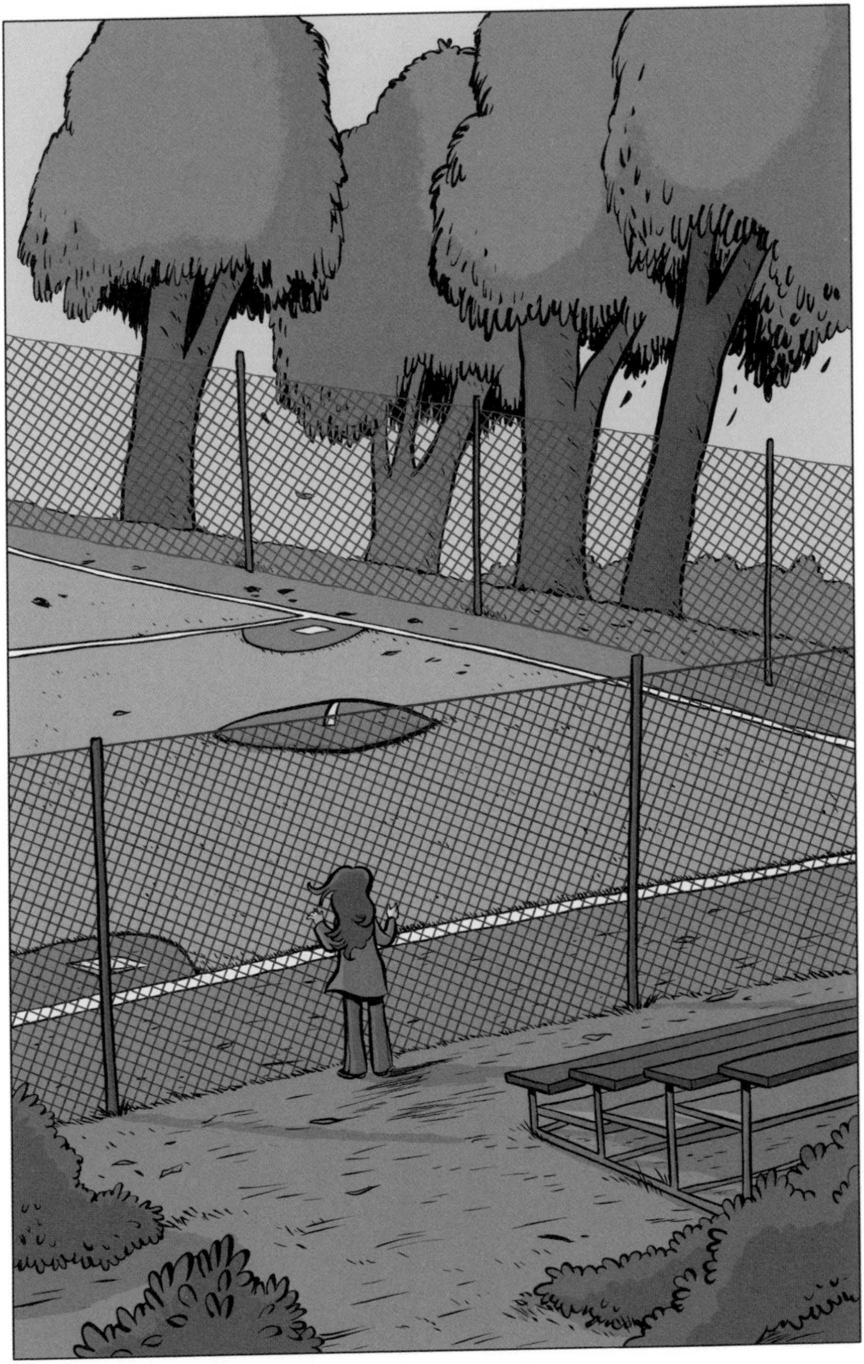

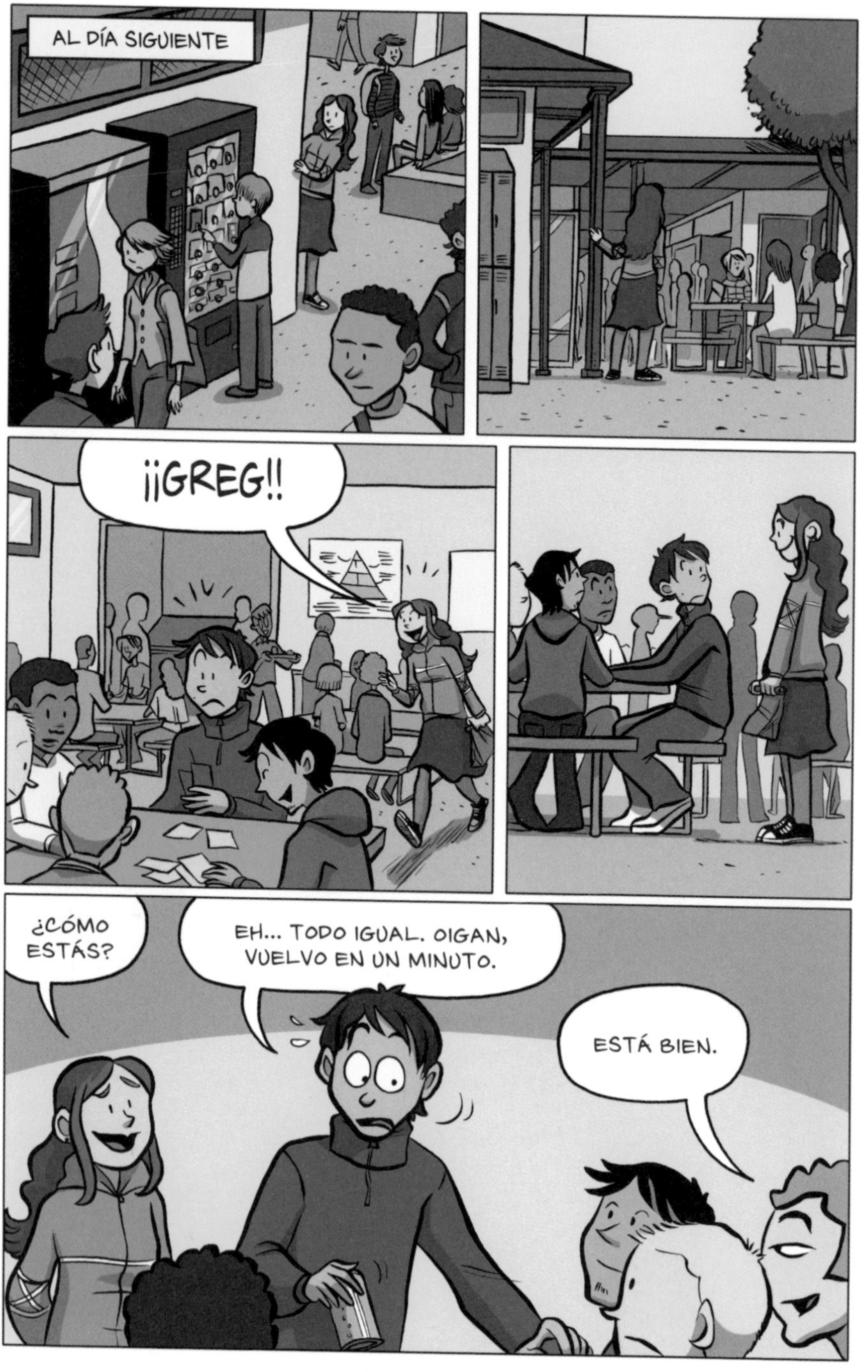
AL DÍA SIGUIENTE
¡¡GREG!!
¿CÓMO ESTÁS?
EH... TODO IGUAL. OIGAN, VUELVO EN UN MINUTO.
ESTÁ BIEN.

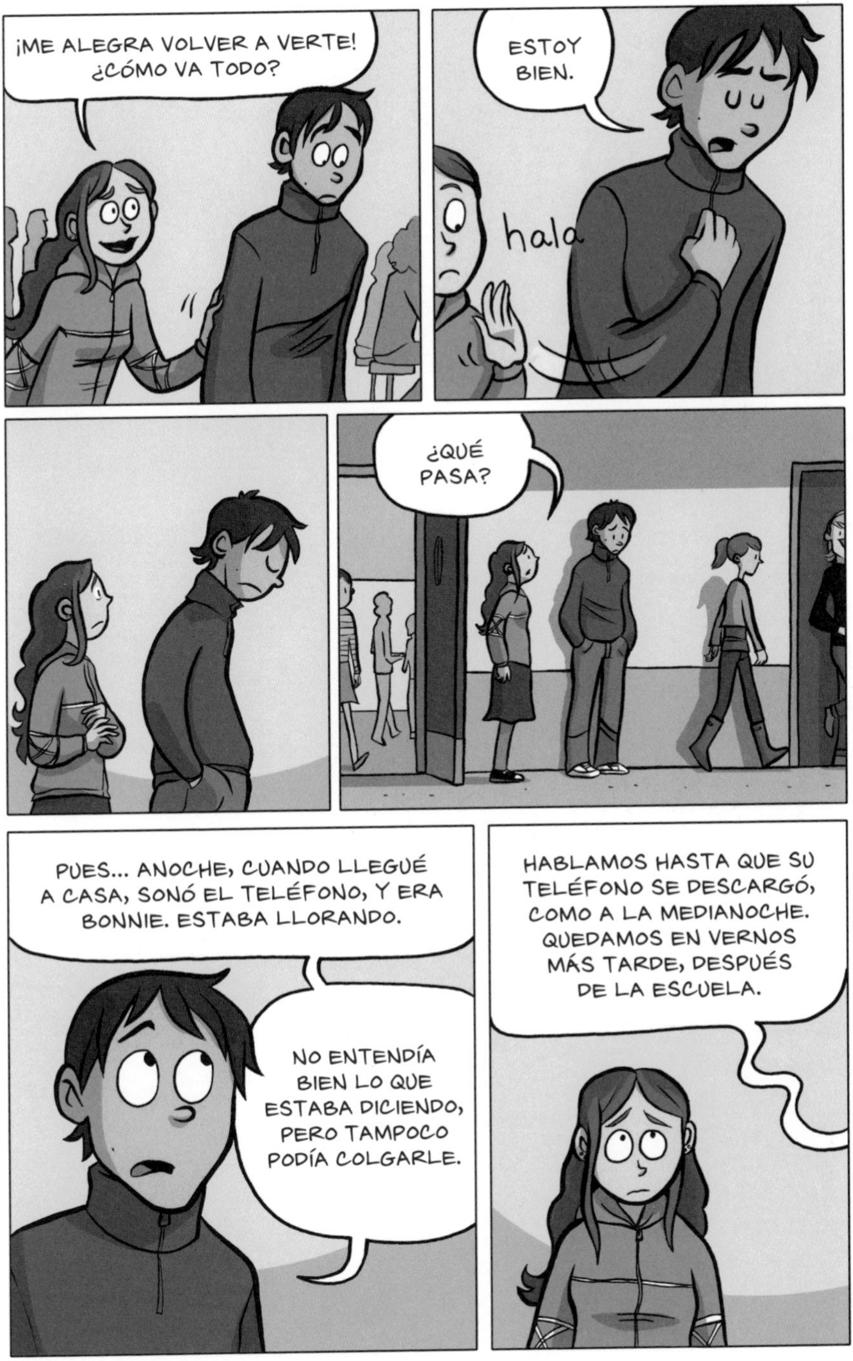
¡ME ALEGRA VOLVER A VERTE! ¿CÓMO VA TODO?
ESTOY BIEN.
hala
¿QUÉ PASA?
PUES... ANOCHE, CUANDO LLEGUÉ A CASA, SONÓ EL TELÉFONO, Y ERA BONNIE. ESTABA LLORANDO.
NO ENTENDÍA BIEN LO QUE ESTABA DICIENDO, PERO TAMPOCO PODÍA COLGARLE.
HABLAMOS HASTA QUE SU TELÉFONO SE DESCARGÓ, COMO A LA MEDIANOCHE. QUEDAMOS EN VERNOS MÁS TARDE, DESPUÉS DE LA ESCUELA.

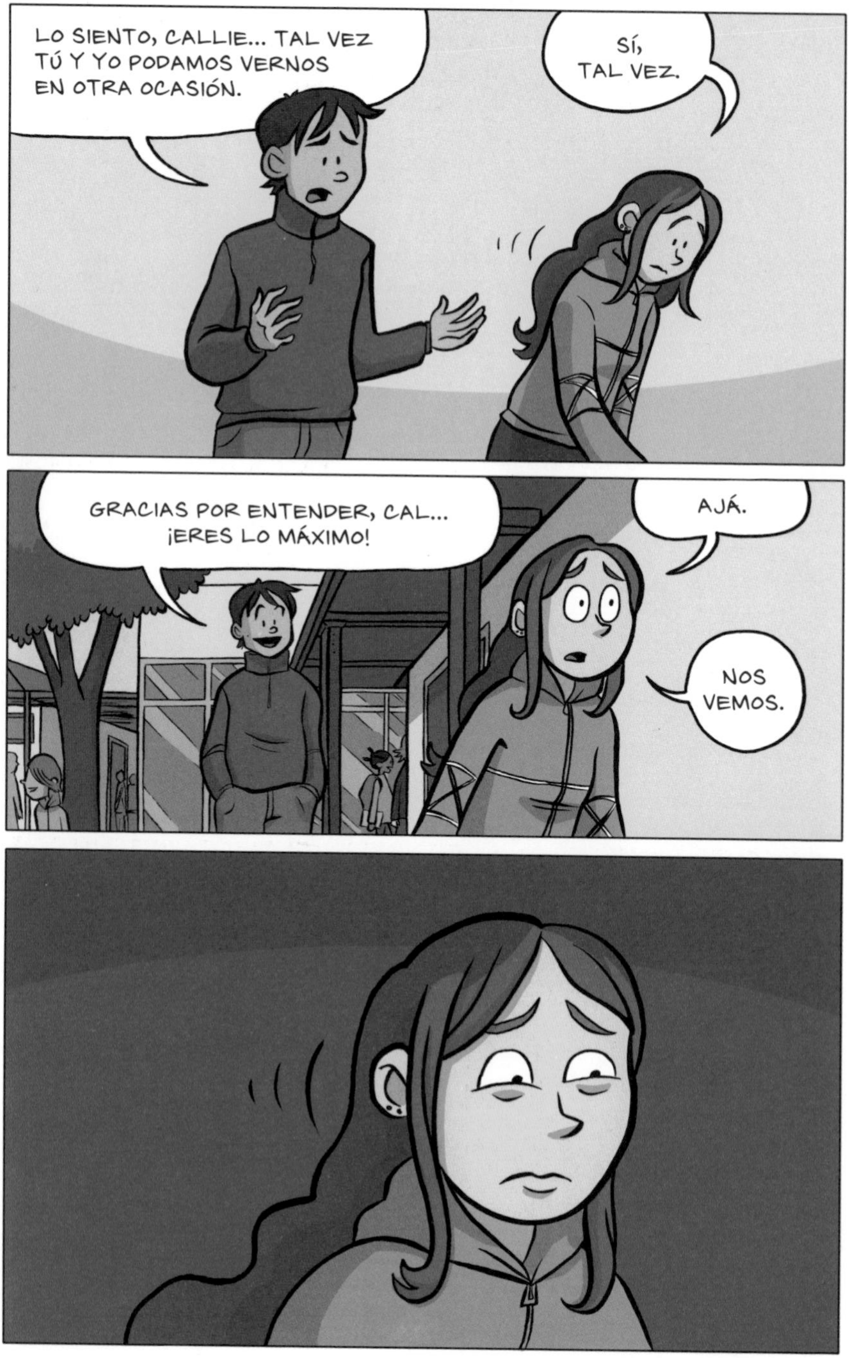
LO SIENTO, CALLIE... TAL VEZ TÚ Y YO PODAMOS VERNOS EN OTRA OCASIÓN.
SÍ, TAL VEZ.
GRACIAS POR ENTENDER, CAL... ¡ERES LO MÁXIMO!
AJÁ.
NOS VEMOS.

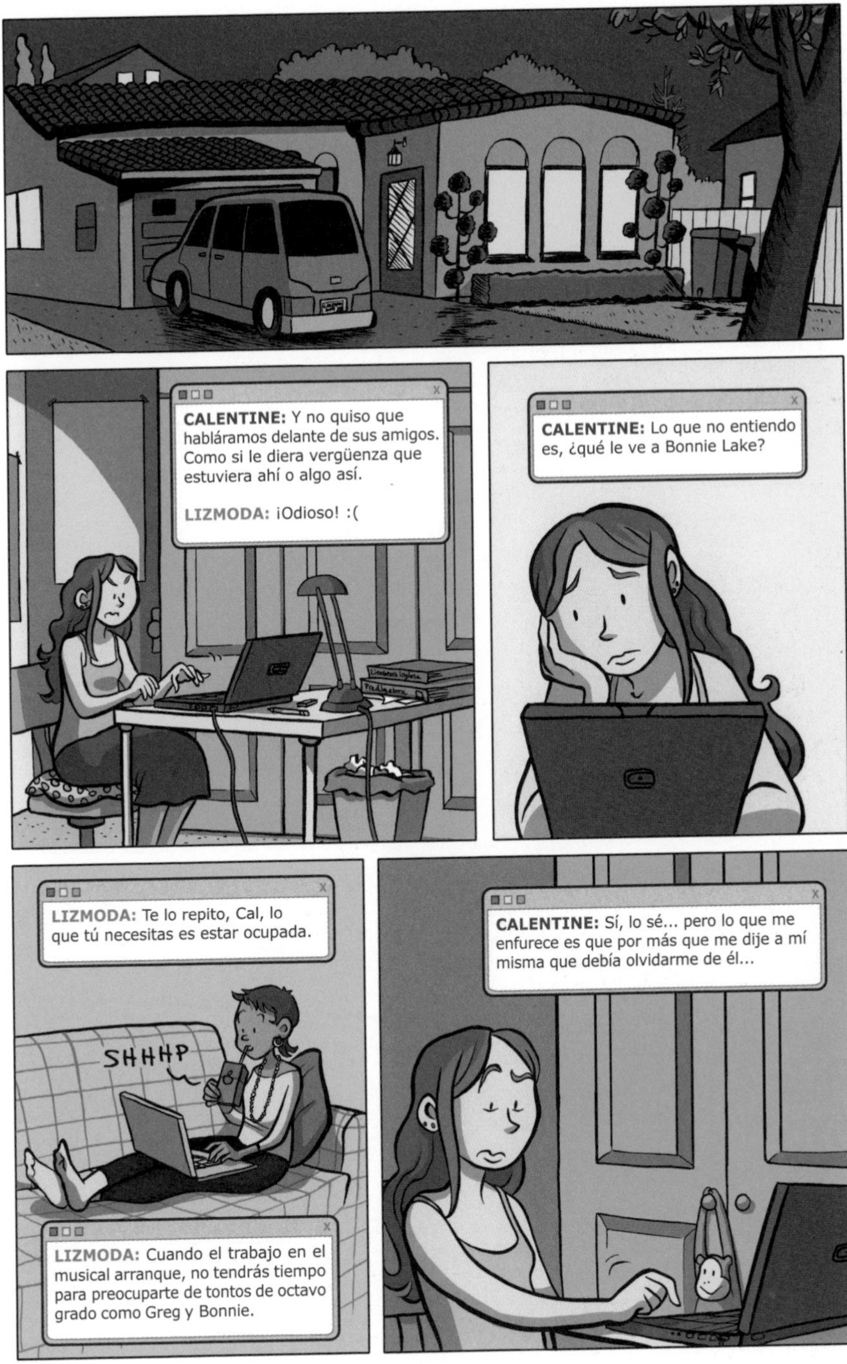

CALENTINE: Y no quiso que habláramos delante de sus amigos. Como si le diera vergüenza que estuviera ahí o algo así.
LIZMODA: ¡Odioso! :(
CALENTINE: Lo que no entiendo es, ¿qué le ve a Bonnie Lake?
LIZMODA: Te lo repito, Cal, lo que tú necesitas es estar ocupada.
SHHHP
LIZMODA: Cuando el trabajo en el musical arranque, no tendrás tiempo para preocuparte de tontos de octavo grado como Greg y Bonnie.
CALENTINE: Sí, lo sé... pero lo que me enfurece es que por más que me dije a mí misma que debía olvidarme de él...

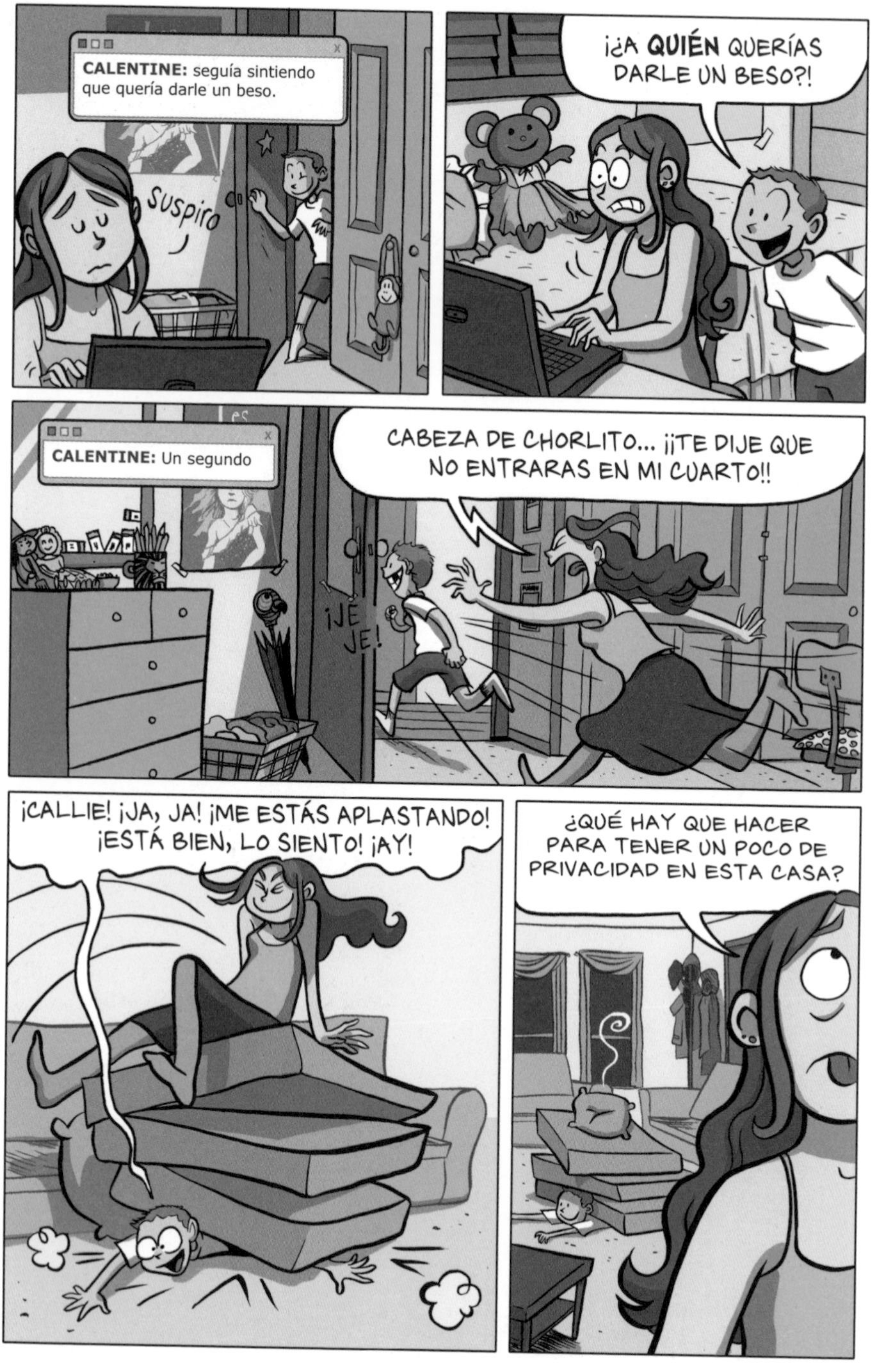
CALENTINE: seguía sintiendo que quería darle un beso.
SUSPIRO
¡¿A QUIÉN QUERÍAS DARLE UN BESO?!
CALENTINE: Un segundo
CABEZA DE CHORLITO... ¡¡TE DIJE QUE NO ENTRARAS EN MI CUARTO!!
¡JE JE!
¡CALLIE! ¡JA, JA! ¡ME ESTÁS APLASTANDO! ¡ESTÁ BIEN, LO SIENTO! ¡AY!
¿QUÉ HAY QUE HACER PARA TENER UN POCO DE PRIVACIDAD EN ESTA CASA?

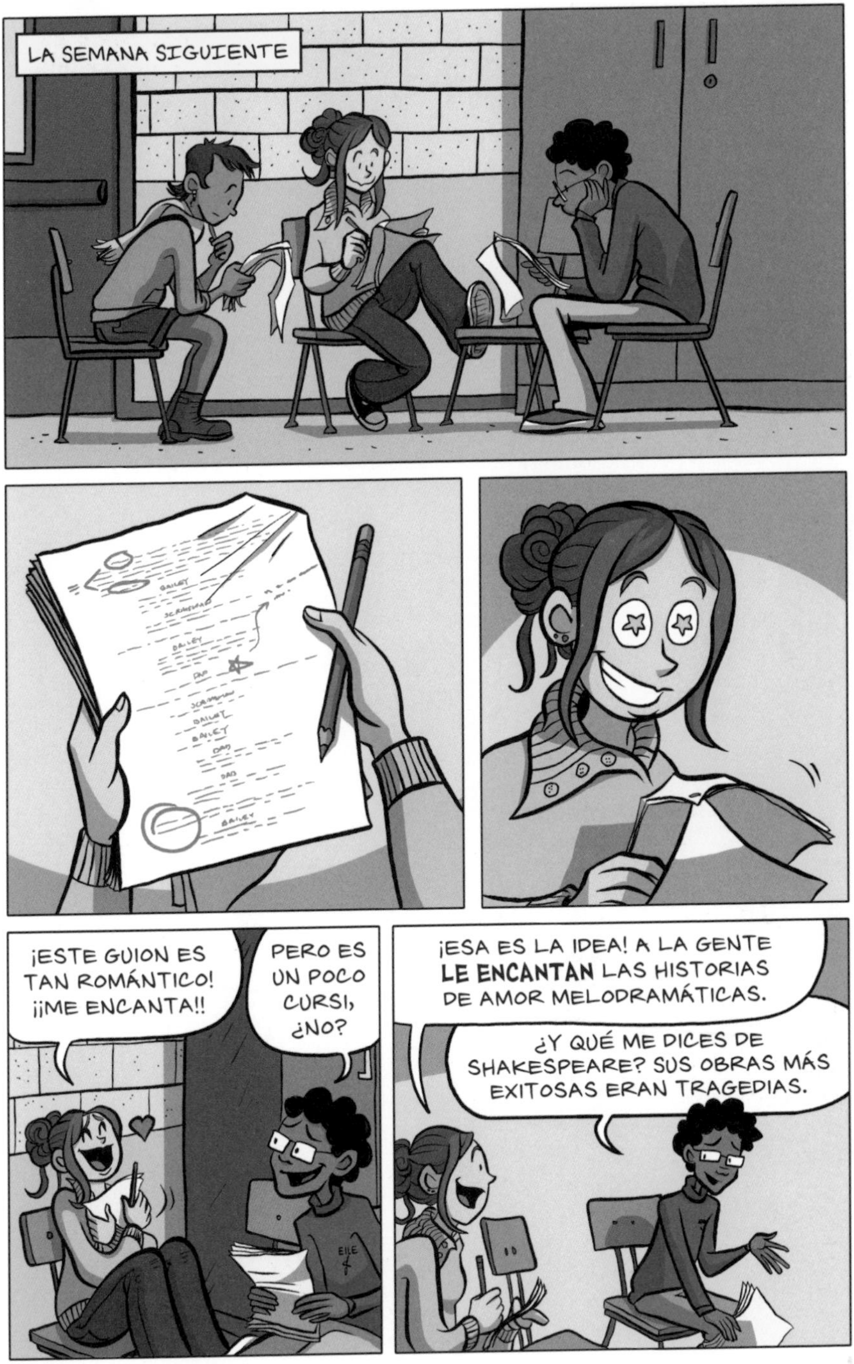
LA SEMANA SIGUIENTE
¡ESTE GUION ES TAN ROMÁNTICO! ¡¡ME ENCANTA!!
PERO ES UN POCO CURSI, ¿NO?
¡ESA ES LA IDEA! A LA GENTE **LE ENCANTAN** LAS HISTORIAS DE AMOR MELODRAMÁTICAS.
¿Y QUÉ ME DICES DE SHAKESPEARE? SUS OBRAS MÁS EXITOSAS ERAN TRAGEDIAS.

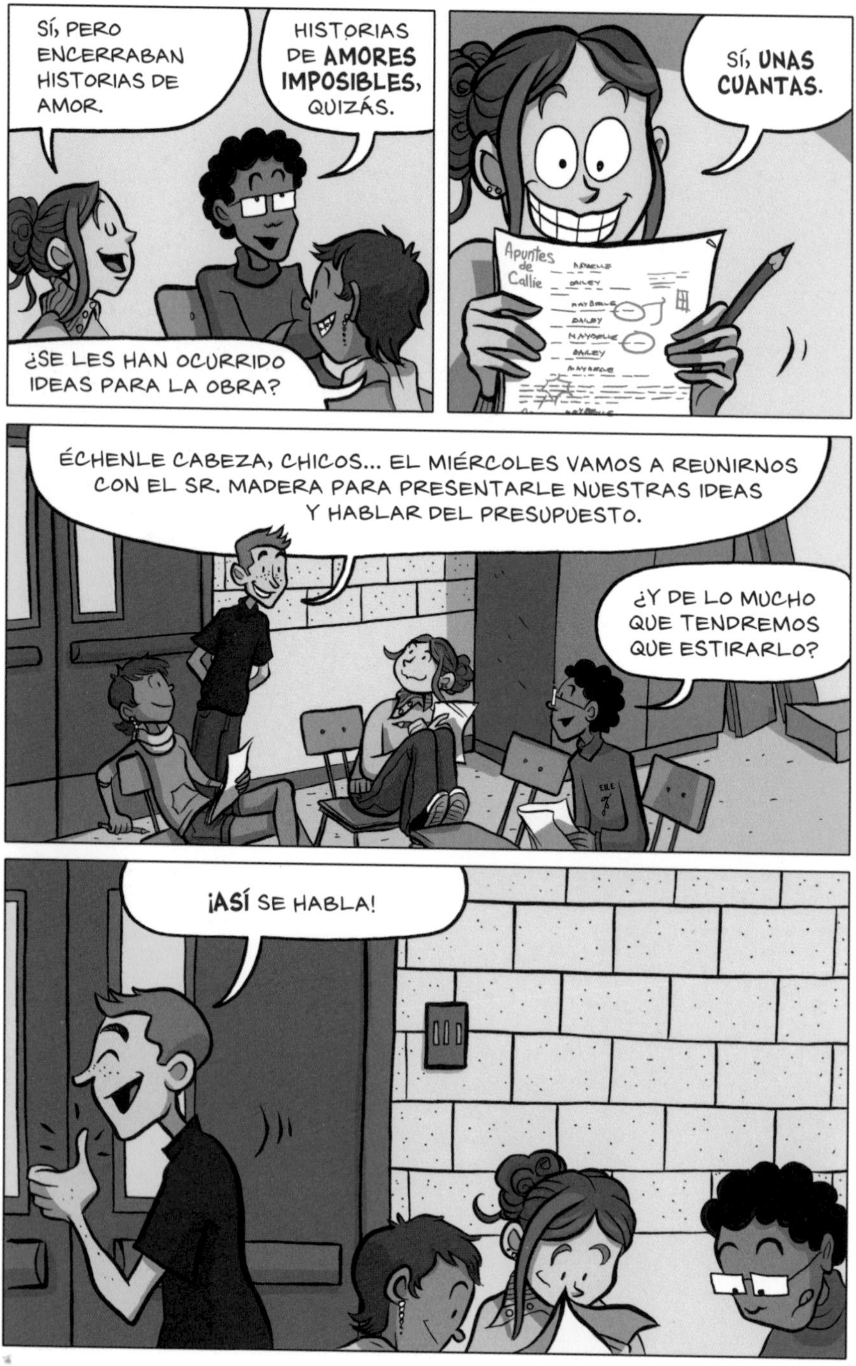
SÍ, PERO ENCERRABAN HISTORIAS DE AMOR.
HISTORIAS DE AMORES IMPOSIBLES, QUIZÁS.
¿SE LES HAN OCURRIDO IDEAS PARA LA OBRA?
SÍ, UNAS CUANTAS.
Apuntes de Callie
ÉCHENLE CABEZA, CHICOS... EL MIÉRCOLES VAMOS A REUNIRNOS CON EL SR. MADERA PARA PRESENTARLE NUESTRAS IDEAS Y HABLAR DEL PRESUPUESTO.
¿Y DE LO MUCHO QUE TENDREMOS QUE ESTIRARLO?
¡ASÍ SE HABLA!

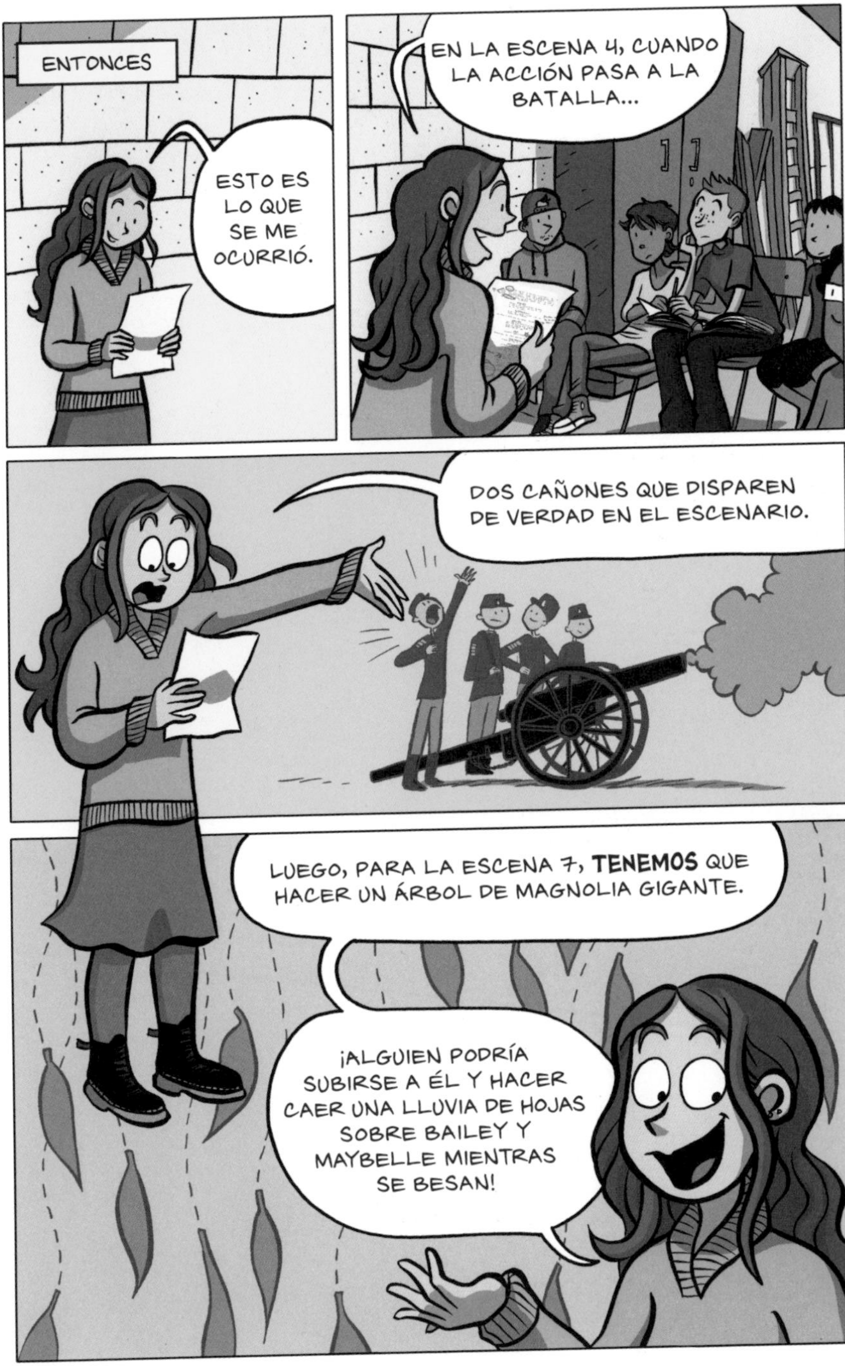
ENTONCES
ESTO ES LO QUE SE ME OCURRIÓ.
EN LA ESCENA 4, CUANDO LA ACCIÓN PASA A LA BATALLA...
DOS CAÑONES QUE DISPAREN DE VERDAD EN EL ESCENARIO.
LUEGO, PARA LA ESCENA 7, **TENEMOS** QUE HACER UN ÁRBOL DE MAGNOLIA GIGANTE.
¡ALGUIEN PODRÍA SUBIRSE A ÉL Y HACER CAER UNA LLUVIA DE HOJAS SOBRE BAILEY Y MAYBELLE MIENTRAS SE BESAN!

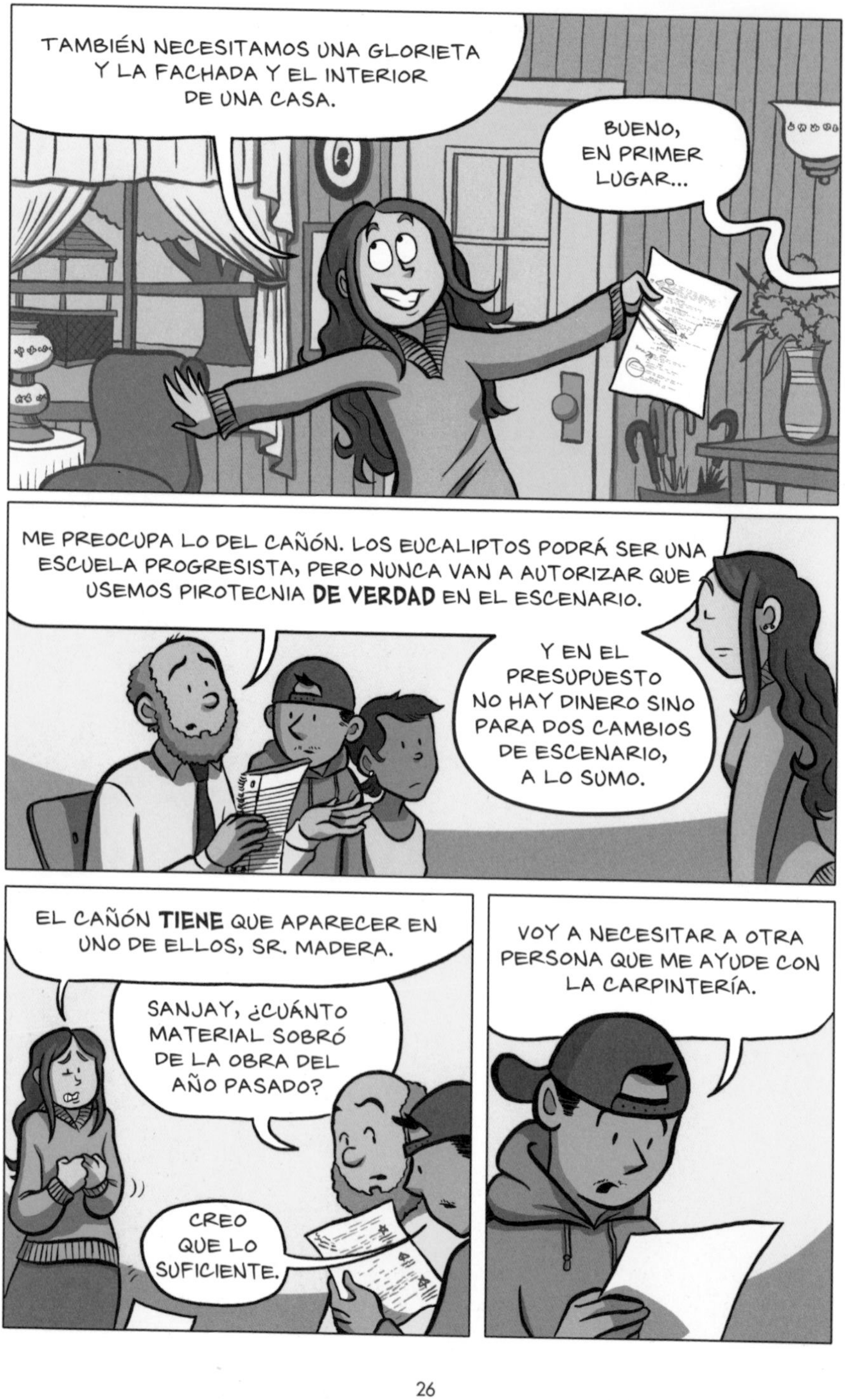
TAMBIÉN NECESITAMOS UNA GLORIETA Y LA FACHADA Y EL INTERIOR DE UNA CASA.
BUENO, EN PRIMER LUGAR...
ME PREOCUPA LO DEL CAÑÓN. LOS EUCALIPTOS PODRÁ SER UNA ESCUELA PROGRESISTA, PERO NUNCA VAN A AUTORIZAR QUE USEMOS PIROTECNIA **DE VERDAD** EN EL ESCENARIO.
Y EN EL PRESUPUESTO NO HAY DINERO SINO PARA DOS CAMBIOS DE ESCENARIO, A LO SUMO.
EL CAÑÓN **TIENE** QUE APARECER EN UNO DE ELLOS, SR. MADERA.
SANJAY, ¿CUÁNTO MATERIAL SOBRÓ DE LA OBRA DEL AÑO PASADO?
CREO QUE LO SUFICIENTE.
VOY A NECESITAR A OTRA PERSONA QUE ME AYUDE CON LA CARPINTERÍA.

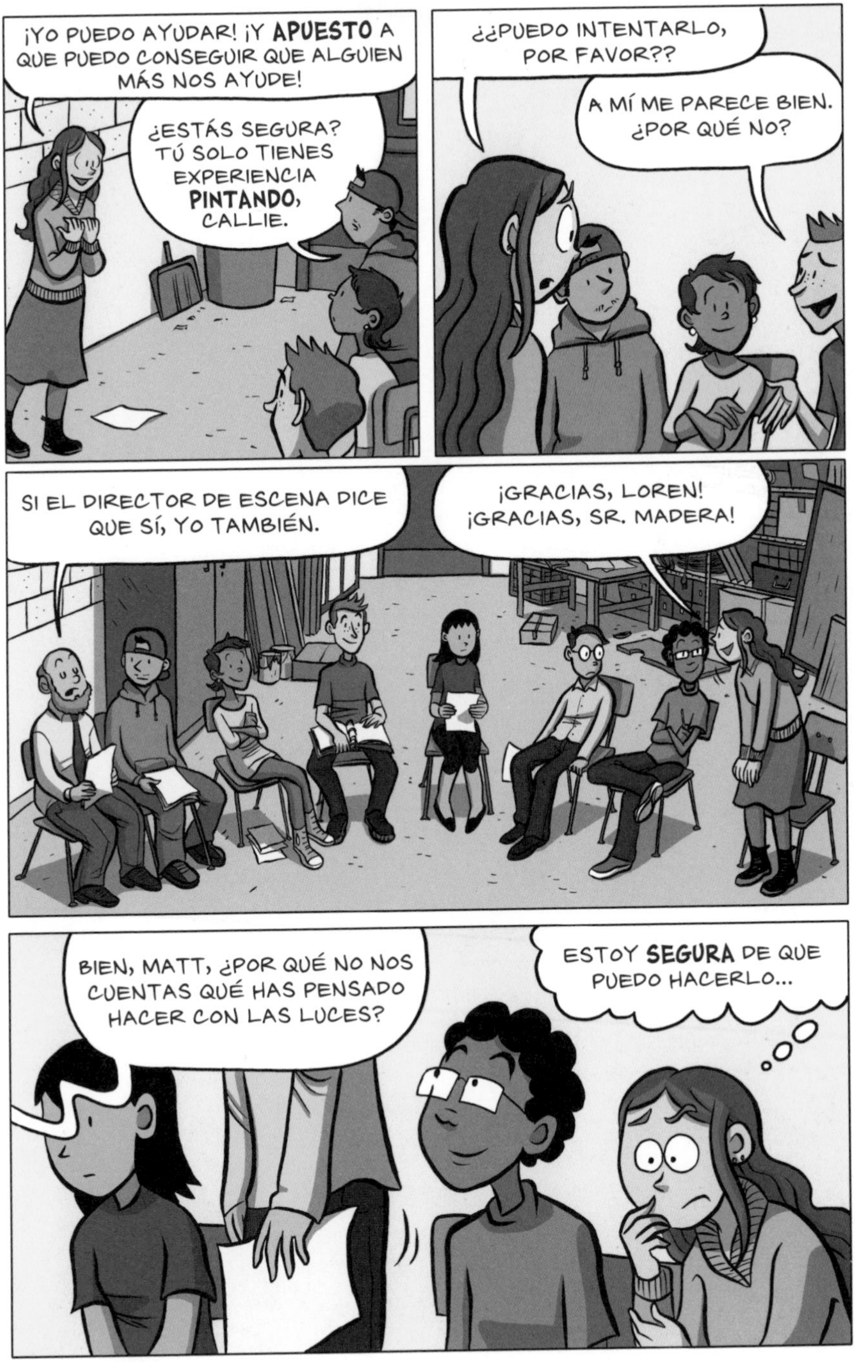
¡YO PUEDO AYUDAR! ¡Y **APUESTO** A QUE PUEDO CONSEGUIR QUE ALGUIEN MÁS NOS AYUDE!
¿ESTÁS SEGURA? TÚ SOLO TIENES EXPERIENCIA **PINTANDO**, CALLIE.
¿¿PUEDO INTENTARLO, POR FAVOR??
A MÍ ME PARECE BIEN. ¿POR QUÉ NO?
SI EL DIRECTOR DE ESCENA DICE QUE SÍ, YO TAMBIÉN.
¡GRACIAS, LOREN! ¡GRACIAS, SR. MADERA!
BIEN, MATT, ¿POR QUÉ NO NOS CUENTAS QUÉ HAS PENSADO HACER CON LAS LUCES?
ESTOY **SEGURA** DE QUE PUEDO HACERLO...

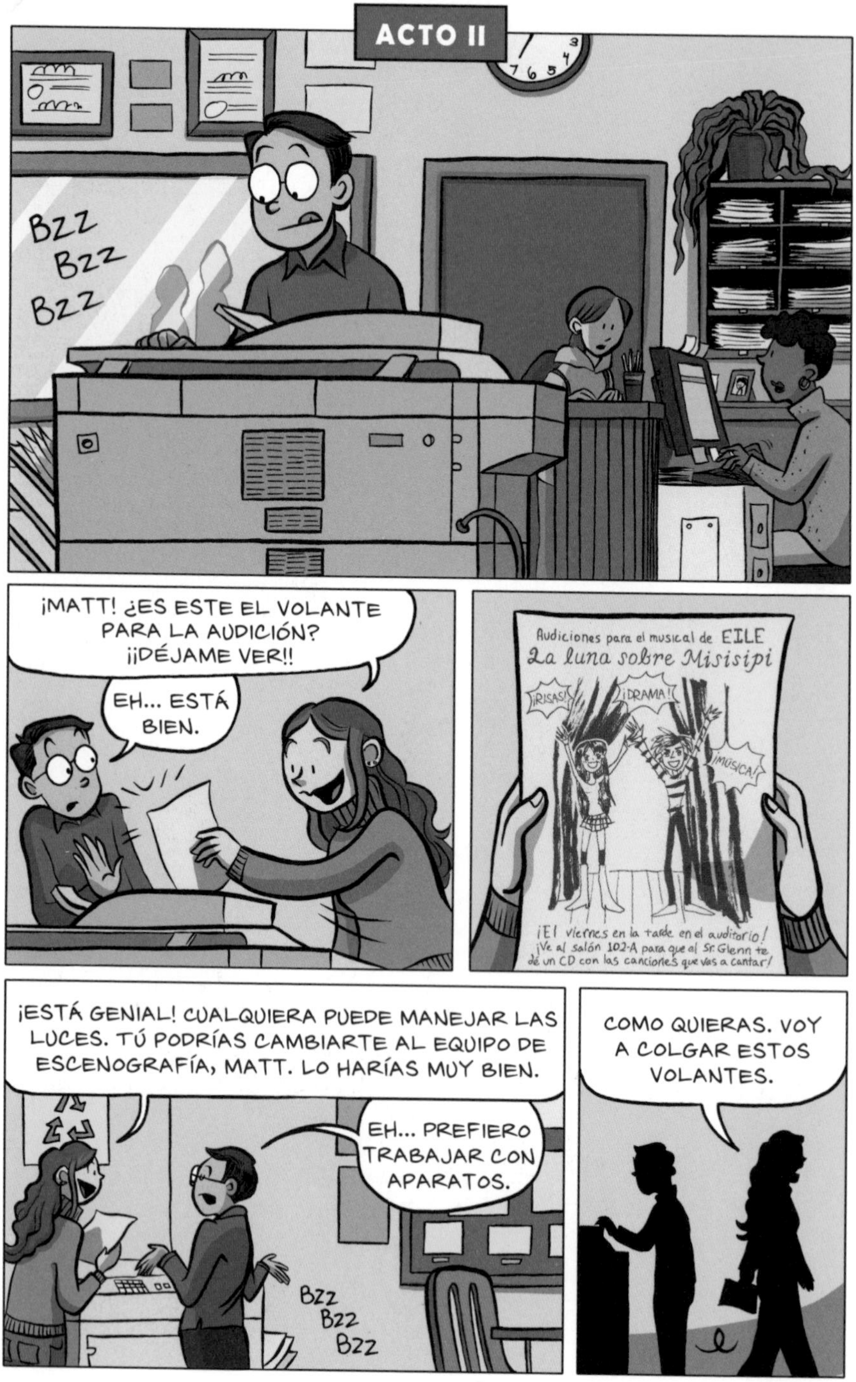
ACTO II
BZZ
BZZ
BZZ
¡MATT! ¿ES ESTE EL VOLANTE PARA LA AUDICIÓN? ¡¡DÉJAME VER!!
EH... ESTÁ BIEN.
Audiciones para el musical de EILE
La luna sobre Misisipi
¡RISAS!
¡DRAMA!
¡MÚSICA!
¡El viernes en la tarde en el auditorio!
¡Ve al salón 102-A para que el Sr. Glenn te dé un CD con las canciones que vas a cantar!
¡ESTÁ GENIAL! CUALQUIERA PUEDE MANEJAR LAS LUCES. TÚ PODRÍAS CAMBIARTE AL EQUIPO DE ESCENOGRAFÍA, MATT. LO HARÍAS MUY BIEN.
EH... PREFIERO TRABAJAR CON APARATOS.
BZZ
BZZ
BZZ
COMO QUIERAS. VOY A COLGAR ESTOS VOLANTES.

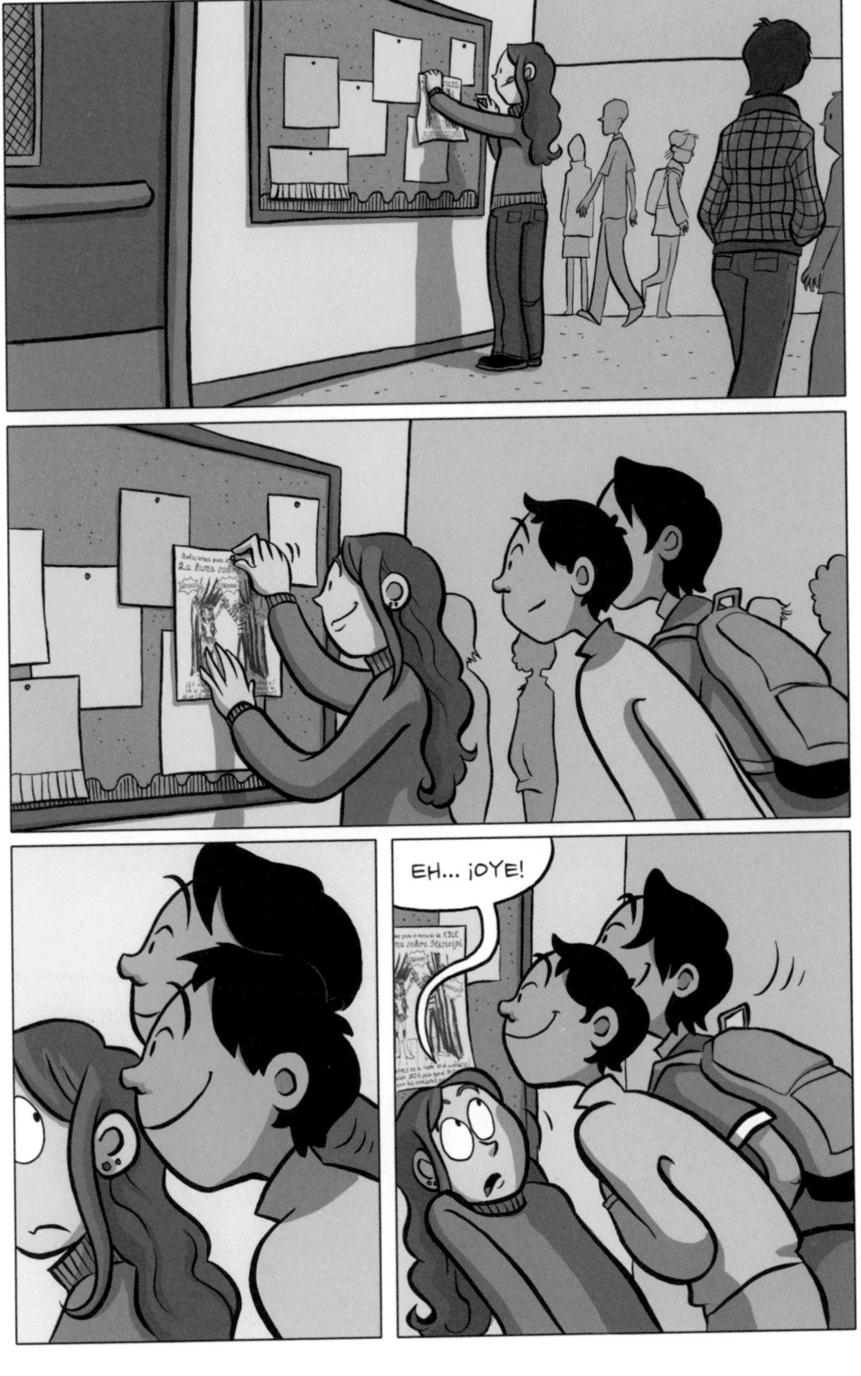
EH... ¡OYE!

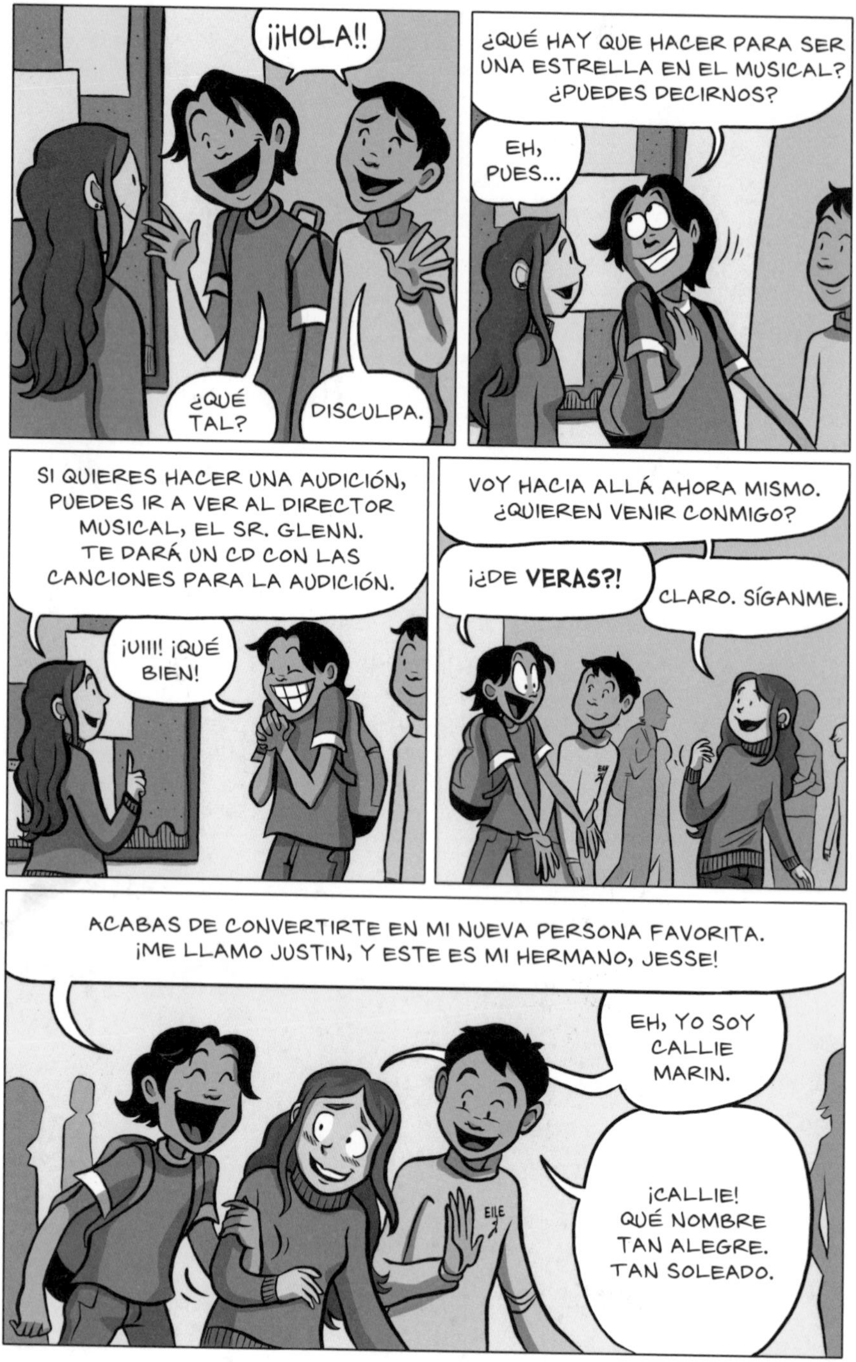
¡¡HOLA!!
¿QUÉ TAL?
DISCULPA.
¿QUÉ HAY QUE HACER PARA SER UNA ESTRELLA EN EL MUSICAL? ¿PUEDES DECIRNOS?
EH, PUES...
SI QUIERES HACER UNA AUDICIÓN, PUEDES IR A VER AL DIRECTOR MUSICAL, EL SR. GLENN. TE DARÁ UN CD CON LAS CANCIONES PARA LA AUDICIÓN.
¡UIII! ¡QUÉ BIEN!
VOY HACIA ALLÁ AHORA MISMO. ¿QUIEREN VENIR CONMIGO?
¡¿DE **VERAS?!**
CLARO. SÍGANME.
ACABAS DE CONVERTIRTE EN MI NUEVA PERSONA FAVORITA. ¡ME LLAMO JUSTIN, Y ESTE ES MI HERMANO, JESSE!
EH, YO SOY CALLIE MARIN.
¡CALLIE! QUÉ NOMBRE TAN ALEGRE. TAN SOLEADO.

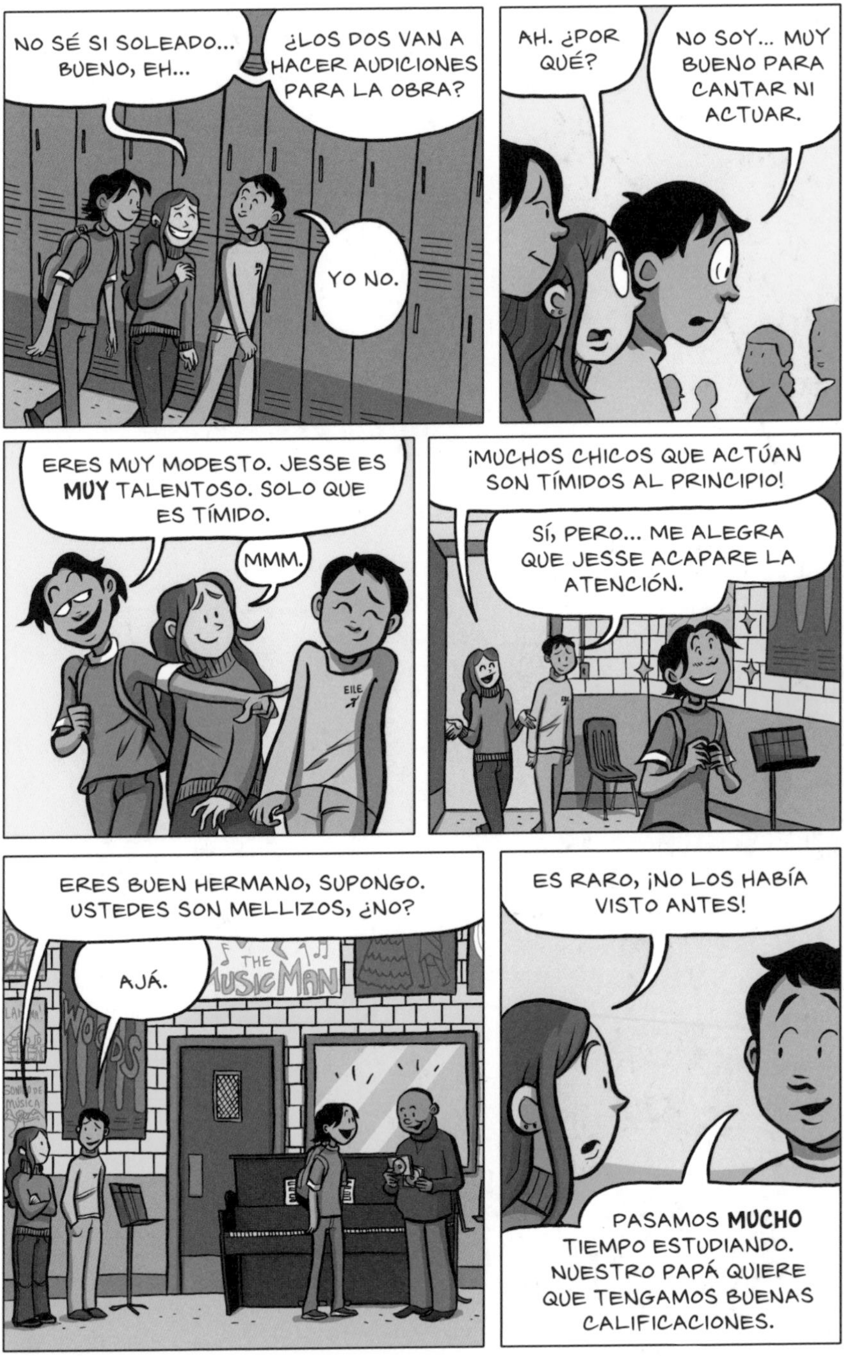
NO SÉ SI SOLEADO... BUENO, EH...
¿LOS DOS VAN A HACER AUDICIONES PARA LA OBRA?
YO NO.
AH. ¿POR QUÉ?
NO SOY... MUY BUENO PARA CANTAR NI ACTUAR.
ERES MUY MODESTO. JESSE ES **MUY** TALENTOSO. SOLO QUE ES TÍMIDO.
MMM.
EILE
¡MUCHOS CHICOS QUE ACTÚAN SON TÍMIDOS AL PRINCIPIO!
SÍ, PERO... ME ALEGRA QUE JESSE ACAPARE LA ATENCIÓN.
ERES BUEN HERMANO, SUPONGO. USTEDES SON MELLIZOS, ¿NO?
AJÁ.
THE MUSIC MAN
ES RARO, ¡NO LOS HABÍA VISTO ANTES!
PASAMOS **MUCHO** TIEMPO ESTUDIANDO. NUESTRO PAPÁ QUIERE QUE TENGAMOS BUENAS CALIFICACIONES.

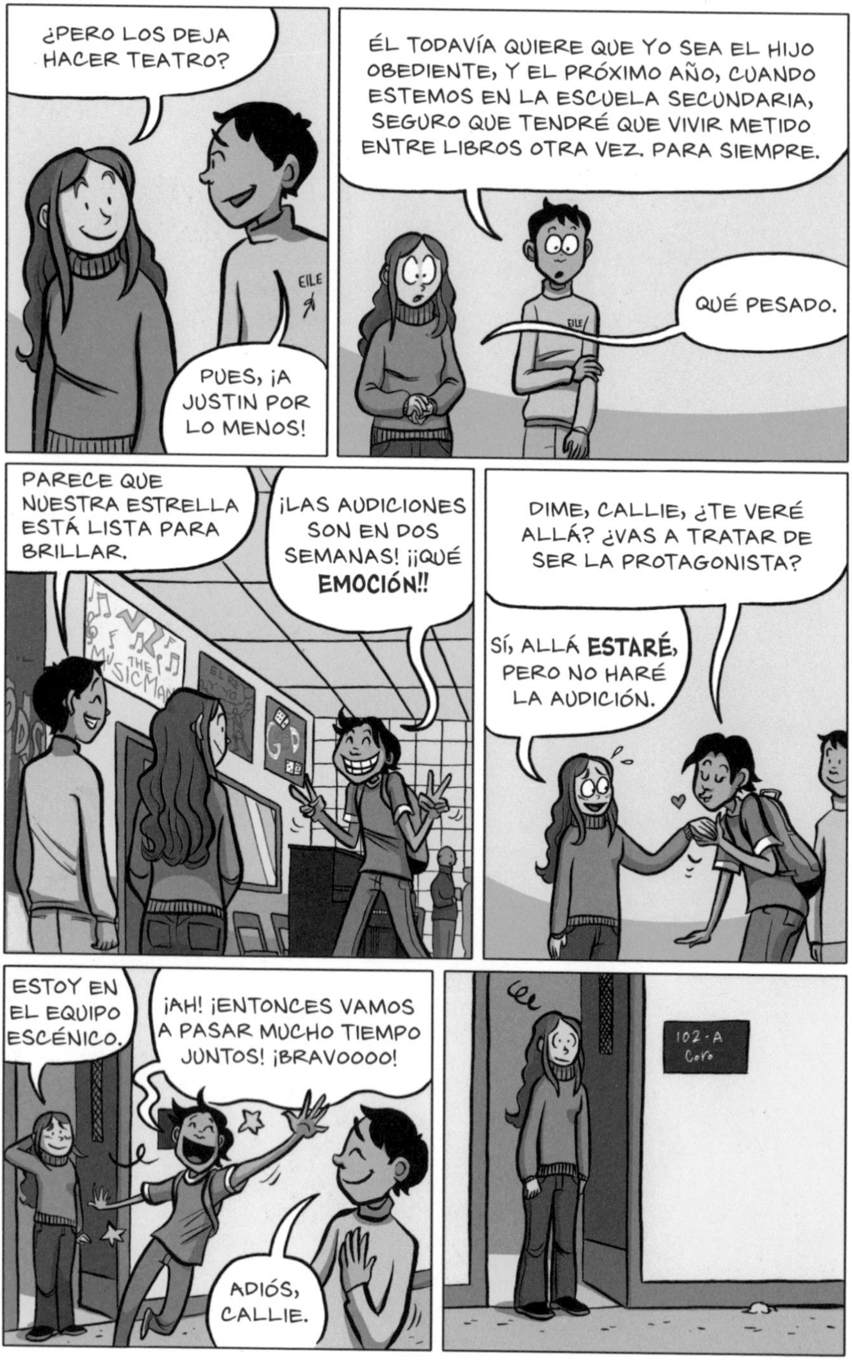

¿PERO LOS DEJA HACER TEATRO?
PUES, ¡A JUSTIN POR LO MENOS!
ÉL TODAVÍA QUIERE QUE YO SEA EL HIJO OBEDIENTE, Y EL PRÓXIMO AÑO, CUANDO ESTEMOS EN LA ESCUELA SECUNDARIA, SEGURO QUE TENDRÉ QUE VIVIR METIDO ENTRE LIBROS OTRA VEZ. PARA SIEMPRE.
QUÉ PESADO.
PARECE QUE NUESTRA ESTRELLA ESTÁ LISTA PARA BRILLAR.
¡LAS AUDICIONES SON EN DOS SEMANAS! ¡¡QUÉ **EMOCIÓN**!!
THE MUSIC MAN
DIME, CALLIE, ¿TE VERÉ ALLÁ? ¿VAS A TRATAR DE SER LA PROTAGONISTA?
SÍ, ALLÁ **ESTARÉ**, PERO NO HARÉ LA AUDICIÓN.
ESTOY EN EL EQUIPO ESCÉNICO.
¡AH! ¡ENTONCES VAMOS A PASAR MUCHO TIEMPO JUNTOS! ¡BRAVOOOO!
ADIÓS, CALLIE.
102-A
Coro

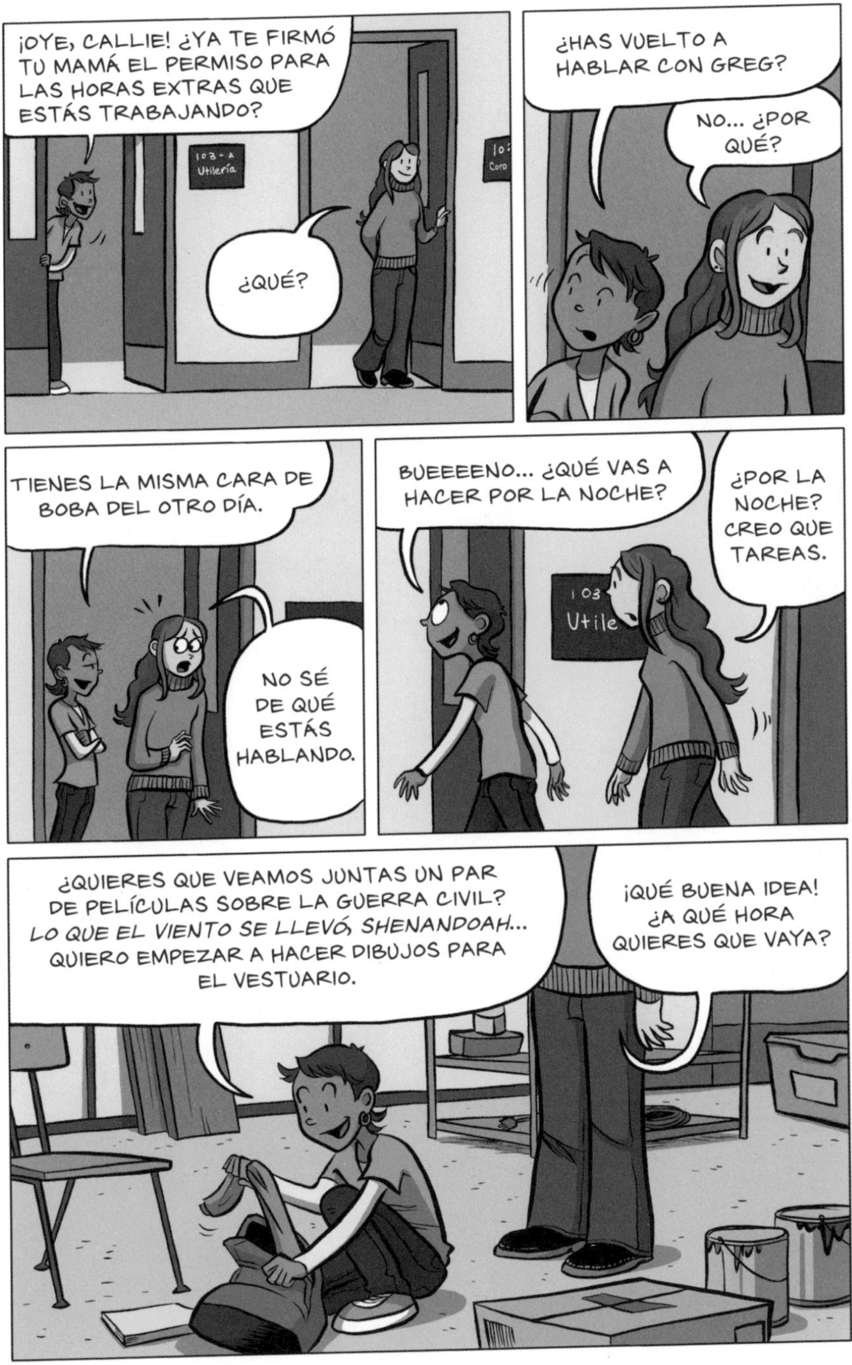
¡OYE, CALLIE! ¿YA TE FIRMÓ TU MAMÁ EL PERMISO PARA LAS HORAS EXTRAS QUE ESTÁS TRABAJANDO?
¿QUÉ?
¿HAS VUELTO A HABLAR CON GREG?
NO... ¿POR QUÉ?
TIENES LA MISMA CARA DE BOBA DEL OTRO DÍA.
NO SÉ DE QUÉ ESTÁS HABLANDO.
BUEEEENO... ¿QUÉ VAS A HACER POR LA NOCHE?
¿POR LA NOCHE? CREO QUE TAREAS.
¿QUIERES QUE VEAMOS JUNTAS UN PAR DE PELÍCULAS SOBRE LA GUERRA CIVIL? *LO QUE EL VIENTO SE LLEVÓ*, *SHENANDOAH*... QUIERO EMPEZAR A HACER DIBUJOS PARA EL VESTUARIO.
¡QUÉ BUENA IDEA! ¿A QUÉ HORA QUIERES QUE VAYA?

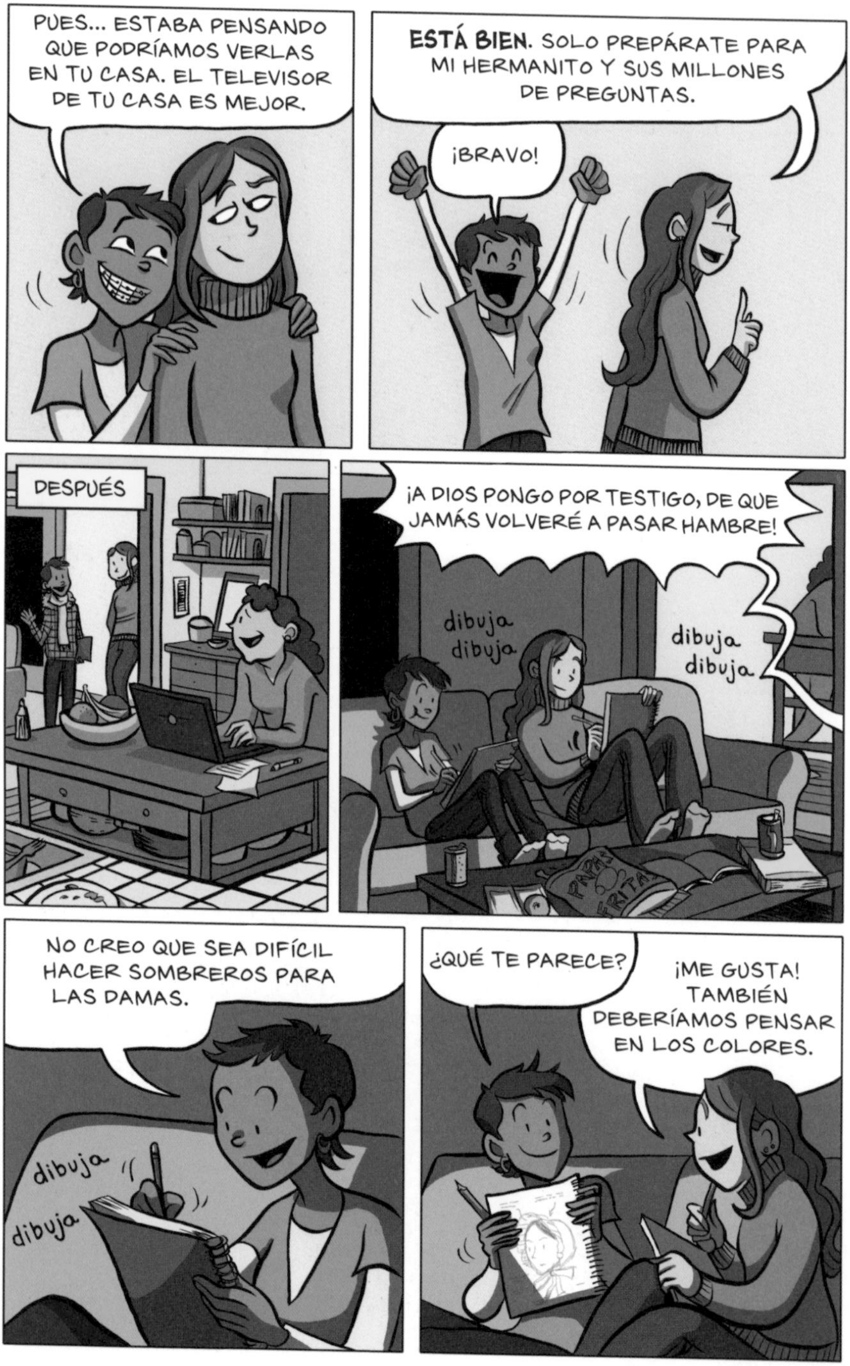
PUES... ESTABA PENSANDO QUE PODRÍAMOS VERLAS EN TU CASA. EL TELEVISOR DE TU CASA ES MEJOR.
ESTÁ BIEN. SOLO PREPÁRATE PARA MI HERMANITO Y SUS MILLONES DE PREGUNTAS.
¡BRAVO!
DESPUÉS
¡A DIOS PONGO POR TESTIGO, DE QUE JAMÁS VOLVERÉ A PASAR HAMBRE!
dibuja dibuja
dibuja dibuja
PAPAS FRITA
NO CREO QUE SEA DIFÍCIL HACER SOMBREROS PARA LAS DAMAS.
dibuja
dibuja
¿QUÉ TE PARECE?
¡ME GUSTA! TAMBIÉN DEBERÍAMOS PENSAR EN LOS COLORES.

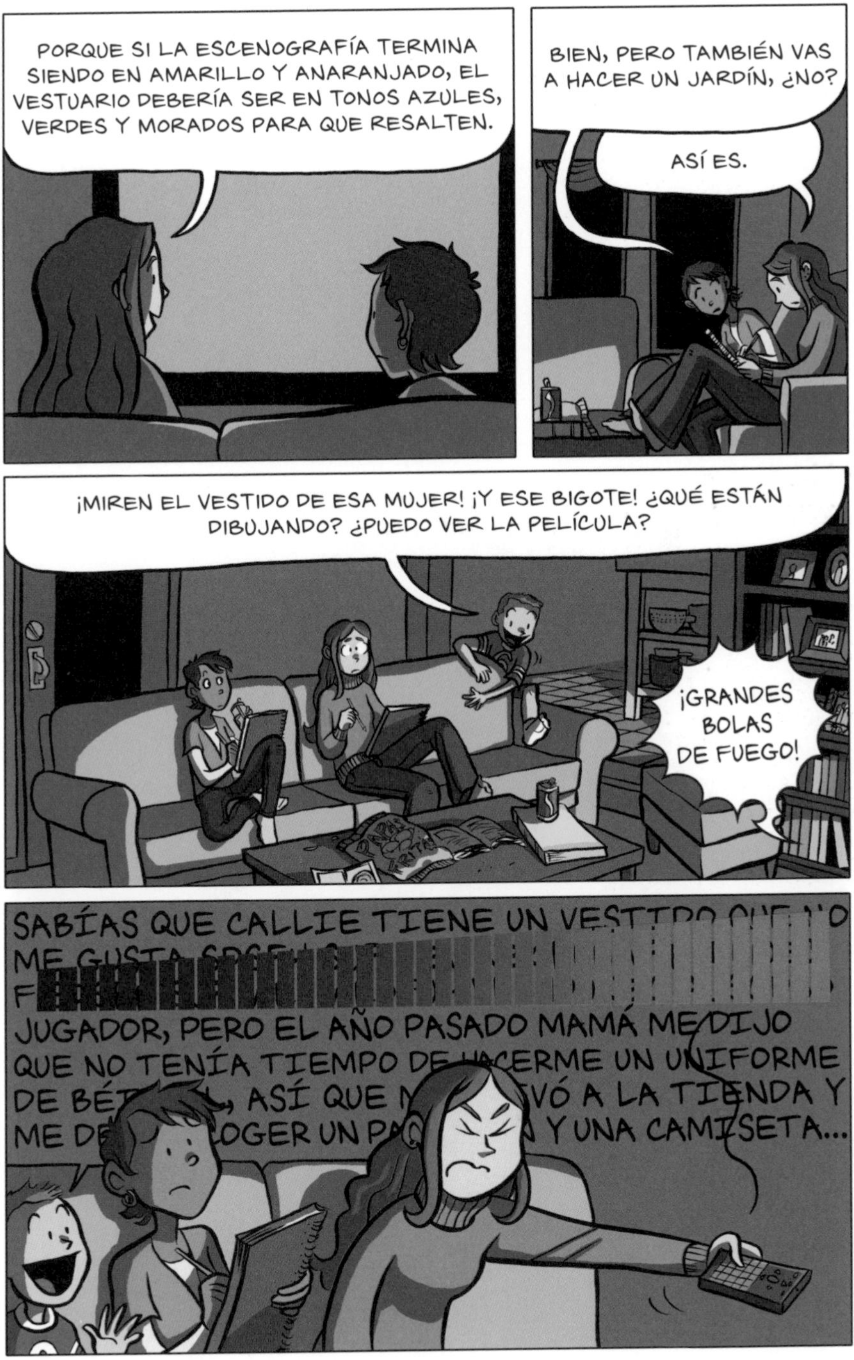
PORQUE SI LA ESCENOGRAFÍA TERMINA SIENDO EN AMARILLO Y ANARANJADO, EL VESTUARIO DEBERÍA SER EN TONOS AZULES, VERDES Y MORADOS PARA QUE RESALTEN.
BIEN, PERO TAMBIÉN VAS A HACER UN JARDÍN, ¿NO?
ASÍ ES.
¡MIREN EL VESTIDO DE ESA MUJER! ¡Y ESE BIGOTE! ¿QUÉ ESTÁN DIBUJANDO? ¿PUEDO VER LA PELÍCULA?
¡GRANDES BOLAS DE FUEGO!
SABÍAS QUE CALLIE TIENE UN
JUGADOR, PERO EL AÑO PASADO MAMÁ ME DIJO
QUE NO TENÍA TIEMPO
ASÍ QUE
A LA TIENDA Y
OGER UN
Y UNA CAMISETA...

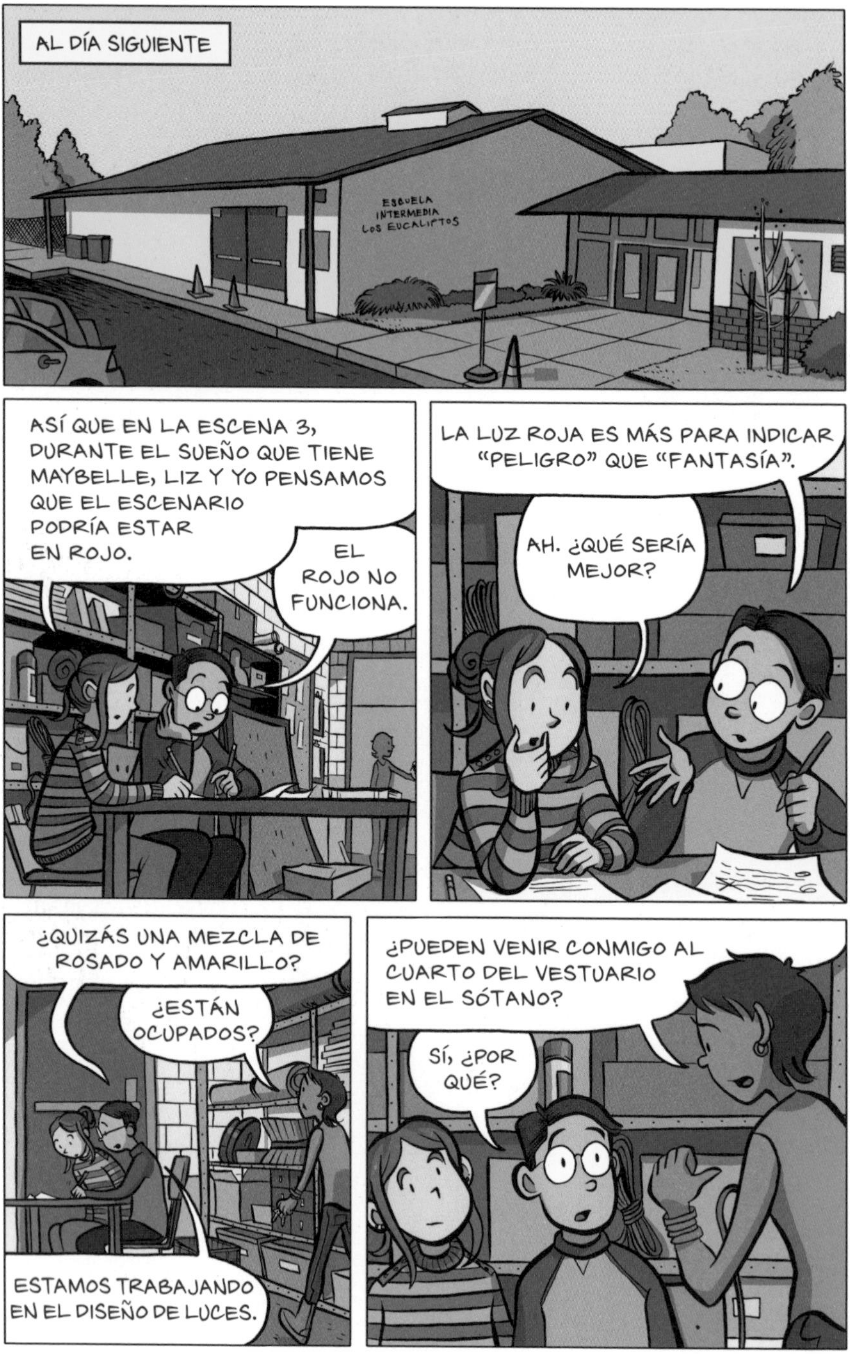
AL DÍA SIGUIENTE
ESCUELA INTERMEDIA LOS EUCALIPTOS
ASÍ QUE EN LA ESCENA 3, DURANTE EL SUEÑO QUE TIENE MAYBELLE, LIZ Y YO PENSAMOS QUE EL ESCENARIO PODRÍA ESTAR EN ROJO.
EL ROJO NO FUNCIONA.
LA LUZ ROJA ES MÁS PARA INDICAR «PELIGRO» QUE «FANTASÍA».
AH. ¿QUÉ SERÍA MEJOR?
¿QUIZÁS UNA MEZCLA DE ROSADO Y AMARILLO?
¿ESTÁN OCUPADOS?
ESTAMOS TRABAJANDO EN EL DISEÑO DE LUCES.
¿PUEDEN VENIR CONMIGO AL CUARTO DEL VESTUARIO EN EL SÓTANO?
SÍ, ¿POR QUÉ?

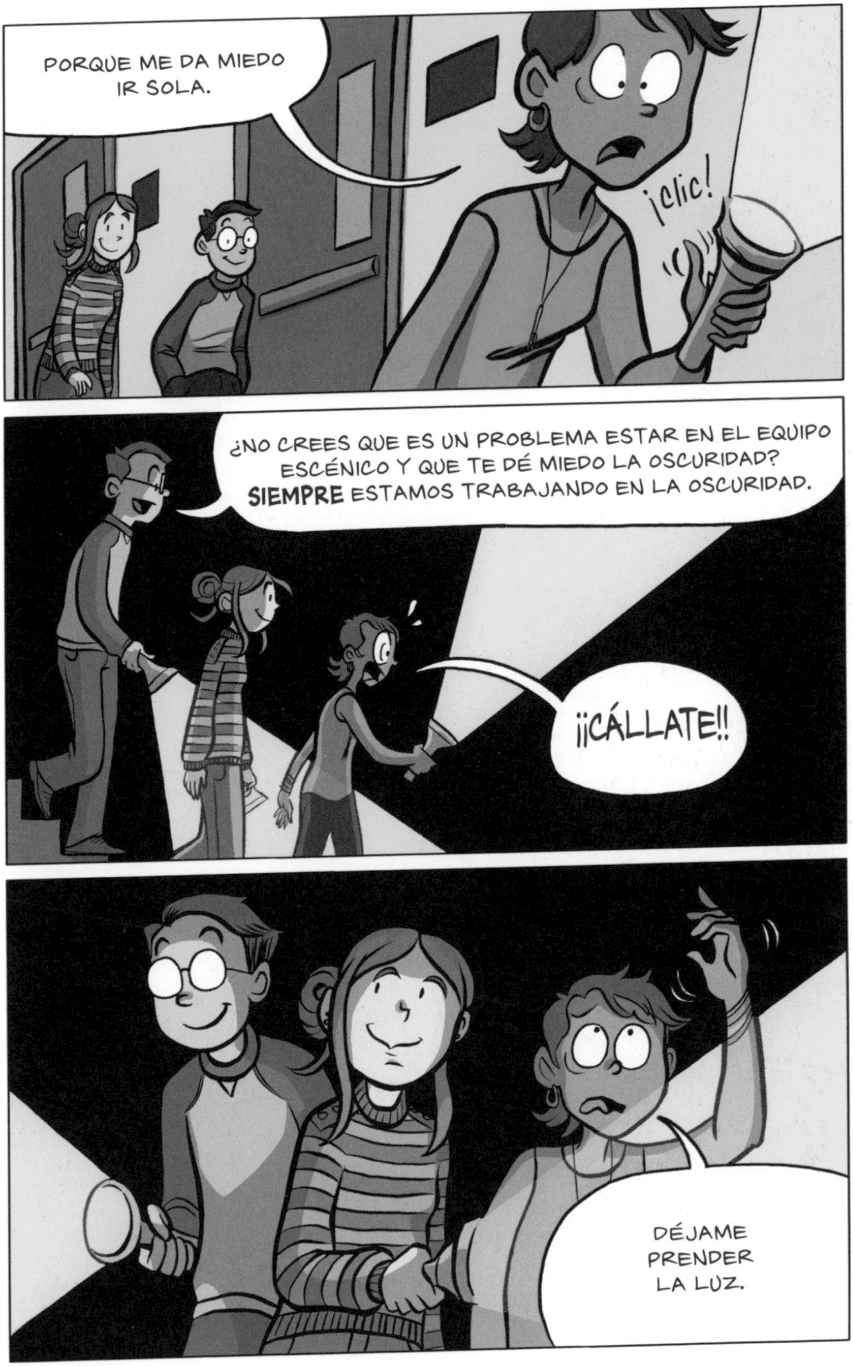
PORQUE ME DA MIEDO IR SOLA.
¡CLIC!
¿NO CREES QUE ES UN PROBLEMA ESTAR EN EL EQUIPO ESCÉNICO Y QUE TE DÉ MIEDO LA OSCURIDAD? SIEMPRE ESTAMOS TRABAJANDO EN LA OSCURIDAD.
¡¡CÁLLATE!!
DÉJAME PRENDER LA LUZ.

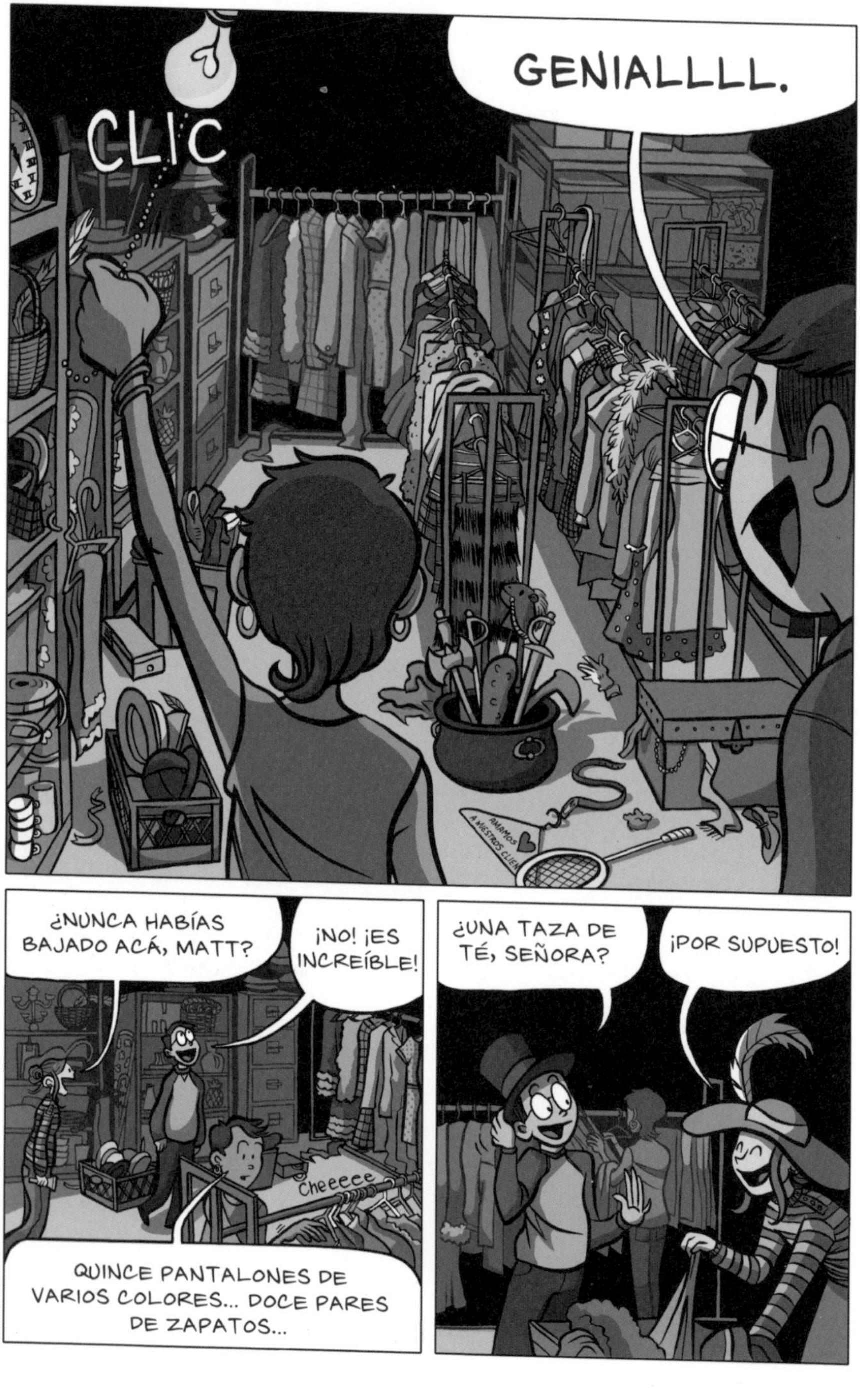
CLIC
GENIALLLL.
AMAMOS A NUESTROS
¿NUNCA HABÍAS BAJADO ACÁ, MATT?
¡NO! ¡ES INCREÍBLE!
Cheeeee
QUINCE PANTALONES DE VARIOS COLORES... DOCE PARES DE ZAPATOS...
¿UNA TAZA DE TÉ, SEÑORA?
¡POR SUPUESTO!

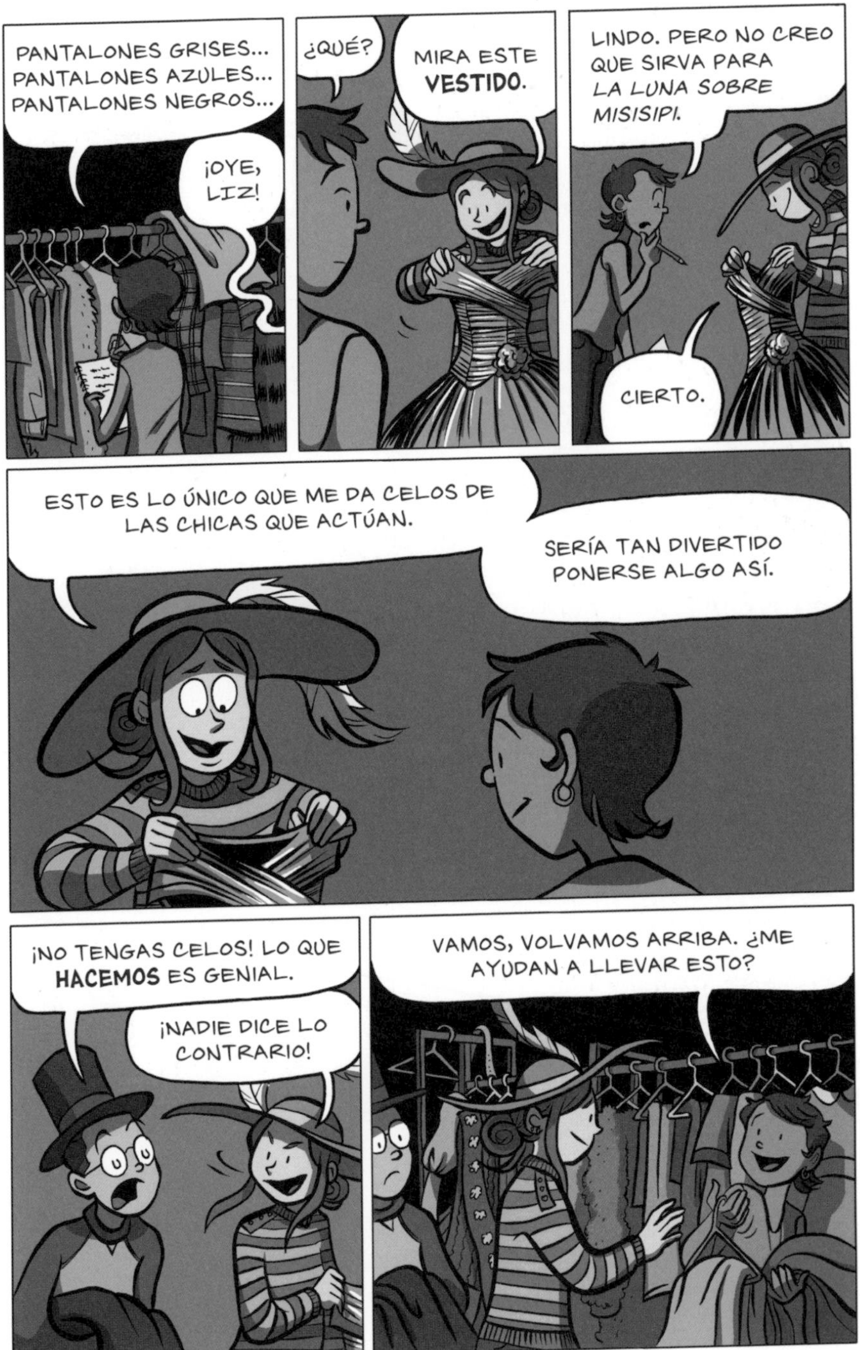

PANTALONES GRISES... PANTALONES AZULES... PANTALONES NEGROS...
¡OYE, LIZ!
¿QUÉ?
MIRA ESTE **VESTIDO**.
LINDO. PERO NO CREO QUE SIRVA PARA *LA LUNA SOBRE MISISIPI*.
CIERTO.
ESTO ES LO ÚNICO QUE ME DA CELOS DE LAS CHICAS QUE ACTÚAN.
SERÍA TAN DIVERTIDO PONERSE ALGO ASÍ.
¡NO TENGAS CELOS! LO QUE **HACEMOS** ES GENIAL.
¡NADIE DICE LO CONTRARIO!
VAMOS, VOLVAMOS ARRIBA. ¿ME AYUDAN A LLEVAR ESTO?

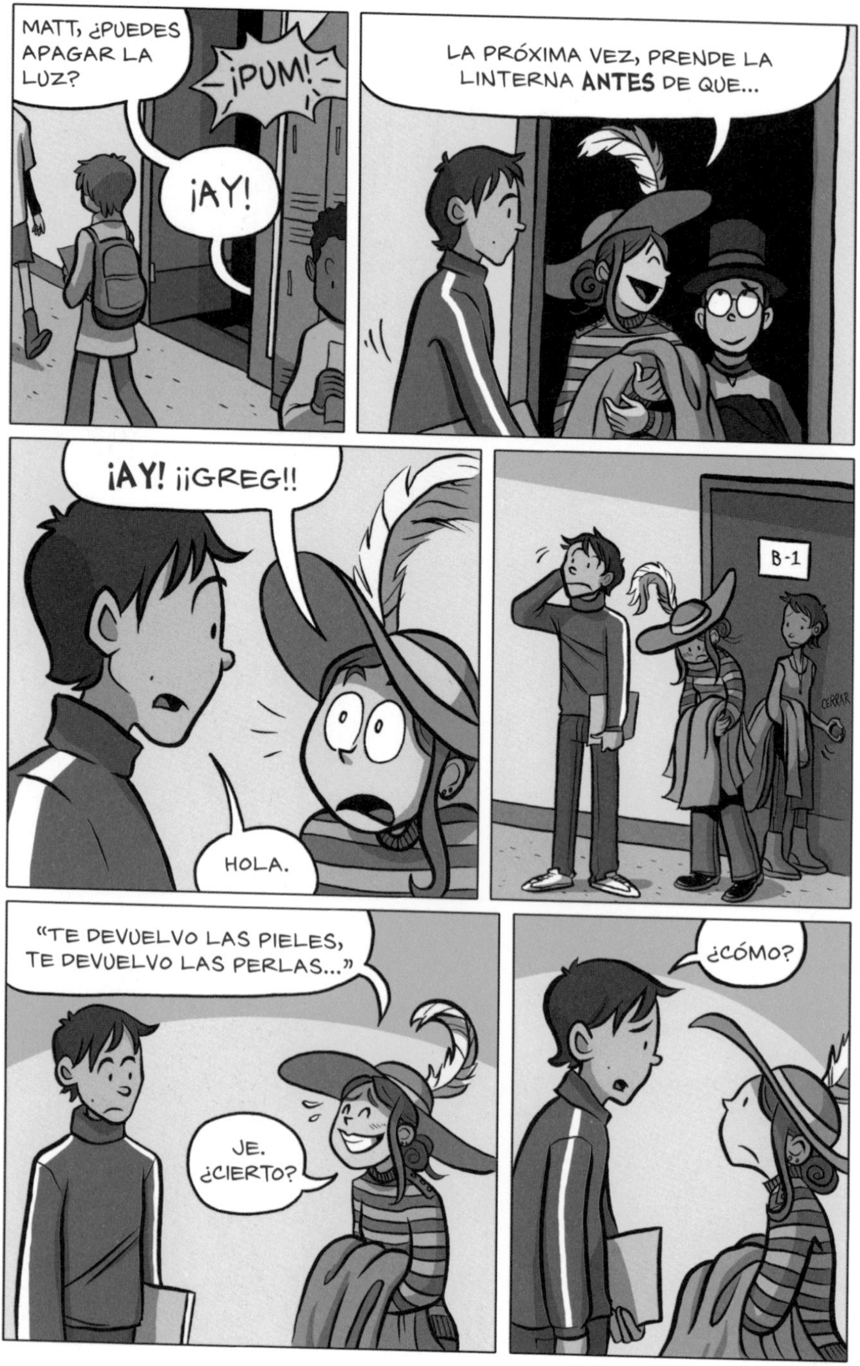
MATT, ¿PUEDES APAGAR LA LUZ?
¡PUM!
¡AY!
LA PRÓXIMA VEZ, PRENDE LA LINTERNA **ANTES** DE QUE...
¡AY! ¡¡GREG!!
HOLA.
B-1
CERRAR
"TE DEVUELVO LAS PIELES, TE DEVUELVO LAS PERLAS..."
JE. ¿CIERTO?
¿CÓMO?

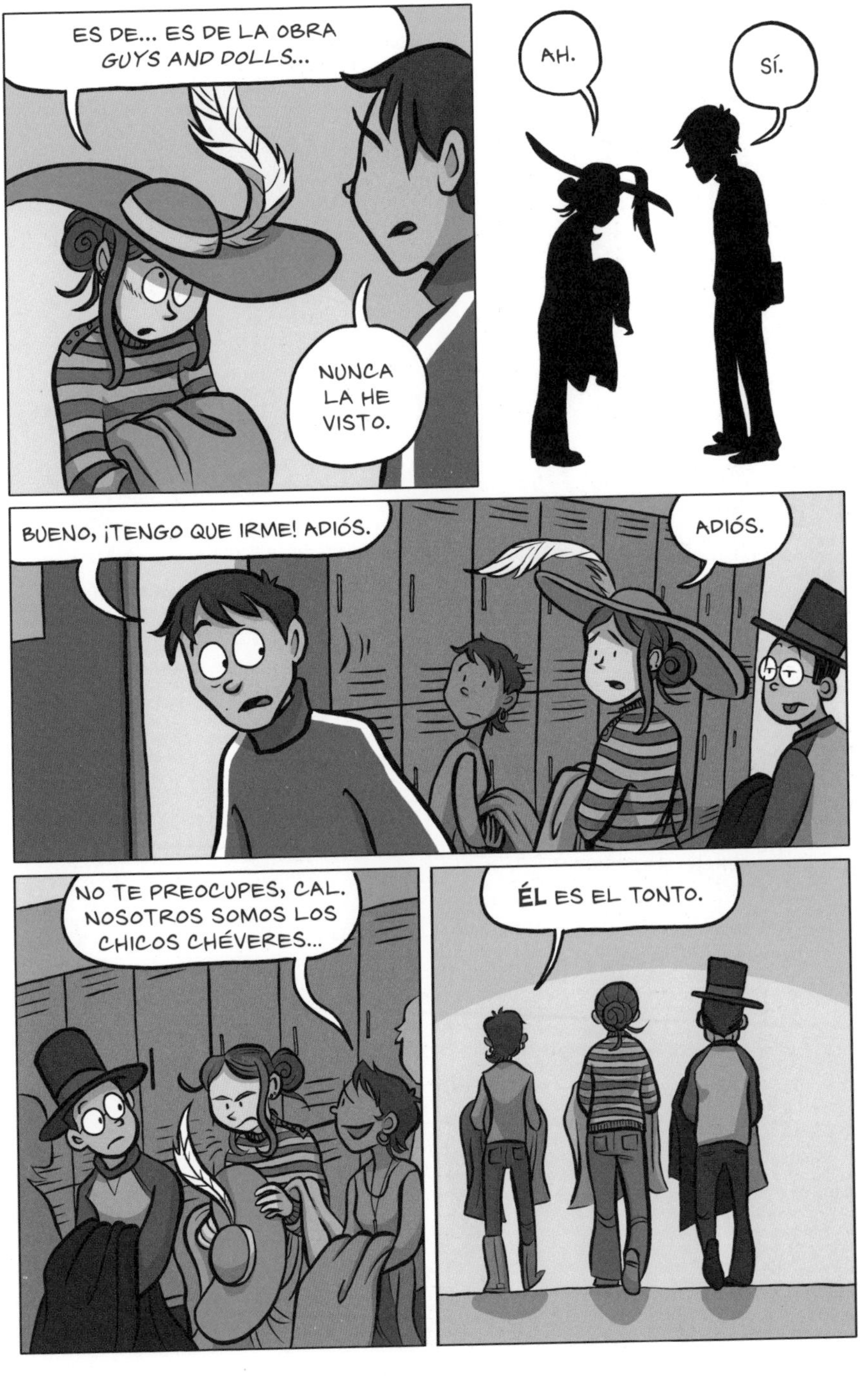
ES DE... ES DE LA OBRA GUYS AND DOLLS...
NUNCA LA HE VISTO.
AH.
SÍ.
BUENO, ¡TENGO QUE IRME! ADIÓS.
ADIÓS.
NO TE PREOCUPES, CAL. NOSOTROS SOMOS LOS CHICOS CHÉVERES...
ÉL ES EL TONTO.

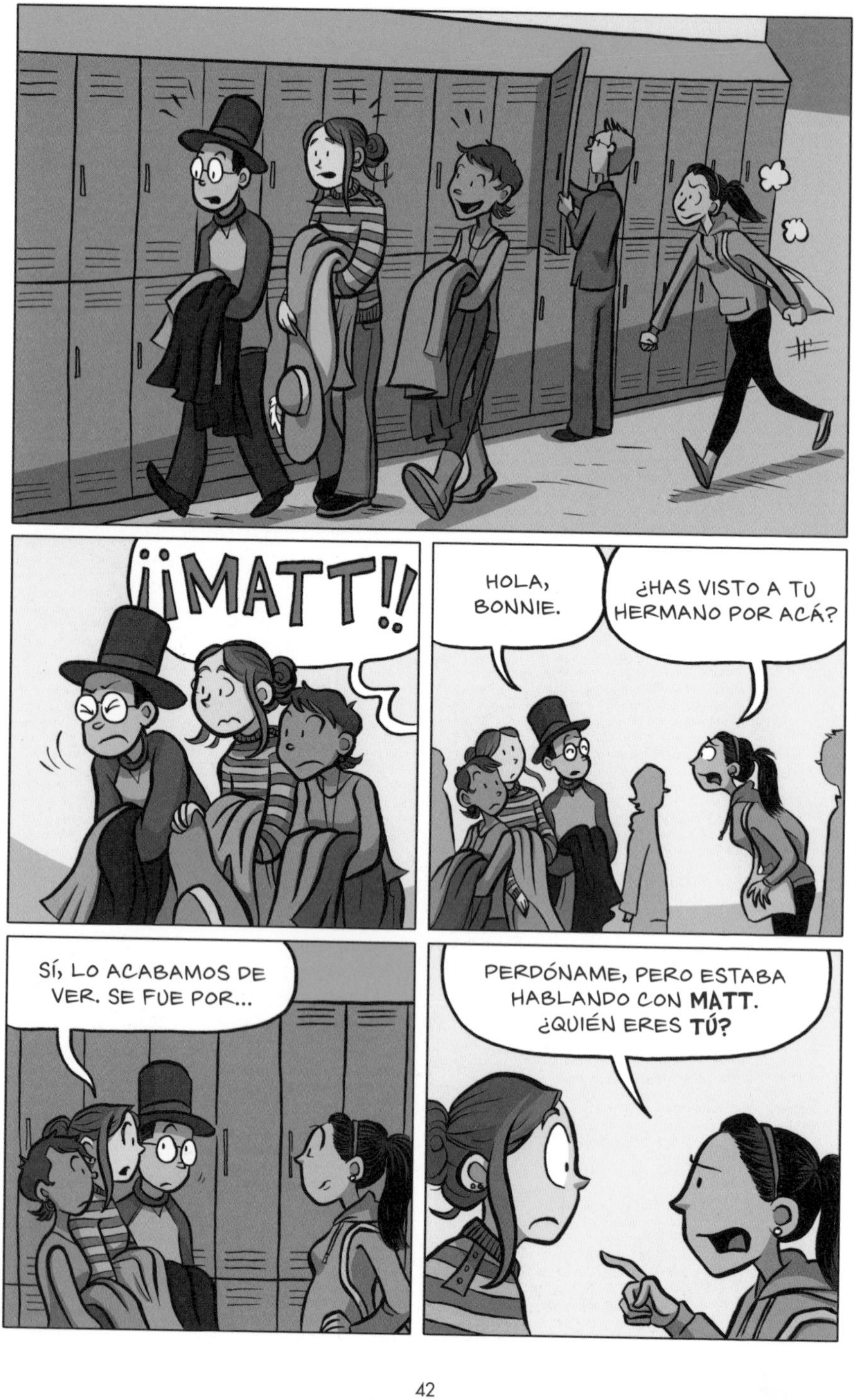
¡¡MATT!!
HOLA, BONNIE.
¿HAS VISTO A TU HERMANO POR ACÁ?
SÍ, LO ACABAMOS DE VER. SE FUE POR...
PERDÓNAME, PERO ESTABA HABLANDO CON **MATT**. ¿QUIÉN ERES **TÚ**?

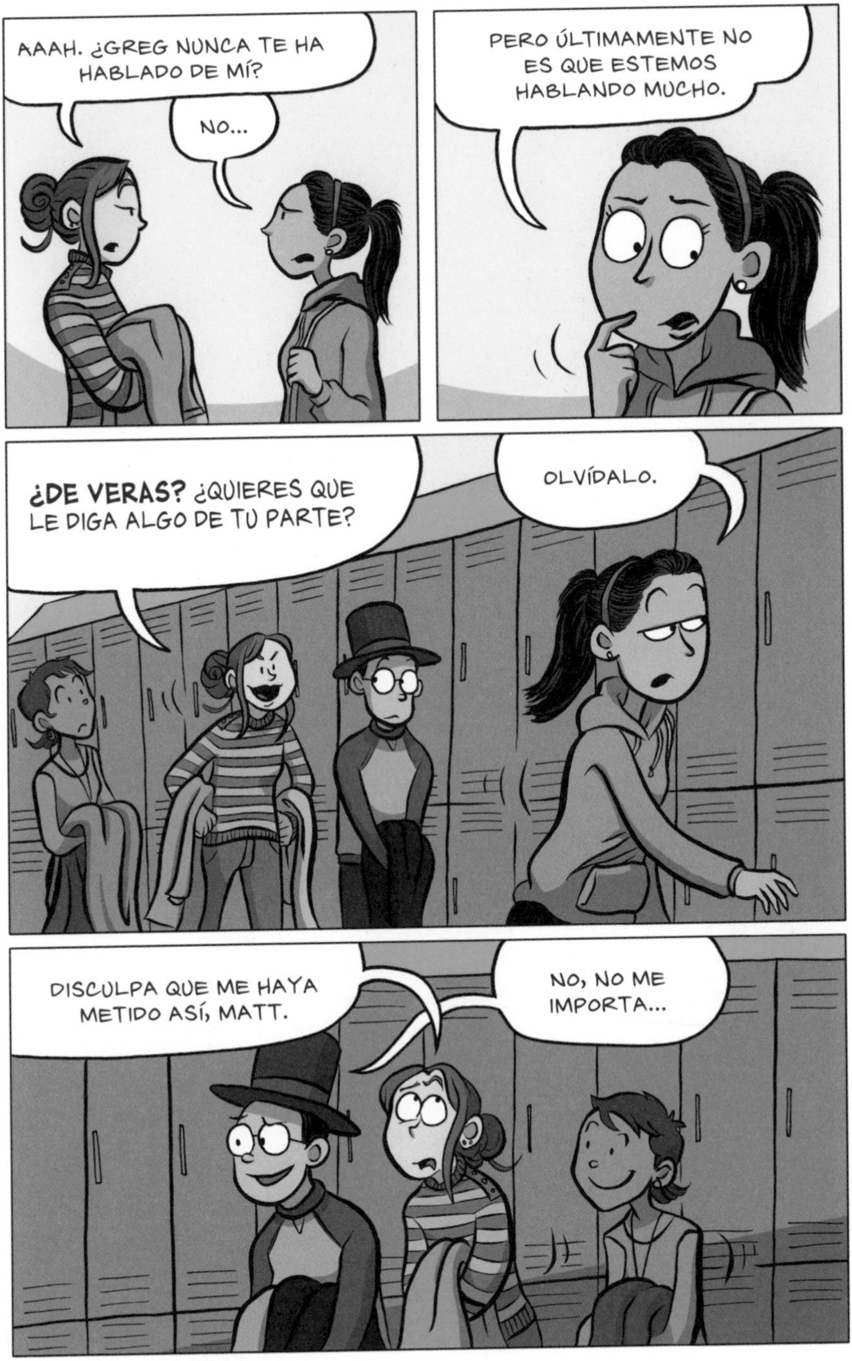
AAAH. ¿GREG NUNCA TE HA HABLADO DE MÍ?
NO...
PERO ÚLTIMAMENTE NO ES QUE ESTEMOS HABLANDO MUCHO.
¿DE VERAS? ¿QUIERES QUE LE DIGA ALGO DE TU PARTE?
OLVÍDALO.
DISCULPA QUE ME HAYA METIDO ASÍ, MATT.
NO, NO ME IMPORTA...

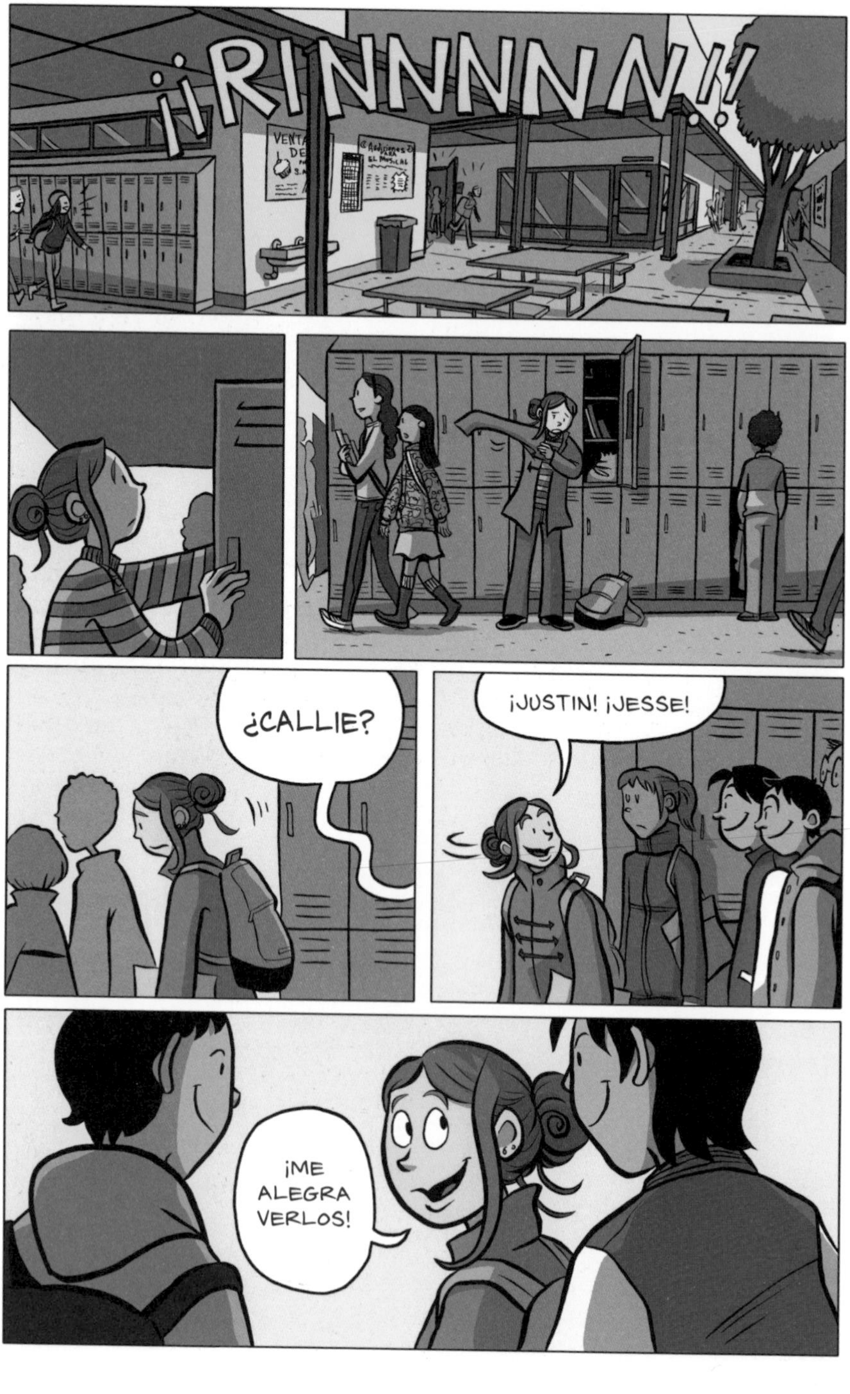
¡¡RINNNNNN!!
¿CALLIE?
¡JUSTIN! ¡JESSE!
¡ME ALEGRA VERLOS!

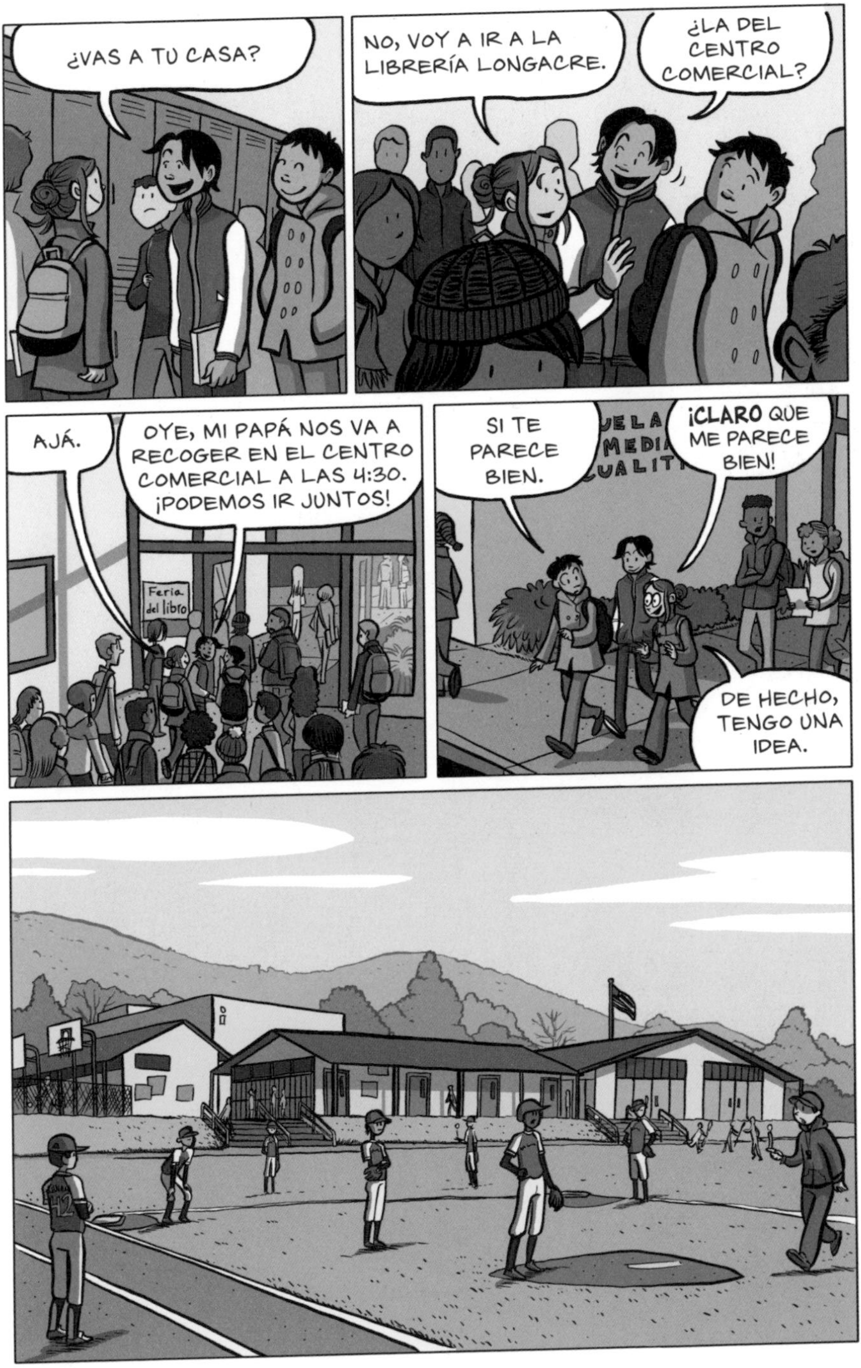
¿VAS A TU CASA?
NO, VOY A IR A LA LIBRERÍA LONGACRE.
¿LA DEL CENTRO COMERCIAL?
AJÁ.
OYE, MI PAPÁ NOS VA A RECOGER EN EL CENTRO COMERCIAL A LAS 4:30. ¡PODEMOS IR JUNTOS!
Feria del libro
SI TE PARECE BIEN.
¡CLARO QUE ME PARECE BIEN!
DE HECHO, TENGO UNA IDEA.

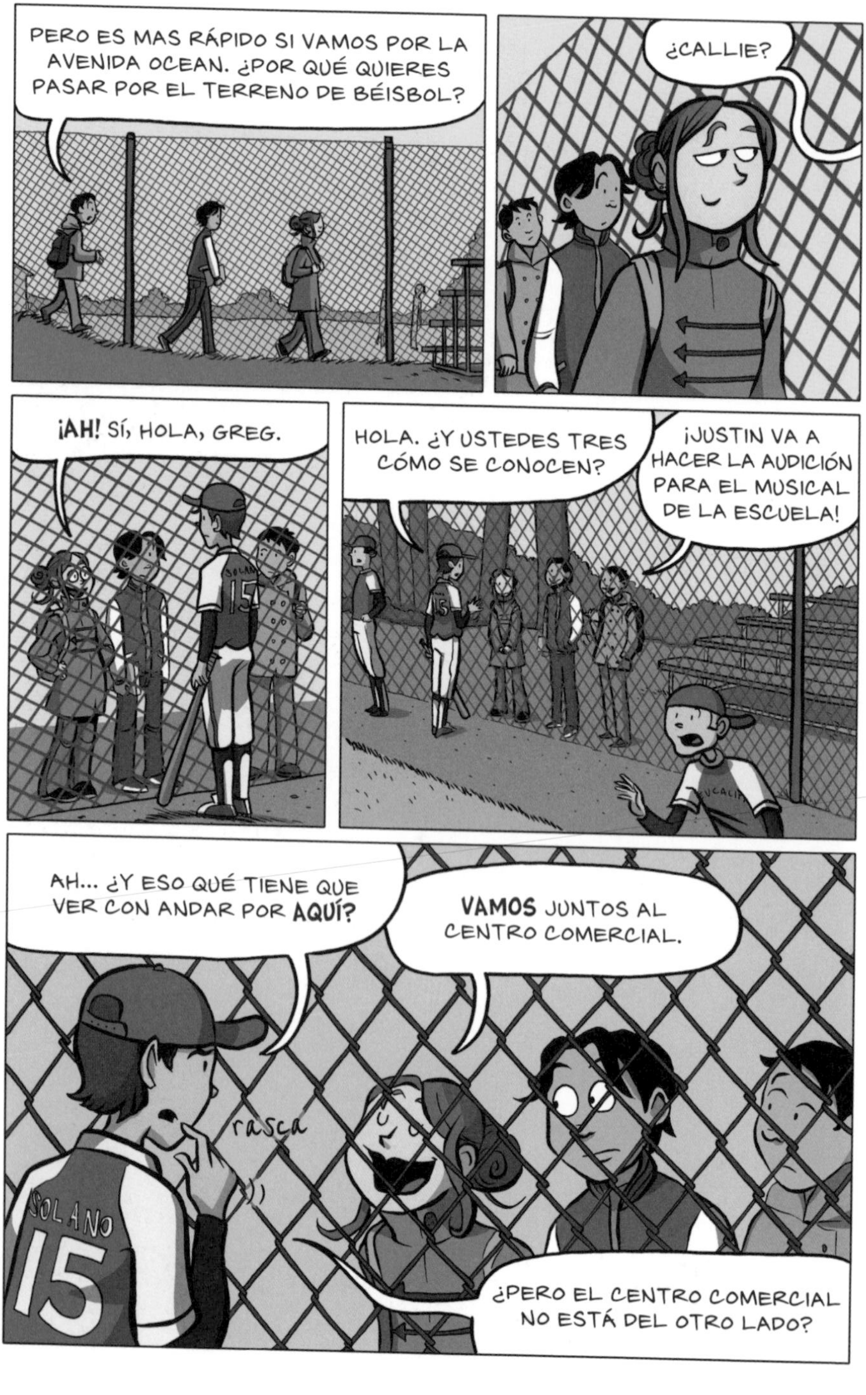
PERO ES MAS RÁPIDO SI VAMOS POR LA AVENIDA OCEAN. ¿POR QUÉ QUIERES PASAR POR EL TERRENO DE BÉISBOL?
¿CALLIE?
¡AH! SÍ, HOLA, GREG.
HOLA. ¿Y USTEDES TRES CÓMO SE CONOCEN?
¡JUSTIN VA A HACER LA AUDICIÓN PARA EL MUSICAL DE LA ESCUELA!
AH... ¿Y ESO QUÉ TIENE QUE VER CON ANDAR POR AQUÍ?
VAMOS JUNTOS AL CENTRO COMERCIAL.
rasca
SOLANO
15
¿PERO EL CENTRO COMERCIAL NO ESTÁ DEL OTRO LADO?

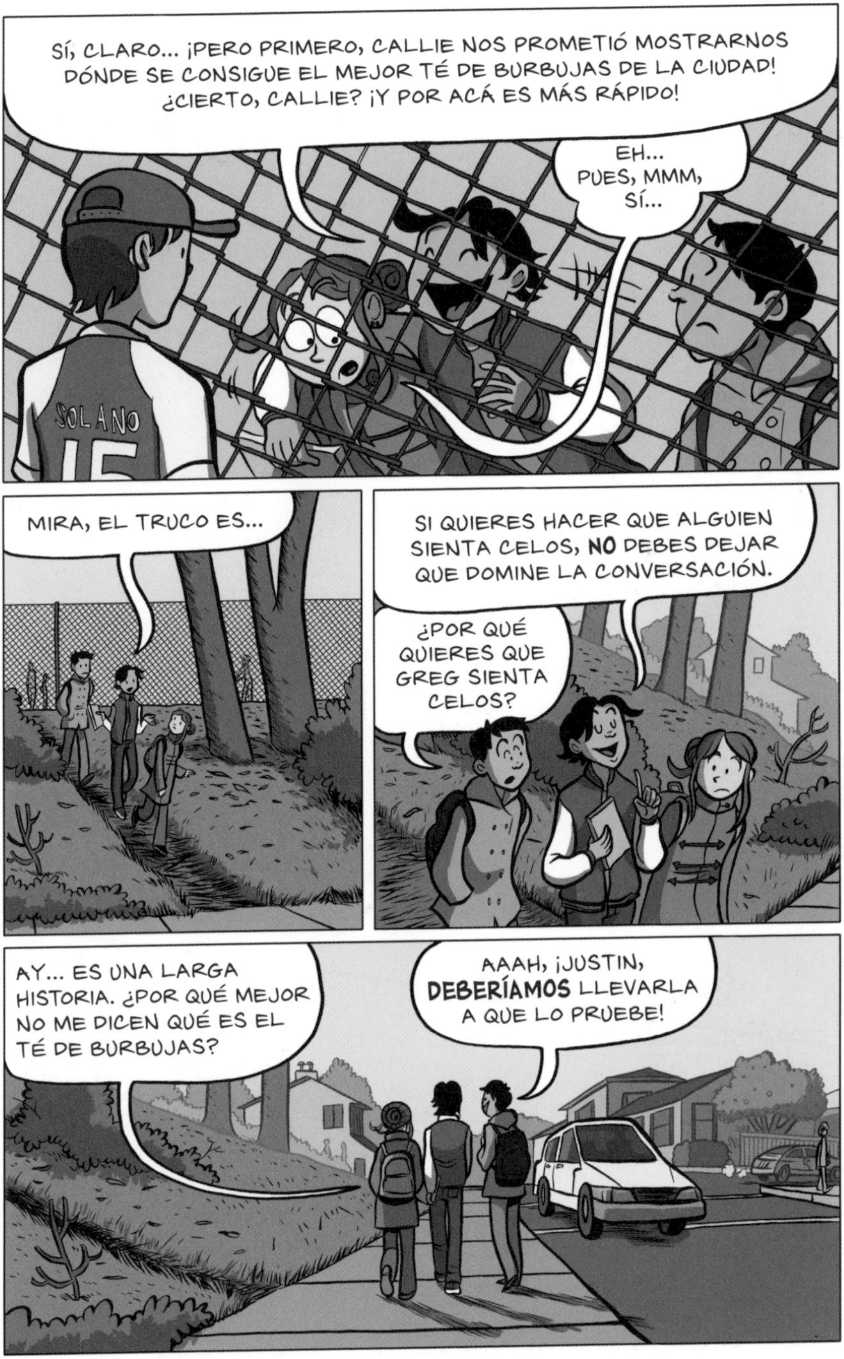
SÍ, CLARO... ¡PERO PRIMERO, CALLIE NOS PROMETIÓ MOSTRARNOS DÓNDE SE CONSIGUE EL MEJOR TÉ DE BURBUJAS DE LA CIUDAD! ¿CIERTO, CALLIE? ¡Y POR ACÁ ES MÁS RÁPIDO!
EH... PUES, MMM, SÍ...
SOLANO 15
MIRA, EL TRUCO ES...
SI QUIERES HACER QUE ALGUIEN SIENTA CELOS, **NO** DEBES DEJAR QUE DOMINE LA CONVERSACIÓN.
¿POR QUÉ QUIERES QUE GREG SIENTA CELOS?
AY... ES UNA LARGA HISTORIA. ¿POR QUÉ MEJOR NO ME DICEN QUÉ ES EL TÉ DE BURBUJAS?
AAAH, ¡JUSTIN, **DEBERÍAMOS** LLEVARLA A QUE LO PRUEBE!

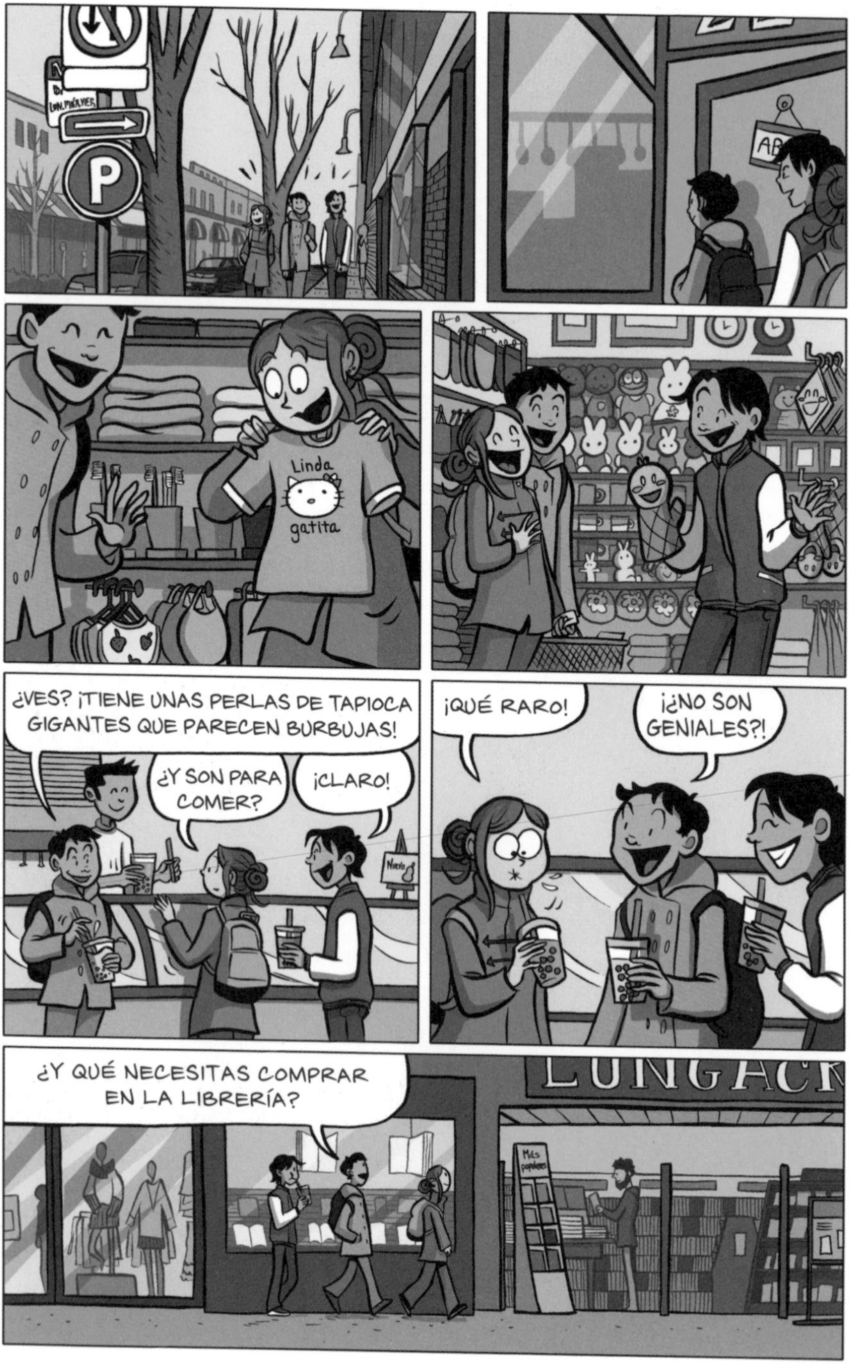
AB
Linda
gatita
¿VES? ¡TIENE UNAS PERLAS DE TAPIOCA GIGANTES QUE PARECEN BURBUJAS!
¿Y SON PARA COMER?
¡CLARO!
¡QUÉ RARO!
¡¿NO SON GENIALES?!
¿Y QUÉ NECESITAS COMPRAR EN LA LIBRERÍA?
LONGACR

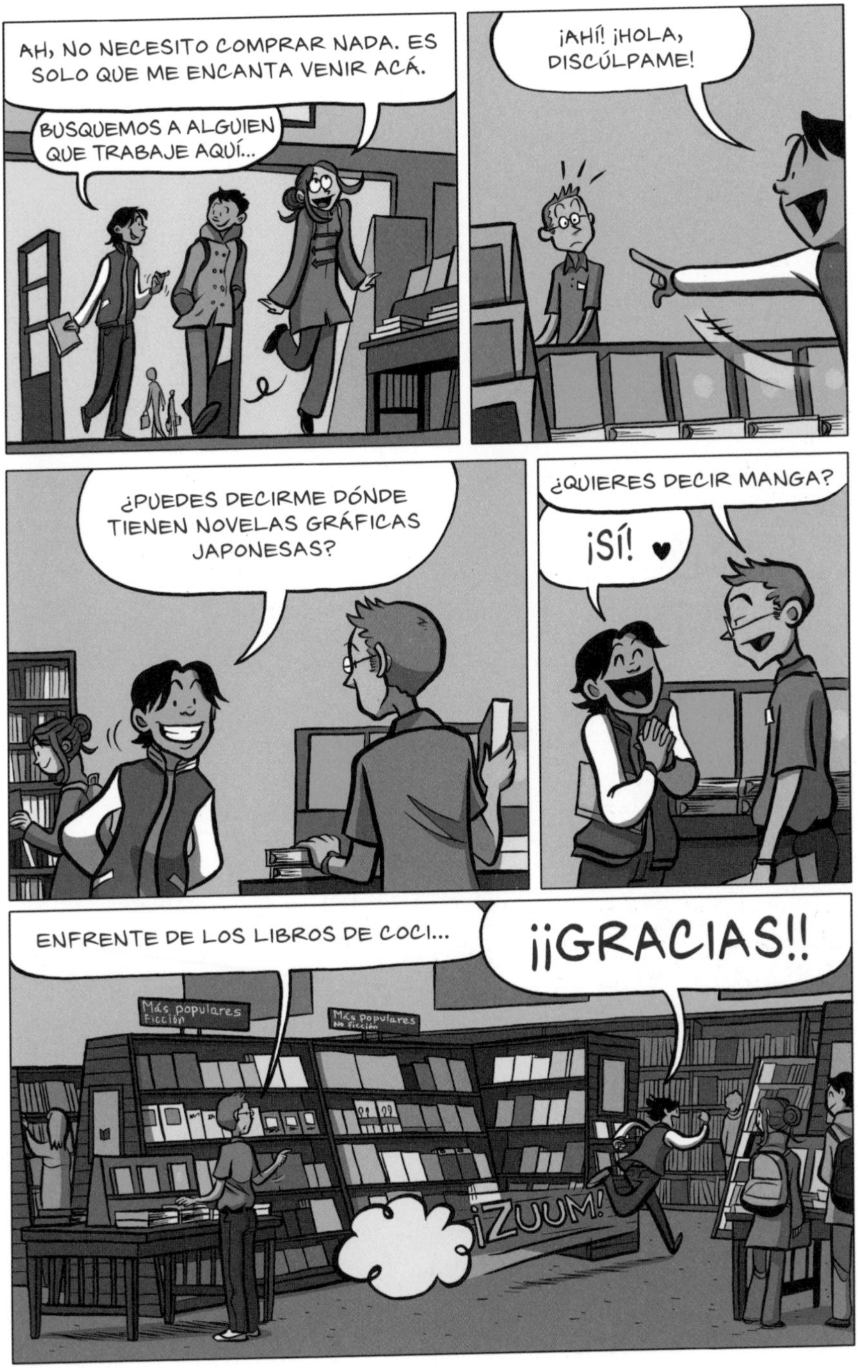

AH, NO NECESITO COMPRAR NADA. ES SOLO QUE ME ENCANTA VENIR ACÁ.
BUSQUEMOS A ALGUIEN QUE TRABAJE AQUÍ...
¡AHÍ! ¡HOLA, DISCÚLPAME!
¿PUEDES DECIRME DÓNDE TIENEN NOVELAS GRÁFICAS JAPONESAS?
¿QUIERES DECIR MANGA?
¡SÍ!
ENFRENTE DE LOS LIBROS DE COCI...
¡¡GRACIAS!!
Más populares Ficción
Más populares No ficción
¡ZUUM!

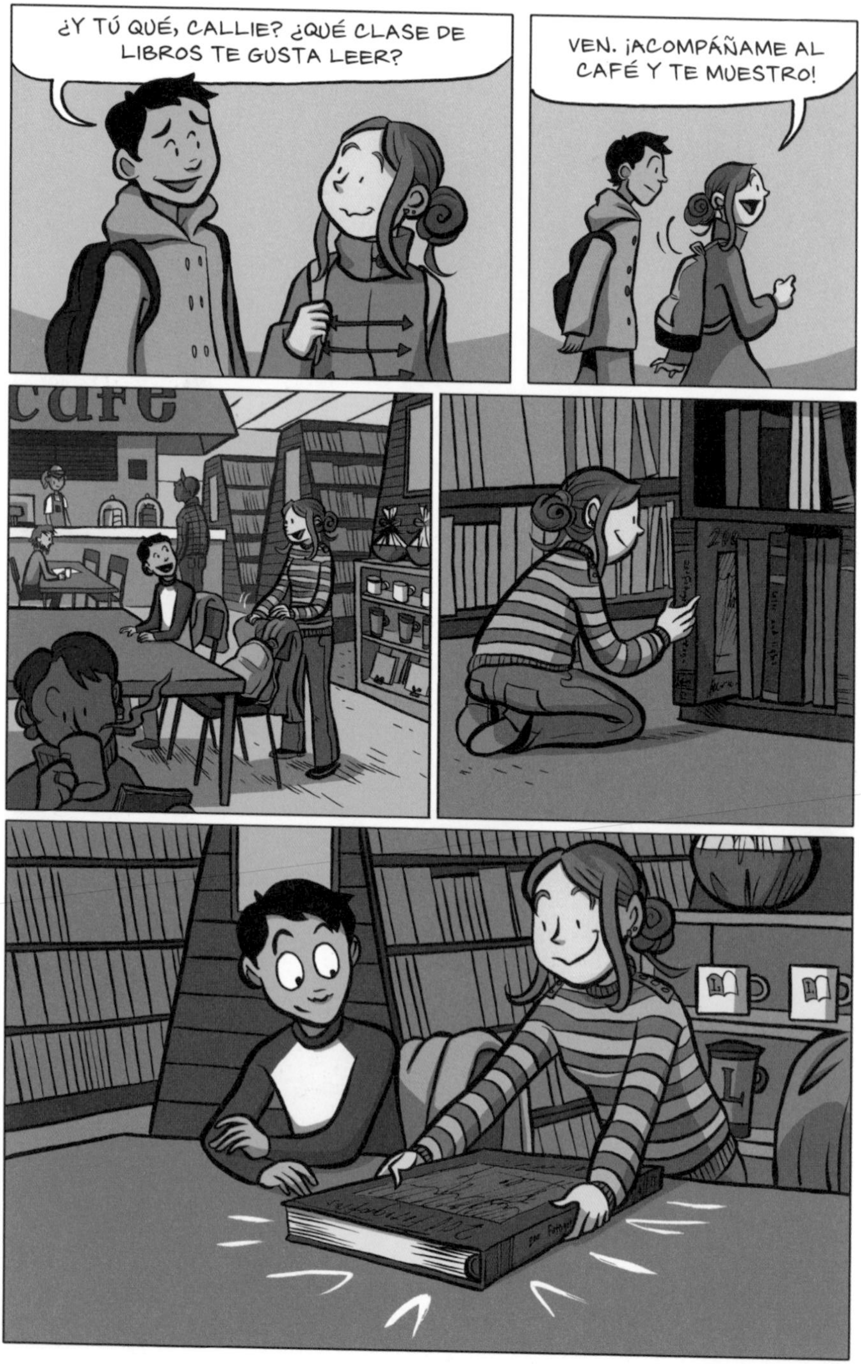
¿Y TÚ QUÉ, CALLIE? ¿QUÉ CLASE DE LIBROS TE GUSTA LEER?
VEN. ¡ACOMPÁÑAME AL CAFÉ Y TE MUESTRO!
cafe

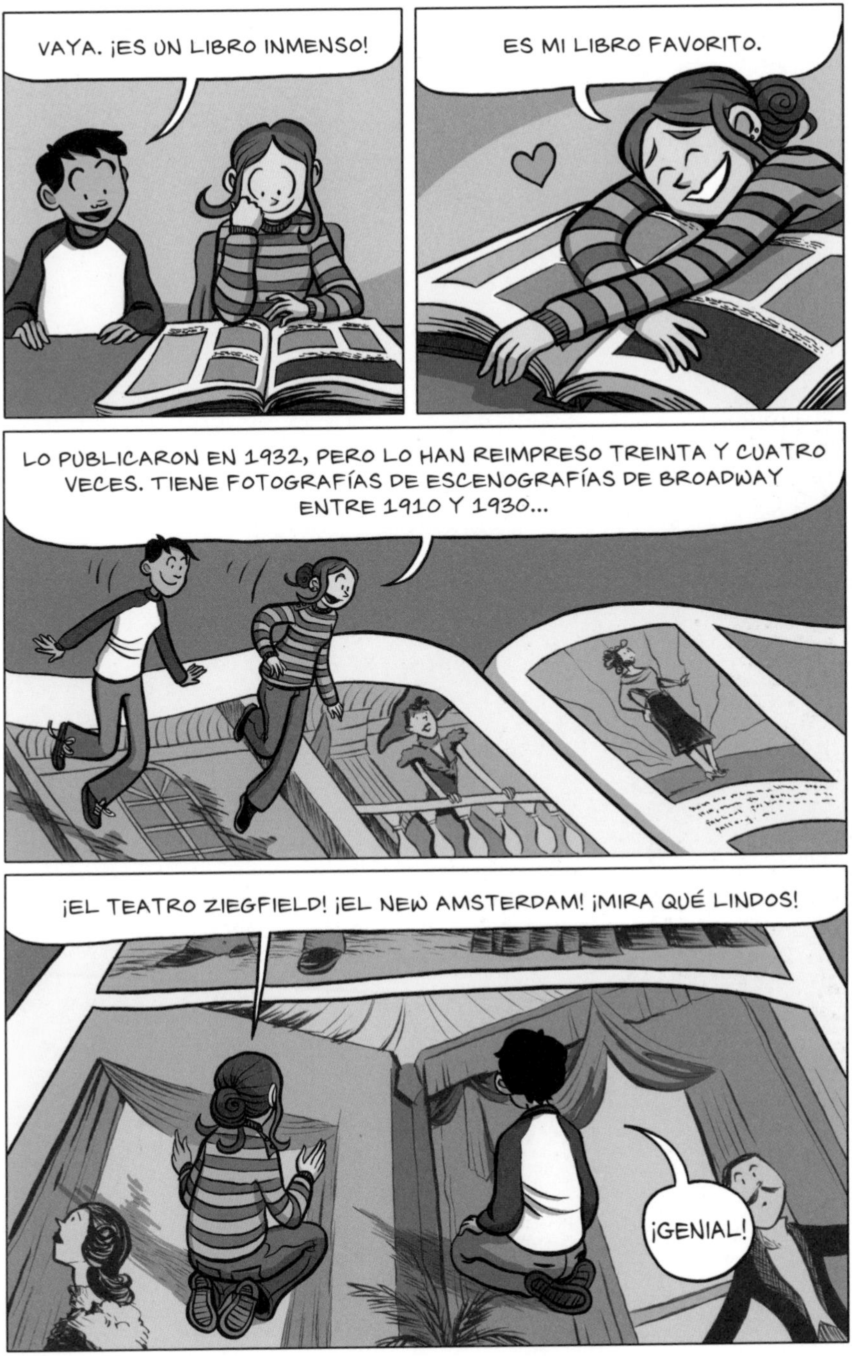
VAYA. ¡ES UN LIBRO INMENSO!
ES MI LIBRO FAVORITO.
LO PUBLICARON EN 1932, PERO LO HAN REIMPRESO TREINTA Y CUATRO VECES. TIENE FOTOGRAFÍAS DE ESCENOGRAFÍAS DE BROADWAY ENTRE 1910 Y 1930...
¡EL TEATRO ZIEGFIELD! ¡EL NEW AMSTERDAM! ¡MIRA QUÉ LINDOS!
¡GENIAL!

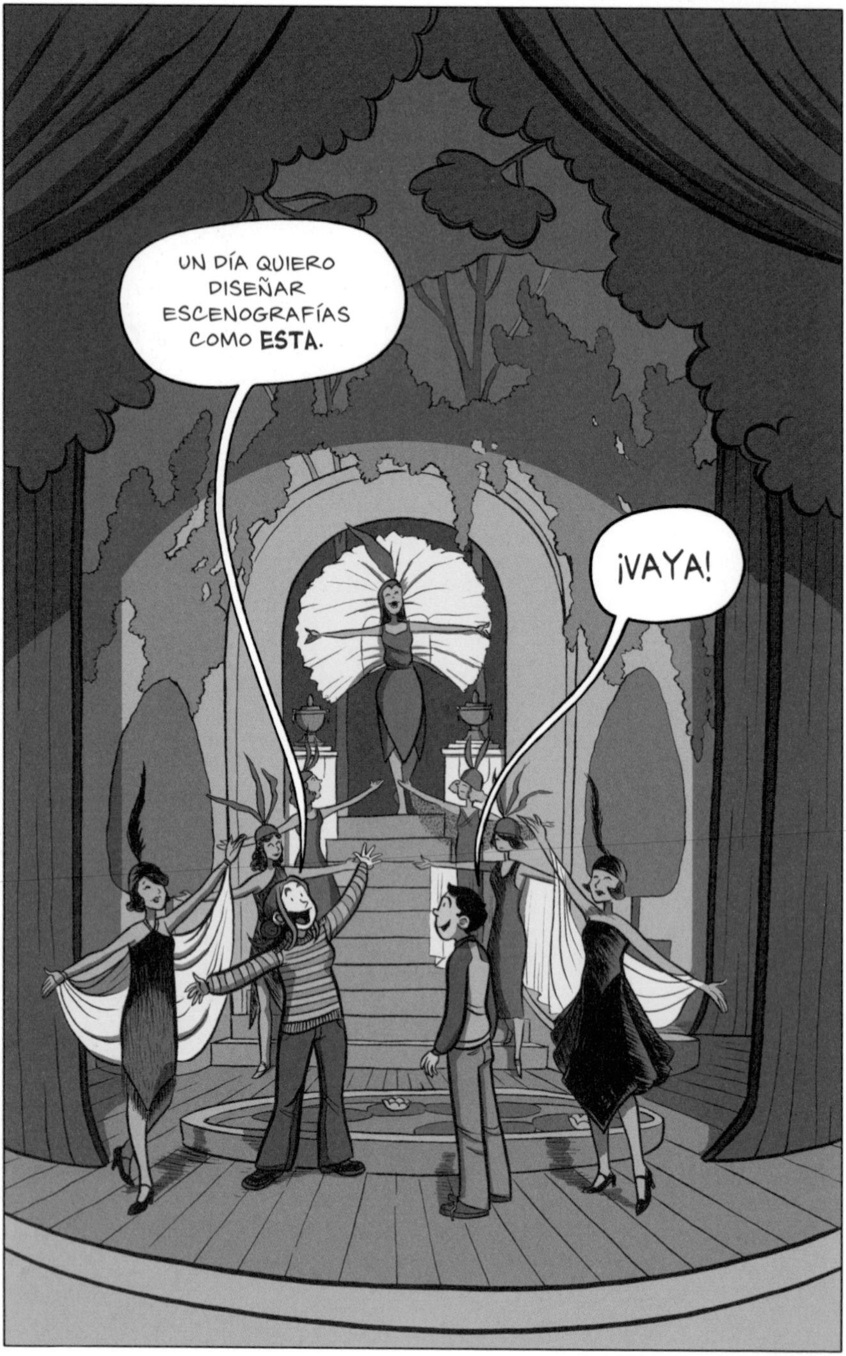
UN DÍA QUIERO DISEÑAR ESCENOGRAFÍAS COMO ESTA.
¡VAYA!

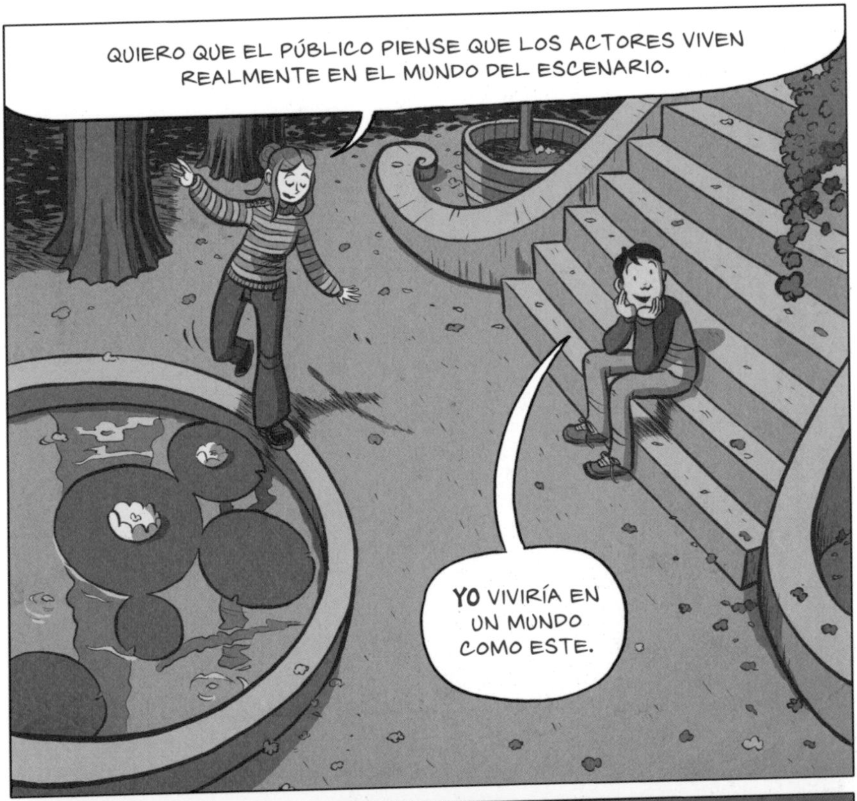
QUIERO QUE EL PÚBLICO PIENSE QUE LOS ACTORES VIVEN REALMENTE EN EL MUNDO DEL ESCENARIO.
YO VIVIRÍA EN UN MUNDO COMO ESTE.

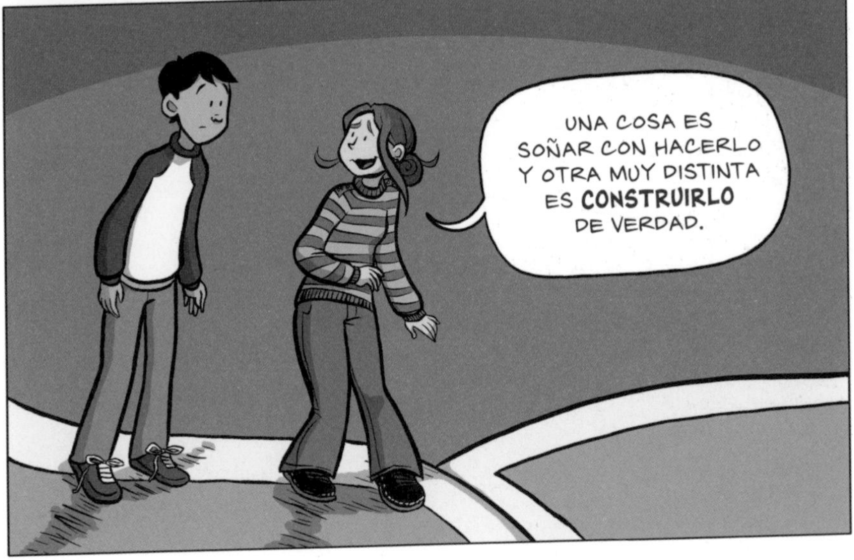
UNA COSA ES SOÑAR CON HACERLO Y OTRA MUY DISTINTA ES **CONSTRUIRLO** DE VERDAD.

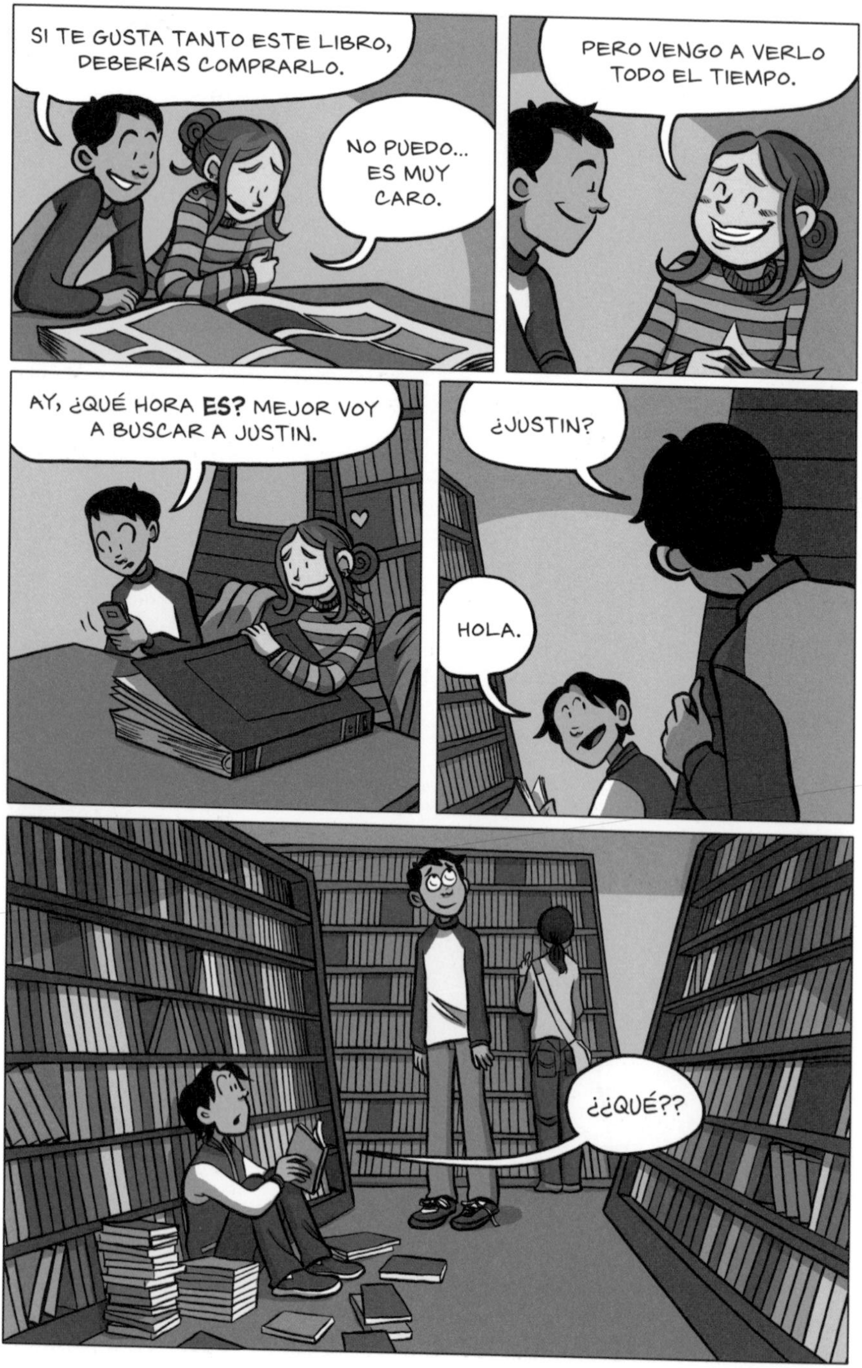
SI TE GUSTA TANTO ESTE LIBRO, DEBERÍAS COMPRARLO.
NO PUEDO... ES MUY CARO.
PERO VENGO A VERLO TODO EL TIEMPO.
AY, ¿QUÉ HORA **ES?** MEJOR VOY A BUSCAR A JUSTIN.
¿JUSTIN?
HOLA.
¿¿QUÉ??

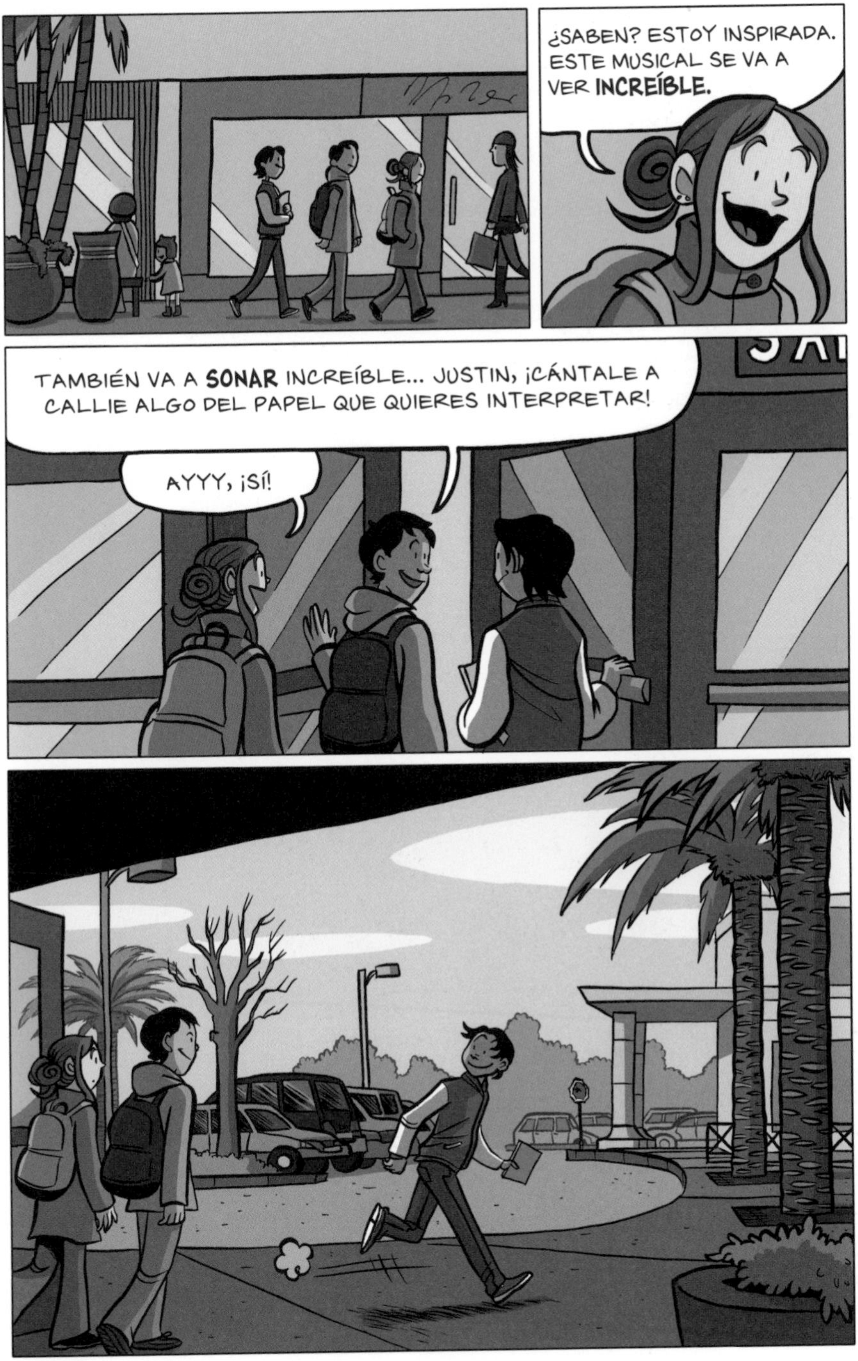
¿SABEN? ESTOY INSPIRADA. ESTE MUSICAL SE VA A VER **INCREÍBLE.**
TAMBIÉN VA A **SONAR** INCREÍBLE... JUSTIN, ¡CÁNTALE A CALLIE ALGO DEL PAPEL QUE QUIERES INTERPRETAR!
AYYY, ¡SÍ!

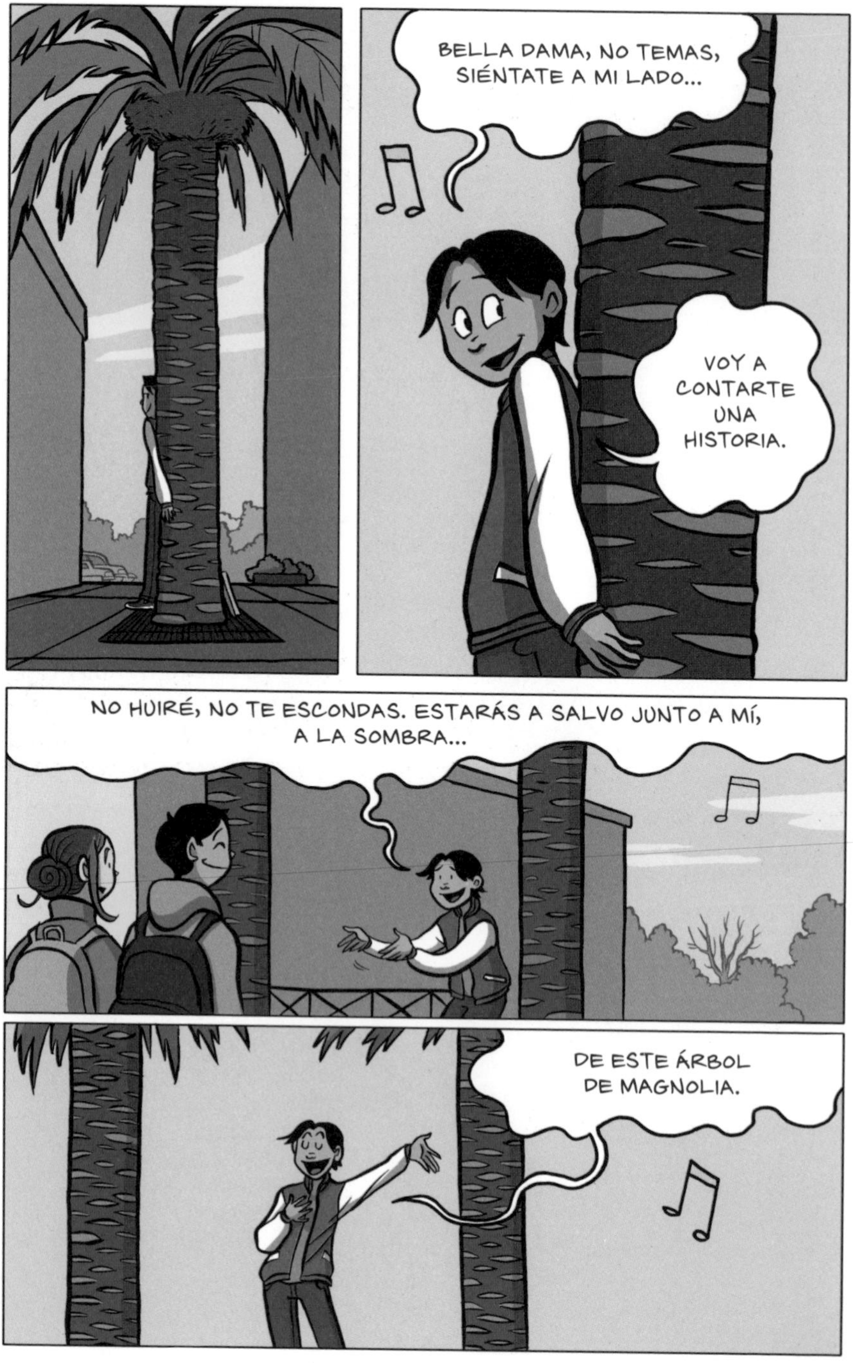
BELLA DAMA, NO TEMAS, SIÉNTATE A MI LADO...
VOY A CONTARTE UNA HISTORIA.
NO HUIRÉ, NO TE ESCONDAS. ESTARÁS A SALVO JUNTO A MÍ, A LA SOMBRA...
DE ESTE ÁRBOL DE MAGNOLIA.

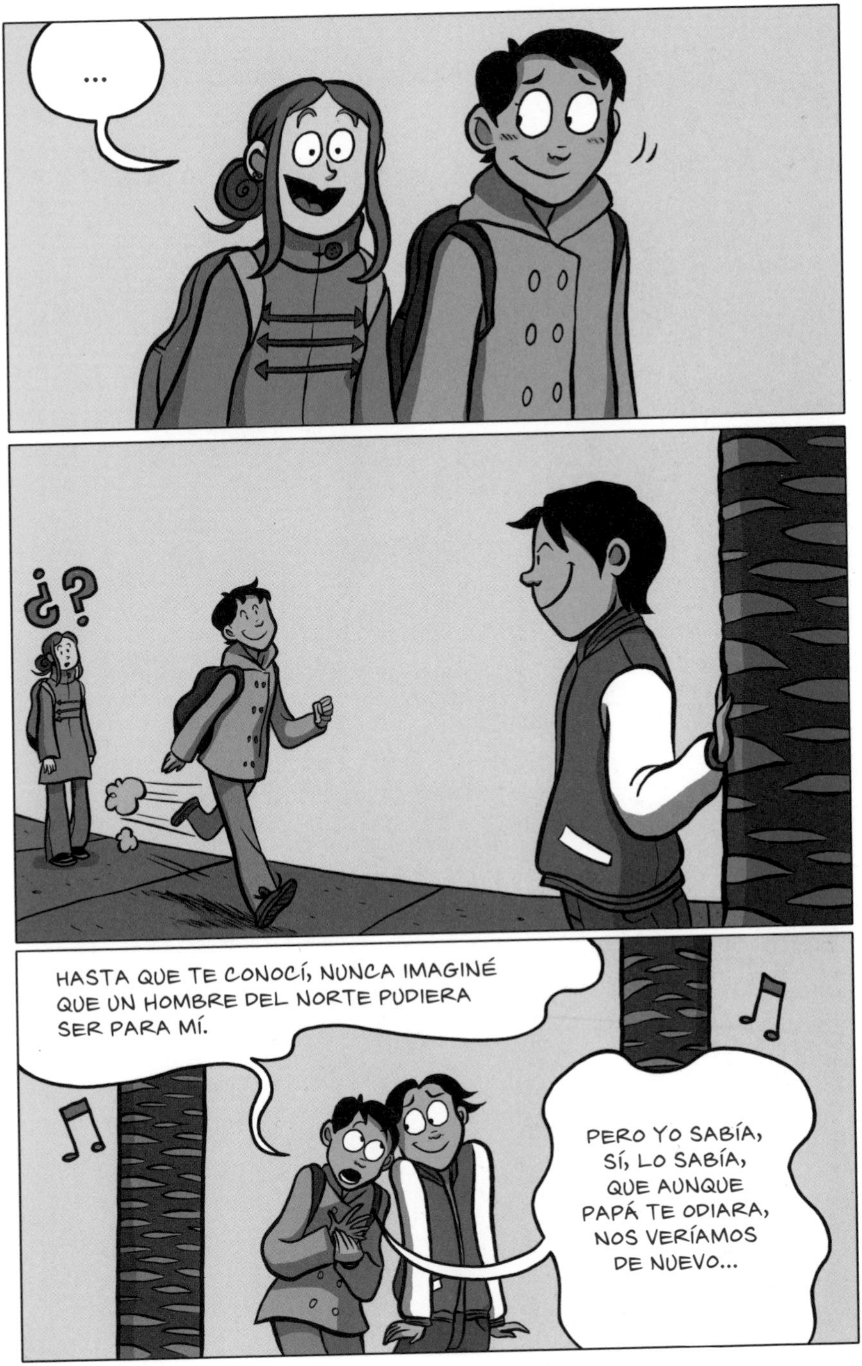
...
¿?
HASTA QUE TE CONOCÍ, NUNCA IMAGINÉ QUE UN HOMBRE DEL NORTE PUDIERA SER PARA MÍ.
PERO YO SABÍA, SÍ, LO SABÍA, QUE AUNQUE PAPÁ TE ODIARA, NOS VERÍAMOS DE NUEVO...

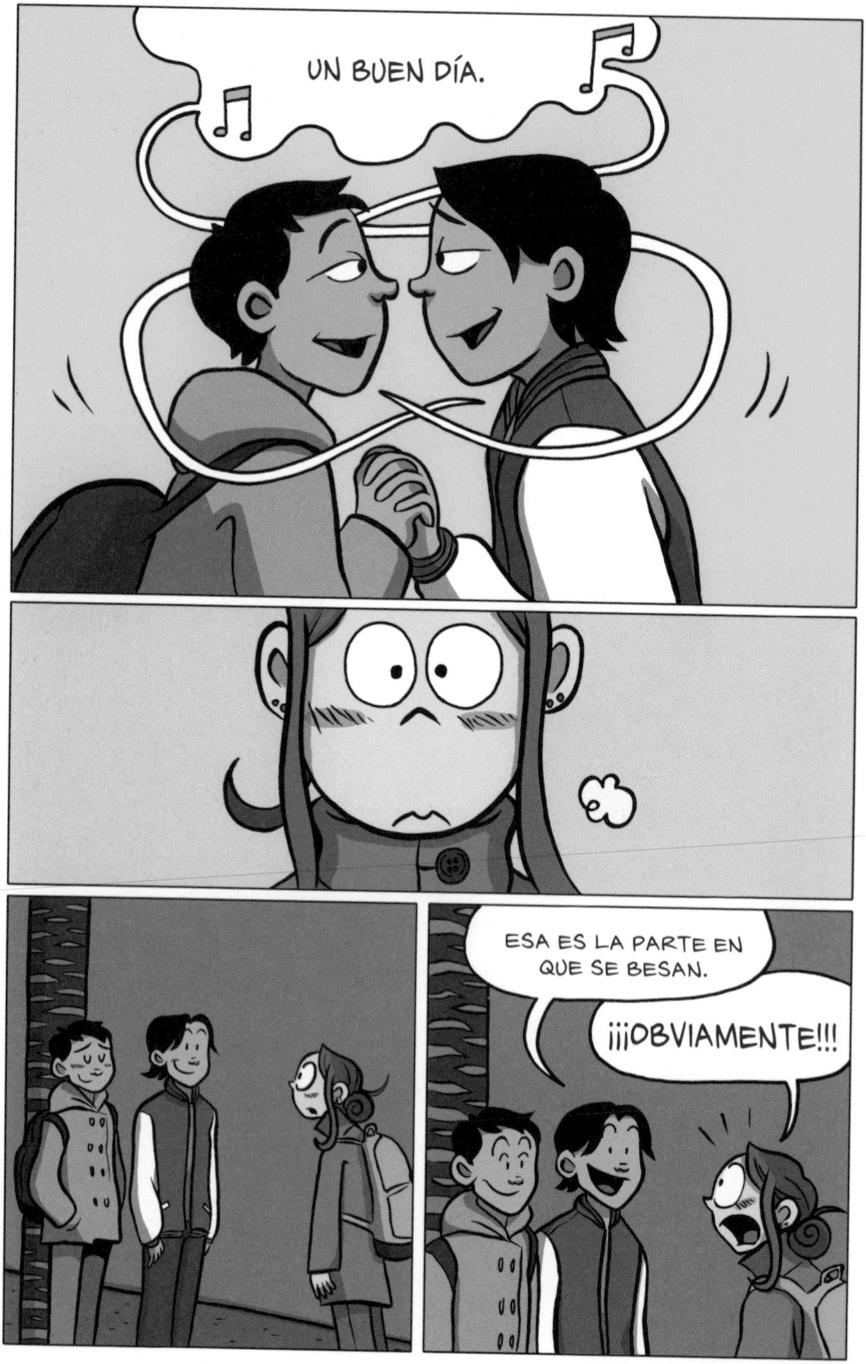
UN BUEN DÍA.
ESA ES LA PARTE EN QUE SE BESAN.
¡¡¡OBVIAMENTE!!!

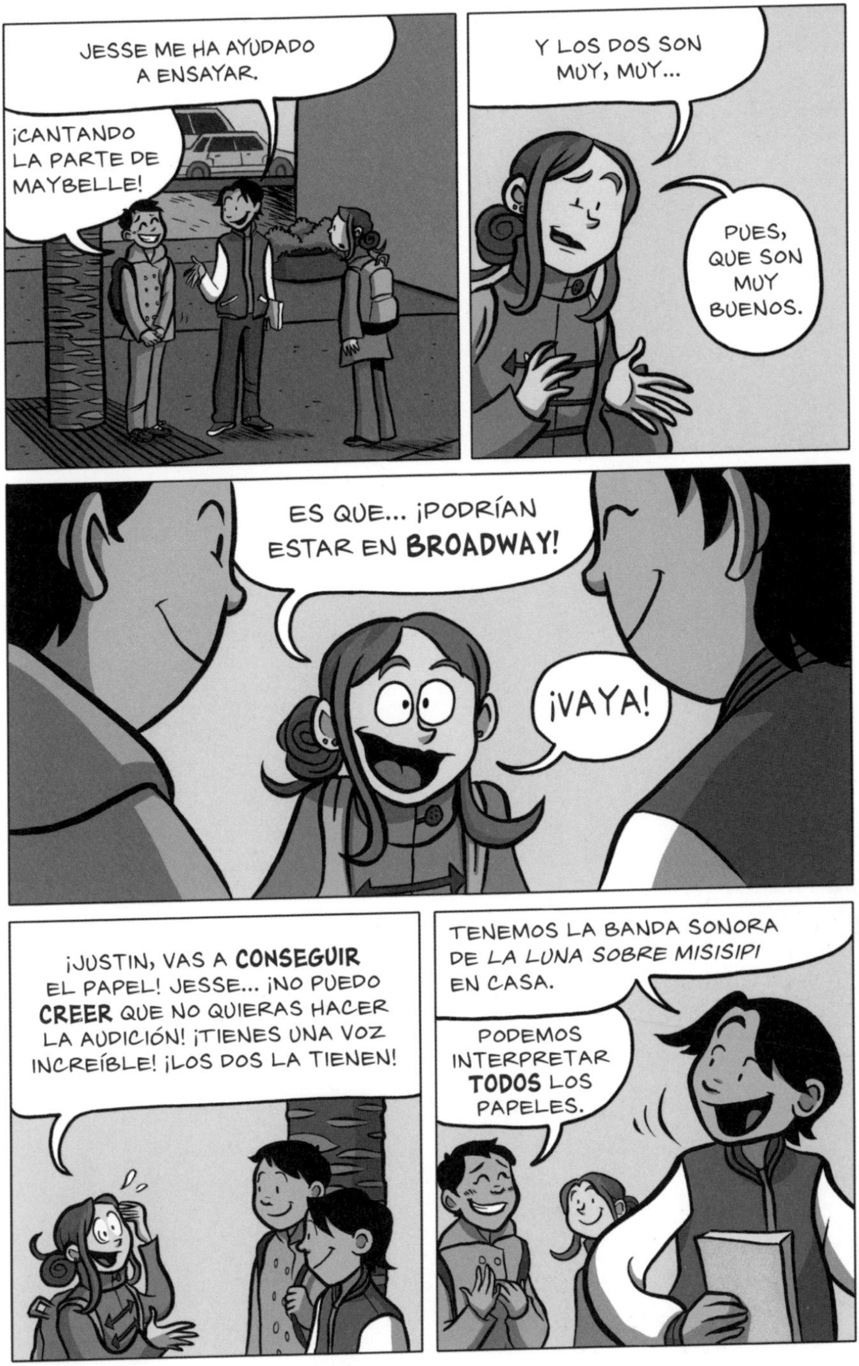
JESSE ME HA AYUDADO A ENSAYAR.
¡CANTANDO LA PARTE DE MAYBELLE!
Y LOS DOS SON MUY, MUY...
PUES, QUE SON MUY BUENOS.
ES QUE... ¡PODRÍAN ESTAR EN BROADWAY!
¡VAYA!
¡JUSTIN, VAS A CONSEGUIR EL PAPEL! JESSE... ¡NO PUEDO CREER QUE NO QUIERAS HACER LA AUDICIÓN! ¡TIENES UNA VOZ INCREÍBLE! ¡LOS DOS LA TIENEN!
TENEMOS LA BANDA SONORA DE LA LUNA SOBRE MISISIPI EN CASA.
PODEMOS INTERPRETAR TODOS LOS PAPELES.

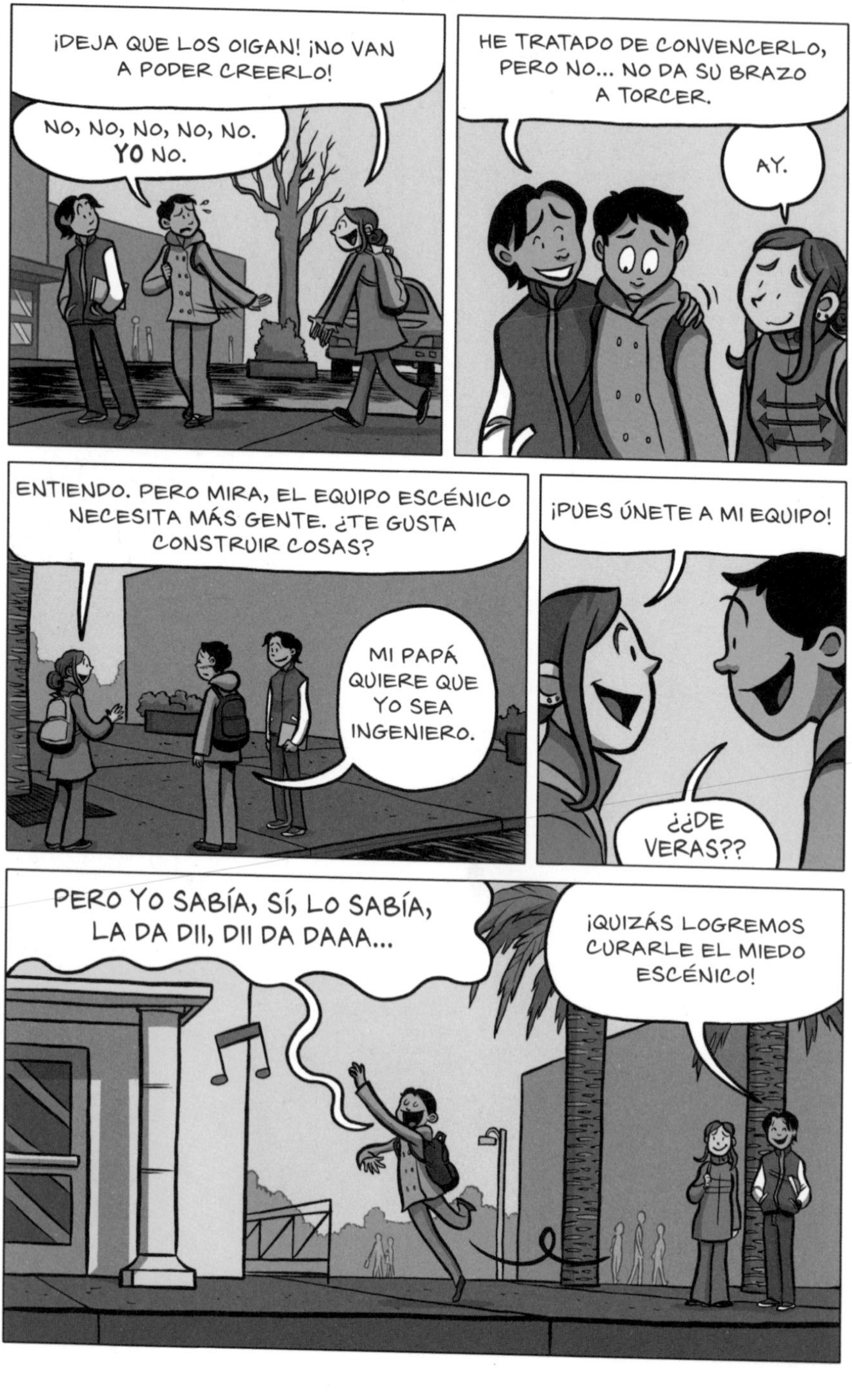
¡DEJA QUE LOS OIGAN! ¡NO VAN A PODER CREERLO!
NO, NO, NO, NO, NO. YO NO.
HE TRATADO DE CONVENCERLO, PERO NO... NO DA SU BRAZO A TORCER.
AY.
ENTIENDO. PERO MIRA, EL EQUIPO ESCÉNICO NECESITA MÁS GENTE. ¿TE GUSTA CONSTRUIR COSAS?
MI PAPÁ QUIERE QUE YO SEA INGENIERO.
¡PUES ÚNETE A MI EQUIPO!
¿¿DE VERAS??
PERO YO SABÍA, SÍ, LO SABÍA, LA DA DII, DII DA DAAA...
¡QUIZÁS LOGREMOS CURARLE EL MIEDO ESCÉNICO!

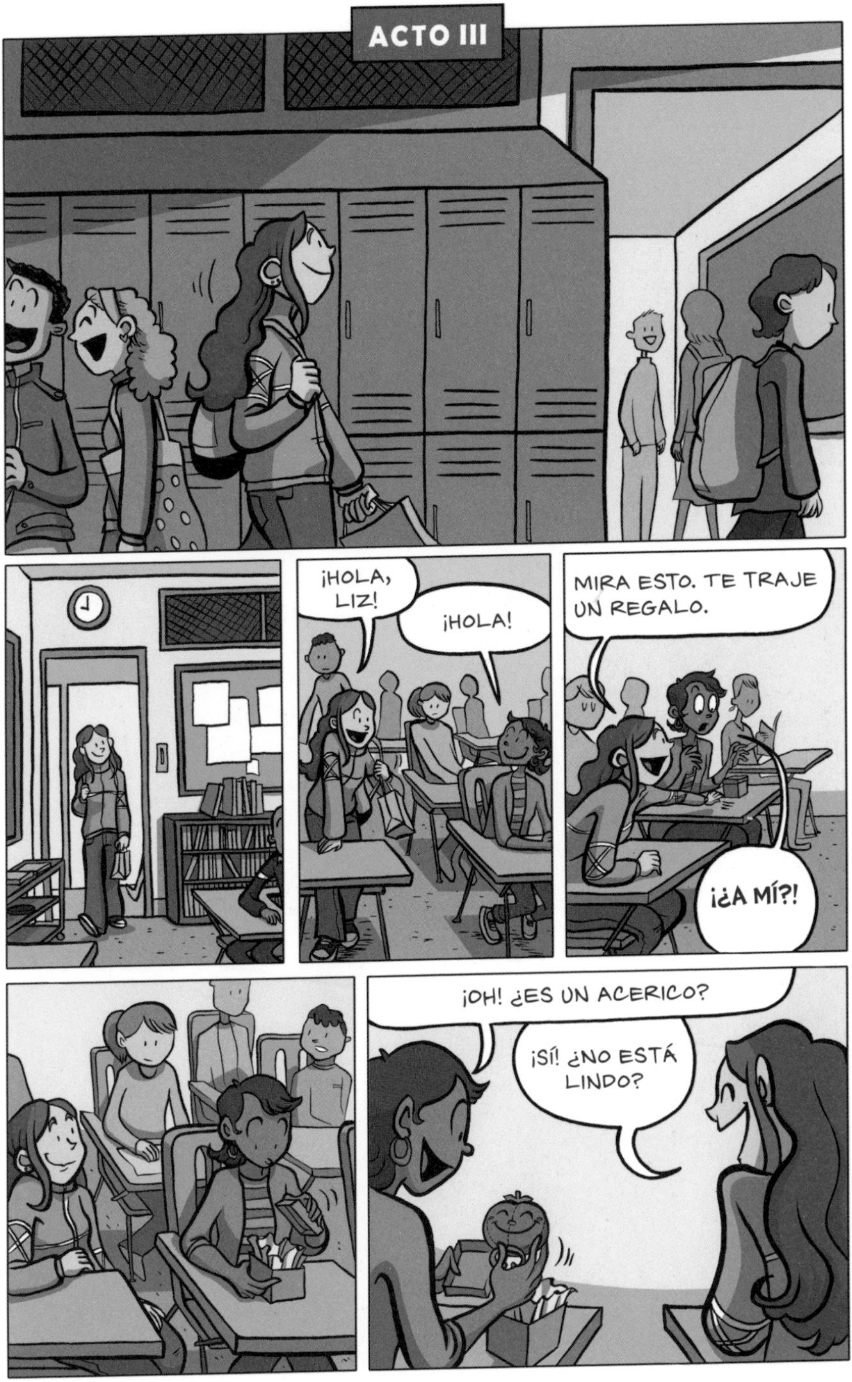
ACTO III
¡HOLA, LIZ!
¡HOLA!
MIRA ESTO. TE TRAJE UN REGALO.
¡¿A MÍ?!
¡OH! ¿ES UN ACERICO?
¡SÍ! ¿NO ESTÁ LINDO?

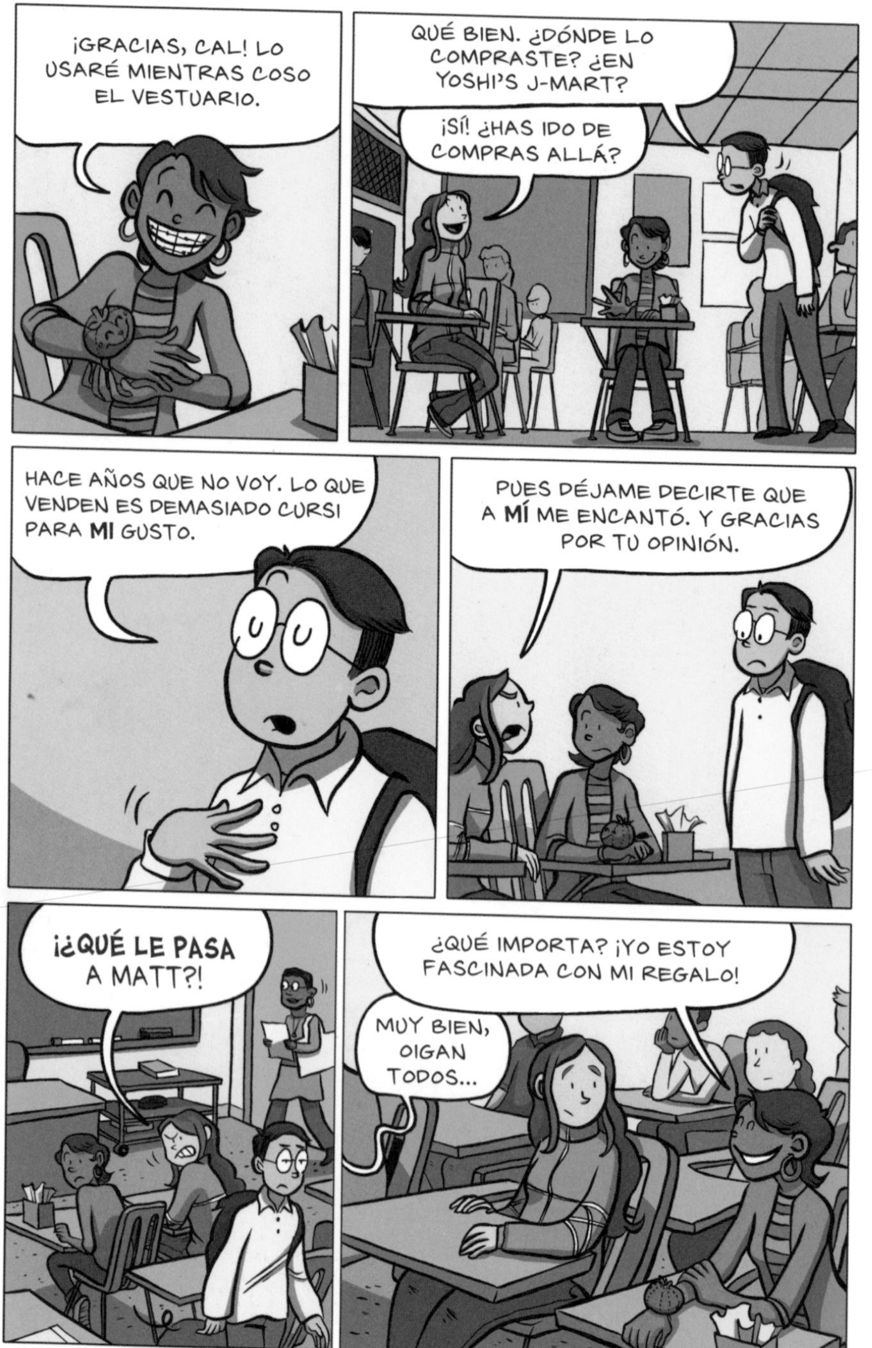
¡GRACIAS, CAL! LO USARÉ MIENTRAS COSO EL VESTUARIO.
QUÉ BIEN. ¿DÓNDE LO COMPRASTE? ¿EN YOSHI'S J-MART?
¡SÍ! ¿HAS IDO DE COMPRAS ALLÁ?
HACE AÑOS QUE NO VOY. LO QUE VENDEN ES DEMASIADO CURSI PARA **MI** GUSTO.
PUES DÉJAME DECIRTE QUE A **MÍ** ME ENCANTÓ. Y GRACIAS POR TU OPINIÓN.
¡¿QUÉ LE PASA A MATT?!
¿QUÉ IMPORTA? ¡YO ESTOY FASCINADA CON MI REGALO!
MUY BIEN, OIGAN TODOS...

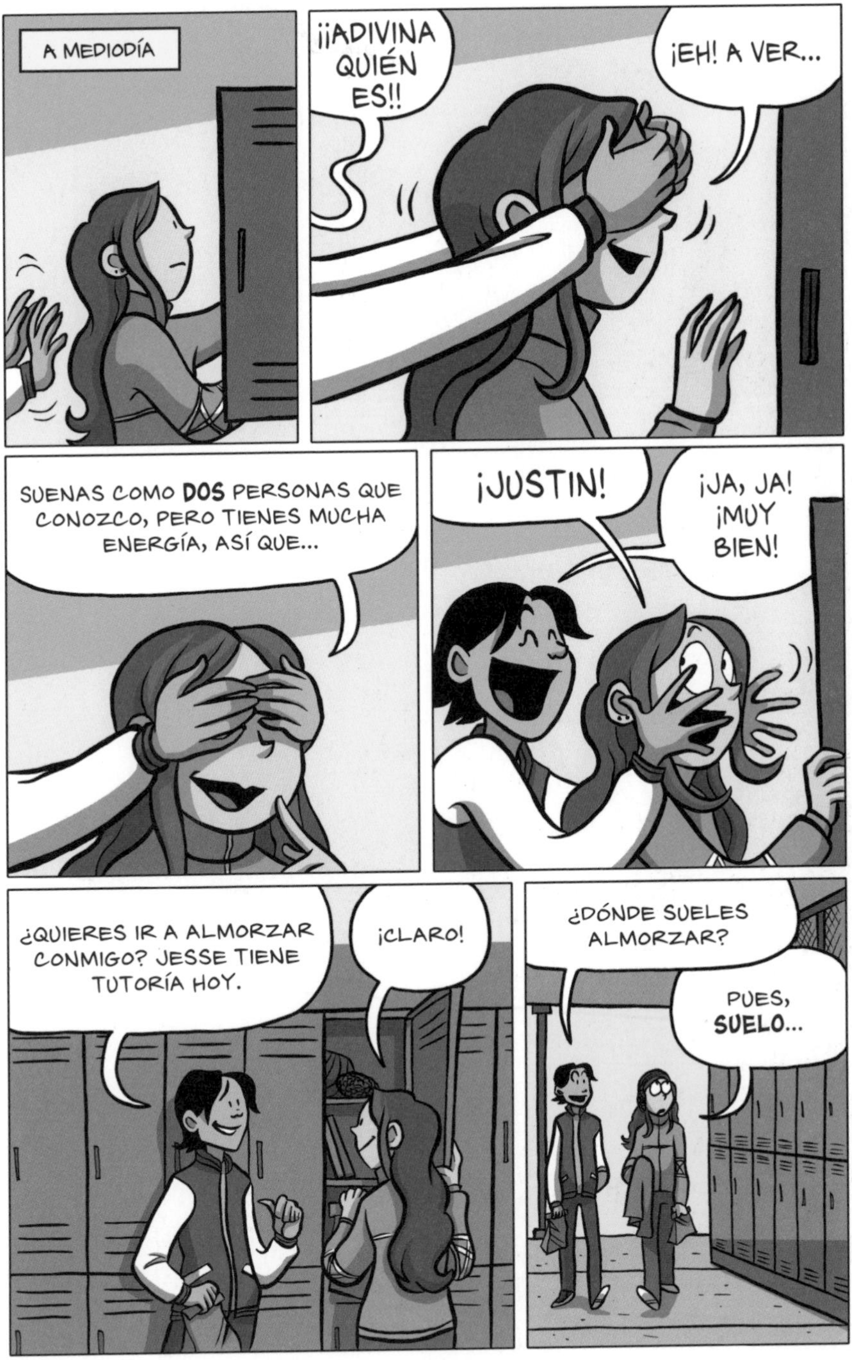
A MEDIODÍA
¡¡ADIVINA QUIÉN ES!!
¡EH! A VER...
SUENAS COMO **DOS** PERSONAS QUE CONOZCO, PERO TIENES MUCHA ENERGÍA, ASÍ QUE...
¡JUSTIN!
¡JA, JA! ¡MUY BIEN!
¿QUIERES IR A ALMORZAR CONMIGO? JESSE TIENE TUTORÍA HOY.
¡CLARO!
¿DÓNDE SUELES ALMORZAR?
PUES, **SUELO**...

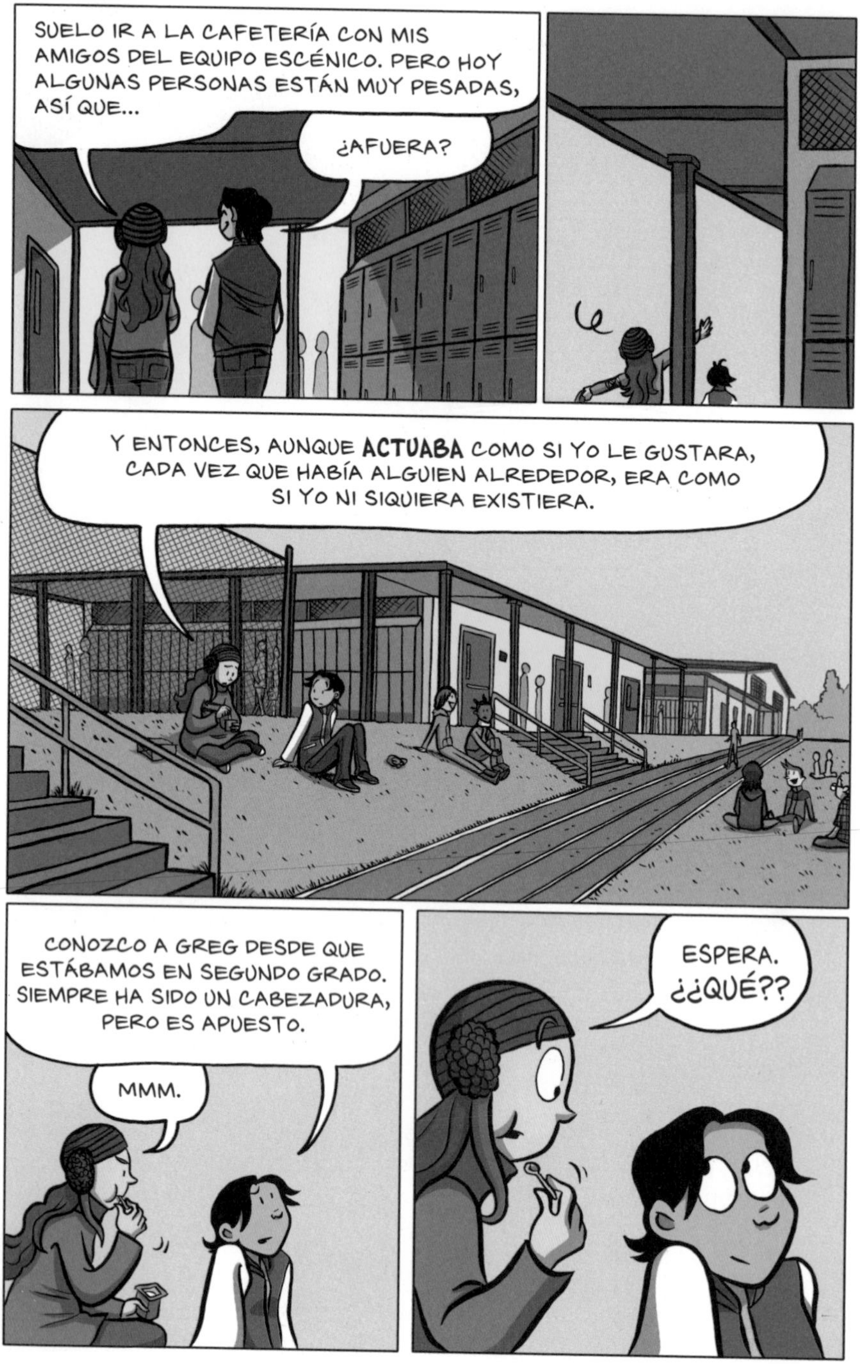
SUELO IR A LA CAFETERÍA CON MIS AMIGOS DEL EQUIPO ESCÉNICO. PERO HOY ALGUNAS PERSONAS ESTÁN MUY PESADAS, ASÍ QUE...
¿AFUERA?
Y ENTONCES, AUNQUE ACTUABA COMO SI YO LE GUSTARA, CADA VEZ QUE HABÍA ALGUIEN ALREDEDOR, ERA COMO SI YO NI SIQUIERA EXISTIERA.
CONOZCO A GREG DESDE QUE ESTÁBAMOS EN SEGUNDO GRADO. SIEMPRE HA SIDO UN CABEZADURA, PERO ES APUESTO.
MMM.
ESPERA. ¿¿QUÉ??

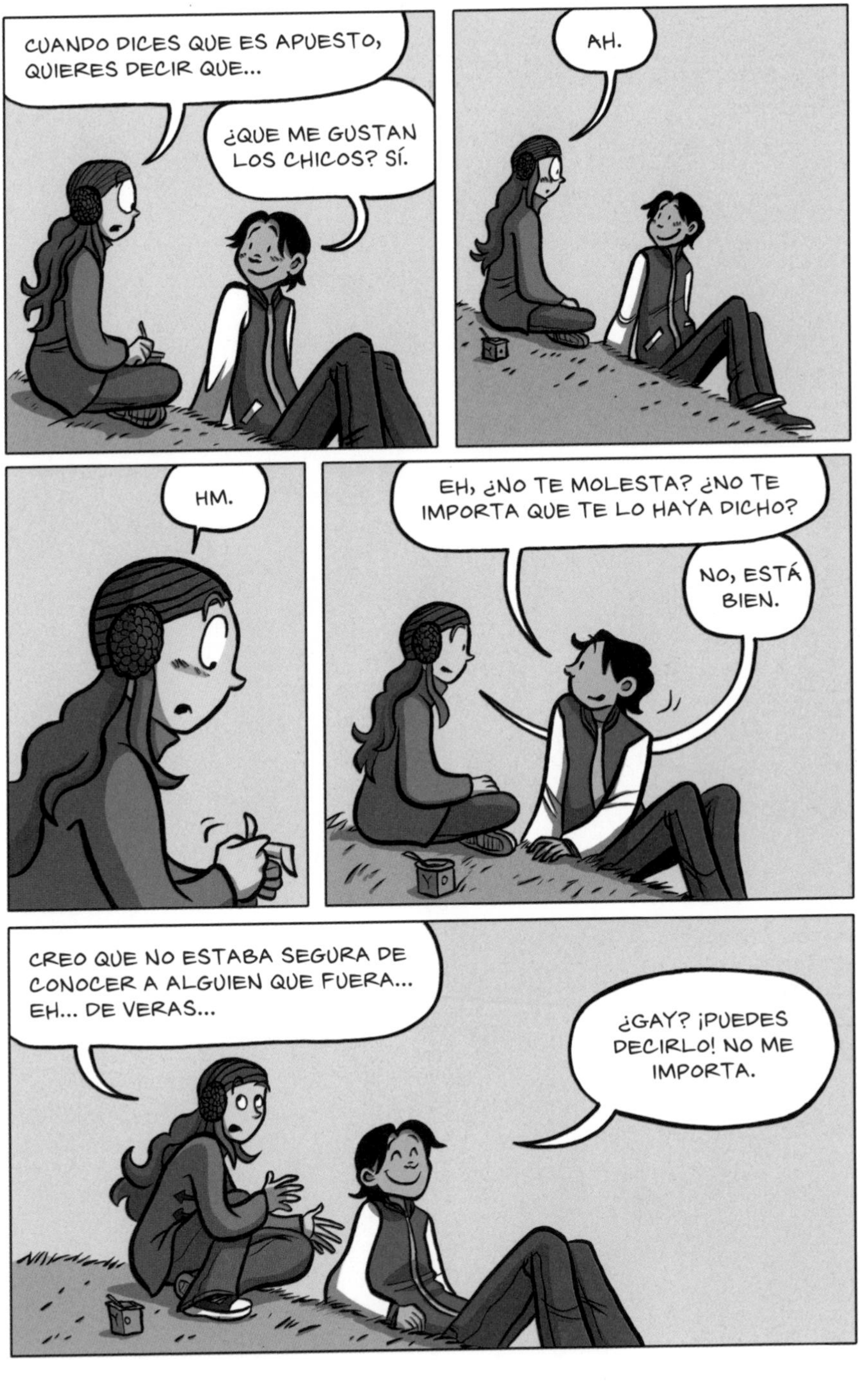
CUANDO DICES QUE ES APUESTO, QUIERES DECIR QUE...
¿QUE ME GUSTAN LOS CHICOS? SÍ.
AH.
HM.
EH, ¿NO TE MOLESTA? ¿NO TE IMPORTA QUE TE LO HAYA DICHO?
NO, ESTÁ BIEN.
CREO QUE NO ESTABA SEGURA DE CONOCER A ALGUIEN QUE FUERA... EH... DE VERAS...
¿GAY? ¡PUEDES DECIRLO! NO ME IMPORTA.

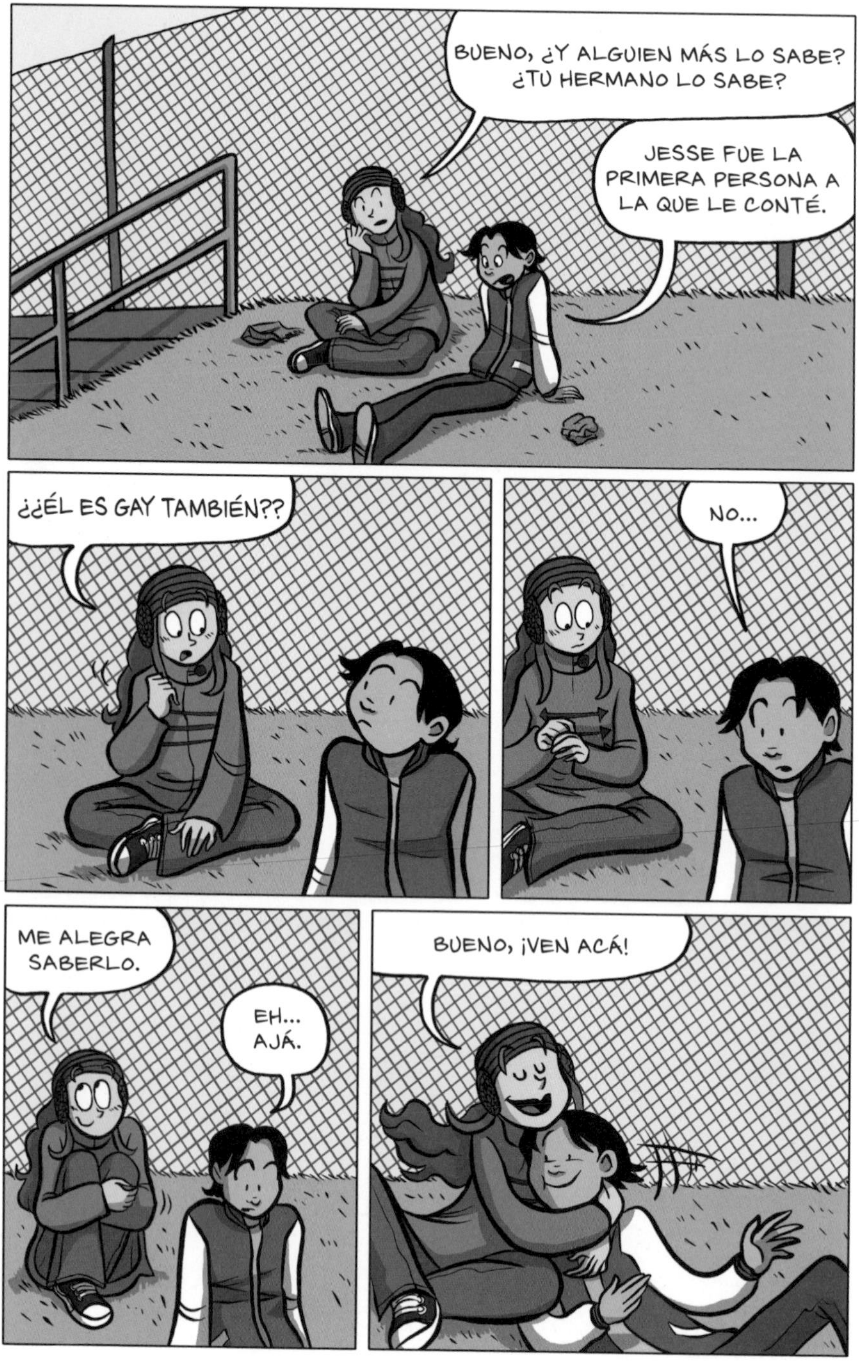
BUENO, ¿Y ALGUIEN MÁS LO SABE? ¿TU HERMANO LO SABE?
JESSE FUE LA PRIMERA PERSONA A LA QUE LE CONTÉ.
¿¿ÉL ES GAY TAMBIÉN??
NO...
ME ALEGRA SABERLO.
EH... AJÁ.
BUENO, ¡VEN ACÁ!

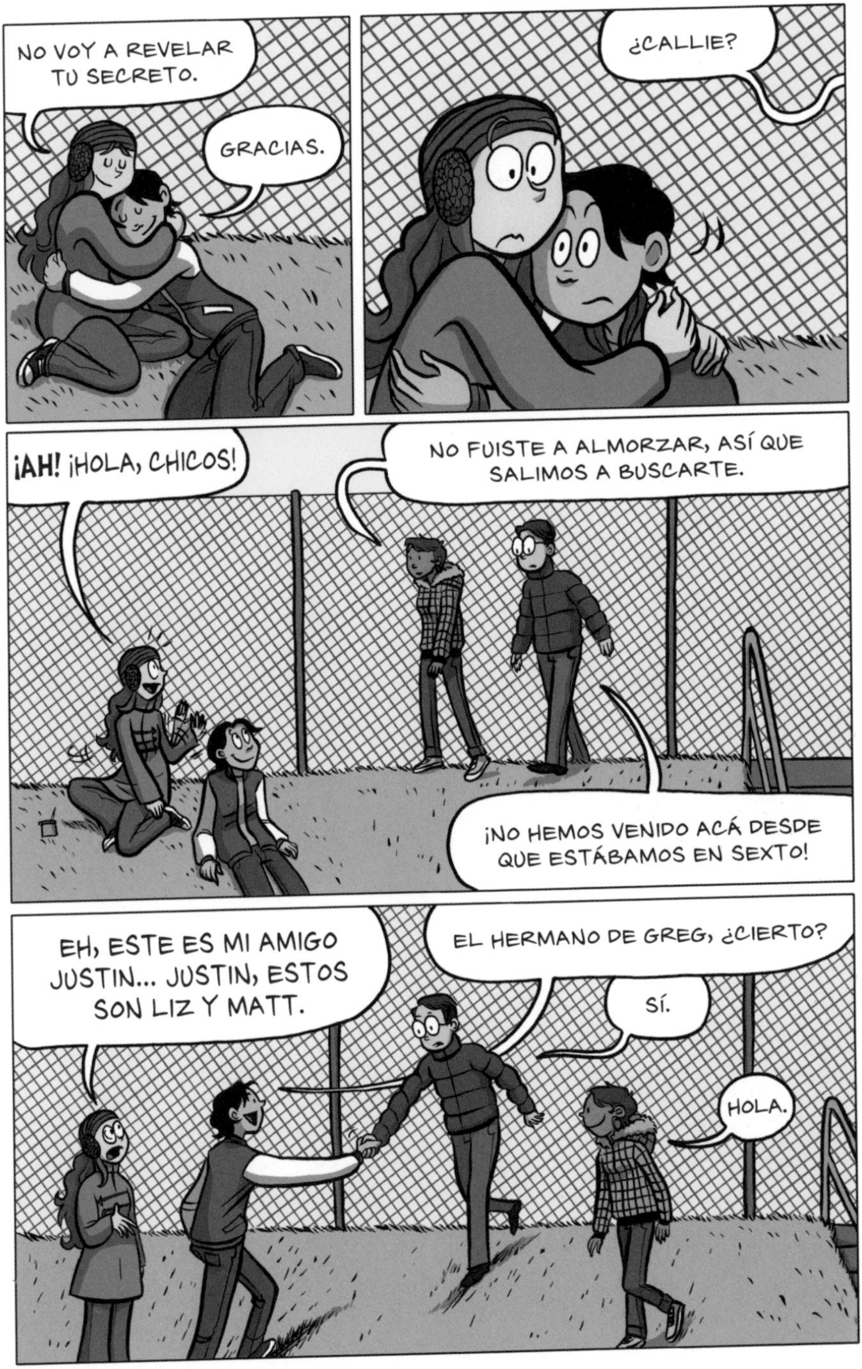
NO VOY A REVELAR TU SECRETO.
GRACIAS.
¿CALLIE?
¡AH! ¡HOLA, CHICOS!
NO FUISTE A ALMORZAR, ASÍ QUE SALIMOS A BUSCARTE.
¡NO HEMOS VENIDO ACÁ DESDE QUE ESTÁBAMOS EN SEXTO!
EH, ESTE ES MI AMIGO JUSTIN... JUSTIN, ESTOS SON LIZ Y MATT.
EL HERMANO DE GREG, ¿CIERTO?
SÍ.
HOLA.

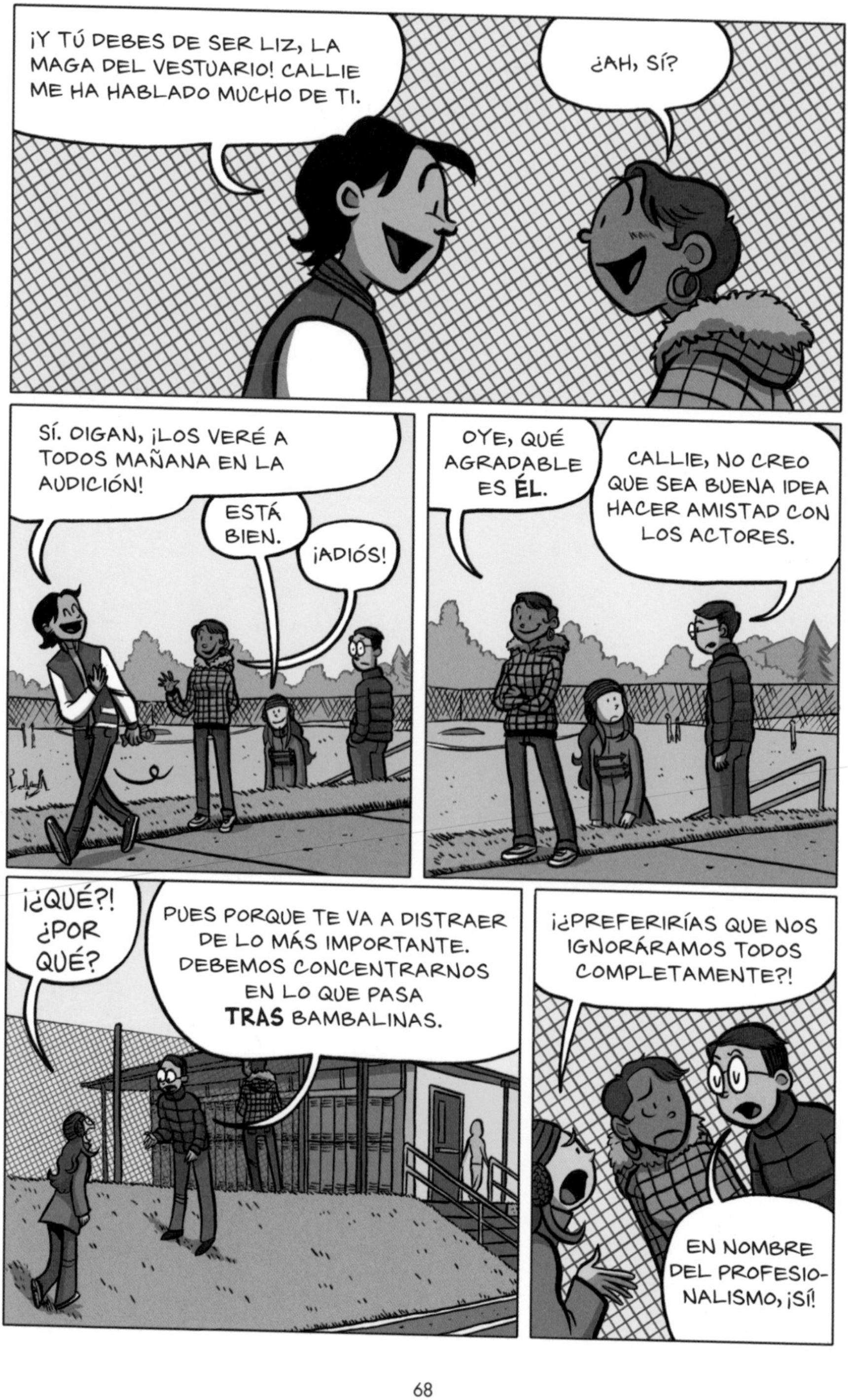

¡Y TÚ DEBES DE SER LIZ, LA MAGA DEL VESTUARIO! CALLIE ME HA HABLADO MUCHO DE TI.
¿AH, SÍ?
SÍ. OIGAN, ¡LOS VERÉ A TODOS MAÑANA EN LA AUDICIÓN!
ESTÁ BIEN.
¡ADIÓS!
OYE, QUÉ AGRADABLE ES **ÉL**.
CALLIE, NO CREO QUE SEA BUENA IDEA HACER AMISTAD CON LOS ACTORES.
¡¿QUÉ?! ¿POR QUÉ?
PUES PORQUE TE VA A DISTRAER DE LO MÁS IMPORTANTE. DEBEMOS CONCENTRARNOS EN LO QUE PASA **TRAS** BAMBALINAS.
¡¿PREFERIRÍAS QUE NOS IGNORÁRAMOS TODOS COMPLETAMENTE?!
EN NOMBRE DEL PROFESIONALISMO, ¡SÍ!

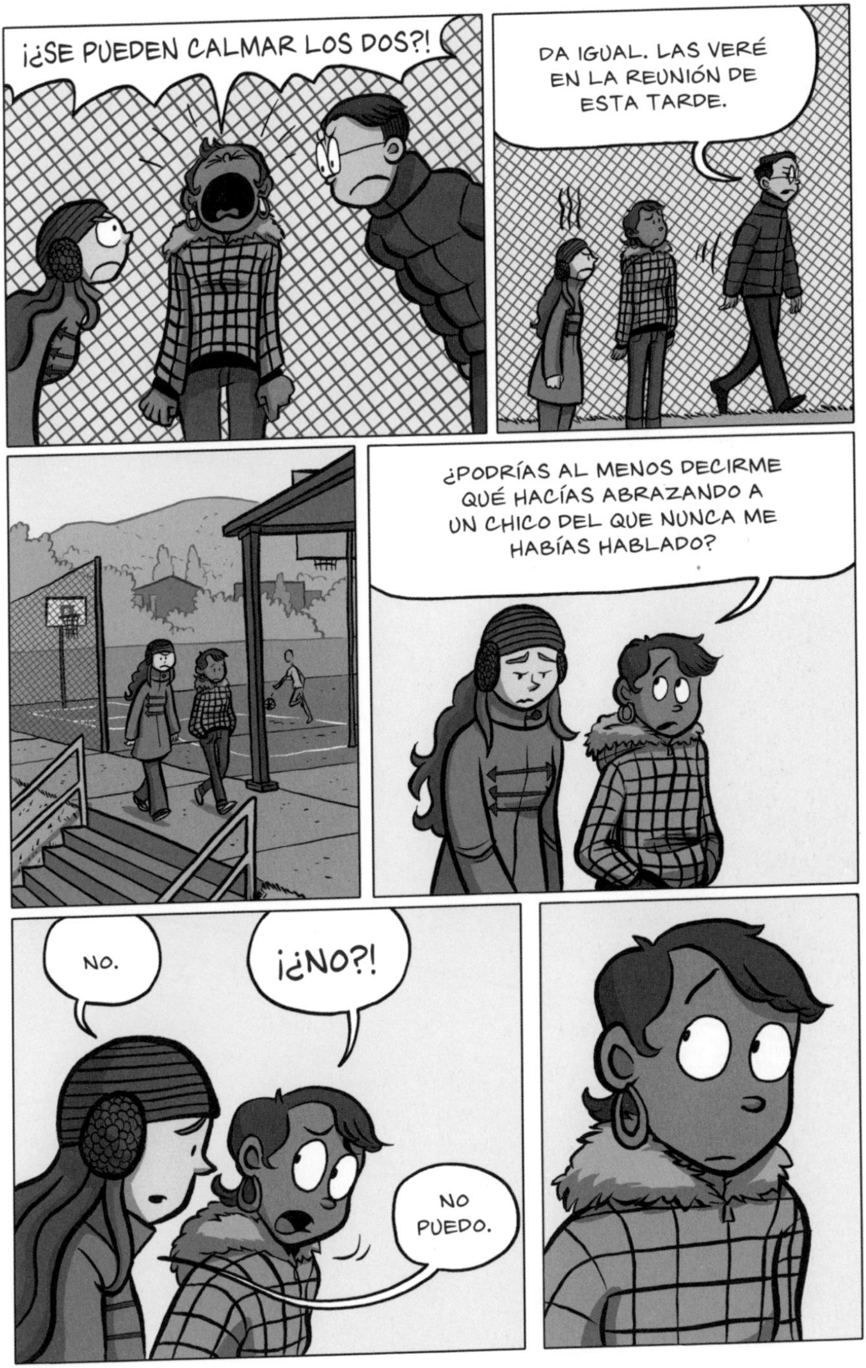
¡¿SE PUEDEN CALMAR LOS DOS?!
DA IGUAL. LAS VERÉ EN LA REUNIÓN DE ESTA TARDE.
¿PODRÍAS AL MENOS DECIRME QUÉ HACÍAS ABRAZANDO A UN CHICO DEL QUE NUNCA ME HABÍAS HABLADO?
NO.
¡¿NO?!
NO PUEDO.

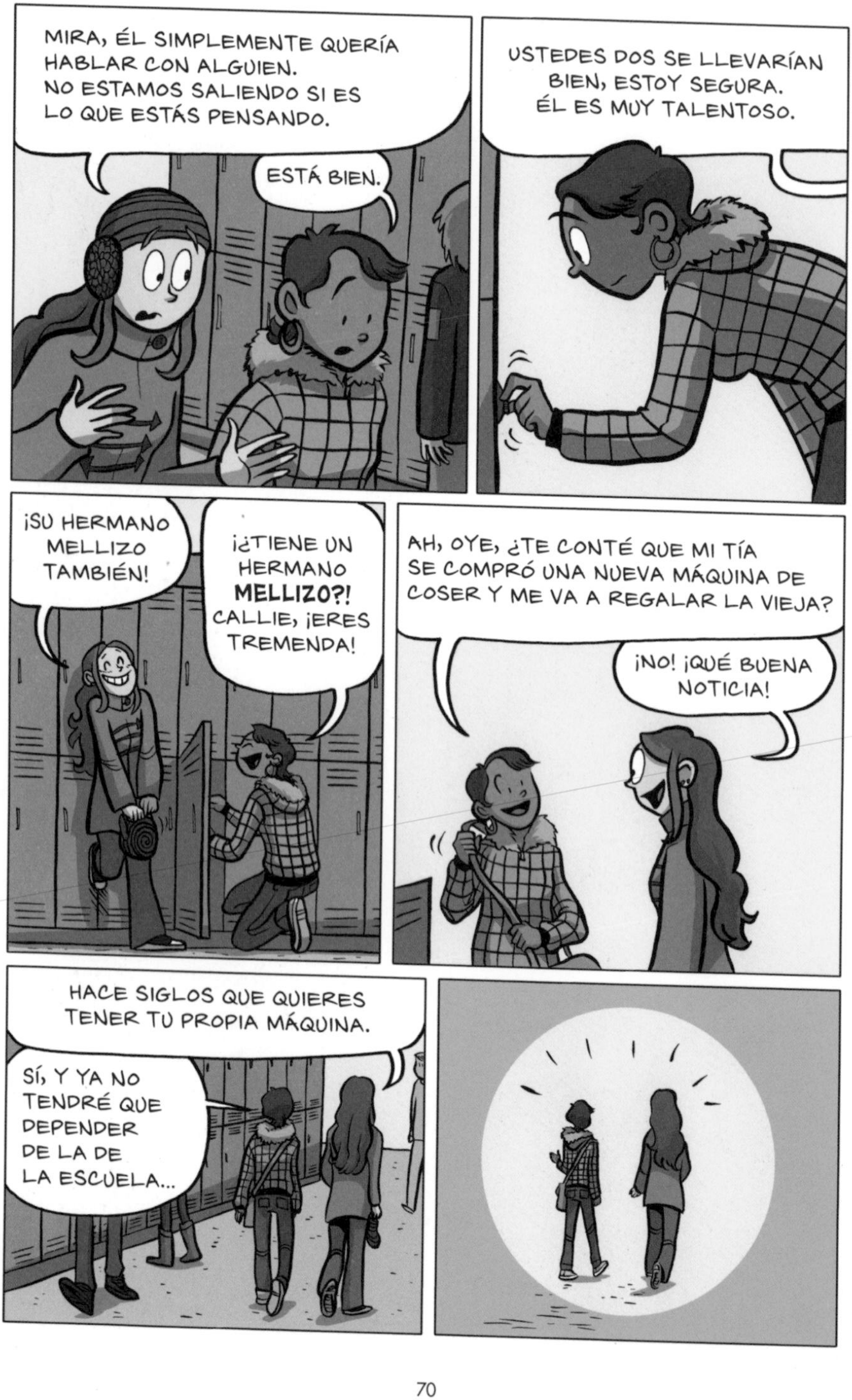
MIRA, ÉL SIMPLEMENTE QUERÍA HABLAR CON ALGUIEN. NO ESTAMOS SALIENDO SI ES LO QUE ESTÁS PENSANDO.
ESTÁ BIEN.
USTEDES DOS SE LLEVARÍAN BIEN, ESTOY SEGURA. ÉL ES MUY TALENTOSO.
¡SU HERMANO MELLIZO TAMBIÉN!
¡¿TIENE UN HERMANO **MELLIZO?!** CALLIE, ¡ERES TREMENDA!
AH, OYE, ¿TE CONTÉ QUE MI TÍA SE COMPRÓ UNA NUEVA MÁQUINA DE COSER Y ME VA A REGALAR LA VIEJA?
¡NO! ¡QUÉ BUENA NOTICIA!
HACE SIGLOS QUE QUIERES TENER TU PROPIA MÁQUINA.
SÍ, Y YA NO TENDRÉ QUE DEPENDER DE LA DE LA ESCUELA...

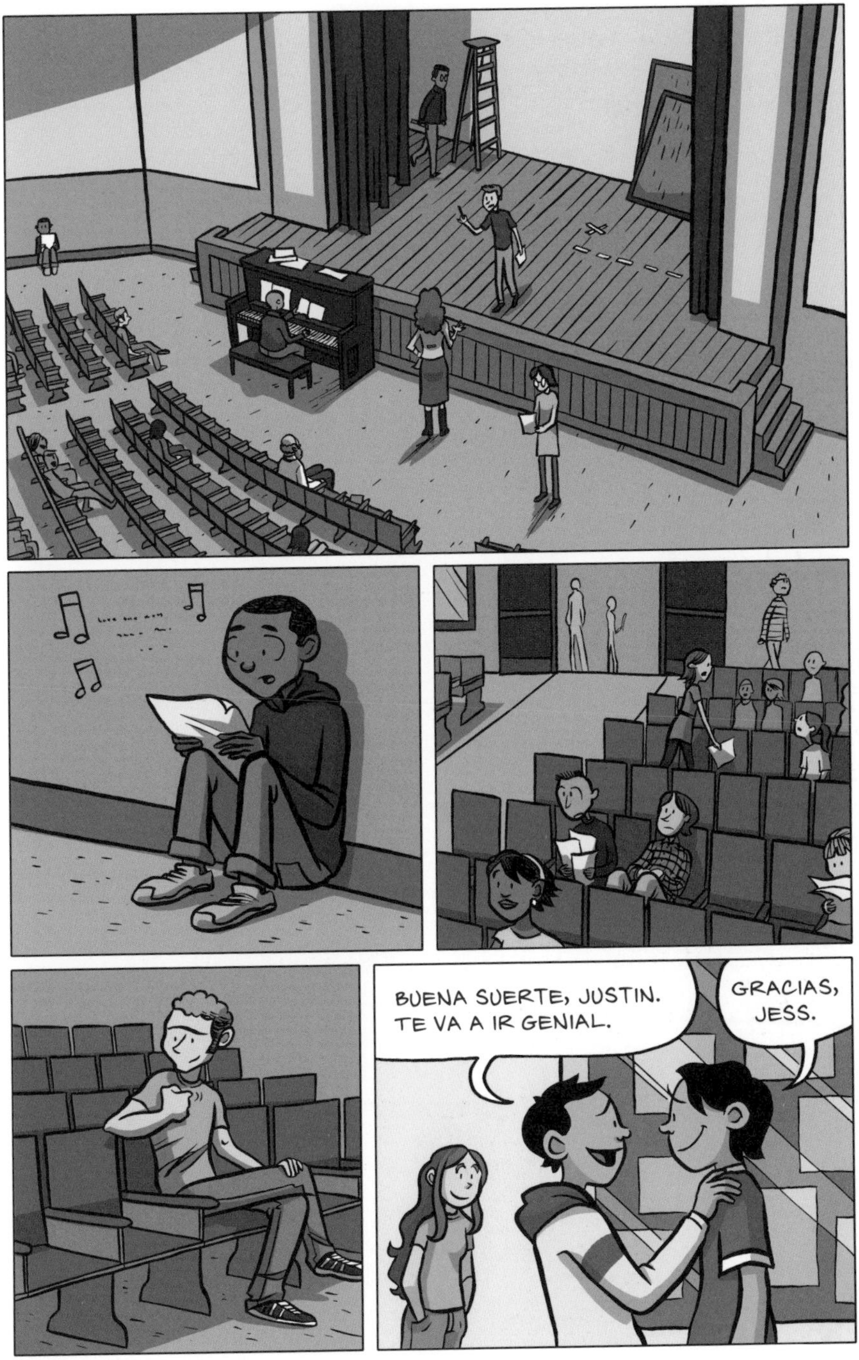
BUENA SUERTE, JUSTIN. TE VA A IR GENIAL.
GRACIAS, JESS.

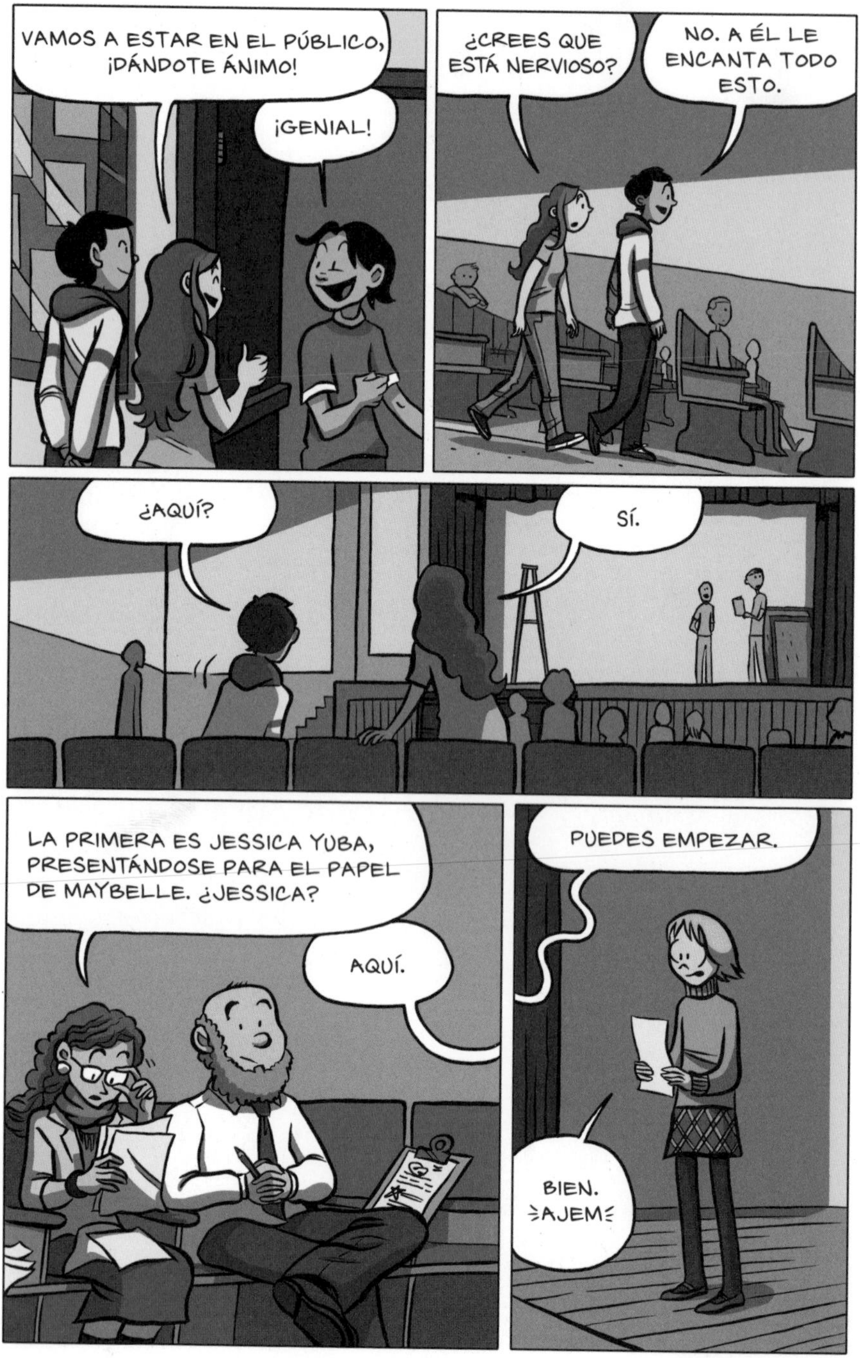
VAMOS A ESTAR EN EL PÚBLICO, ¡DÁNDOTE ÁNIMO!
¡GENIAL!
¿CREES QUE ESTÁ NERVIOSO?
NO. A ÉL LE ENCANTA TODO ESTO.
¿AQUÍ?
SÍ.
LA PRIMERA ES JESSICA YUBA, PRESENTÁNDOSE PARA EL PAPEL DE MAYBELLE. ¿JESSICA?
AQUÍ.
PUEDES EMPEZAR.
BIEN.
≷AJEM≶

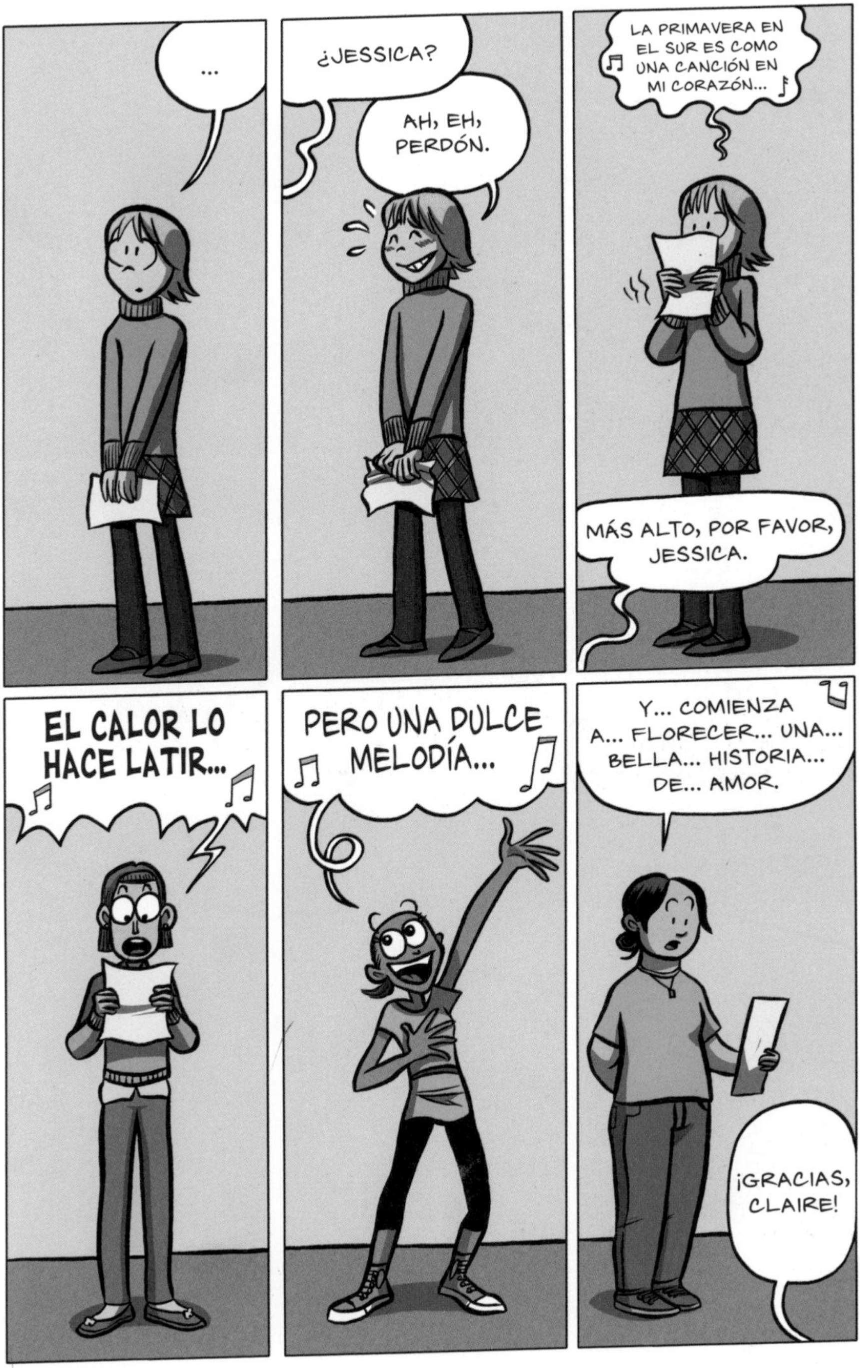
...
¿JESSICA?
AH, EH, PERDÓN.
LA PRIMAVERA EN EL SUR ES COMO UNA CANCIÓN EN MI CORAZÓN...
MÁS ALTO, POR FAVOR, JESSICA.
EL CALOR LO HACE LATIR...
PERO UNA DULCE MELODÍA...
Y... COMIENZA A... FLORECER... UNA... BELLA... HISTORIA... DE... AMOR.
¡GRACIAS, CLAIRE!

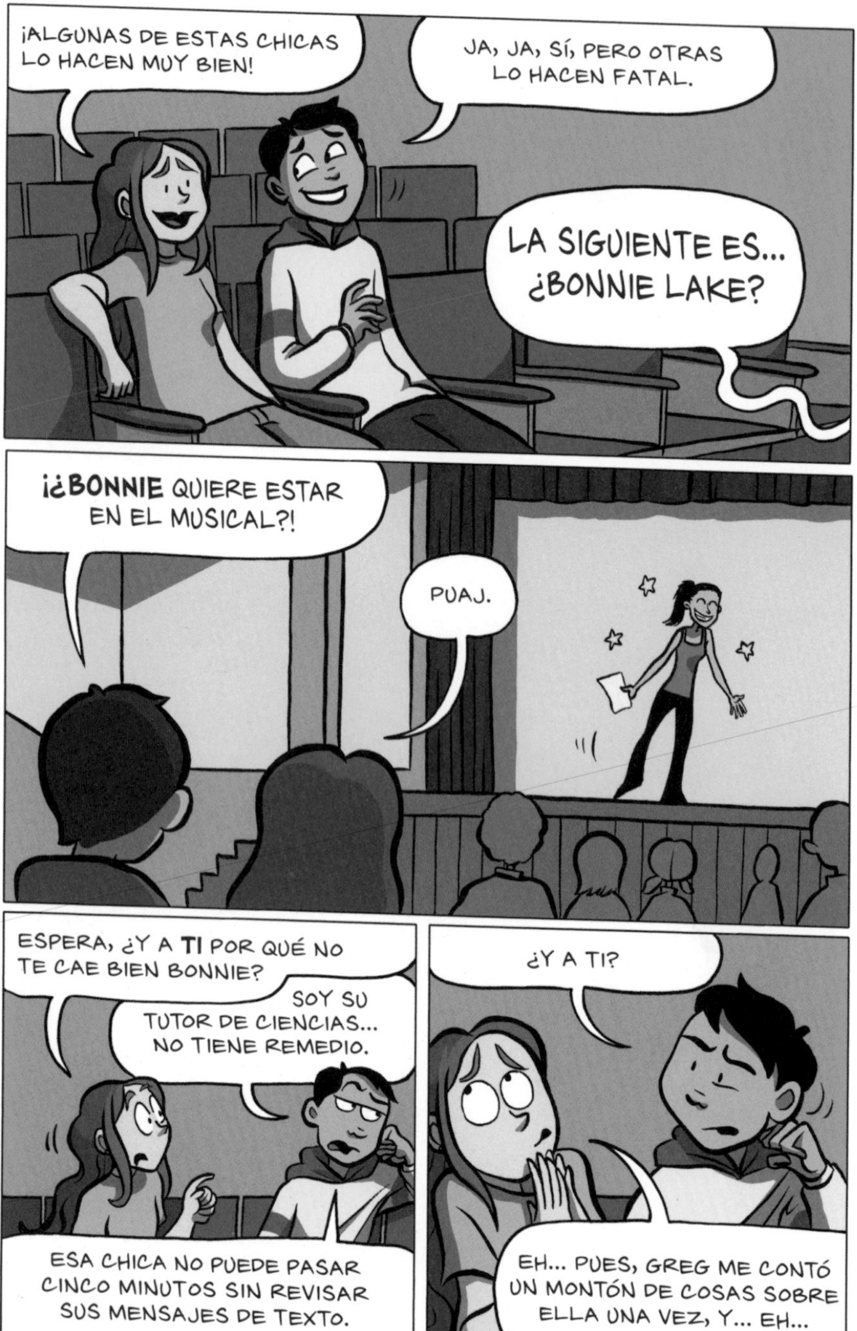

¡ALGUNAS DE ESTAS CHICAS LO HACEN MUY BIEN!
JA, JA, SÍ, PERO OTRAS LO HACEN FATAL.
LA SIGUIENTE ES... ¿BONNIE LAKE?
¡¿BONNIE QUIERE ESTAR EN EL MUSICAL?!
PUAJ.
ESPERA, ¿Y A TI POR QUÉ NO TE CAE BIEN BONNIE?
SOY SU TUTOR DE CIENCIAS... NO TIENE REMEDIO.
ESA CHICA NO PUEDE PASAR CINCO MINUTOS SIN REVISAR SUS MENSAJES DE TEXTO.
¿Y A TI?
EH... PUES, GREG ME CONTÓ UN MONTÓN DE COSAS SOBRE ELLA UNA VEZ, Y... EH...

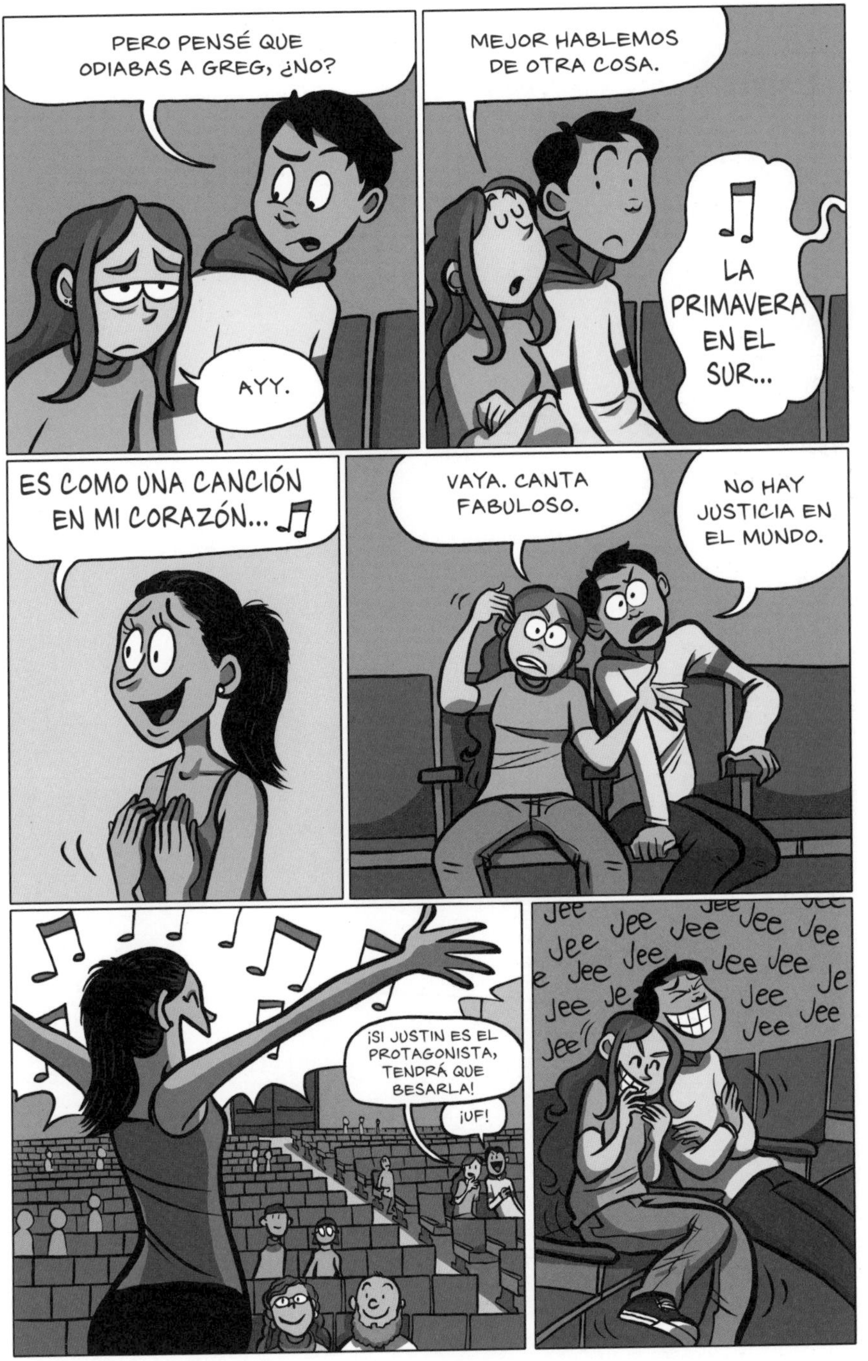
PERO PENSÉ QUE ODIABAS A GREG, ¿NO?
AYY.
MEJOR HABLEMOS DE OTRA COSA.
LA PRIMAVERA EN EL SUR...
ES COMO UNA CANCIÓN EN MI CORAZÓN...
VAYA. CANTA FABULOSO.
NO HAY JUSTICIA EN EL MUNDO.
¡SI JUSTIN ES EL PROTAGONISTA, TENDRÁ QUE BESARLA!
¡UF!
Jee Jee Jee Jee Jee Jee Jee Jee Jee Jee Jee Jee Jee Je Jee Jee Je Jee Jee Jee

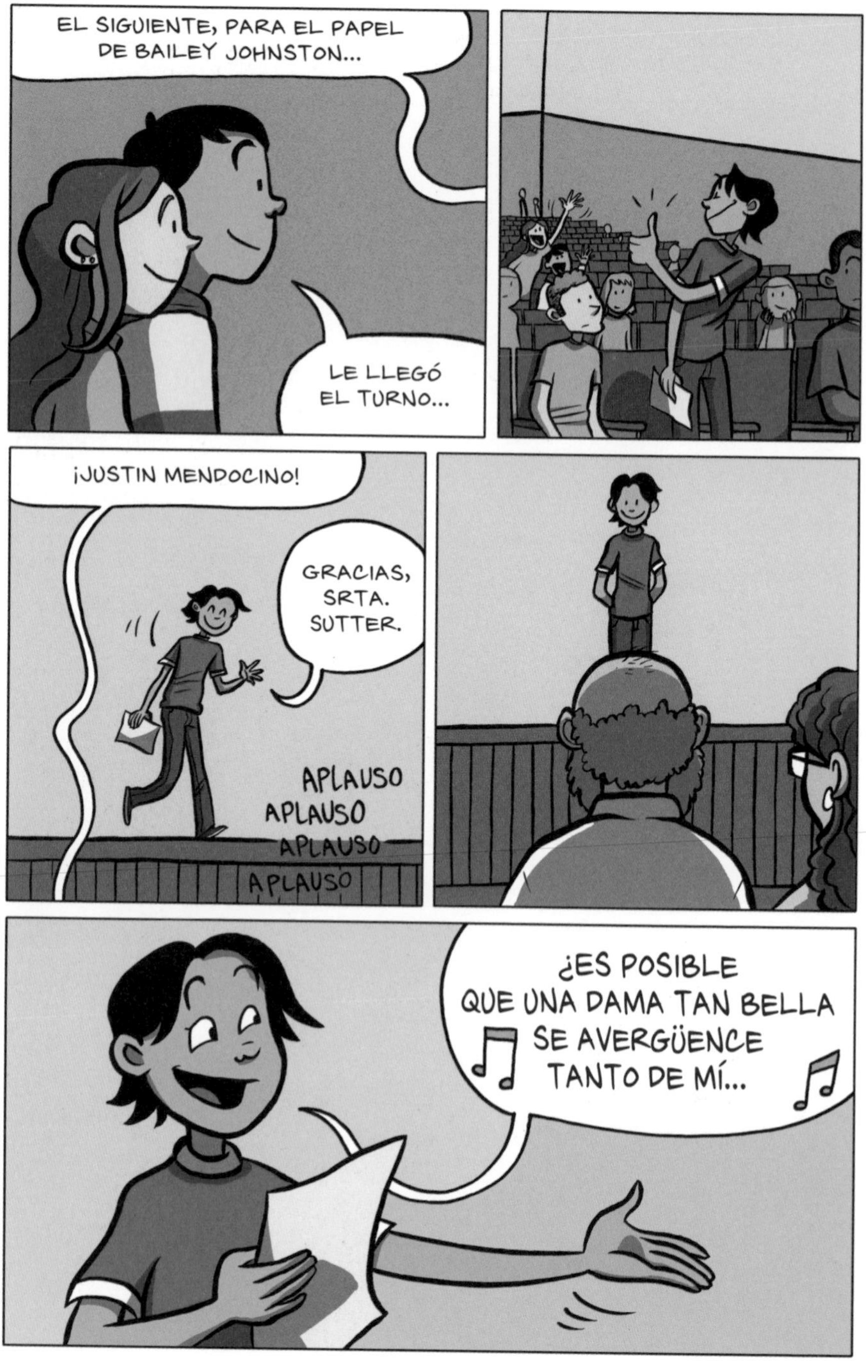
EL SIGUIENTE, PARA EL PAPEL DE BAILEY JOHNSTON...
LE LLEGÓ EL TURNO...
¡JUSTIN MENDOCINO!
GRACIAS, SRTA. SUTTER.
APLAUSO
APLAUSO
APLAUSO
APLAUSO
¿ES POSIBLE QUE UNA DAMA TAN BELLA SE AVERGÜENCE TANTO DE MÍ...

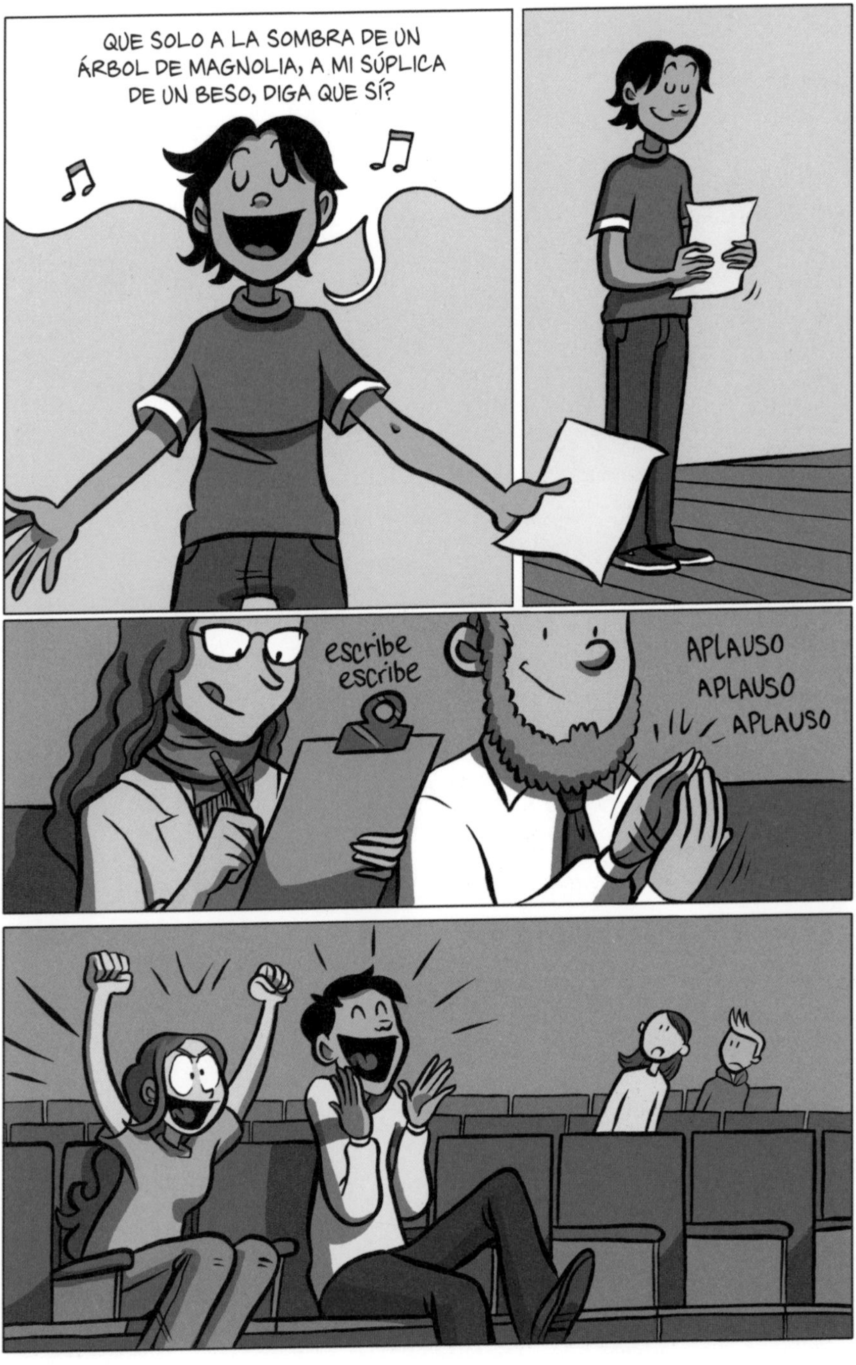
QUE SOLO A LA SOMBRA DE UN ÁRBOL DE MAGNOLIA, A MI SÚPLICA DE UN BESO, DIGA QUE SÍ?
escribe escribe
APLAUSO
APLAUSO
APLAUSO

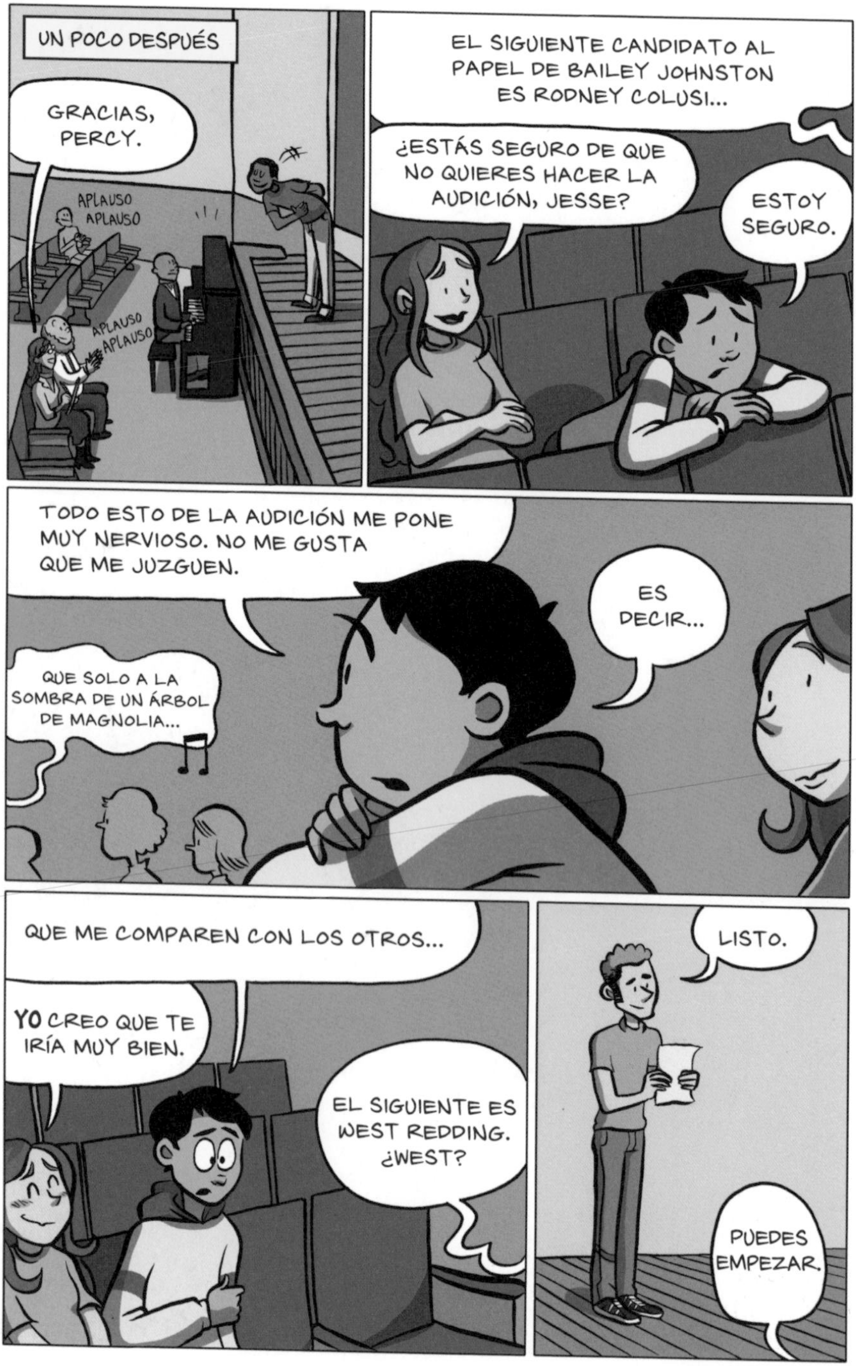
UN POCO DESPUÉS
GRACIAS, PERCY.
APLAUSO APLAUSO
APLAUSO APLAUSO
EL SIGUIENTE CANDIDATO AL PAPEL DE BAILEY JOHNSTON ES RODNEY COLUSI...
¿ESTÁS SEGURO DE QUE NO QUIERES HACER LA AUDICIÓN, JESSE?
ESTOY SEGURO.
TODO ESTO DE LA AUDICIÓN ME PONE MUY NERVIOSO. NO ME GUSTA QUE ME JUZGUEN.
ES DECIR...
QUE SOLO A LA SOMBRA DE UN ÁRBOL DE MAGNOLIA...
QUE ME COMPAREN CON LOS OTROS...
YO CREO QUE TE IRÍA MUY BIEN.
EL SIGUIENTE ES WEST REDDING. ¿WEST?
LISTO.
PUEDES EMPEZAR.

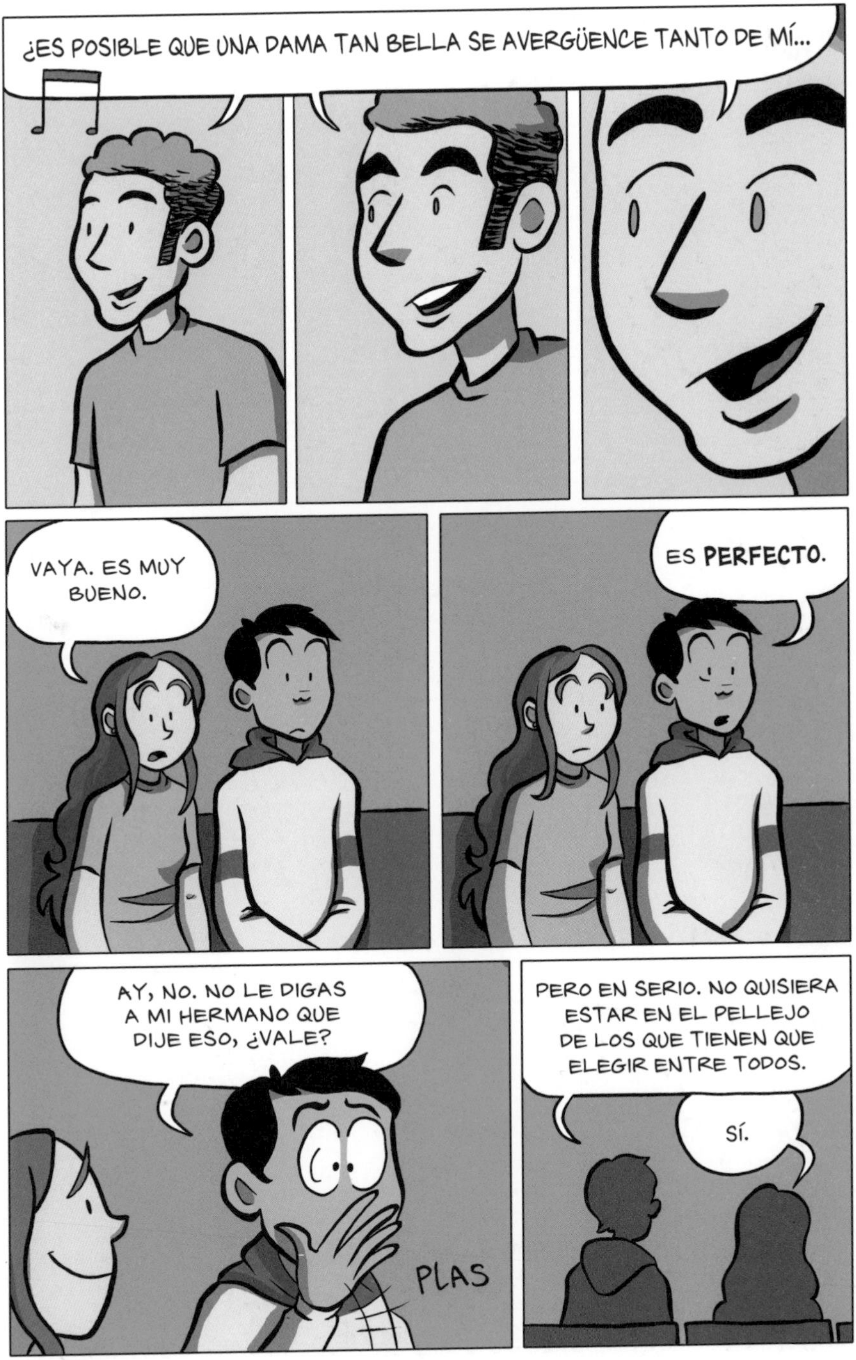
¿ES POSIBLE QUE UNA DAMA TAN BELLA SE AVERGÜENCE TANTO DE MÍ...
VAYA. ES MUY BUENO.
ES PERFECTO.
AY, NO. NO LE DIGAS A MI HERMANO QUE DIJE ESO, ¿VALE?
PLAS
PERO EN SERIO. NO QUISIERA ESTAR EN EL PELLEJO DE LOS QUE TIENEN QUE ELEGIR ENTRE TODOS.
SÍ.

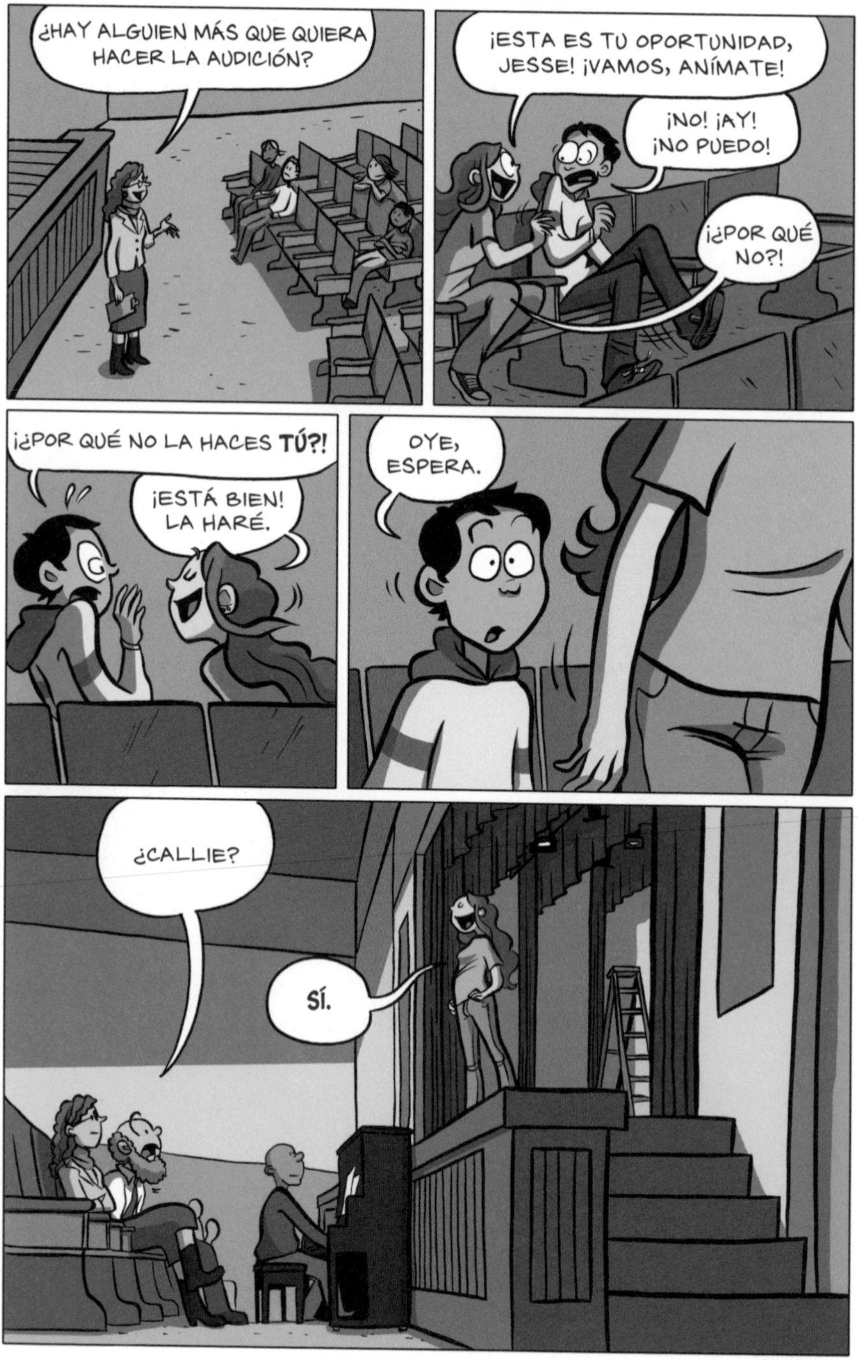
¿HAY ALGUIEN MÁS QUE QUIERA HACER LA AUDICIÓN?
¡ESTA ES TU OPORTUNIDAD, JESSE! ¡VAMOS, ANÍMATE!
¡NO! ¡AY! ¡NO PUEDO!
¡¿POR QUÉ NO?!
¡¿POR QUÉ NO LA HACES **TÚ?!**
¡ESTÁ BIEN! LA HARÉ.
OYE, ESPERA.
¿CALLIE?
SÍ.

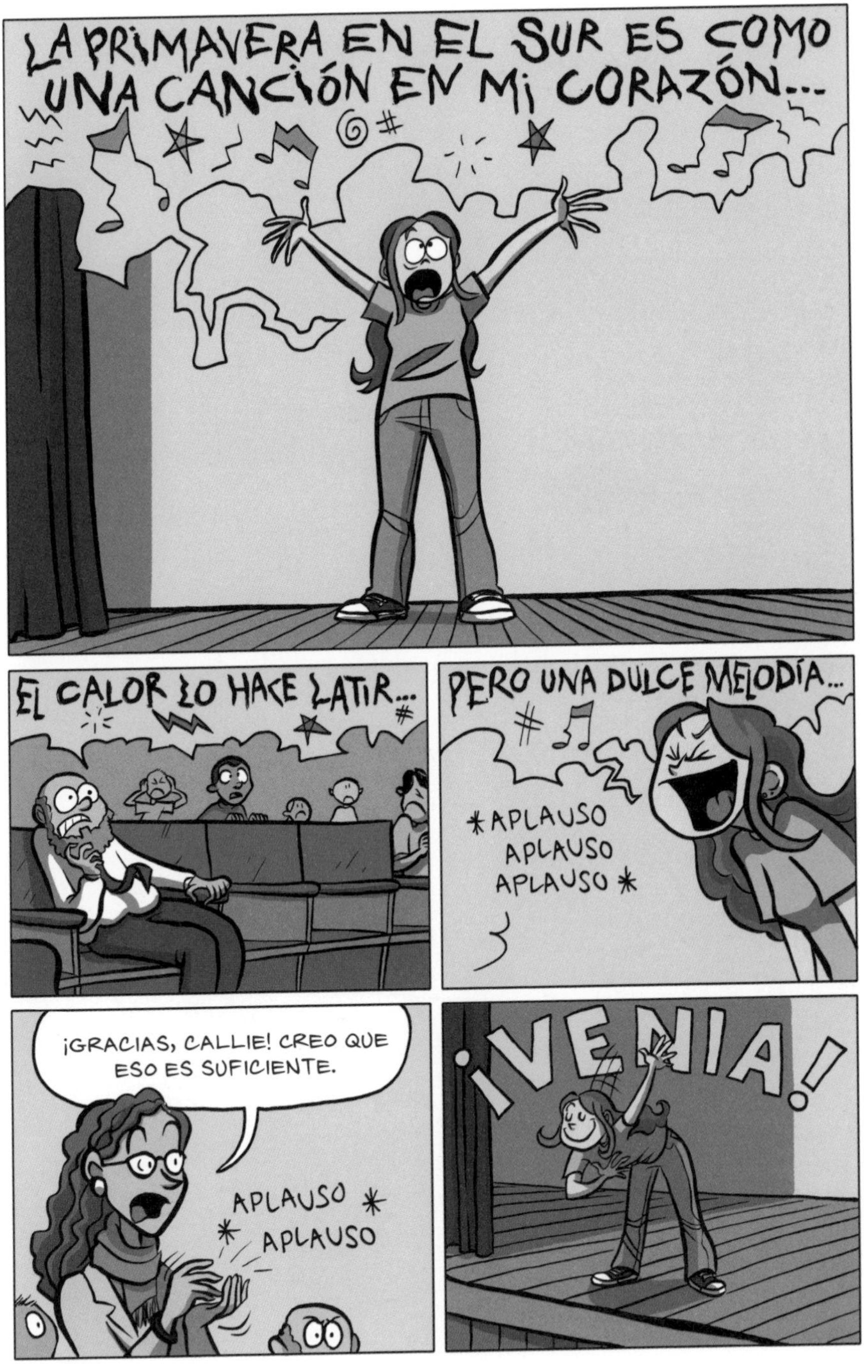
LA PRIMAVERA EN EL SUR ES COMO UNA CANCIÓN EN MI CORAZÓN...
EL CALOR LO HACE LATIR...
PERO UNA DULCE MELODÍA...
APLAUSO APLAUSO APLAUSO
¡GRACIAS, CALLIE! CREO QUE ESO ES SUFICIENTE.
APLAUSO * APLAUSO
¡VENIA!

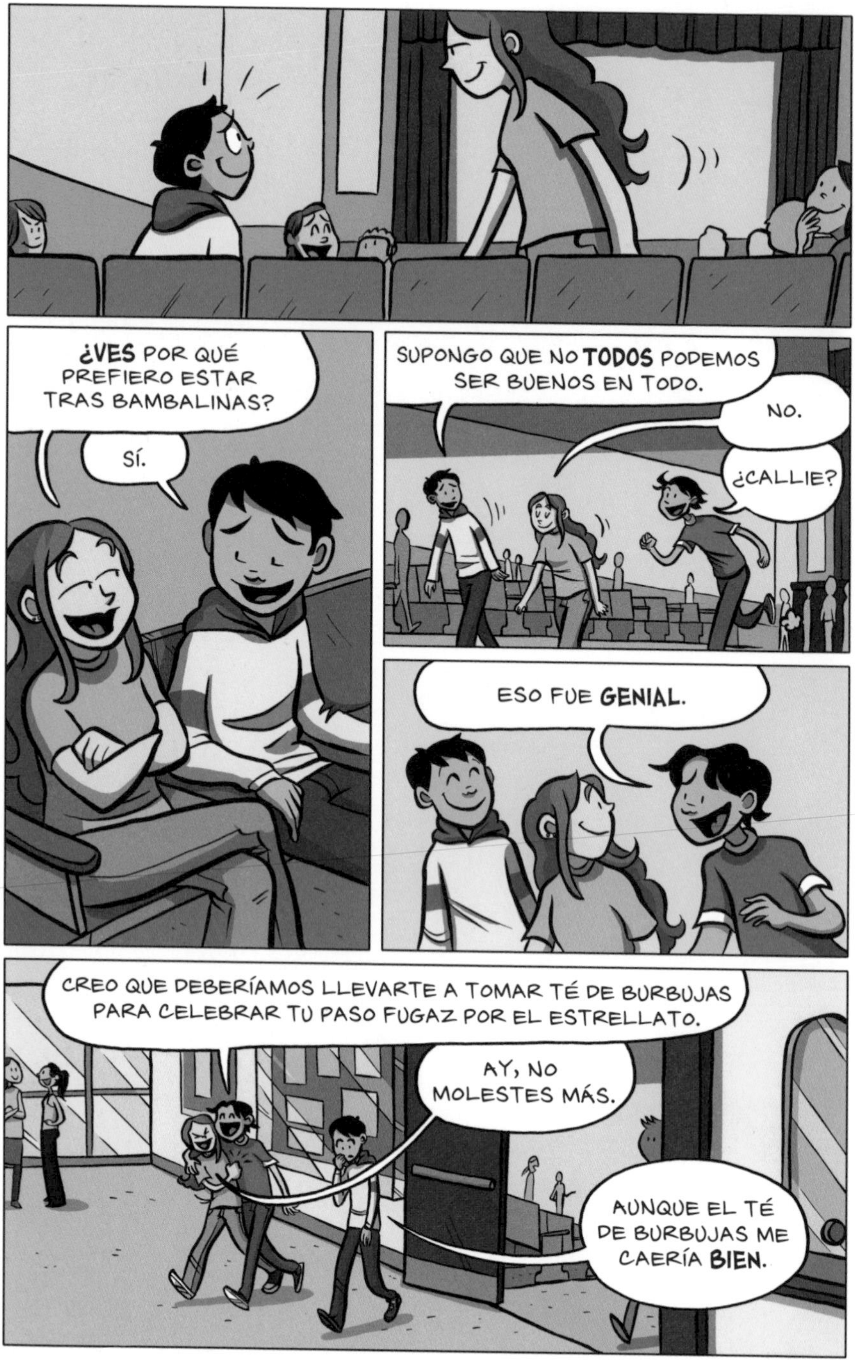
¿VES POR QUÉ PREFIERO ESTAR TRAS BAMBALINAS?
SÍ.
SUPONGO QUE NO TODOS PODEMOS SER BUENOS EN TODO.
NO.
¿CALLIE?
ESO FUE GENIAL.
CREO QUE DEBERÍAMOS LLEVARTE A TOMAR TÉ DE BURBUJAS PARA CELEBRAR TU PASO FUGAZ POR EL ESTRELLATO.
AY, NO MOLESTES MÁS.
AUNQUE EL TÉ DE BURBUJAS ME CAERÍA BIEN.

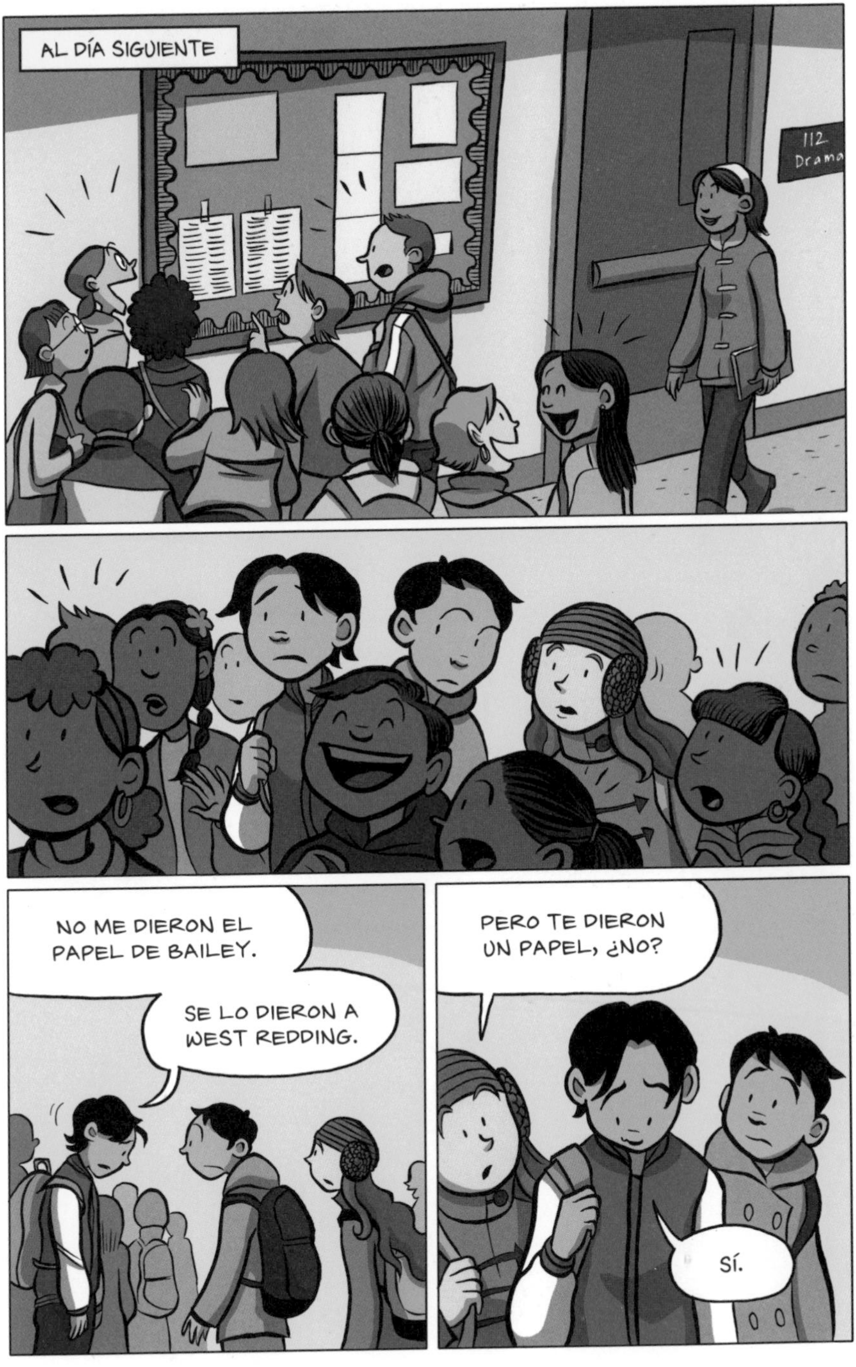
AL DÍA SIGUIENTE
112 Drama
NO ME DIERON EL PAPEL DE BAILEY.
SE LO DIERON A WEST REDDING.
PERO TE DIERON UN PAPEL, ¿NO?
SÍ.

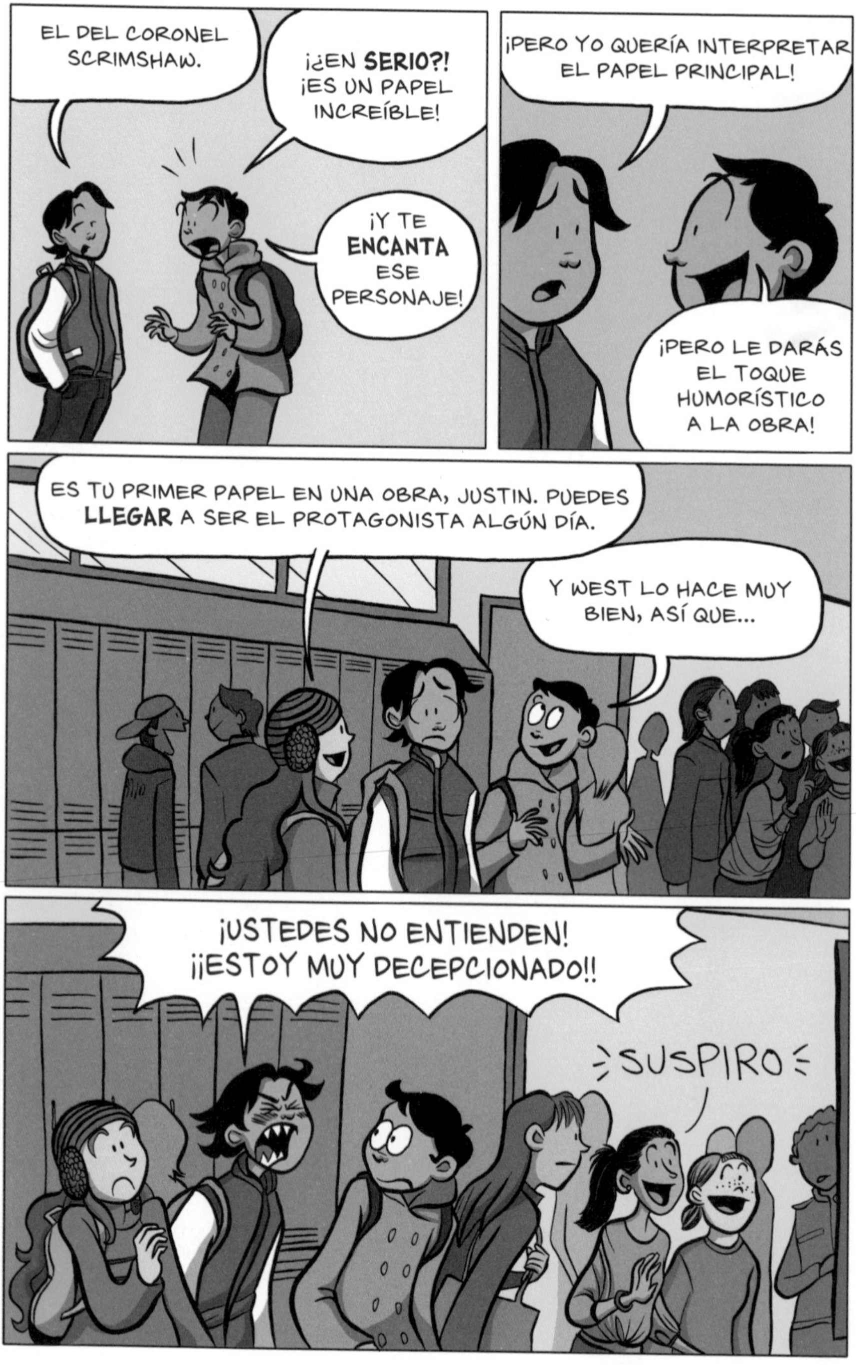
EL DEL CORONEL SCRIMSHAW.
¡¿EN SERIO?! ¡ES UN PAPEL INCREÍBLE!
¡Y TE ENCANTA ESE PERSONAJE!
¡PERO YO QUERÍA INTERPRETAR EL PAPEL PRINCIPAL!
¡PERO LE DARÁS EL TOQUE HUMORÍSTICO A LA OBRA!
ES TU PRIMER PAPEL EN UNA OBRA, JUSTIN. PUEDES LLEGAR A SER EL PROTAGONISTA ALGÚN DÍA.
Y WEST LO HACE MUY BIEN, ASÍ QUE...
¡USTEDES NO ENTIENDEN! ¡¡ESTOY MUY DECEPCIONADO!!
SUSPIRO

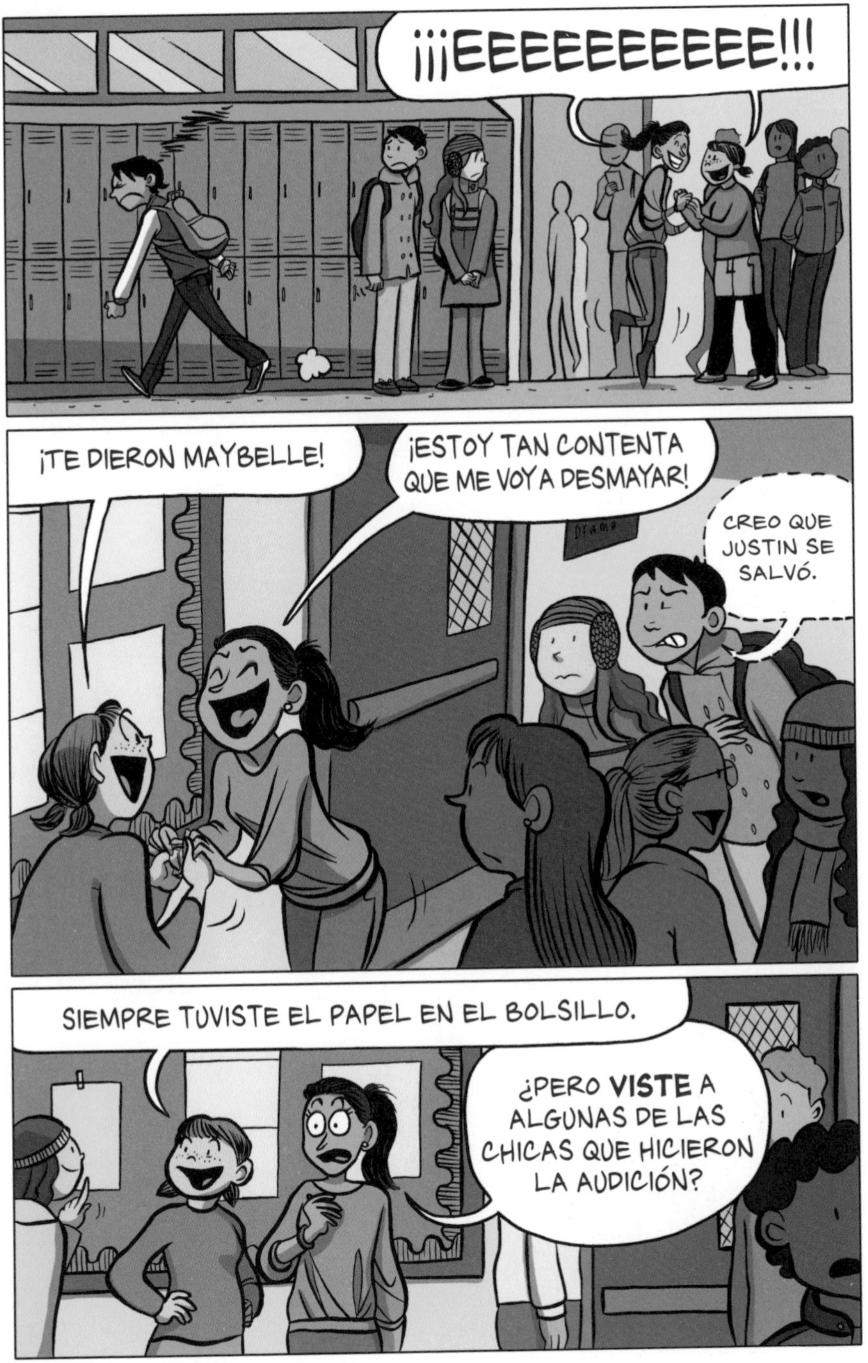
¡¡¡EEEEEEEEEEEE!!!
¡TE DIERON MAYBELLE!
¡ESTOY TAN CONTENTA QUE ME VOY A DESMAYAR!
CREO QUE JUSTIN SE SALVÓ.
SIEMPRE TUVISTE EL PAPEL EN EL BOLSILLO.
¿PERO **VISTE** A ALGUNAS DE LAS CHICAS QUE HICIERON LA AUDICIÓN?

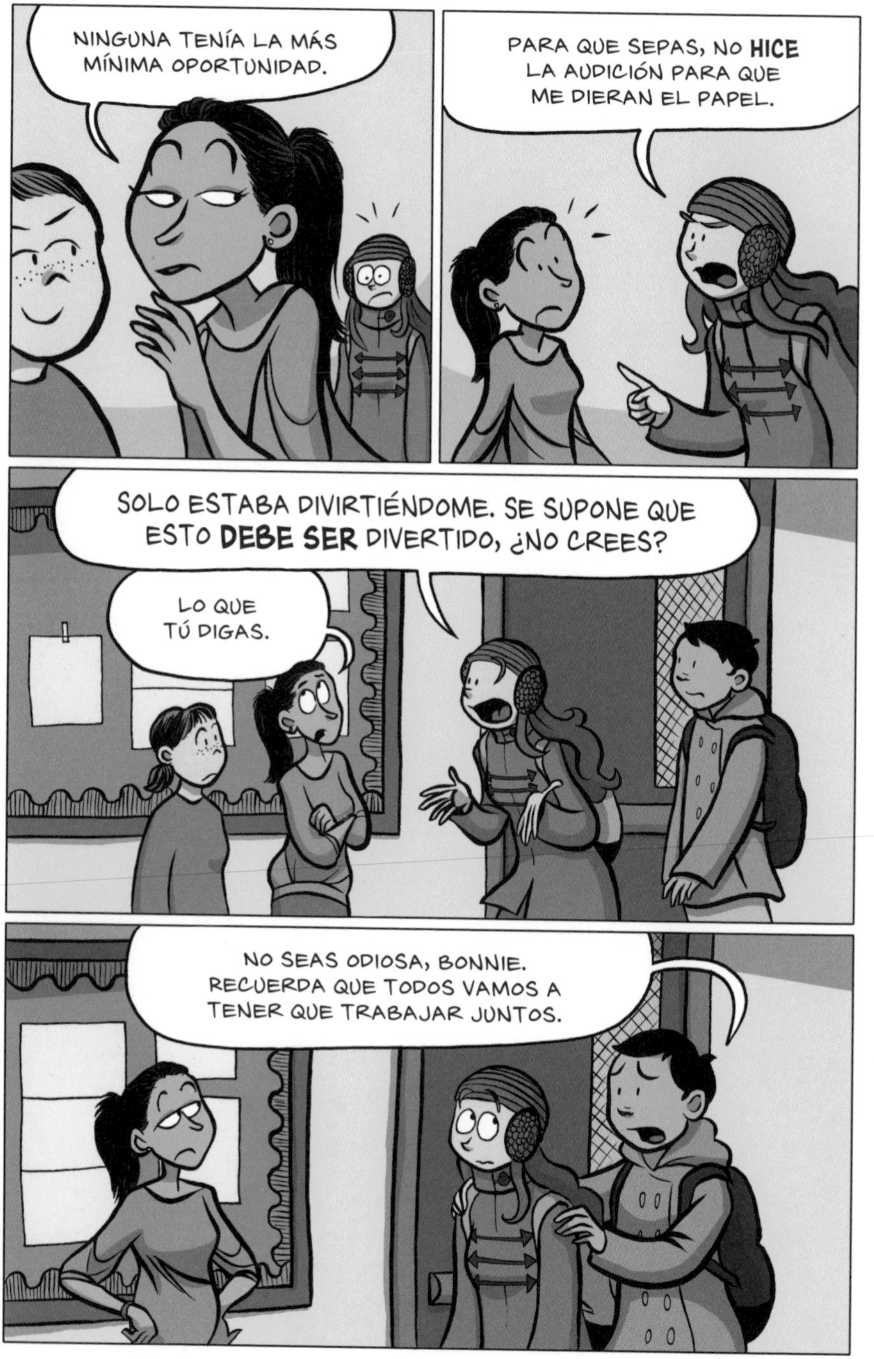
NINGUNA TENÍA LA MÁS MÍNIMA OPORTUNIDAD.
PARA QUE SEPAS, NO **HICE** LA AUDICIÓN PARA QUE ME DIERAN EL PAPEL.
SOLO ESTABA DIVIRTIÉNDOME. SE SUPONE QUE ESTO **DEBE SER** DIVERTIDO, ¿NO CREES?
LO QUE TÚ DIGAS.
NO SEAS ODIOSA, BONNIE. RECUERDA QUE TODOS VAMOS A TENER QUE TRABAJAR JUNTOS.

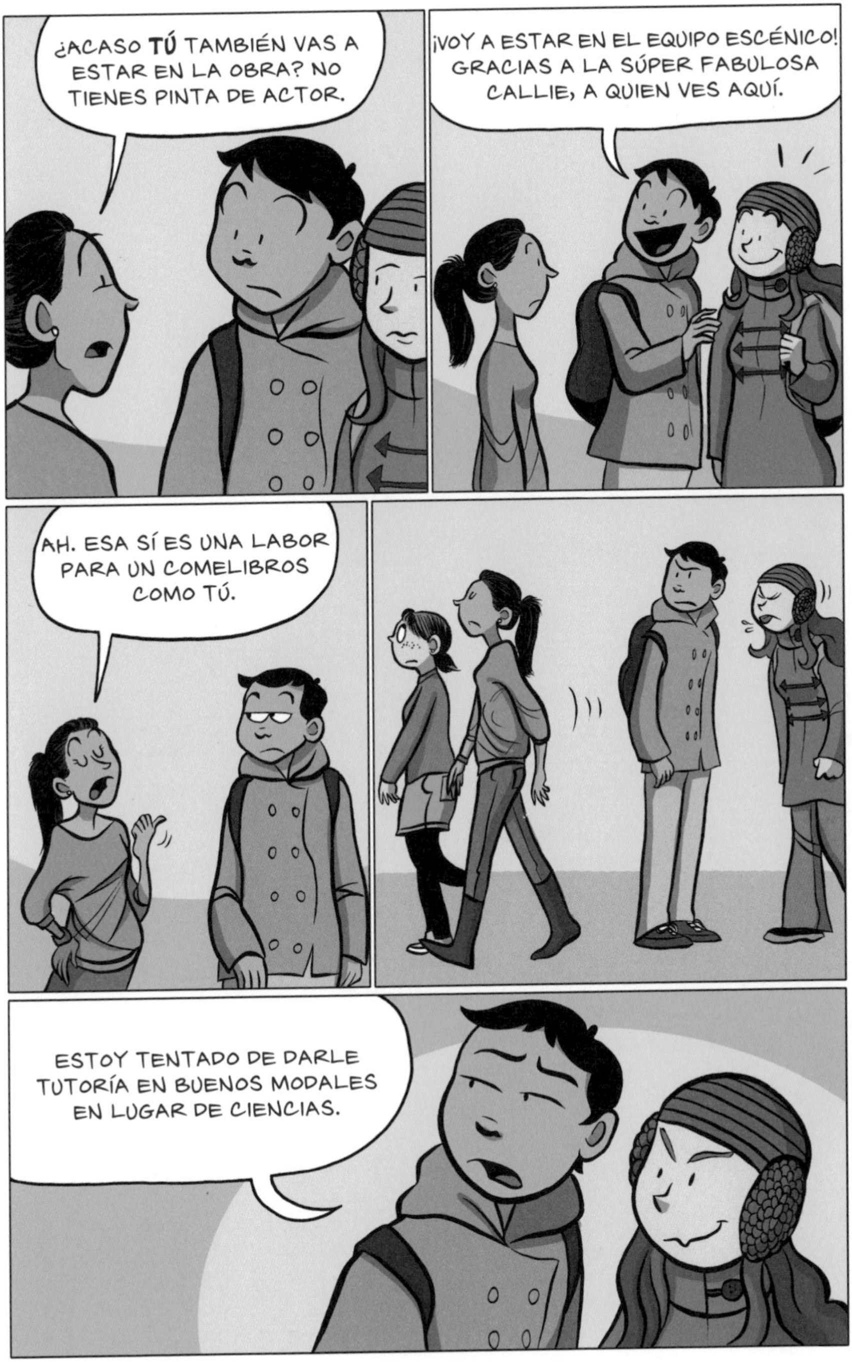
¿ACASO **TÚ** TAMBIÉN VAS A ESTAR EN LA OBRA? NO TIENES PINTA DE ACTOR.
¡VOY A ESTAR EN EL EQUIPO ESCÉNICO! GRACIAS A LA SÚPER FABULOSA CALLIE, A QUIEN VES AQUÍ.
AH. ESA SÍ ES UNA LABOR PARA UN COMELIBROS COMO TÚ.
ESTOY TENTADO DE DARLE TUTORÍA EN BUENOS MODALES EN LUGAR DE CIENCIAS.

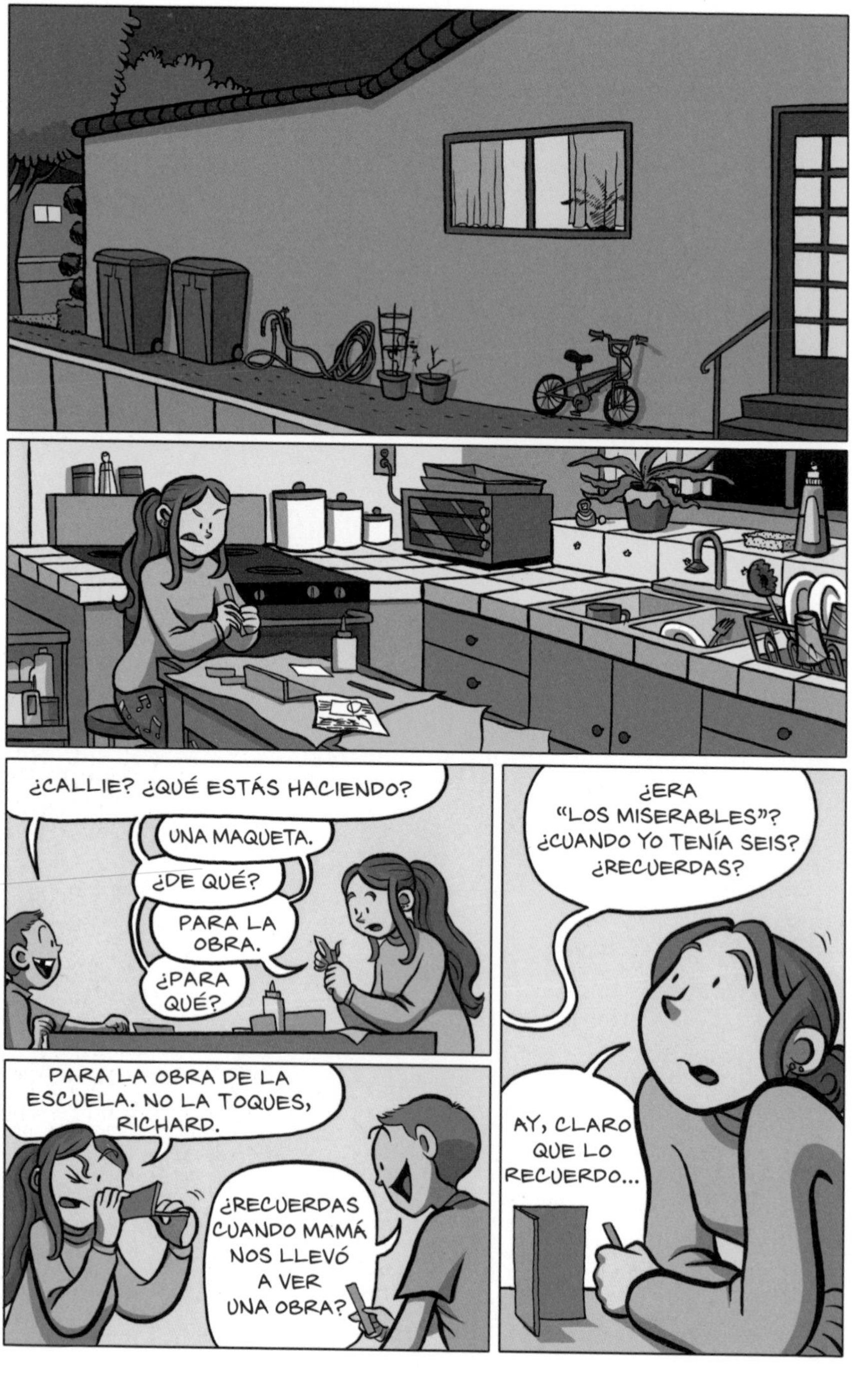
¿CALLIE? ¿QUÉ ESTÁS HACIENDO?
UNA MAQUETA.
¿DE QUÉ?
PARA LA OBRA.
¿PARA QUÉ?
¿ERA "LOS MISERABLES"? ¿CUANDO YO TENÍA SEIS? ¿RECUERDAS?
PARA LA OBRA DE LA ESCUELA. NO LA TOQUES, RICHARD.
¿RECUERDAS CUANDO MAMÁ NOS LLEVÓ A VER UNA OBRA?
AY, CLARO QUE LO RECUERDO...

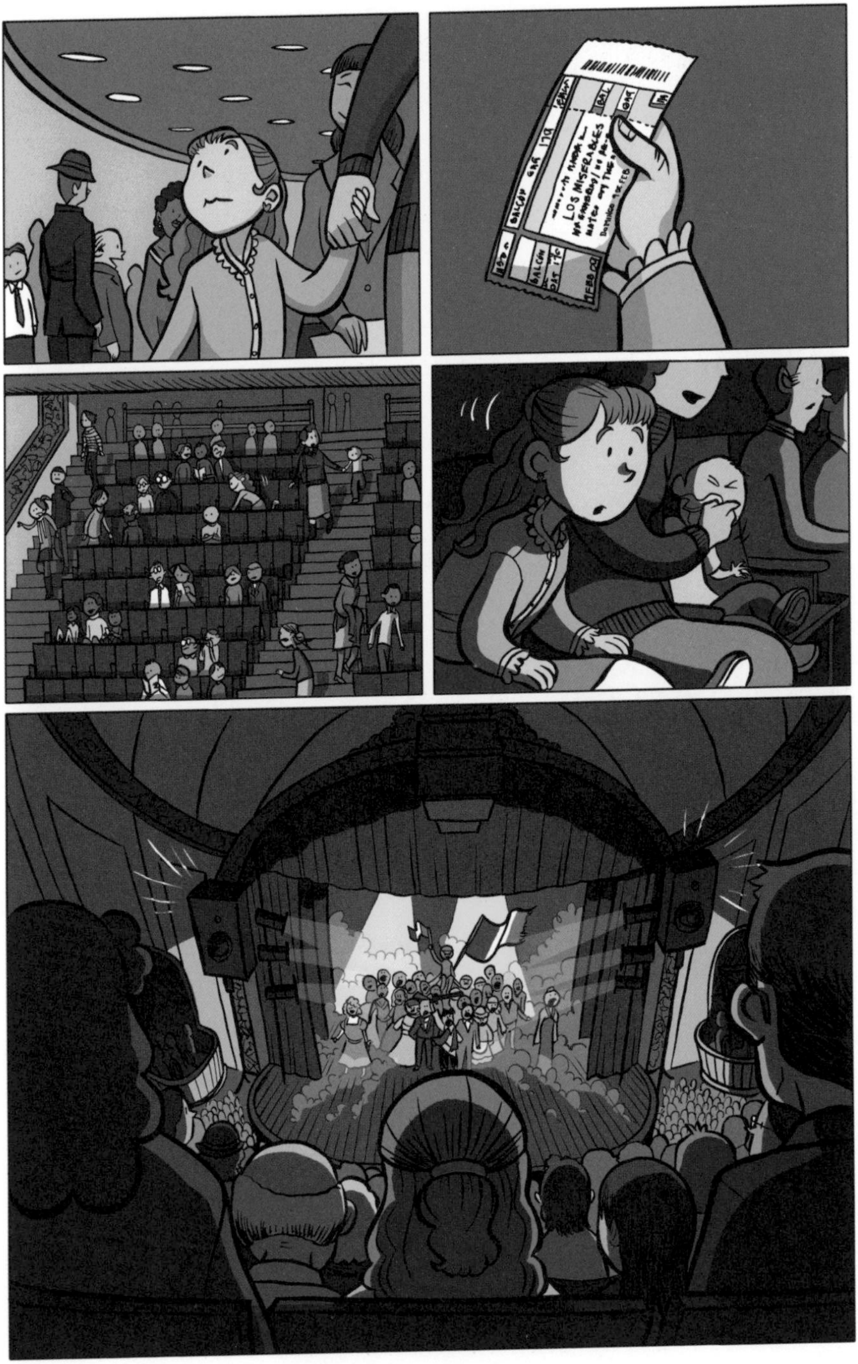
LOS MISERABLES
BALCON

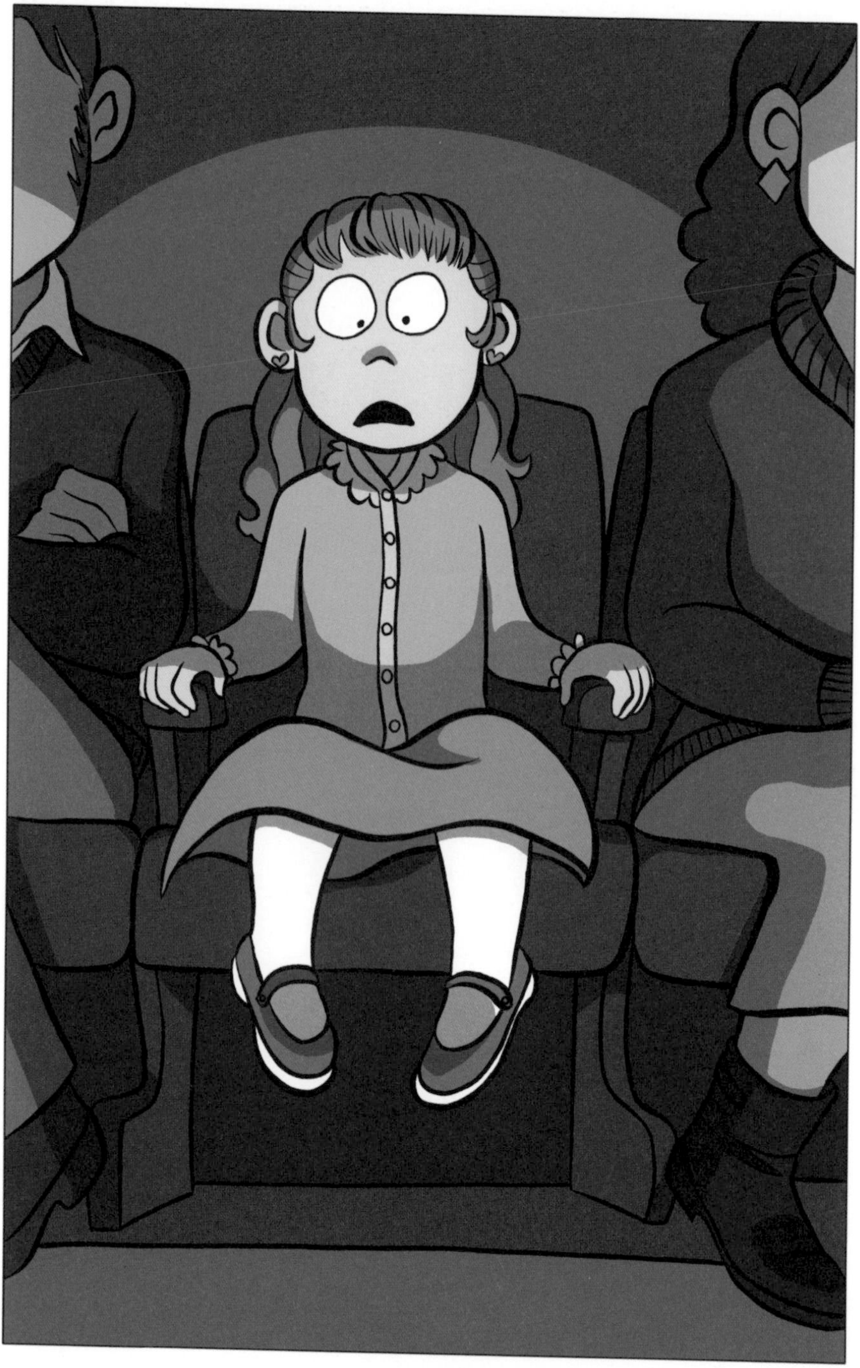

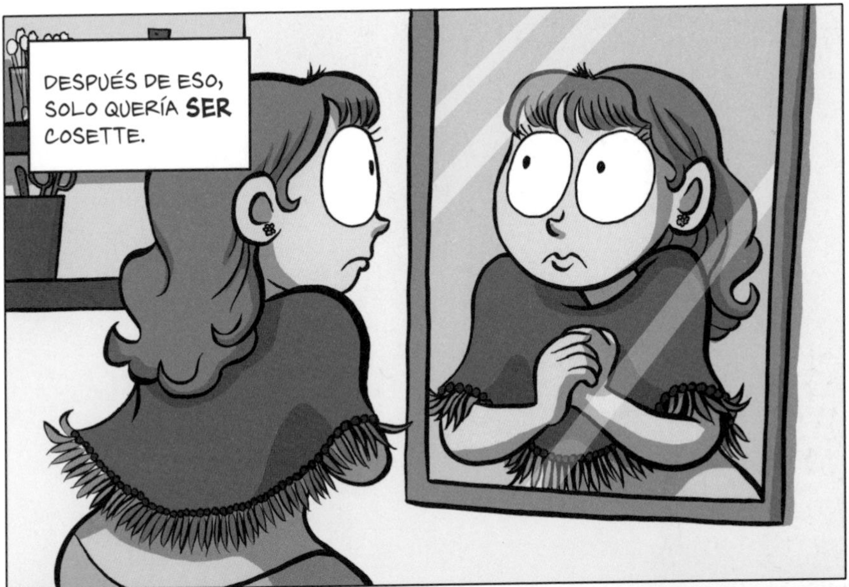
DESPUÉS DE ESO, SOLO QUERÍA **SER** COSETTE.

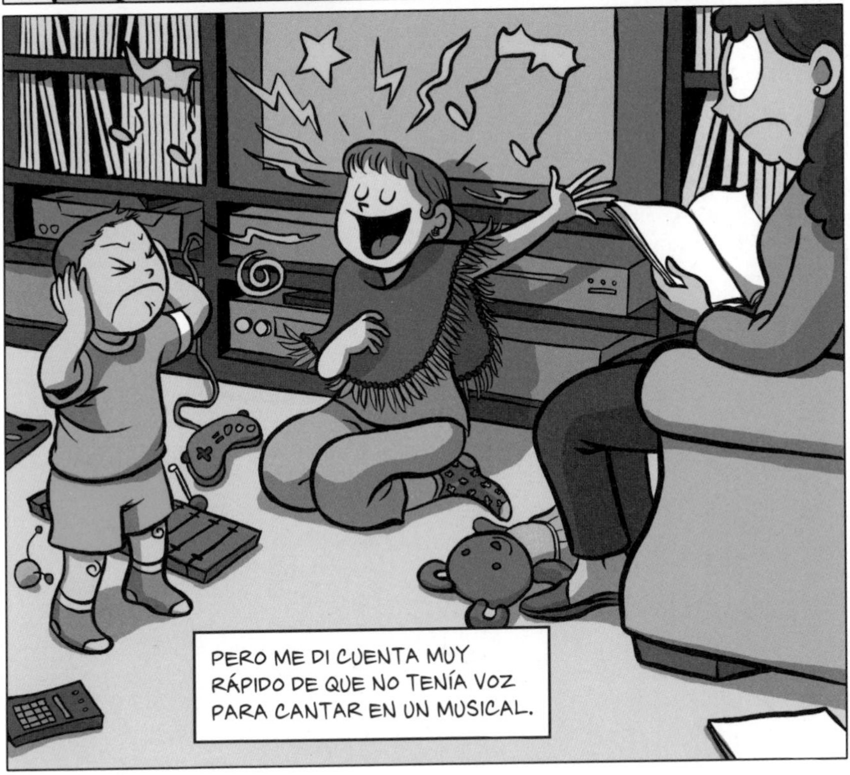
PERO ME DI CUENTA MUY RÁPIDO DE QUE NO TENÍA VOZ PARA CANTAR EN UN MUSICAL.

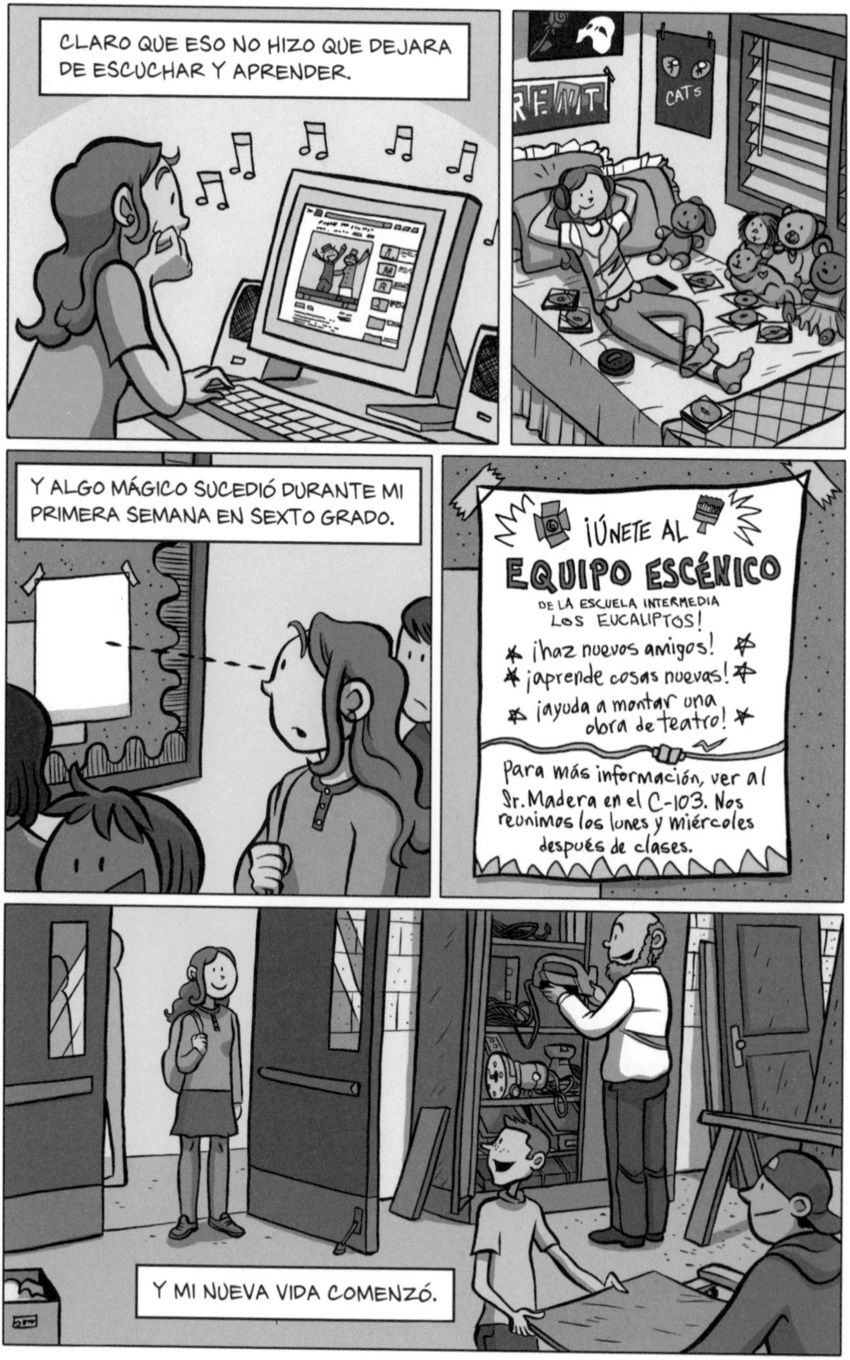
CLARO QUE ESO NO HIZO QUE DEJARA DE ESCUCHAR Y APRENDER.
RENT
CATS
Y ALGO MÁGICO SUCEDIÓ DURANTE MI PRIMERA SEMANA EN SEXTO GRADO.
¡ÚNETE AL
EQUIPO ESCÉNICO
DE LA ESCUELA INTERMEDIA LOS EUCALIPTOS!
¡haz nuevos amigos!
¡aprende cosas nuevas!
¡ayuda a montar una obra de teatro!
Para más información, ver al Sr. Madera en el C-103. Nos reunimos los lunes y miércoles después de clases.
Y MI NUEVA VIDA COMENZÓ.

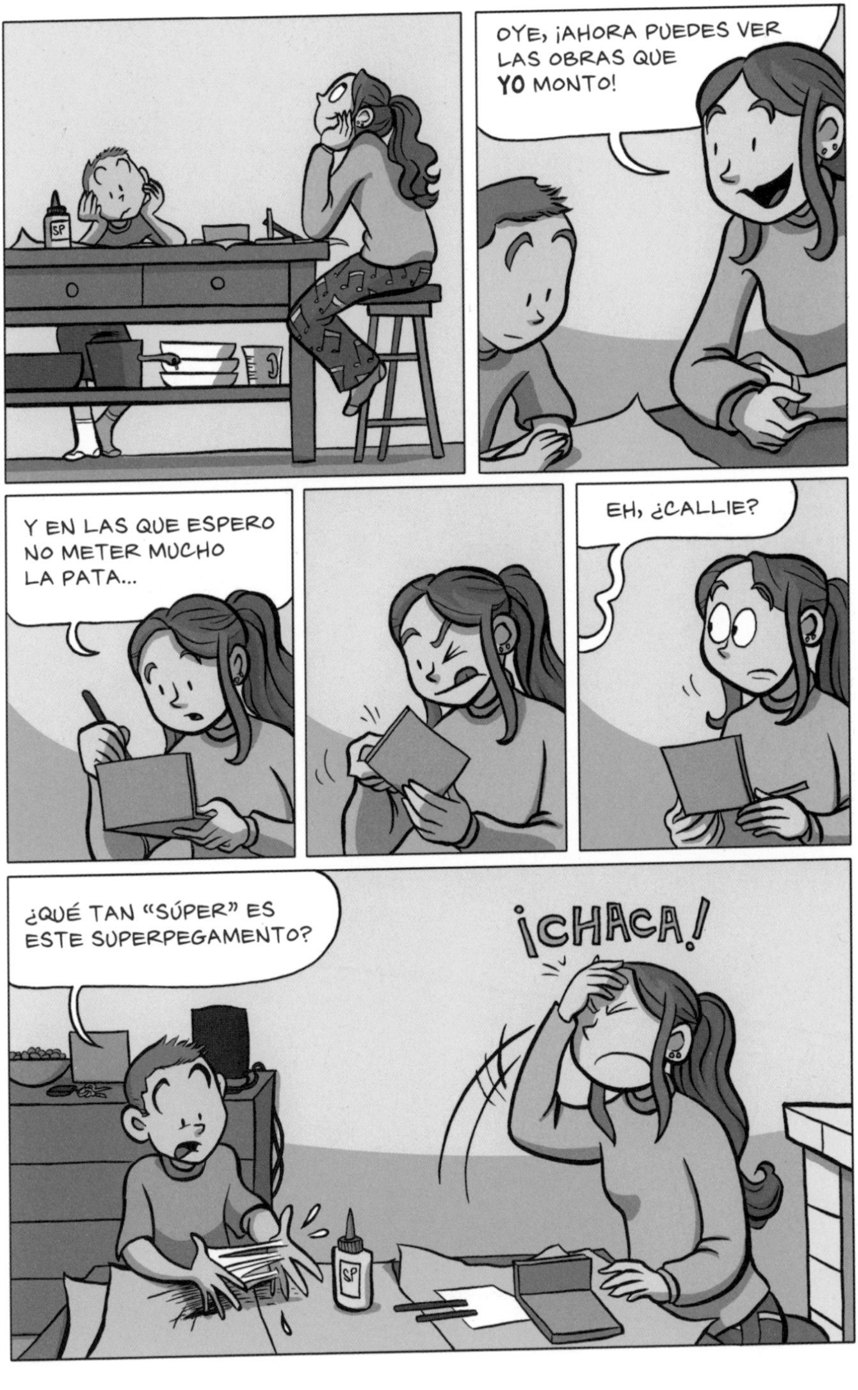
OYE, ¡AHORA PUEDES VER LAS OBRAS QUE **YO** MONTO!
Y EN LAS QUE ESPERO NO METER MUCHO LA PATA...
EH, ¿CALLIE?
¿QUÉ TAN «SÚPER» ES ESTE SUPERPEGAMENTO?
¡CHACA!

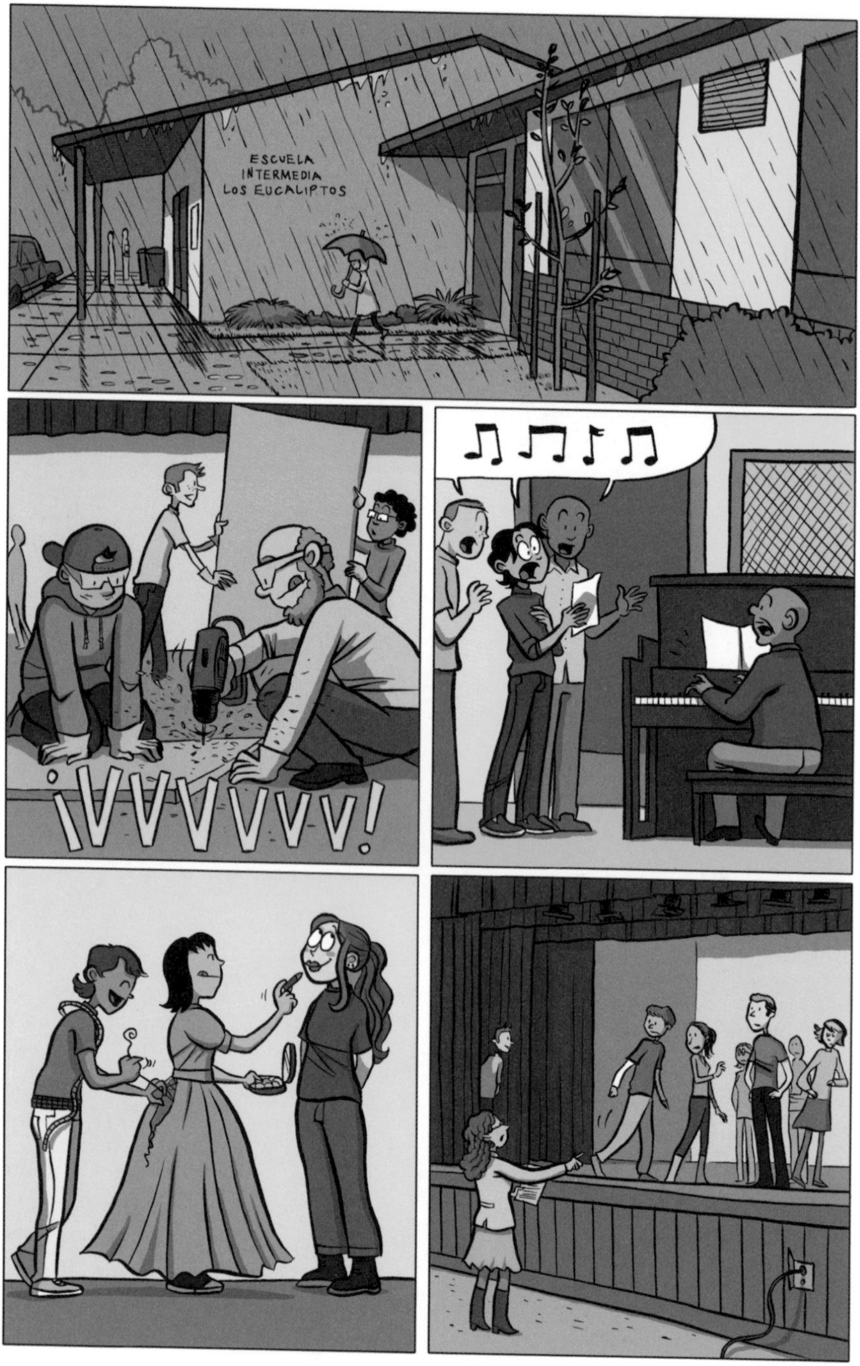
ESCUELA INTERMEDIA LOS EUCALIPTOS
¡VVVVVV!

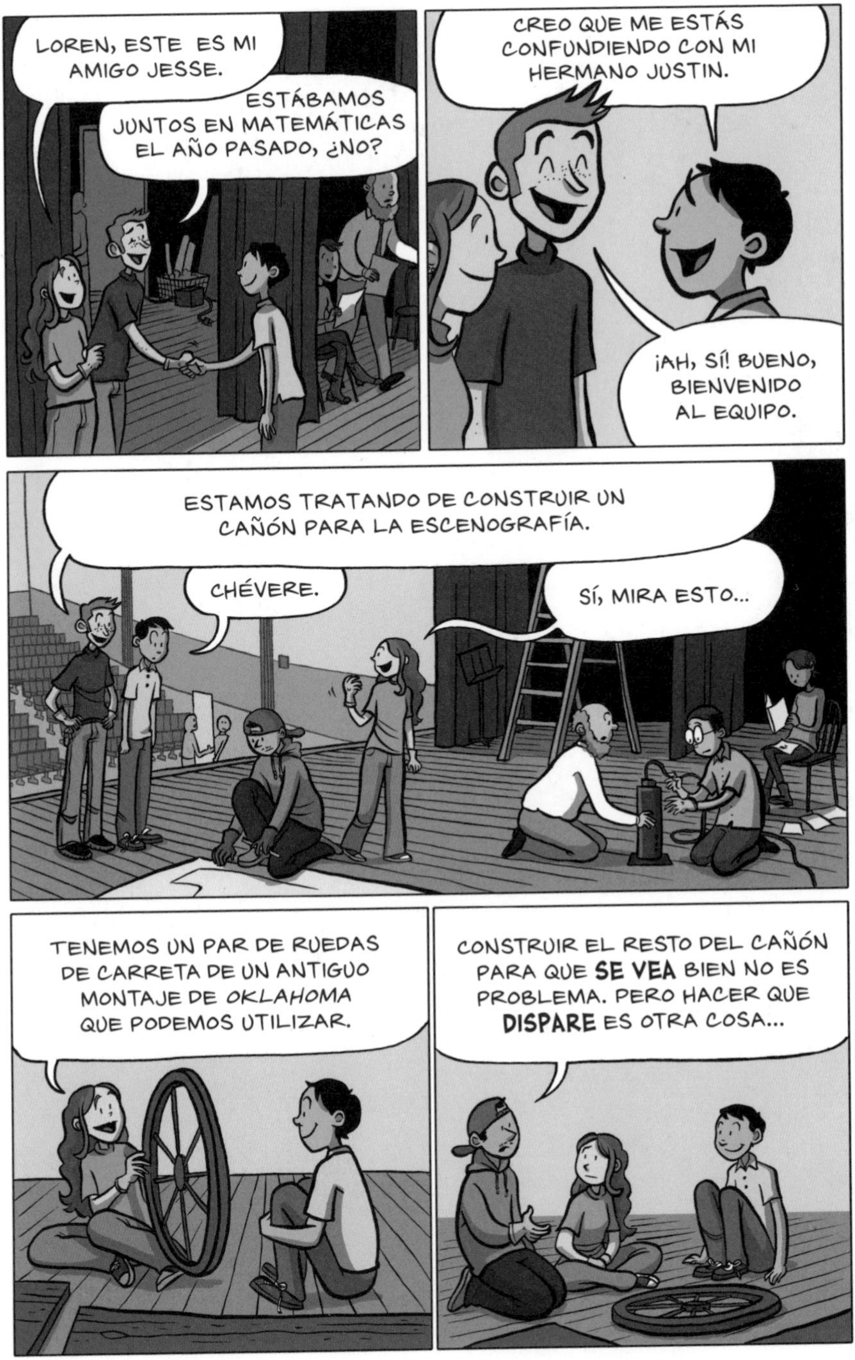
LOREN, ESTE ES MI AMIGO JESSE.
ESTÁBAMOS JUNTOS EN MATEMÁTICAS EL AÑO PASADO, ¿NO?
CREO QUE ME ESTÁS CONFUNDIENDO CON MI HERMANO JUSTIN.
¡AH, SÍ! BUENO, BIENVENIDO AL EQUIPO.
ESTAMOS TRATANDO DE CONSTRUIR UN CAÑÓN PARA LA ESCENOGRAFÍA.
CHÉVERE.
SÍ, MIRA ESTO...
TENEMOS UN PAR DE RUEDAS DE CARRETA DE UN ANTIGUO MONTAJE DE *OKLAHOMA* QUE PODEMOS UTILIZAR.
CONSTRUIR EL RESTO DEL CAÑÓN PARA QUE **SE VEA** BIEN NO ES PROBLEMA. PERO HACER QUE **DISPARE** ES OTRA COSA...

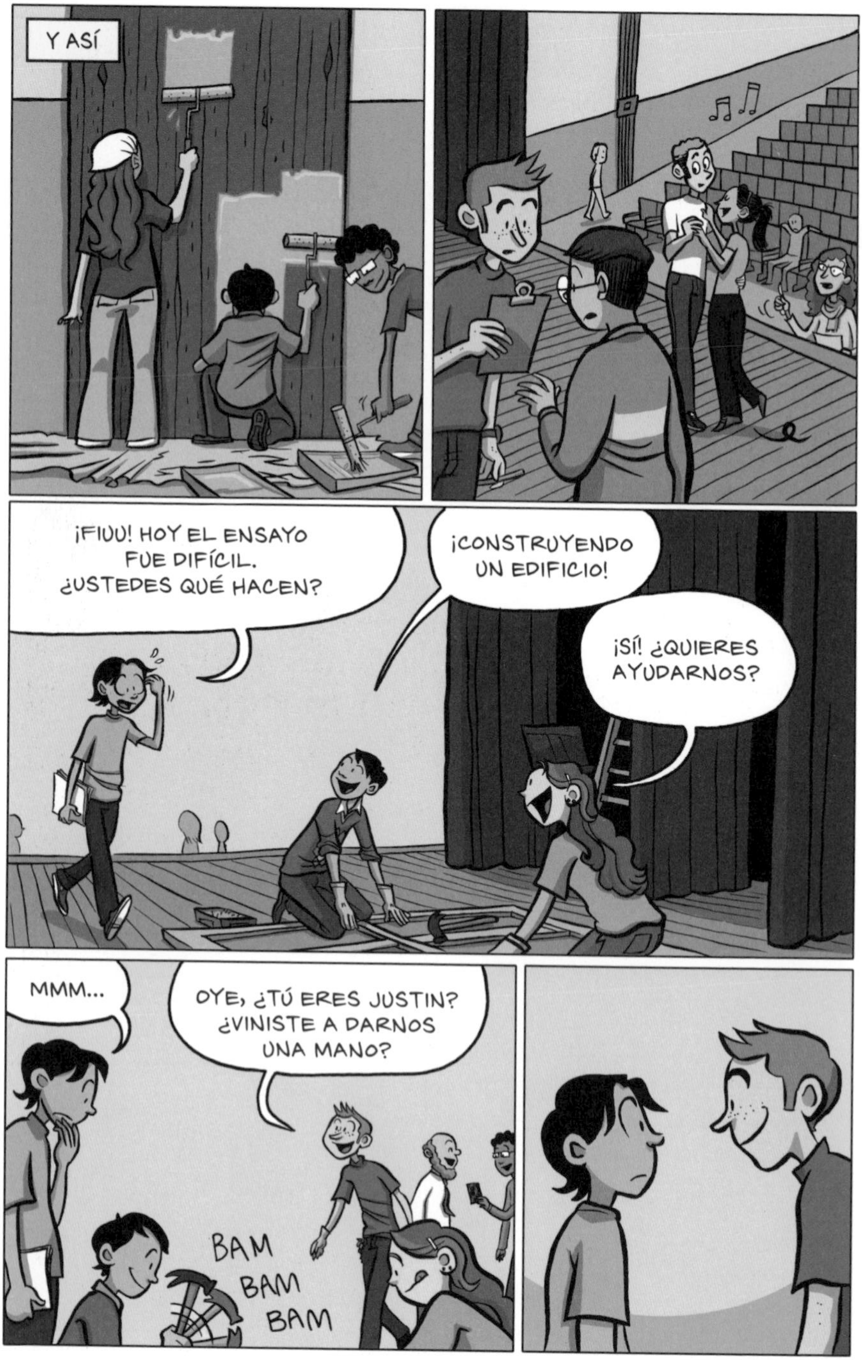
Y ASÍ
¡FIUU! HOY EL ENSAYO FUE DIFÍCIL. ¿USTEDES QUÉ HACEN?
¡CONSTRUYENDO UN EDIFICIO!
¡SÍ! ¿QUIERES AYUDARNOS?
MMM...
OYE, ¿TÚ ERES JUSTIN? ¿VINISTE A DARNOS UNA MANO?
BAM
BAM
BAM

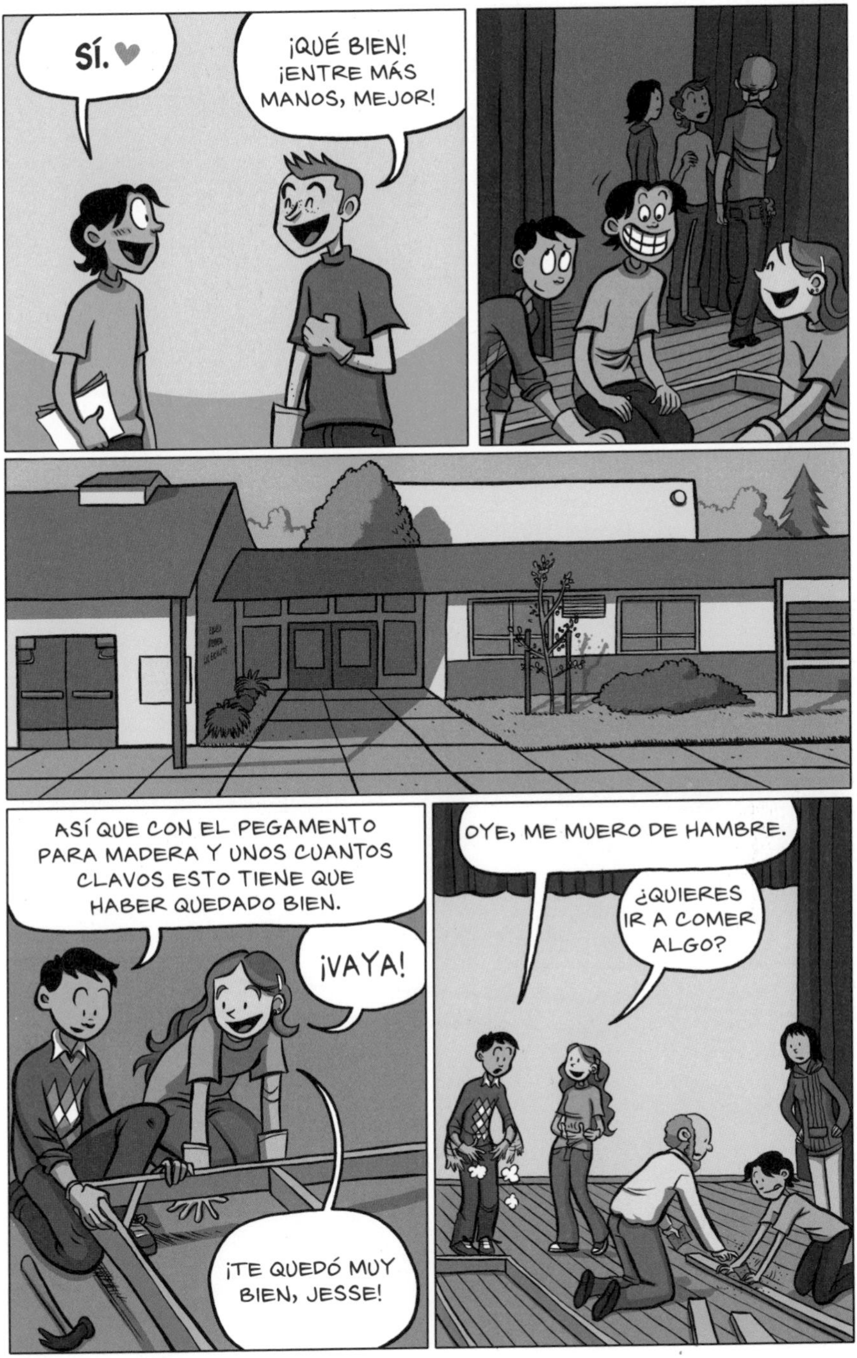
SÍ.
¡QUÉ BIEN! ¡ENTRE MÁS MANOS, MEJOR!
ASÍ QUE CON EL PEGAMENTO PARA MADERA Y UNOS CUANTOS CLAVOS ESTO TIENE QUE HABER QUEDADO BIEN.
¡VAYA!
¡TE QUEDÓ MUY BIEN, JESSE!
OYE, ME MUERO DE HAMBRE.
¿QUIERES IR A COMER ALGO?

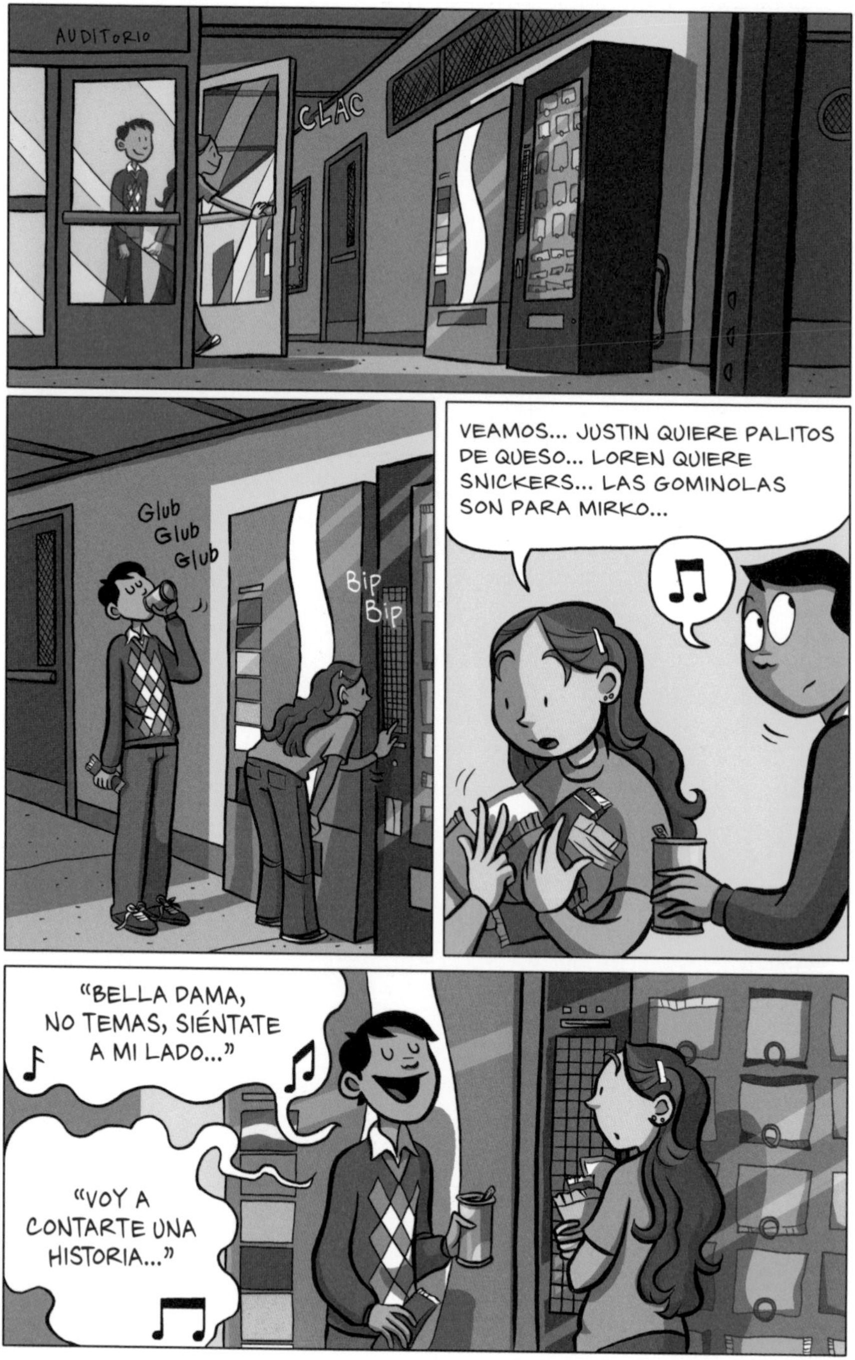
AUDITORIO
CLAC
Glub Glub Glub
Bip Bip
VEAMOS... JUSTIN QUIERE PALITOS DE QUESO... LOREN QUIERE SNICKERS... LAS GOMINOLAS SON PARA MIRKO...
"BELLA DAMA, NO TEMAS, SIÉNTATE A MI LADO..."
"VOY A CONTARTE UNA HISTORIA..."

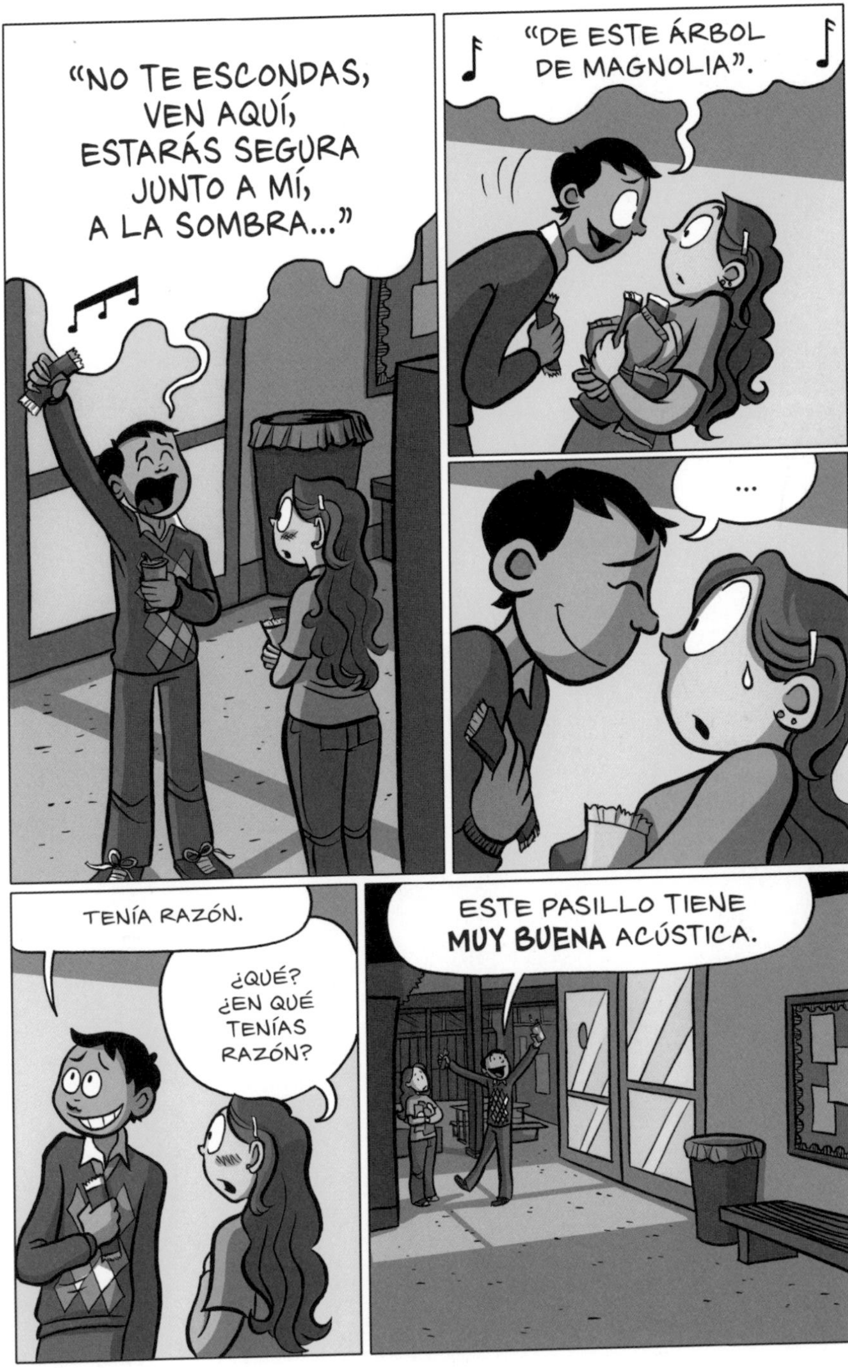
"NO TE ESCONDAS, VEN AQUÍ, ESTARÁS SEGURA JUNTO A MÍ, A LA SOMBRA..."
"DE ESTE ÁRBOL DE MAGNOLIA".
...
TENÍA RAZÓN.
¿QUÉ? ¿EN QUÉ TENÍAS RAZÓN?
ESTE PASILLO TIENE **MUY BUENA** ACÚSTICA.

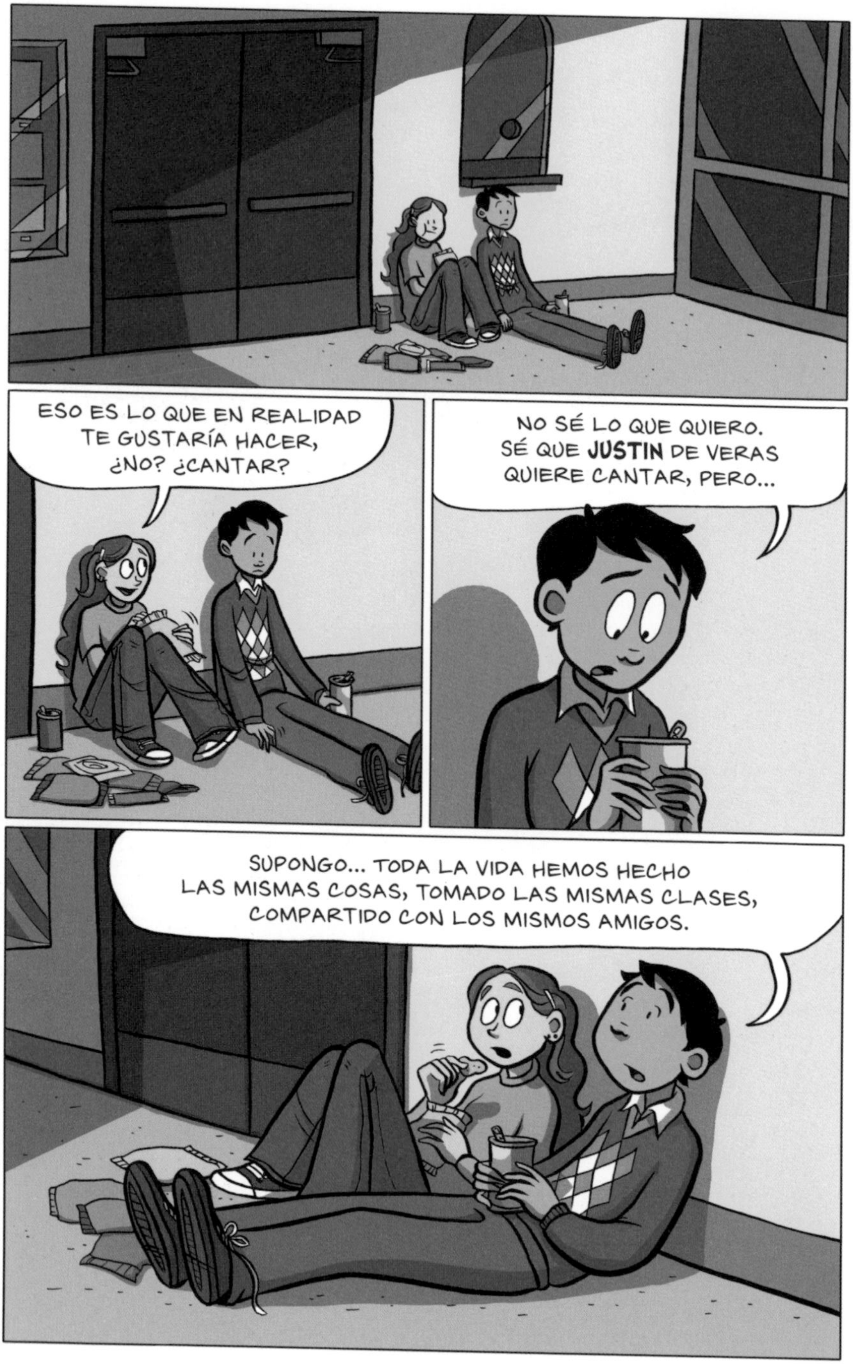
ESO ES LO QUE EN REALIDAD TE GUSTARÍA HACER, ¿NO? ¿CANTAR?
NO SÉ LO QUE QUIERO. SÉ QUE **JUSTIN** DE VERAS QUIERE CANTAR, PERO...
SUPONGO... TODA LA VIDA HEMOS HECHO LAS MISMAS COSAS, TOMADO LAS MISMAS CLASES, COMPARTIDO CON LOS MISMOS AMIGOS.

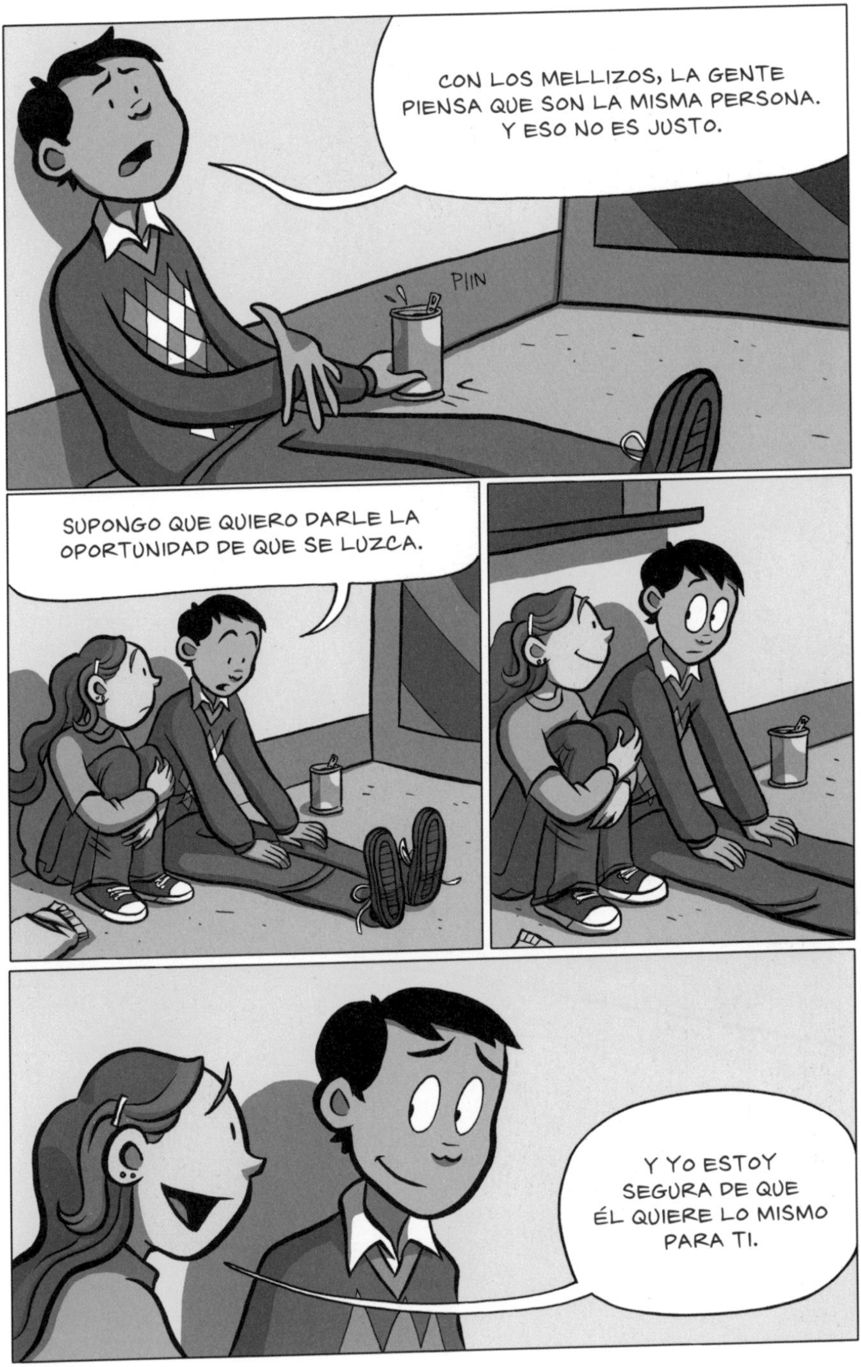
CON LOS MELLIZOS, LA GENTE PIENSA QUE SON LA MISMA PERSONA. Y ESO NO ES JUSTO.
PIIN
SUPONGO QUE QUIERO DARLE LA OPORTUNIDAD DE QUE SE LUZCA.
Y YO ESTOY SEGURA DE QUE ÉL QUIERE LO MISMO PARA TI.

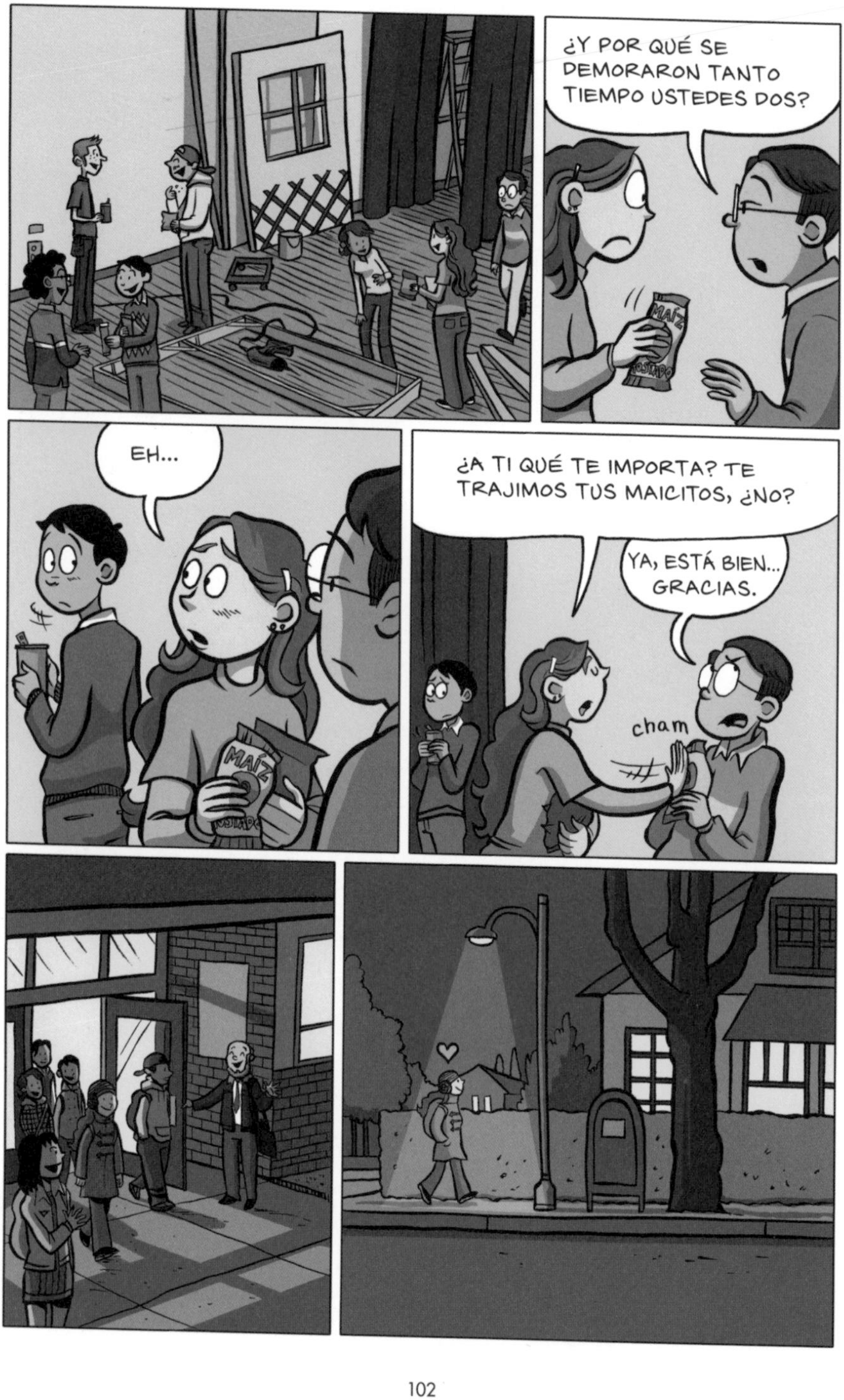
¿Y POR QUÉ SE DEMORARON TANTO TIEMPO USTEDES DOS?
MAÍZ TOSTADO
EH...
MAÍZ TOSTADO
¿A TI QUÉ TE IMPORTA? TE TRAJIMOS TUS MAICITOS, ¿NO?
YA, ESTÁ BIEN... GRACIAS.
cham

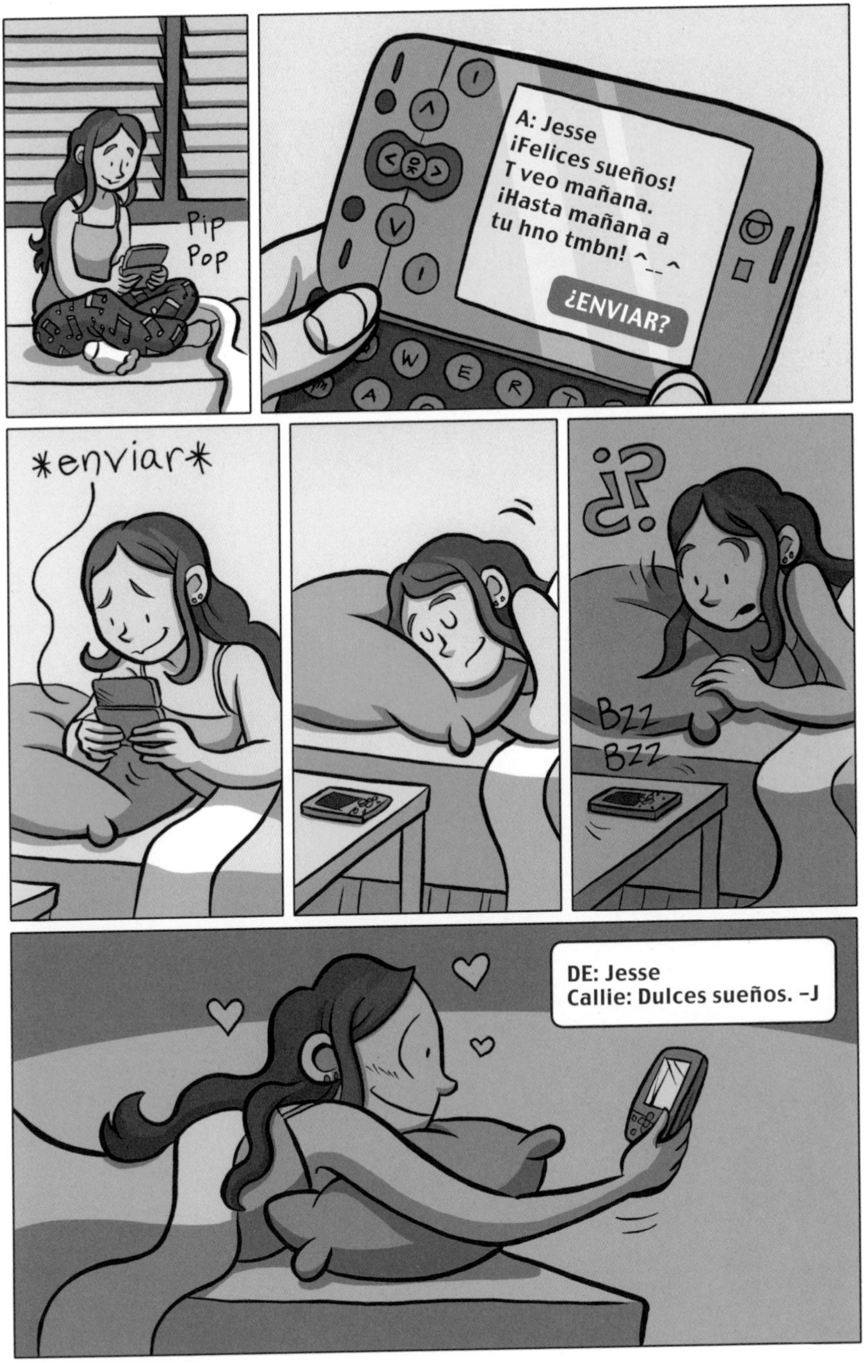
Pip Pop
A: Jesse
¡Felices sueños!
T veo mañana.
¡Hasta mañana a tu hno tmbn! ^_^
¿ENVIAR?
enviar
¿?
BZZ BZZ
DE: Jesse
Callie: Dulces sueños. –J

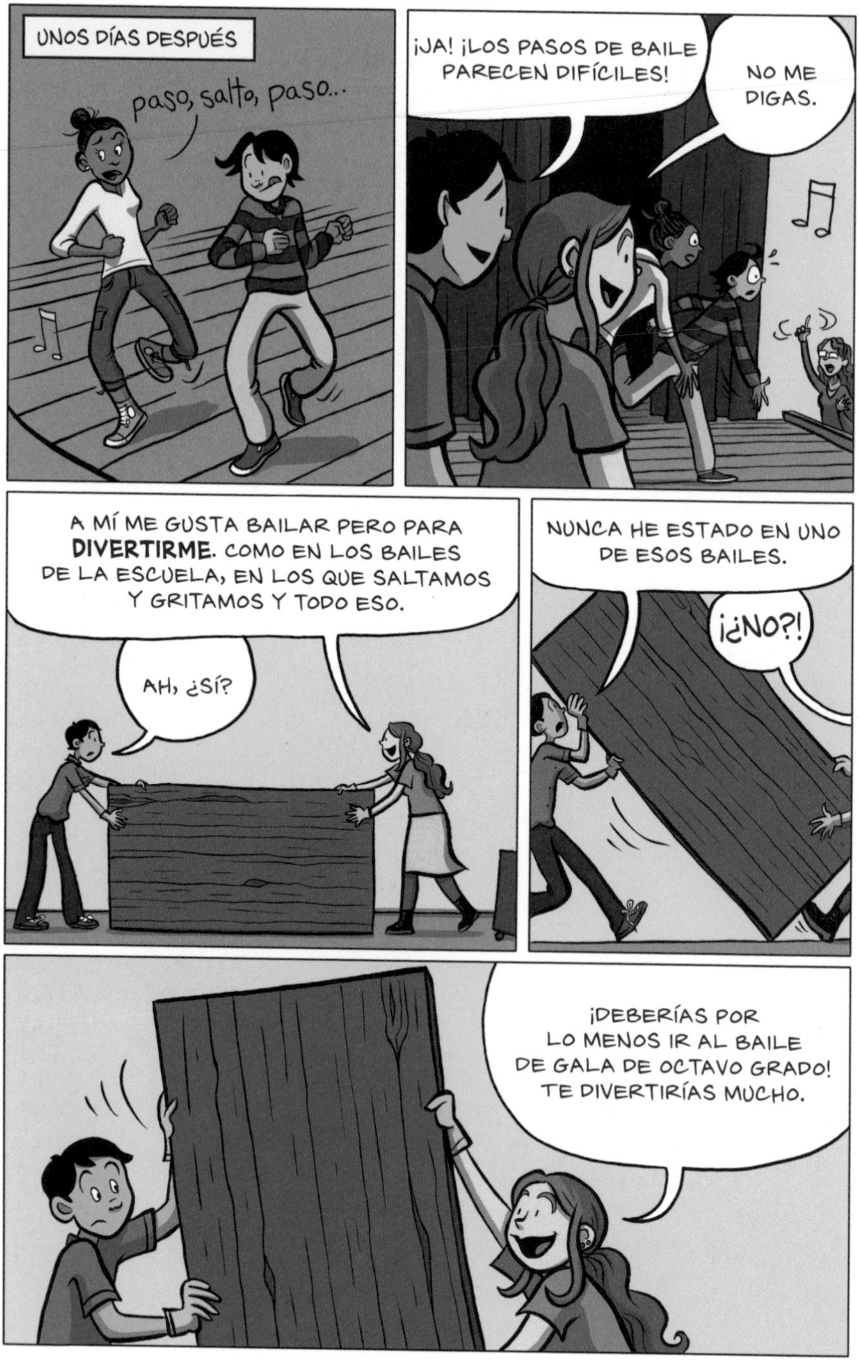

UNOS DÍAS DESPUÉS
paso, salto, paso...
¡JA! ¡LOS PASOS DE BAILE PARECEN DIFÍCILES!
NO ME DIGAS.
A MÍ ME GUSTA BAILAR PERO PARA **DIVERTIRME**. COMO EN LOS BAILES DE LA ESCUELA, EN LOS QUE SALTAMOS Y GRITAMOS Y TODO ESO.
AH, ¿SÍ?
NUNCA HE ESTADO EN UNO DE ESOS BAILES.
¡¿NO?!
¡DEBERÍAS POR LO MENOS IR AL BAILE DE GALA DE OCTAVO GRADO! TE DIVERTIRÍAS MUCHO.

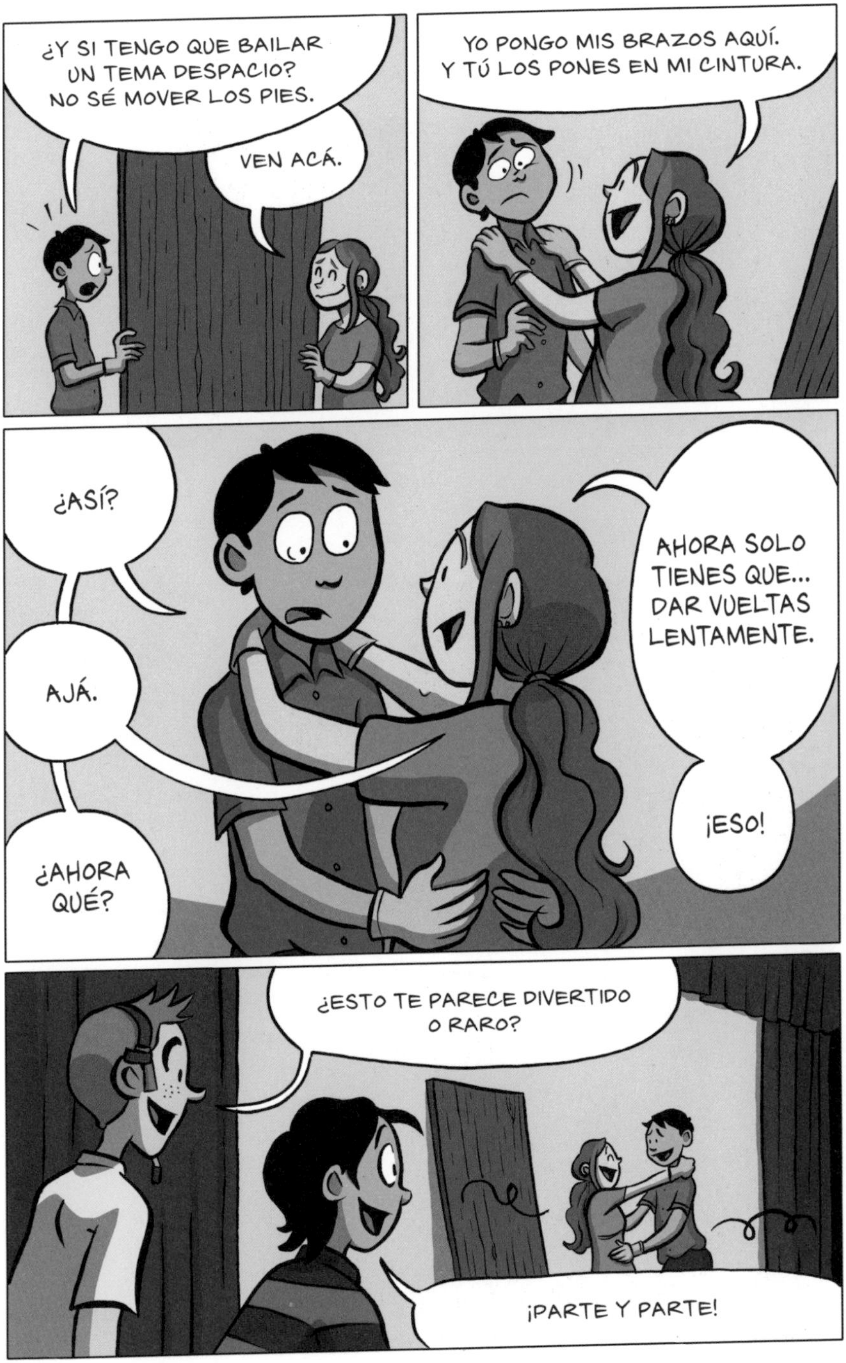
¿Y SI TENGO QUE BAILAR UN TEMA DESPACIO? NO SÉ MOVER LOS PIES.
VEN ACÁ.
YO PONGO MIS BRAZOS AQUÍ. Y TÚ LOS PONES EN MI CINTURA.
¿ASÍ?
AHORA SOLO TIENES QUE... DAR VUELTAS LENTAMENTE.
AJÁ.
¿AHORA QUÉ?
¡ESO!
¿ESTO TE PARECE DIVERTIDO O RARO?
¡PARTE Y PARTE!

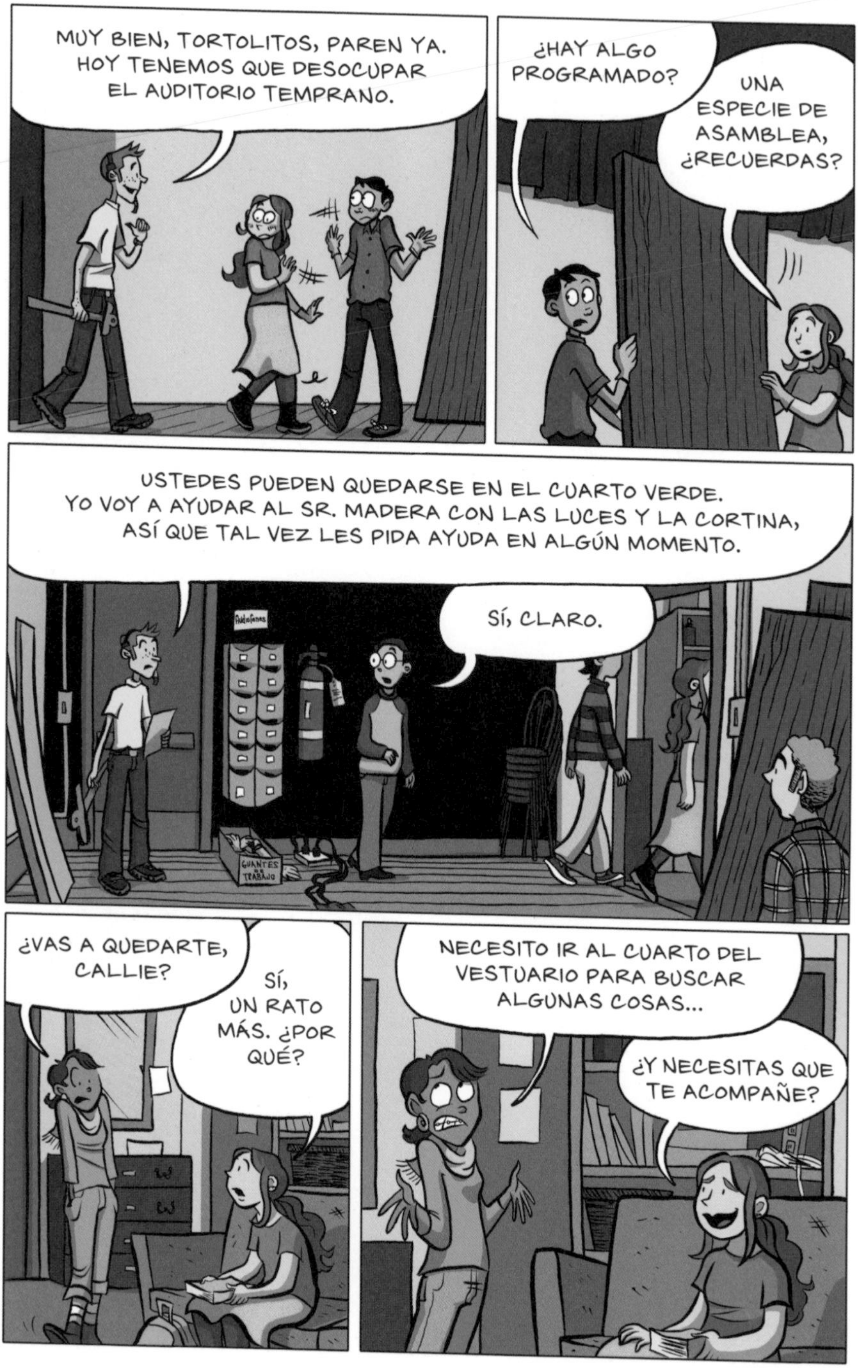
MUY BIEN, TORTOLITOS, PAREN YA. HOY TENEMOS QUE DESOCUPAR EL AUDITORIO TEMPRANO.
¿HAY ALGO PROGRAMADO?
UNA ESPECIE DE ASAMBLEA, ¿RECUERDAS?
USTEDES PUEDEN QUEDARSE EN EL CUARTO VERDE. YO VOY A AYUDAR AL SR. MADERA CON LAS LUCES Y LA CORTINA, ASÍ QUE TAL VEZ LES PIDA AYUDA EN ALGÚN MOMENTO.
SÍ, CLARO.
GUANTES DE TRABAJO
¿VAS A QUEDARTE, CALLIE?
SÍ, UN RATO MÁS. ¿POR QUÉ?
NECESITO IR AL CUARTO DEL VESTUARIO PARA BUSCAR ALGUNAS COSAS...
¿Y NECESITAS QUE TE ACOMPAÑE?

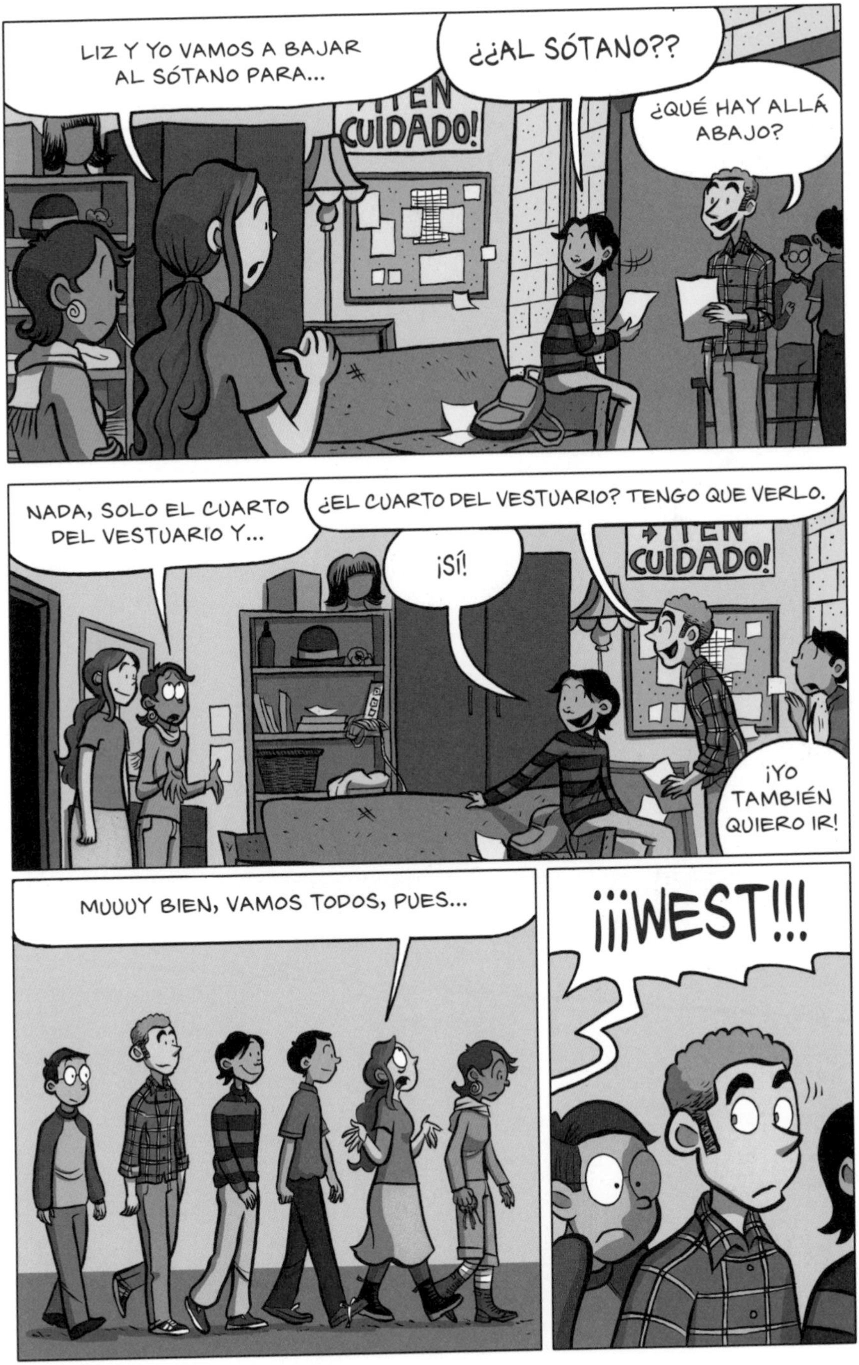
LIZ Y YO VAMOS A BAJAR AL SÓTANO PARA...
¡TEN CUIDADO!
¿¿AL SÓTANO??
¿QUÉ HAY ALLÁ ABAJO?
NADA, SOLO EL CUARTO DEL VESTUARIO Y...
¿EL CUARTO DEL VESTUARIO? TENGO QUE VERLO.
¡SÍ!
¡TEN CUIDADO!
¡YO TAMBIÉN QUIERO IR!
MUUUY BIEN, VAMOS TODOS, PUES...
¡¡¡WEST!!!

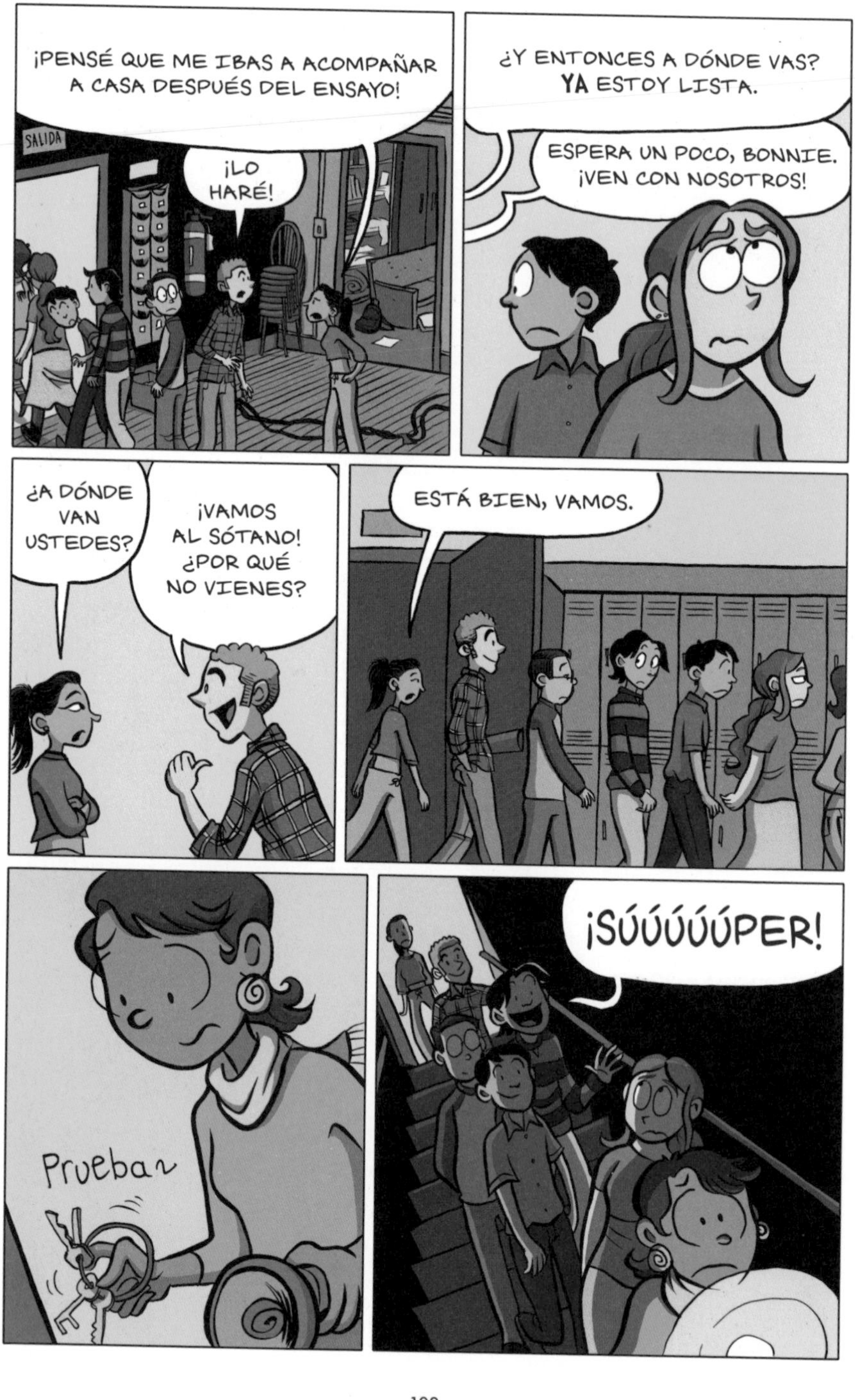
SALIDA
¡PENSÉ QUE ME IBAS A ACOMPAÑAR A CASA DESPUÉS DEL ENSAYO!
¡LO HARÉ!
¿Y ENTONCES A DÓNDE VAS? YA ESTOY LISTA.
ESPERA UN POCO, BONNIE. ¡VEN CON NOSOTROS!
¿A DÓNDE VAN USTEDES?
¡VAMOS AL SÓTANO! ¿POR QUÉ NO VIENES?
ESTÁ BIEN, VAMOS.
Prueba
¡SÚÚÚÚÚPER!

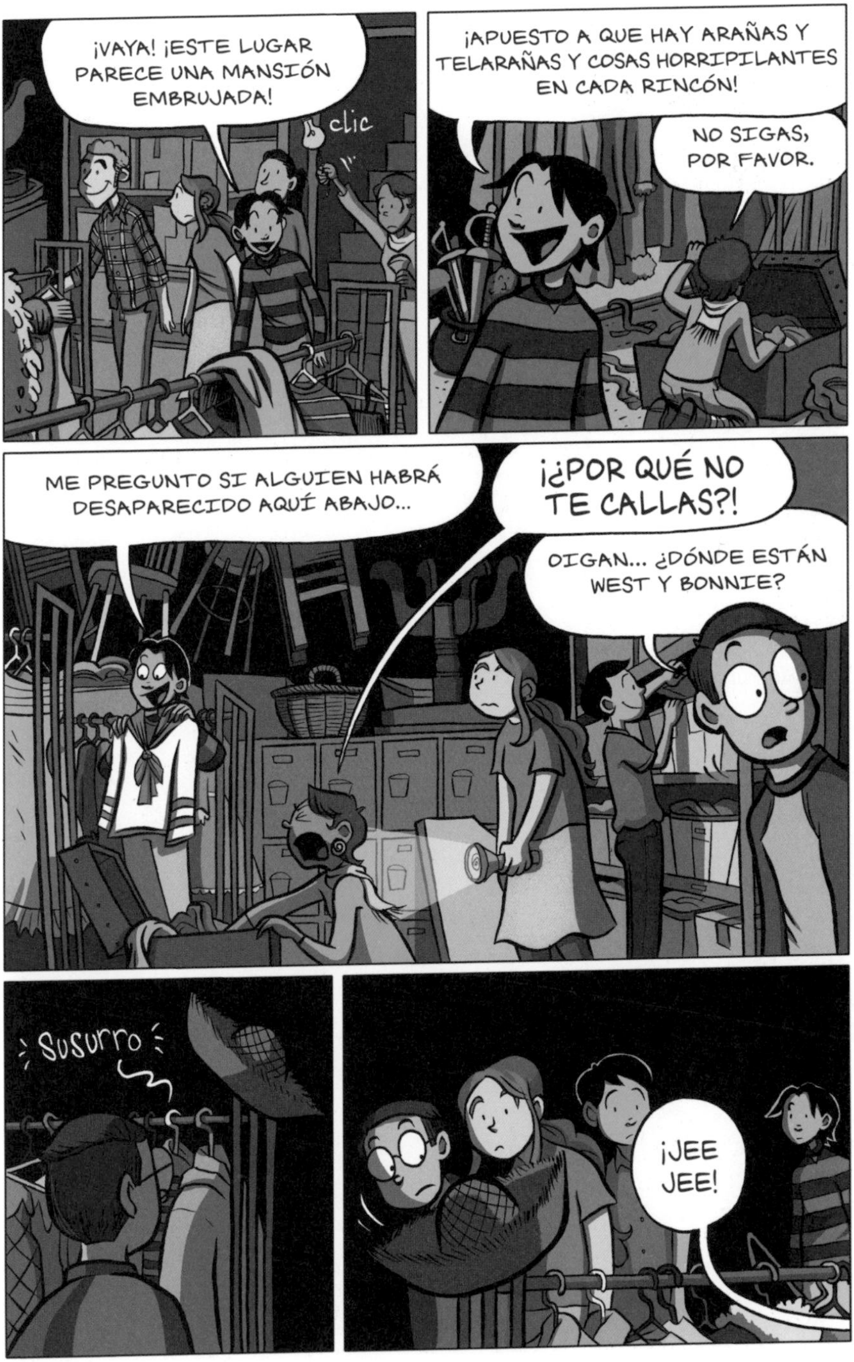
¡VAYA! ¡ESTE LUGAR PARECE UNA MANSIÓN EMBRUJADA!
clic
¡APUESTO A QUE HAY ARAÑAS Y TELARAÑAS Y COSAS HORRIPILANTES EN CADA RINCÓN!
NO SIGAS, POR FAVOR.
ME PREGUNTO SI ALGUIEN HABRÁ DESAPARECIDO AQUÍ ABAJO...
¡¿POR QUÉ NO TE CALLAS?!
OIGAN... ¿DÓNDE ESTÁN WEST Y BONNIE?
Susurro
¡JEE JEE!

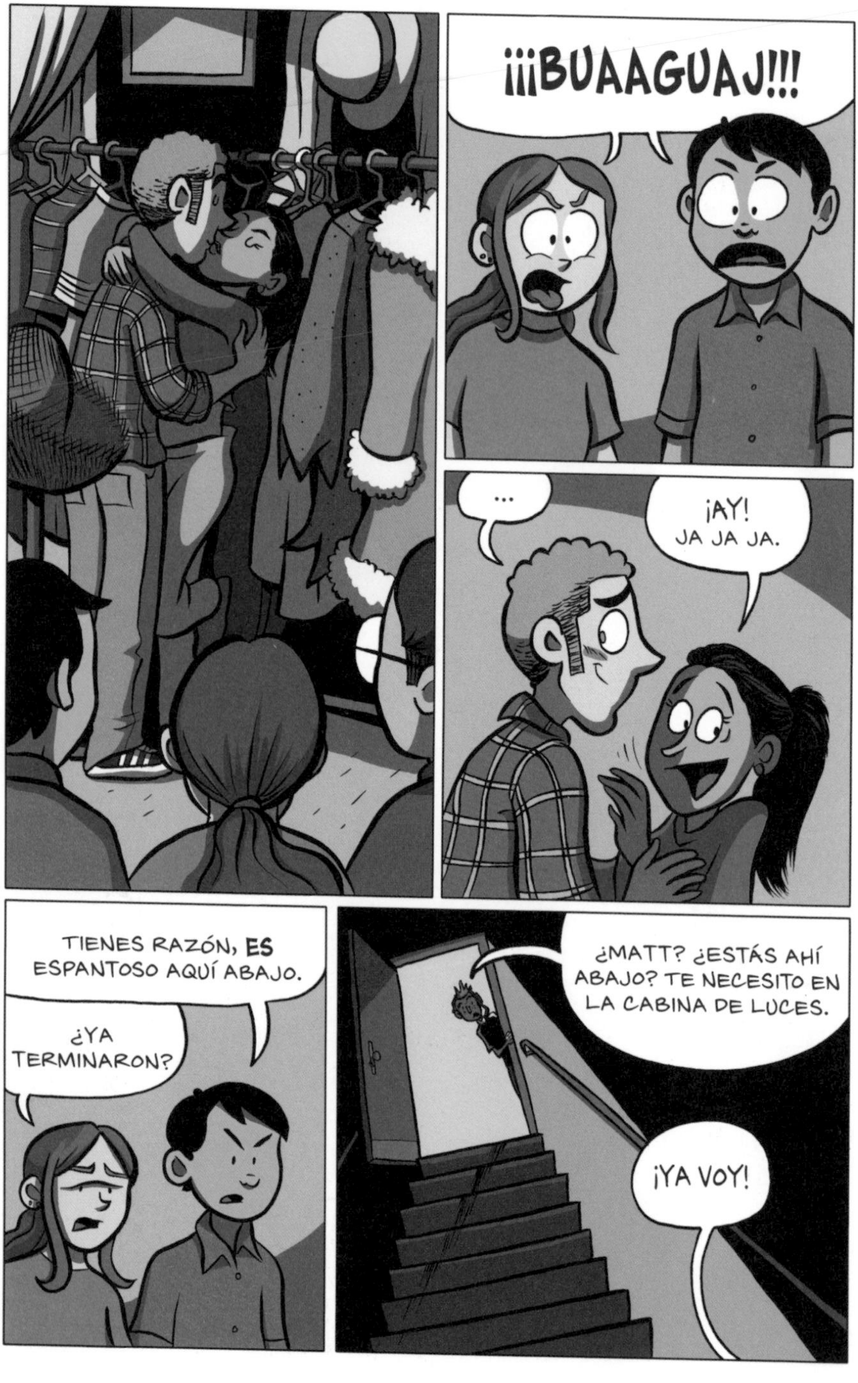
¡¡¡BUAAGUAJ!!!
...
¡AY! JA JA JA.
TIENES RAZÓN, **ES** ESPANTOSO AQUÍ ABAJO.
¿YA TERMINARON?
¿MATT? ¿ESTÁS AHÍ ABAJO? TE NECESITO EN LA CABINA DE LUCES.
¡YA VOY!

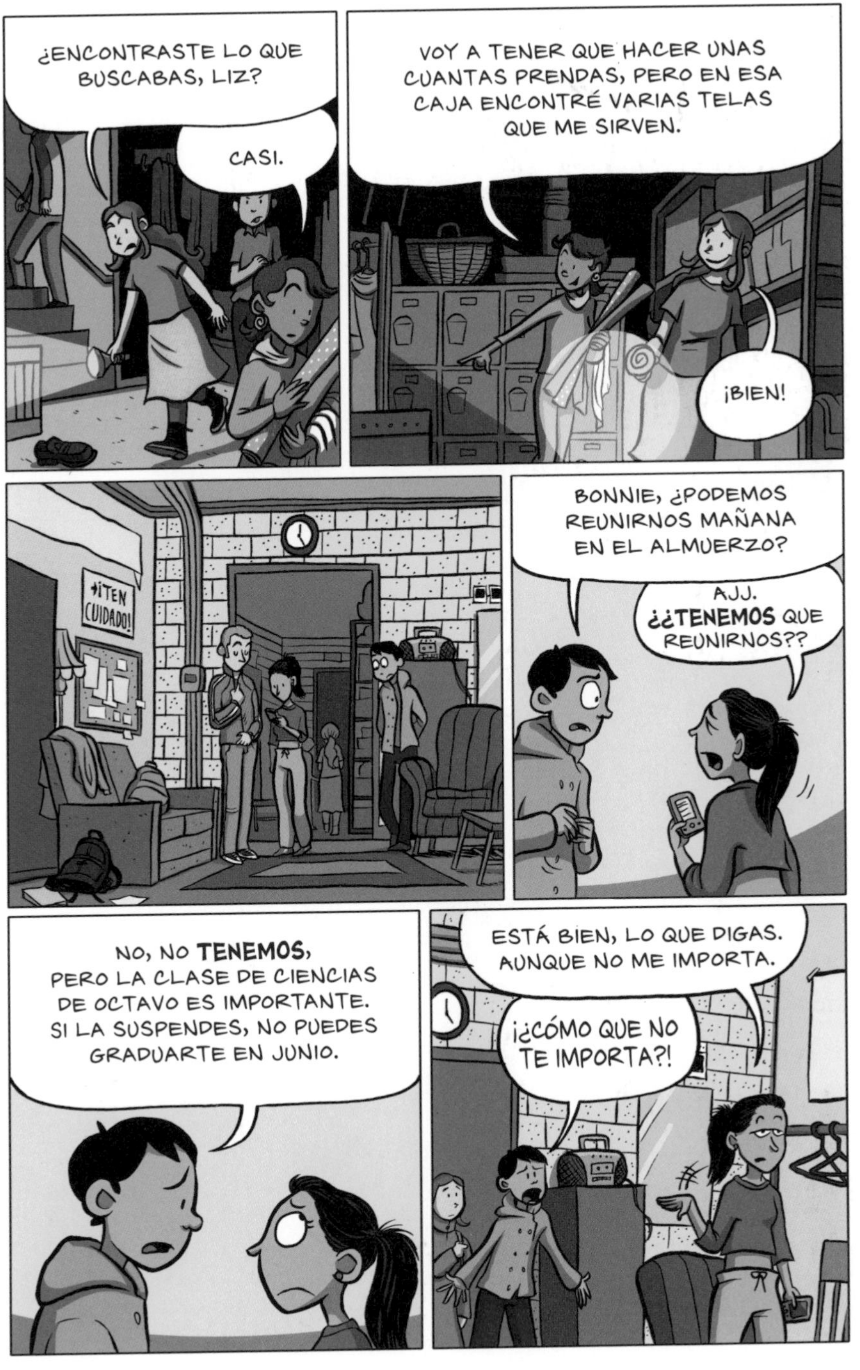
¿ENCONTRASTE LO QUE BUSCABAS, LIZ?
CASI.
VOY A TENER QUE HACER UNAS CUANTAS PRENDAS, PERO EN ESA CAJA ENCONTRÉ VARIAS TELAS QUE ME SIRVEN.
¡BIEN!
¡TEN CUIDADO!
BONNIE, ¿PODEMOS REUNIRNOS MAÑANA EN EL ALMUERZO?
AJJ. ¿¿**TENEMOS** QUE REUNIRNOS??
NO, NO **TENEMOS**, PERO LA CLASE DE CIENCIAS DE OCTAVO ES IMPORTANTE. SI LA SUSPENDES, NO PUEDES GRADUARTE EN JUNIO.
ESTÁ BIEN, LO QUE DIGAS. AUNQUE NO ME IMPORTA.
¡¿CÓMO QUE NO TE IMPORTA?!

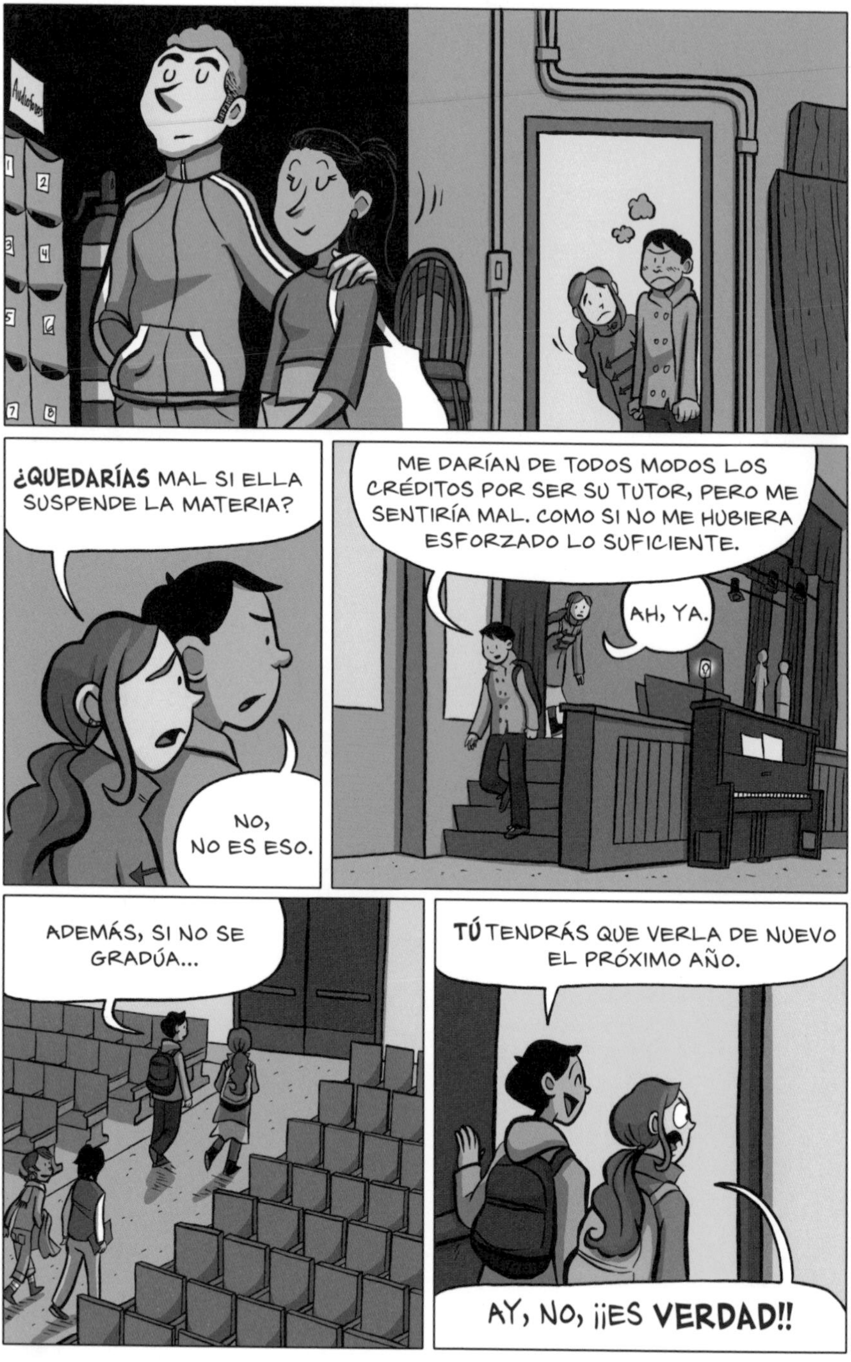
Audífonos
¿QUEDARÍAS MAL SI ELLA SUSPENDE LA MATERIA?
NO, NO ES ESO.
ME DARÍAN DE TODOS MODOS LOS CRÉDITOS POR SER SU TUTOR, PERO ME SENTIRÍA MAL. COMO SI NO ME HUBIERA ESFORZADO LO SUFICIENTE.
AH, YA.
ADEMÁS, SI NO SE GRADÚA...
TÚ TENDRÁS QUE VERLA DE NUEVO EL PRÓXIMO AÑO.
AY, NO, ¡¡ES VERDAD!!

ACTO IV

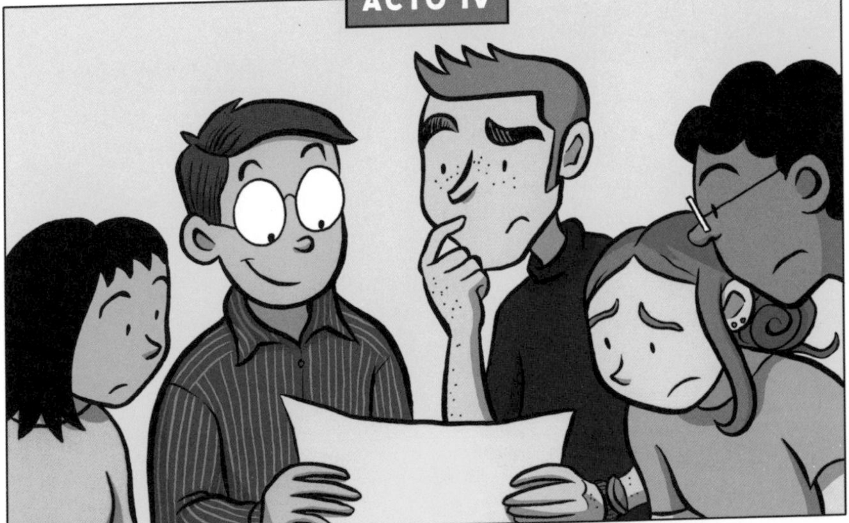

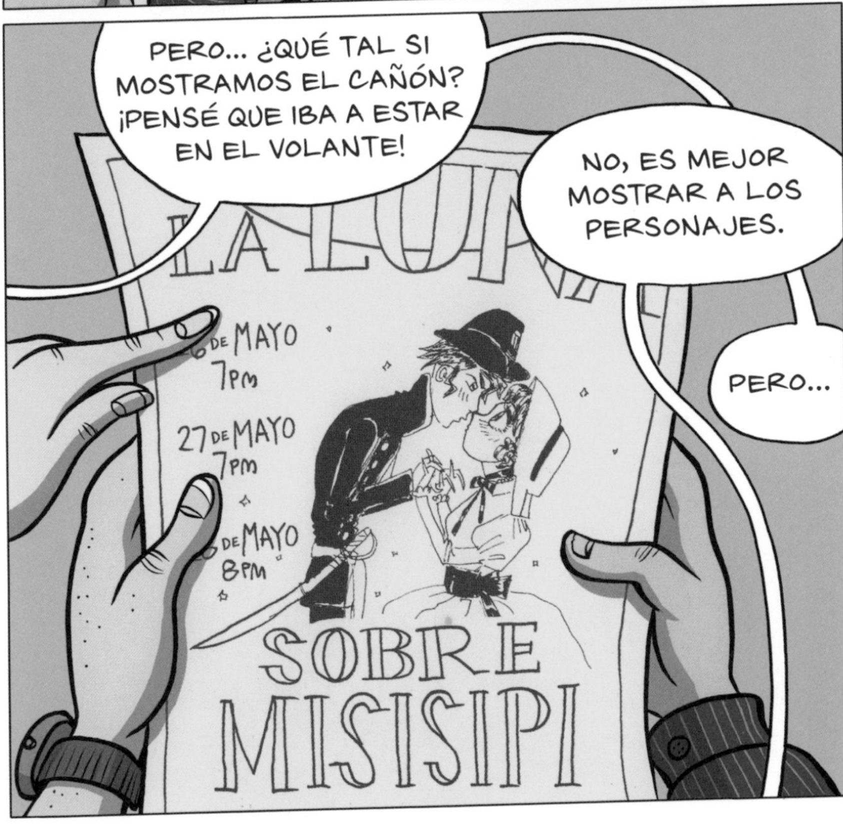
PERO... ¿QUÉ TAL SI MOSTRAMOS EL CAÑÓN? ¡PENSÉ QUE IBA A ESTAR EN EL VOLANTE!
NO, ES MEJOR MOSTRAR A LOS PERSONAJES.
PERO...
27 DE MAYO
7PM
DE MAYO
7PM
DE MAYO
8PM
SOBRE
MISISIPI

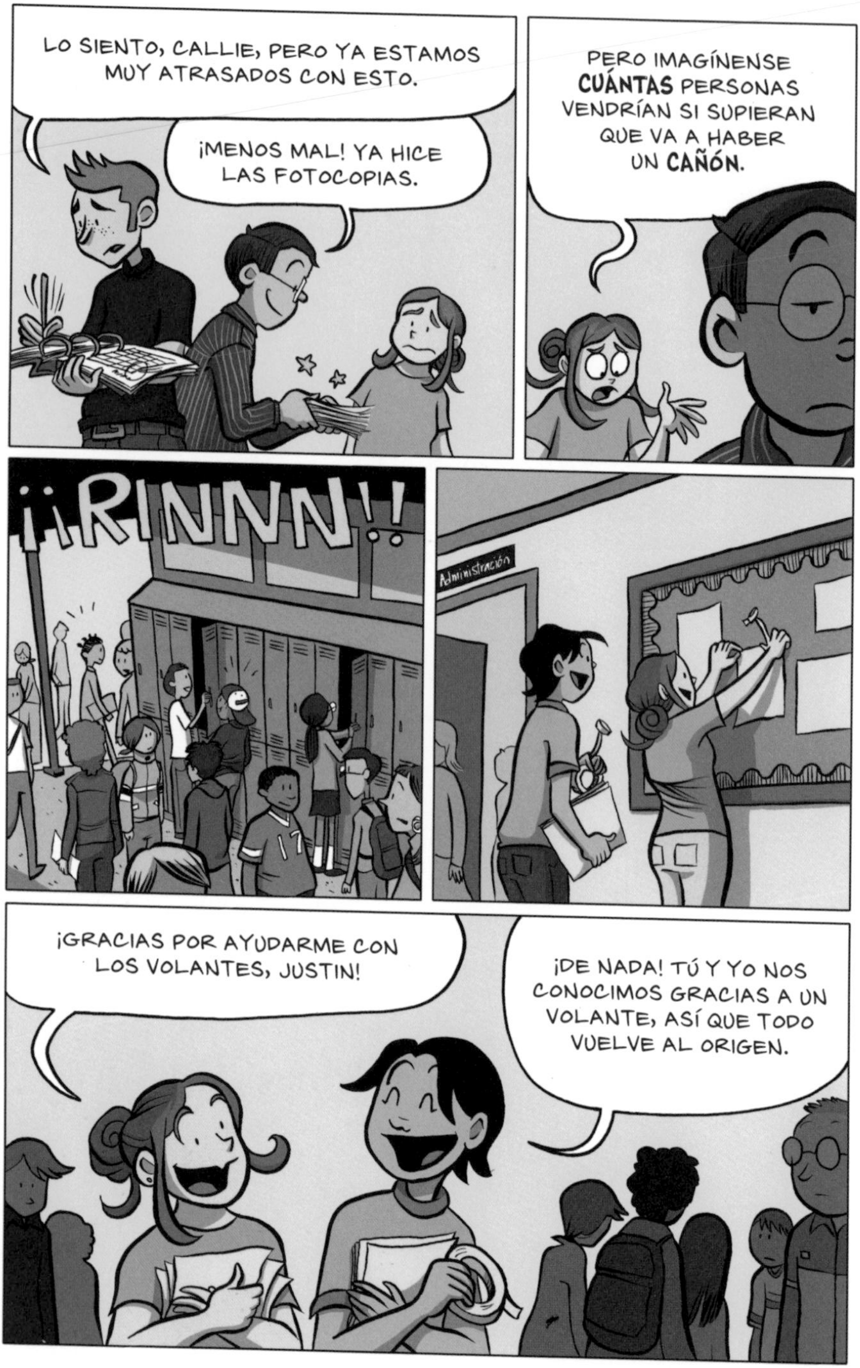
LO SIENTO, CALLIE, PERO YA ESTAMOS MUY ATRASADOS CON ESTO.
¡MENOS MAL! YA HICE LAS FOTOCOPIAS.
PERO IMAGÍNENSE **CUÁNTAS** PERSONAS VENDRÍAN SI SUPIERAN QUE VA A HABER UN **CAÑÓN**.
¡¡RINNN!!
Administración
¡GRACIAS POR AYUDARME CON LOS VOLANTES, JUSTIN!
¡DE NADA! TÚ Y YO NOS CONOCIMOS GRACIAS A UN VOLANTE, ASÍ QUE TODO VUELVE AL ORIGEN.

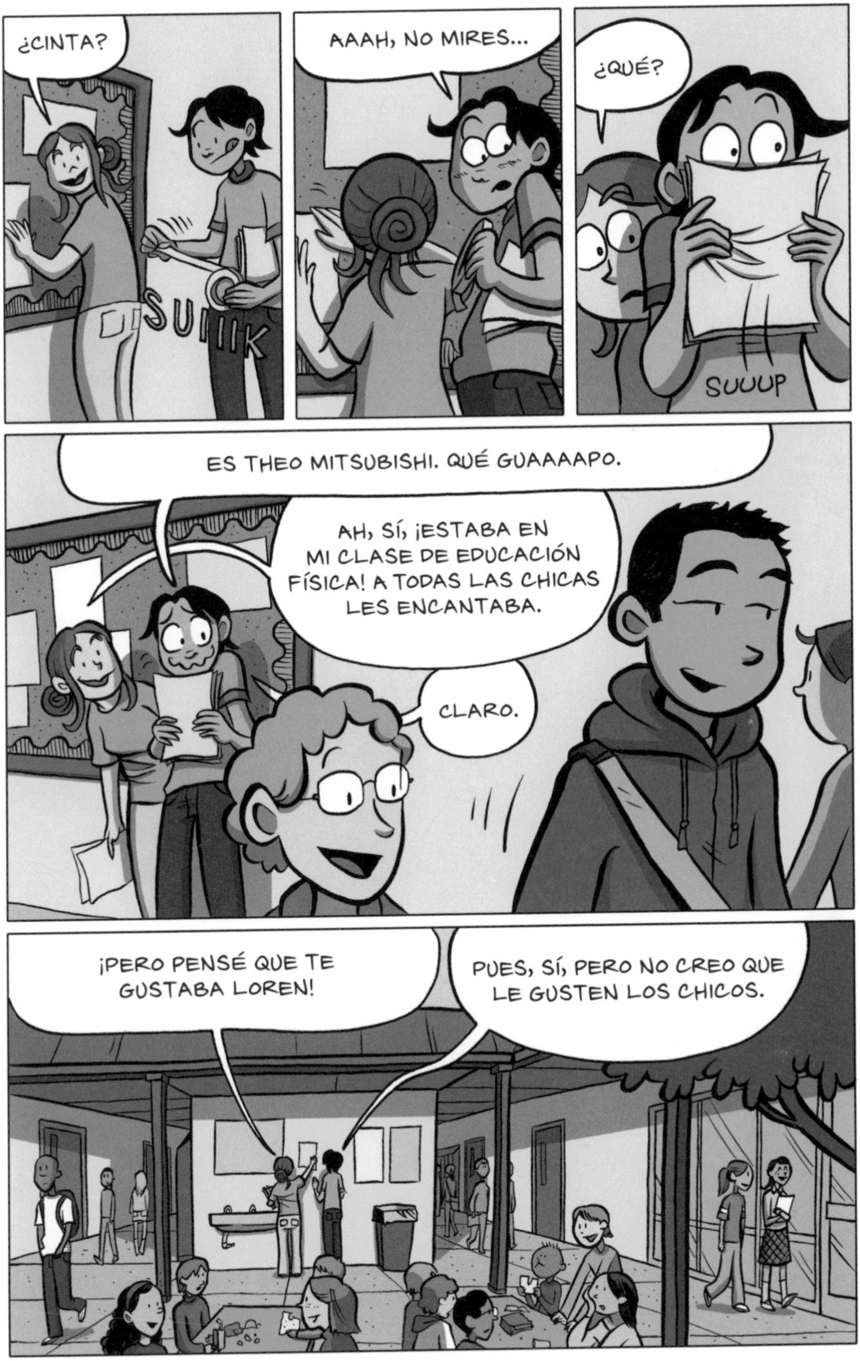

¿CINTA?
SUIIIK
AAAH, NO MIRES...
¿QUÉ?
SUUUP
ES THEO MITSUBISHI. QUÉ GUAAAAPO.
AH, SÍ, ¡ESTABA EN MI CLASE DE EDUCACIÓN FÍSICA! A TODAS LAS CHICAS LES ENCANTABA.
CLARO.
¡PERO PENSÉ QUE TE GUSTABA LOREN!
PUES, SÍ, PERO NO CREO QUE LE GUSTEN LOS CHICOS.

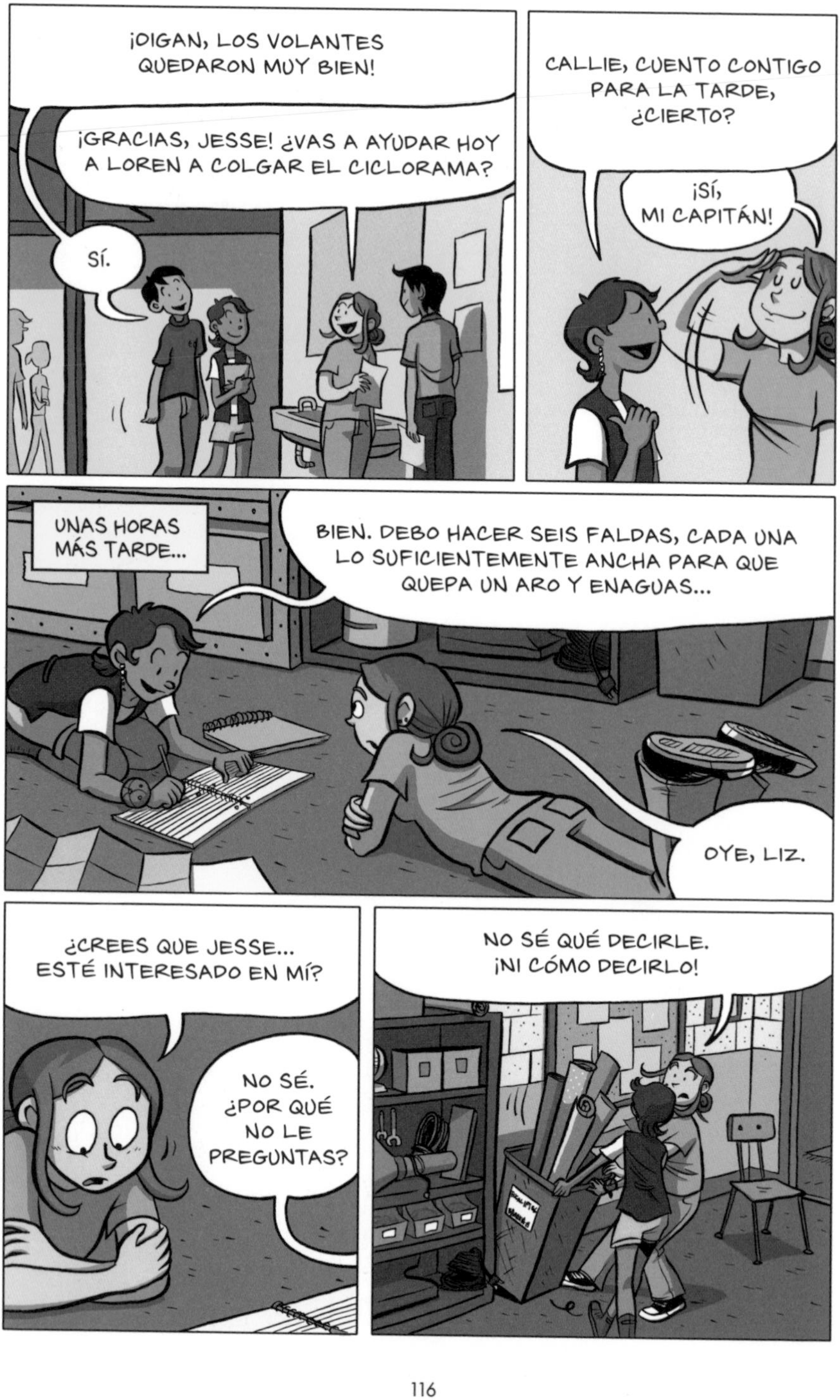
¡OIGAN, LOS VOLANTES QUEDARON MUY BIEN!
¡GRACIAS, JESSE! ¿VAS A AYUDAR HOY A LOREN A COLGAR EL CICLORAMA?
SÍ.
CALLIE, CUENTO CONTIGO PARA LA TARDE, ¿CIERTO?
¡SÍ, MI CAPITÁN!
UNAS HORAS MÁS TARDE...
BIEN. DEBO HACER SEIS FALDAS, CADA UNA LO SUFICIENTEMENTE ANCHA PARA QUE QUEPA UN ARO Y ENAGUAS...
OYE, LIZ.
¿CREES QUE JESSE... ESTÉ INTERESADO EN MÍ?
NO SÉ. ¿POR QUÉ NO LE PREGUNTAS?
NO SÉ QUÉ DECIRLE. ¡NI CÓMO DECIRLO!

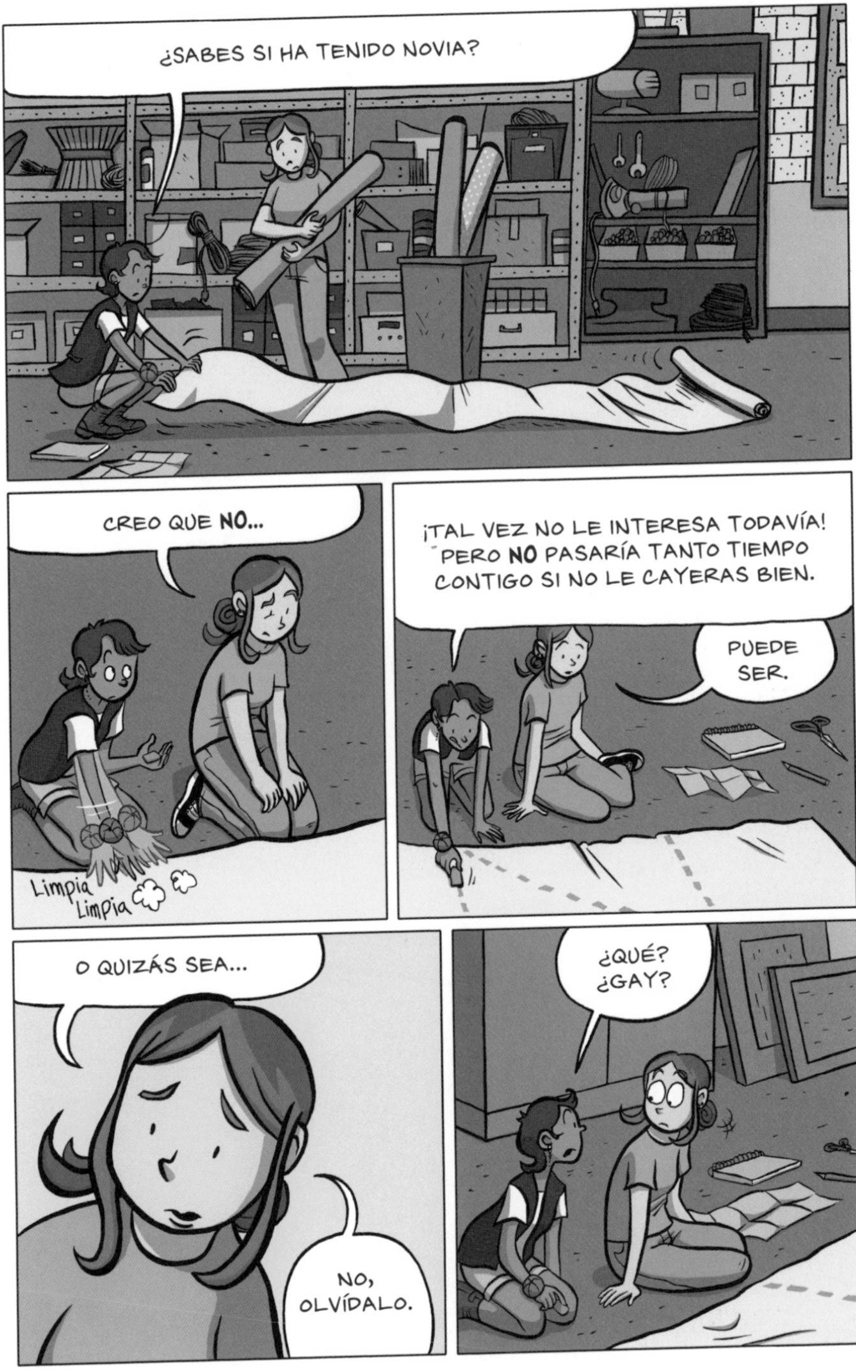
¿SABES SI HA TENIDO NOVIA?
CREO QUE NO...
Limpia
Limpia
¡TAL VEZ NO LE INTERESA TODAVÍA! PERO NO PASARÍA TANTO TIEMPO CONTIGO SI NO LE CAYERAS BIEN.
PUEDE SER.
O QUIZÁS SEA...
NO, OLVÍDALO.
¿QUÉ? ¿GAY?

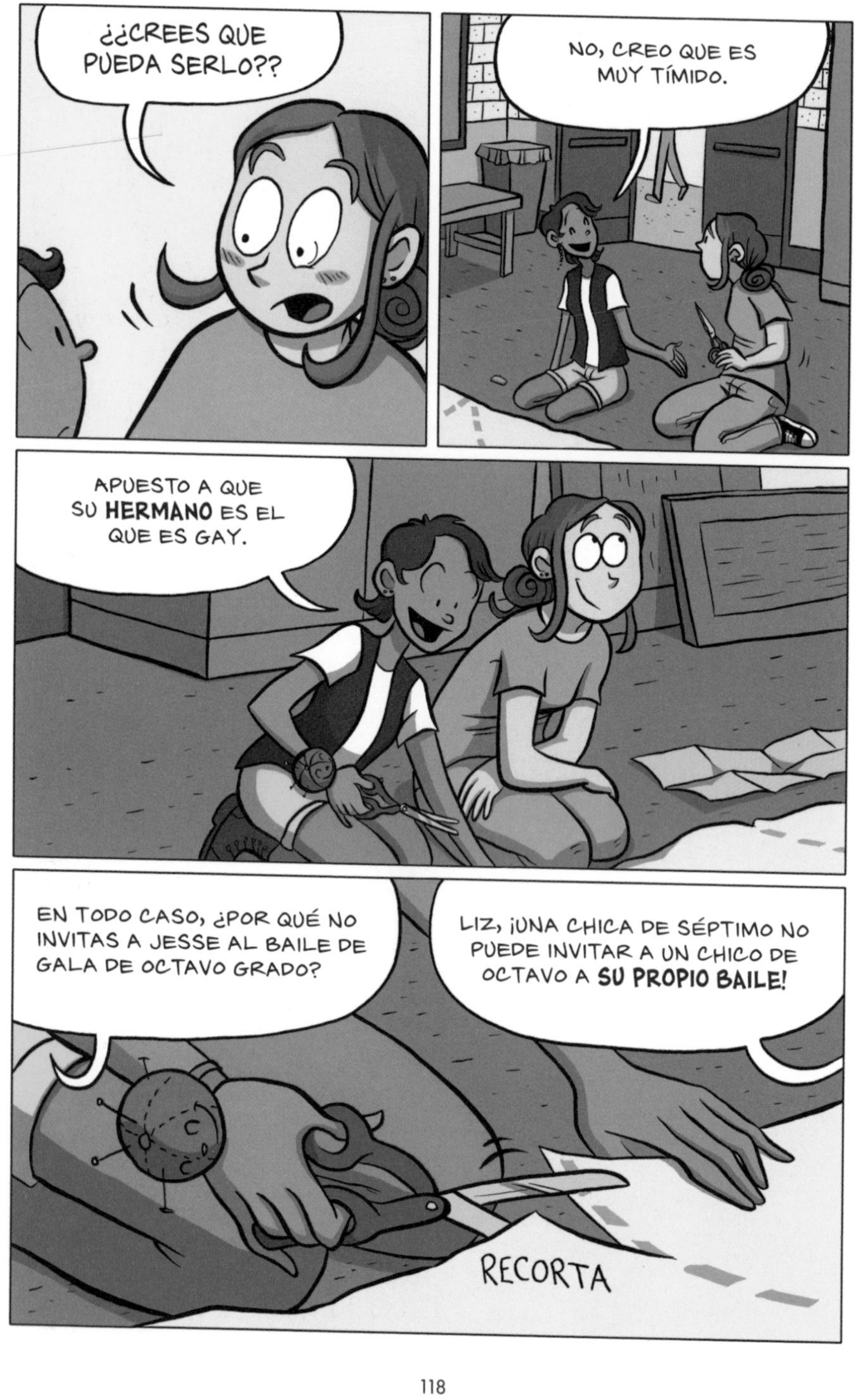
¿¿CREES QUE PUEDA SERLO??
NO, CREO QUE ES MUY TÍMIDO.
APUESTO A QUE SU **HERMANO** ES EL QUE ES GAY.
EN TODO CASO, ¿POR QUÉ NO INVITAS A JESSE AL BAILE DE GALA DE OCTAVO GRADO?
LIZ, ¡UNA CHICA DE SÉPTIMO NO PUEDE INVITAR A UN CHICO DE OCTAVO A **SU PROPIO BAILE!**
RECORTA

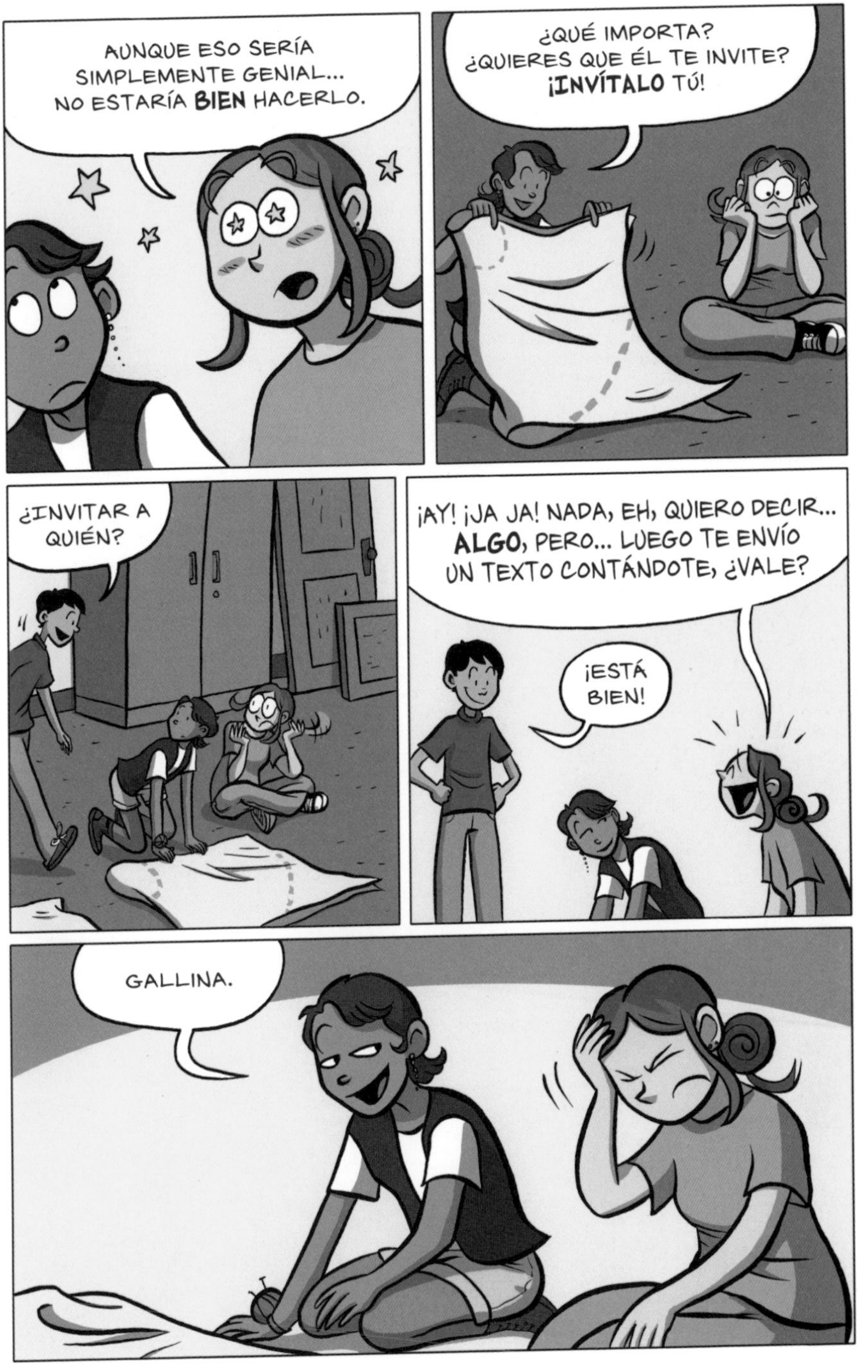
AUNQUE ESO SERÍA SIMPLEMENTE GENIAL... NO ESTARÍA **BIEN** HACERLO.
¿QUÉ IMPORTA? ¿QUIERES QUE ÉL TE INVITE? **¡INVÍTALO** TÚ!
¿INVITAR A QUIÉN?
¡AY! ¡JA JA! NADA, EH, QUIERO DECIR... **ALGO**, PERO... LUEGO TE ENVÍO UN TEXTO CONTÁNDOTE, ¿VALE?
¡ESTÁ BIEN!
GALLINA.

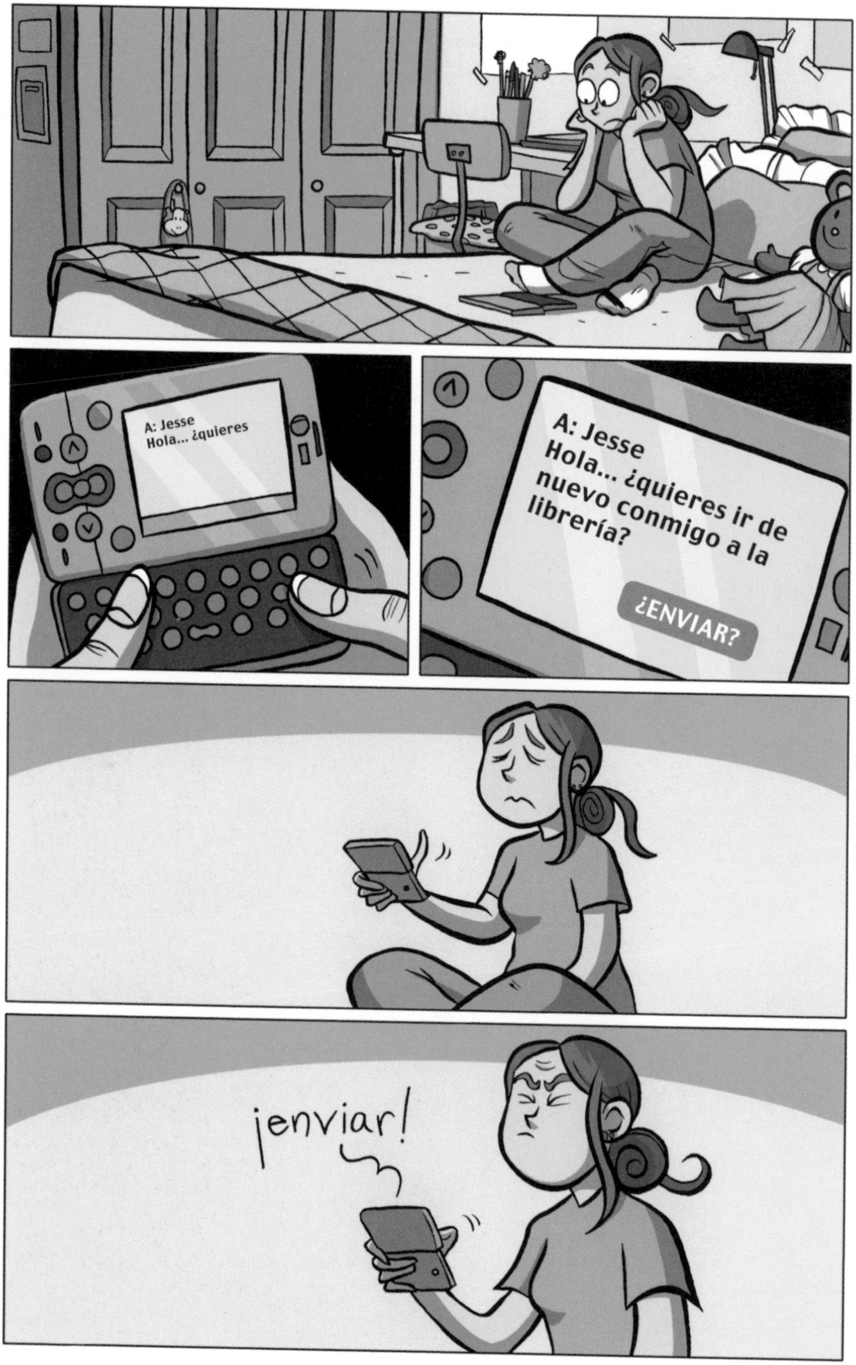
A: Jesse
Hola... ¿quieres
A: Jesse
Hola... ¿quieres ir de nuevo conmigo a la librería?
¿ENVIAR?
¡enviar!

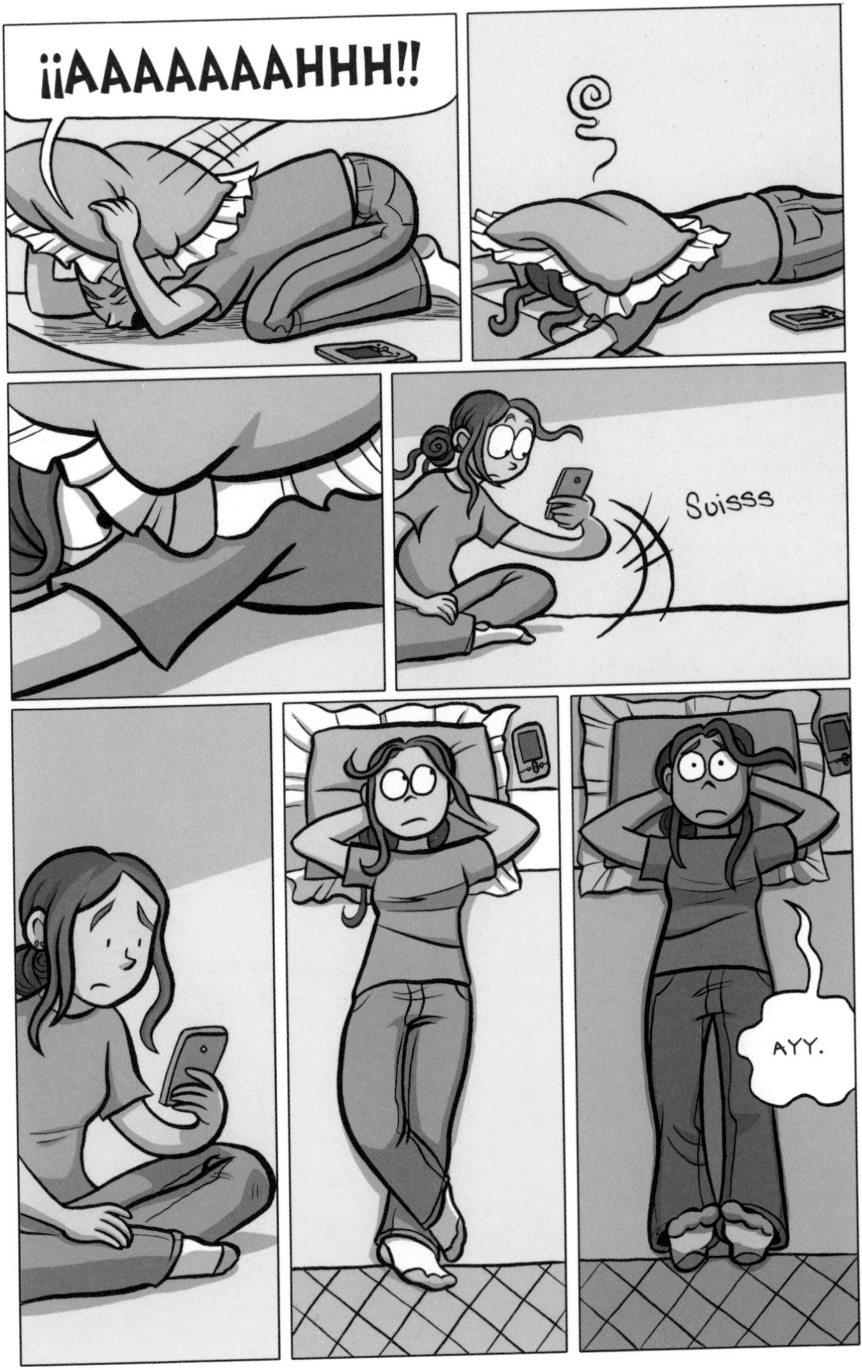
¡¡AAAAAAAHHH!!
Suisss
AYY.

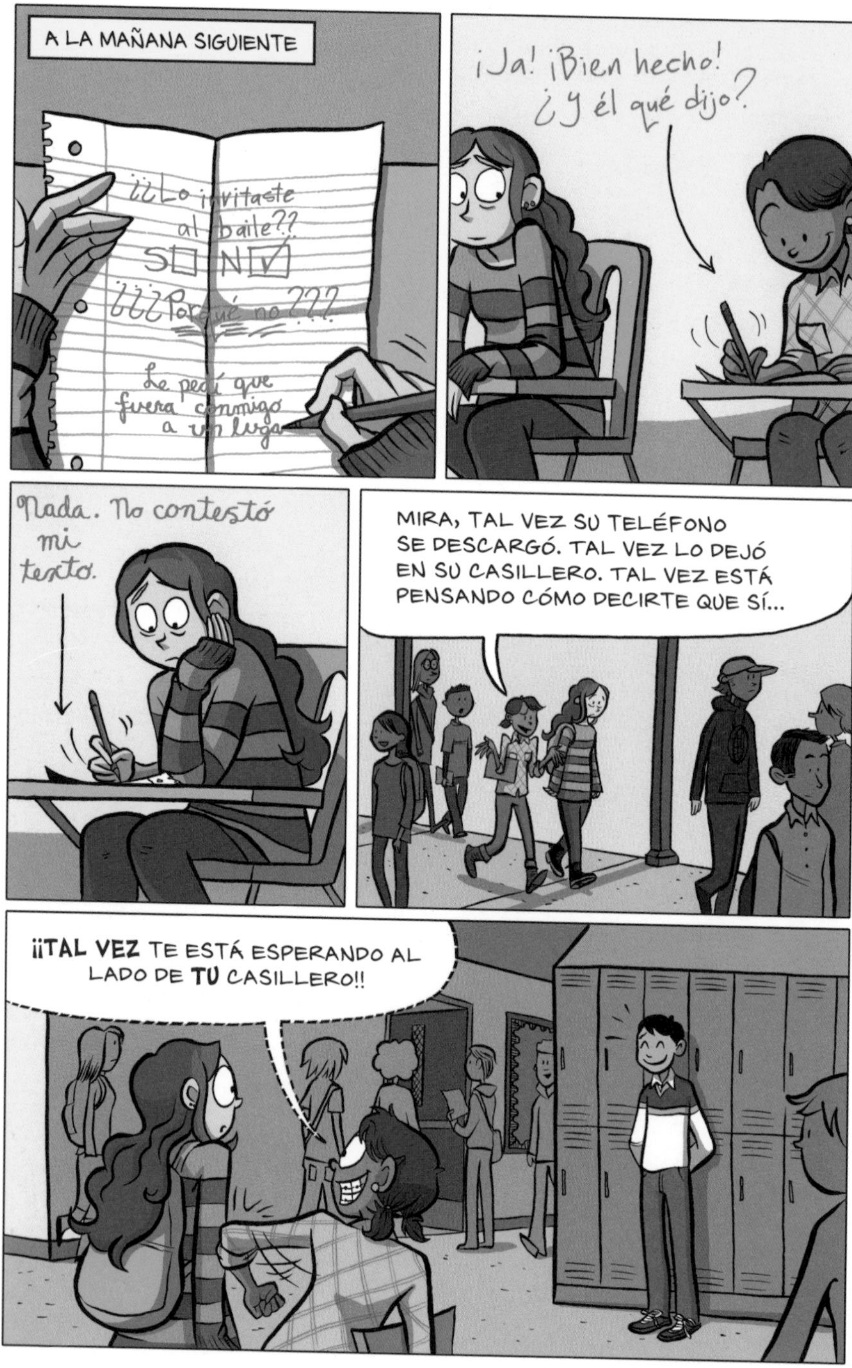
A LA MAÑANA SIGUIENTE
¿¿Lo invitaste al baile??
SÍ NO
¿¿¿Porqué no???
Le pedí que fuera conmigo a un lugar
¡Ja! ¡Bien hecho! ¿Y él qué dijo?
Nada. No contestó mi texto.
MIRA, TAL VEZ SU TELÉFONO SE DESCARGÓ. TAL VEZ LO DEJÓ EN SU CASILLERO. TAL VEZ ESTÁ PENSANDO CÓMO DECIRTE QUE SÍ...
¡¡TAL VEZ TE ESTÁ ESPERANDO AL LADO DE TU CASILLERO!!

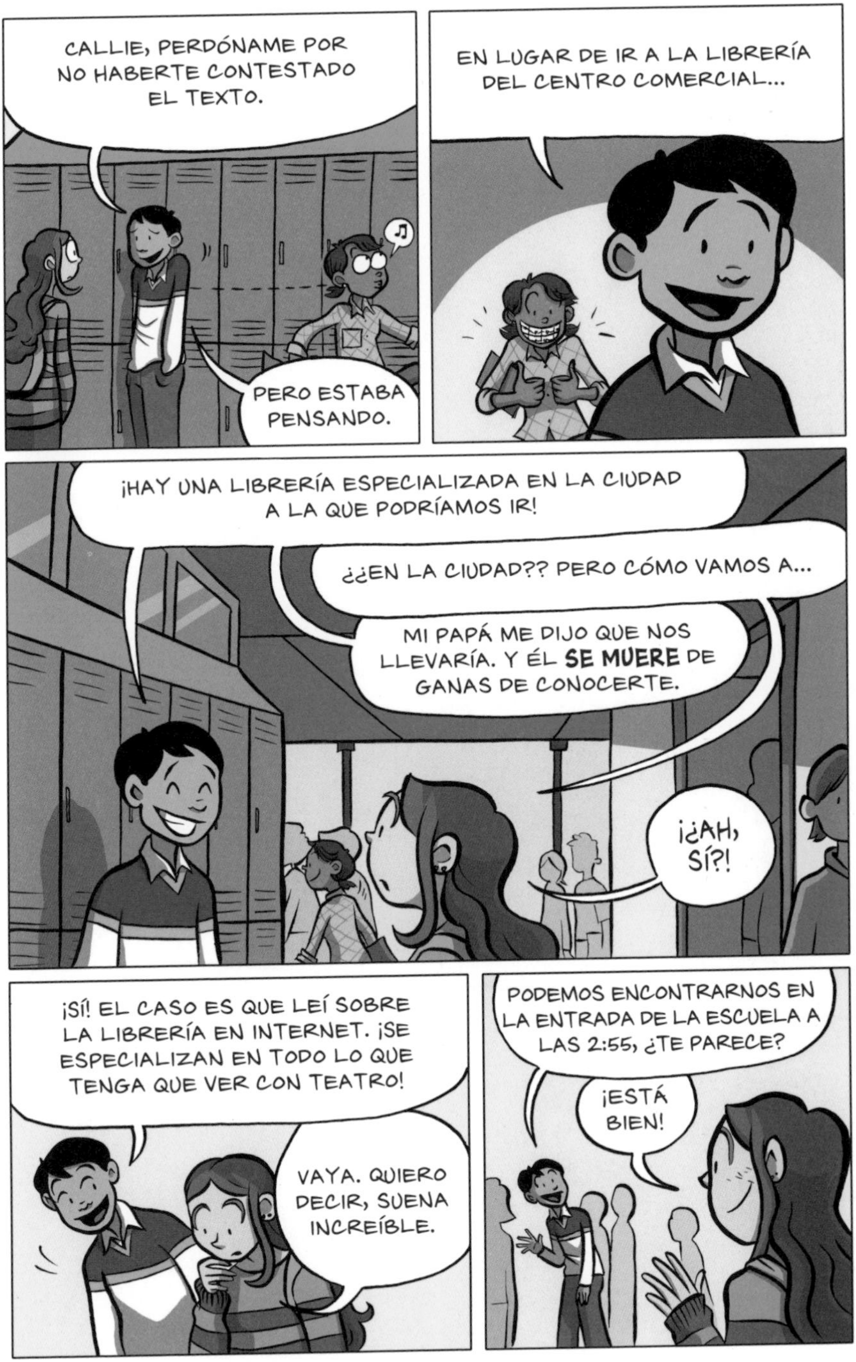
CALLIE, PERDÓNAME POR NO HABERTE CONTESTADO EL TEXTO.
PERO ESTABA PENSANDO.
EN LUGAR DE IR A LA LIBRERÍA DEL CENTRO COMERCIAL...
¡HAY UNA LIBRERÍA ESPECIALIZADA EN LA CIUDAD A LA QUE PODRÍAMOS IR!
¿¿EN LA CIUDAD?? PERO CÓMO VAMOS A...
MI PAPÁ ME DIJO QUE NOS LLEVARÍA. Y ÉL **SE MUERE** DE GANAS DE CONOCERTE.
¡¿AH, SÍ?!
¡SÍ! EL CASO ES QUE LEÍ SOBRE LA LIBRERÍA EN INTERNET. ¡SE ESPECIALIZAN EN TODO LO QUE TENGA QUE VER CON TEATRO!
VAYA. QUIERO DECIR, SUENA INCREÍBLE.
PODEMOS ENCONTRARNOS EN LA ENTRADA DE LA ESCUELA A LAS 2:55, ¿TE PARECE?
¡ESTÁ BIEN!

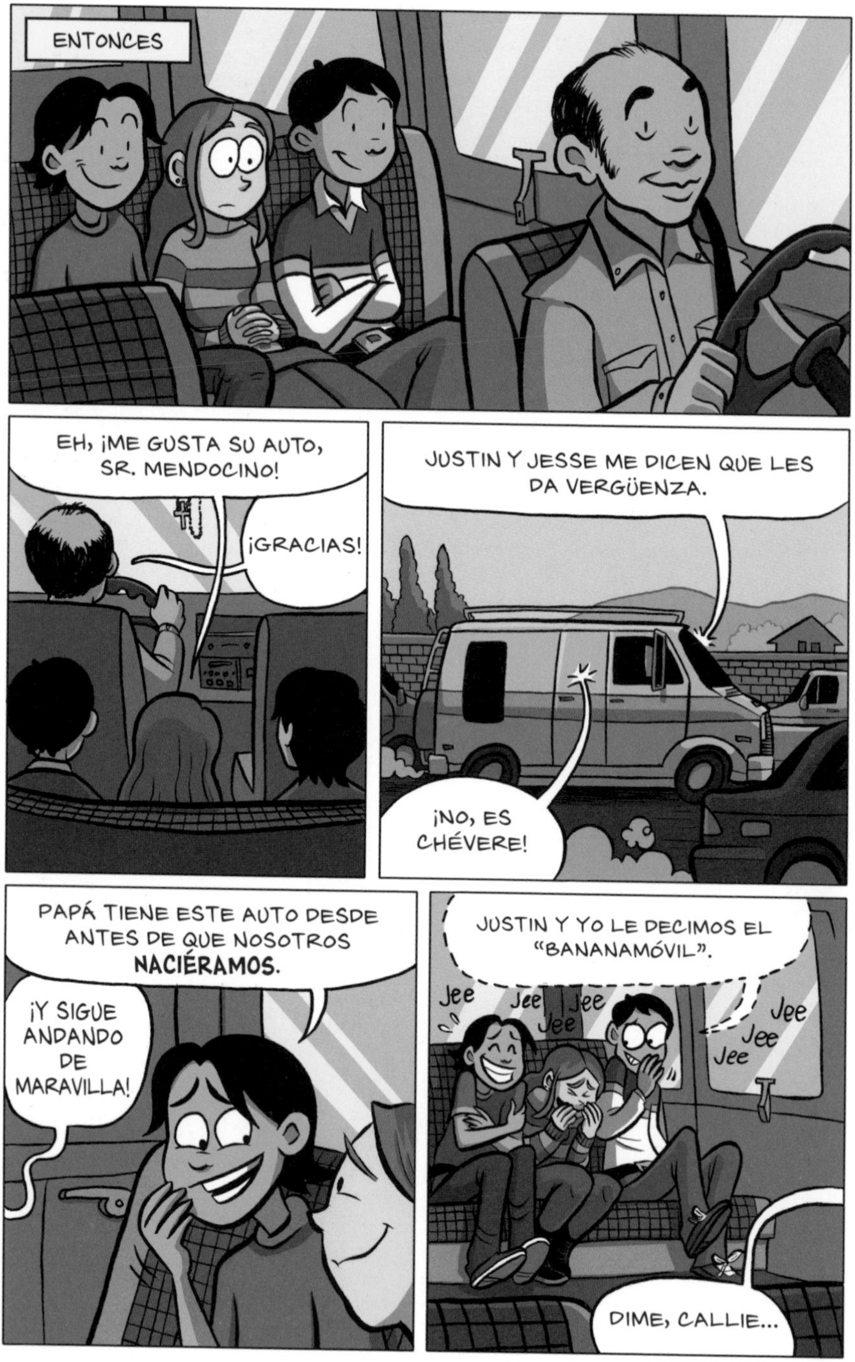
ENTONCES
EH, ¡ME GUSTA SU AUTO, SR. MENDOCINO!
¡GRACIAS!
JUSTIN Y JESSE ME DICEN QUE LES DA VERGÜENZA.
¡NO, ES CHÉVERE!
PAPÁ TIENE ESTE AUTO DESDE ANTES DE QUE NOSOTROS NACIÉRAMOS.
¡Y SIGUE ANDANDO DE MARAVILLA!
JUSTIN Y YO LE DECIMOS EL "BANANAMÓVIL".
Jee Jee Jee Jee
Jee Jee Jee
DIME, CALLIE...

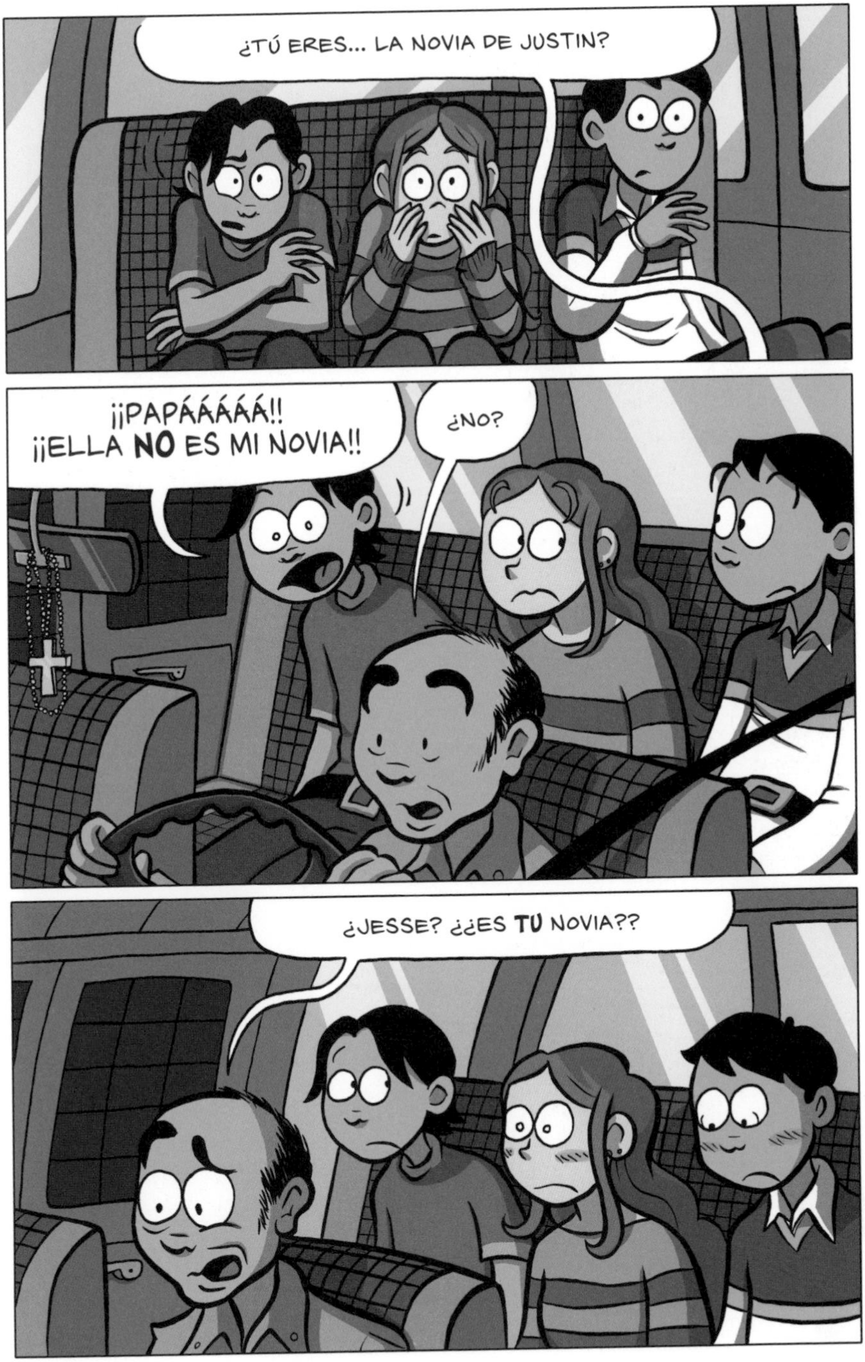
¿TÚ ERES... LA NOVIA DE JUSTIN?
¡¡PAPÁÁÁÁÁ!! ¡¡ELLA NO ES MI NOVIA!!
¿NO?
¿JESSE? ¿¿ES TU NOVIA??

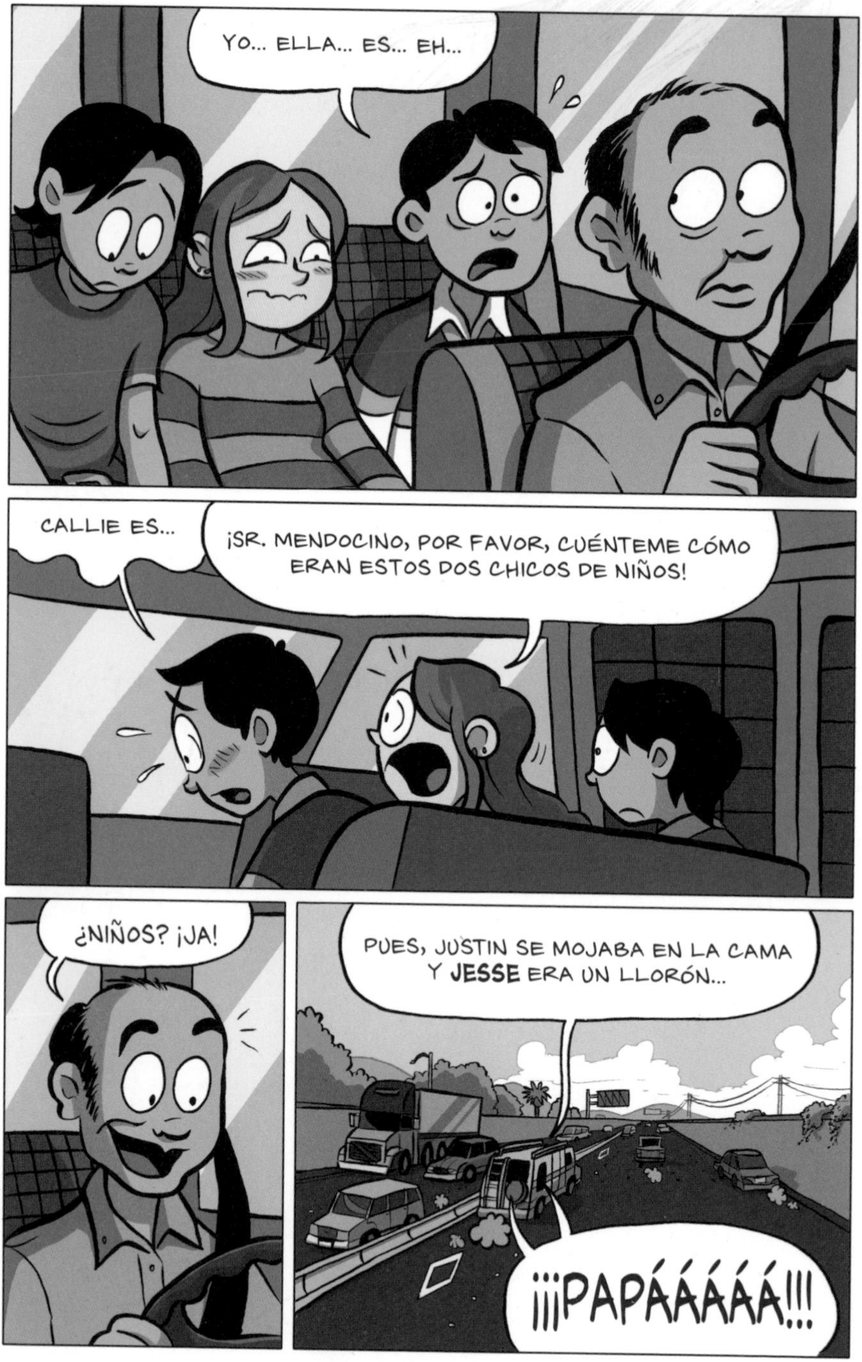
YO... ELLA... ES... EH...
CALLIE ES...
¡SR. MENDOCINO, POR FAVOR, CUÉNTEME CÓMO ERAN ESTOS DOS CHICOS DE NIÑOS!
¿NIÑOS? ¡JA!
PUES, JUSTIN SE MOJABA EN LA CAMA Y **JESSE** ERA UN LLORÓN...
¡¡¡PAPÁÁÁÁÁ!!!

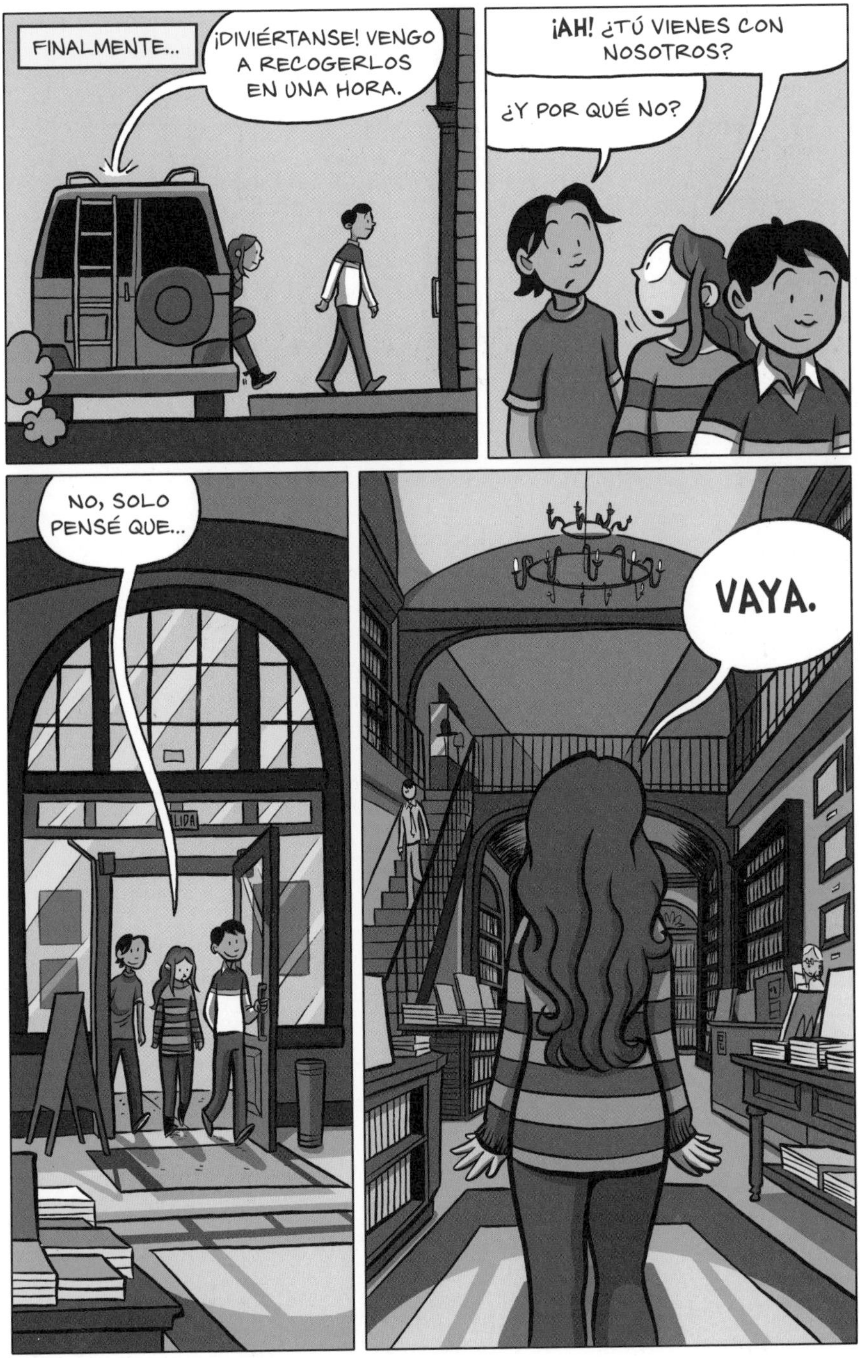
FINALMENTE...
¡DIVIÉRTANSE! VENGO A RECOGERLOS EN UNA HORA.
¡AH! ¿TÚ VIENES CON NOSOTROS?
¿Y POR QUÉ NO?
NO, SOLO PENSÉ QUE...
VAYA.

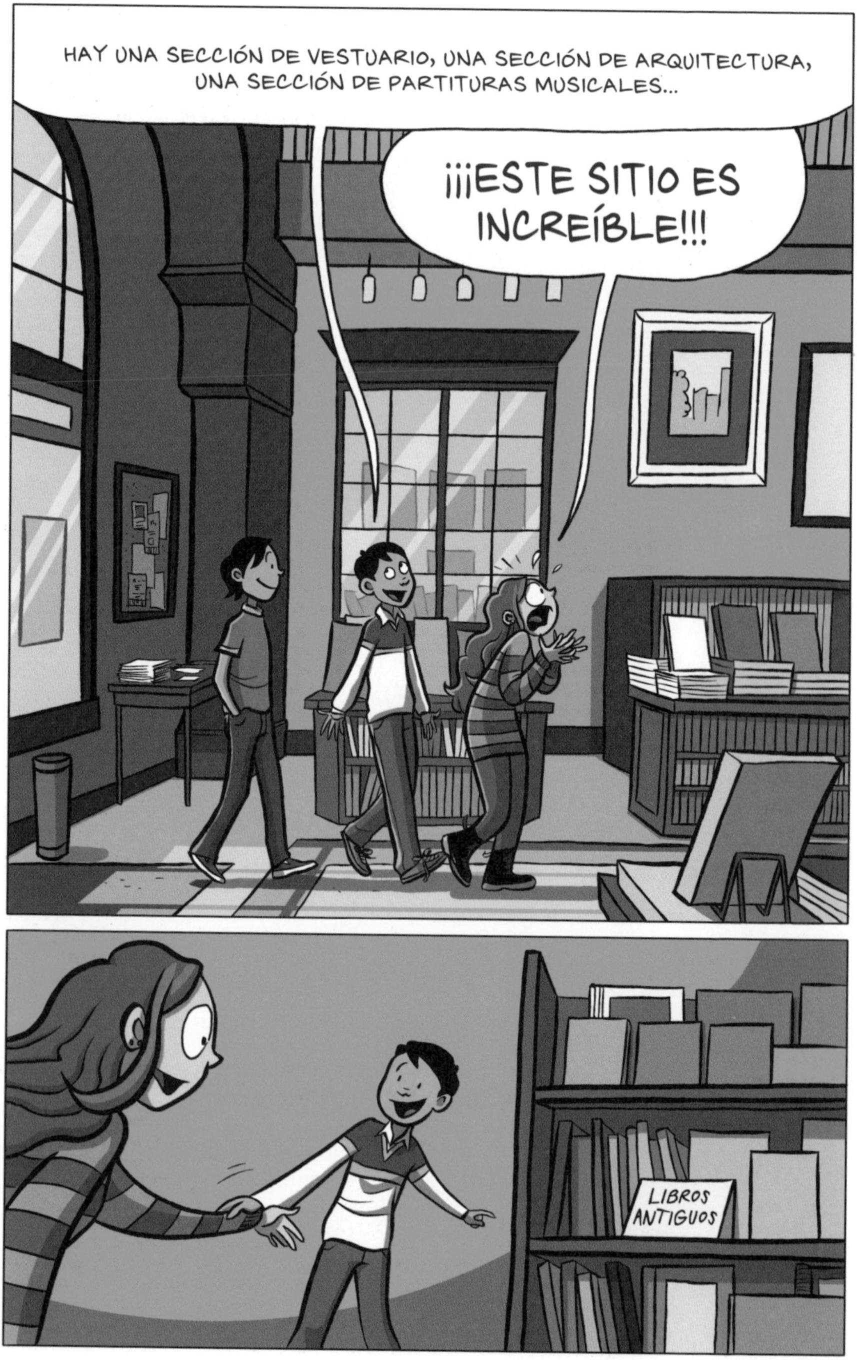
HAY UNA SECCIÓN DE VESTUARIO, UNA SECCIÓN DE ARQUITECTURA, UNA SECCIÓN DE PARTITURAS MUSICALES...
¡¡¡ESTE SITIO ES INCREÍBLE!!!
LIBROS ANTIGUOS

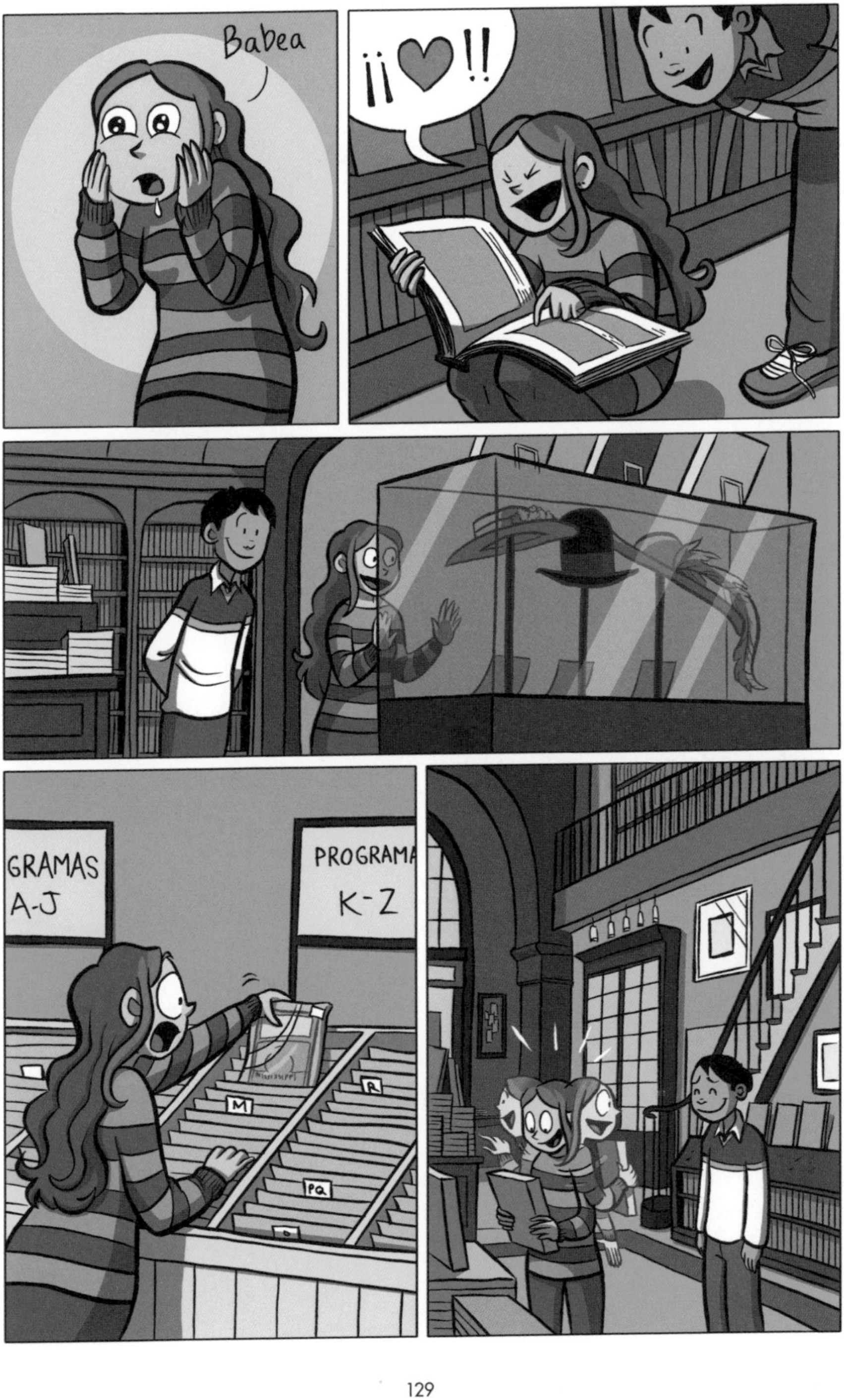
Babea
¡¡♥!!
GRAMAS
A-J
PROGRAMA
K-Z
M
R
PQ

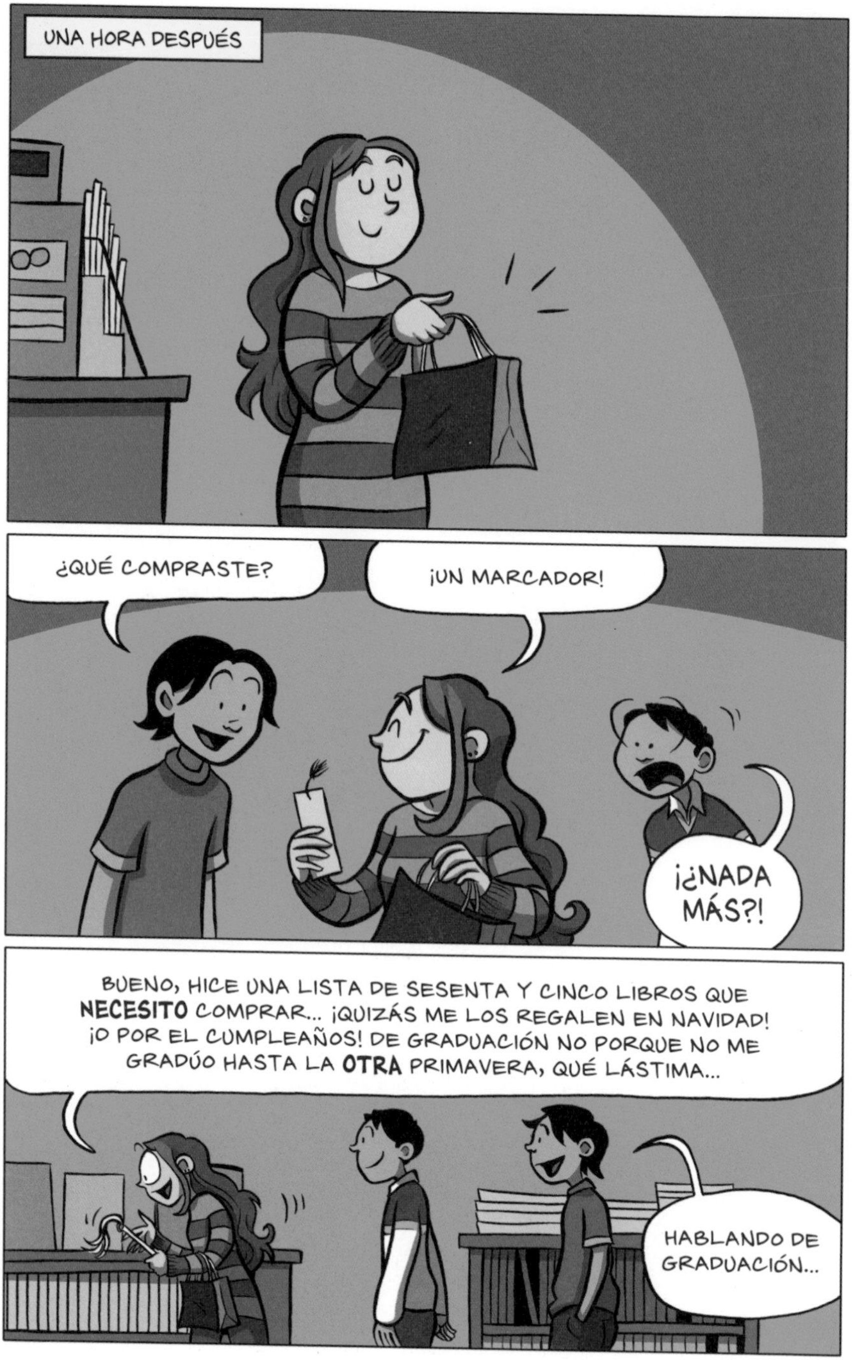
UNA HORA DESPUÉS
¿QUÉ COMPRASTE?
¡UN MARCADOR!
¡¿NADA MÁS?!
BUENO, HICE UNA LISTA DE SESENTA Y CINCO LIBROS QUE **NECESITO** COMPRAR... ¡QUIZÁS ME LOS REGALEN EN NAVIDAD! ¡O POR EL CUMPLEAÑOS! DE GRADUACIÓN NO PORQUE NO ME GRADÚO HASTA LA **OTRA** PRIMAVERA, QUÉ LÁSTIMA...
HABLANDO DE GRADUACIÓN...

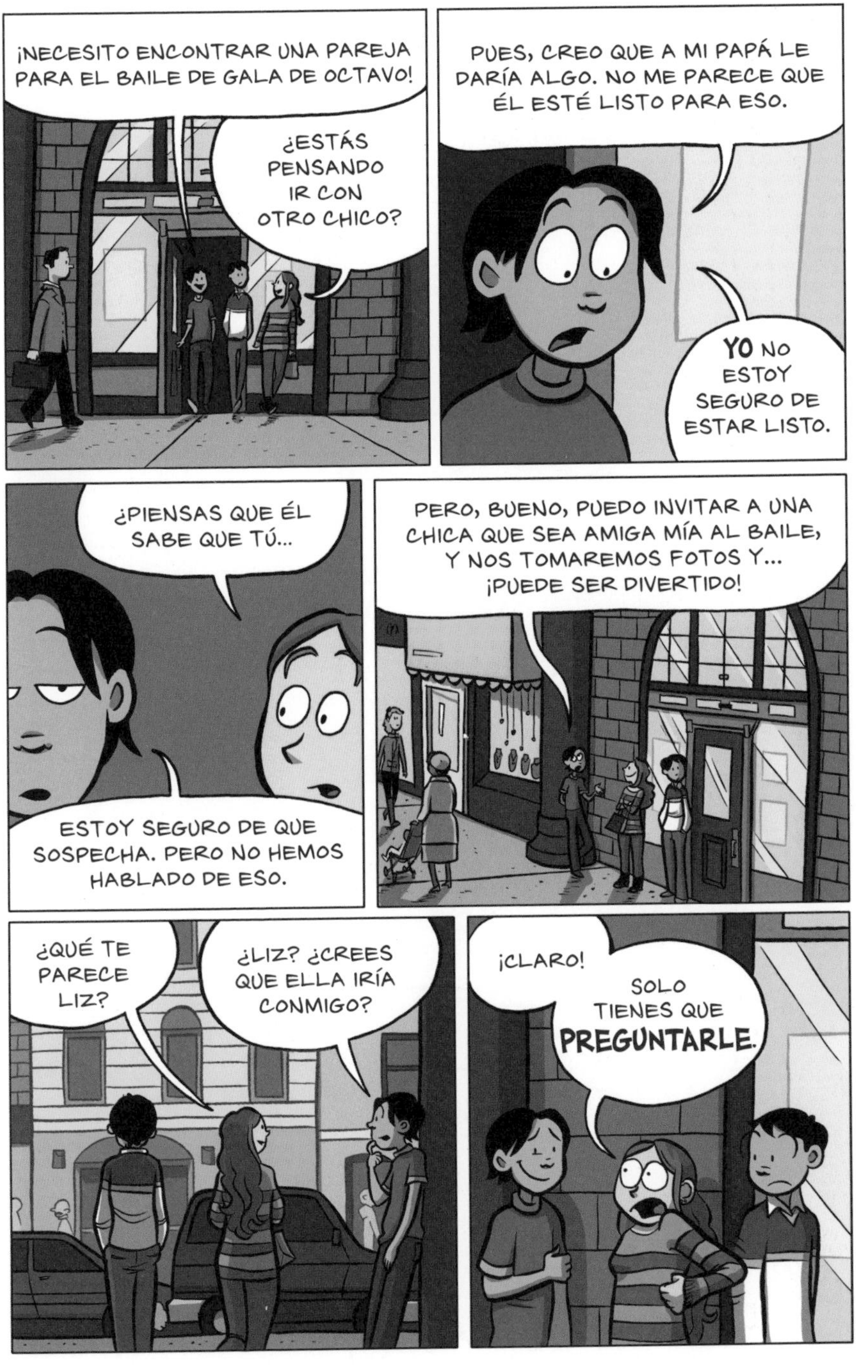
¡NECESITO ENCONTRAR UNA PAREJA PARA EL BAILE DE GALA DE OCTAVO!
¿ESTÁS PENSANDO IR CON OTRO CHICO?
PUES, CREO QUE A MI PAPÁ LE DARÍA ALGO. NO ME PARECE QUE ÉL ESTÉ LISTO PARA ESO.
YO NO ESTOY SEGURO DE ESTAR LISTO.
¿PIENSAS QUE ÉL SABE QUE TÚ...
ESTOY SEGURO DE QUE SOSPECHA. PERO NO HEMOS HABLADO DE ESO.
PERO, BUENO, PUEDO INVITAR A UNA CHICA QUE SEA AMIGA MÍA AL BAILE, Y NOS TOMAREMOS FOTOS Y... ¡PUEDE SER DIVERTIDO!
¿QUÉ TE PARECE LIZ?
¿LIZ? ¿CREES QUE ELLA IRÍA CONMIGO?
¡CLARO!
SOLO TIENES QUE PREGUNTARLE.

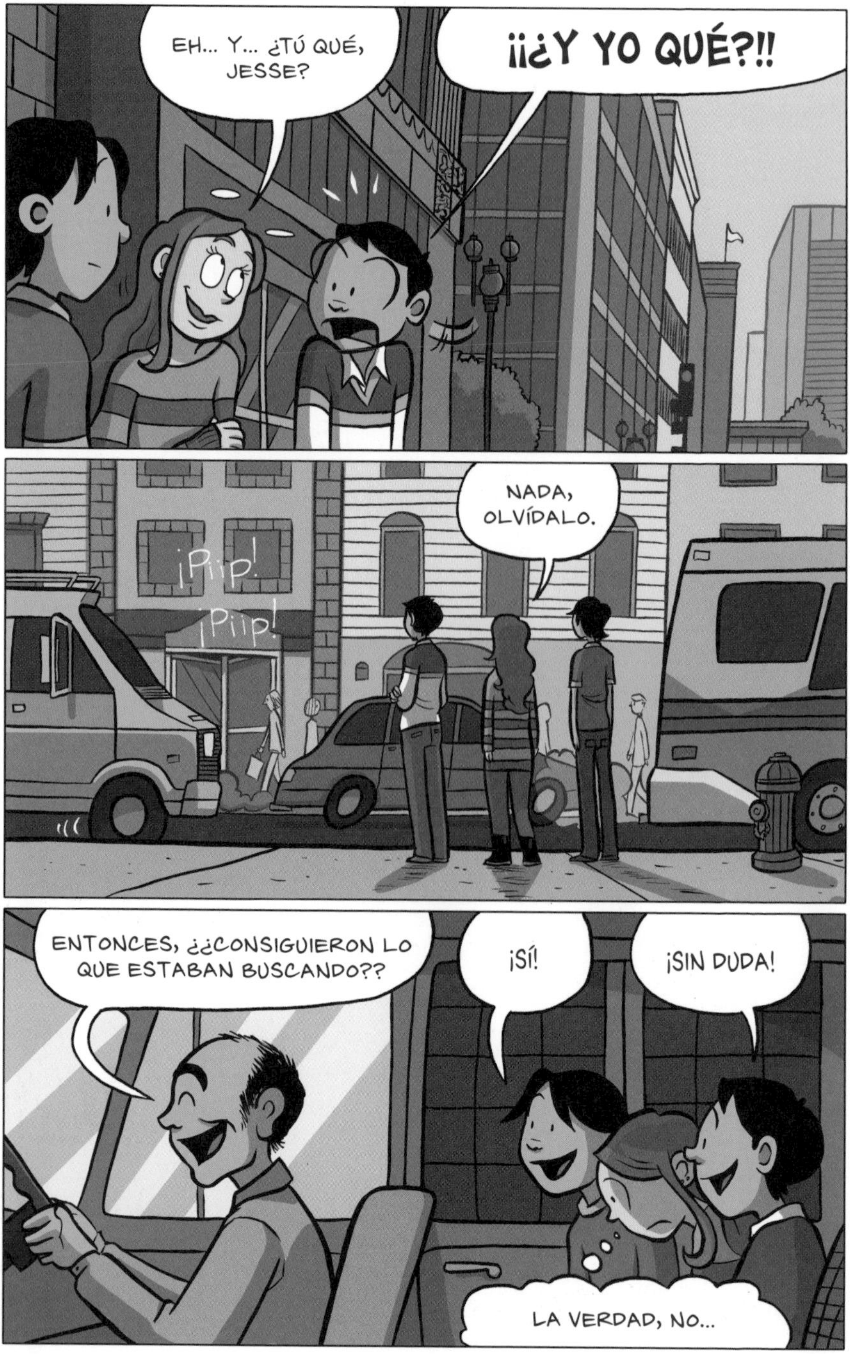
EH... Y... ¿TÚ QUÉ, JESSE?
¡¡¿Y YO QUÉ?!!
¡Piip!
¡Piip!
NADA, OLVÍDALO.
ENTONCES, ¿¿CONSIGUIERON LO QUE ESTABAN BUSCANDO??
¡SÍ!
¡SIN DUDA!
LA VERDAD, NO...

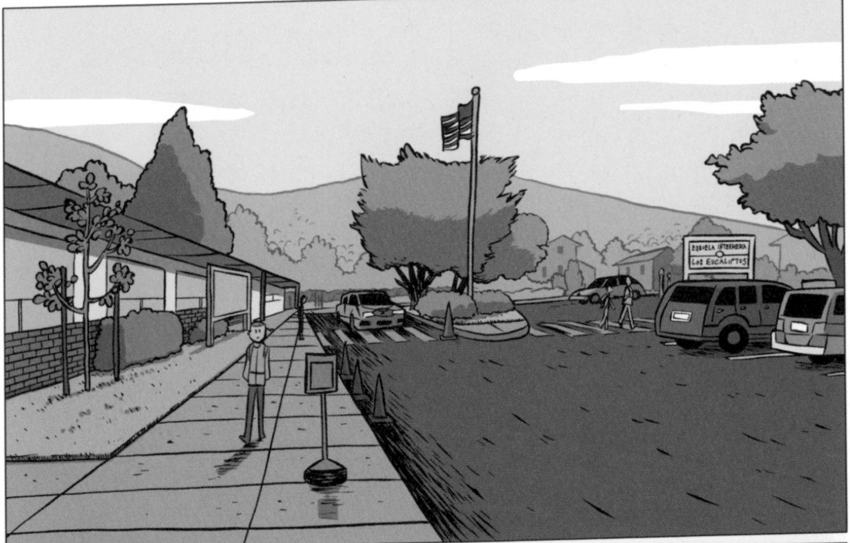
LOS EUCALIPTOS

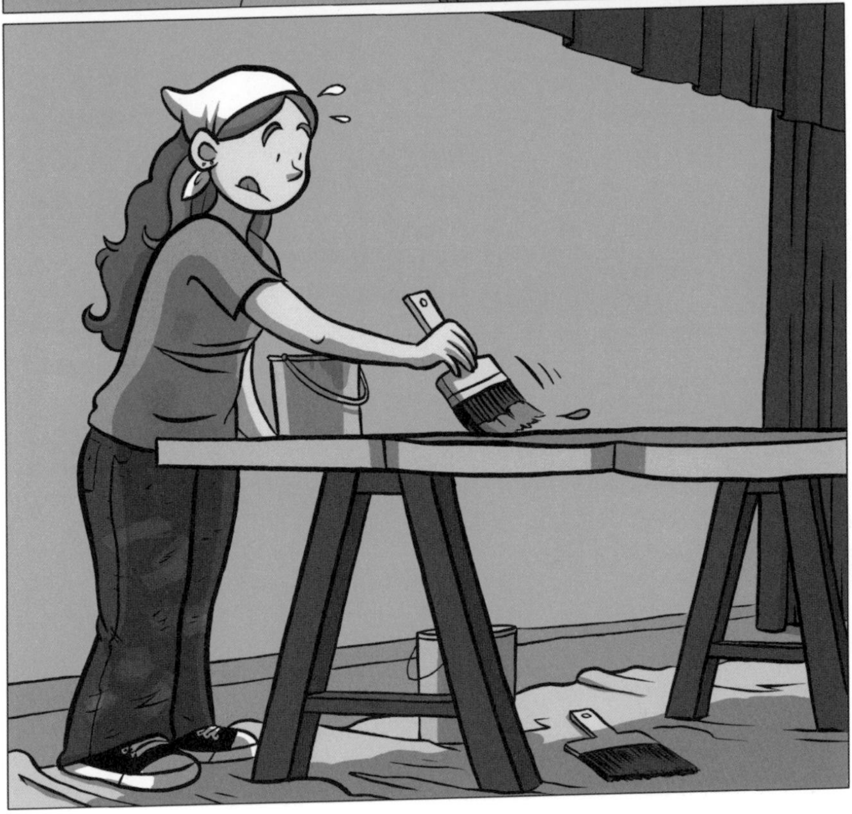

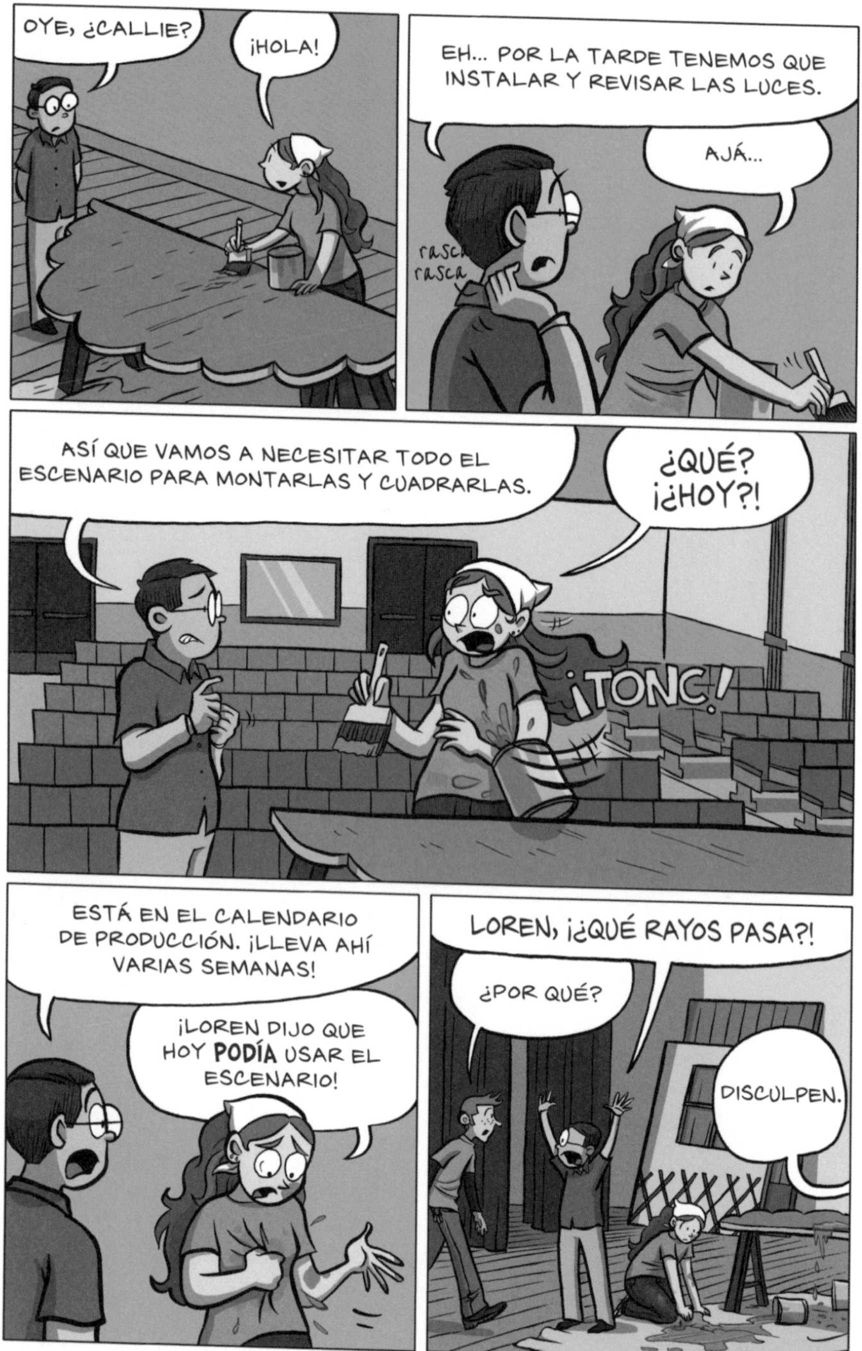
OYE, ¿CALLIE?
¡HOLA!
EH... POR LA TARDE TENEMOS QUE INSTALAR Y REVISAR LAS LUCES.
rasca rasca
AJÁ...
ASÍ QUE VAMOS A NECESITAR TODO EL ESCENARIO PARA MONTARLAS Y CUADRARLAS.
¿QUÉ? ¡¿HOY?!
¡TONC!
ESTÁ EN EL CALENDARIO DE PRODUCCIÓN. ¡LLEVA AHÍ VARIAS SEMANAS!
¡LOREN DIJO QUE HOY **PODÍA** USAR EL ESCENARIO!
LOREN, ¡¿QUÉ RAYOS PASA?!
¿POR QUÉ?
DISCULPEN.

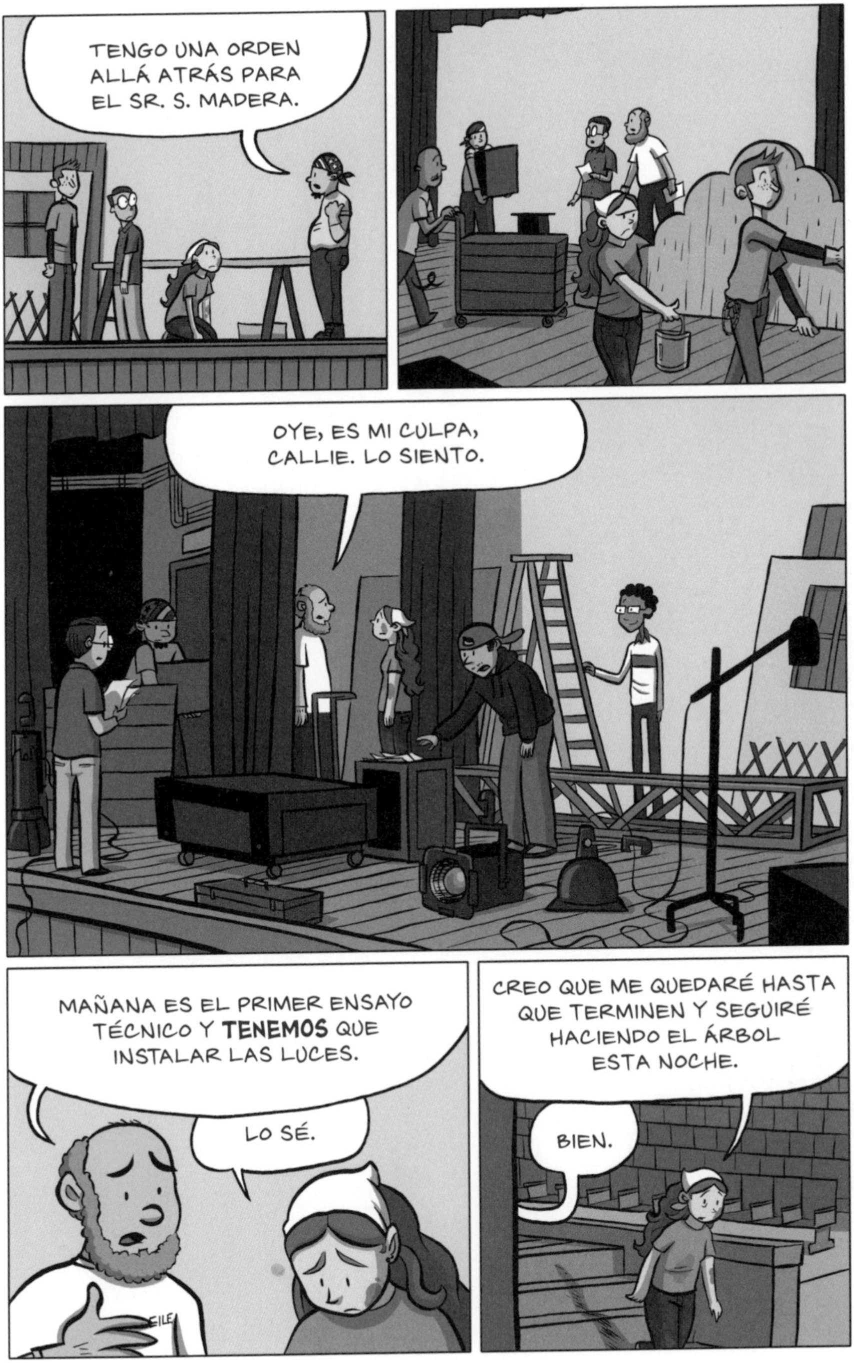
TENGO UNA ORDEN ALLÁ ATRÁS PARA EL SR. S. MADERA.
OYE, ES MI CULPA, CALLIE. LO SIENTO.
MAÑANA ES EL PRIMER ENSAYO TÉCNICO Y **TENEMOS** QUE INSTALAR LAS LUCES.
LO SÉ.
CREO QUE ME QUEDARÉ HASTA QUE TERMINEN Y SEGUIRÉ HACIENDO EL ÁRBOL ESTA NOCHE.
BIEN.

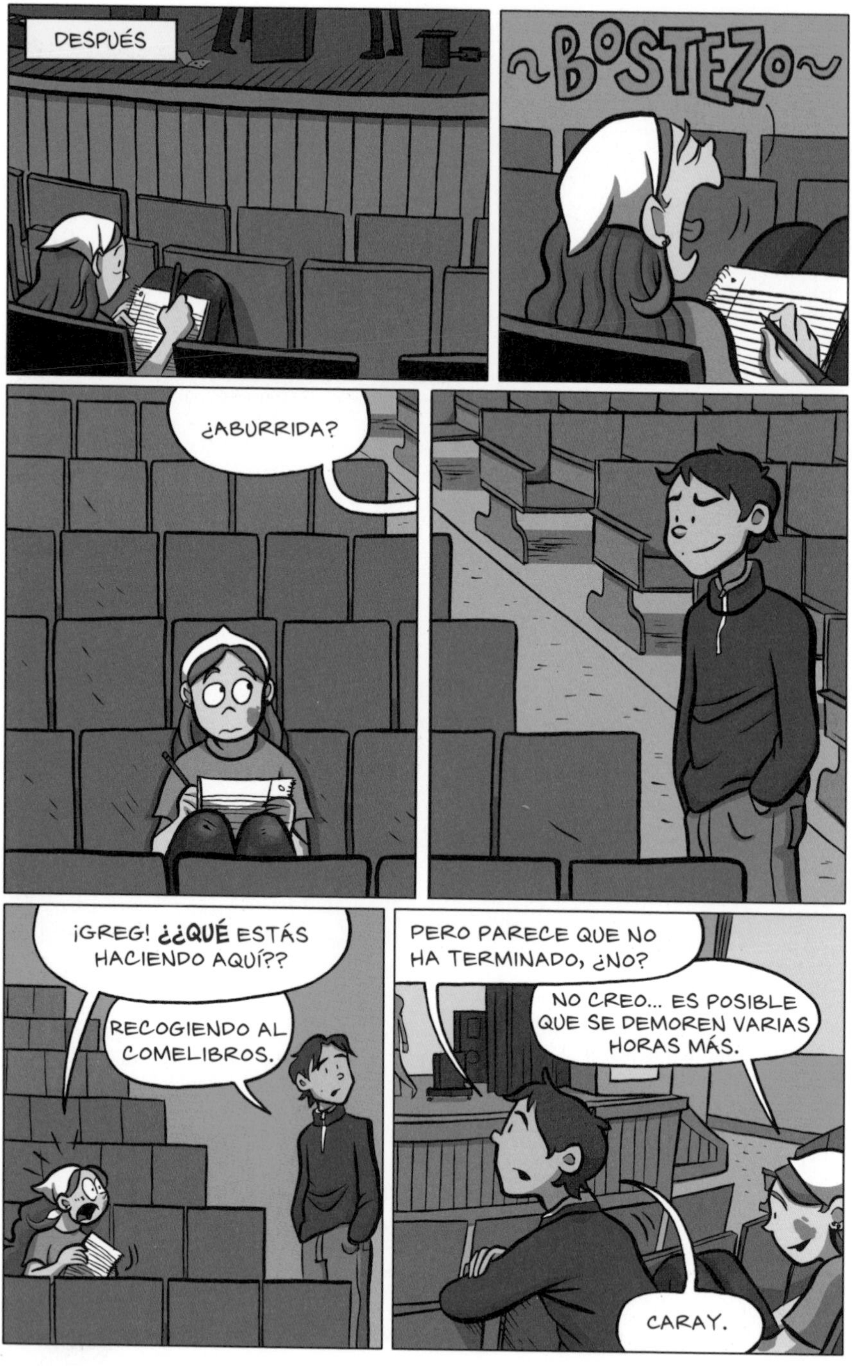
DESPUÉS
~BOSTEZO~
¿ABURRIDA?
¡GREG! ¿¿QUÉ ESTÁS HACIENDO AQUÍ??
RECOGIENDO AL COMELIBROS.
PERO PARECE QUE NO HA TERMINADO, ¿NO?
NO CREO... ES POSIBLE QUE SE DEMOREN VARIAS HORAS MÁS.
CARAY.

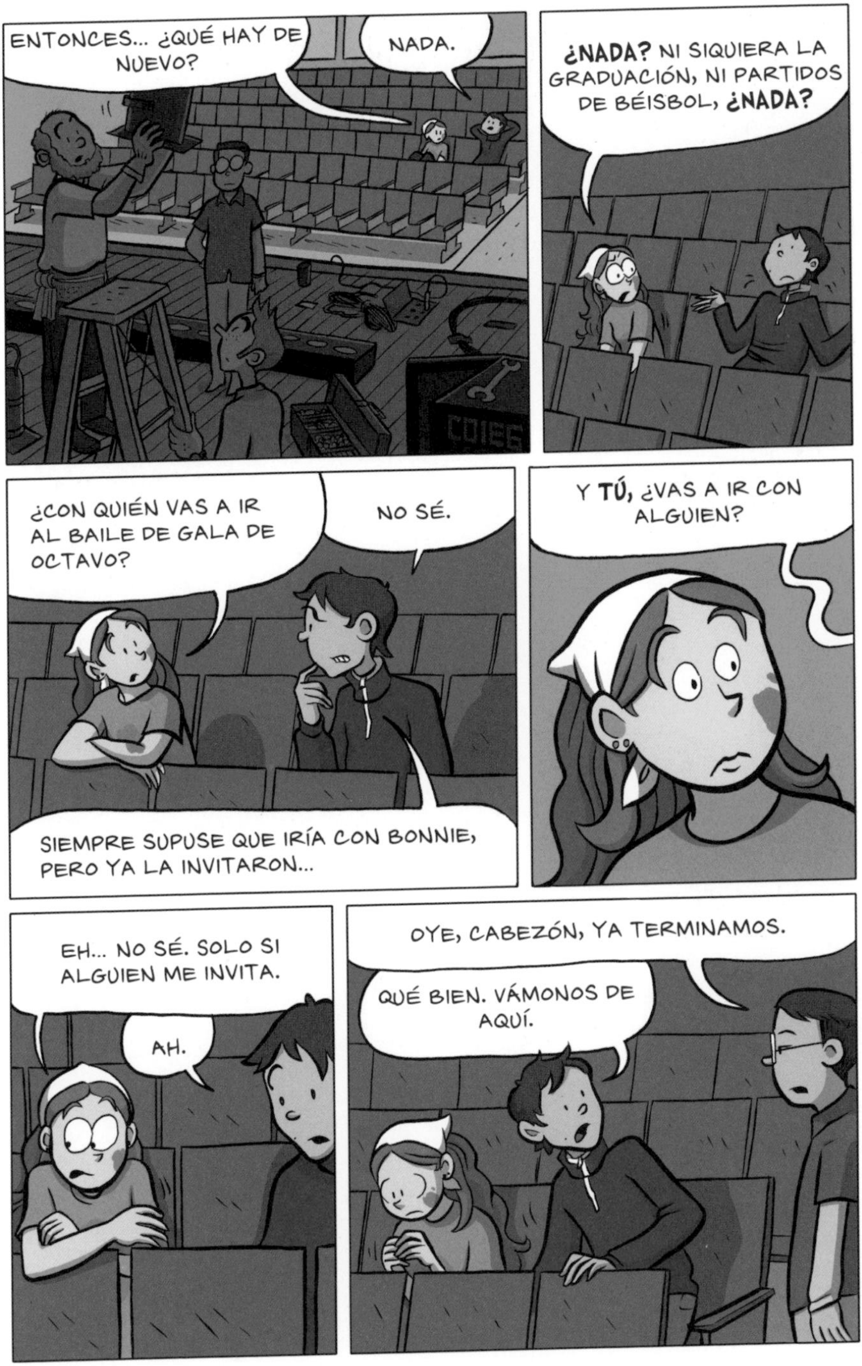
ENTONCES... ¿QUÉ HAY DE NUEVO?
NADA.
¿NADA? NI SIQUIERA LA GRADUACIÓN, NI PARTIDOS DE BÉISBOL, ¿NADA?
¿CON QUIÉN VAS A IR AL BAILE DE GALA DE OCTAVO?
NO SÉ.
SIEMPRE SUPUSE QUE IRÍA CON BONNIE, PERO YA LA INVITARON...
Y TÚ, ¿VAS A IR CON ALGUIEN?
EH... NO SÉ. SOLO SI ALGUIEN ME INVITA.
AH.
OYE, CABEZÓN, YA TERMINAMOS.
QUÉ BIEN. VÁMONOS DE AQUÍ.

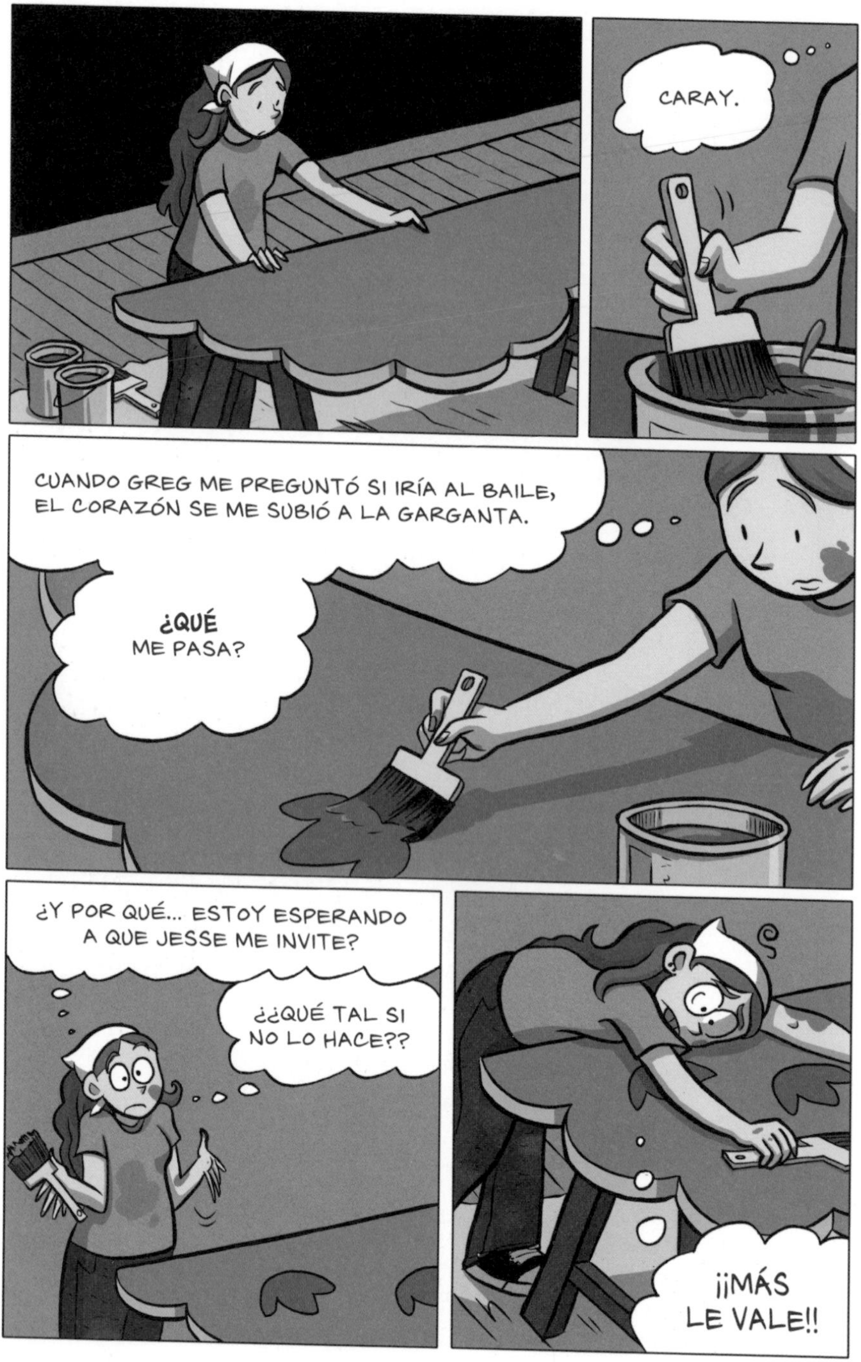
CARAY.
CUANDO GREG ME PREGUNTÓ SI IRÍA AL BAILE, EL CORAZÓN SE ME SUBIÓ A LA GARGANTA.
¿QUÉ ME PASA?
¿Y POR QUÉ... ESTOY ESPERANDO A QUE JESSE ME INVITE?
¿¿QUÉ TAL SI NO LO HACE??
¡¡MÁS LE VALE!!

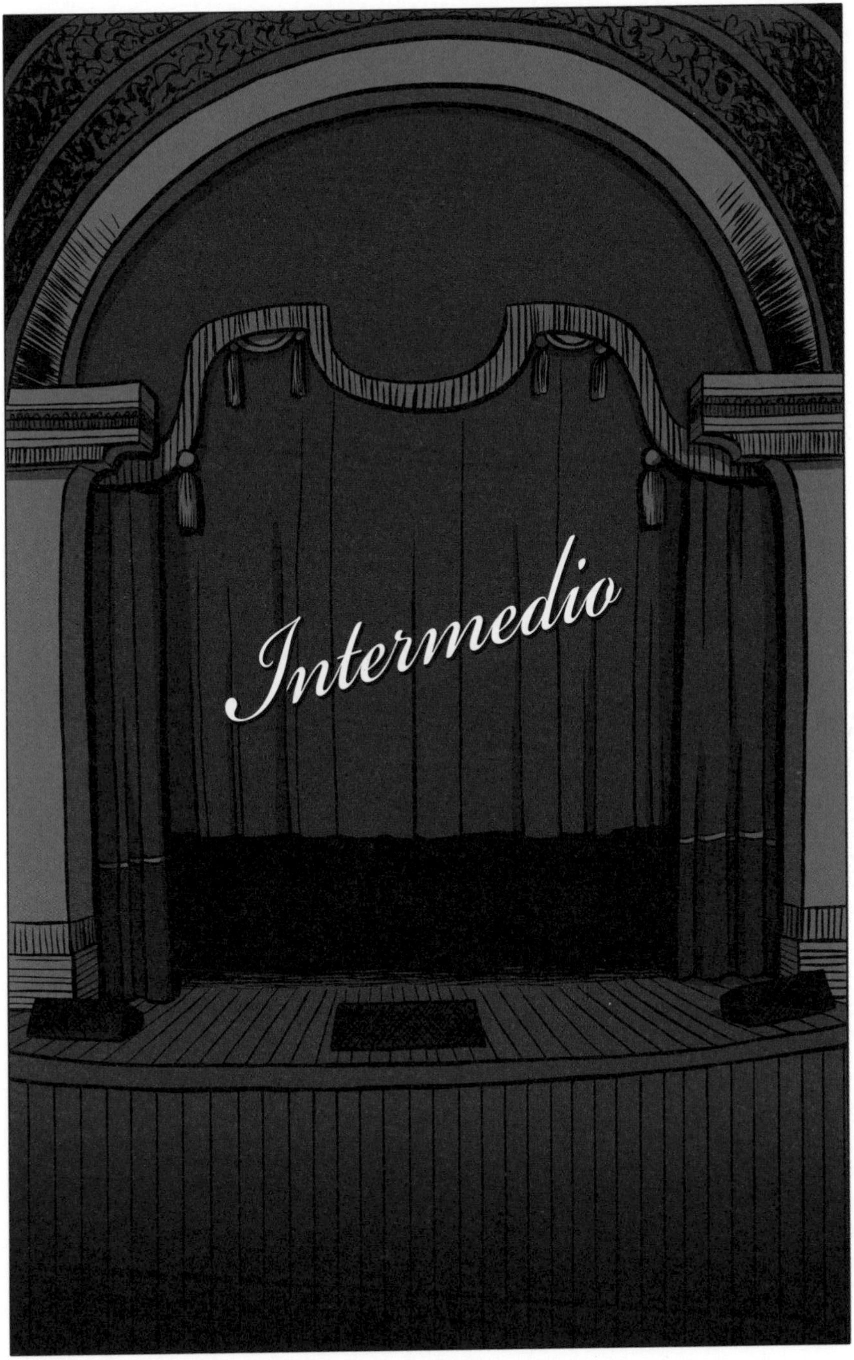
Intermedio

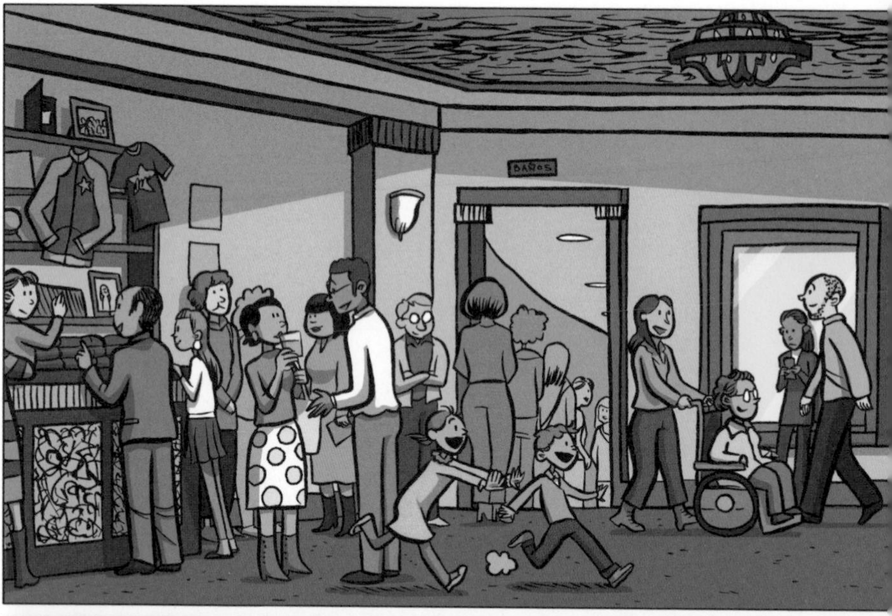
BAÑOS

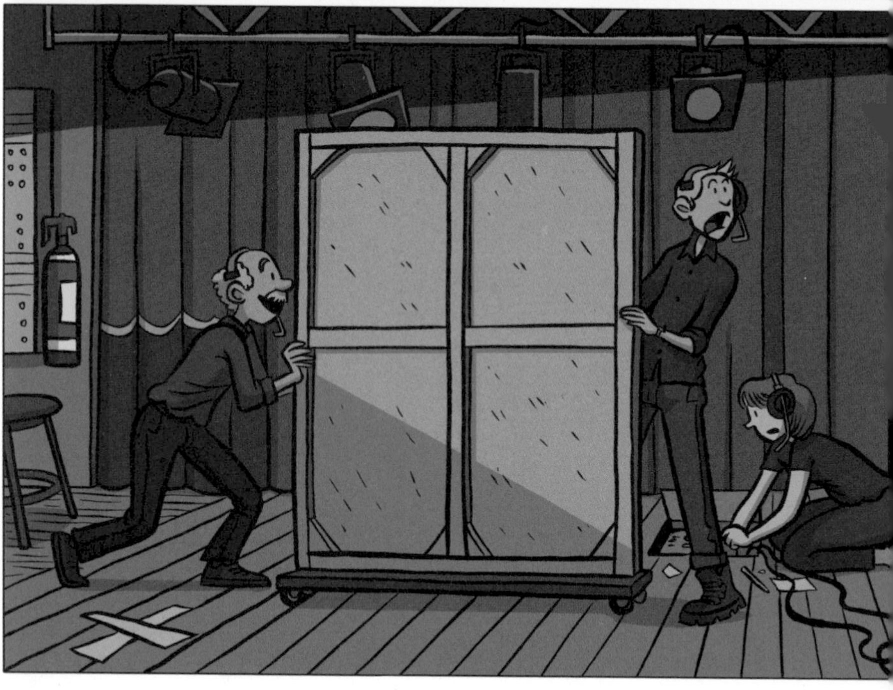

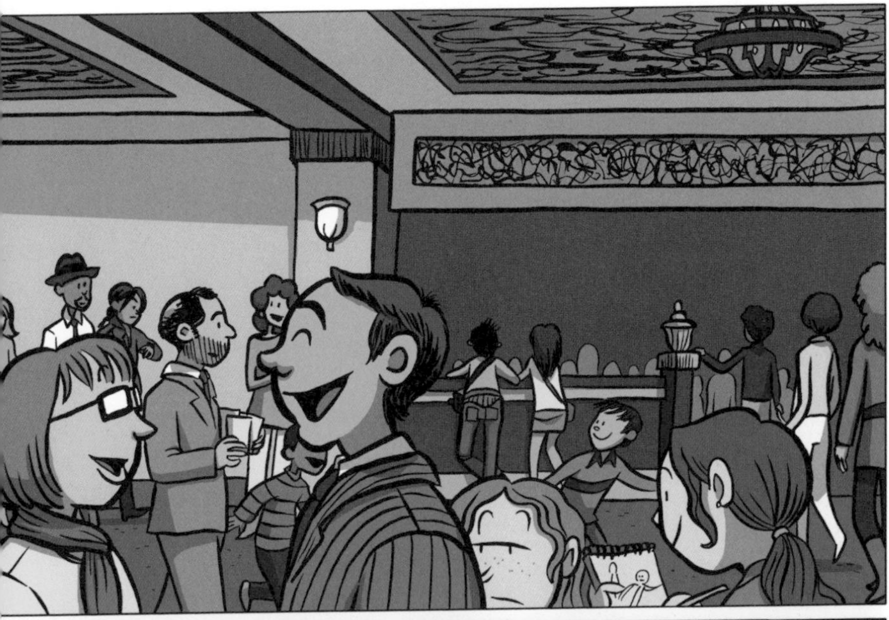

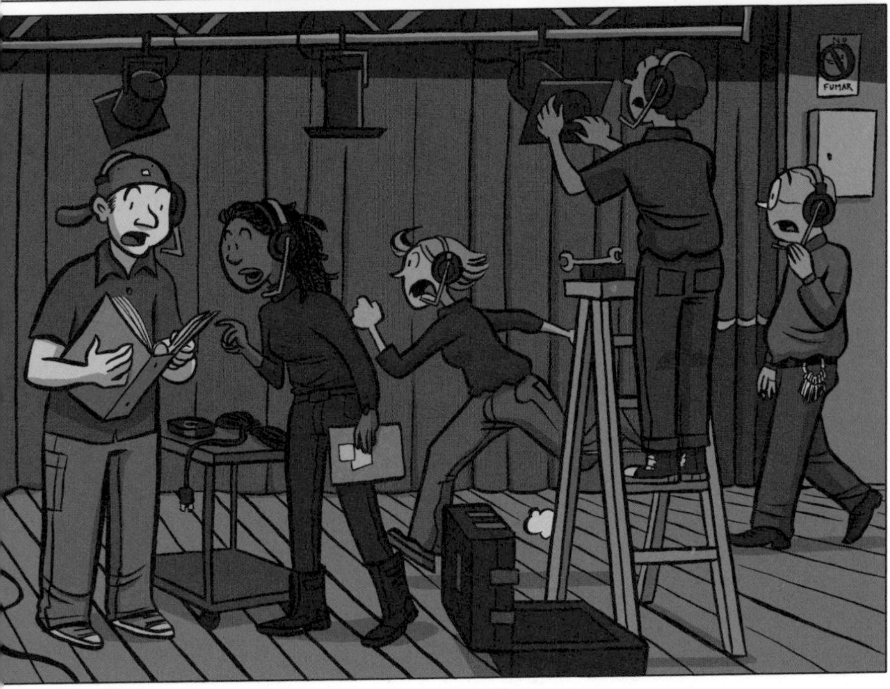
NO
FUMAR

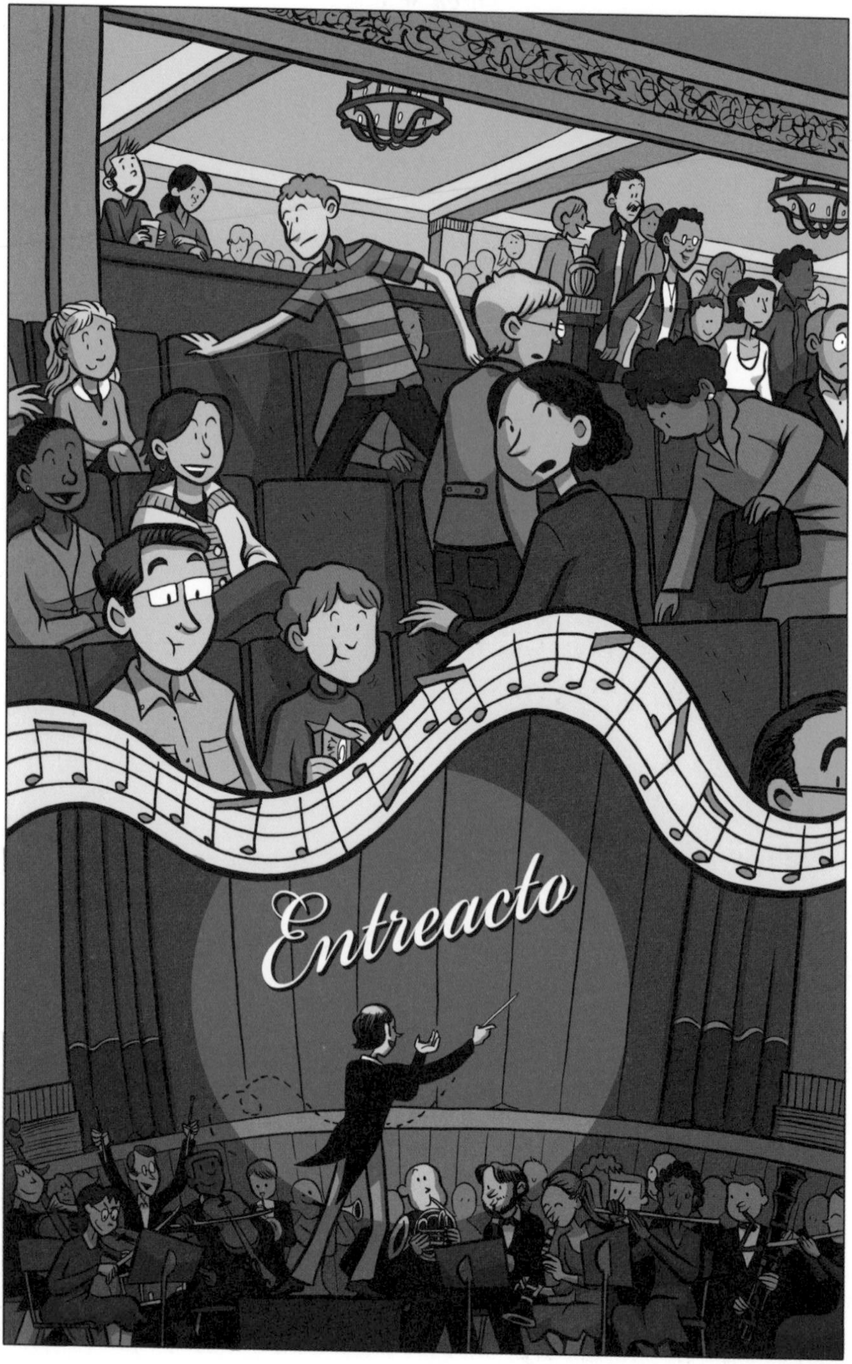
Entreacto

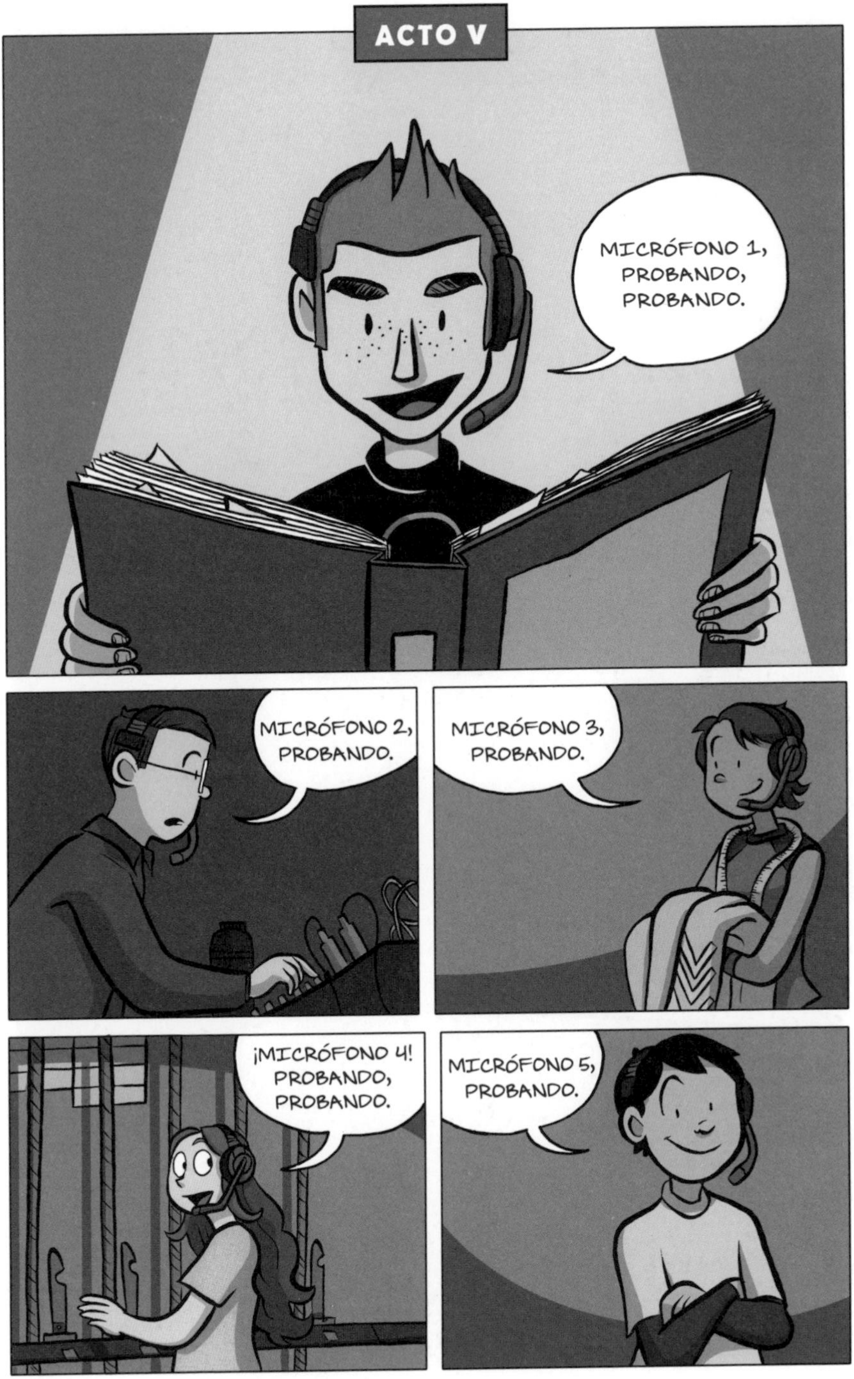
ACTO V
MICRÓFONO 1, PROBANDO, PROBANDO.
MICRÓFONO 2, PROBANDO.
MICRÓFONO 3, PROBANDO.
¡MICRÓFONO 4! PROBANDO, PROBANDO.
MICRÓFONO 5, PROBANDO.

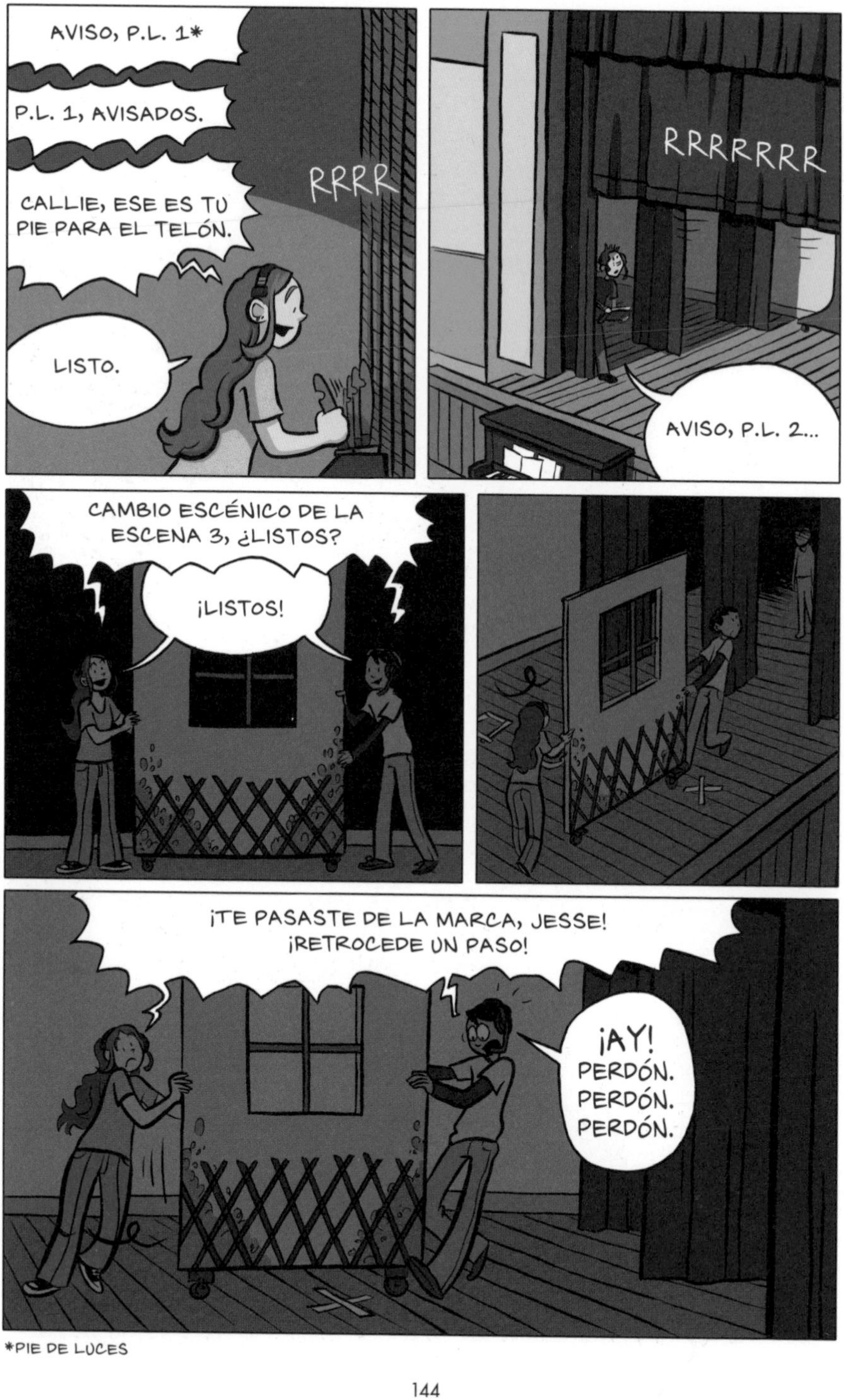
AVISO, P.L. 1*
P.L. 1, AVISADOS.
CALLIE, ESE ES TU PIE PARA EL TELÓN.
RRRR
LISTO.
RRRRRRR
AVISO, P.L. 2...
CAMBIO ESCÉNICO DE LA ESCENA 3, ¿LISTOS?
¡LISTOS!
¡TE PASASTE DE LA MARCA, JESSE! ¡RETROCEDE UN PASO!
¡AY! PERDÓN. PERDÓN. PERDÓN.

*PIE DE LUCES

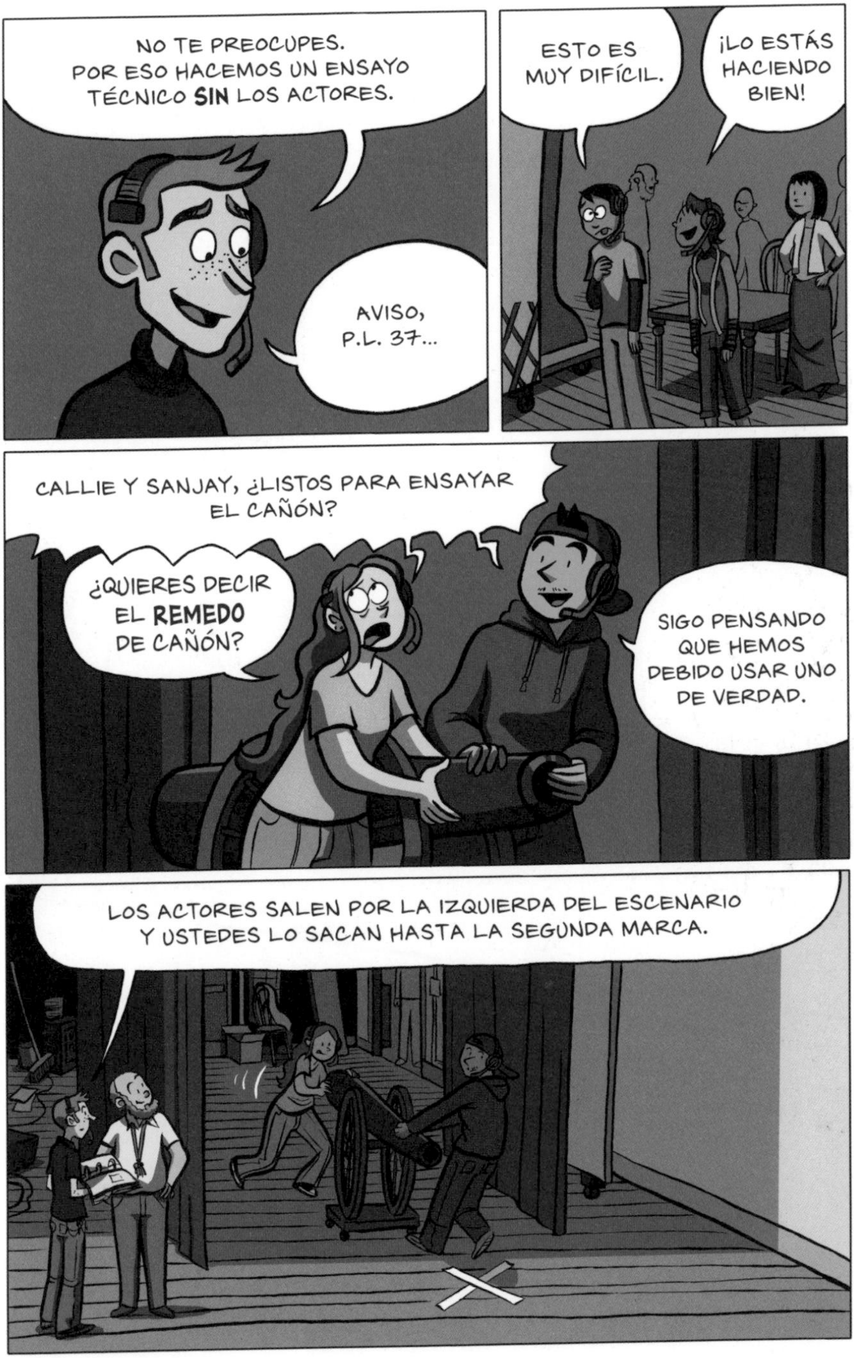
NO TE PREOCUPES. POR ESO HACEMOS UN ENSAYO TÉCNICO **SIN** LOS ACTORES.
AVISO, P.L. 37...
ESTO ES MUY DIFÍCIL.
¡LO ESTÁS HACIENDO BIEN!
CALLIE Y SANJAY, ¿LISTOS PARA ENSAYAR EL CAÑÓN?
¿QUIERES DECIR EL **REMEDO** DE CAÑÓN?
SIGO PENSANDO QUE HEMOS DEBIDO USAR UNO DE VERDAD.
LOS ACTORES SALEN POR LA IZQUIERDA DEL ESCENARIO Y USTEDES LO SACAN HASTA LA SEGUNDA MARCA.

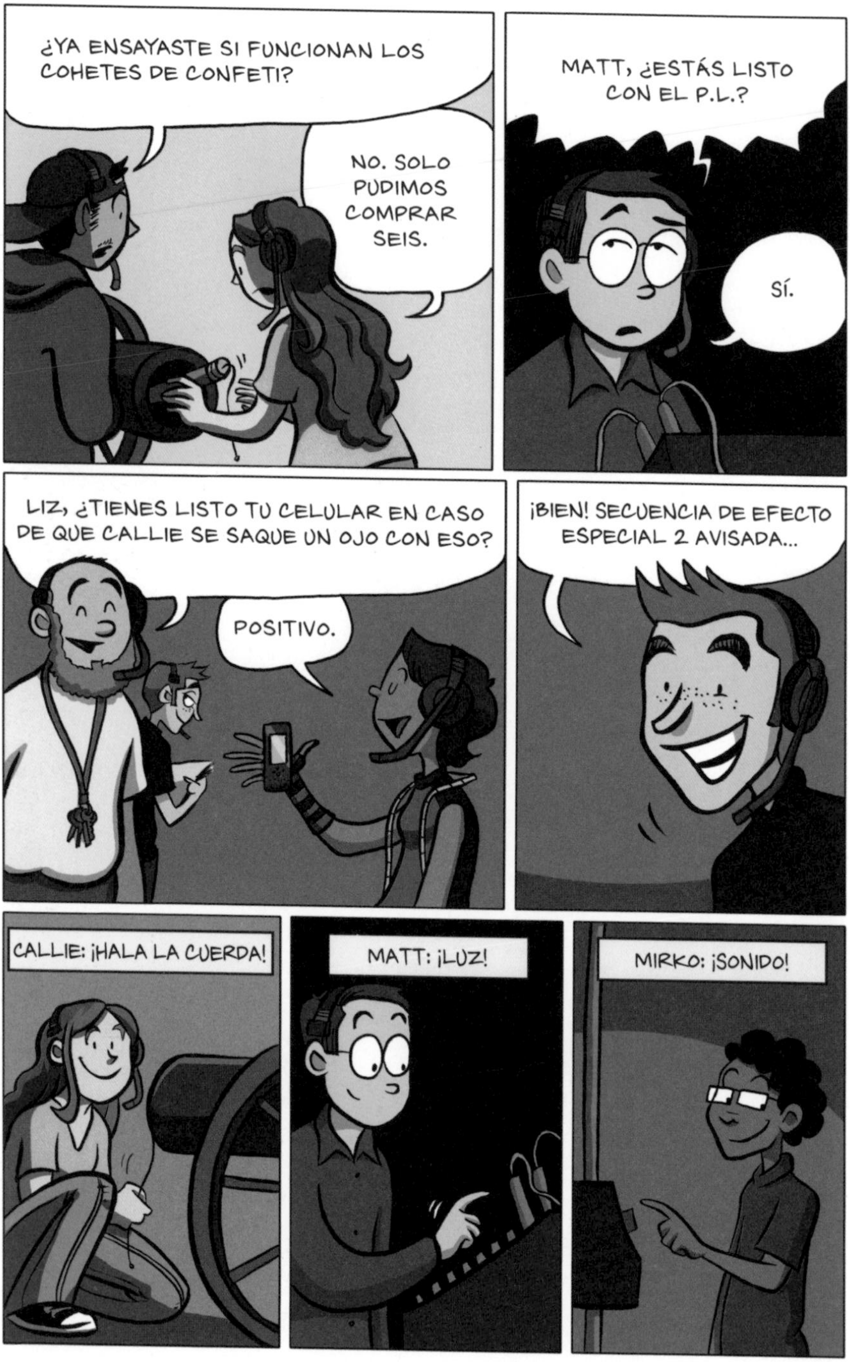
¿YA ENSAYASTE SI FUNCIONAN LOS COHETES DE CONFETI?
NO. SOLO PUDIMOS COMPRAR SEIS.
MATT, ¿ESTÁS LISTO CON EL P.L.?
SÍ.
LIZ, ¿TIENES LISTO TU CELULAR EN CASO DE QUE CALLIE SE SAQUE UN OJO CON ESO?
POSITIVO.
¡BIEN! SECUENCIA DE EFECTO ESPECIAL 2 AVISADA...
CALLIE: ¡HALA LA CUERDA!
MATT: ¡LUZ!
MIRKO: ¡SONIDO!

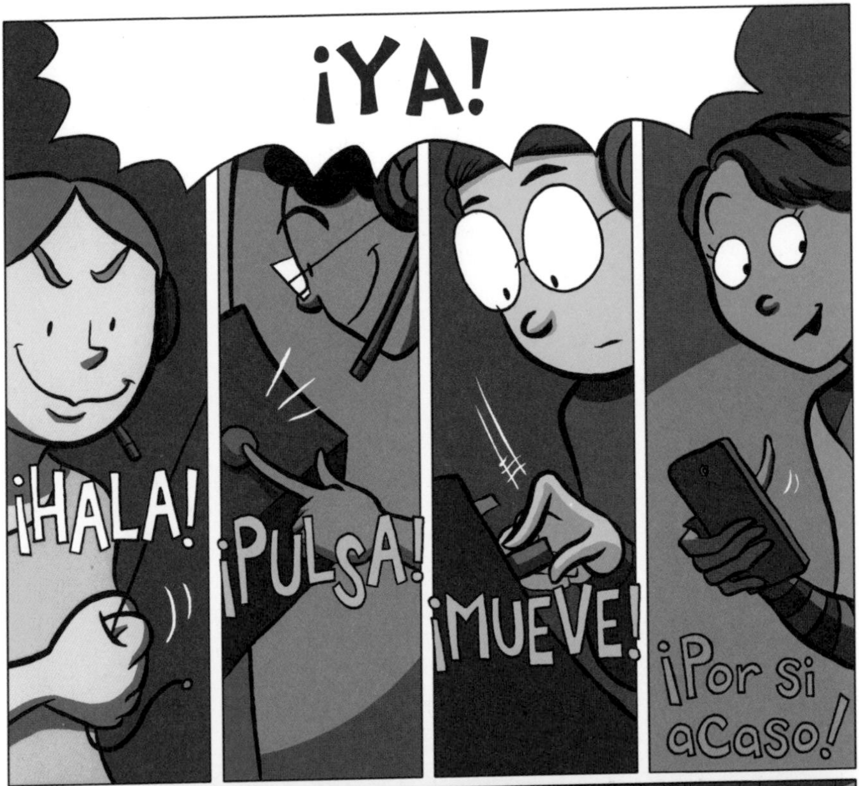
¡YA!
¡HALA!
¡PULSA!
¡MUEVE!
¡Por si acaso!

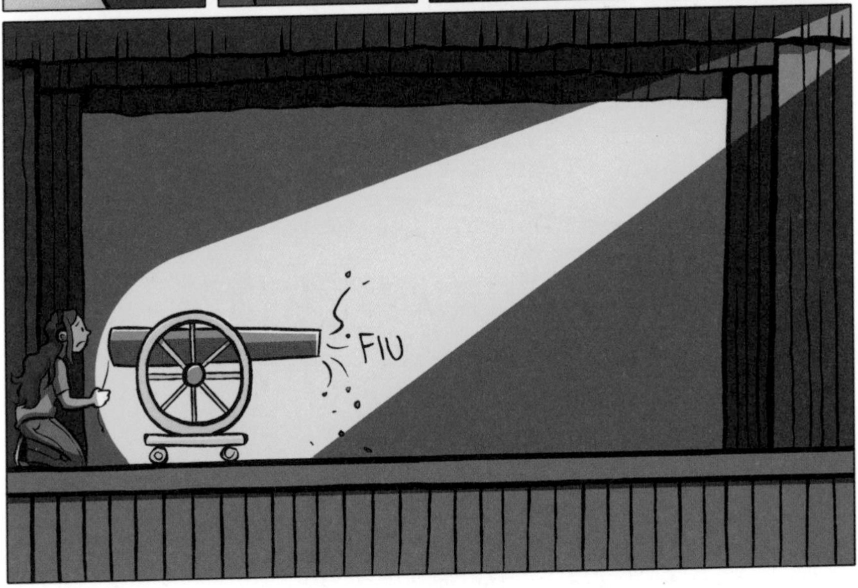
FIU

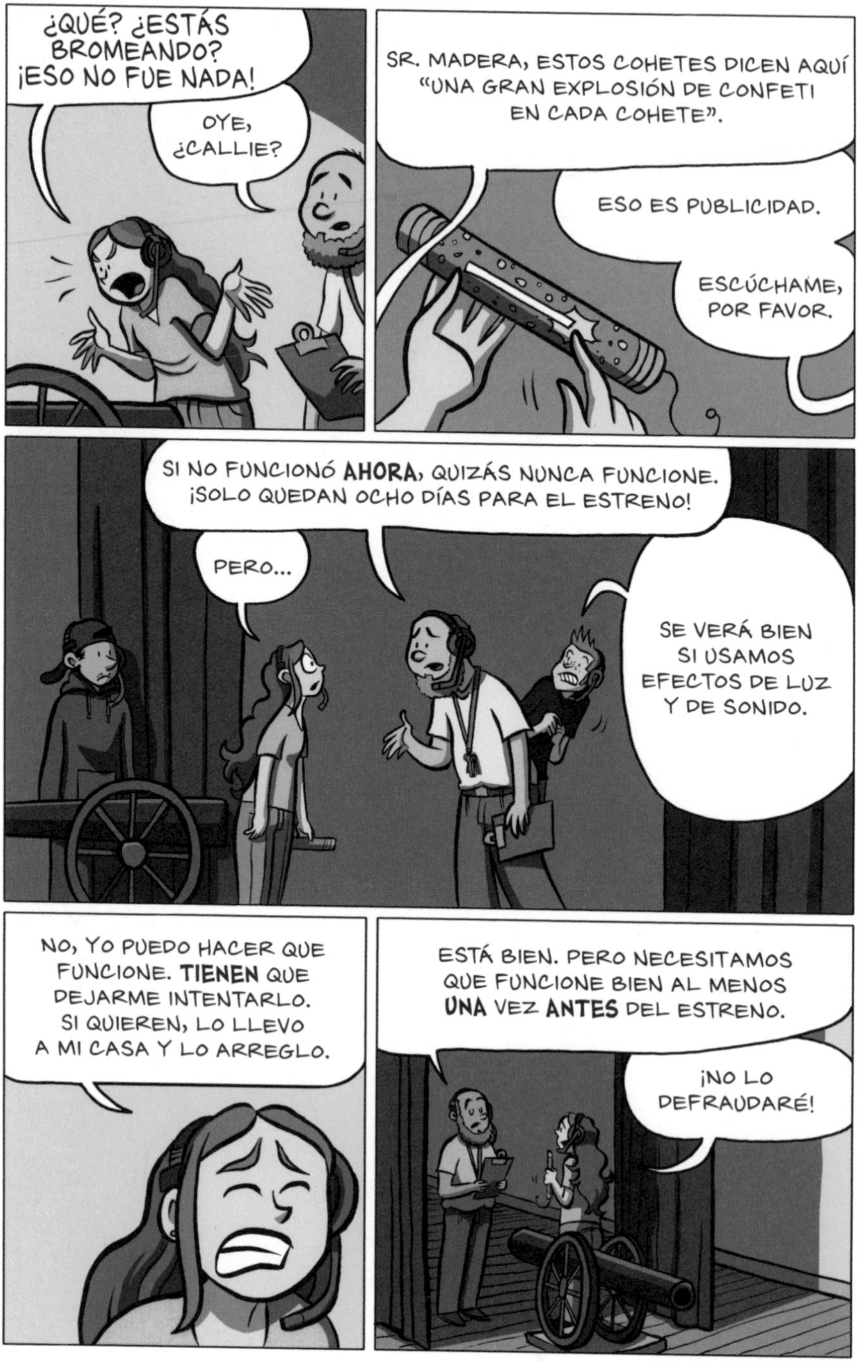
¿QUÉ? ¿ESTÁS BROMEANDO? ¡ESO NO FUE NADA!
OYE, ¿CALLIE?
SR. MADERA, ESTOS COHETES DICEN AQUÍ "UNA GRAN EXPLOSIÓN DE CONFETI EN CADA COHETE".
ESO ES PUBLICIDAD.
ESCÚCHAME, POR FAVOR.
SI NO FUNCIONÓ **AHORA**, QUIZÁS NUNCA FUNCIONE. ¡SOLO QUEDAN OCHO DÍAS PARA EL ESTRENO!
PERO...
SE VERÁ BIEN SI USAMOS EFECTOS DE LUZ Y DE SONIDO.
NO, YO PUEDO HACER QUE FUNCIONE. **TIENEN** QUE DEJARME INTENTARLO. SI QUIEREN, LO LLEVO A MI CASA Y LO ARREGLO.
ESTÁ BIEN. PERO NECESITAMOS QUE FUNCIONE BIEN AL MENOS **UNA** VEZ **ANTES** DEL ESTRENO.
¡NO LO DEFRAUDARÉ!

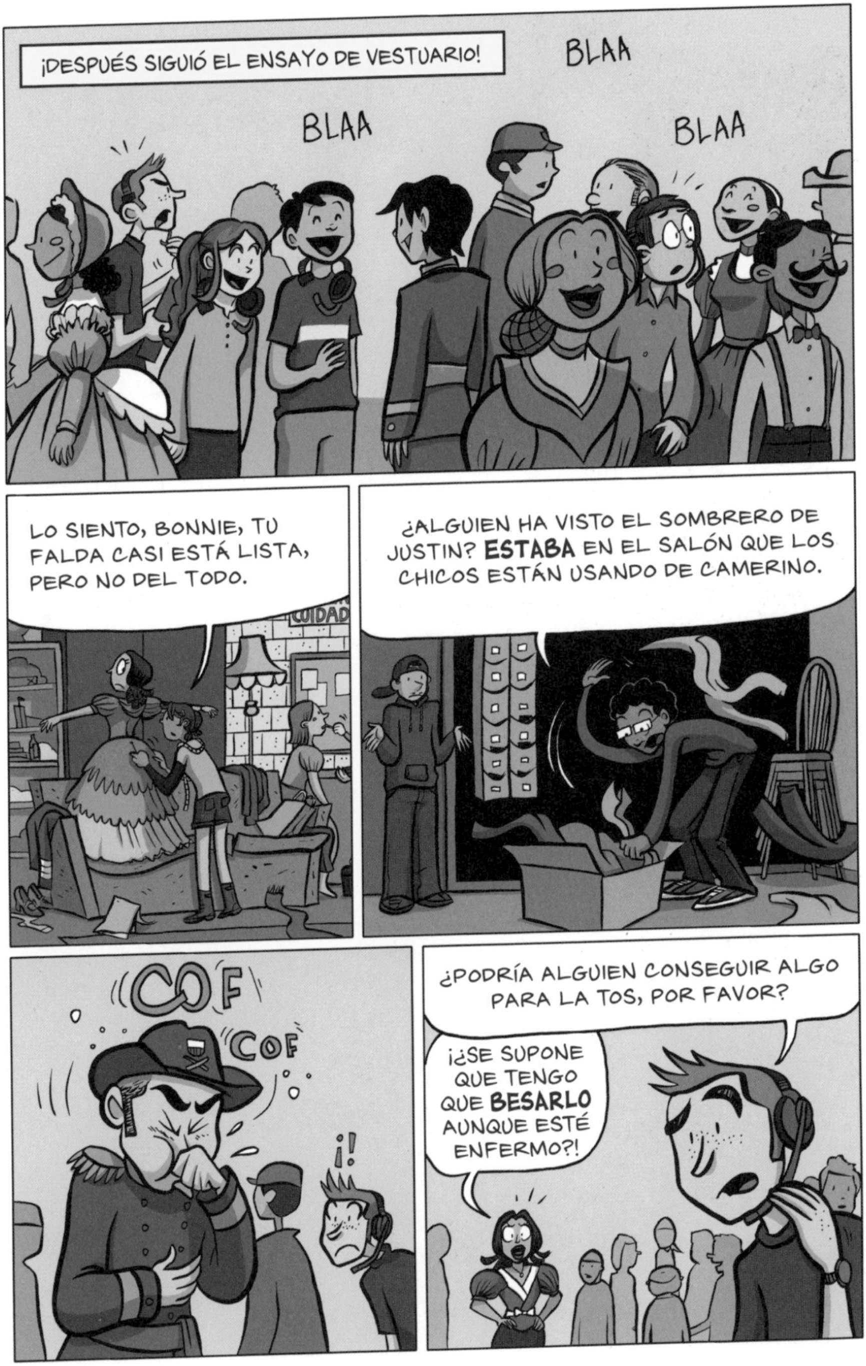

¡DESPUÉS SIGUIÓ EL ENSAYO DE VESTUARIO!
BLAA
BLAA
BLAA
LO SIENTO, BONNIE, TU FALDA CASI ESTÁ LISTA, PERO NO DEL TODO.
CUIDADO
¿ALGUIEN HA VISTO EL SOMBRERO DE JUSTIN? **ESTABA** EN EL SALÓN QUE LOS CHICOS ESTÁN USANDO DE CAMERINO.
COF
COF
¡!
¿PODRÍA ALGUIEN CONSEGUIR ALGO PARA LA TOS, POR FAVOR?
¡¿SE SUPONE QUE TENGO QUE **BESARLO** AUNQUE ESTÉ ENFERMO?!

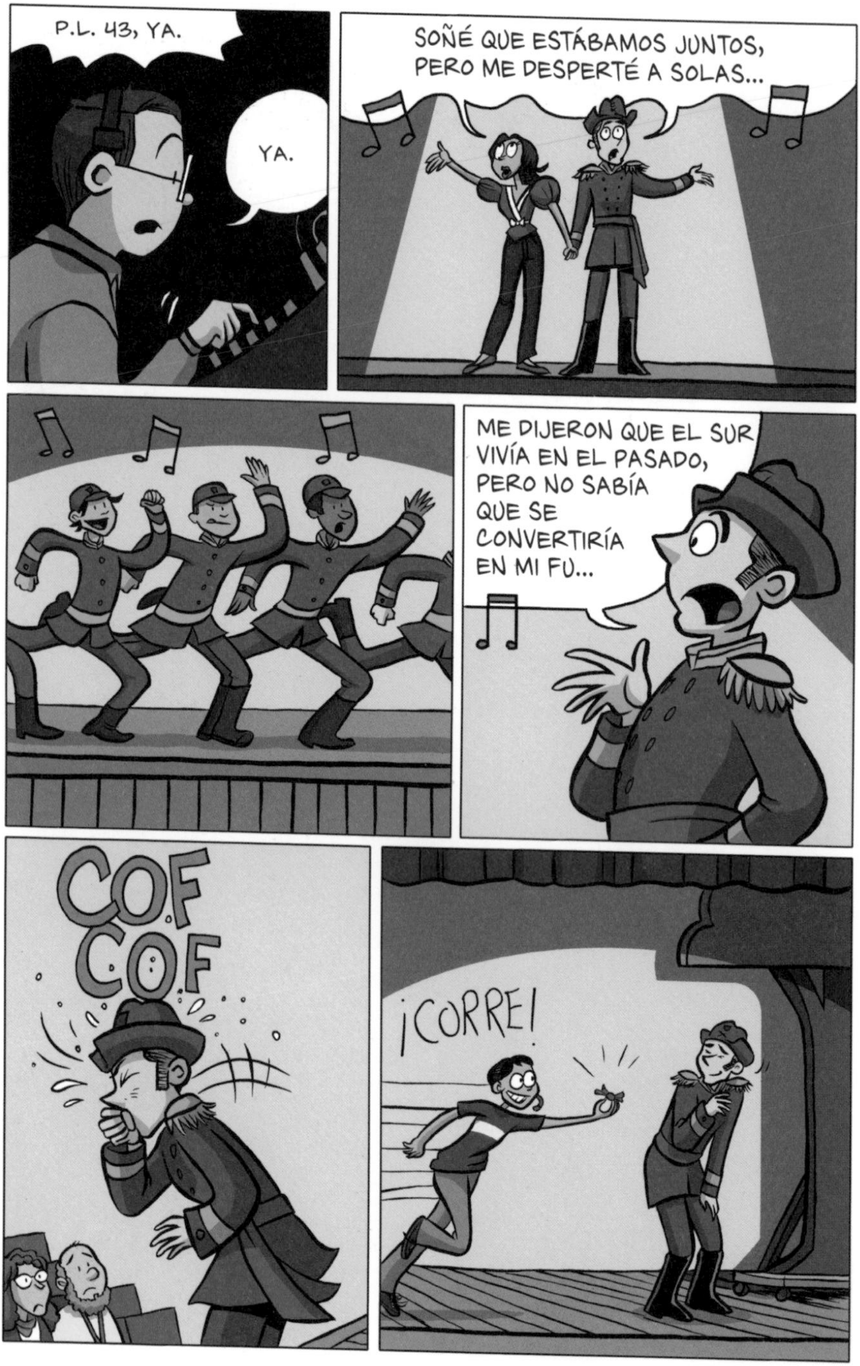
P.L. 43, YA.
YA.
SOÑÉ QUE ESTÁBAMOS JUNTOS, PERO ME DESPERTÉ A SOLAS...
ME DIJERON QUE EL SUR VIVÍA EN EL PASADO, PERO NO SABÍA QUE SE CONVERTIRÍA EN MI FU...
COF COF
¡CORRE!

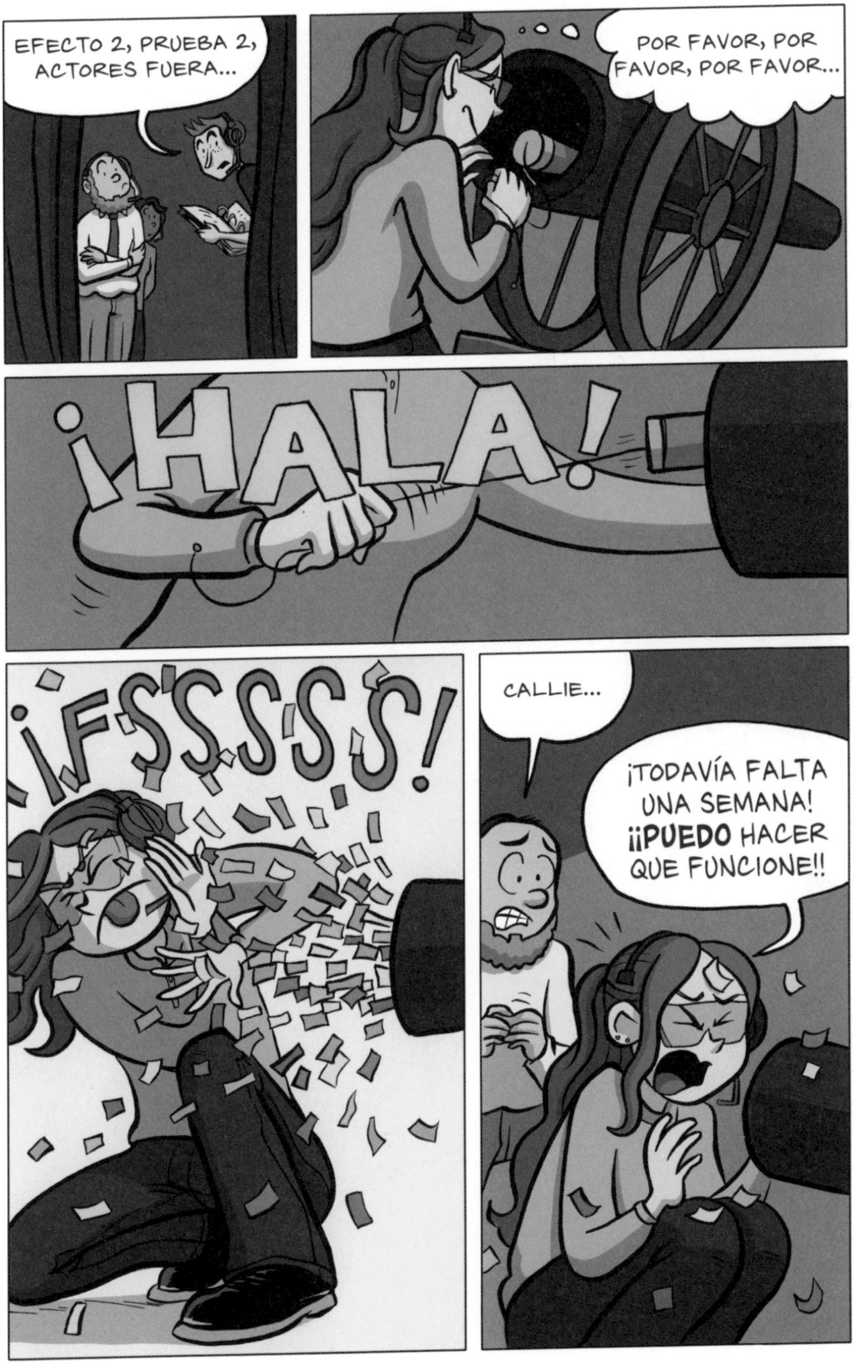
EFECTO 2, PRUEBA 2, ACTORES FUERA...
POR FAVOR, POR FAVOR, POR FAVOR...
¡HALA!
¡FSSSSS!
CALLIE...
¡TODAVÍA FALTA UNA SEMANA! ¡¡PUEDO HACER QUE FUNCIONE!!

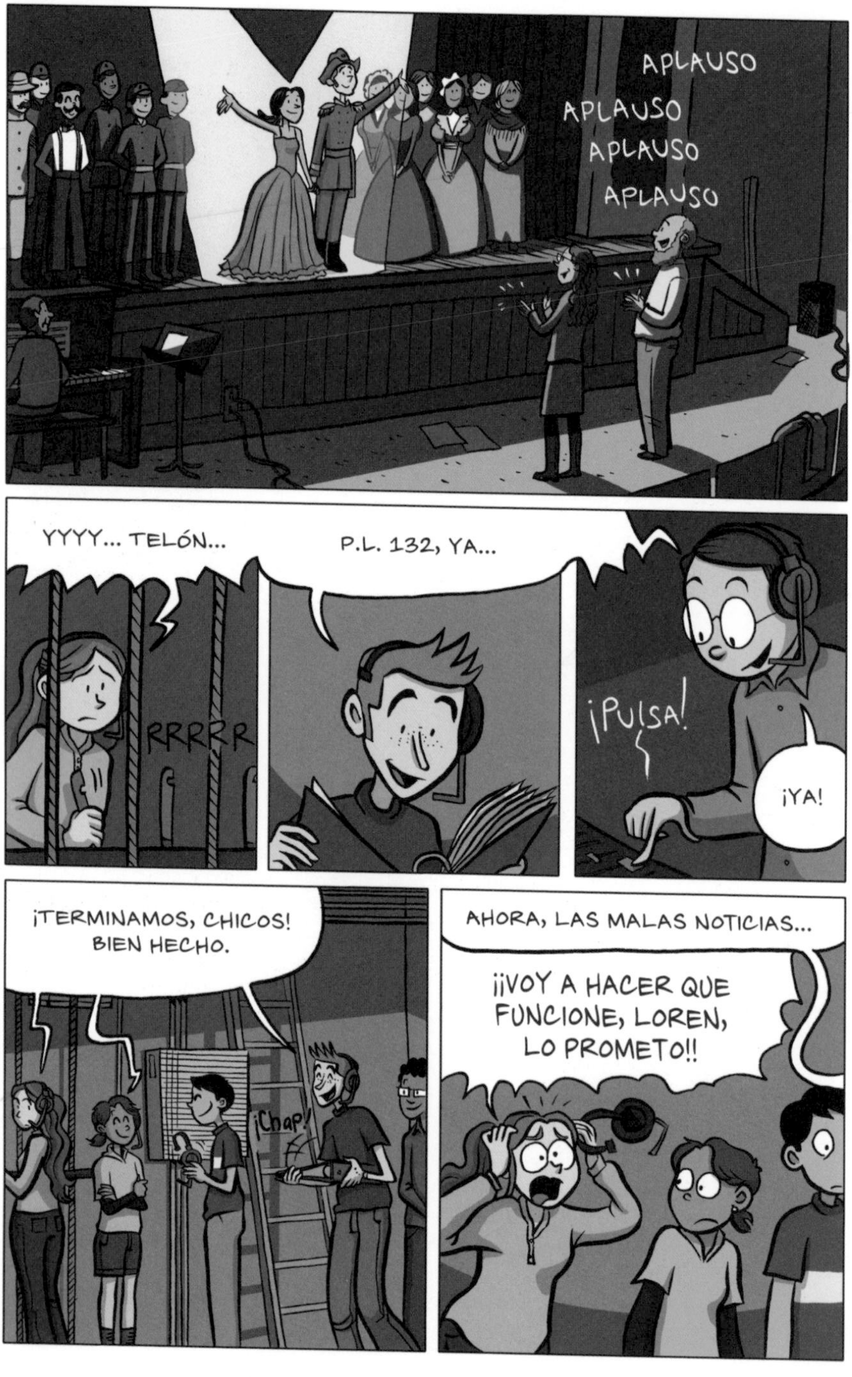
APLAUSO
APLAUSO
APLAUSO
APLAUSO
YYYY... TELÓN...
RRRRR
P.L. 132, YA...
¡PULSA!
¡YA!
¡TERMINAMOS, CHICOS! BIEN HECHO.
¡Chap!
AHORA, LAS MALAS NOTICIAS...
¡¡VOY A HACER QUE FUNCIONE, LOREN, LO PROMETO!!

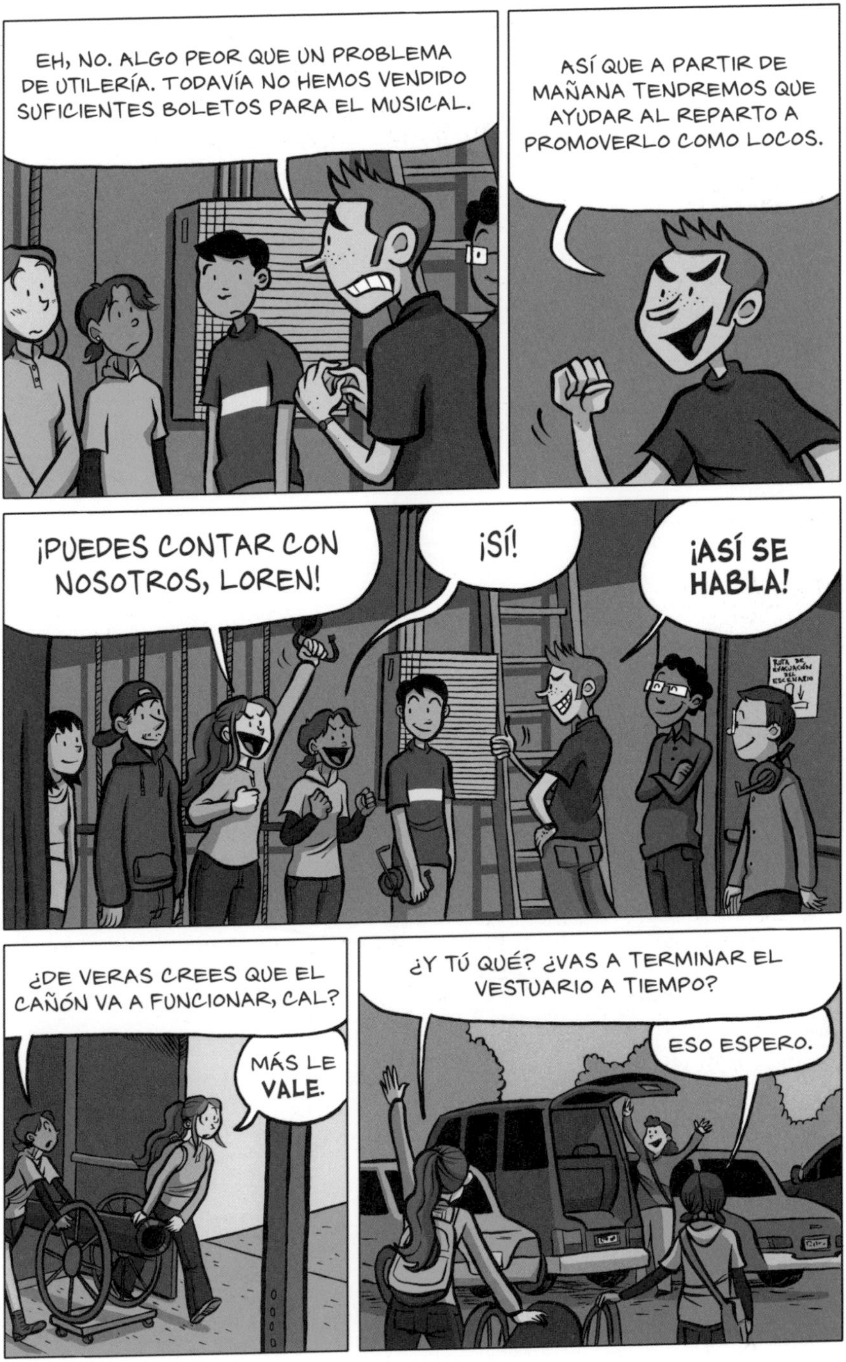
EH, NO. ALGO PEOR QUE UN PROBLEMA DE UTILERÍA. TODAVÍA NO HEMOS VENDIDO SUFICIENTES BOLETOS PARA EL MUSICAL.
ASÍ QUE A PARTIR DE MAÑANA TENDREMOS QUE AYUDAR AL REPARTO A PROMOVERLO COMO LOCOS.
¡PUEDES CONTAR CON NOSOTROS, LOREN!
¡SÍ!
¡ASÍ SE HABLA!
¿DE VERAS CREES QUE EL CAÑÓN VA A FUNCIONAR, CAL?
MÁS LE VALE.
¿Y TÚ QUÉ? ¿VAS A TERMINAR EL VESTUARIO A TIEMPO?
ESO ESPERO.

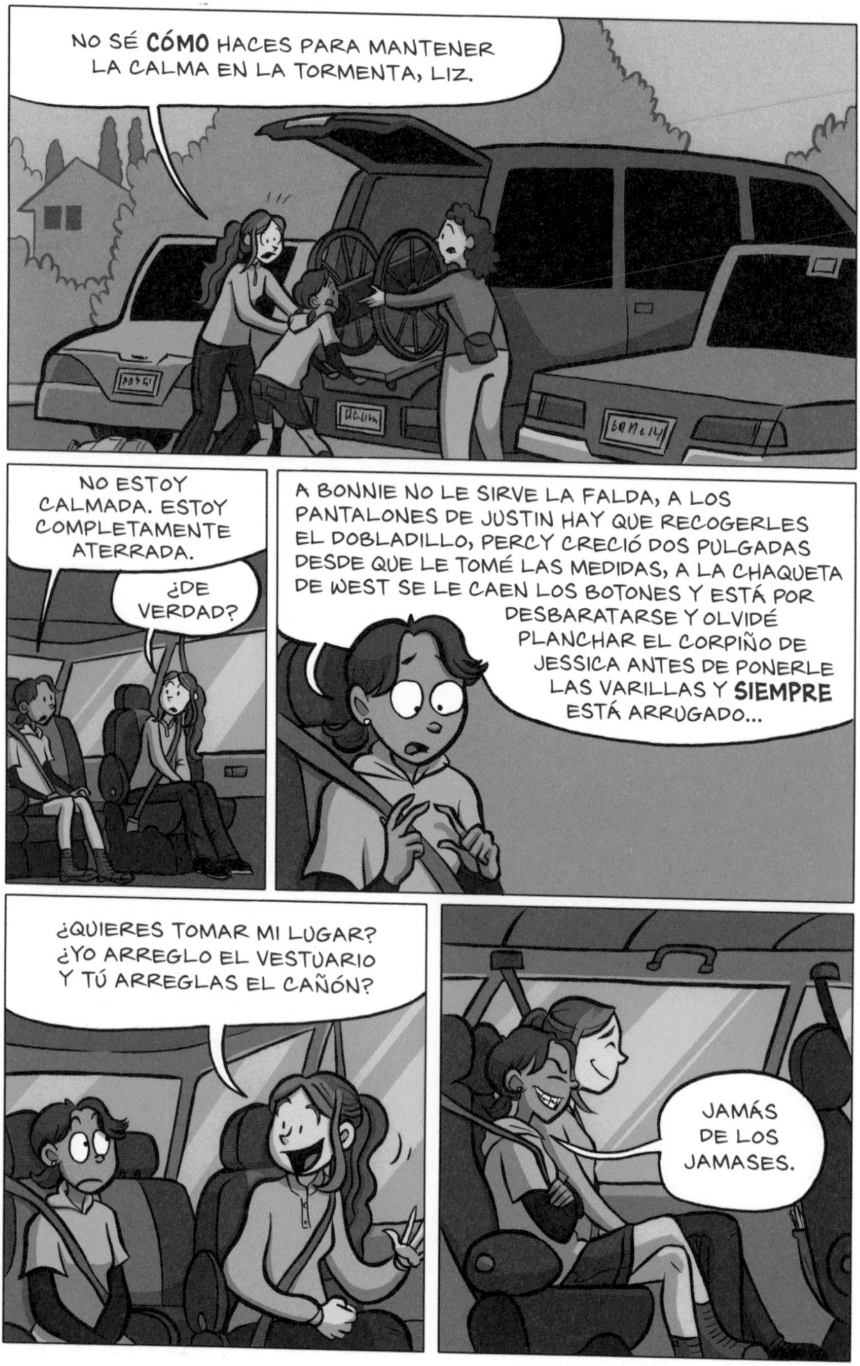
NO SÉ **CÓMO** HACES PARA MANTENER LA CALMA EN LA TORMENTA, LIZ.
NO ESTOY CALMADA. ESTOY COMPLETAMENTE ATERRADA.
¿DE VERDAD?
A BONNIE NO LE SIRVE LA FALDA, A LOS PANTALONES DE JUSTIN HAY QUE RECOGERLES EL DOBLADILLO, PERCY CRECIÓ DOS PULGADAS DESDE QUE LE TOMÉ LAS MEDIDAS, A LA CHAQUETA DE WEST SE LE CAEN LOS BOTONES Y ESTÁ POR DESBARATARSE Y OLVIDÉ PLANCHAR EL CORPIÑO DE JESSICA ANTES DE PONERLE LAS VARILLAS Y **SIEMPRE** ESTÁ ARRUGADO...
¿QUIERES TOMAR MI LUGAR? ¿YO ARREGLO EL VESTUARIO Y TÚ ARREGLAS EL CAÑÓN?
JAMÁS DE LOS JAMASES.

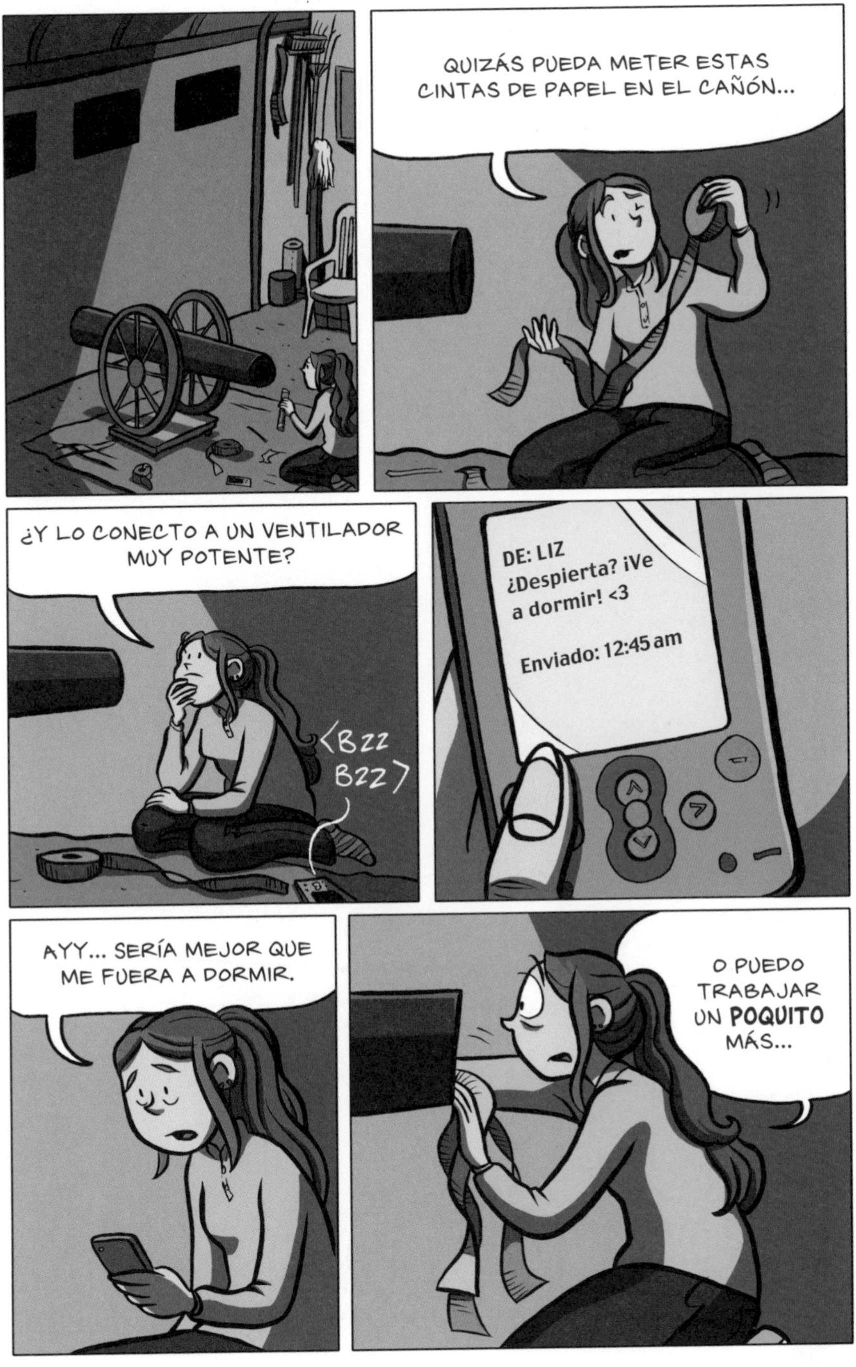
QUIZÁS PUEDA METER ESTAS CINTAS DE PAPEL EN EL CAÑÓN...
¿Y LO CONECTO A UN VENTILADOR MUY POTENTE?
<BZZ BZZ>
DE: LIZ
¿Despierta? ¡Ve a dormir! <3
Enviado: 12:45 am
AYY... SERÍA MEJOR QUE ME FUERA A DORMIR.
O PUEDO TRABAJAR UN **POQUITO** MÁS...

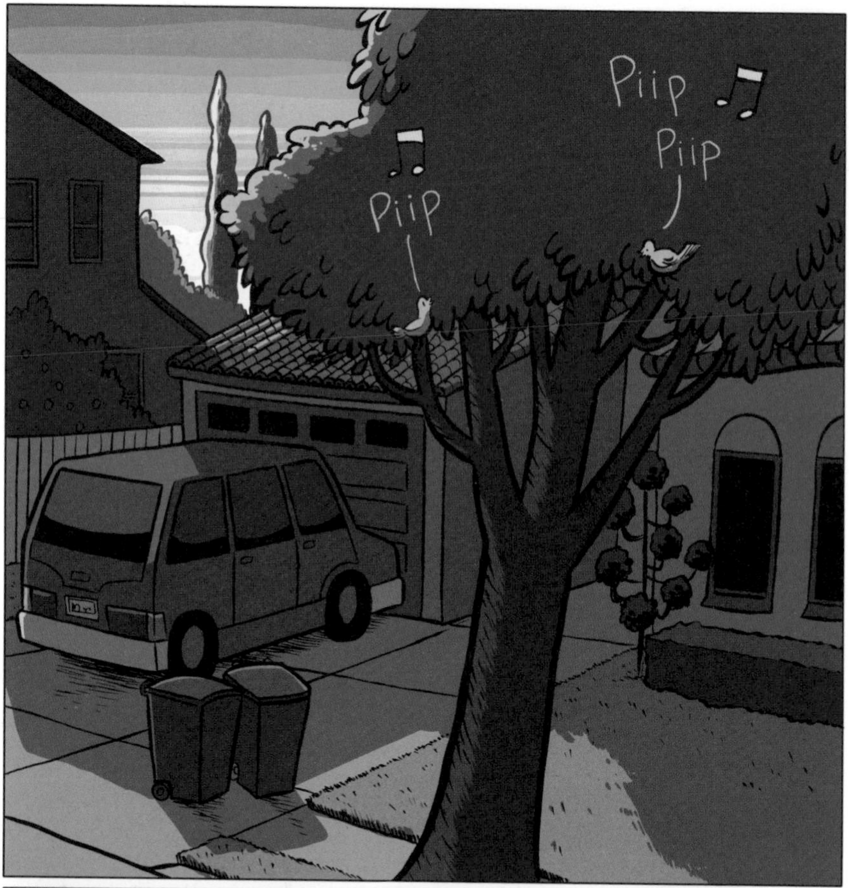
Piip
Piip
Piip

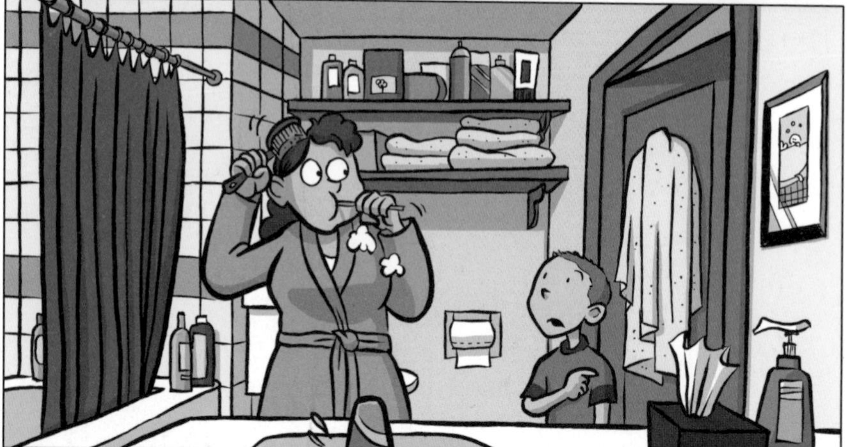

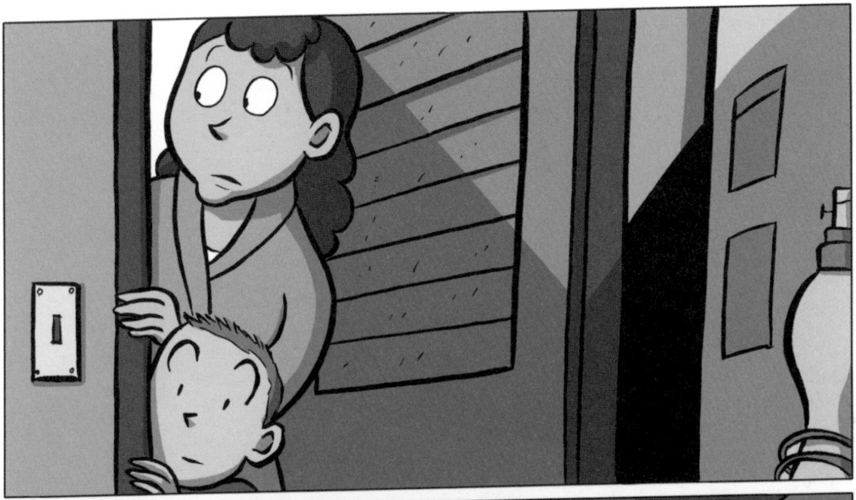

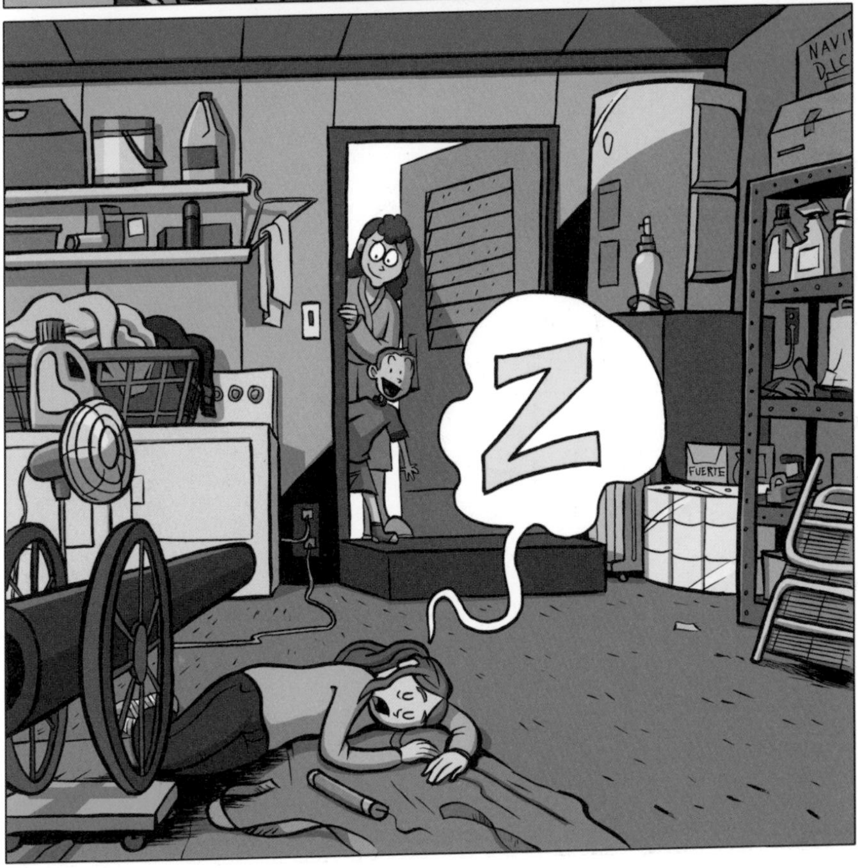
FUERTE
Z

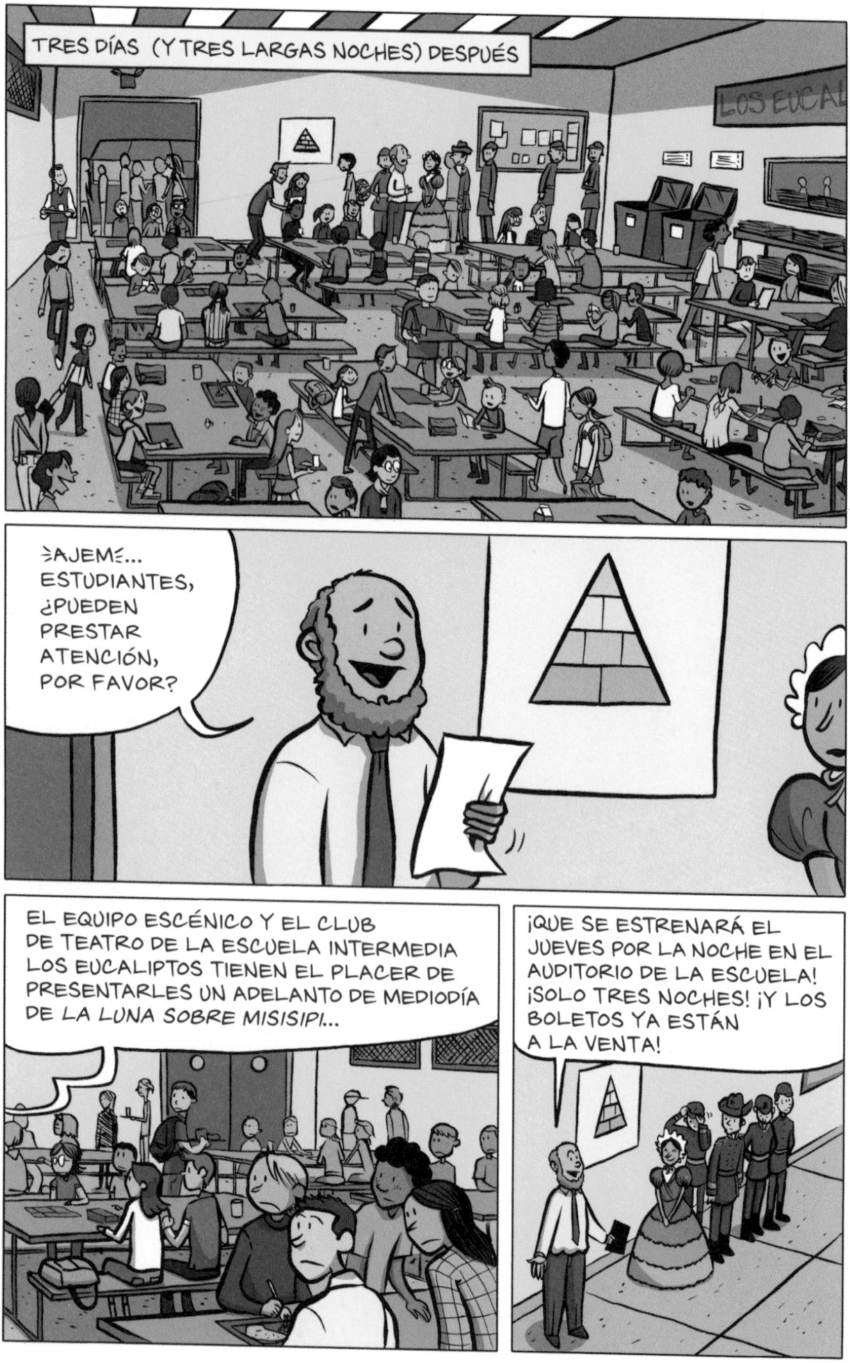
TRES DÍAS (Y TRES LARGAS NOCHES) DESPUÉS
LOS EUCAL
≥AJEM≤... ESTUDIANTES, ¿PUEDEN PRESTAR ATENCIÓN, POR FAVOR?
EL EQUIPO ESCÉNICO Y EL CLUB DE TEATRO DE LA ESCUELA INTERMEDIA LOS EUCALIPTOS TIENEN EL PLACER DE PRESENTARLES UN ADELANTO DE MEDIODÍA DE LA *LUNA SOBRE MISISIPI*...
¡QUE SE ESTRENARÁ EL JUEVES POR LA NOCHE EN EL AUDITORIO DE LA ESCUELA! ¡SOLO TRES NOCHES! ¡Y LOS BOLETOS YA ESTÁN A LA VENTA!

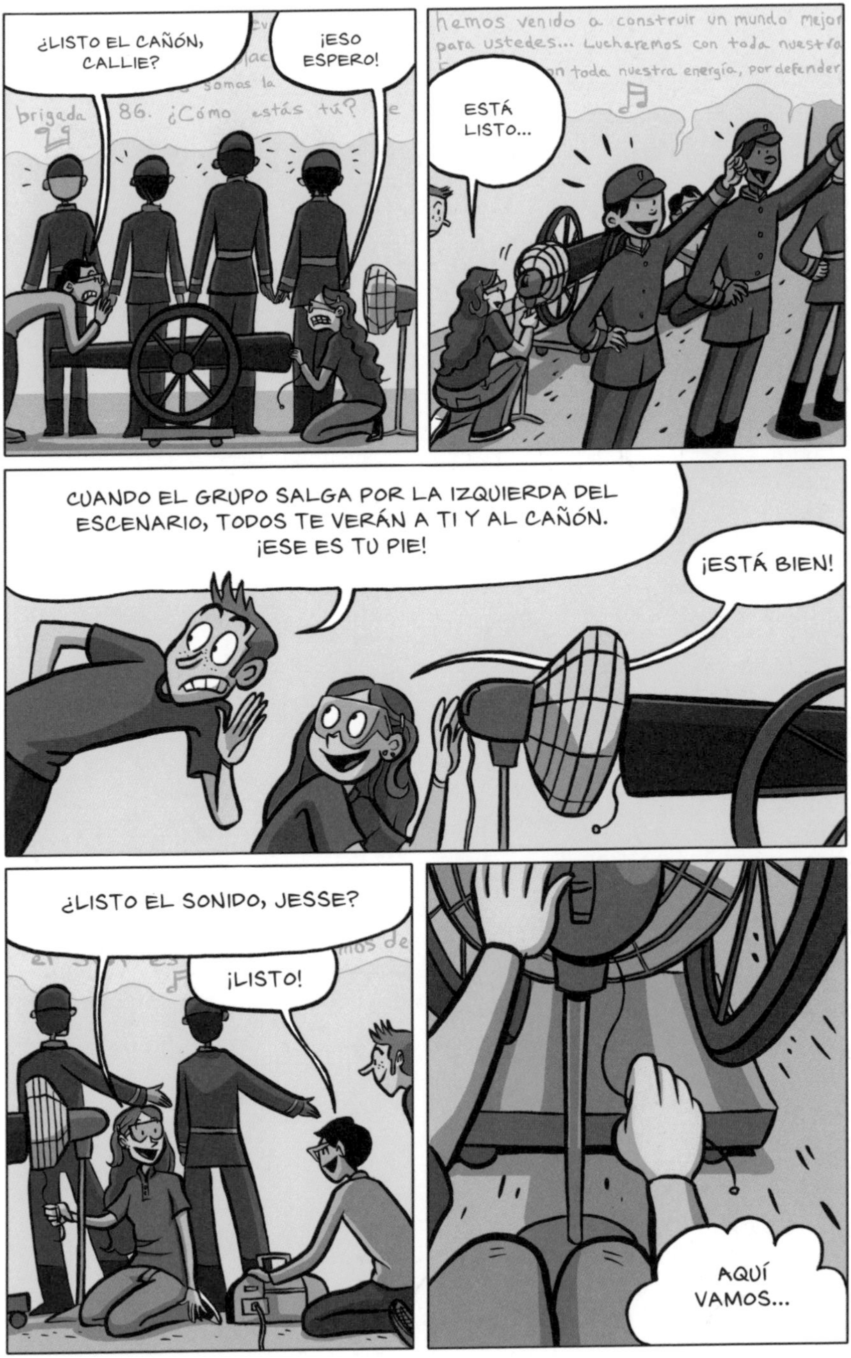
¿LISTO EL CAÑÓN, CALLIE?
¡ESO ESPERO!
somos la
brigada 86. ¿Cómo estás tú?
hemos venido a construir un mundo mejor
para ustedes... Lucharemos con toda nuestra
n toda nuestra energía, por defender
ESTÁ LISTO...
CUANDO EL GRUPO SALGA POR LA IZQUIERDA DEL ESCENARIO, TODOS TE VERÁN A TI Y AL CAÑÓN. ¡ESE ES TU PIE!
¡ESTÁ BIEN!
¿LISTO EL SONIDO, JESSE?
¡LISTO!
AQUÍ VAMOS...

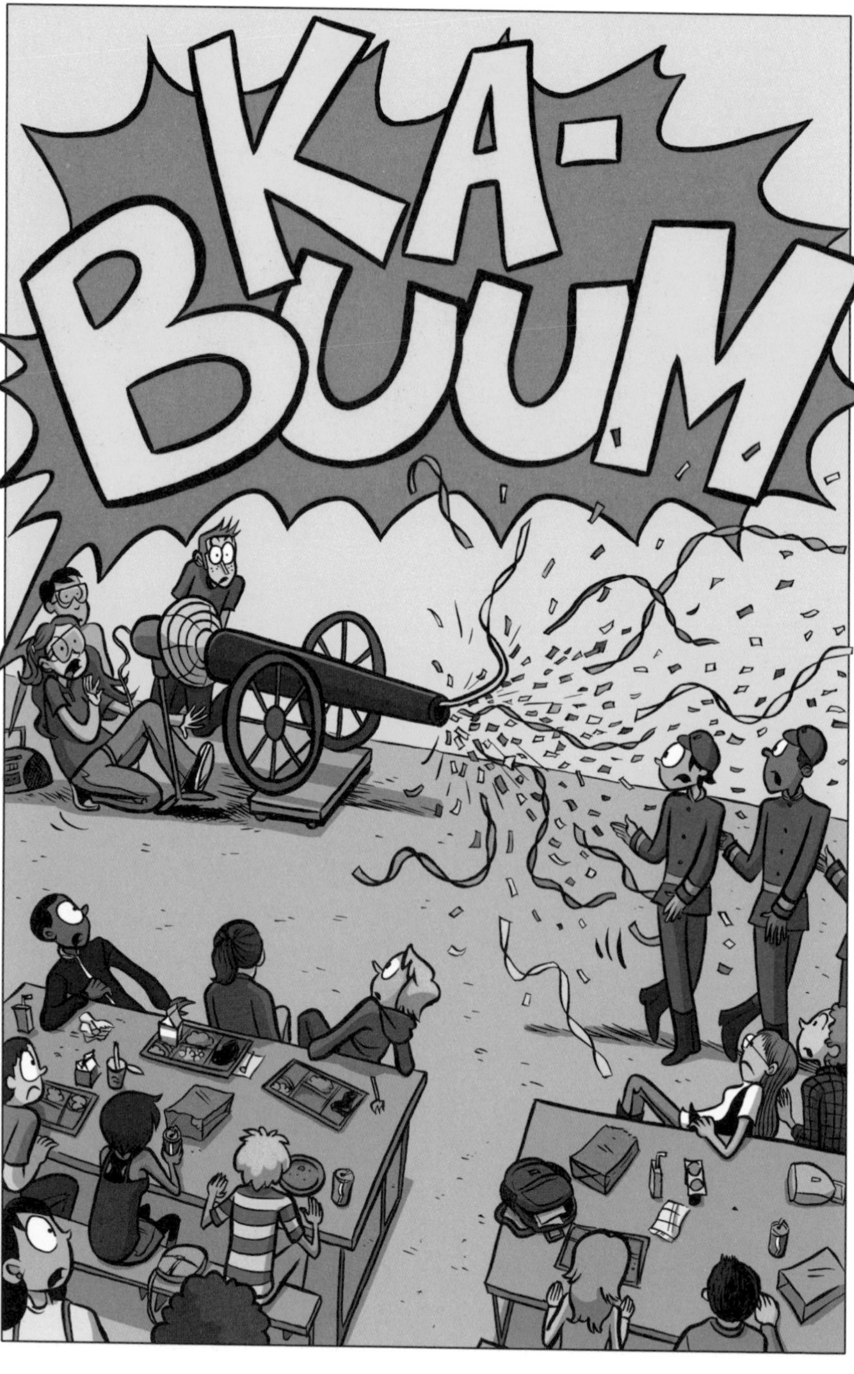

KA-BUUM

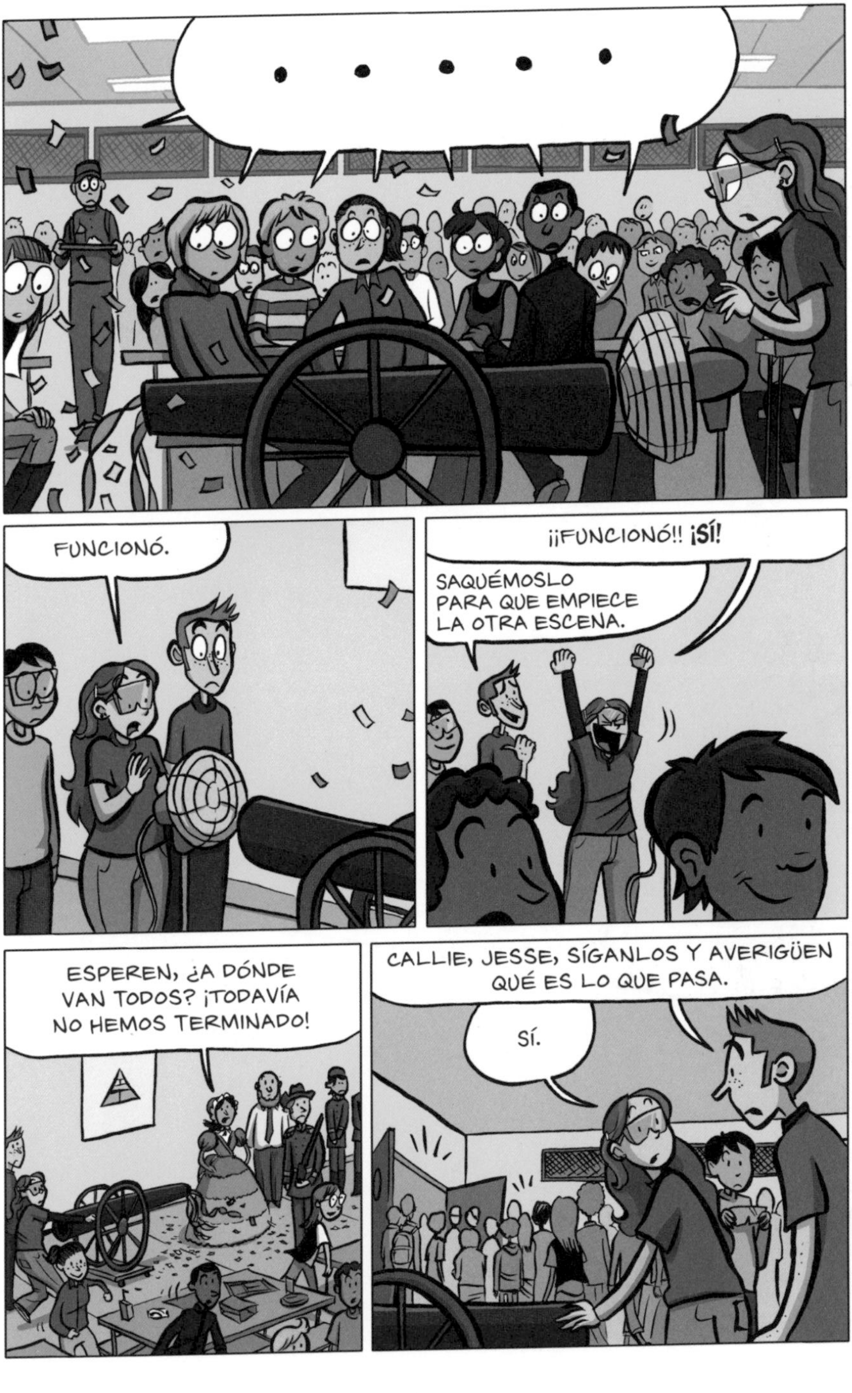
. . . . .
FUNCIONÓ.
¡¡FUNCIONÓ!! ¡SÍ!
SAQUÉMOSLO PARA QUE EMPIECE LA OTRA ESCENA.
ESPEREN, ¿A DÓNDE VAN TODOS? ¡TODAVÍA NO HEMOS TERMINADO!
CALLIE, JESSE, SÍGANLOS Y AVERIGÜEN QUÉ ES LO QUE PASA.
SÍ.

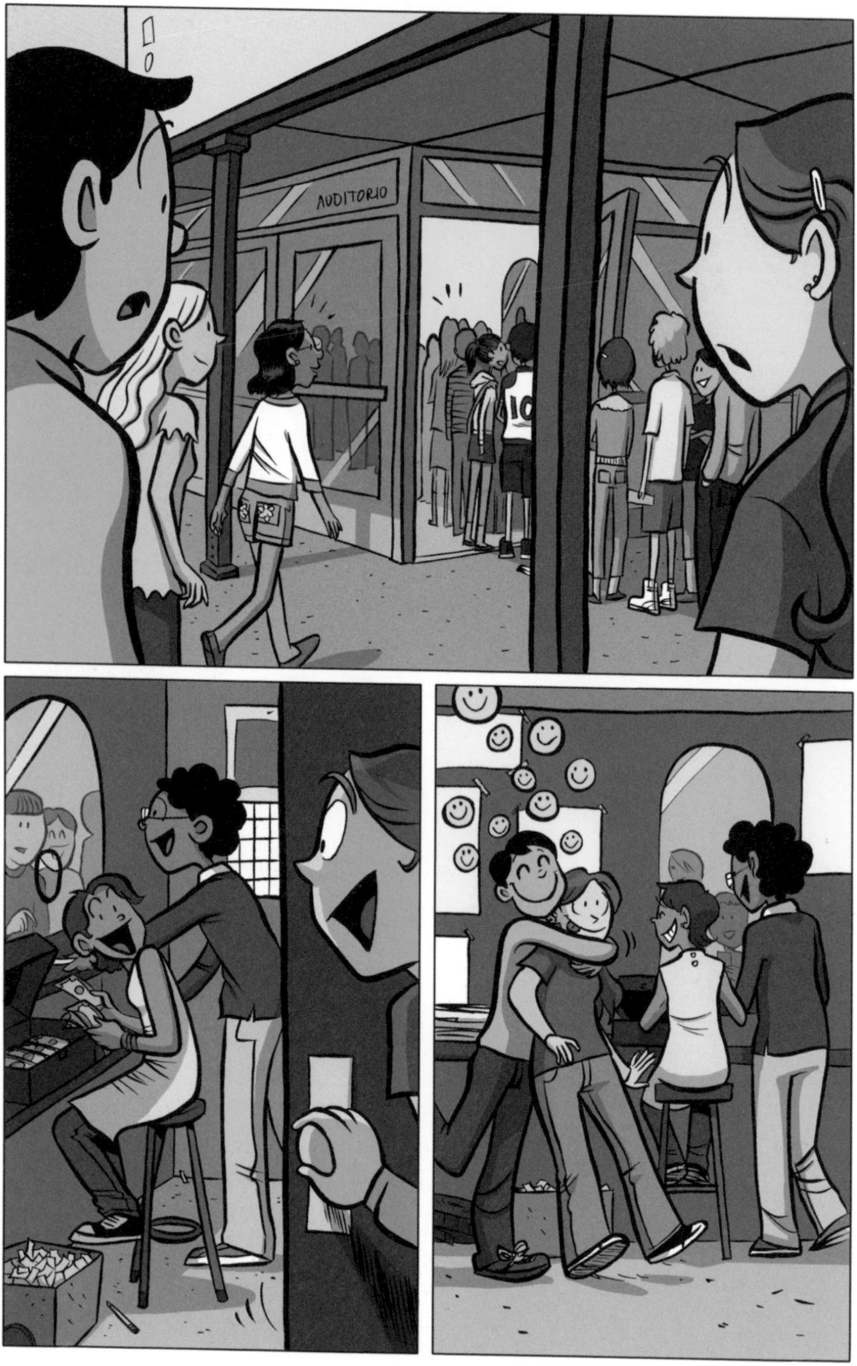
AUDITORIO

ACTO VI

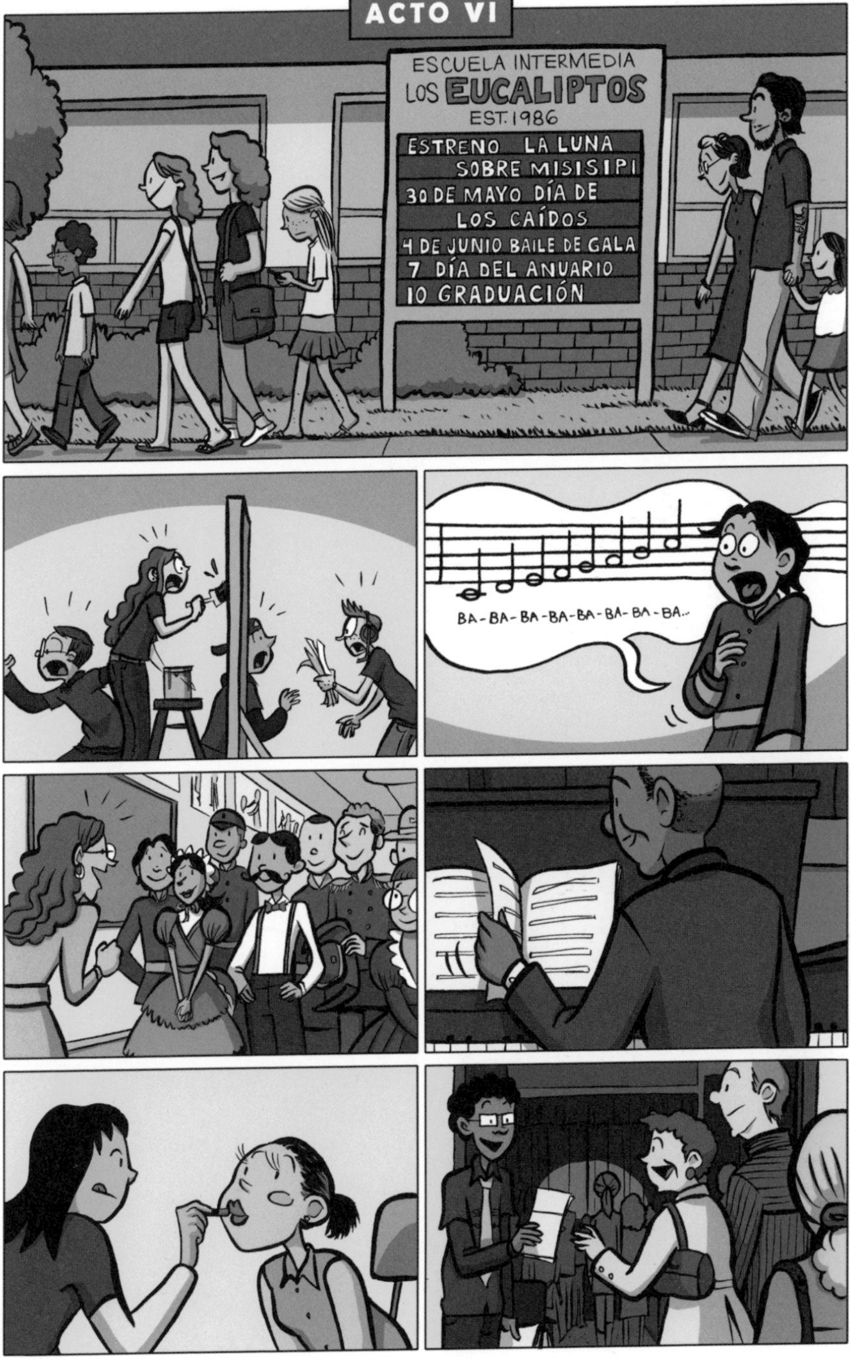

ESCUELA INTERMEDIA
LOS EUCALIPTOS
EST. 1986
ESTRENO LA LUNA SOBRE MISISIPI
30 DE MAYO DÍA DE LOS CAÍDOS
4 DE JUNIO BAILE DE GALA
7 DÍA DEL ANUARIO
10 GRADUACIÓN
BA-BA-BA-BA-BA-BA-BA-BA...

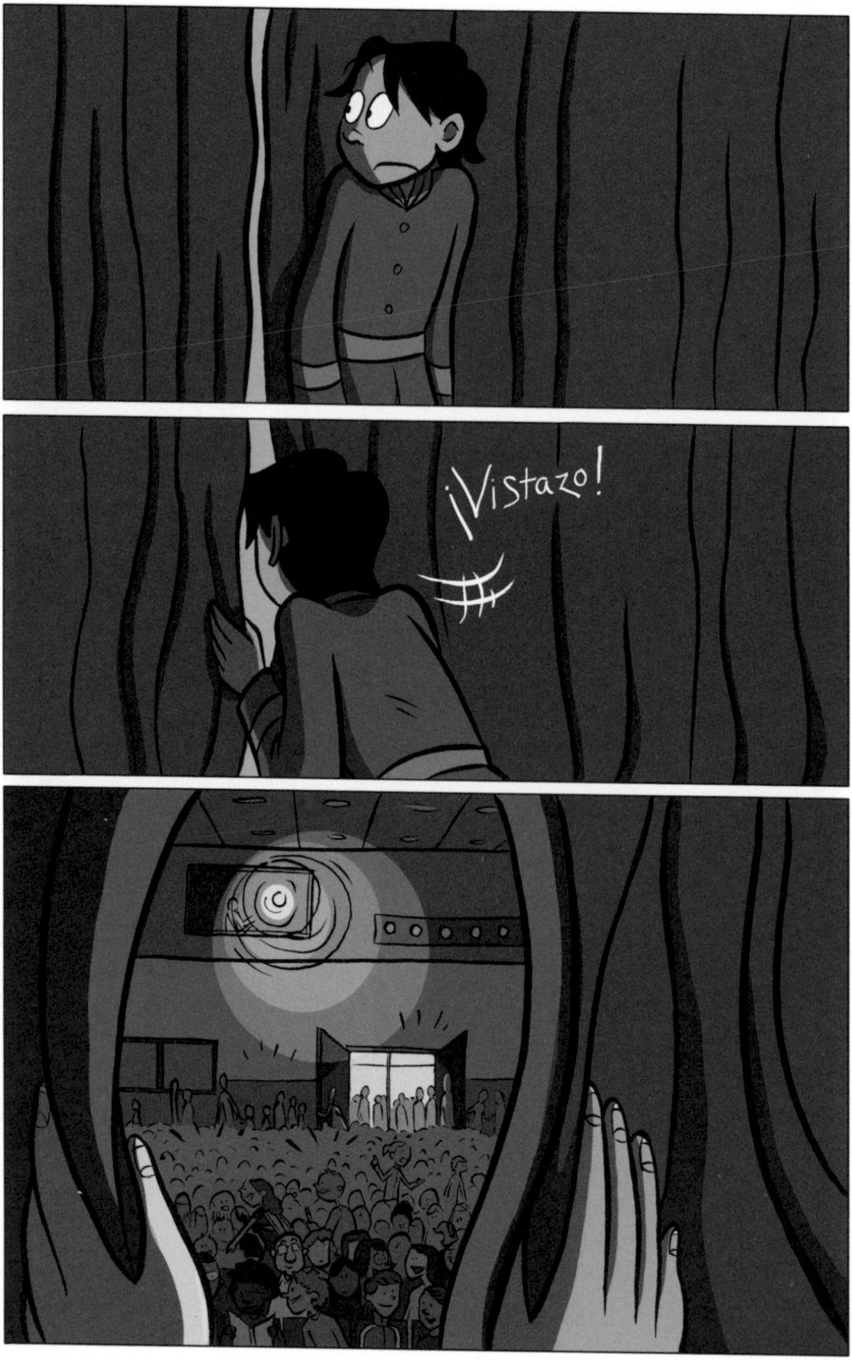
¡Vistazo!

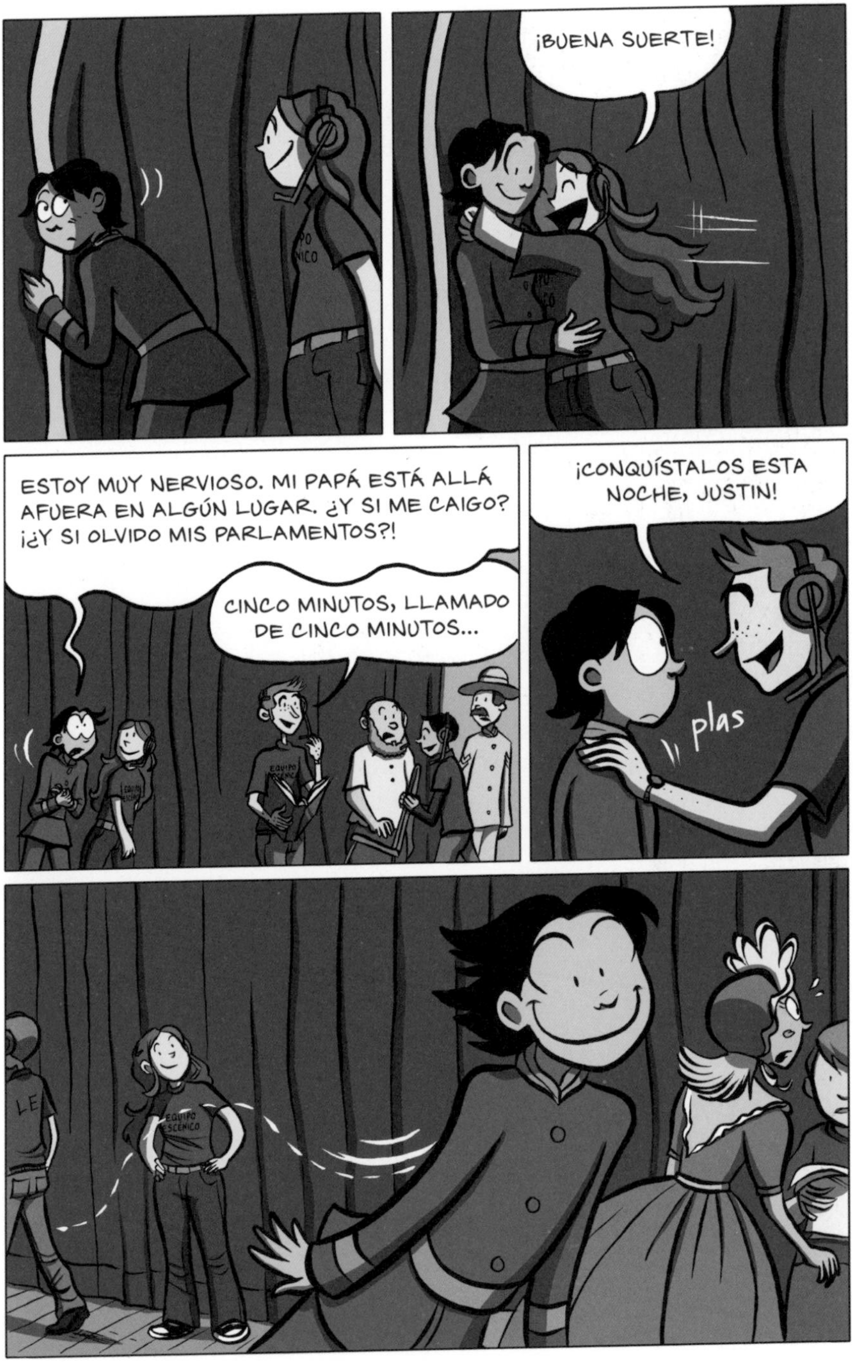
¡BUENA SUERTE!
ESTOY MUY NERVIOSO. MI PAPÁ ESTÁ ALLÁ AFUERA EN ALGÚN LUGAR. ¿Y SI ME CAIGO? ¡¿Y SI OLVIDO MIS PARLAMENTOS?!
CINCO MINUTOS, LLAMADO DE CINCO MINUTOS...
¡CONQUÍSTALOS ESTA NOCHE, JUSTIN!
plas

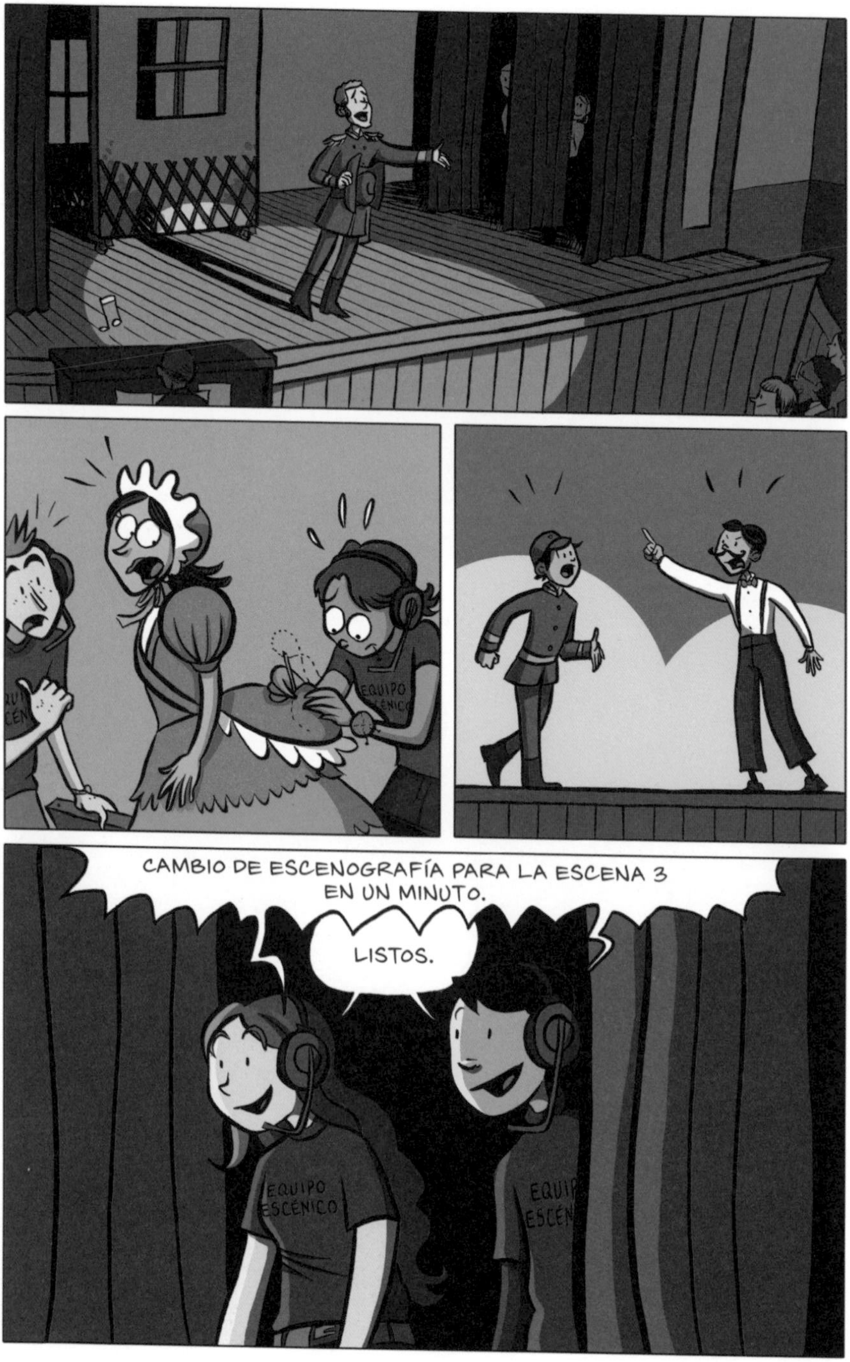
EQUIPO ESCÉNICO
CAMBIO DE ESCENOGRAFÍA PARA LA ESCENA 3 EN UN MINUTO.
LISTOS.
EQUIPO ESCÉNICO

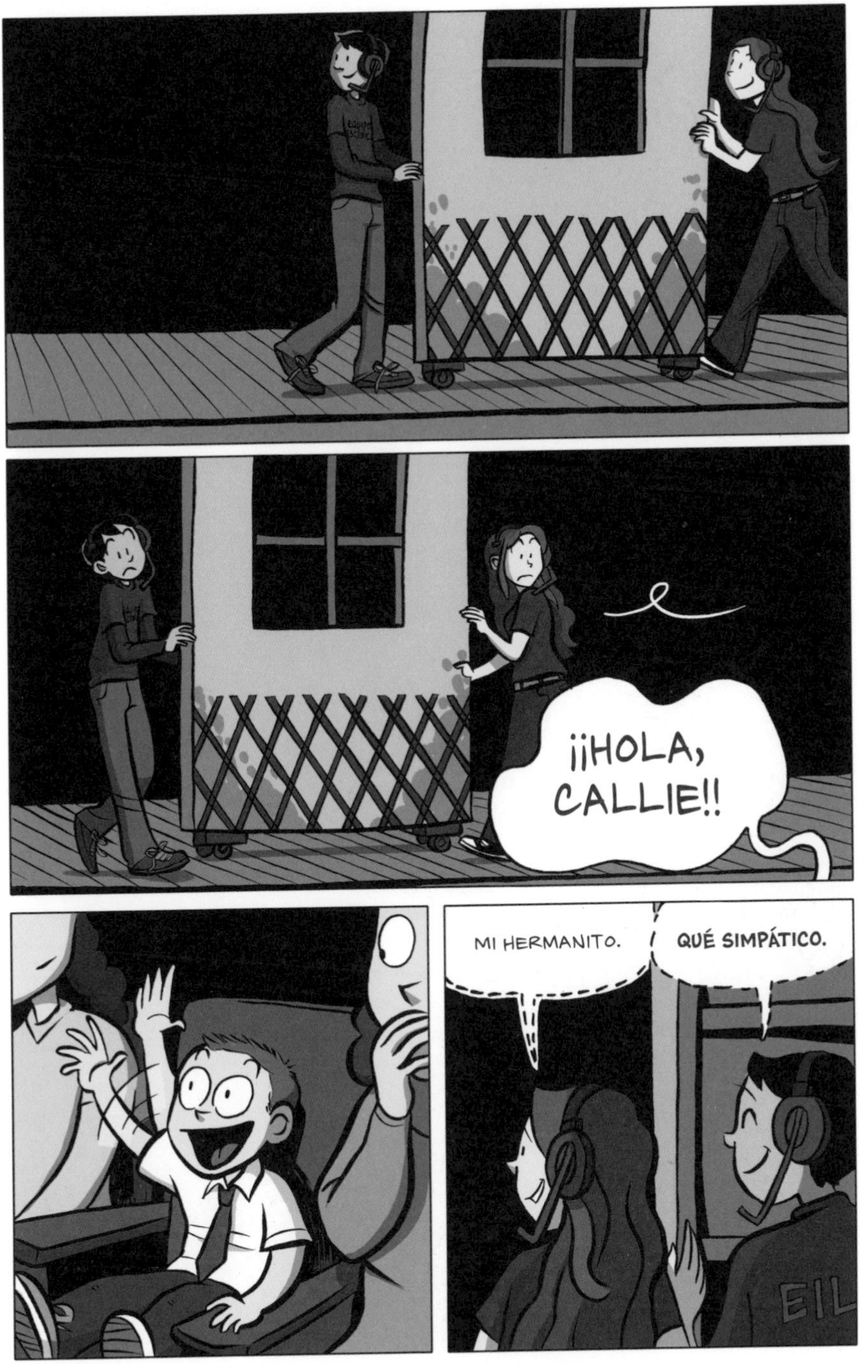
¡¡HOLA, CALLIE!!
MI HERMANITO.
QUÉ SIMPÁTICO.

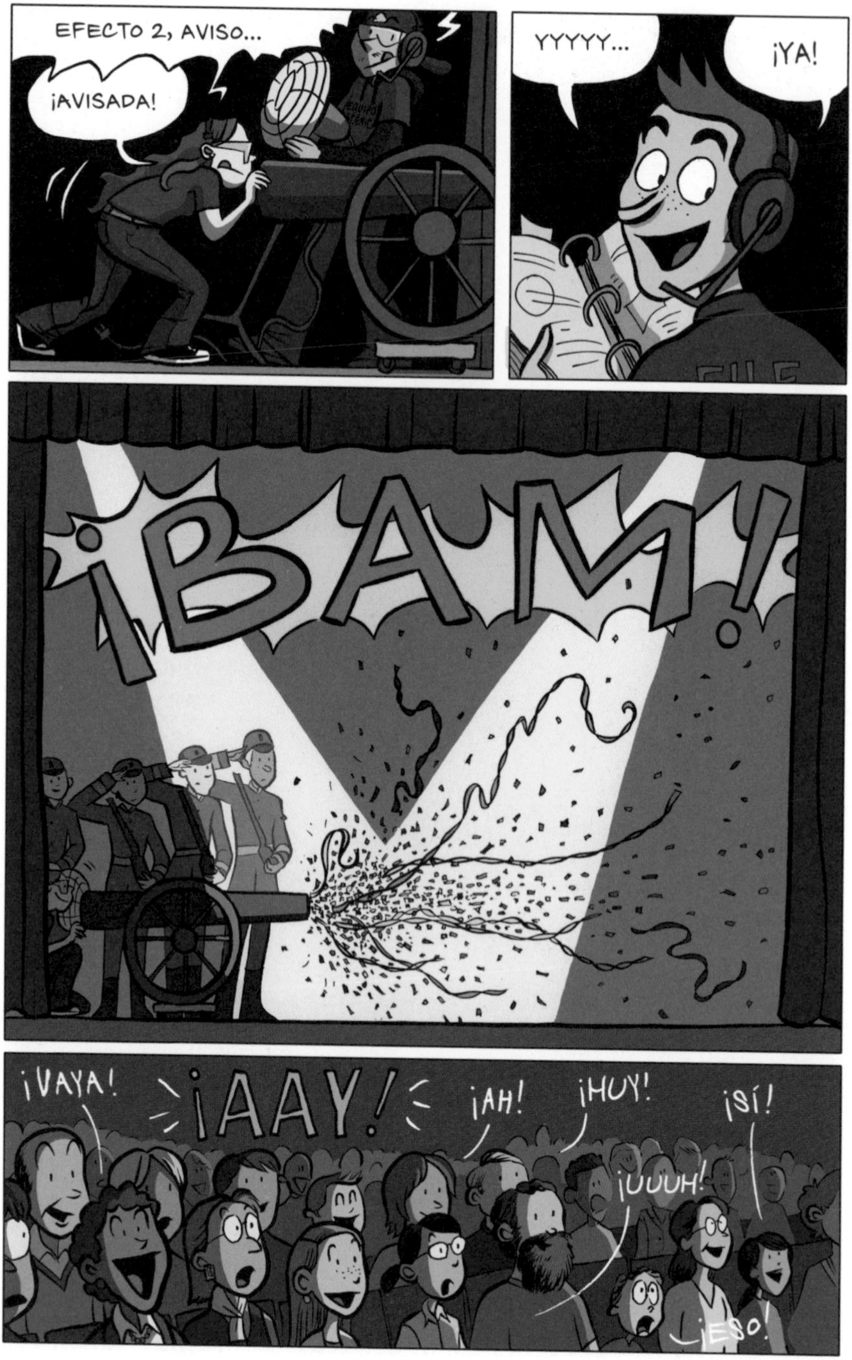
EFECTO 2, AVISO...
¡AVISADA!
YYYYY...
¡YA!
¡BAM!
¡VAYA!
¡AAY!
¡AH!
¡HUY!
¡SÍ!
¡UUUH!
¡ESO!

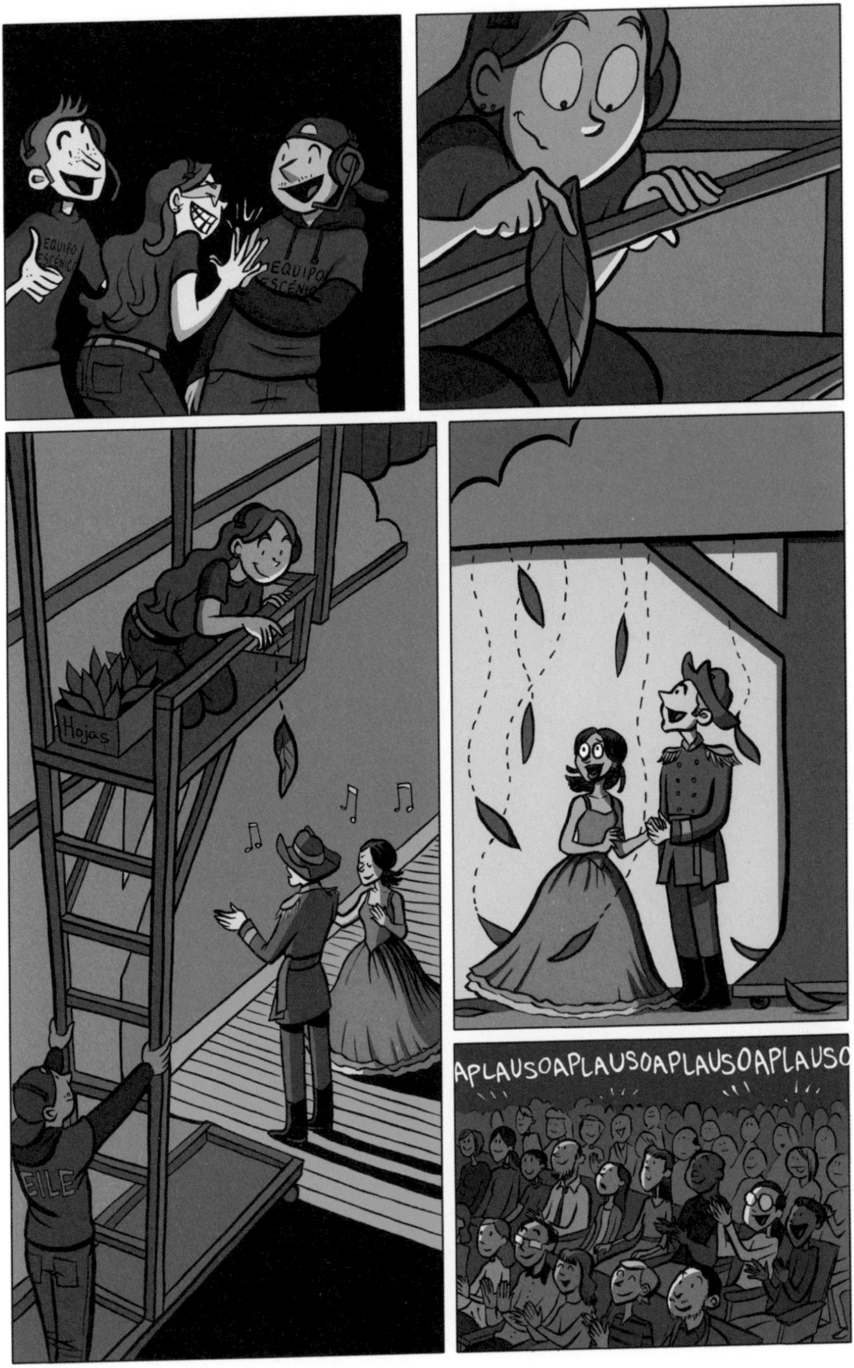
EQUIPO ESCÉNICO
EQUIPO ESCÉNICO
Hojas
APLAUSOAPLAUSOAPLAUSOAPLAUSO

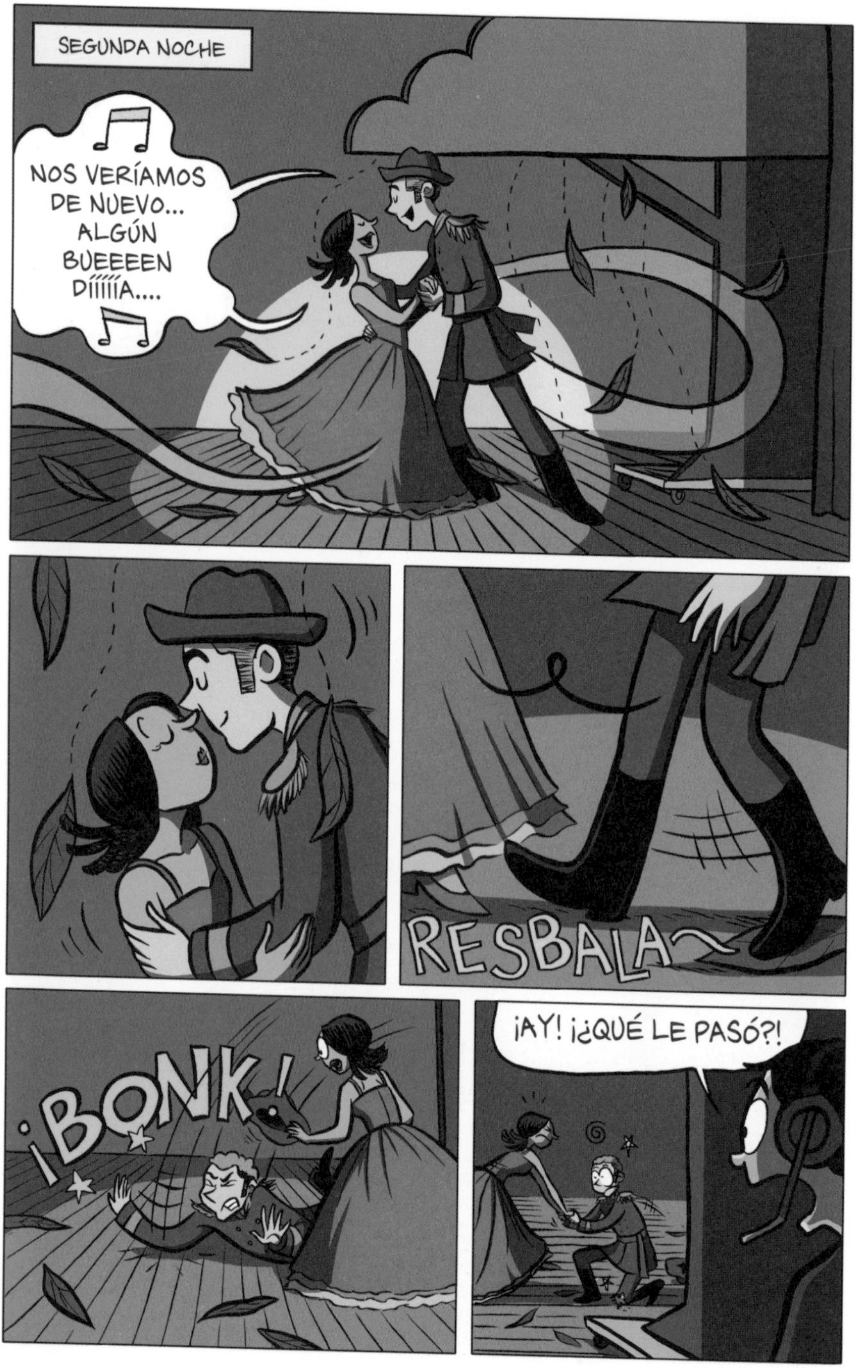
SEGUNDA NOCHE
NOS VERÍAMOS DE NUEVO... ALGÚN BUEEEEN DÍÍÍÍÍA....
RESBALA~
¡BONK!
¡AY! ¡¿QUÉ LE PASÓ?!

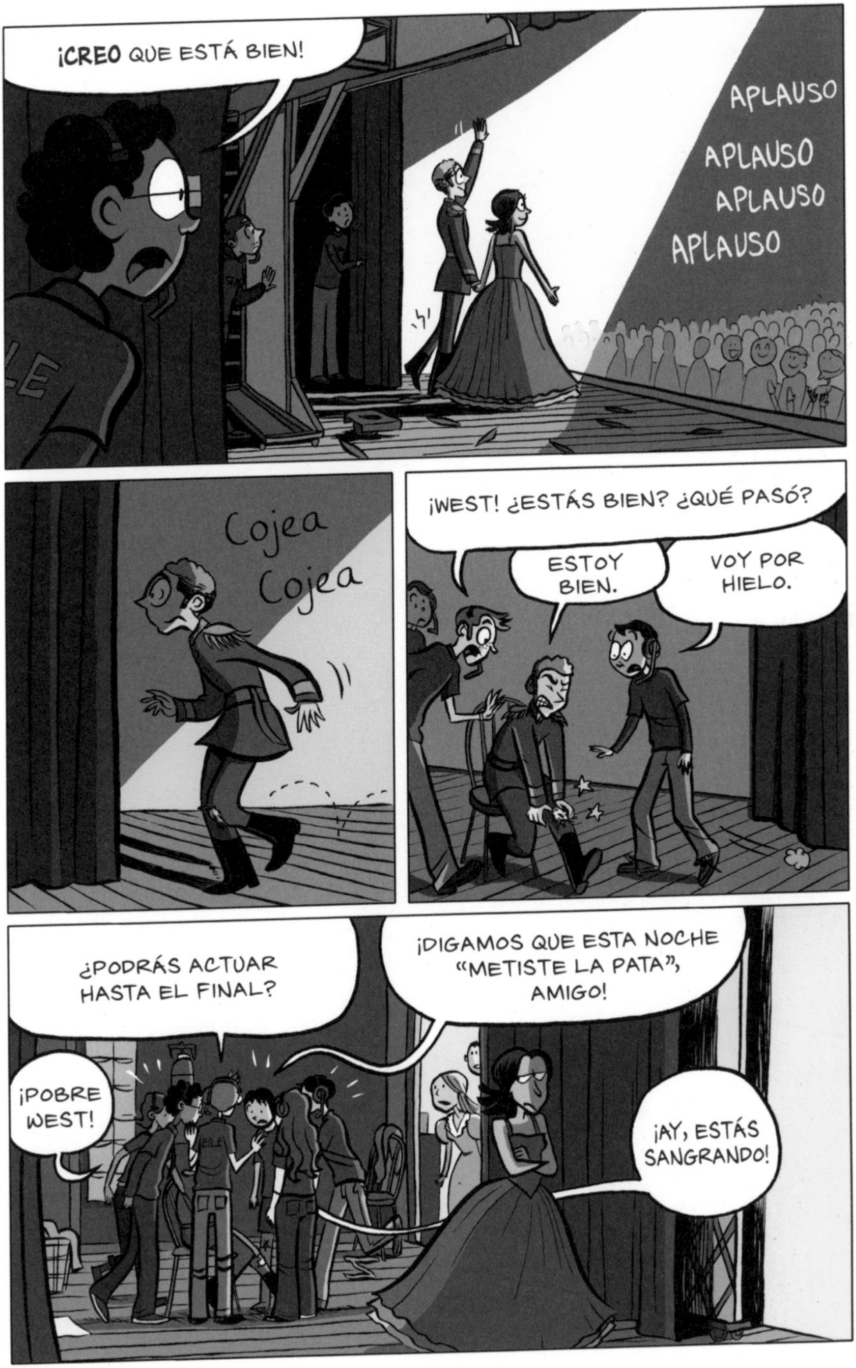
¡CREO QUE ESTÁ BIEN!
APLAUSO
APLAUSO
APLAUSO
APLAUSO
Cojea
Cojea
¡WEST! ¿ESTÁS BIEN? ¿QUÉ PASÓ?
ESTOY BIEN.
VOY POR HIELO.
¿PODRÁS ACTUAR HASTA EL FINAL?
¡DIGAMOS QUE ESTA NOCHE "METISTE LA PATA", AMIGO!
¡POBRE WEST!
¡AY, ESTÁS SANGRANDO!

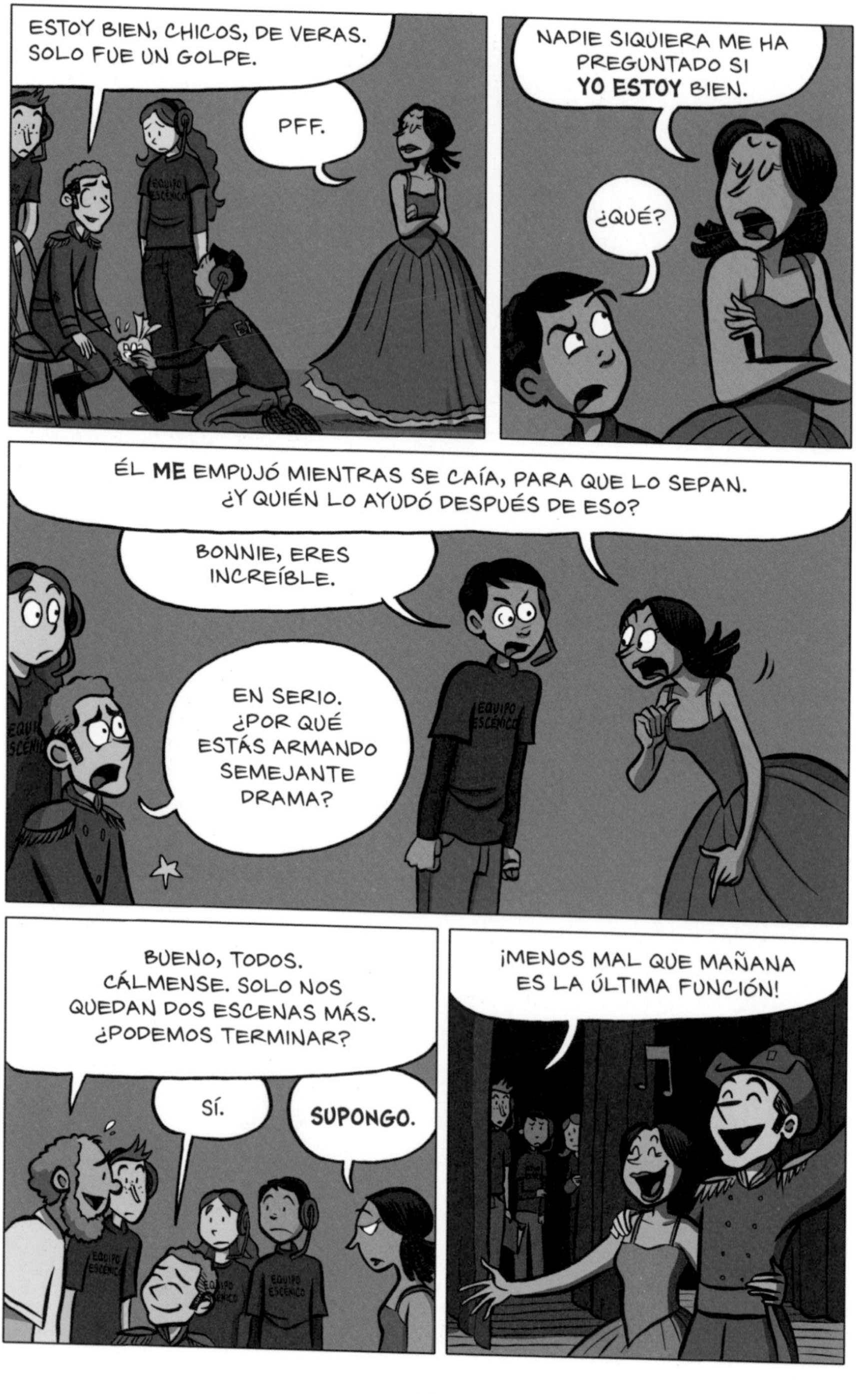
ESTOY BIEN, CHICOS, DE VERAS. SOLO FUE UN GOLPE.
PFF.
NADIE SIQUIERA ME HA PREGUNTADO SI **YO ESTOY** BIEN.
¿QUÉ?
ÉL **ME** EMPUJÓ MIENTRAS SE CAÍA, PARA QUE LO SEPAN. ¿Y QUIÉN LO AYUDÓ DESPUÉS DE ESO?
BONNIE, ERES INCREÍBLE.
EN SERIO. ¿POR QUÉ ESTÁS ARMANDO SEMEJANTE DRAMA?
EQUIPO ESCÉNICO
BUENO, TODOS. CÁLMENSE. SOLO NOS QUEDAN DOS ESCENAS MÁS. ¿PODEMOS TERMINAR?
SÍ.
SUPONGO.
¡MENOS MAL QUE MAÑANA ES LA ÚLTIMA FUNCIÓN!

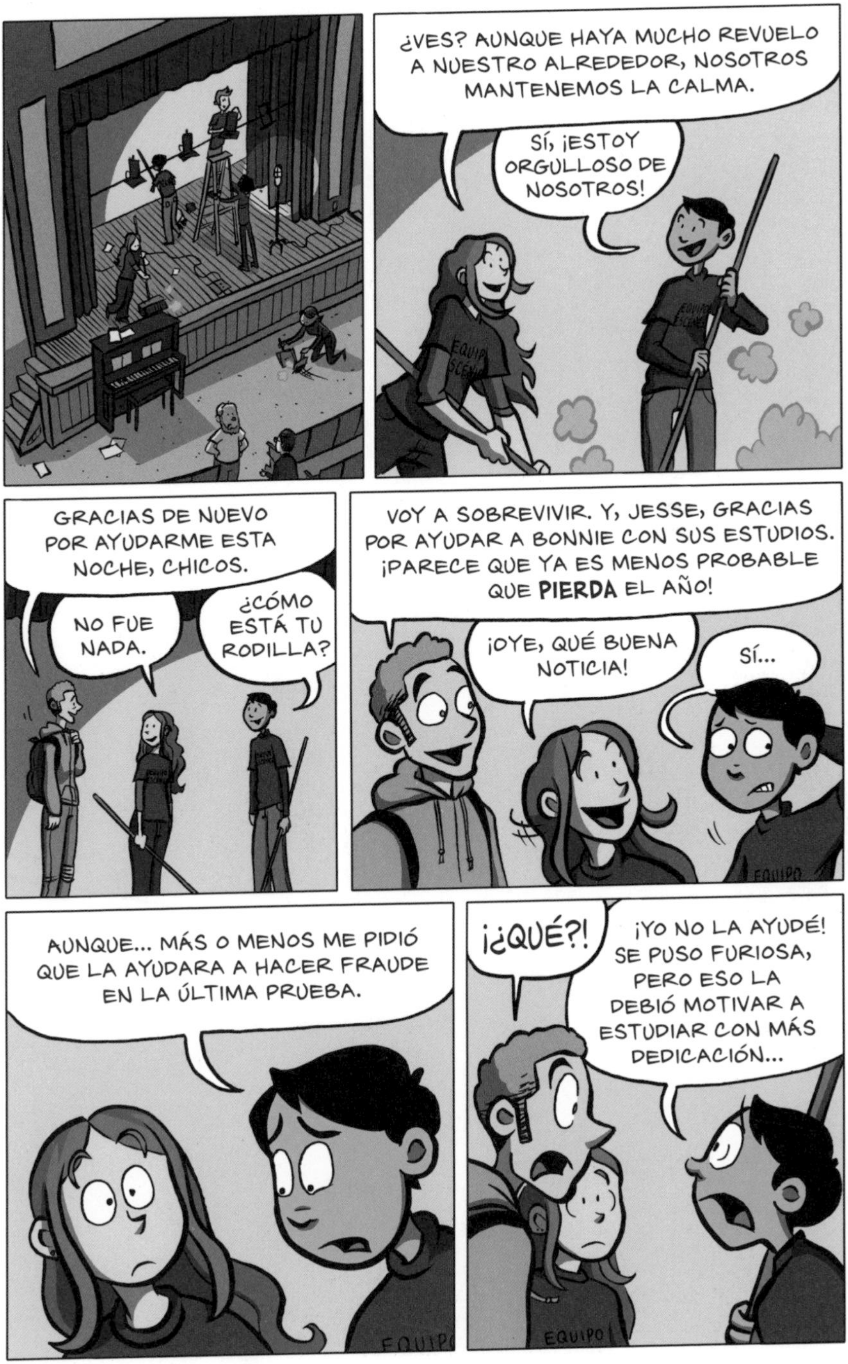
¿VES? AUNQUE HAYA MUCHO REVUELO A NUESTRO ALREDEDOR, NOSOTROS MANTENEMOS LA CALMA.
SÍ, ¡ESTOY ORGULLOSO DE NOSOTROS!
GRACIAS DE NUEVO POR AYUDARME ESTA NOCHE, CHICOS.
NO FUE NADA.
¿CÓMO ESTÁ TU RODILLA?
VOY A SOBREVIVIR. Y, JESSE, GRACIAS POR AYUDAR A BONNIE CON SUS ESTUDIOS. ¡PARECE QUE YA ES MENOS PROBABLE QUE **PIERDA** EL AÑO!
¡OYE, QUÉ BUENA NOTICIA!
SÍ...
AUNQUE... MÁS O MENOS ME PIDIÓ QUE LA AYUDARA A HACER FRAUDE EN LA ÚLTIMA PRUEBA.
¡¿QUÉ?!
¡YO NO LA AYUDÉ! SE PUSO FURIOSA, PERO ESO LA DEBIÓ MOTIVAR A ESTUDIAR CON MÁS DEDICACIÓN...

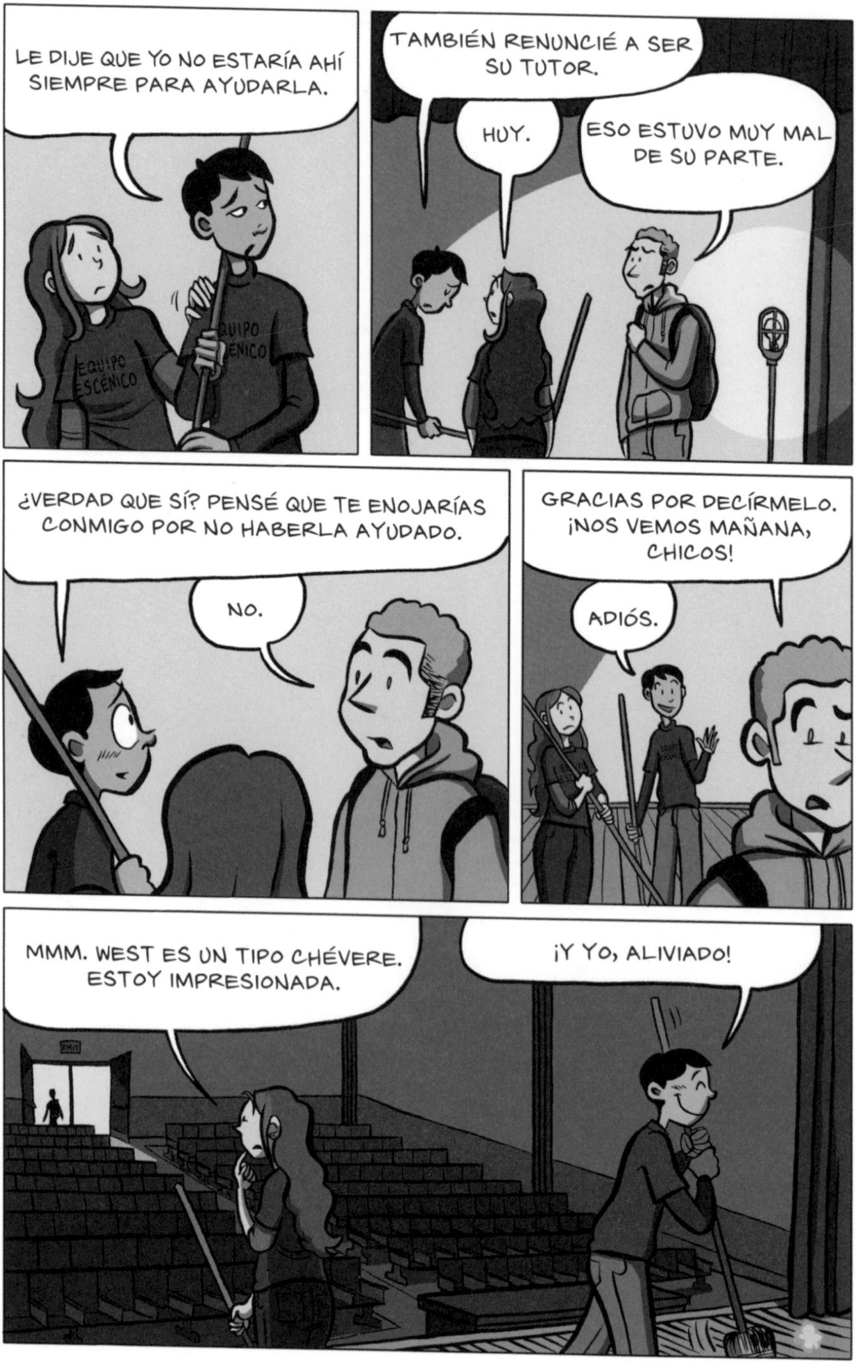
LE DIJE QUE YO NO ESTARÍA AHÍ SIEMPRE PARA AYUDARLA.
EQUIPO ESCÉNICO
EQUIPO ESCÉNICO
TAMBIÉN RENUNCIÉ A SER SU TUTOR.
HUY.
ESO ESTUVO MUY MAL DE SU PARTE.
¿VERDAD QUE SÍ? PENSÉ QUE TE ENOJARÍAS CONMIGO POR NO HABERLA AYUDADO.
NO.
GRACIAS POR DECÍRMELO. ¡NOS VEMOS MAÑANA, CHICOS!
ADIÓS.
MMM. WEST ES UN TIPO CHÉVERE. ESTOY IMPRESIONADA.
¡Y YO, ALIVIADO!

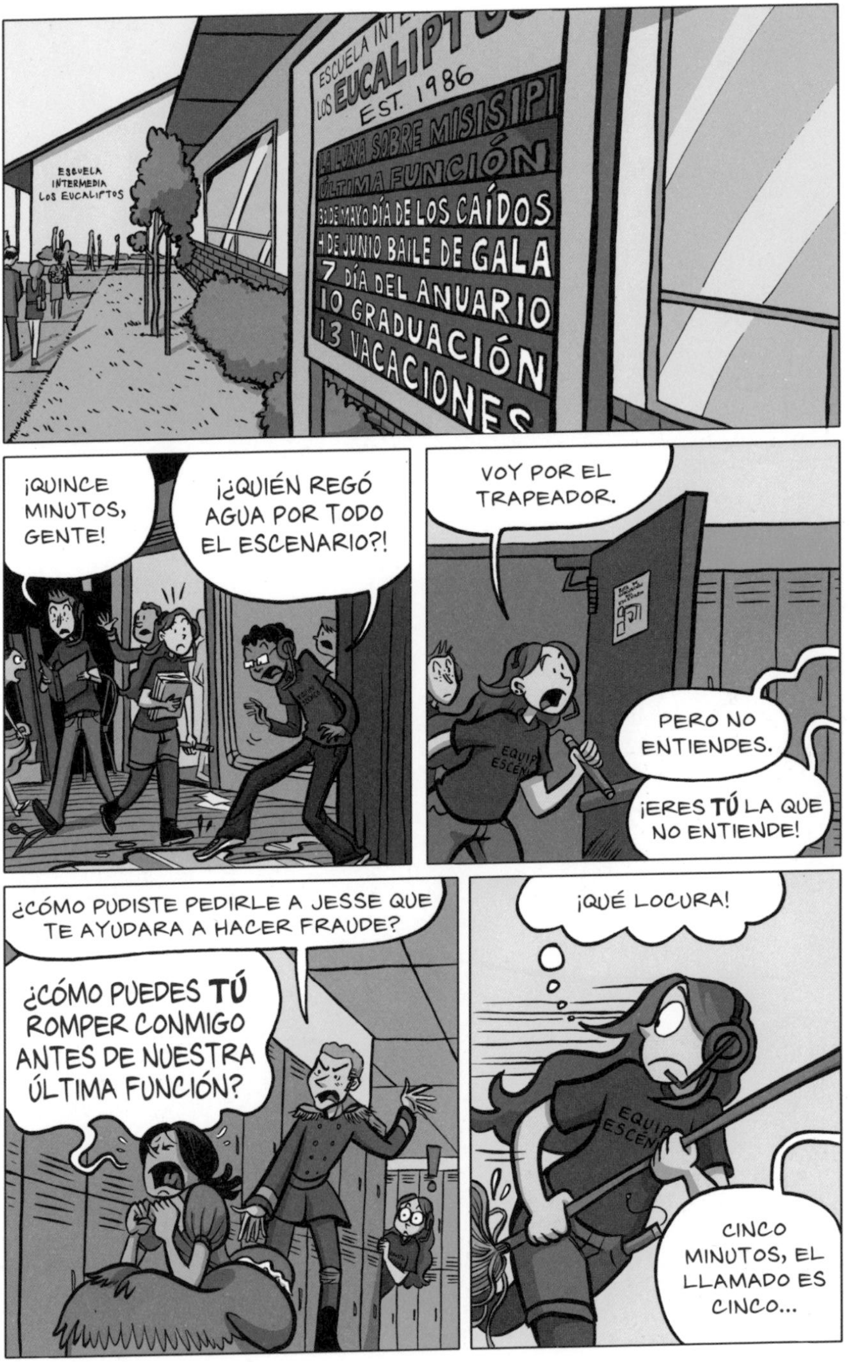
ESCUELA INTERMEDIA LOS EUCALIPTOS
ESCUELA INTE
LOS EUCALIPT
EST. 1986
LA LUNA SOBRE MISISIPI
ÚLTIMA FUNCIÓN
30 DE MAYO DÍA DE LOS CAÍDOS
4 DE JUNIO BAILE DE GALA
7 DÍA DEL ANUARIO
10 GRADUACIÓN
13 VACACIONES
¡QUINCE MINUTOS, GENTE!
¡¿QUIÉN REGÓ AGUA POR TODO EL ESCENARIO?!
VOY POR EL TRAPEADOR.
PERO NO ENTIENDES.
¡ERES **TÚ** LA QUE NO ENTIENDE!
¿CÓMO PUDISTE PEDIRLE A JESSE QUE TE AYUDARA A HACER FRAUDE?
¿CÓMO PUEDES **TÚ** ROMPER CONMIGO ANTES DE NUESTRA ÚLTIMA FUNCIÓN?
¡QUÉ LOCURA!
CINCO MINUTOS, EL LLAMADO ES CINCO...

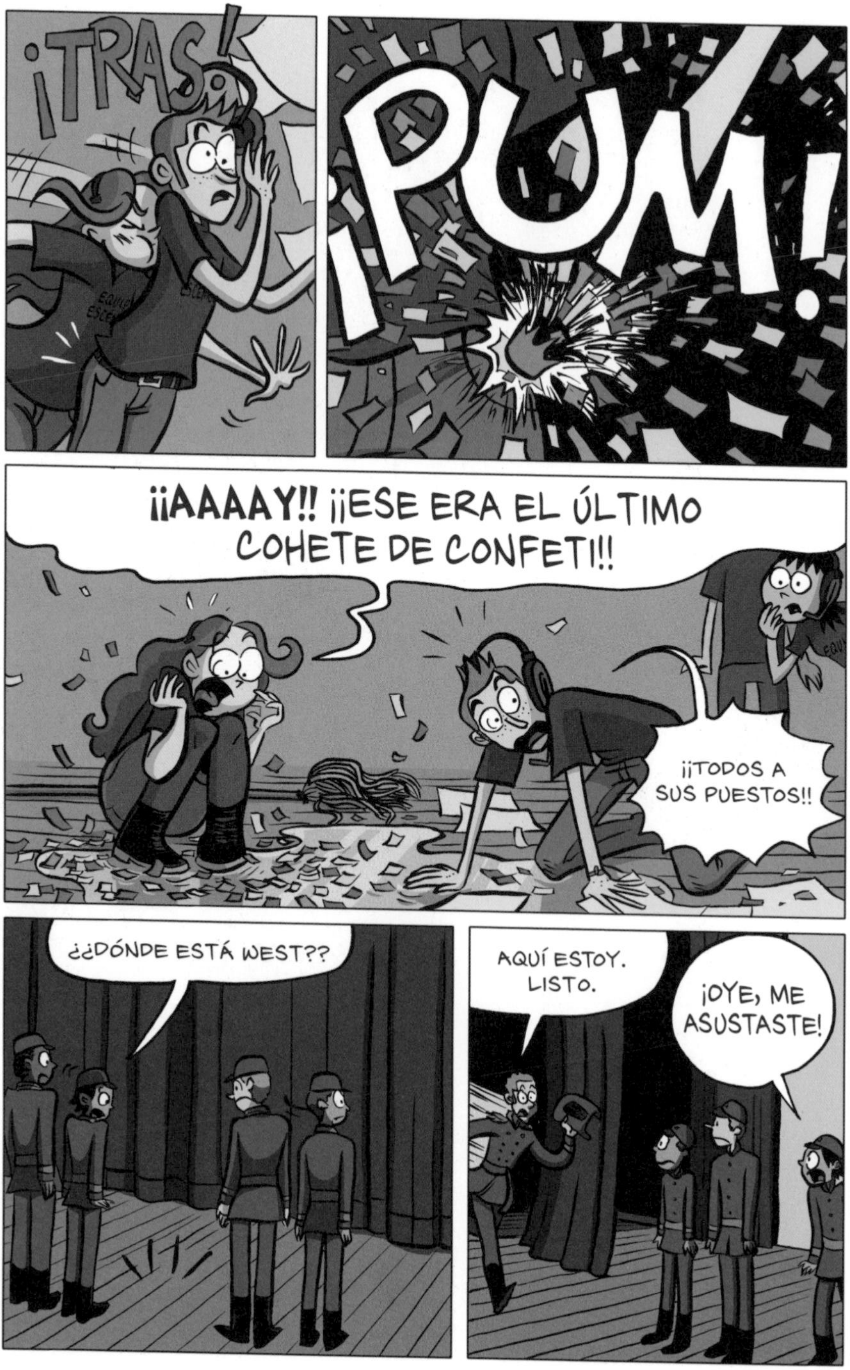
¡TRAS!
¡PUM!
¡¡AAAAY!! ¡¡ESE ERA EL ÚLTIMO COHETE DE CONFETI!!
¡¡TODOS A SUS PUESTOS!!
¿¿DÓNDE ESTÁ WEST??
AQUÍ ESTOY. LISTO.
¡OYE, ME ASUSTASTE!

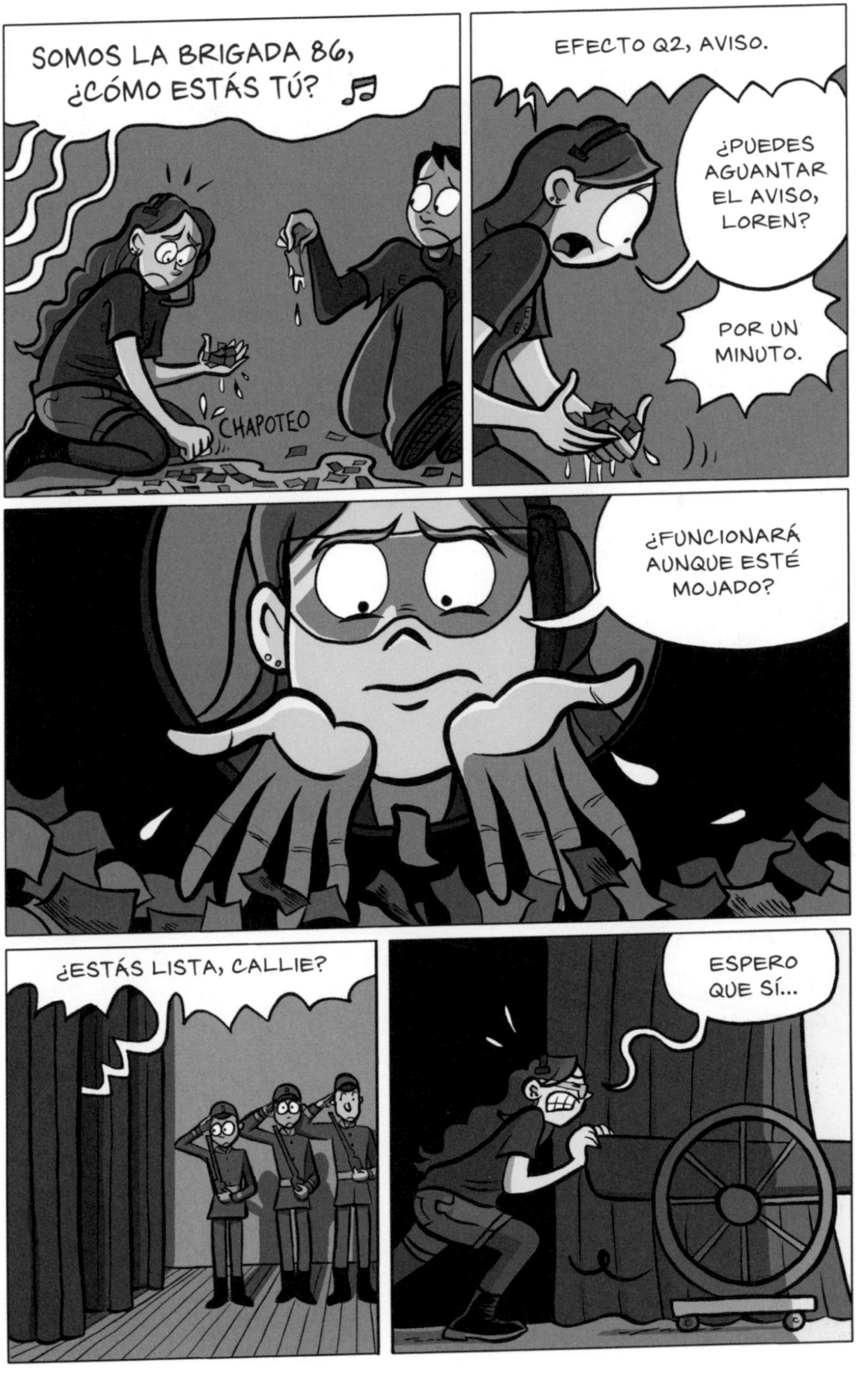
SOMOS LA BRIGADA 86, ¿CÓMO ESTÁS TÚ?
CHAPOTEO
EFECTO Q2, AVISO.
¿PUEDES AGUANTAR EL AVISO, LOREN?
POR UN MINUTO.
¿FUNCIONARÁ AUNQUE ESTÉ MOJADO?
¿ESTÁS LISTA, CALLIE?
ESPERO QUE SÍ...

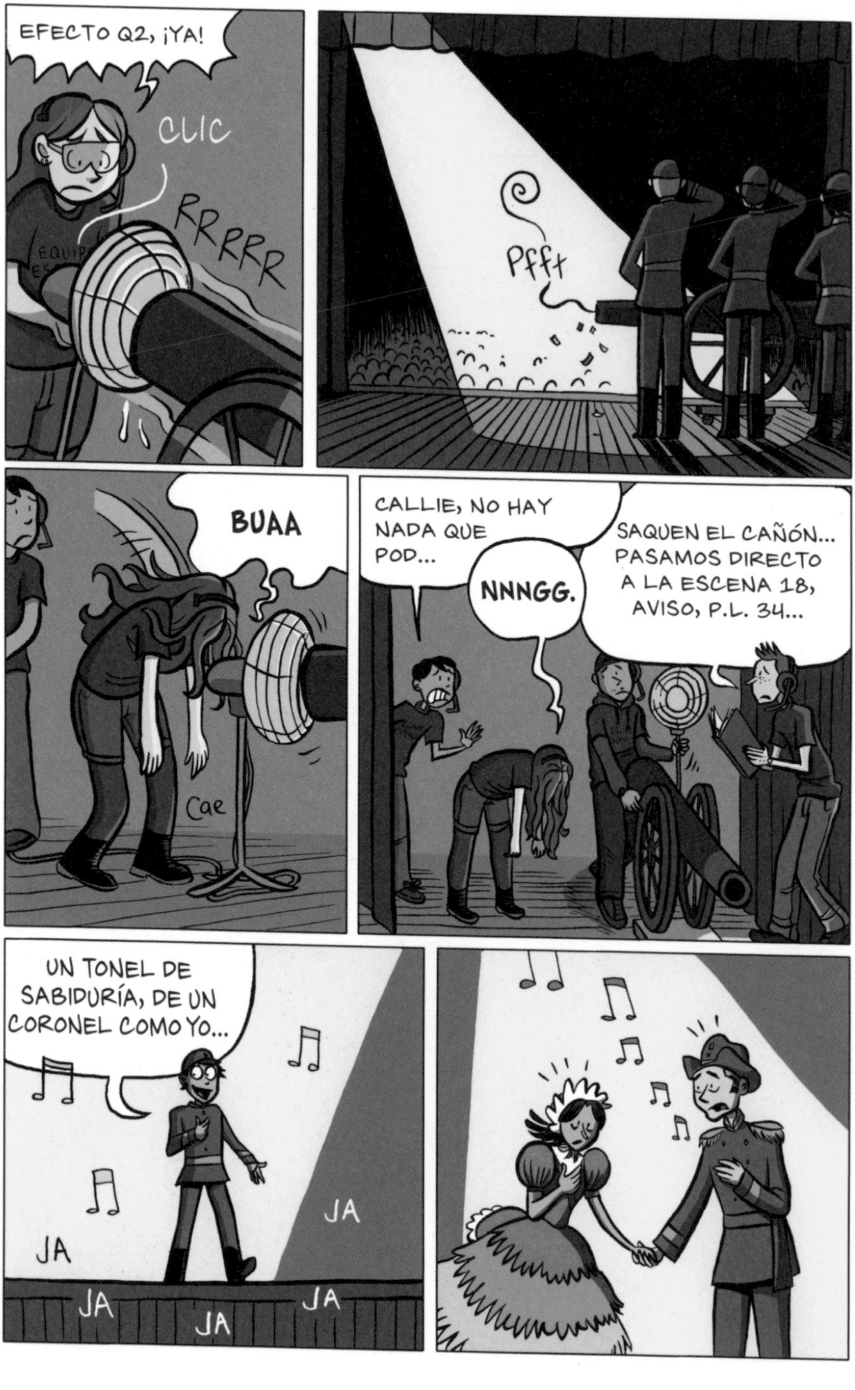
EFECTO Q2, ¡YA!
CLIC
RRRRRR
Pfft
BUAA
Cae
CALLIE, NO HAY NADA QUE POD...
NNNGG.
SAQUEN EL CAÑÓN... PASAMOS DIRECTO A LA ESCENA 18, AVISO, P.L. 34...
UN TONEL DE SABIDURÍA, DE UN CORONEL COMO YO...
JA
JA
JA
JA
JA

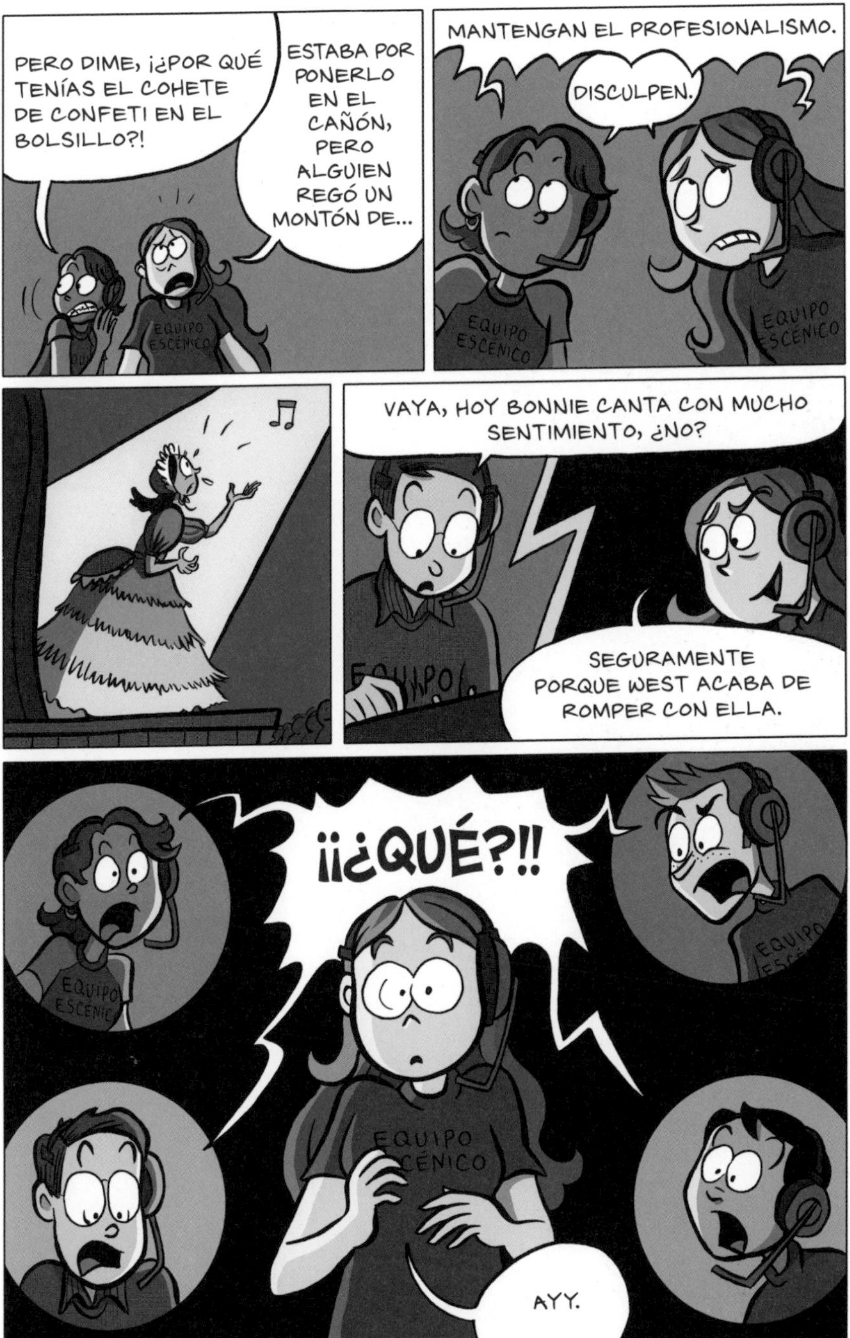
PERO DIME, ¡¿POR QUÉ TENÍAS EL COHETE DE CONFETI EN EL BOLSILLO?!
ESTABA POR PONERLO EN EL CAÑÓN, PERO ALGUIEN REGÓ UN MONTÓN DE...
EQUIPO ESCÉNICO
MANTENGAN EL PROFESIONALISMO.
DISCULPEN.
EQUIPO ESCÉNICO
EQUIPO ESCÉNICO
VAYA, HOY BONNIE CANTA CON MUCHO SENTIMIENTO, ¿NO?
SEGURAMENTE PORQUE WEST ACABA DE ROMPER CON ELLA.
¡¡¿QUÉ?!!
EQUIPO ESCÉNICO
EQUIPO ESCÉNICO
AYY.

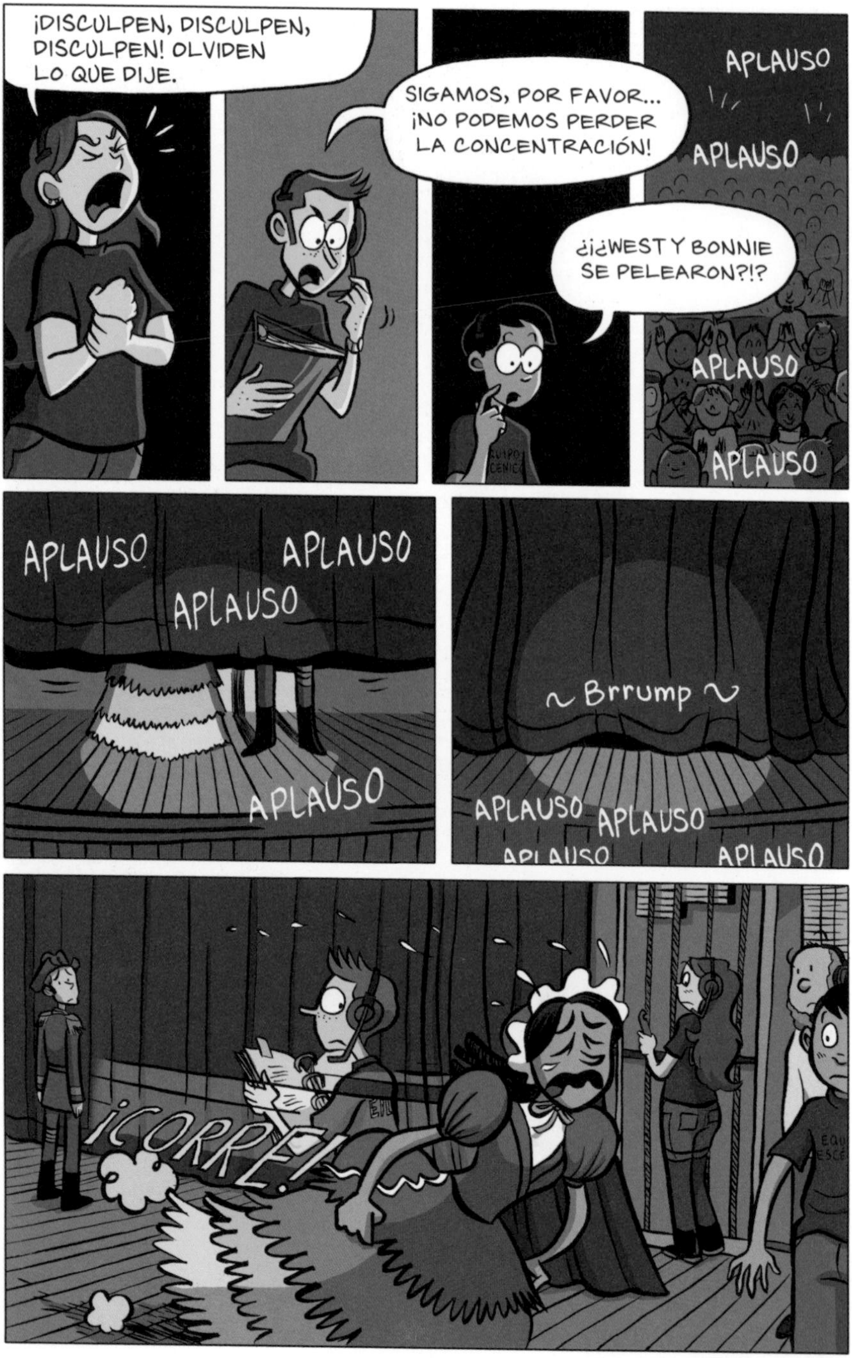
¡DISCULPEN, DISCULPEN, DISCULPEN! OLVIDEN LO QUE DIJE.
SIGAMOS, POR FAVOR... ¡NO PODEMOS PERDER LA CONCENTRACIÓN!
¿¡¿WEST Y BONNIE SE PELEARON?!?
APLAUSO
APLAUSO
APLAUSO
APLAUSO
APLAUSO
APLAUSO
APLAUSO
APLAUSO
~ Brrump ~
APLAUSO
APLAUSO
¡CORRE!

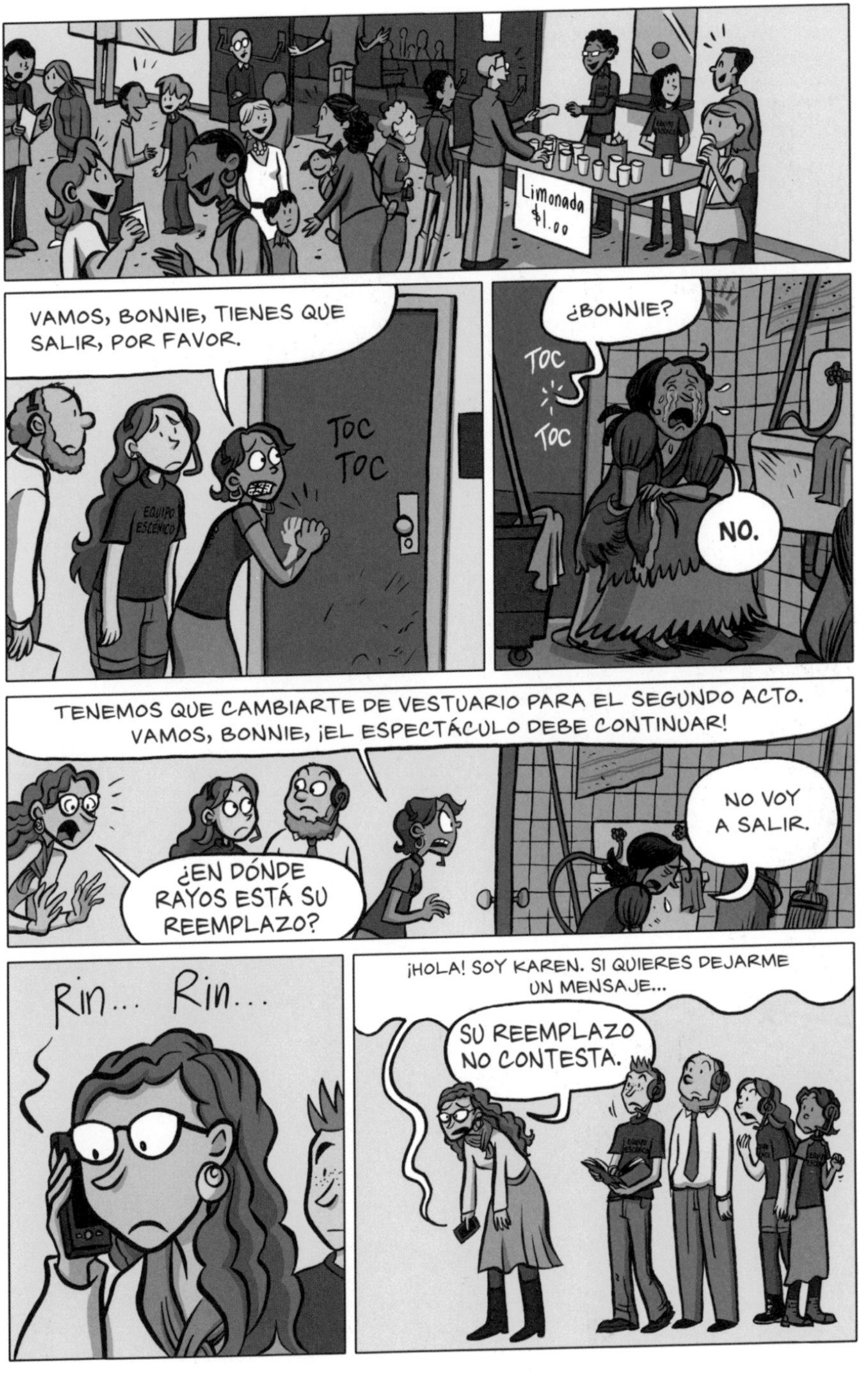

Limonada $1.00
VAMOS, BONNIE, TIENES QUE SALIR, POR FAVOR.
EQUIPO ESCÉNICO
TOC TOC
¿BONNIE?
TOC TOC
NO.
TENEMOS QUE CAMBIARTE DE VESTUARIO PARA EL SEGUNDO ACTO. VAMOS, BONNIE, ¡EL ESPECTÁCULO DEBE CONTINUAR!
¿EN DÓNDE RAYOS ESTÁ SU REEMPLAZO?
NO VOY A SALIR.
Rin... Rin...
¡HOLA! SOY KAREN. SI QUIERES DEJARME UN MENSAJE...
SU REEMPLAZO NO CONTESTA.

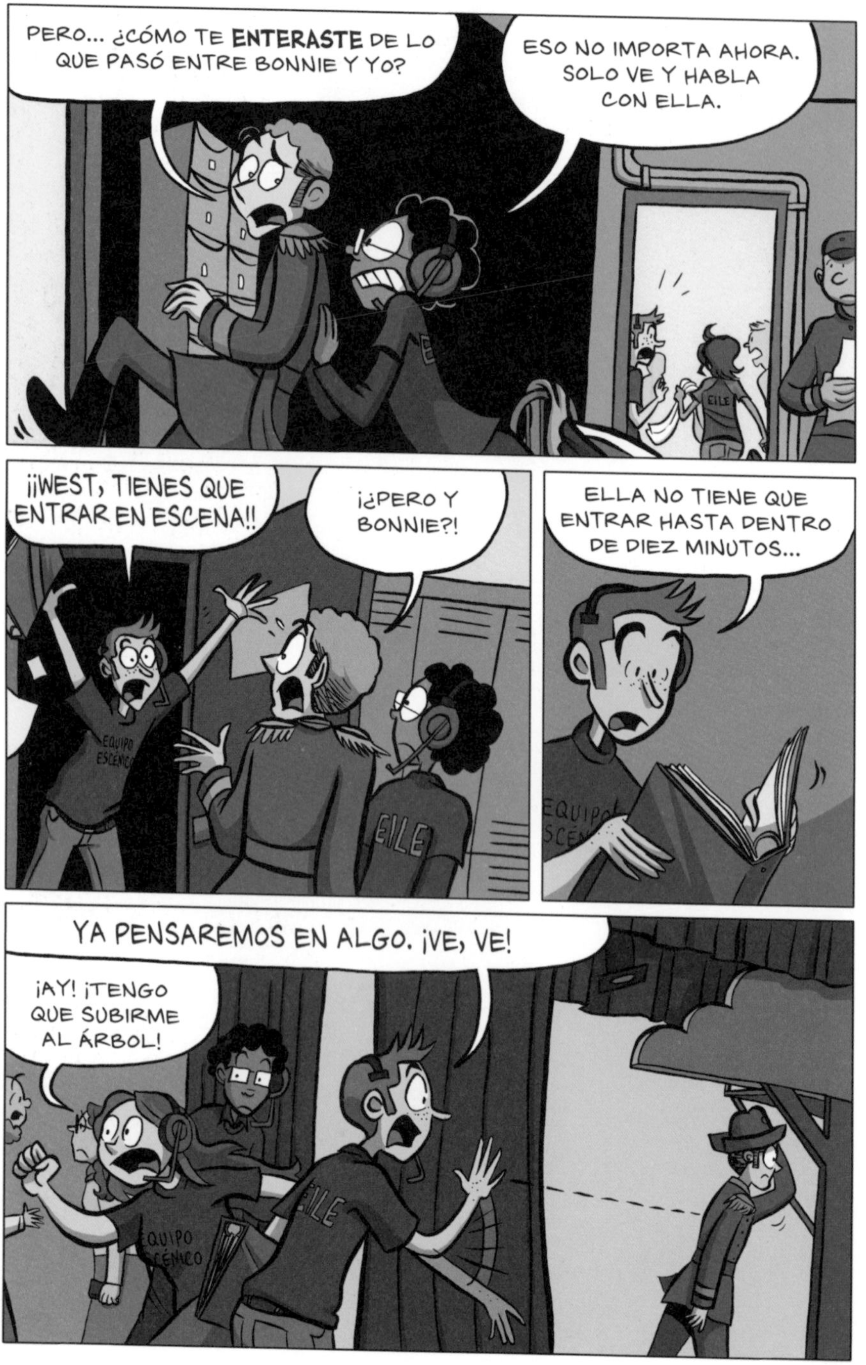
PERO... ¿CÓMO TE **ENTERASTE** DE LO QUE PASÓ ENTRE BONNIE Y YO?
ESO NO IMPORTA AHORA. SOLO VE Y HABLA CON ELLA.
EILE
¡¡WEST, TIENES QUE ENTRAR EN ESCENA!!
¡¿PERO Y BONNIE?!
EQUIPO ESCÉNICO
EILE
ELLA NO TIENE QUE ENTRAR HASTA DENTRO DE DIEZ MINUTOS...
EQUIPO ESCÉNICO
YA PENSAREMOS EN ALGO. ¡VE, VE!
¡AY! ¡TENGO QUE SUBIRME AL ÁRBOL!
EQUIPO ESCÉNICO
EILE

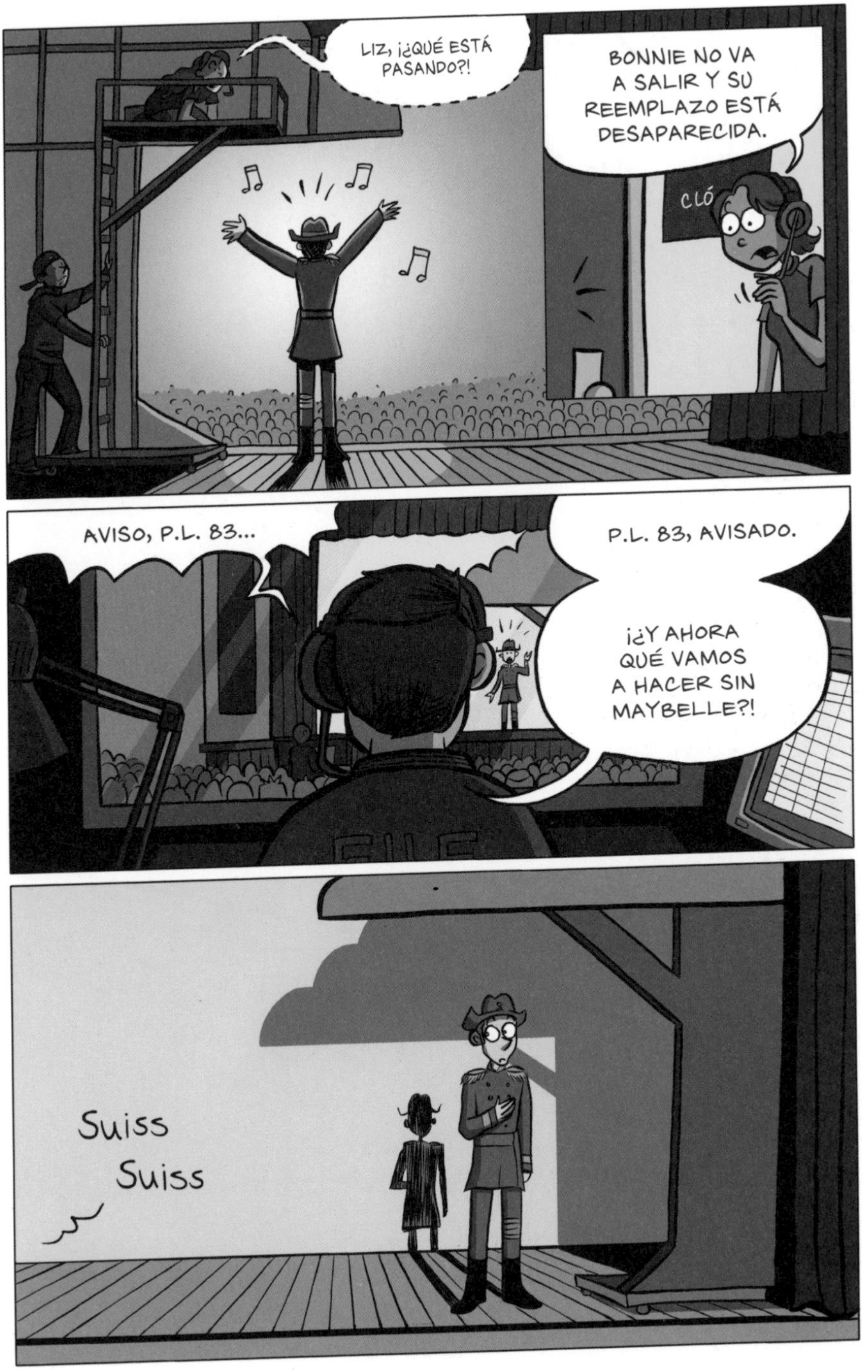
LIZ, ¡¿QUÉ ESTÁ PASANDO?!
BONNIE NO VA A SALIR Y SU REEMPLAZO ESTÁ DESAPARECIDA.
CLÓ
AVISO, P.L. 83...
P.L. 83, AVISADO.
¡¿Y AHORA QUÉ VAMOS A HACER SIN MAYBELLE?!
Suiss
Suiss

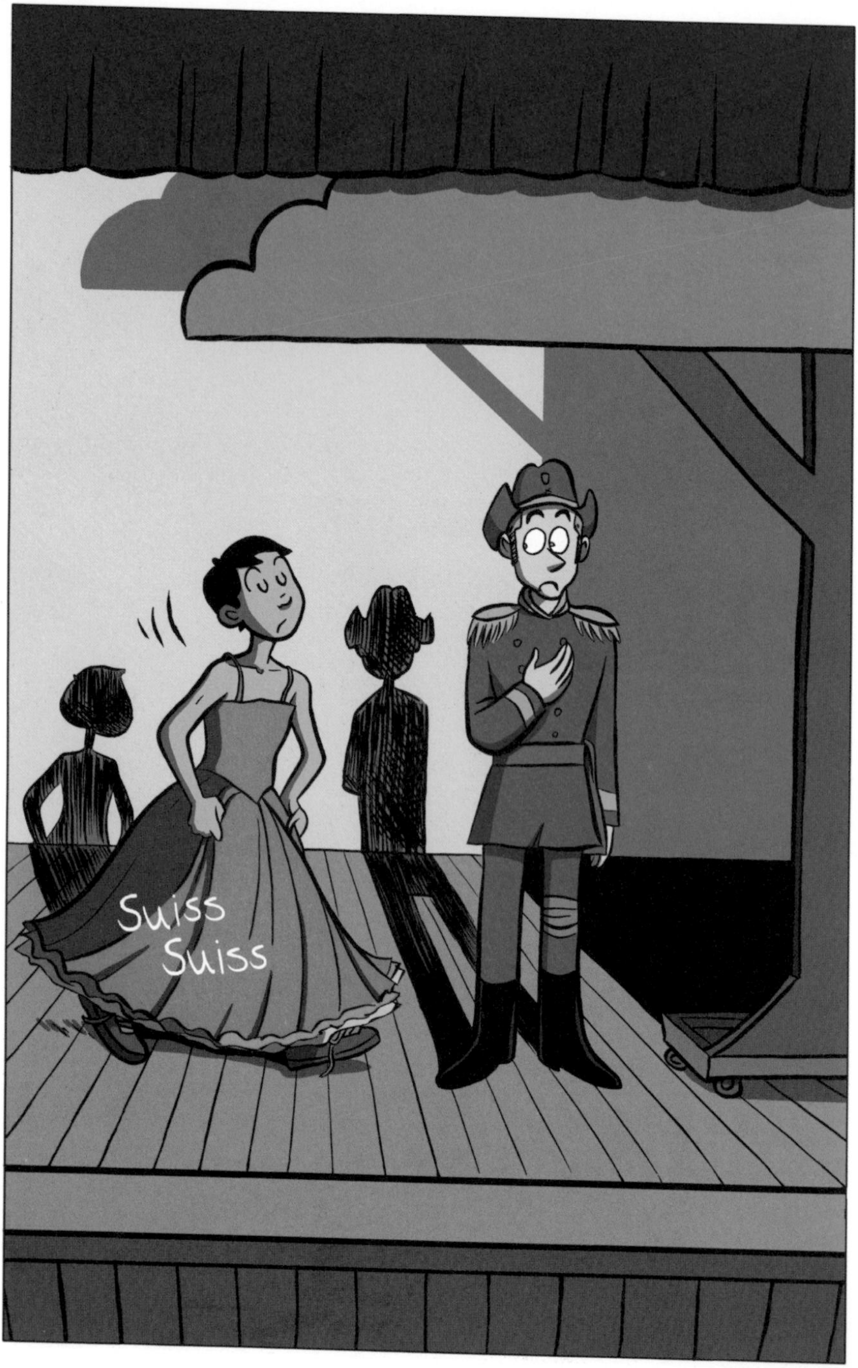
Suiss
Suiss

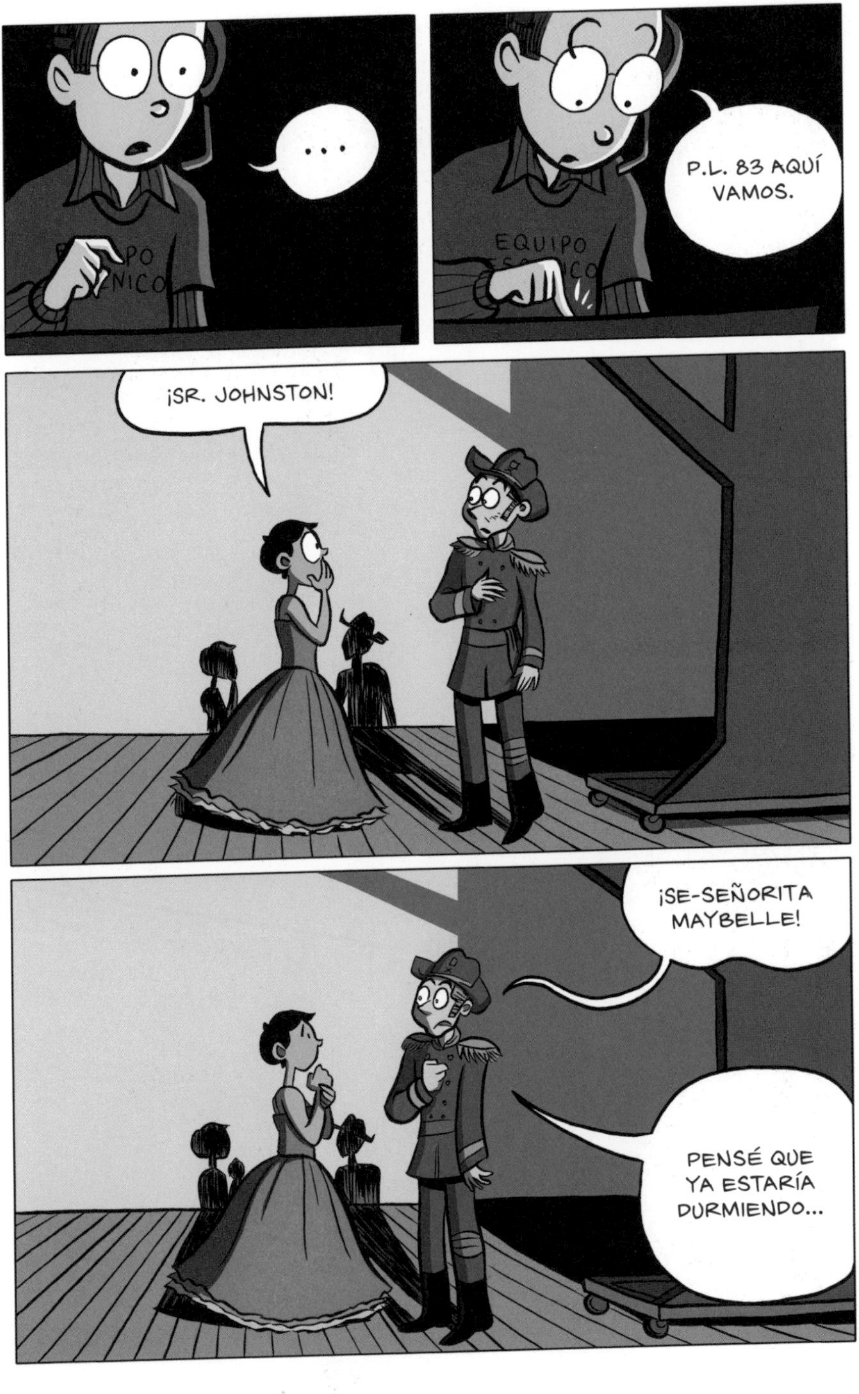
...
P.L. 83 AQUÍ
VAMOS.
EQUIPO
¡SR. JOHNSTON!
¡SE-SEÑORITA
MAYBELLE!
PENSÉ QUE
YA ESTARÍA
DURMIENDO...

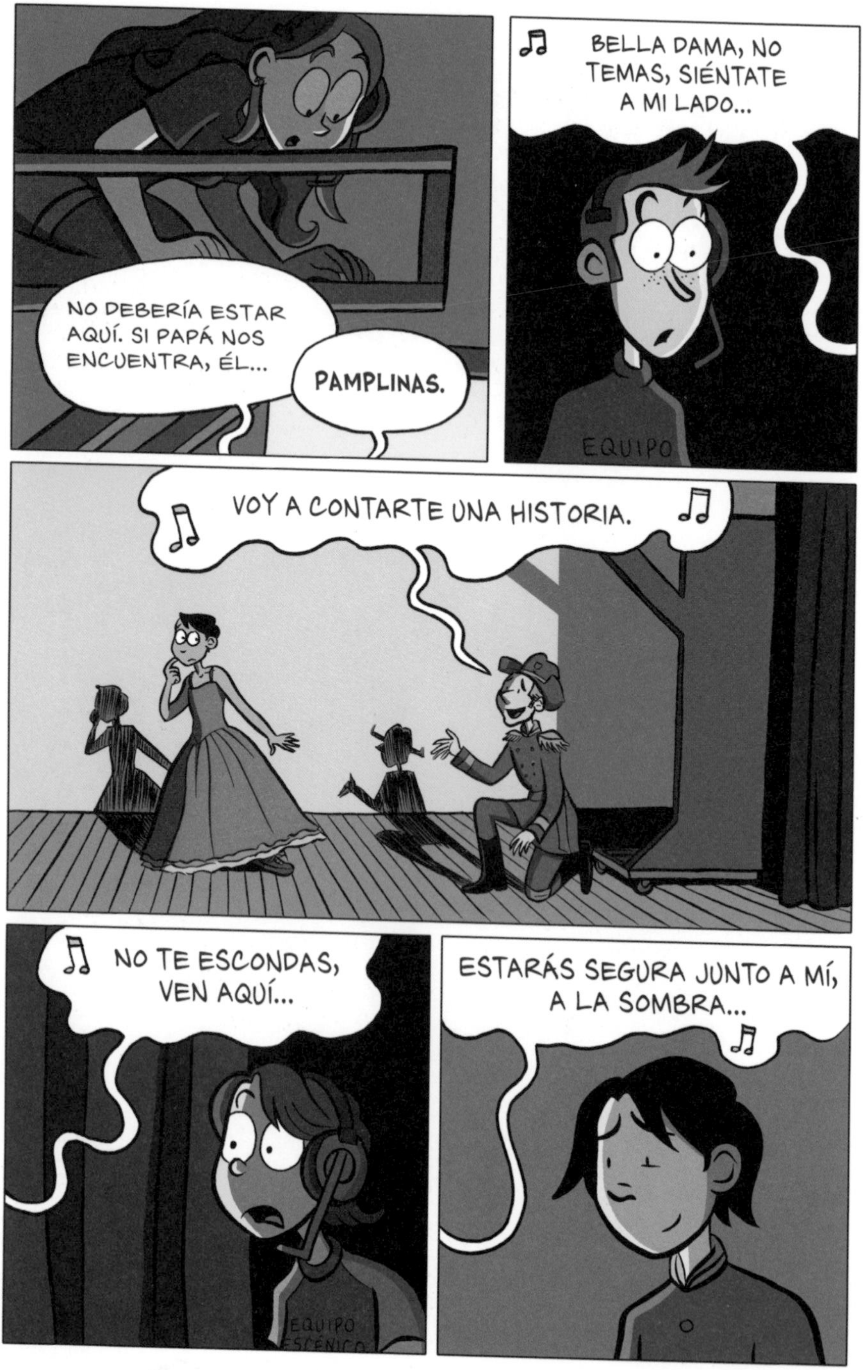
NO DEBERÍA ESTAR AQUÍ. SI PAPÁ NOS ENCUENTRA, ÉL...
PAMPLINAS.
BELLA DAMA, NO TEMAS, SIÉNTATE A MI LADO...
EQUIPO
VOY A CONTARTE UNA HISTORIA.
NO TE ESCONDAS, VEN AQUÍ...
EQUIPO ESCÉNICO
ESTARÁS SEGURA JUNTO A MÍ, A LA SOMBRA...

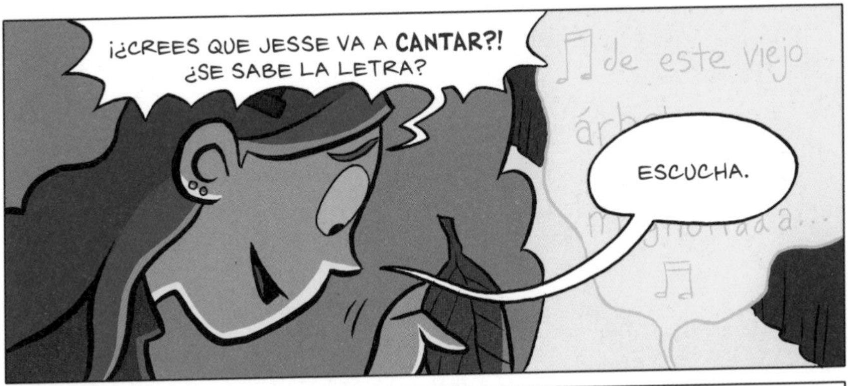
¡¿CREES QUE JESSE VA A **CANTAR**?!
¿SE SABE LA LETRA?
de este viejo
ESCUCHA.

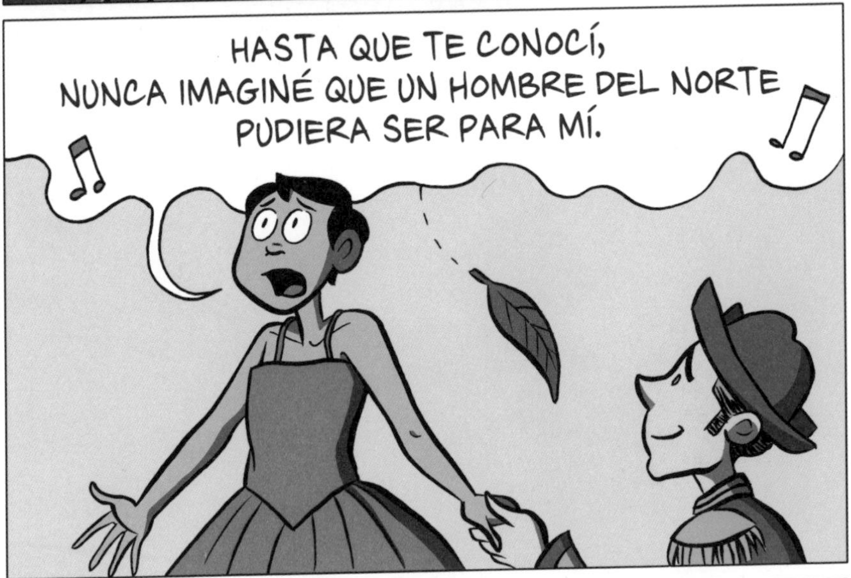
HASTA QUE TE CONOCÍ,
NUNCA IMAGINÉ QUE UN HOMBRE DEL NORTE
PUDIERA SER PARA MÍ.

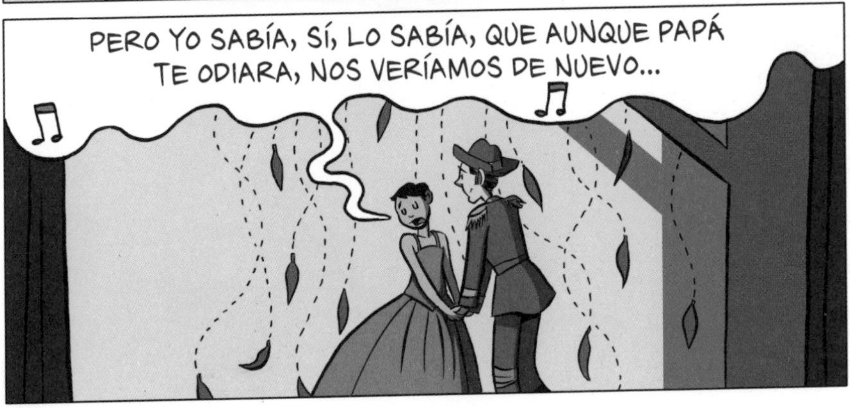
PERO YO SABÍA, SÍ, LO SABÍA, QUE AUNQUE PAPÁ
TE ODIARA, NOS VERÍAMOS DE NUEVO...

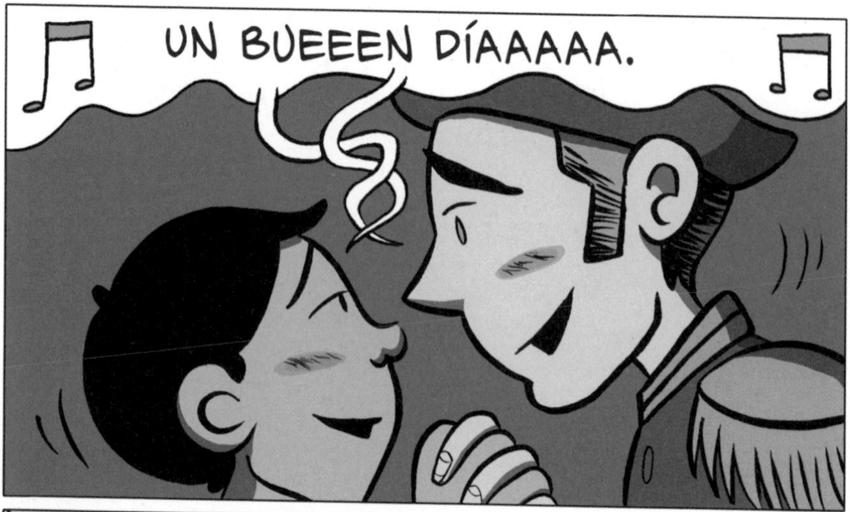
UN BUEEEN DÍAAAAA.

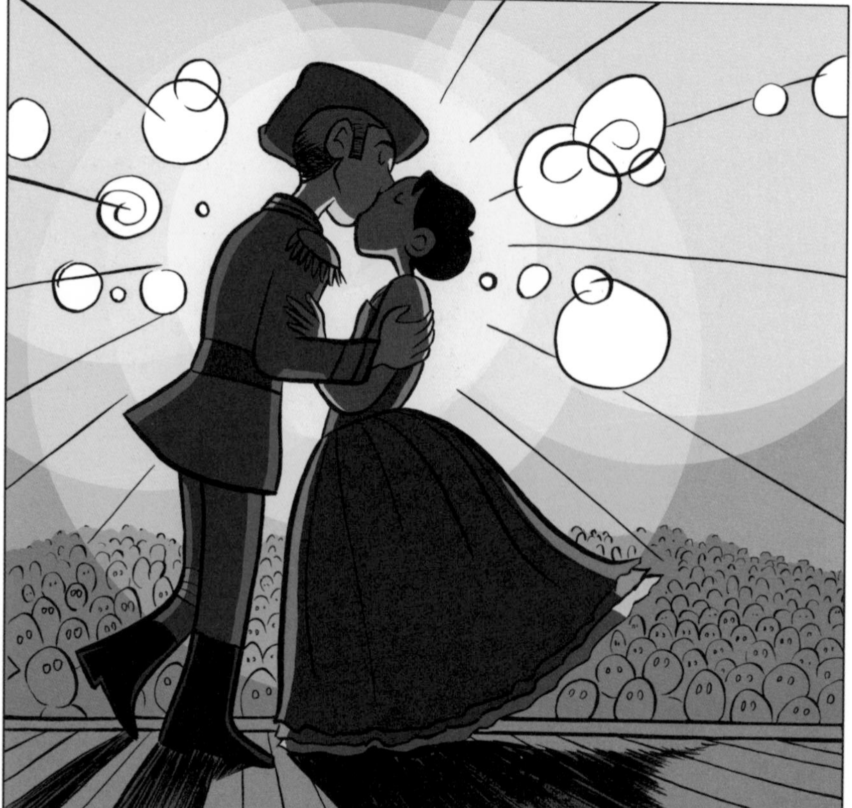

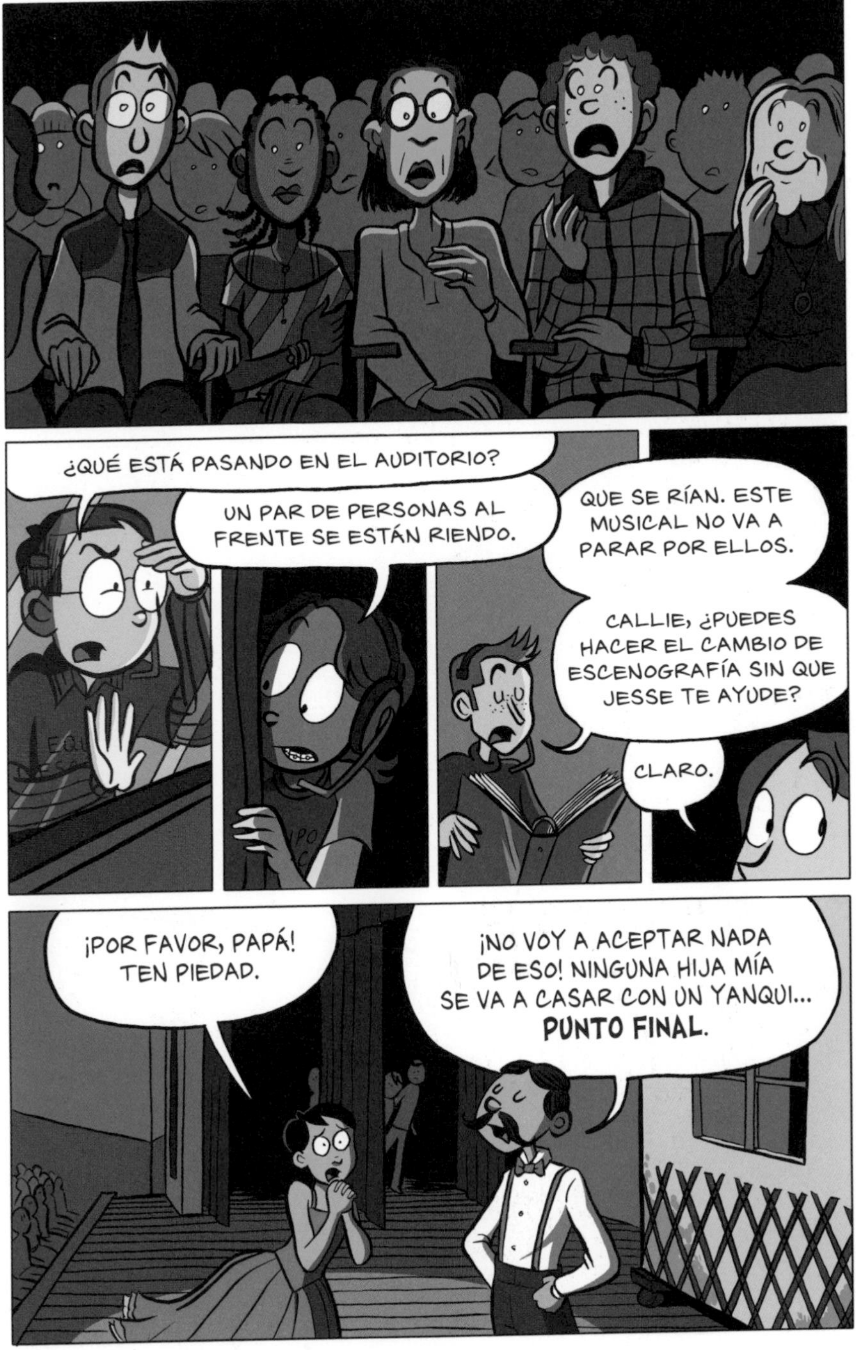
¿QUÉ ESTÁ PASANDO EN EL AUDITORIO?
UN PAR DE PERSONAS AL FRENTE SE ESTÁN RIENDO.
QUE SE RÍAN. ESTE MUSICAL NO VA A PARAR POR ELLOS.
CALLIE, ¿PUEDES HACER EL CAMBIO DE ESCENOGRAFÍA SIN QUE JESSE TE AYUDE?
CLARO.
¡POR FAVOR, PAPÁ! TEN PIEDAD.
¡NO VOY A ACEPTAR NADA DE ESO! NINGUNA HIJA MÍA SE VA A CASAR CON UN YANQUI... **PUNTO FINAL**.

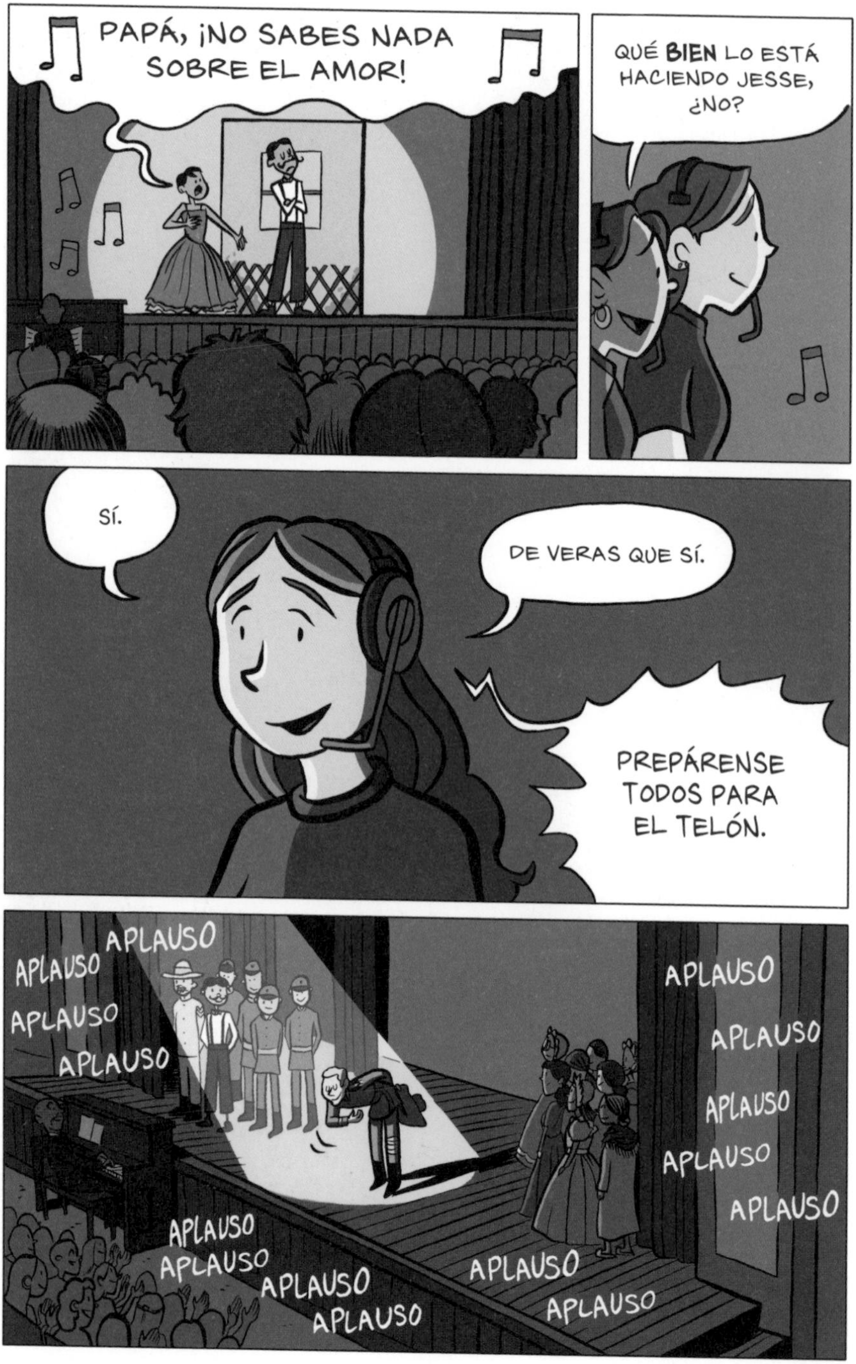

PAPÁ, ¡NO SABES NADA SOBRE EL AMOR!
QUÉ **BIEN** LO ESTÁ HACIENDO JESSE, ¿NO?
SÍ.
DE VERAS QUE SÍ.
PREPÁRENSE TODOS PARA EL TELÓN.
APLAUSO APLAUSO APLAUSO APLAUSO
APLAUSO APLAUSO APLAUSO APLAUSO APLAUSO
APLAUSO APLAUSO APLAUSO APLAUSO APLAUSO APLAUSO

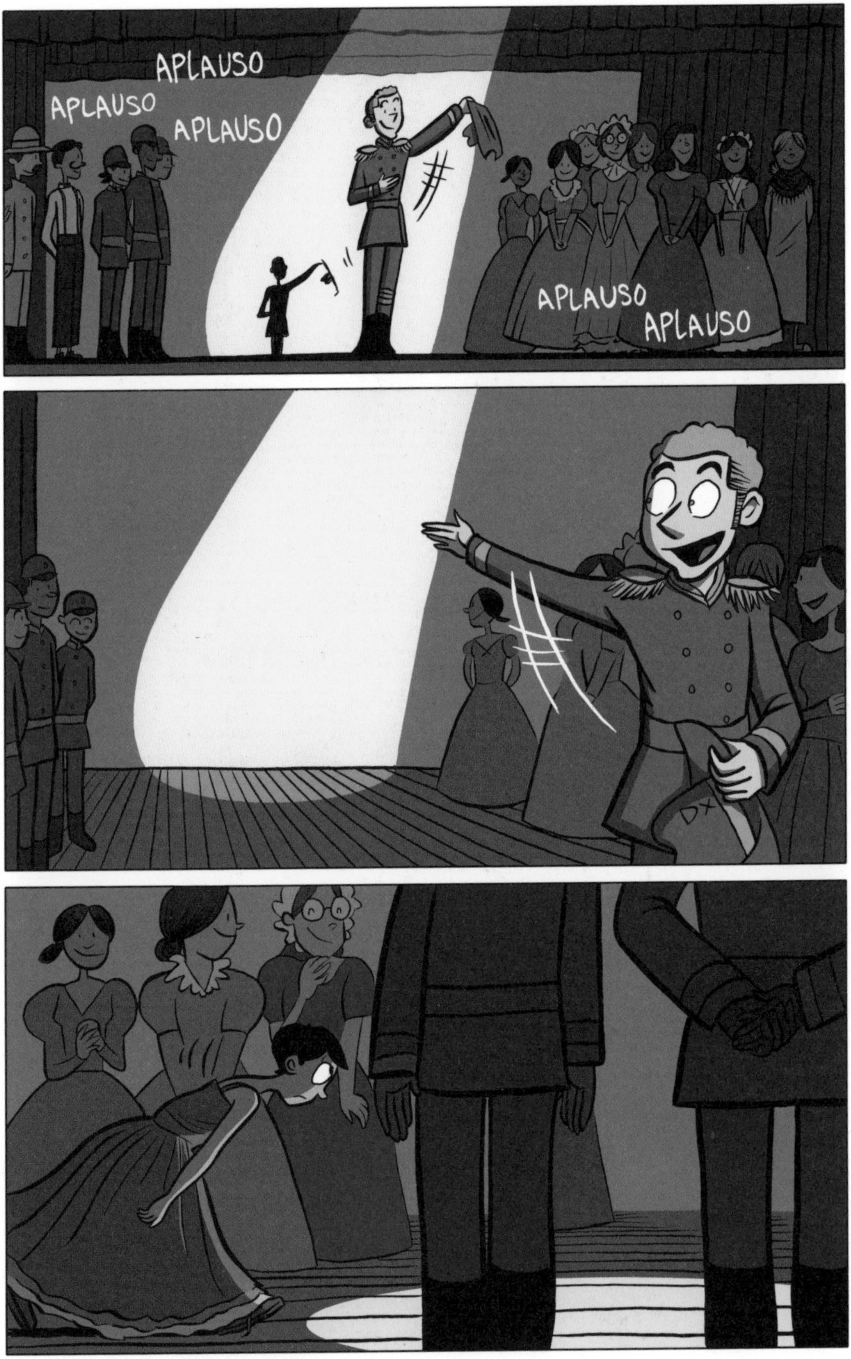
APLAUSO
APLAUSO
APLAUSO
APLAUSO
APLAUSO
DX

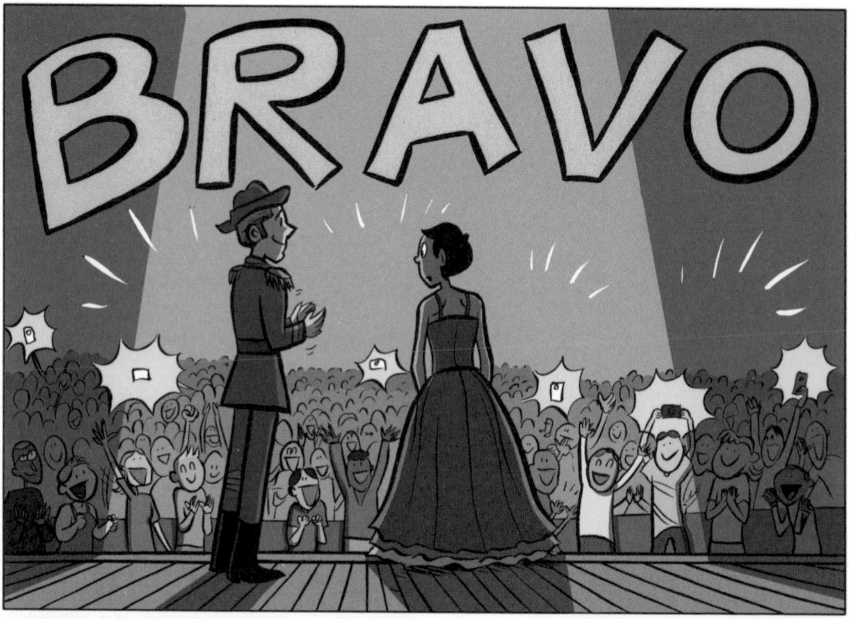
BRAVO

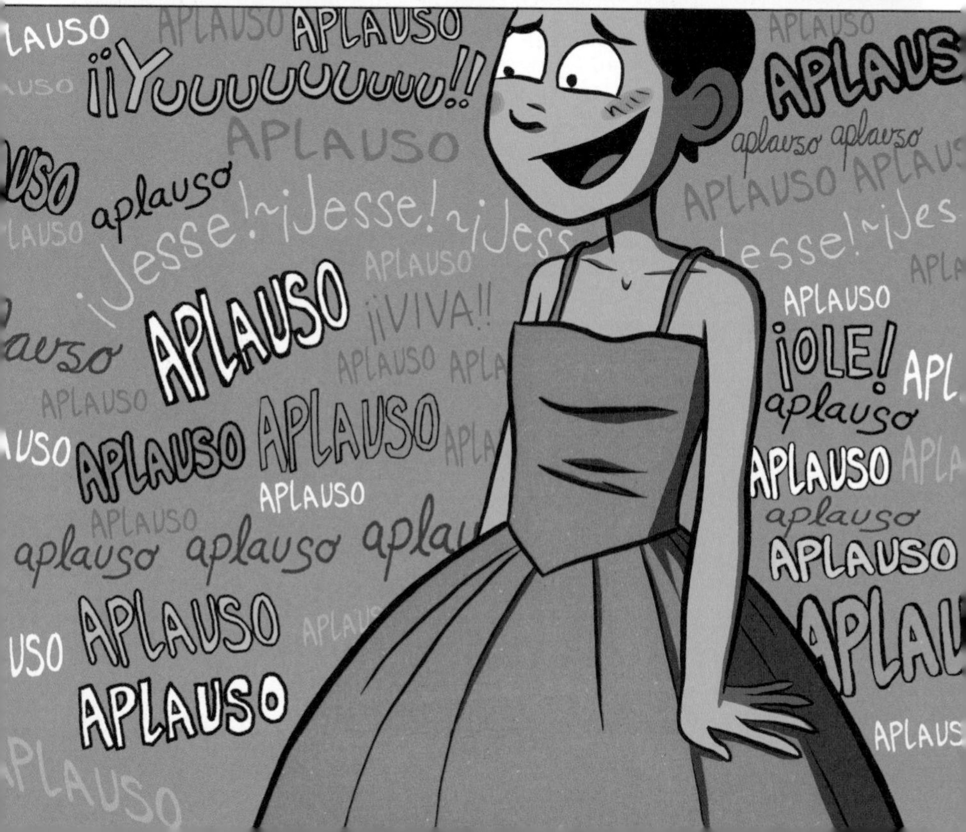
APLAUSO
APLAUSO
¡¡Yuuuuuuuuu!!
APLAUSO
aplauso aplauso
APLAUSO
aplauso
¡Jesse!
¡Jesse!
APLAUSO
¡¡VIVA!!
APLAUSO
APLAUSO
¡OLE!
APLAUSO
aplauso
APLAUSO
APLAUSO
APLAUSO
APLAUSO
aplauso
aplauso
aplauso
APLAUSO
APLAUSO
APLAUSO

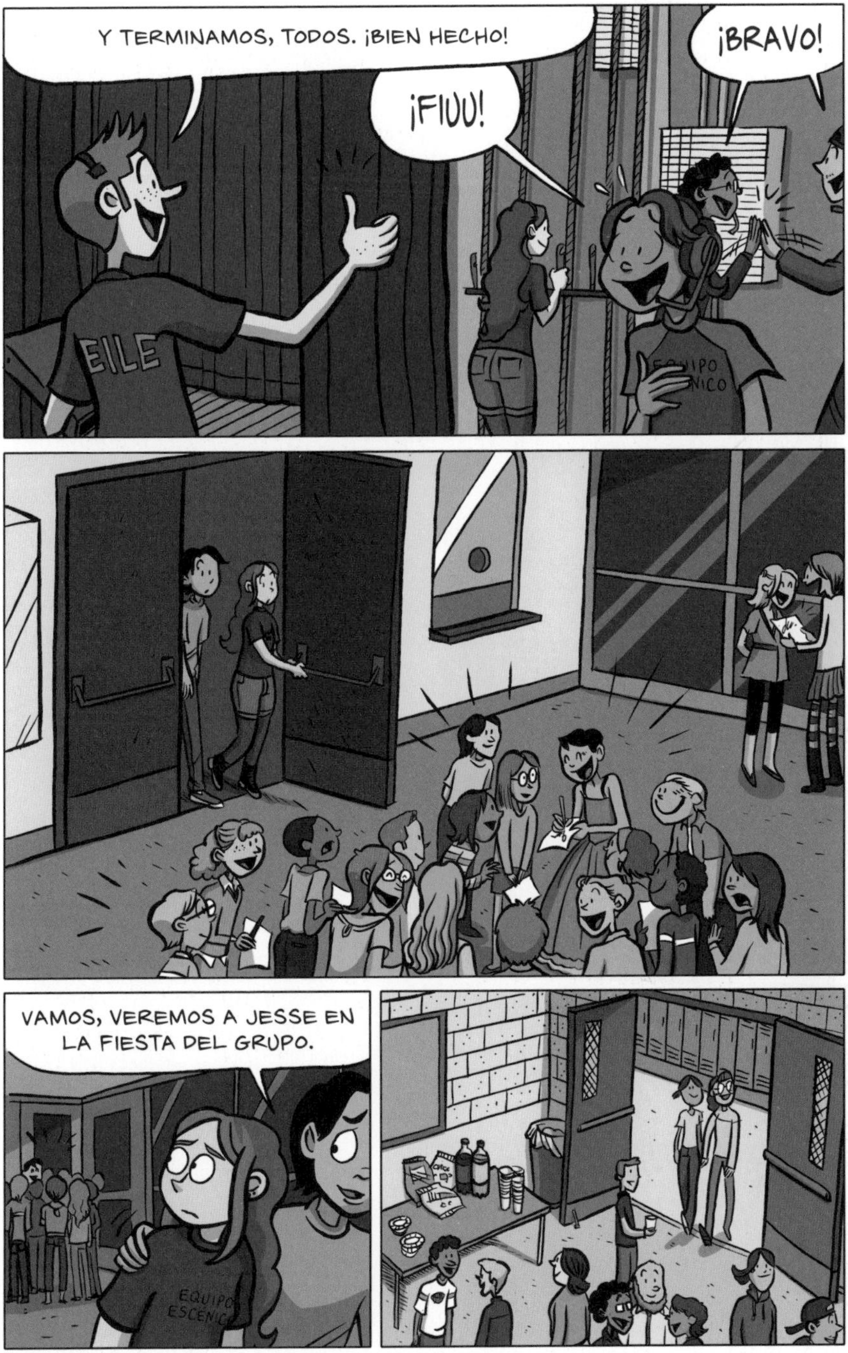
Y TERMINAMOS, TODOS. ¡BIEN HECHO!
¡FIUU!
¡BRAVO!
VAMOS, VEREMOS A JESSE EN LA FIESTA DEL GRUPO.

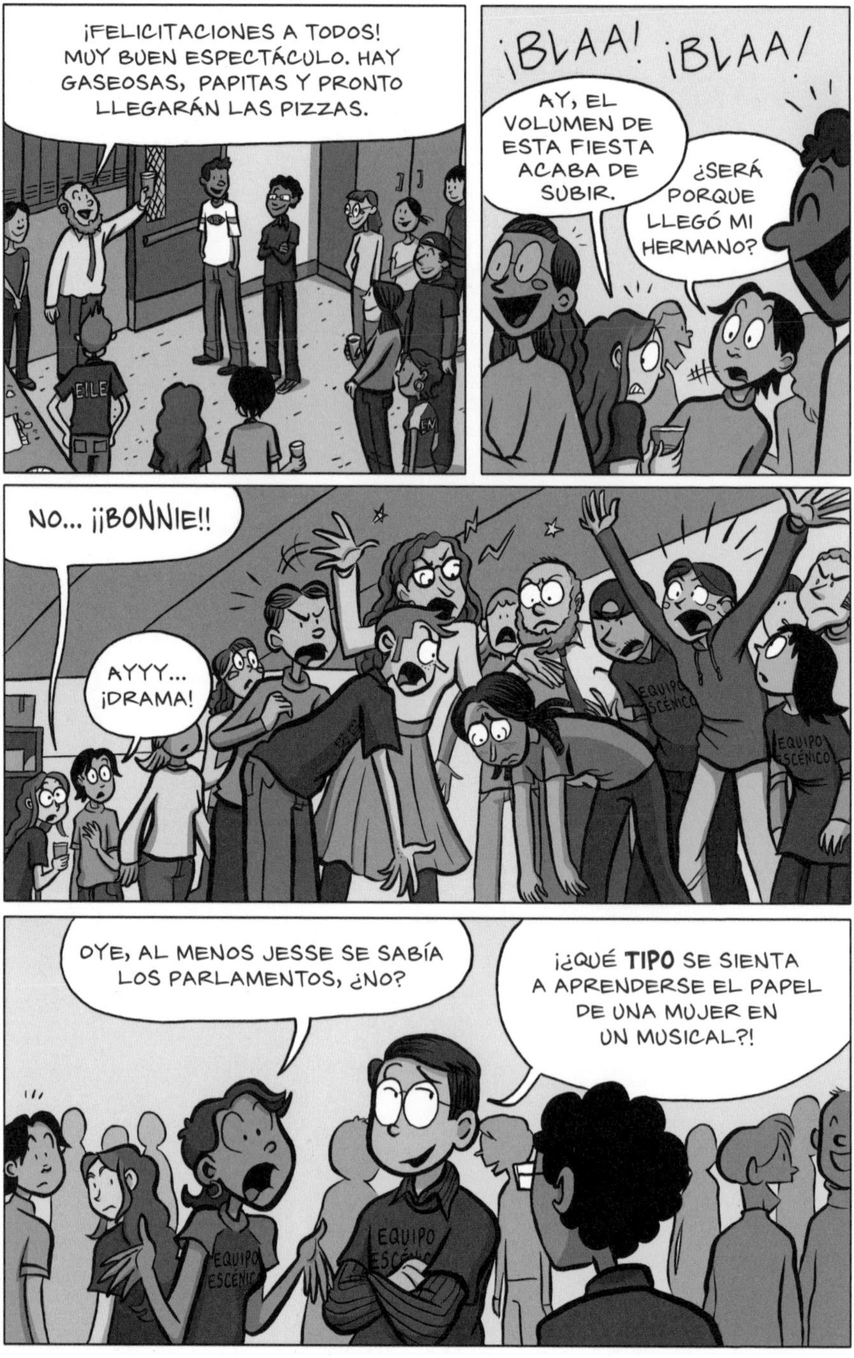
¡FELICITACIONES A TODOS! MUY BUEN ESPECTÁCULO. HAY GASEOSAS, PAPITAS Y PRONTO LLEGARÁN LAS PIZZAS.
EILE
¡BLAA! ¡BLAA!
AY, EL VOLUMEN DE ESTA FIESTA ACABA DE SUBIR.
¿SERÁ PORQUE LLEGÓ MI HERMANO?
NO... ¡¡BONNIE!!
AYYY... ¡DRAMA!
EQUIPO ESCÉNICO
EQUIPO ESCÉNICO
OYE, AL MENOS JESSE SE SABÍA LOS PARLAMENTOS, ¿NO?
¡¿QUÉ **TIPO** SE SIENTA A APRENDERSE EL PAPEL DE UNA MUJER EN UN MUSICAL?!
EQUIPO ESCÉNICO
EQUIPO ESCÉNICO

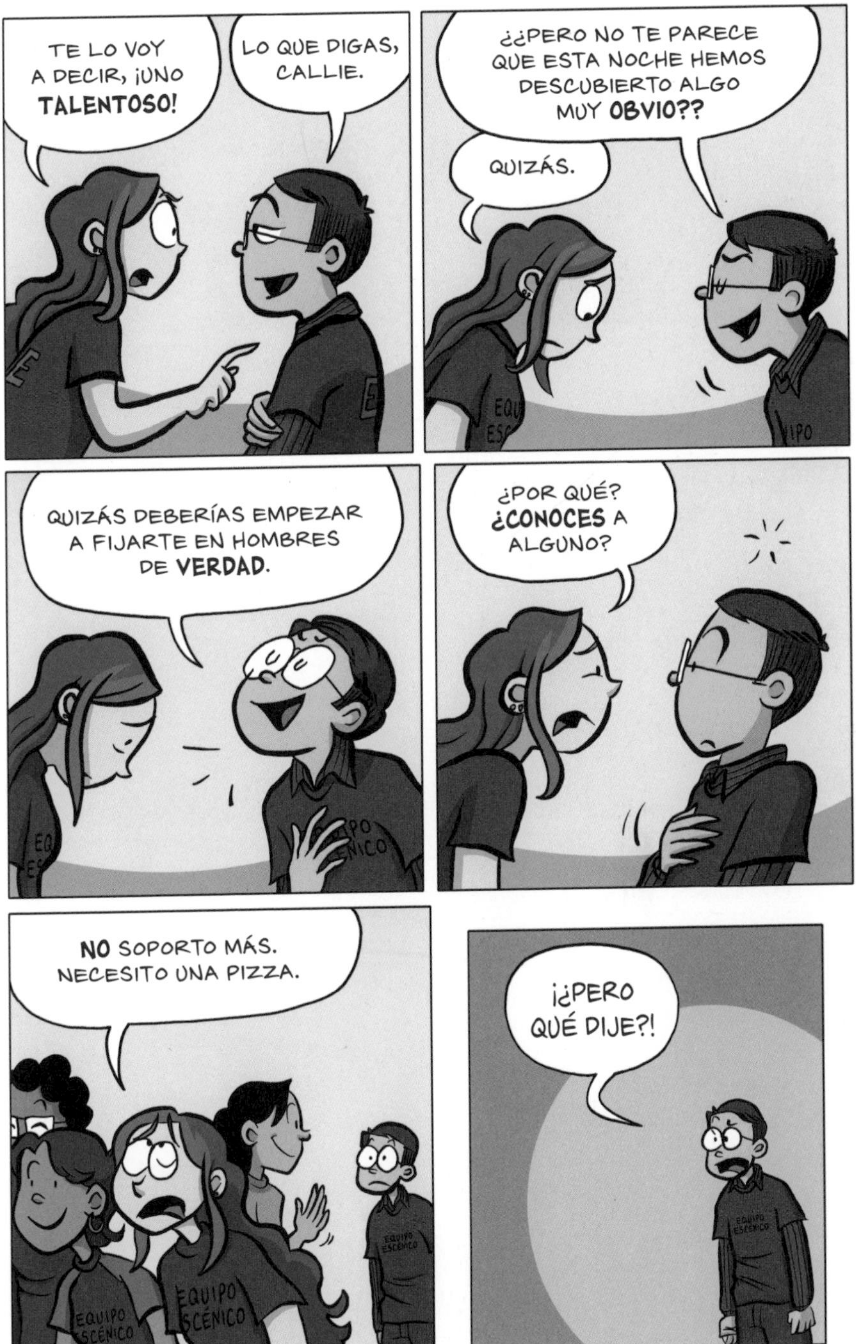
TE LO VOY A DECIR, ¡UNO **TALENTOSO**!
LO QUE DIGAS, CALLIE.
¿¿PERO NO TE PARECE QUE ESTA NOCHE HEMOS DESCUBIERTO ALGO MUY **OBVIO**??
QUIZÁS.
EQUIPO ESCÉNICO
QUIZÁS DEBERÍAS EMPEZAR A FIJARTE EN HOMBRES DE **VERDAD**.
EQUIPO ESCÉNICO
¿POR QUÉ? **¿CONOCES** A ALGUNO?
NO SOPORTO MÁS. NECESITO UNA PIZZA.
EQUIPO ESCÉNICO
EQUIPO ESCÉNICO
EQUIPO ESCÉNICO
¡¿PERO QUÉ DIJE?!
EQUIPO ESCÉNICO

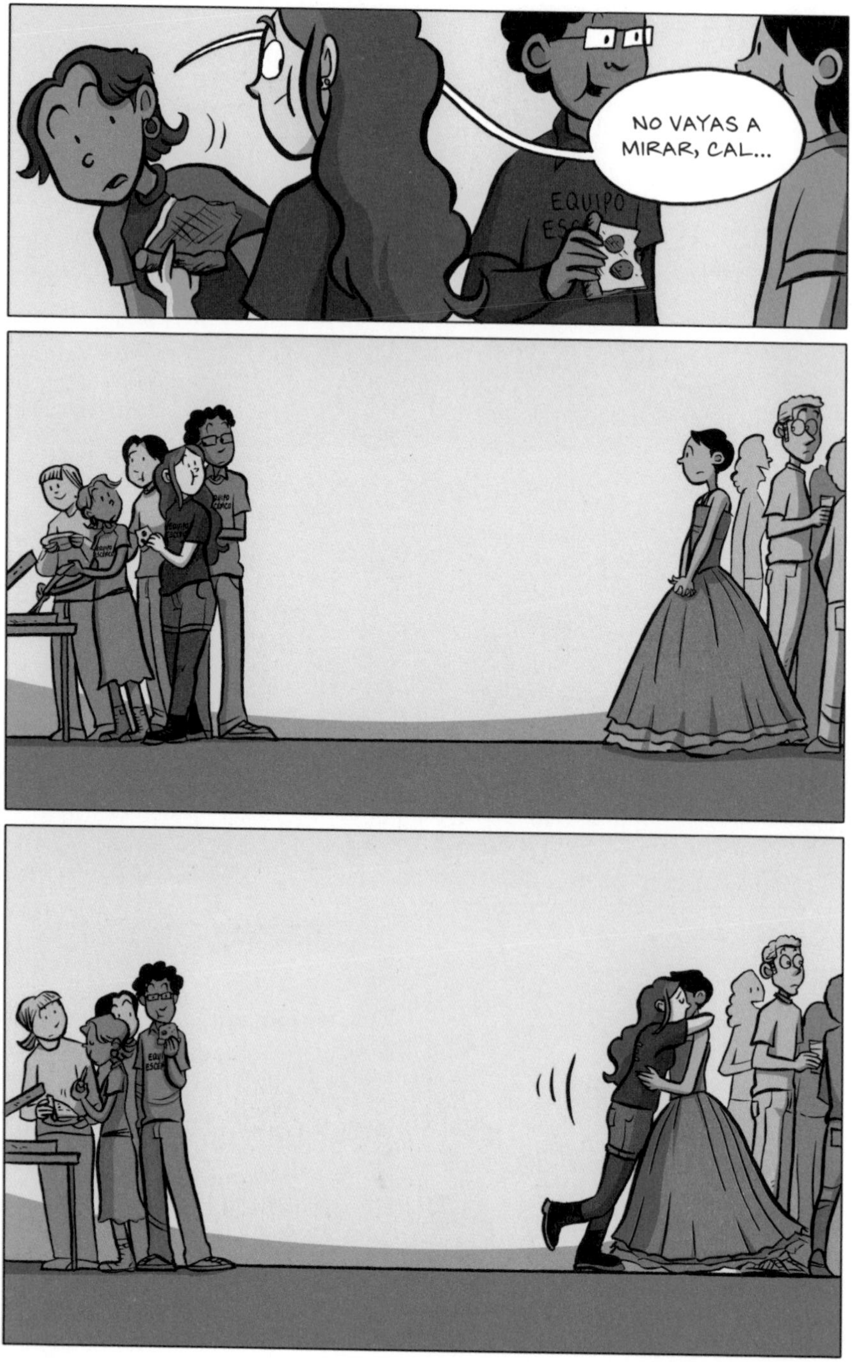
NO VAYAS A MIRAR, CAL...
EQUIPO ESCÉPTICO

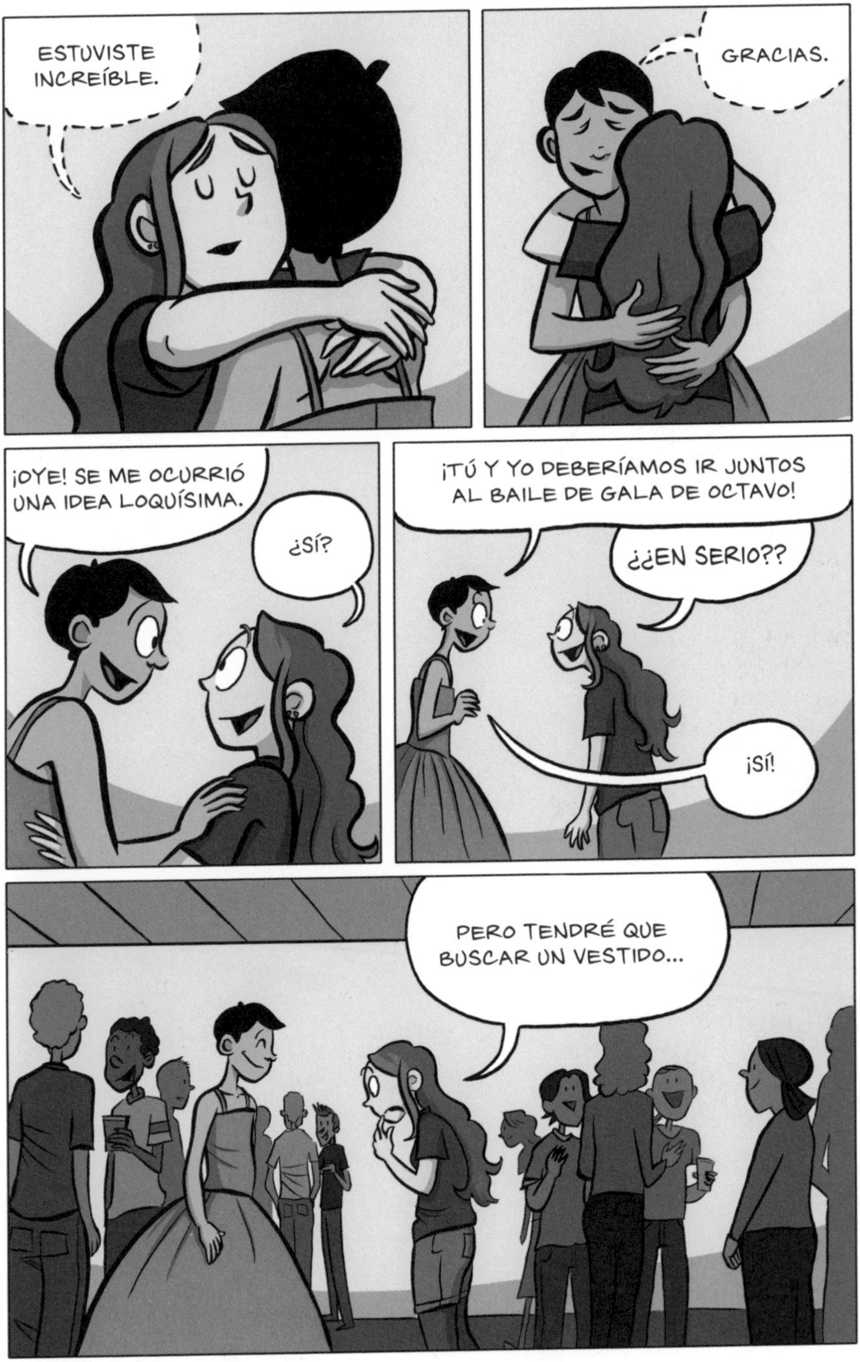
ESTUVISTE INCREÍBLE.
GRACIAS.
¡OYE! SE ME OCURRIÓ UNA IDEA LOQUÍSIMA.
¿SÍ?
¡TÚ Y YO DEBERÍAMOS IR JUNTOS AL BAILE DE GALA DE OCTAVO!
¿¿EN SERIO??
¡SÍ!
PERO TENDRÉ QUE BUSCAR UN VESTIDO...

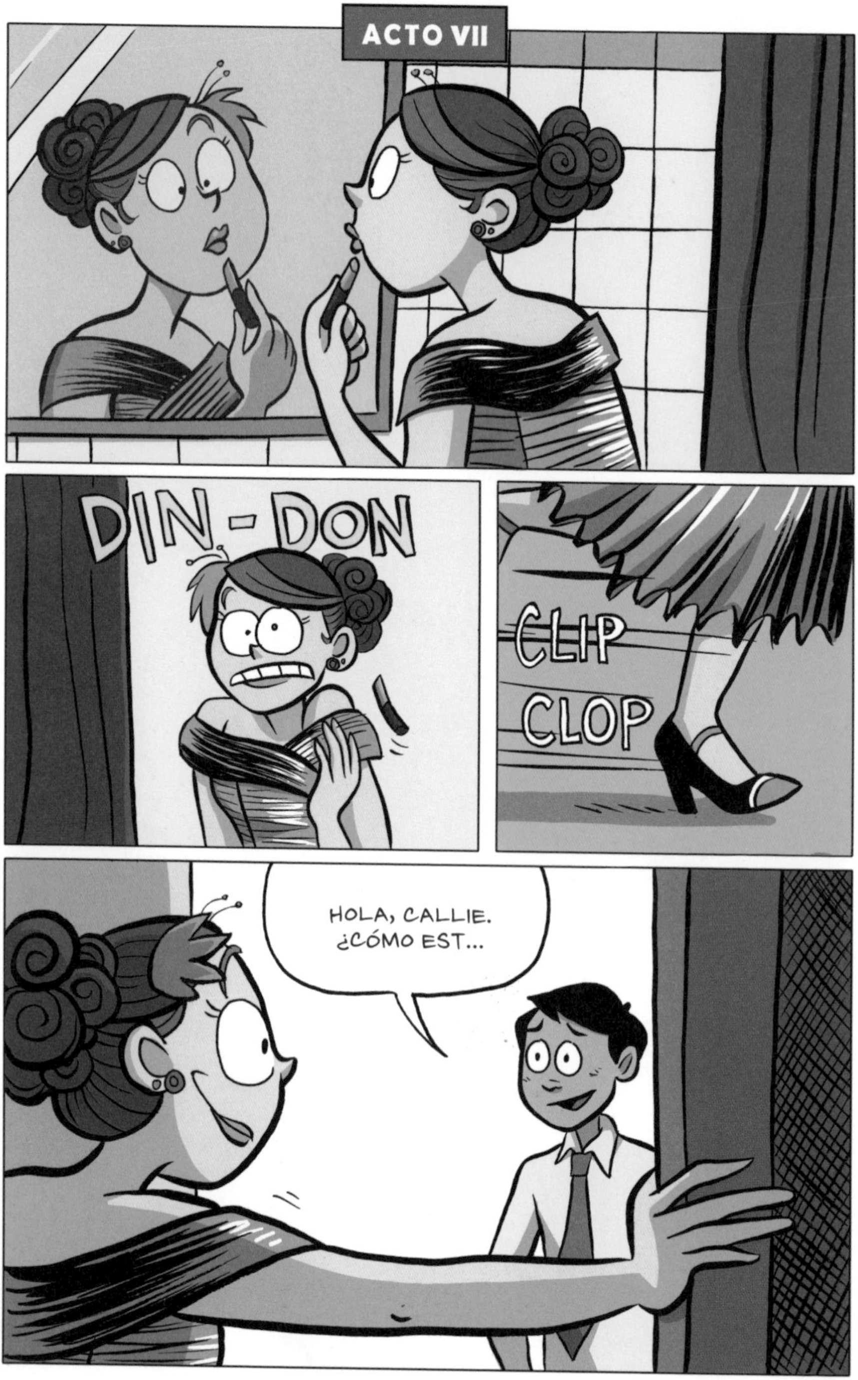
ACTO VII
DIN-DON
CLIP
CLOP
HOLA, CALLIE.
¿CÓMO EST...

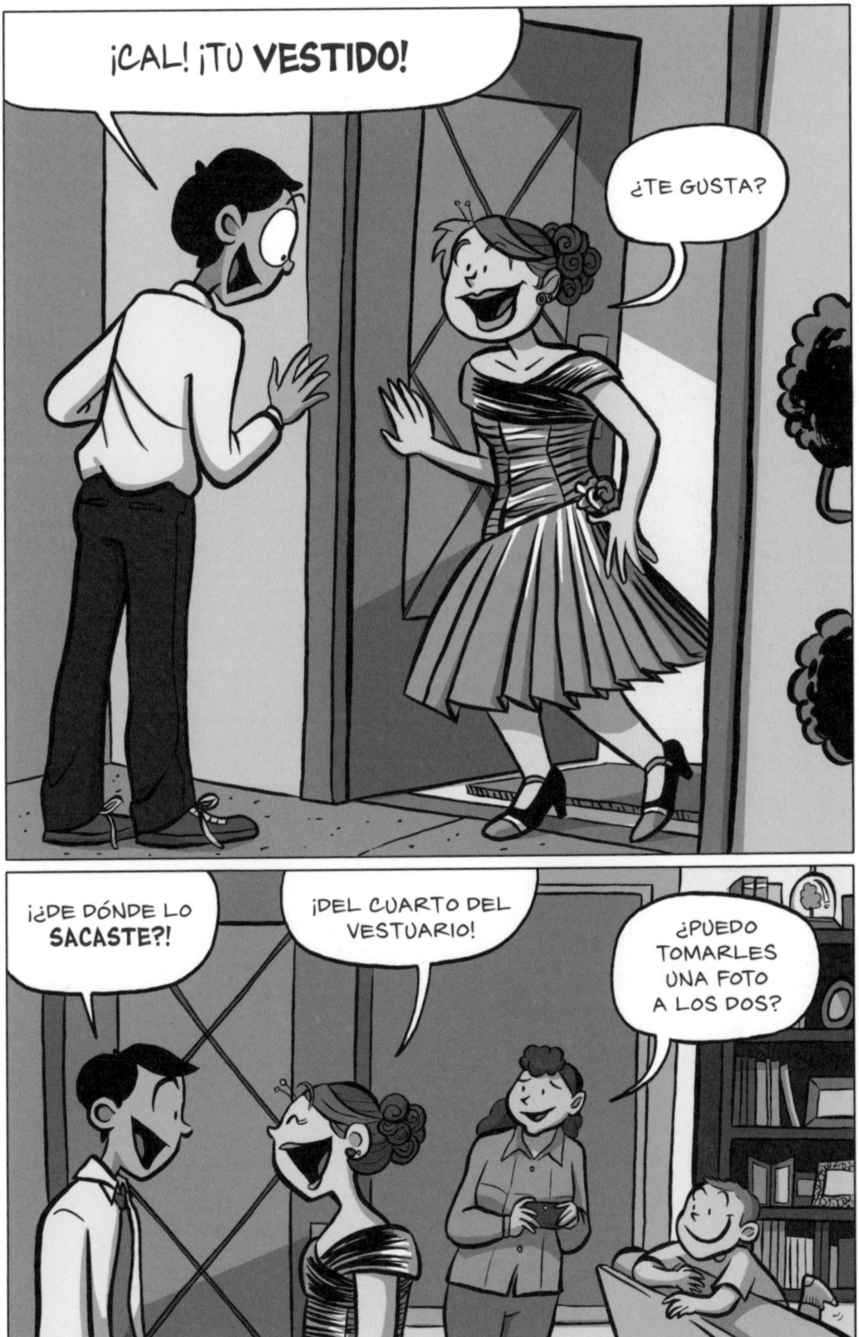
¡CAL! ¡TU **VESTIDO**!
¿TE GUSTA?
¡¿DE DÓNDE LO **SACASTE**?!
¡DEL CUARTO DEL VESTUARIO!
¿PUEDO TOMARLES UNA FOTO A LOS DOS?

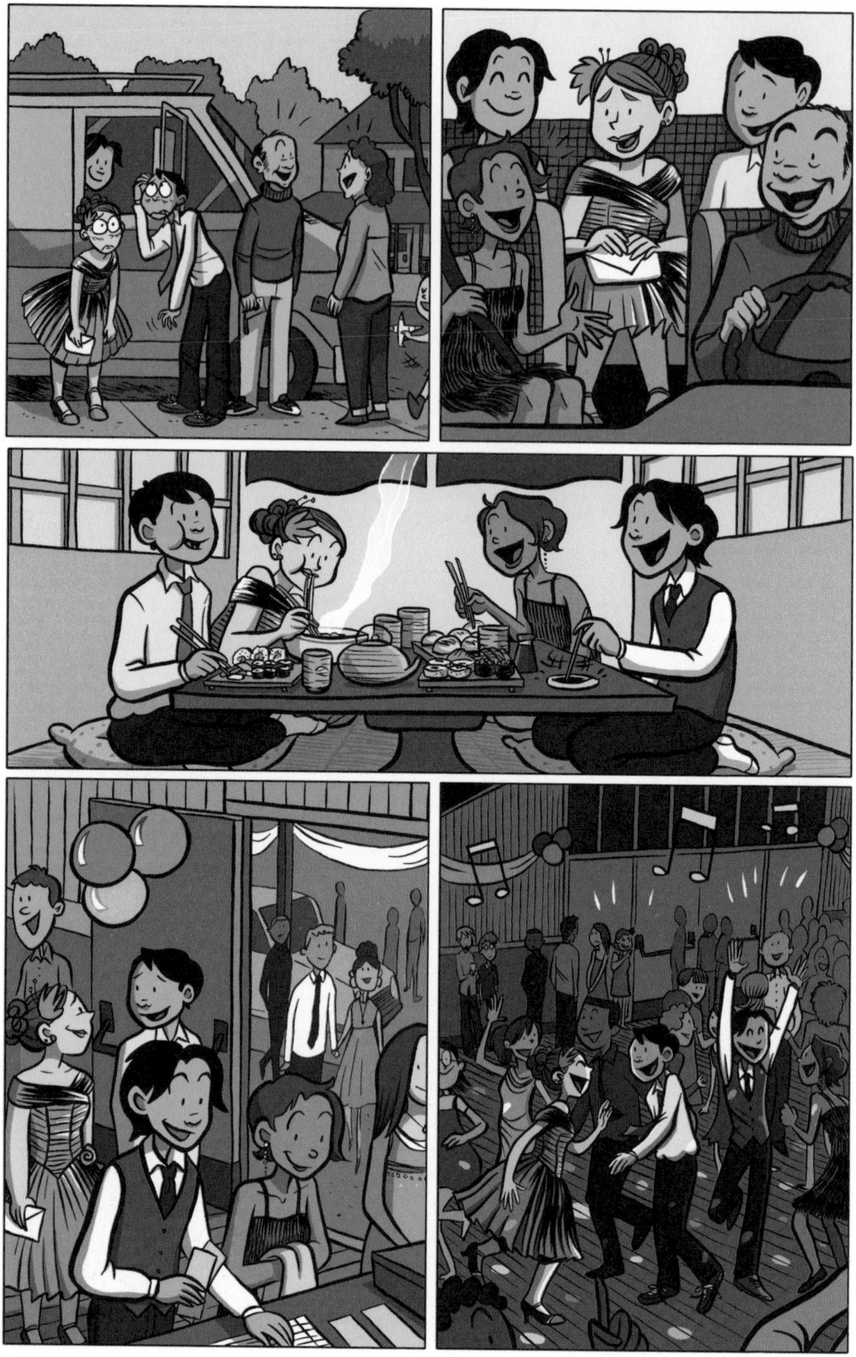

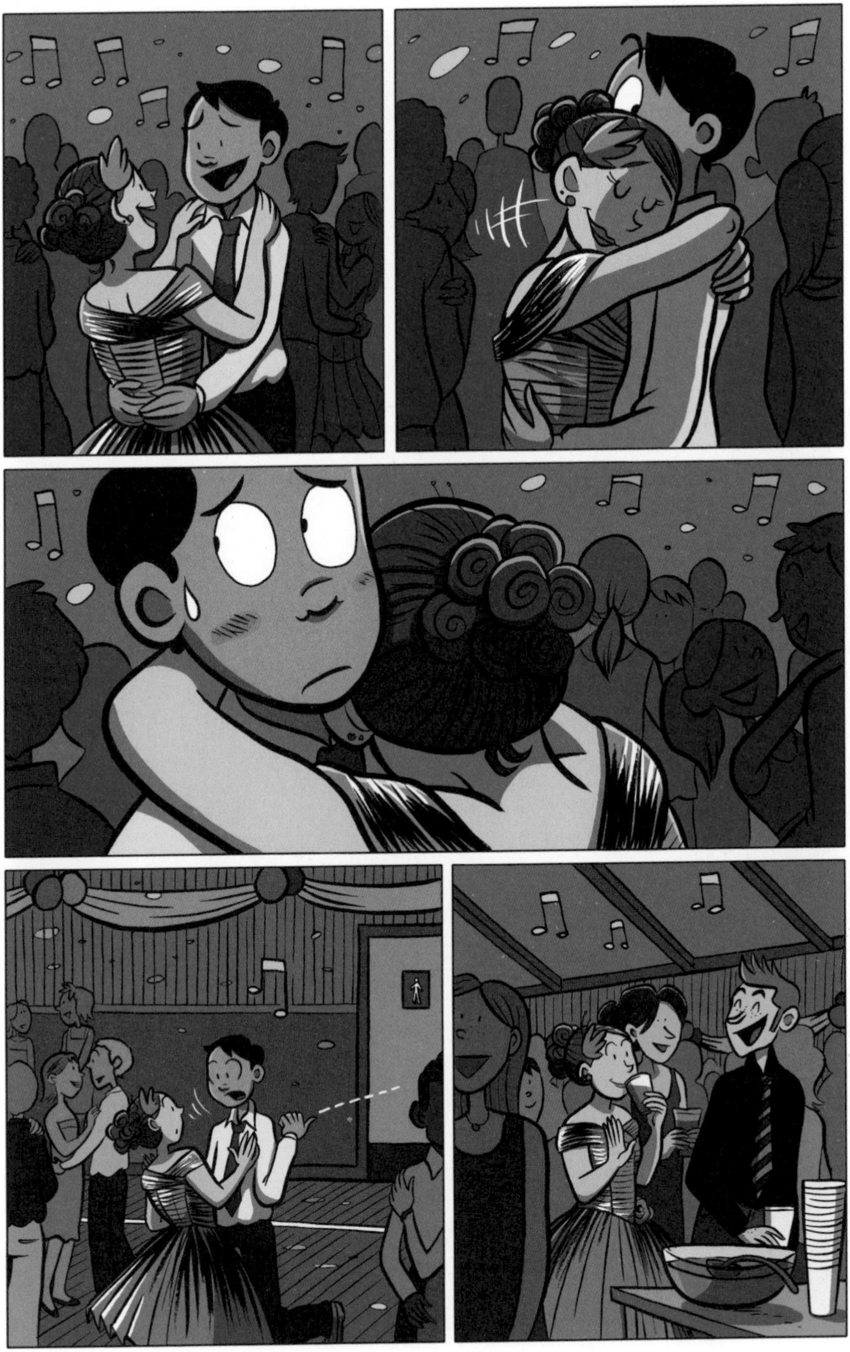

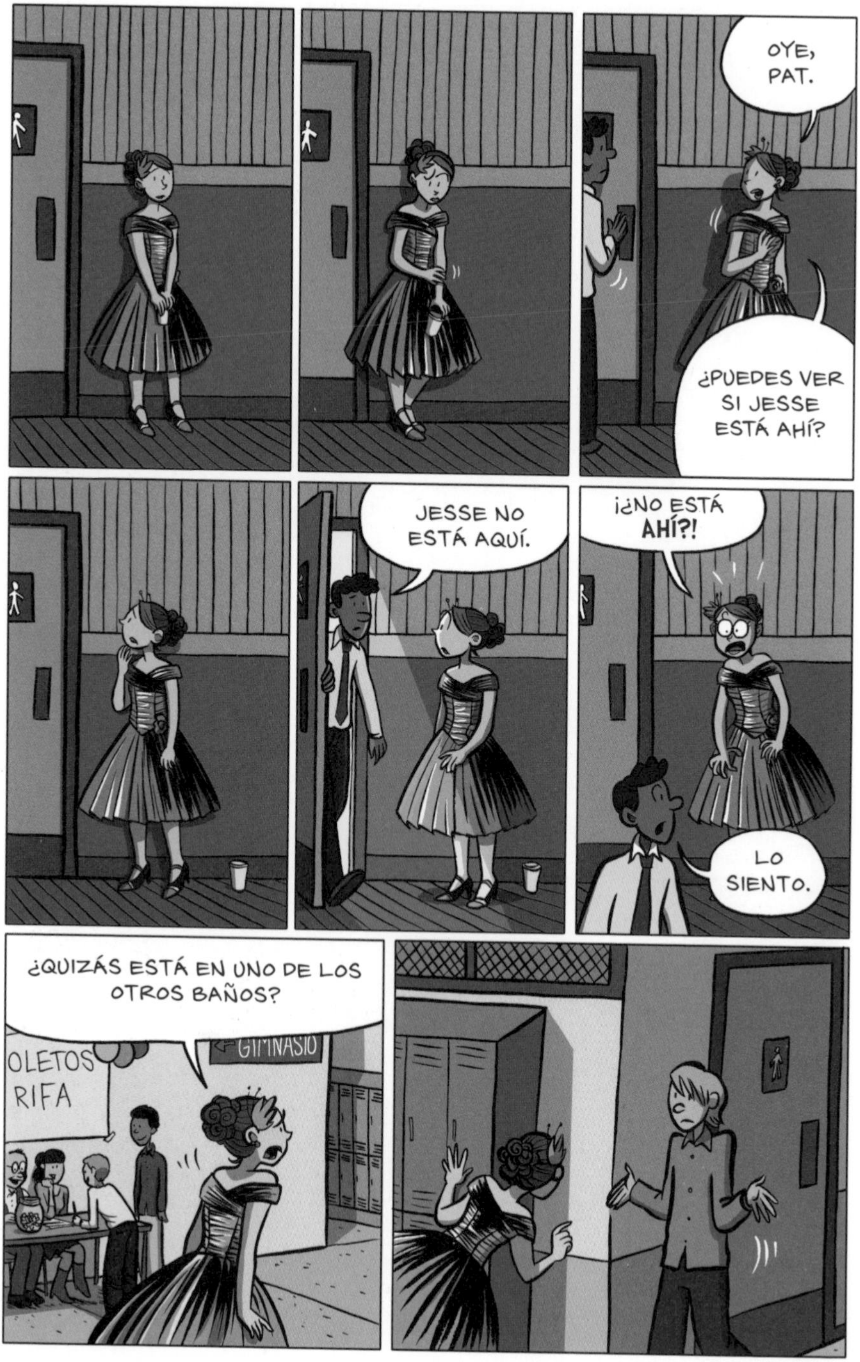
OYE, PAT.
¿PUEDES VER SI JESSE ESTÁ AHÍ?
JESSE NO ESTÁ AQUÍ.
¡¿NO ESTÁ **AHÍ?!**
LO SIENTO.
¿QUIZÁS ESTÁ EN UNO DE LOS OTROS BAÑOS?
OLETOS RIFA
GIMNASIO

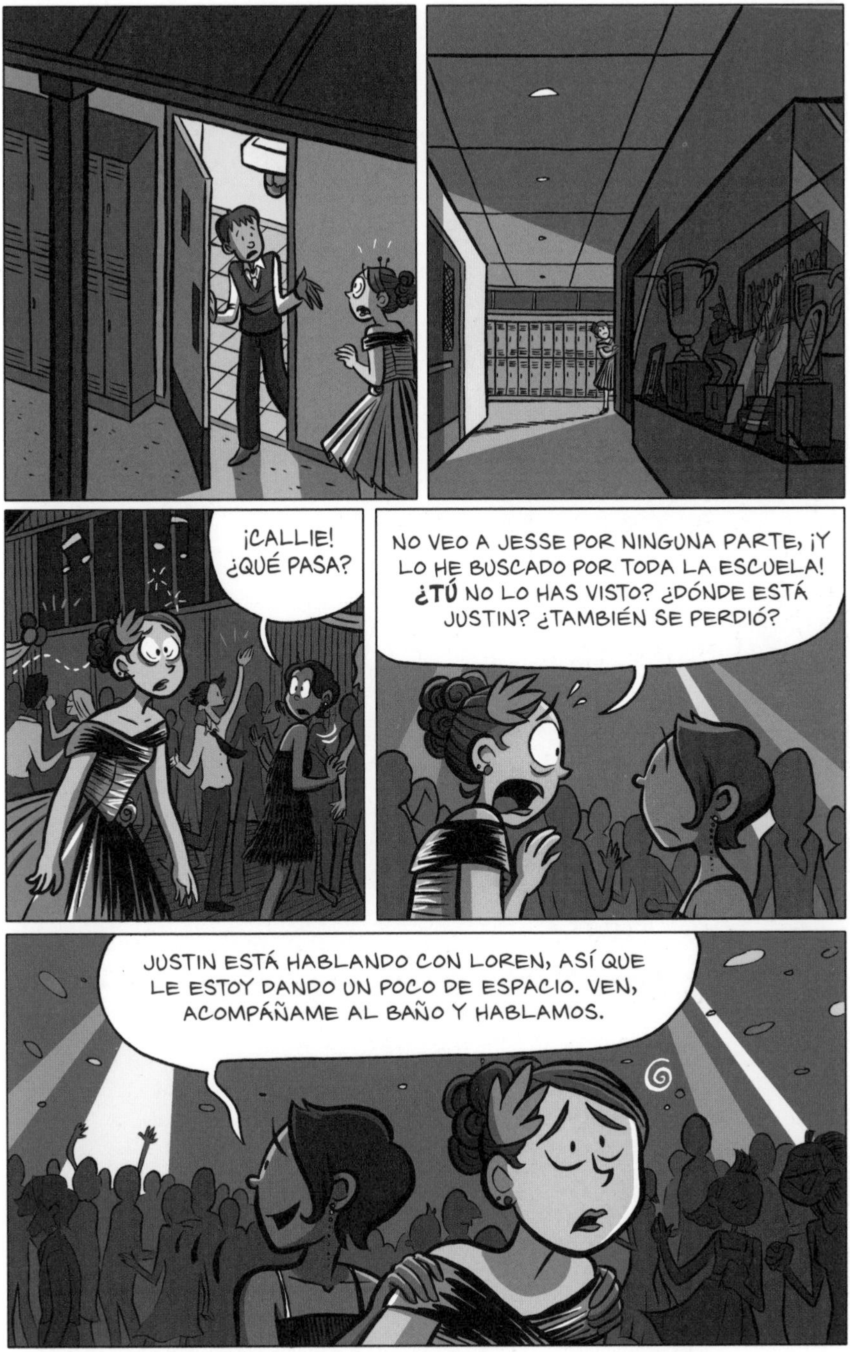
¡CALLIE! ¿QUÉ PASA?
NO VEO A JESSE POR NINGUNA PARTE, ¡Y LO HE BUSCADO POR TODA LA ESCUELA! ¿TÚ NO LO HAS VISTO? ¿DÓNDE ESTÁ JUSTIN? ¿TAMBIÉN SE PERDIÓ?
JUSTIN ESTÁ HABLANDO CON LOREN, ASÍ QUE LE ESTOY DANDO UN POCO DE ESPACIO. VEN, ACOMPÁÑAME AL BAÑO Y HABLAMOS.

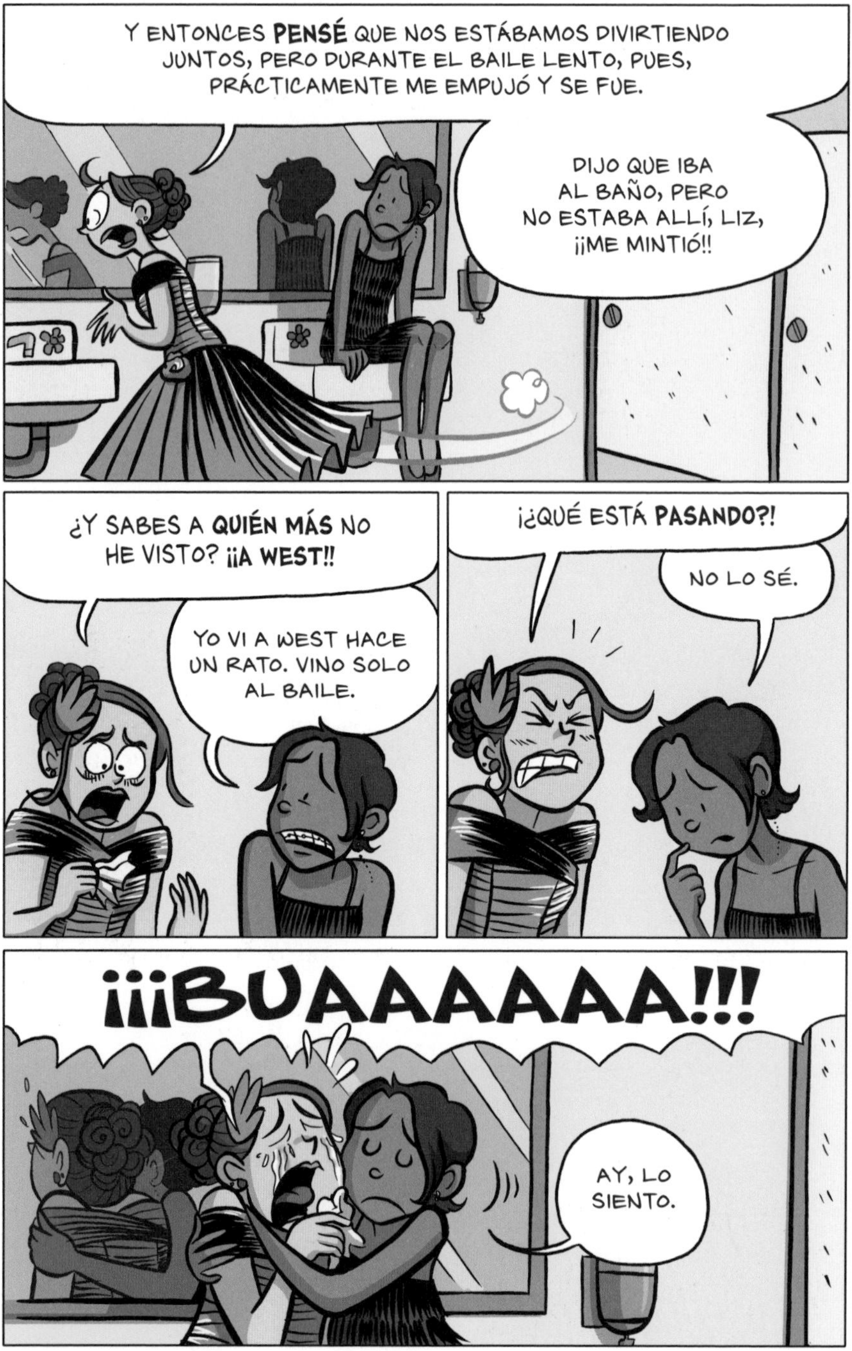
Y ENTONCES **PENSÉ** QUE NOS ESTÁBAMOS DIVIRTIENDO JUNTOS, PERO DURANTE EL BAILE LENTO, PUES, PRÁCTICAMENTE ME EMPUJÓ Y SE FUE.
DIJO QUE IBA AL BAÑO, PERO NO ESTABA ALLÍ, LIZ, ¡¡ME MINTIÓ!!
¿Y SABES A **QUIÉN MÁS** NO HE VISTO? **¡¡A WEST!!**
YO VI A WEST HACE UN RATO. VINO SOLO AL BAILE.
¡¿QUÉ ESTÁ **PASANDO**?!
NO LO SÉ.
¡¡¡BUAAAAAAA!!!
AY, LO SIENTO.

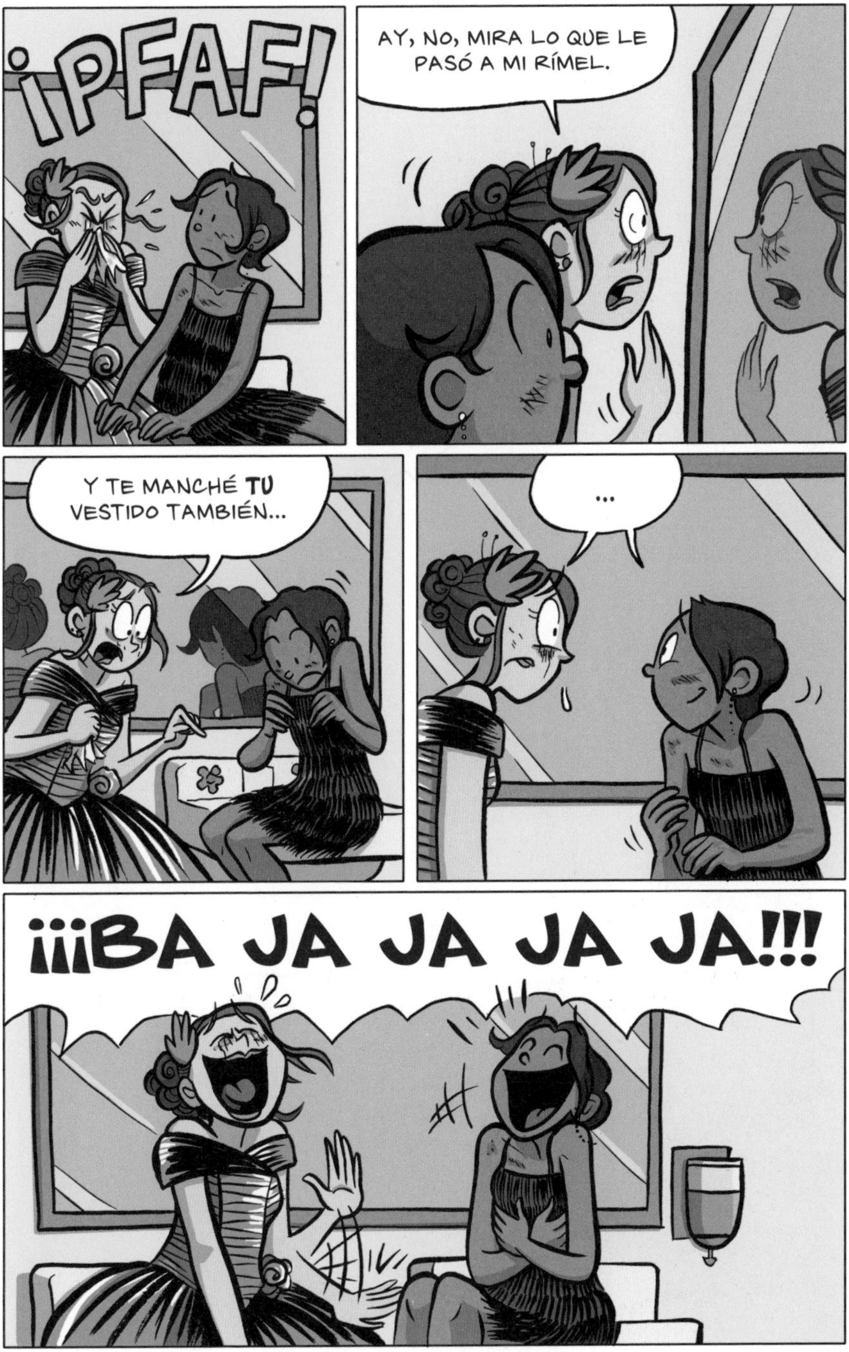
¡PFAF!
AY, NO, MIRA LO QUE LE PASÓ A MI RÍMEL.
Y TE MANCHÉ **TU** VESTIDO TAMBIÉN...
...
¡¡¡BA JA JA JA JA!!!

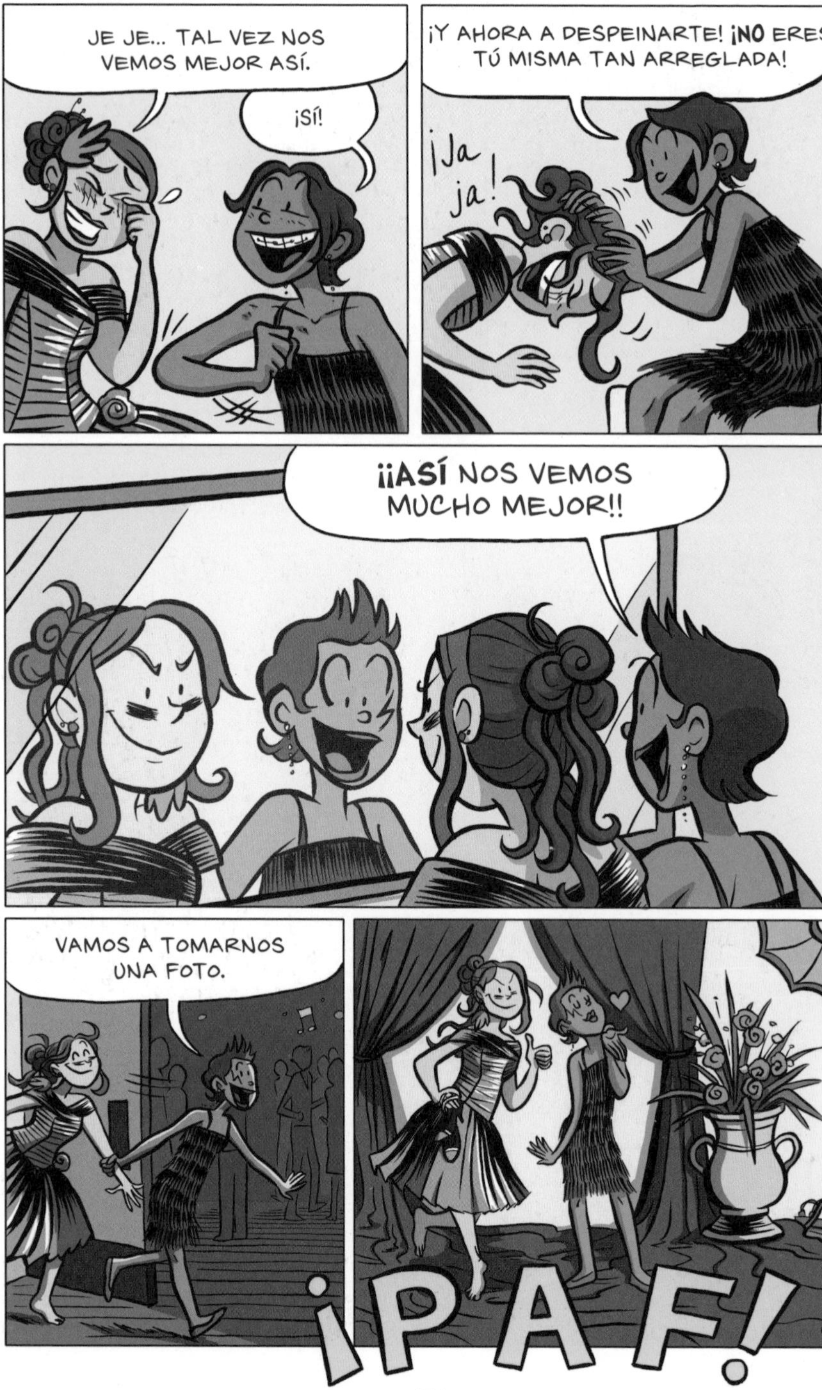
JE JE... TAL VEZ NOS VEMOS MEJOR ASÍ.
¡SÍ!
¡Y AHORA A DESPEINARTE! ¡NO ERES TÚ MISMA TAN ARREGLADA!
¡Ja ja!
¡¡ASÍ NOS VEMOS MUCHO MEJOR!!
VAMOS A TOMARNOS UNA FOTO.
¡PAF!

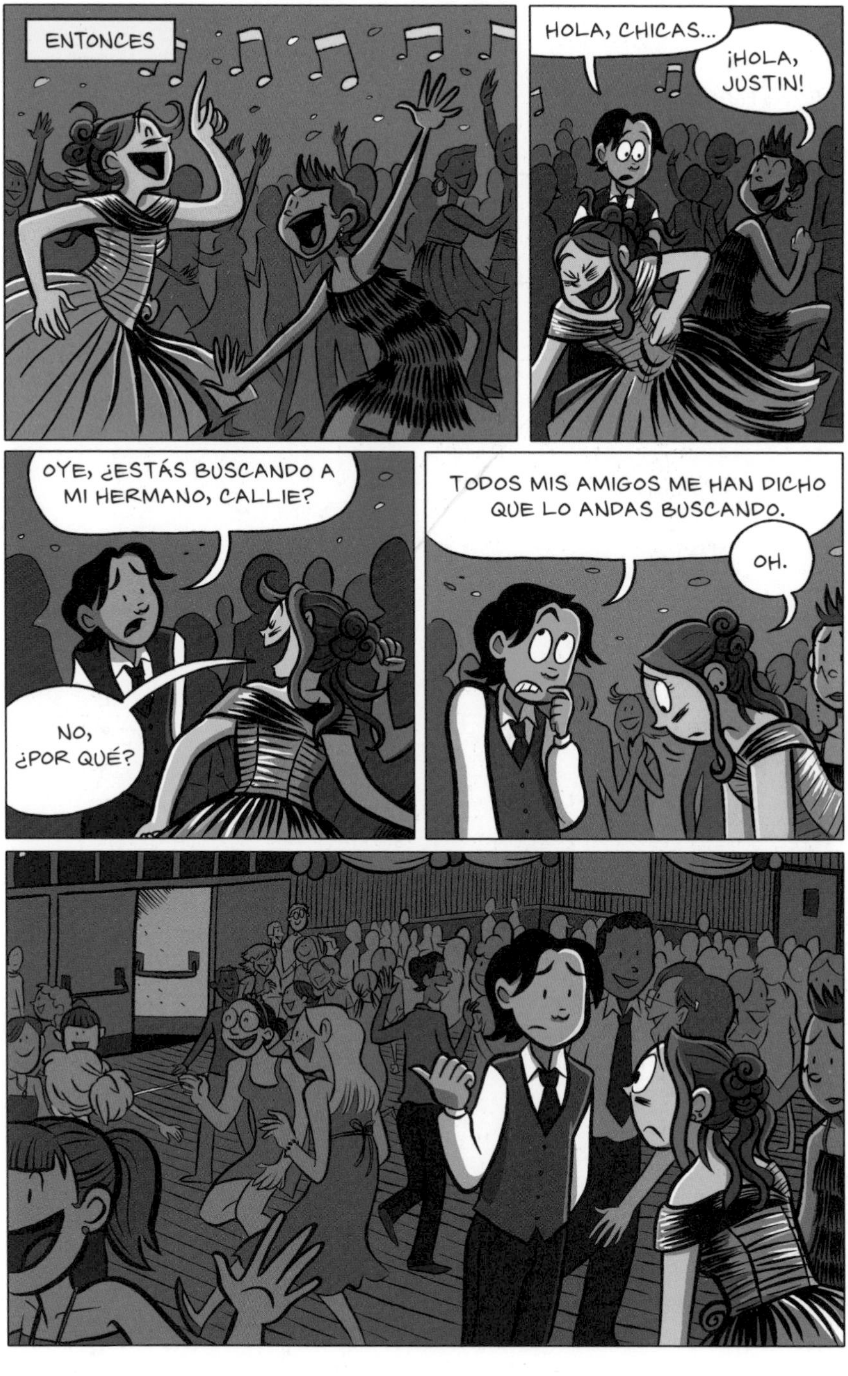
ENTONCES
HOLA, CHICAS...
¡HOLA, JUSTIN!
OYE, ¿ESTÁS BUSCANDO A MI HERMANO, CALLIE?
NO, ¿POR QUÉ?
TODOS MIS AMIGOS ME HAN DICHO QUE LO ANDAS BUSCANDO.
OH.

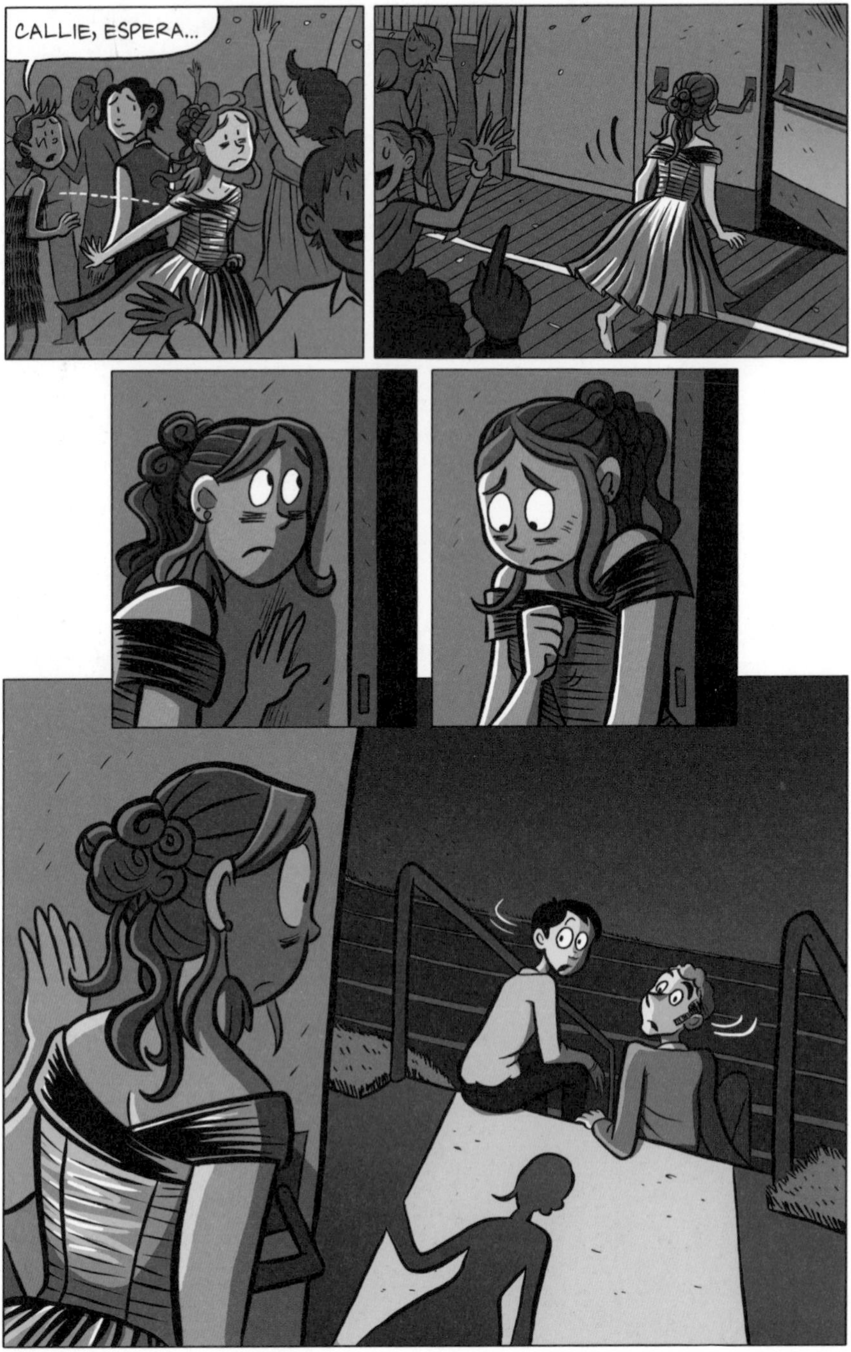
CALLIE, ESPERA...

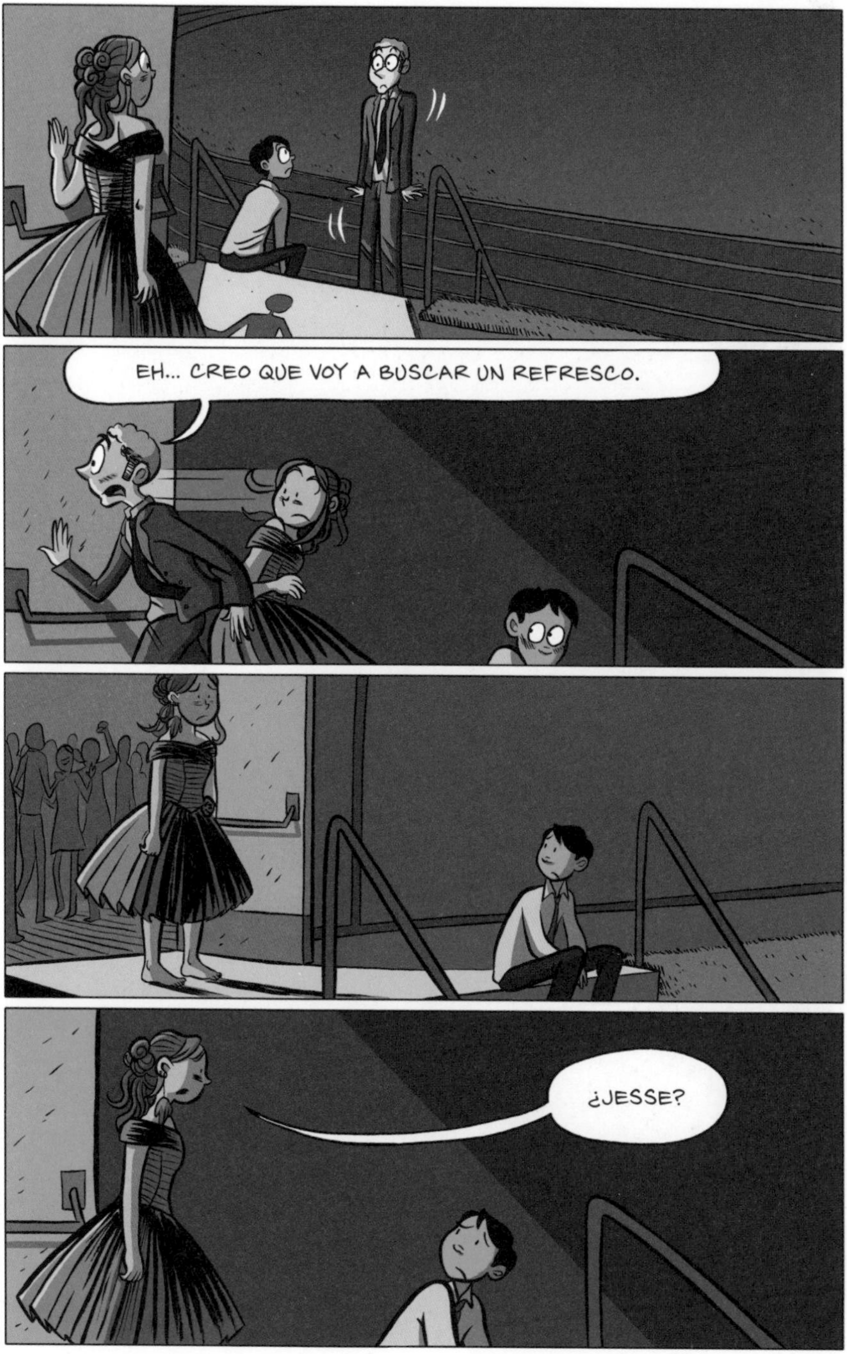
EH... CREO QUE VOY A BUSCAR UN REFRESCO.
¿JESSE?

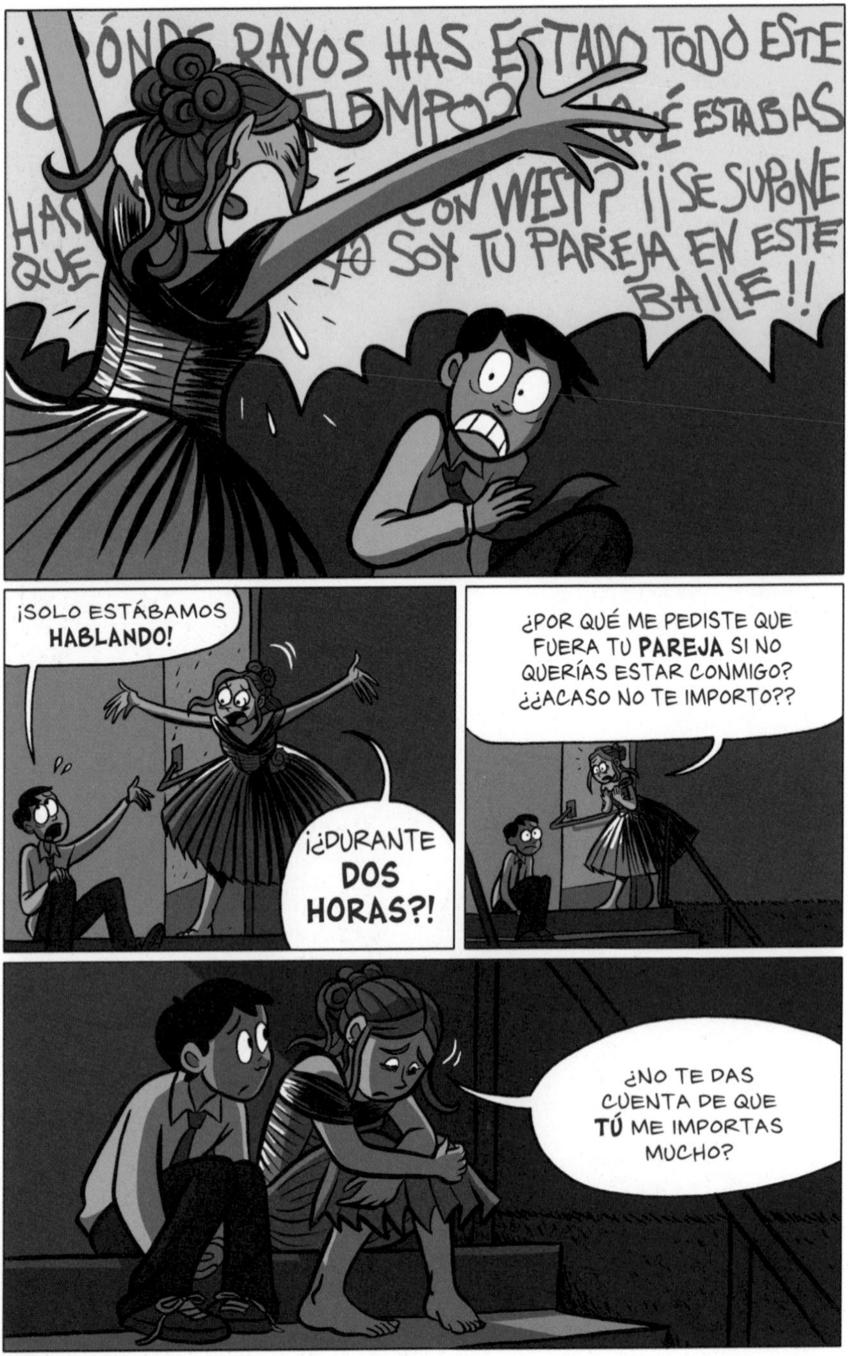
RAYOS HAS ESTADO TODO ESTE
TIEMPO?
QUÉ ESTABAS
CON WEST? ¡¡SE SUPONE
SOY TU PAREJA EN ESTE BAILE!!
¡SOLO ESTÁBAMOS **HABLANDO**!
¡¿DURANTE **DOS HORAS**?!
¿POR QUÉ ME PEDISTE QUE FUERA TU **PAREJA** SI NO QUERÍAS ESTAR CONMIGO? ¿¿ACASO NO TE IMPORTO??
¿NO TE DAS CUENTA DE QUE **TÚ** ME IMPORTAS MUCHO?

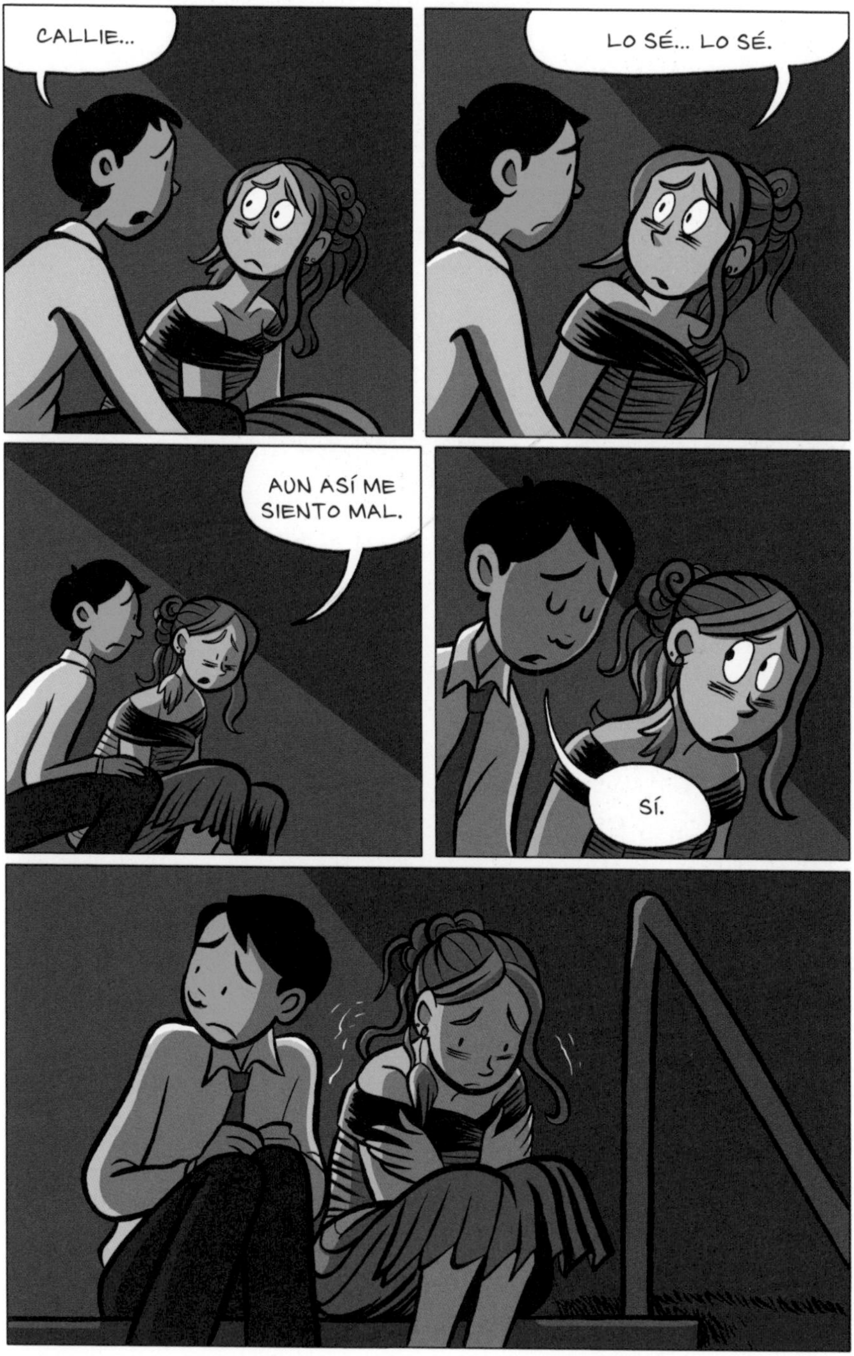
CALLIE...
LO SÉ... LO SÉ.
AUN ASÍ ME SIENTO MAL.
SÍ.

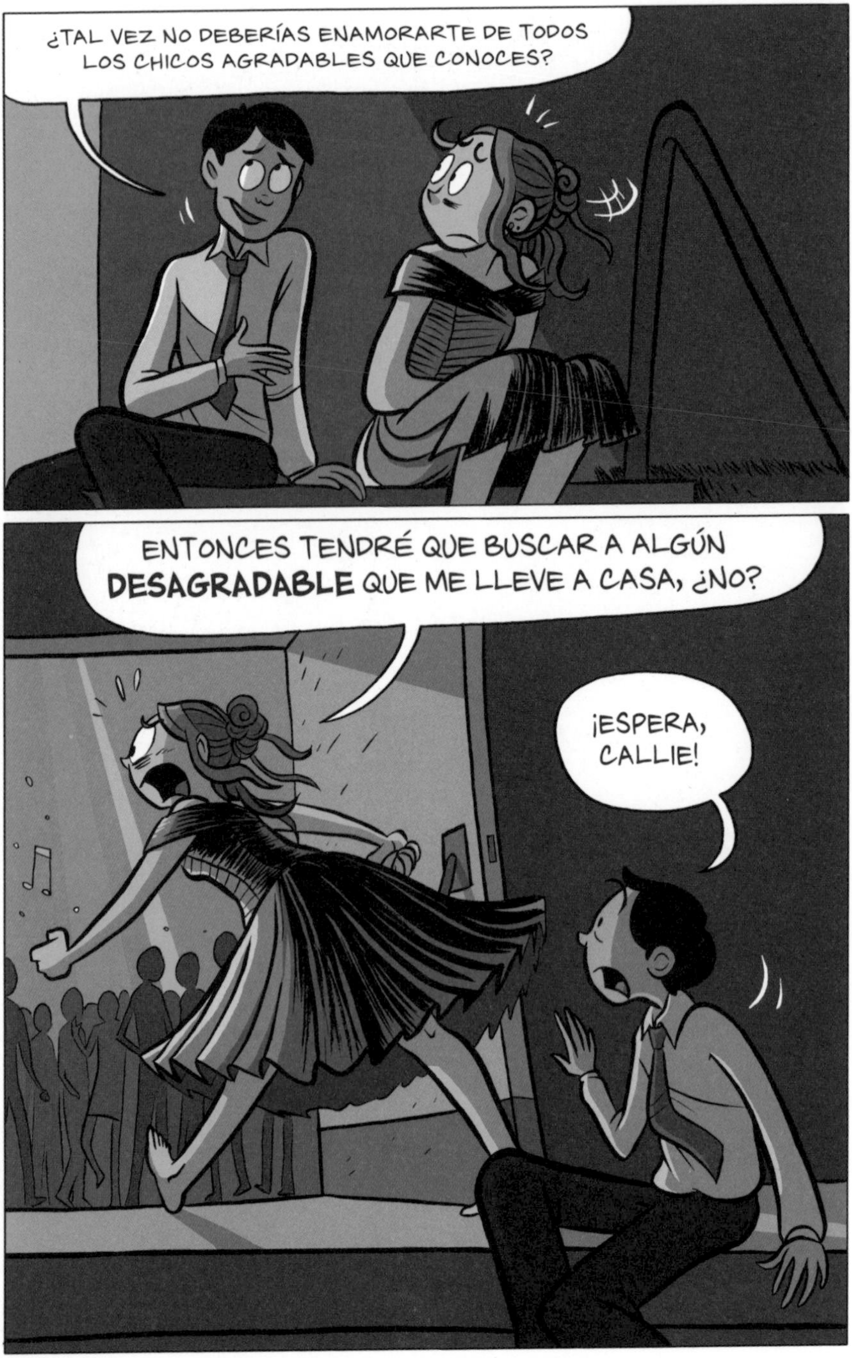
¿TAL VEZ NO DEBERÍAS ENAMORARTE DE TODOS LOS CHICOS AGRADABLES QUE CONOCES?
ENTONCES TENDRÉ QUE BUSCAR A ALGÚN **DESAGRADABLE** QUE ME LLEVE A CASA, ¿NO?
¡ESPERA, CALLIE!

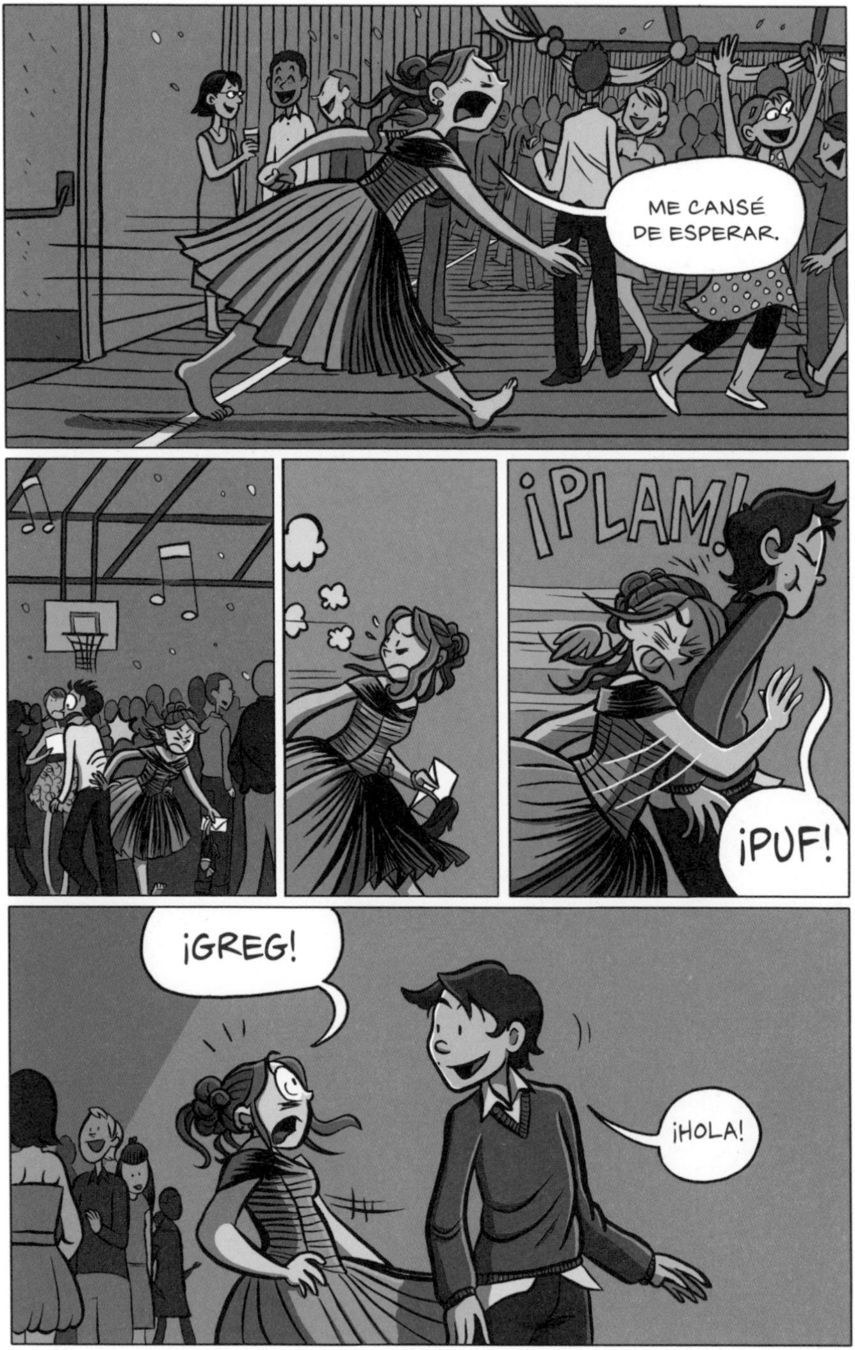
ME CANSÉ DE ESPERAR.
¡PLAM!
¡PUF!
¡GREG!
¡HOLA!

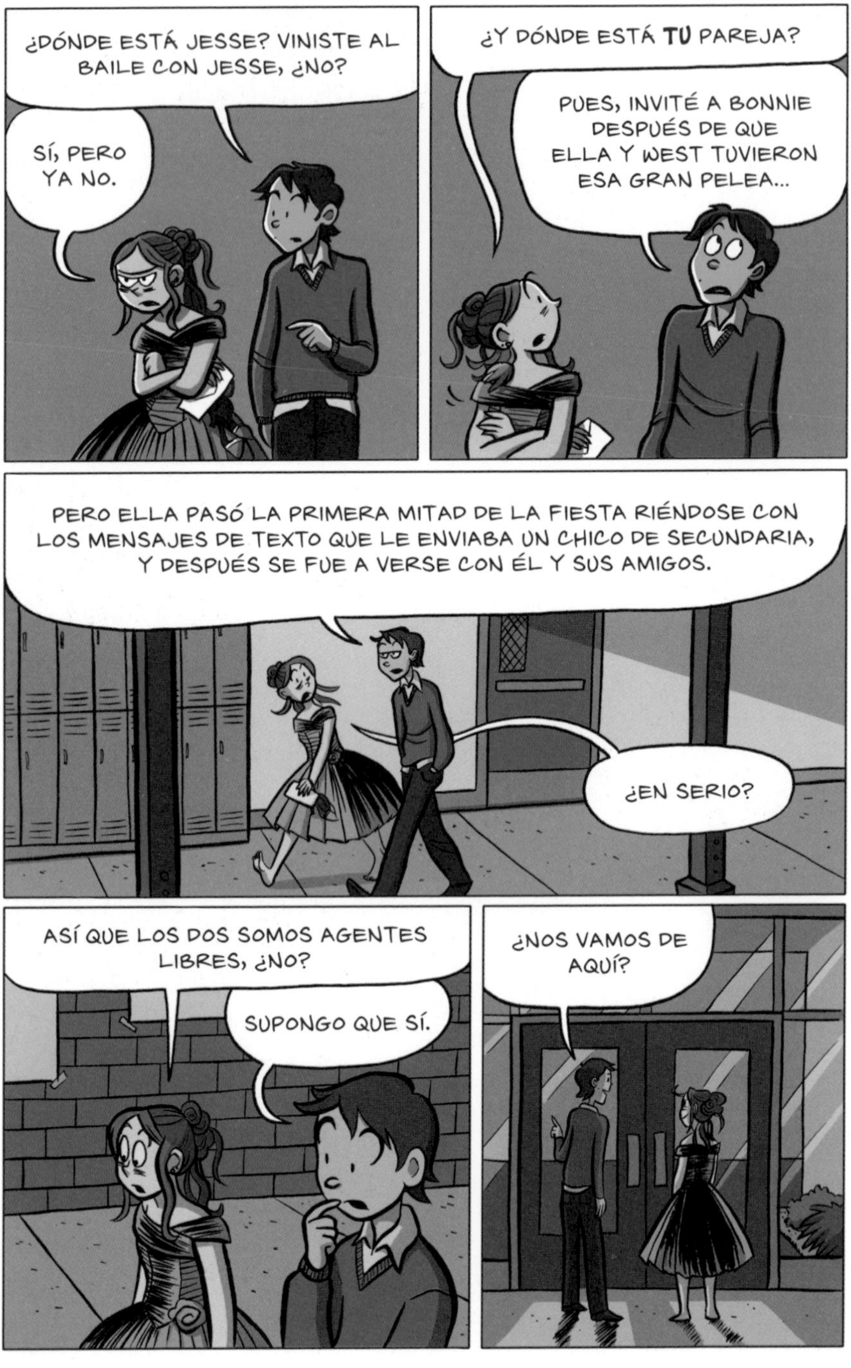

¿DÓNDE ESTÁ JESSE? VINISTE AL BAILE CON JESSE, ¿NO?
SÍ, PERO YA NO.
¿Y DÓNDE ESTÁ **TU** PAREJA?
PUES, INVITÉ A BONNIE DESPUÉS DE QUE ELLA Y WEST TUVIERON ESA GRAN PELEA...
PERO ELLA PASÓ LA PRIMERA MITAD DE LA FIESTA RIÉNDOSE CON LOS MENSAJES DE TEXTO QUE LE ENVIABA UN CHICO DE SECUNDARIA, Y DESPUÉS SE FUE A VERSE CON ÉL Y SUS AMIGOS.
¿EN SERIO?
ASÍ QUE LOS DOS SOMOS AGENTES LIBRES, ¿NO?
SUPONGO QUE SÍ.
¿NOS VAMOS DE AQUÍ?

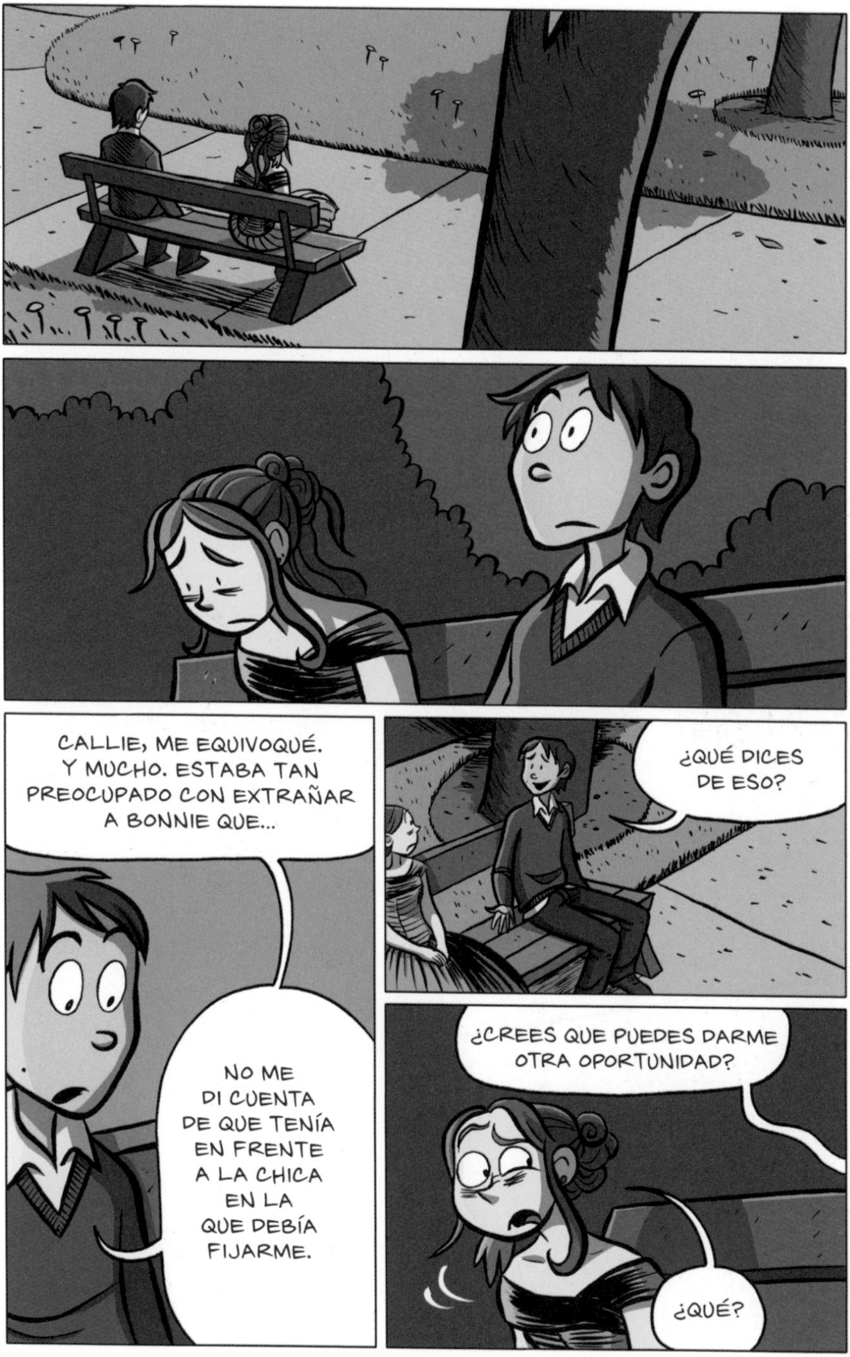
CALLIE, ME EQUIVOQUÉ. Y MUCHO. ESTABA TAN PREOCUPADO CON EXTRAÑAR A BONNIE QUE...
NO ME DI CUENTA DE QUE TENÍA EN FRENTE A LA CHICA EN LA QUE DEBÍA FIJARME.
¿QUÉ DICES DE ESO?
¿CREES QUE PUEDES DARME OTRA OPORTUNIDAD?
¿QUÉ?

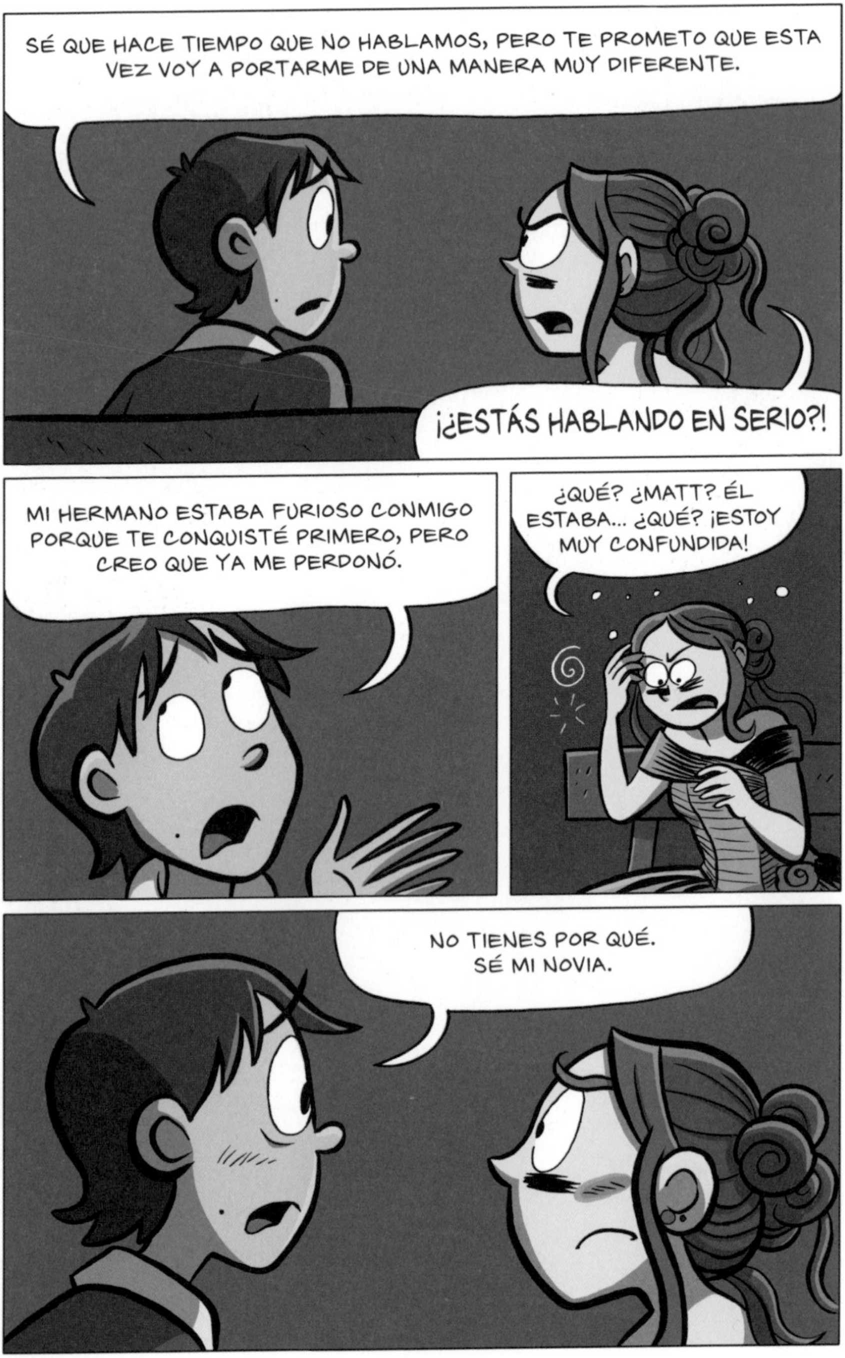
SÉ QUE HACE TIEMPO QUE NO HABLAMOS, PERO TE PROMETO QUE ESTA VEZ VOY A PORTARME DE UNA MANERA MUY DIFERENTE.
¡¿ESTÁS HABLANDO EN SERIO?!
MI HERMANO ESTABA FURIOSO CONMIGO PORQUE TE CONQUISTÉ PRIMERO, PERO CREO QUE YA ME PERDONÓ.
¿QUÉ? ¿MATT? ÉL ESTABA... ¿QUÉ? ¡ESTOY MUY CONFUNDIDA!
NO TIENES POR QUÉ. SÉ MI NOVIA.

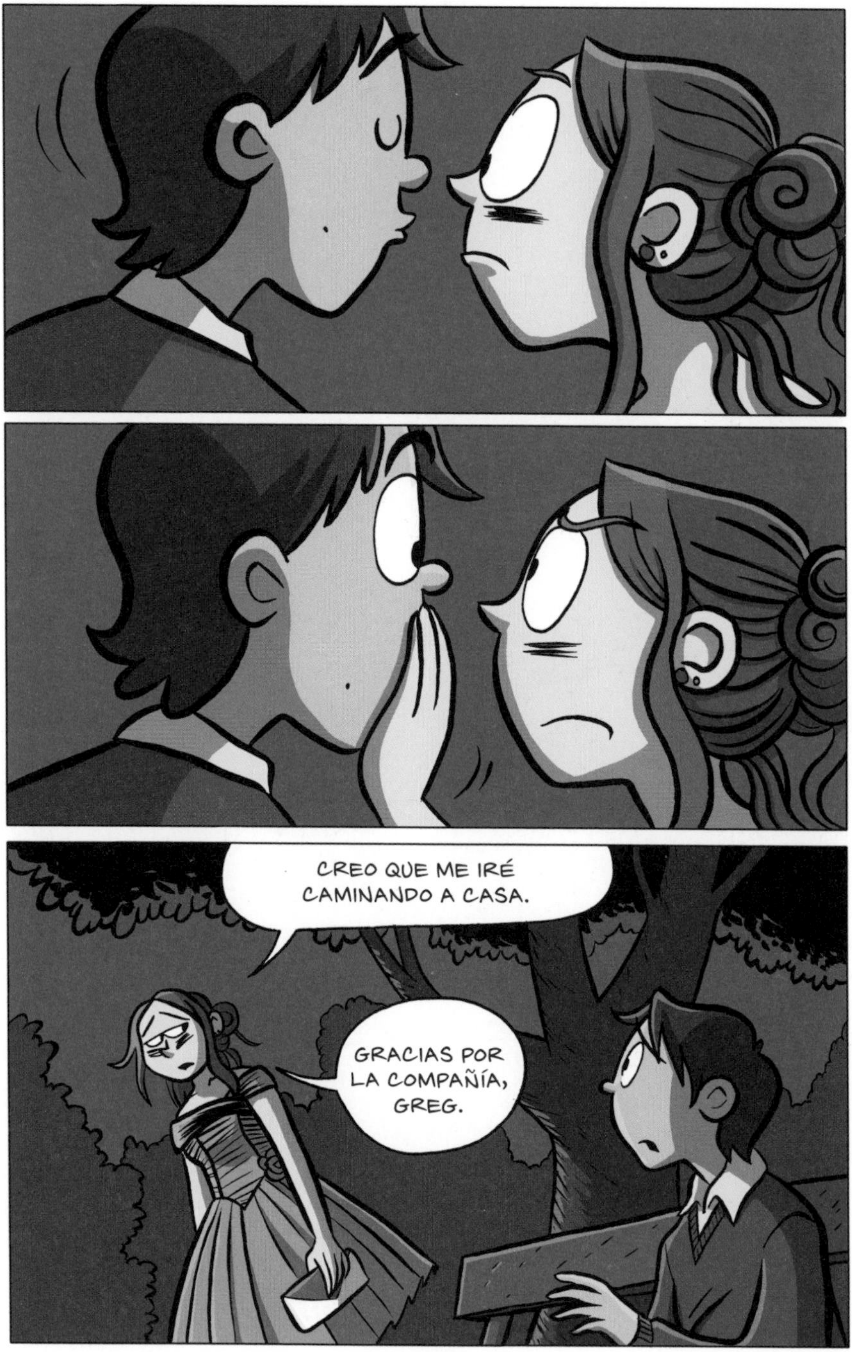
CREO QUE ME IRÉ CAMINANDO A CASA.
GRACIAS POR LA COMPAÑÍA, GREG.

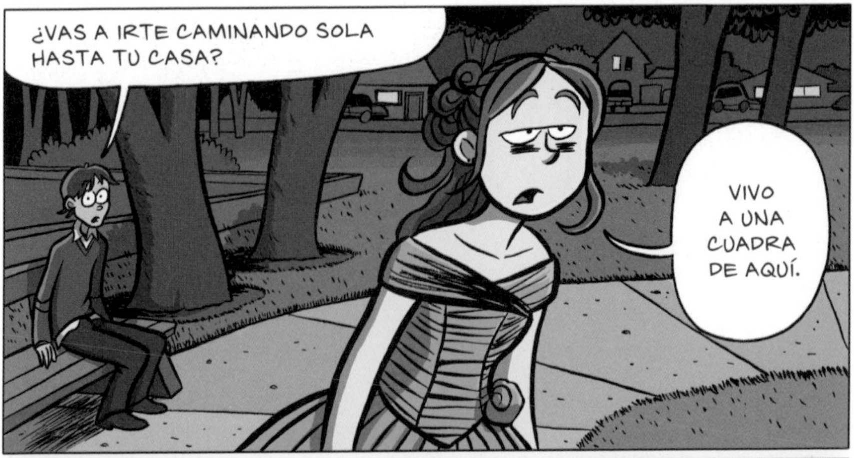
¿VAS A IRTE CAMINANDO SOLA HASTA TU CASA?
VIVO A UNA CUADRA DE AQUÍ.

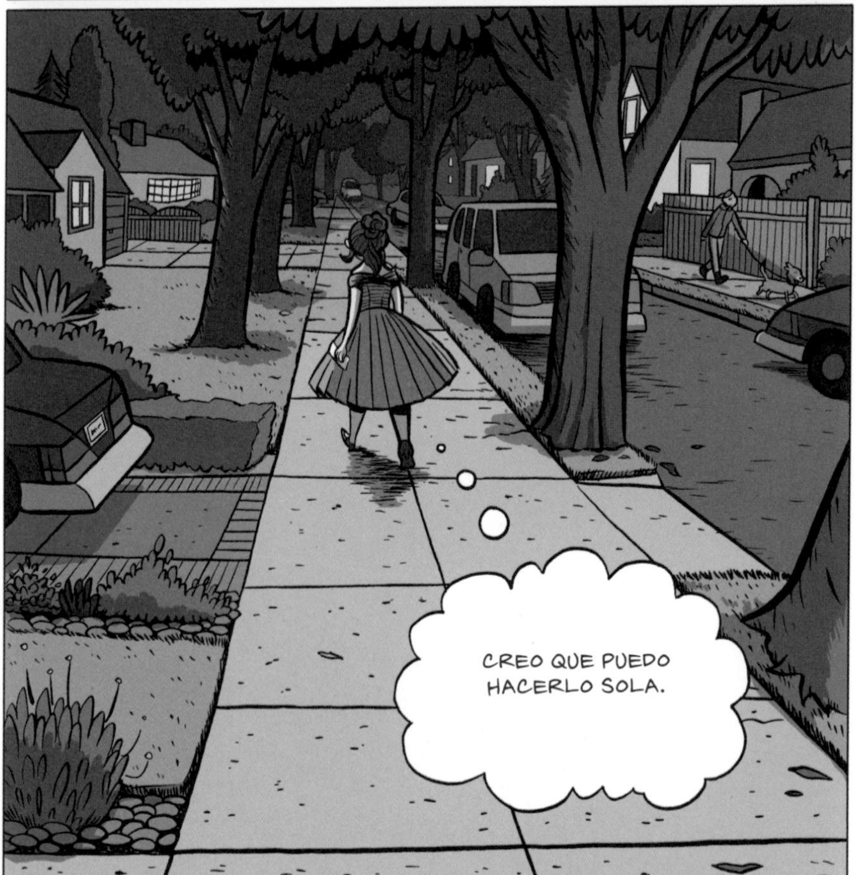
CREO QUE PUEDO HACERLO SOLA.

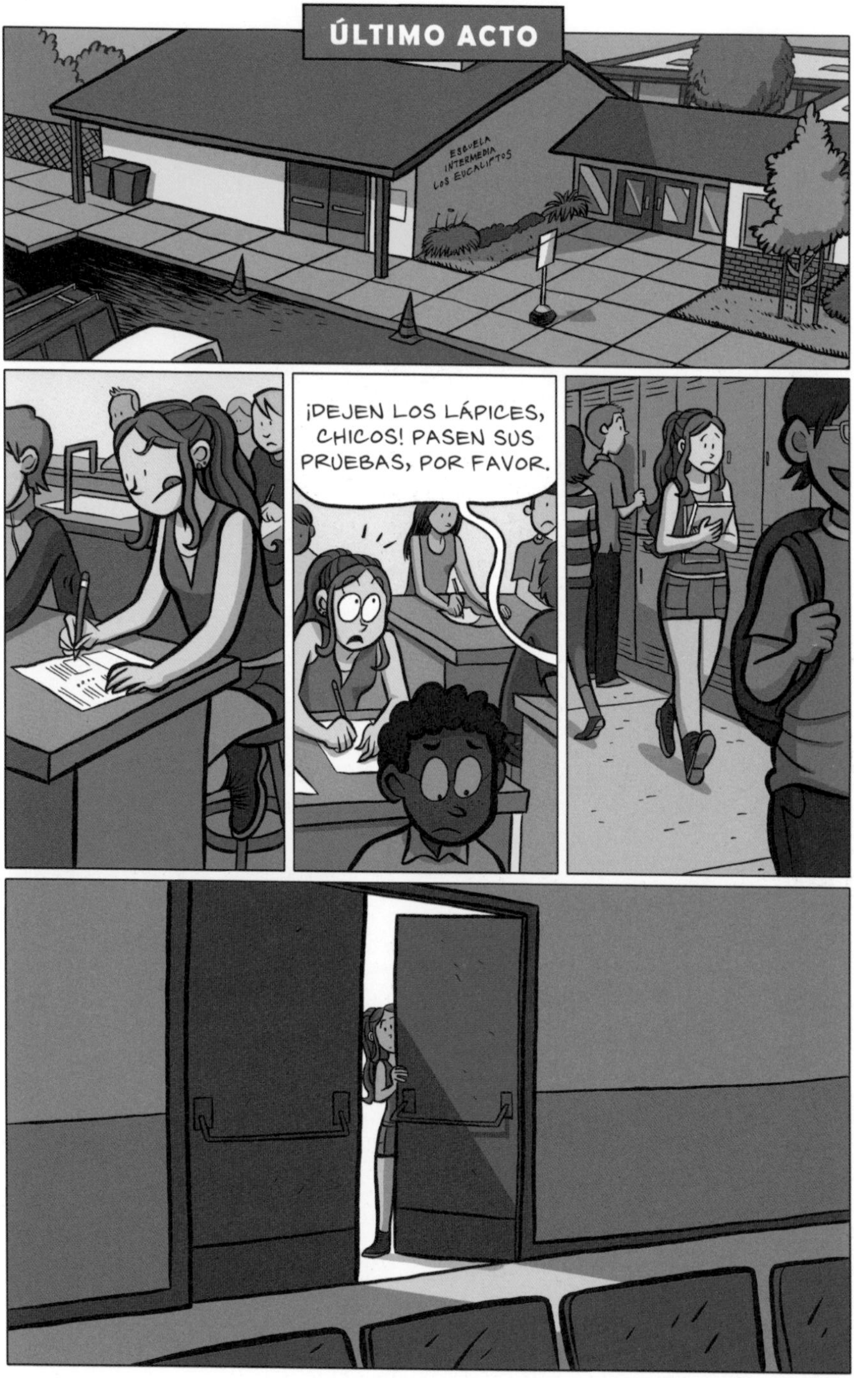
ÚLTIMO ACTO
ESCUELA INTERMEDIA LOS EUCALIPTOS
¡DEJEN LOS LÁPICES, CHICOS! PASEN SUS PRUEBAS, POR FAVOR.

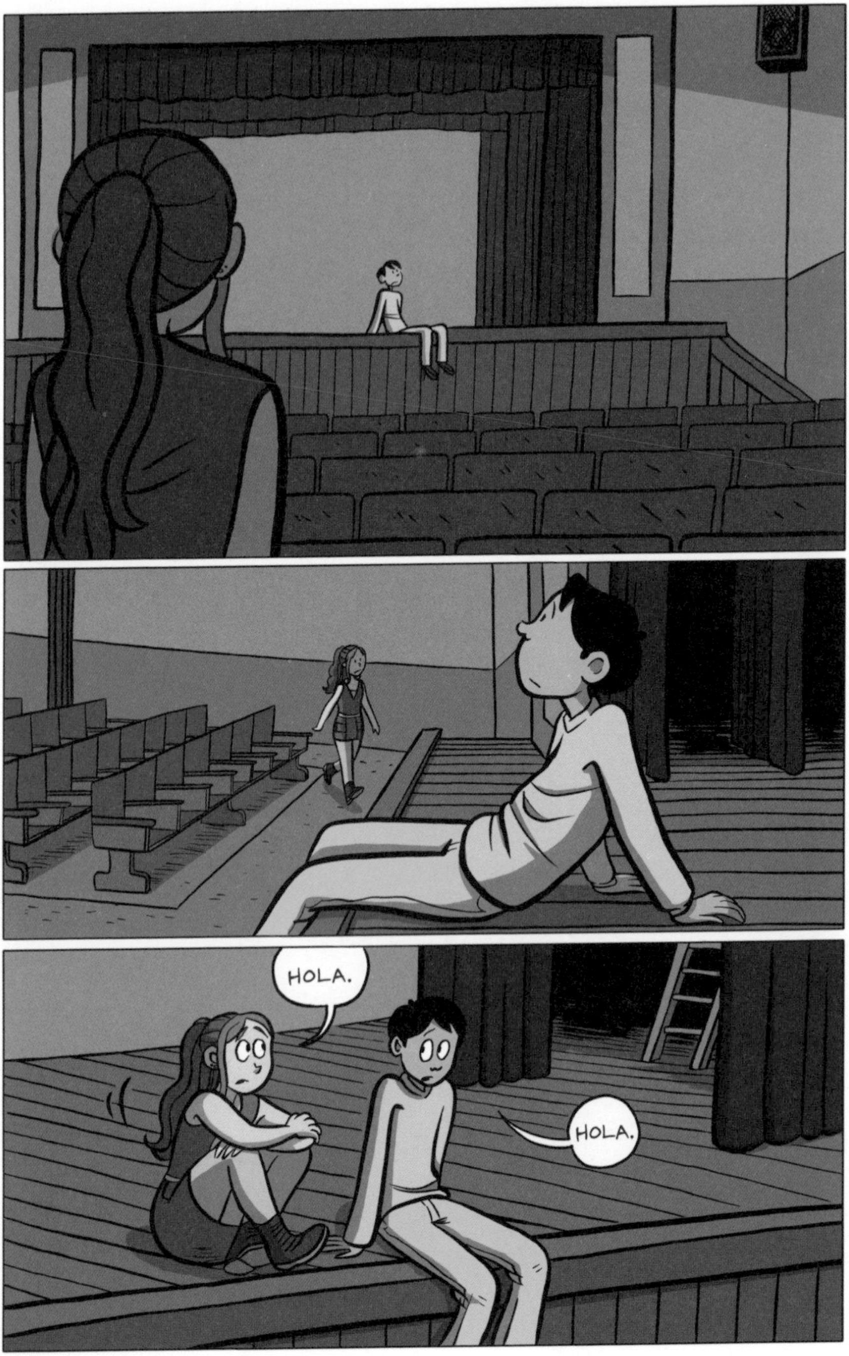
HOLA.
HOLA.

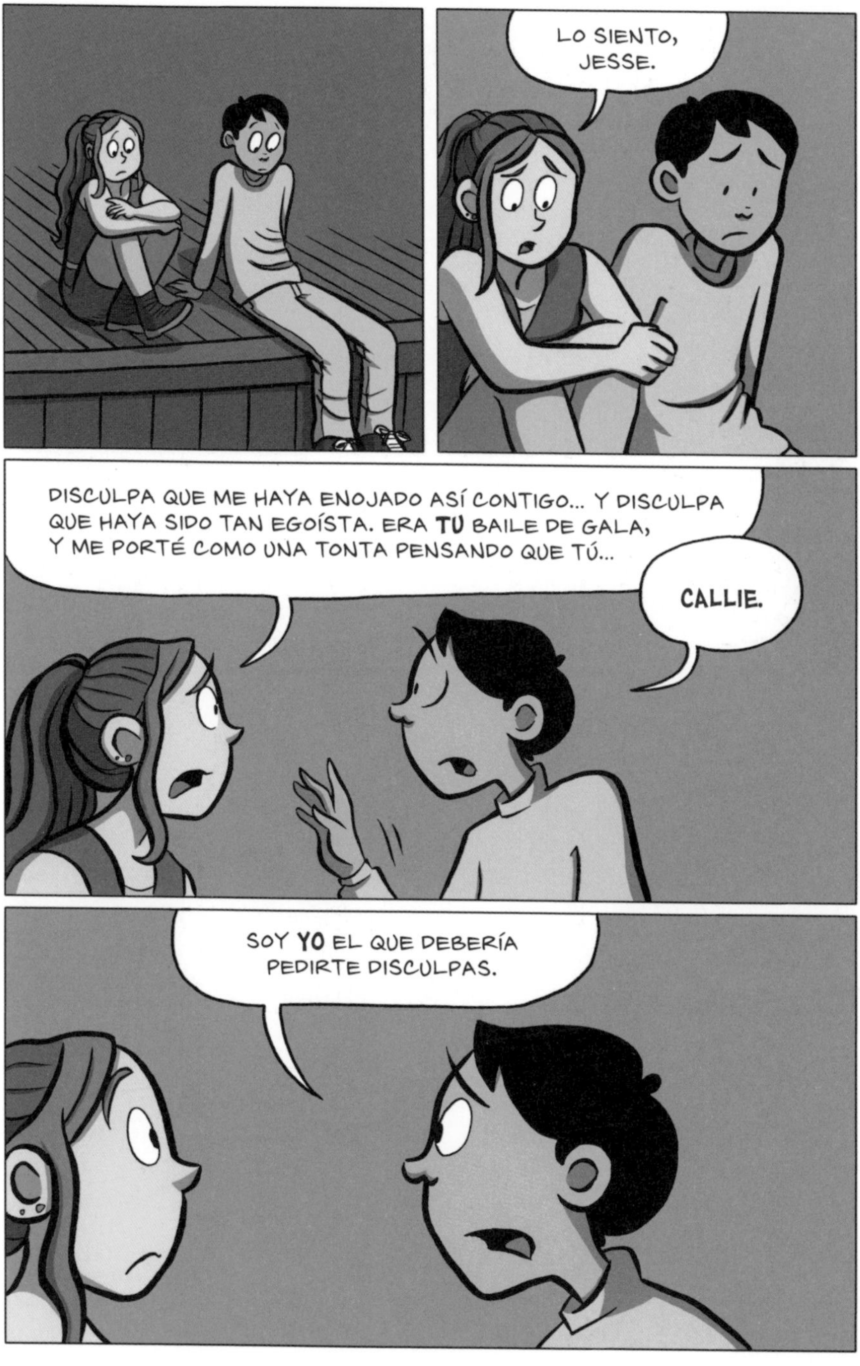
LO SIENTO, JESSE.
DISCULPA QUE ME HAYA ENOJADO ASÍ CONTIGO... Y DISCULPA QUE HAYA SIDO TAN EGOÍSTA. ERA **TU** BAILE DE GALA, Y ME PORTÉ COMO UNA TONTA PENSANDO QUE TÚ...
CALLIE.
SOY **YO** EL QUE DEBERÍA PEDIRTE DISCULPAS.

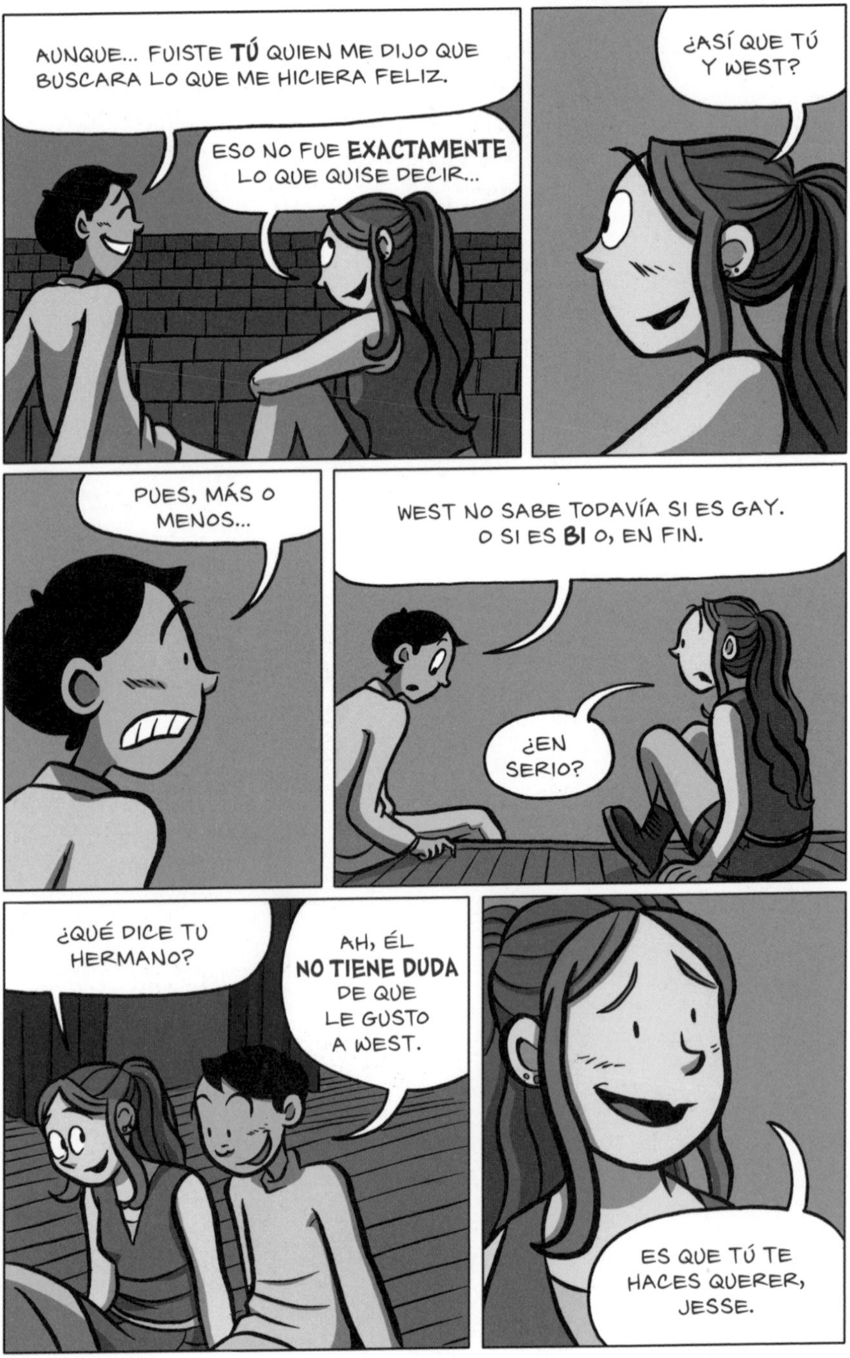
AUNQUE... FUISTE TÚ QUIEN ME DIJO QUE BUSCARA LO QUE ME HICIERA FELIZ.
ESO NO FUE EXACTAMENTE LO QUE QUISE DECIR...
¿ASÍ QUE TÚ Y WEST?
PUES, MÁS O MENOS...
WEST NO SABE TODAVÍA SI ES GAY. O SI ES BI O, EN FIN.
¿EN SERIO?
¿QUÉ DICE TU HERMANO?
AH, ÉL NO TIENE DUDA DE QUE LE GUSTO A WEST.
ES QUE TÚ TE HACES QUERER, JESSE.

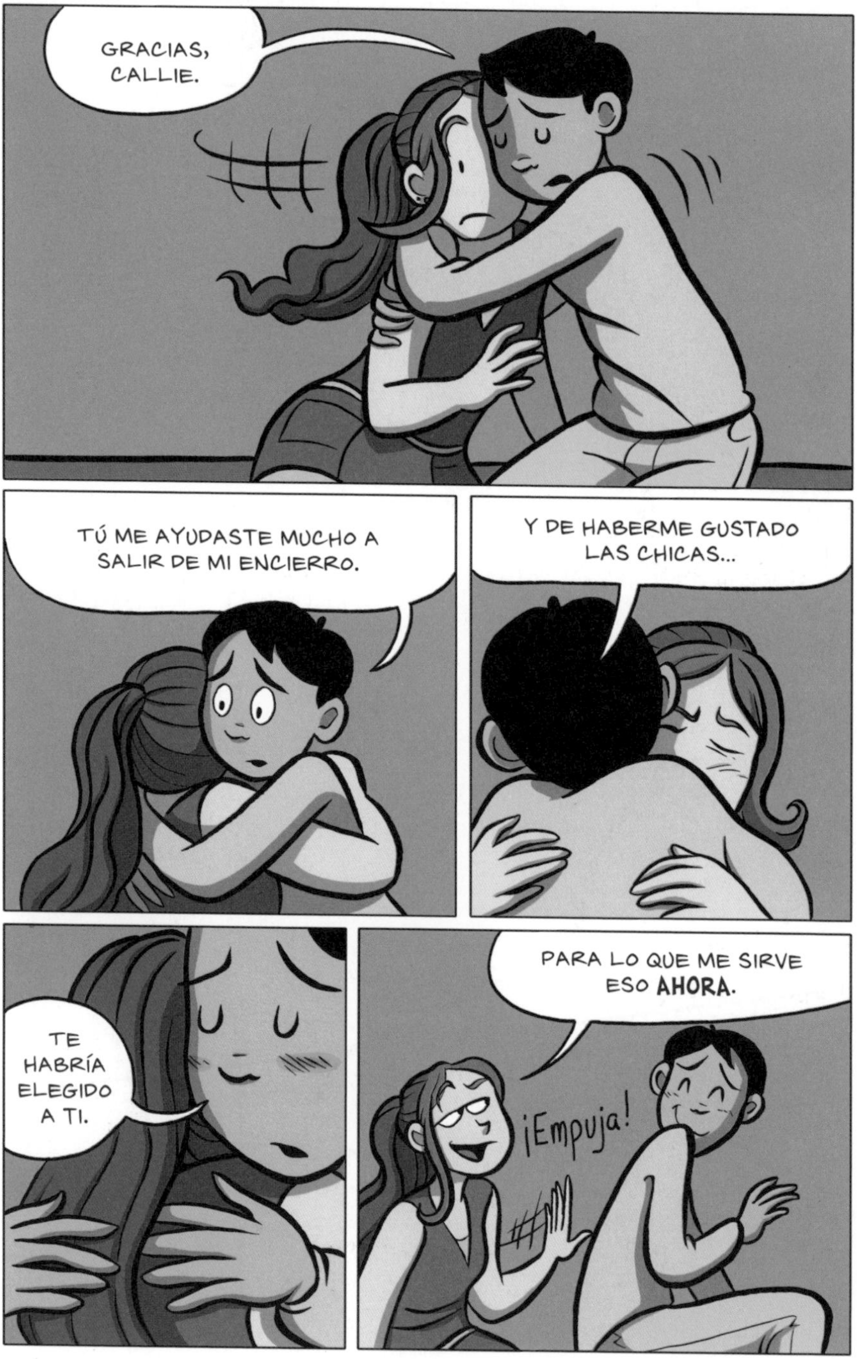
GRACIAS, CALLIE.
TÚ ME AYUDASTE MUCHO A SALIR DE MI ENCIERRO.
Y DE HABERME GUSTADO LAS CHICAS...
TE HABRÍA ELEGIDO A TI.
PARA LO QUE ME SIRVE ESO **AHORA**.
¡Empuja!

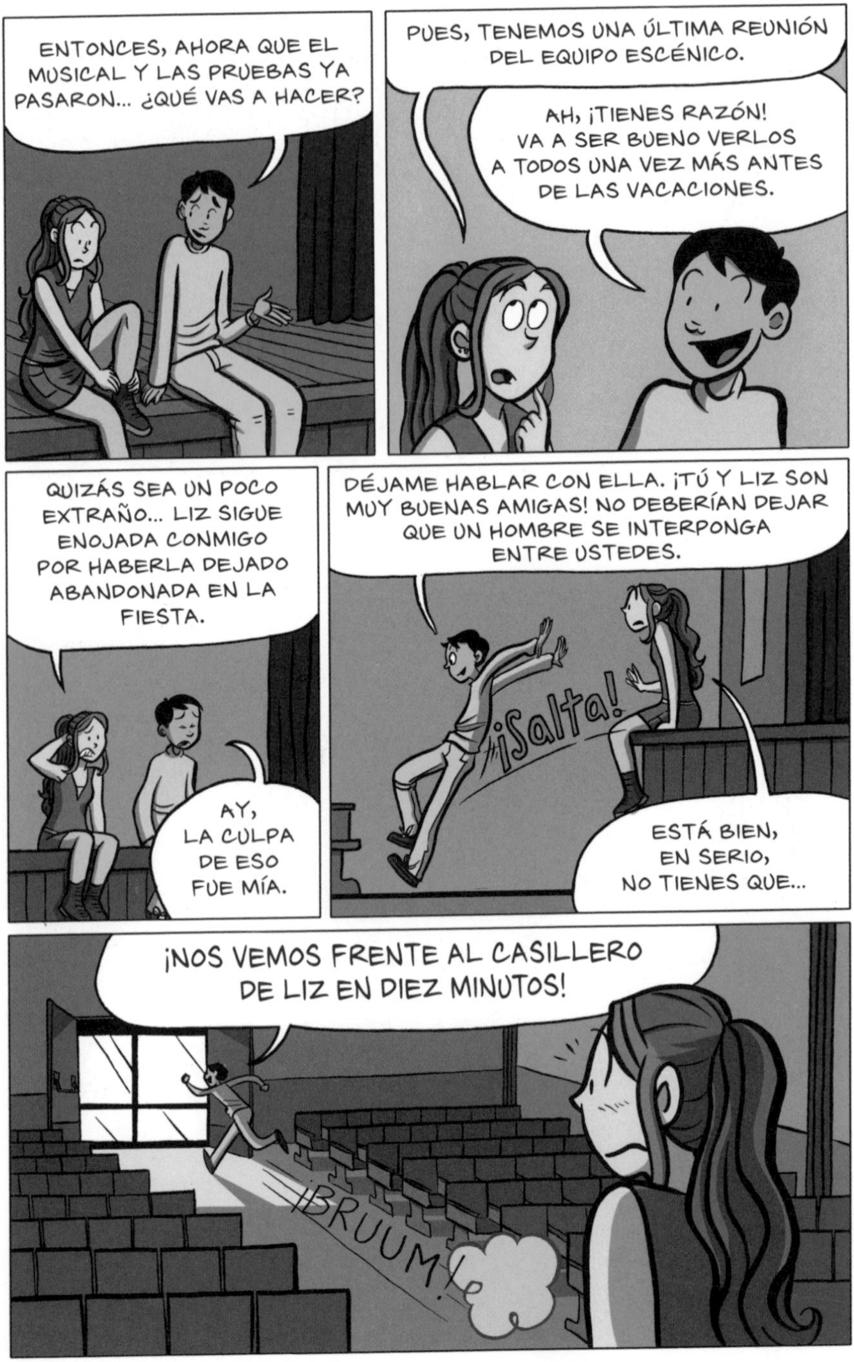
ENTONCES, AHORA QUE EL MUSICAL Y LAS PRUEBAS YA PASARON... ¿QUÉ VAS A HACER?
PUES, TENEMOS UNA ÚLTIMA REUNIÓN DEL EQUIPO ESCÉNICO.
AH, ¡TIENES RAZÓN! VA A SER BUENO VERLOS A TODOS UNA VEZ MÁS ANTES DE LAS VACACIONES.
QUIZÁS SEA UN POCO EXTRAÑO... LIZ SIGUE ENOJADA CONMIGO POR HABERLA DEJADO ABANDONADA EN LA FIESTA.
AY, LA CULPA DE ESO FUE MÍA.
DÉJAME HABLAR CON ELLA. ¡TÚ Y LIZ SON MUY BUENAS AMIGAS! NO DEBERÍAN DEJAR QUE UN HOMBRE SE INTERPONGA ENTRE USTEDES.
¡Salta!
ESTÁ BIEN, EN SERIO, NO TIENES QUE...
¡NOS VEMOS FRENTE AL CASILLERO DE LIZ EN DIEZ MINUTOS!
¡BRUUM!

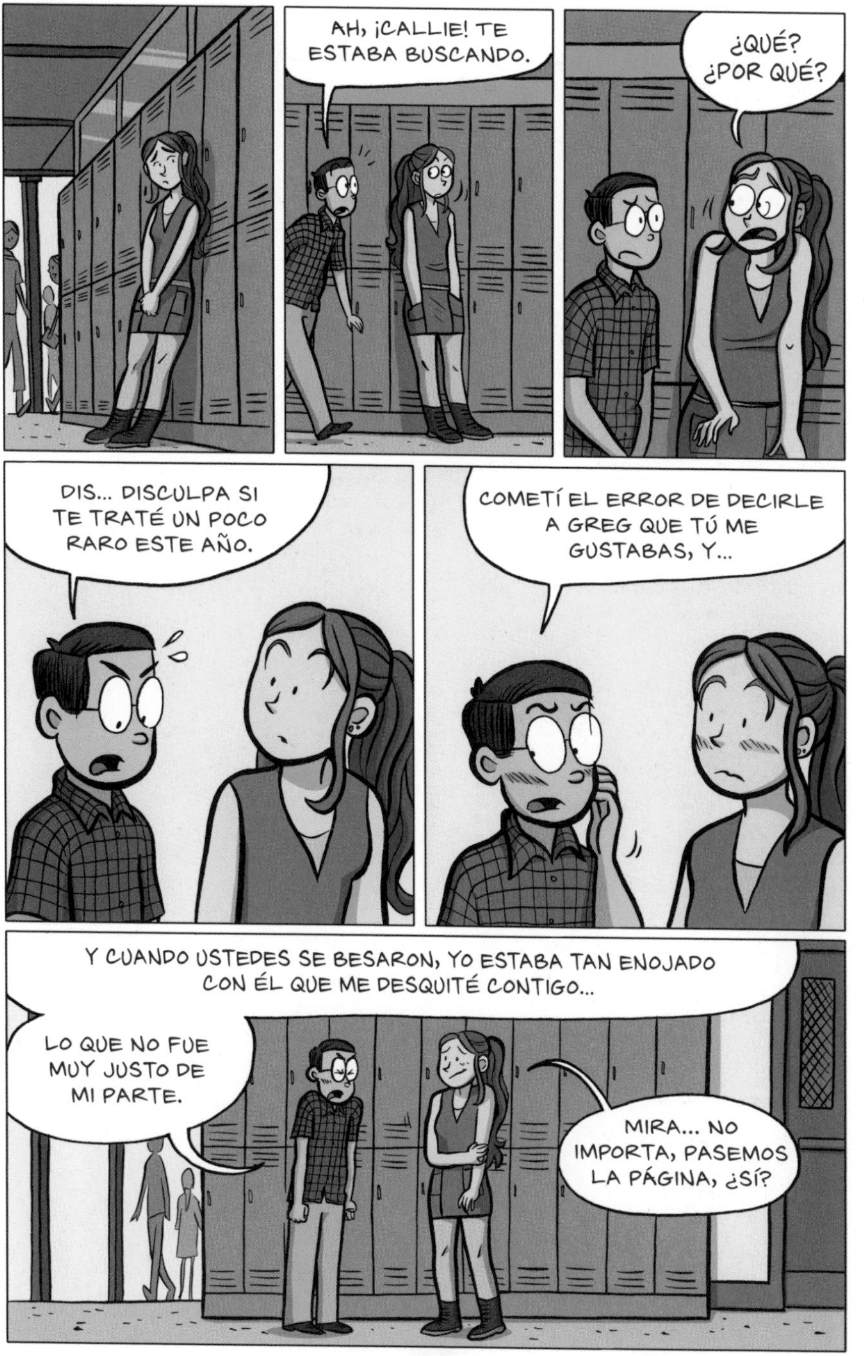

AH, ¡CALLIE! TE ESTABA BUSCANDO.
¿QUÉ? ¿POR QUÉ?
DIS... DISCULPA SI TE TRATÉ UN POCO RARO ESTE AÑO.
COMETÍ EL ERROR DE DECIRLE A GREG QUE TÚ ME GUSTABAS, Y...
Y CUANDO USTEDES SE BESARON, YO ESTABA TAN ENOJADO CON ÉL QUE ME DESQUITÉ CONTIGO...
LO QUE NO FUE MUY JUSTO DE MI PARTE.
MIRA... NO IMPORTA, PASEMOS LA PÁGINA, ¿SÍ?

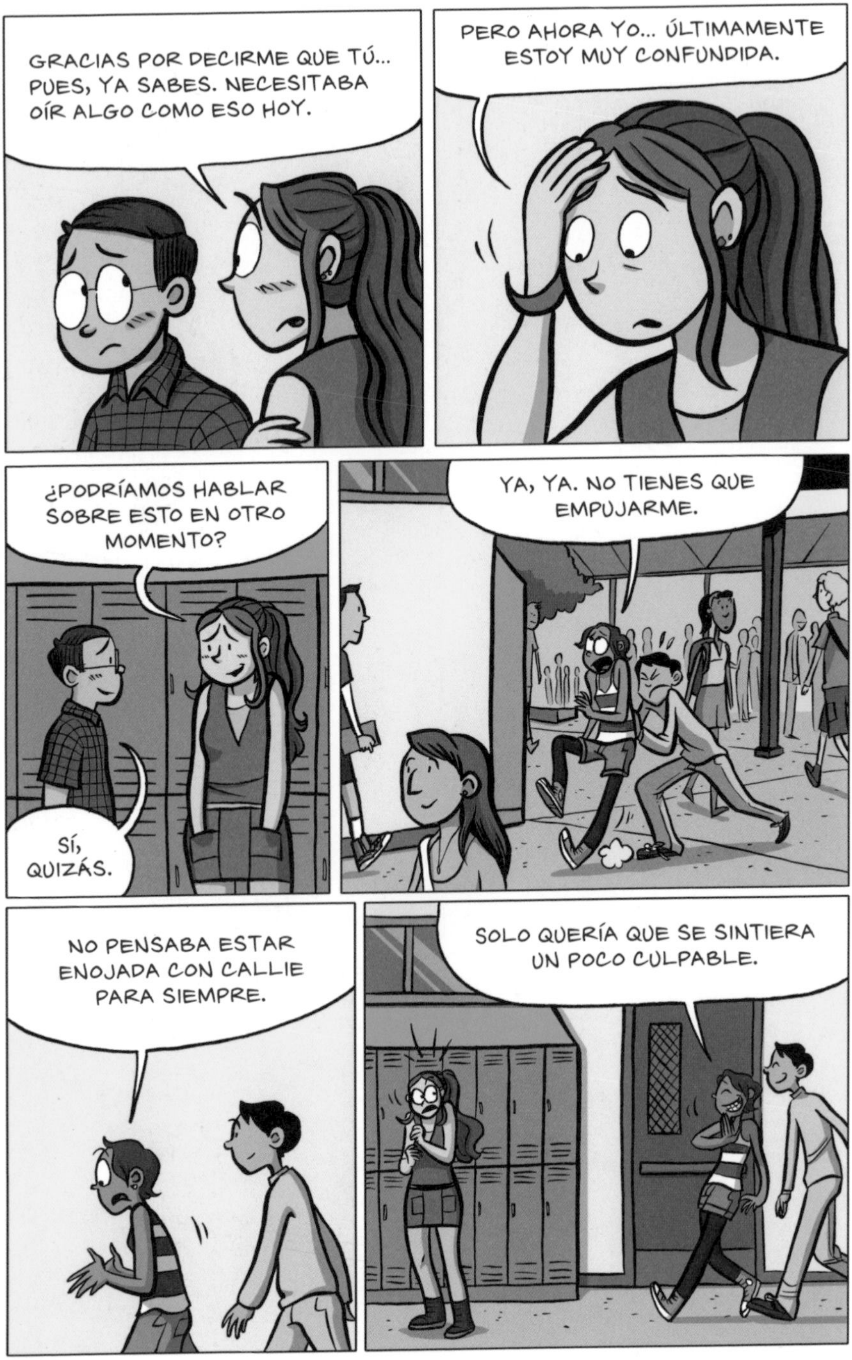
GRACIAS POR DECIRME QUE TÚ... PUES, YA SABES. NECESITABA OÍR ALGO COMO ESO HOY.
PERO AHORA YO... ÚLTIMAMENTE ESTOY MUY CONFUNDIDA.
¿PODRÍAMOS HABLAR SOBRE ESTO EN OTRO MOMENTO?
SÍ, QUIZÁS.
YA, YA. NO TIENES QUE EMPUJARME.
NO PENSABA ESTAR ENOJADA CON CALLIE PARA SIEMPRE.
SOLO QUERÍA QUE SE SINTIERA UN POCO CULPABLE.

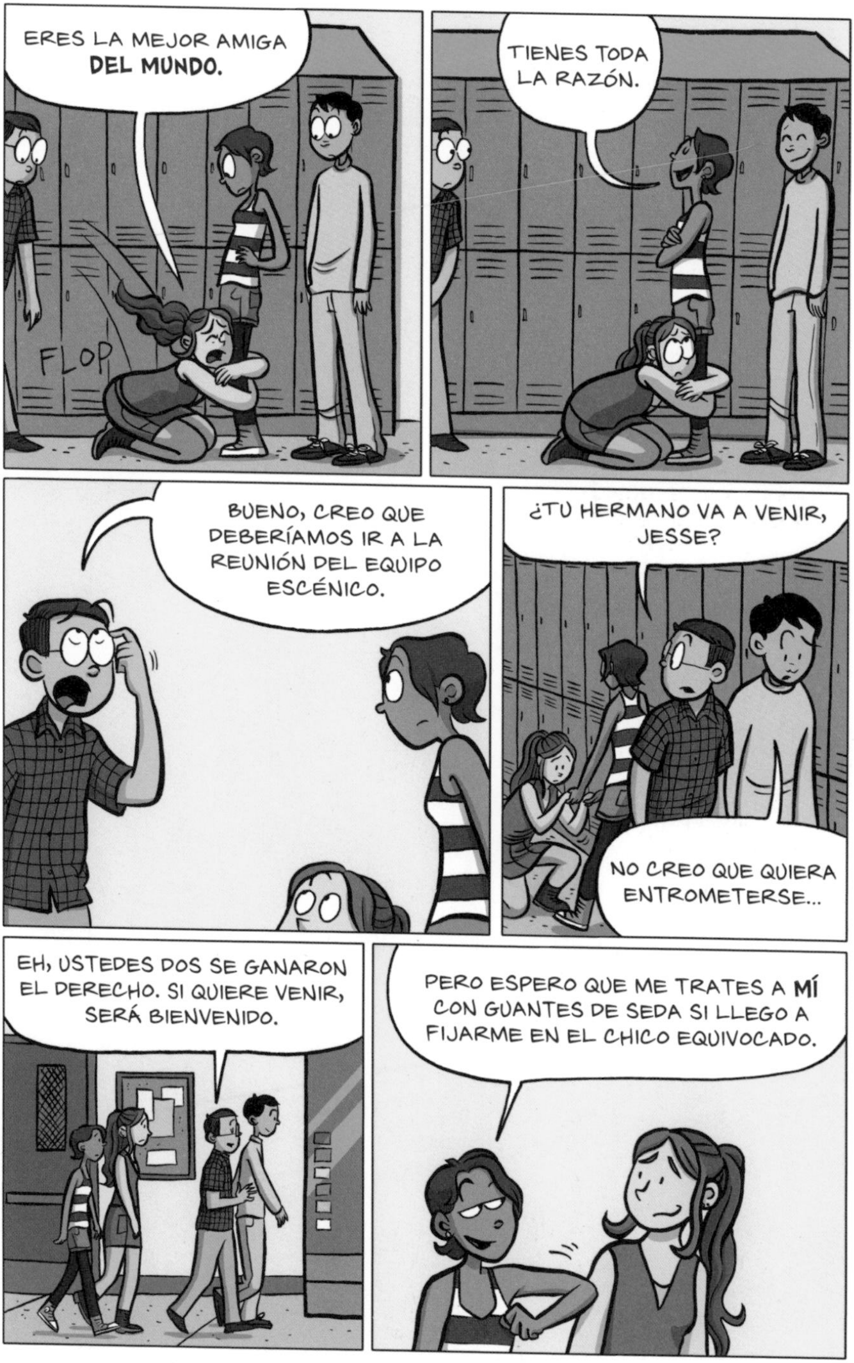
ERES LA MEJOR AMIGA **DEL MUNDO.**
FLOP
TIENES TODA LA RAZÓN.
BUENO, CREO QUE DEBERÍAMOS IR A LA REUNIÓN DEL EQUIPO ESCÉNICO.
¿TU HERMANO VA A VENIR, JESSE?
NO CREO QUE QUIERA ENTROMETERSE...
EH, USTEDES DOS SE GANARON EL DERECHO. SI QUIERE VENIR, SERÁ BIENVENIDO.
PERO ESPERO QUE ME TRATES A **MÍ** CON GUANTES DE SEDA SI LLEGO A FIJARME EN EL CHICO EQUIVOCADO.

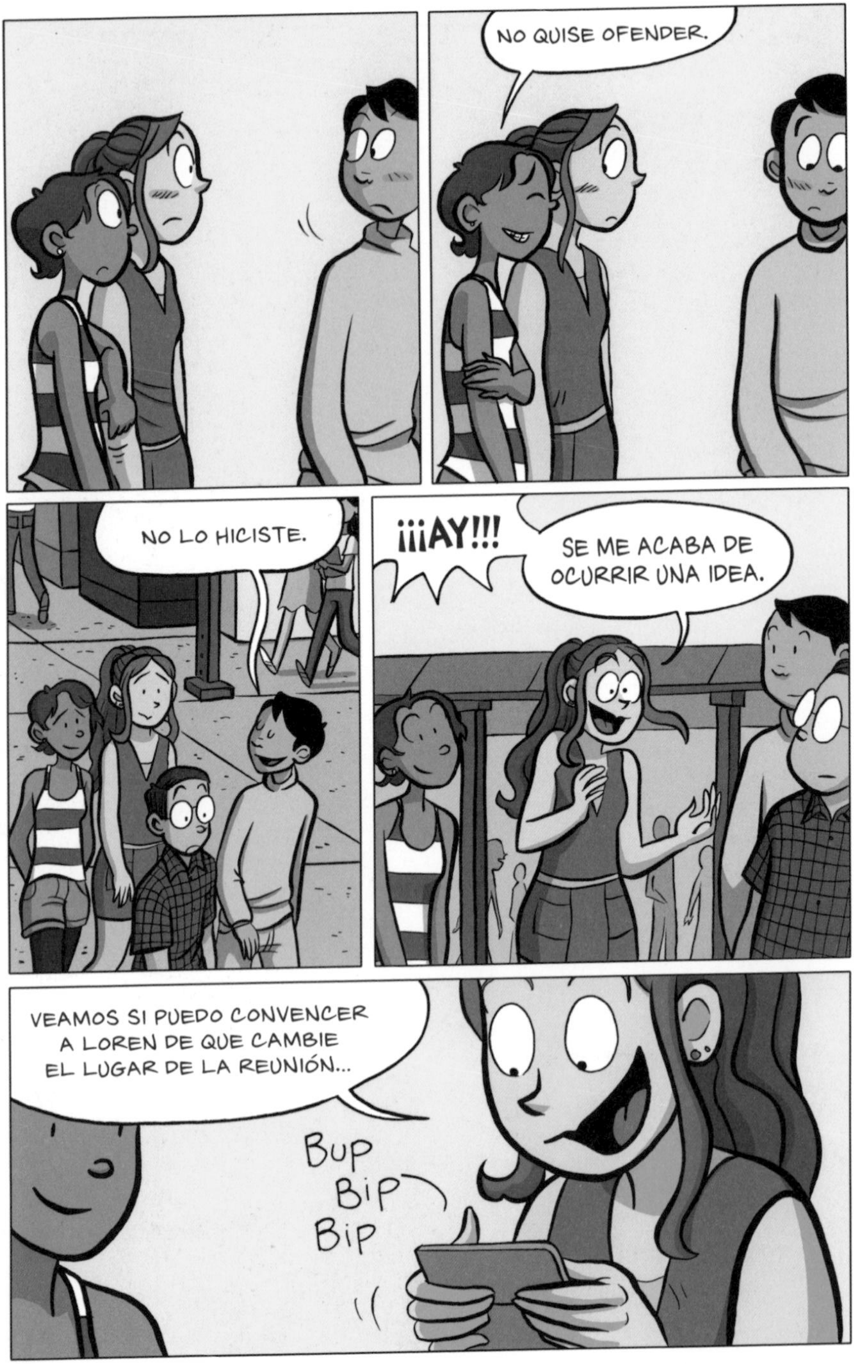
NO QUISE OFENDER.
NO LO HICISTE.
¡¡¡AY!!!
SE ME ACABA DE OCURRIR UNA IDEA.
VEAMOS SI PUEDO CONVENCER A LOREN DE QUE CAMBIE EL LUGAR DE LA REUNIÓN...
Bup
Bip
Bip

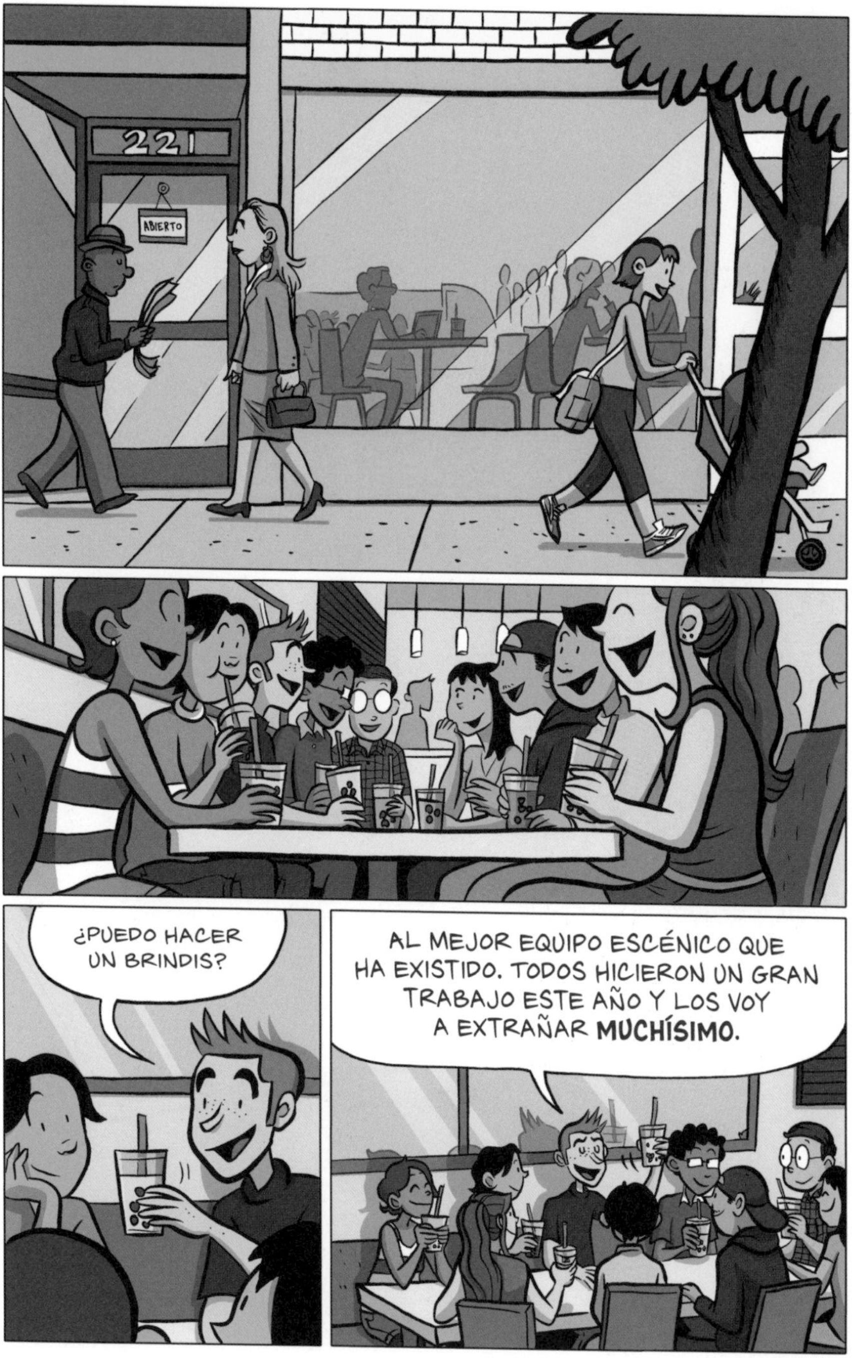
221
ABIERTO
¿PUEDO HACER UN BRINDIS?
AL MEJOR EQUIPO ESCÉNICO QUE HA EXISTIDO. TODOS HICIERON UN GRAN TRABAJO ESTE AÑO Y LOS VOY A EXTRAÑAR **MUCHÍSIMO**.

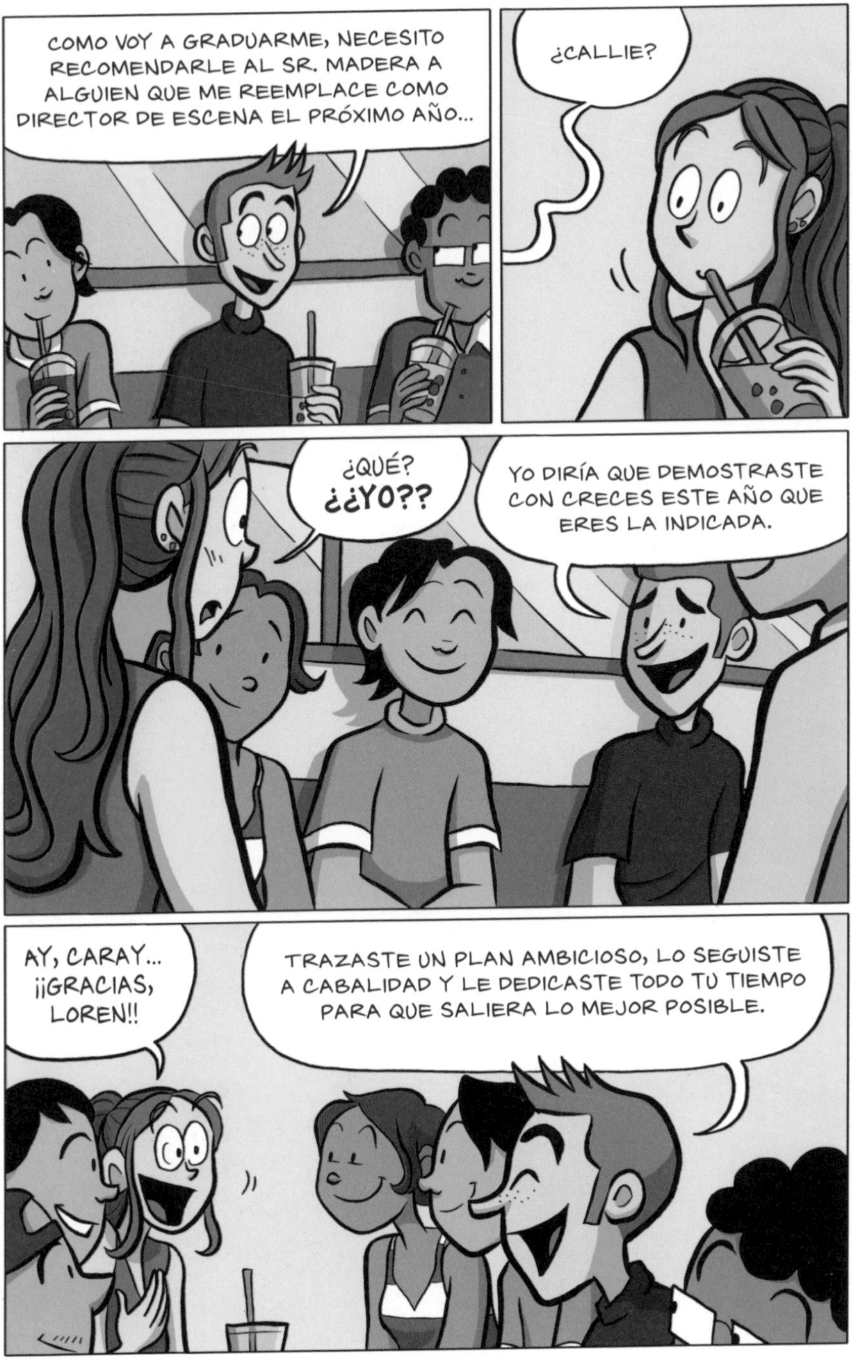
COMO VOY A GRADUARME, NECESITO RECOMENDARLE AL SR. MADERA A ALGUIEN QUE ME REEMPLACE COMO DIRECTOR DE ESCENA EL PRÓXIMO AÑO...
¿CALLIE?
¿QUÉ? ¿¿YO??
YO DIRÍA QUE DEMOSTRASTE CON CRECES ESTE AÑO QUE ERES LA INDICADA.
AY, CARAY... ¡¡GRACIAS, LOREN!!
TRAZASTE UN PLAN AMBICIOSO, LO SEGUISTE A CABALIDAD Y LE DEDICASTE TODO TU TIEMPO PARA QUE SALIERA LO MEJOR POSIBLE.

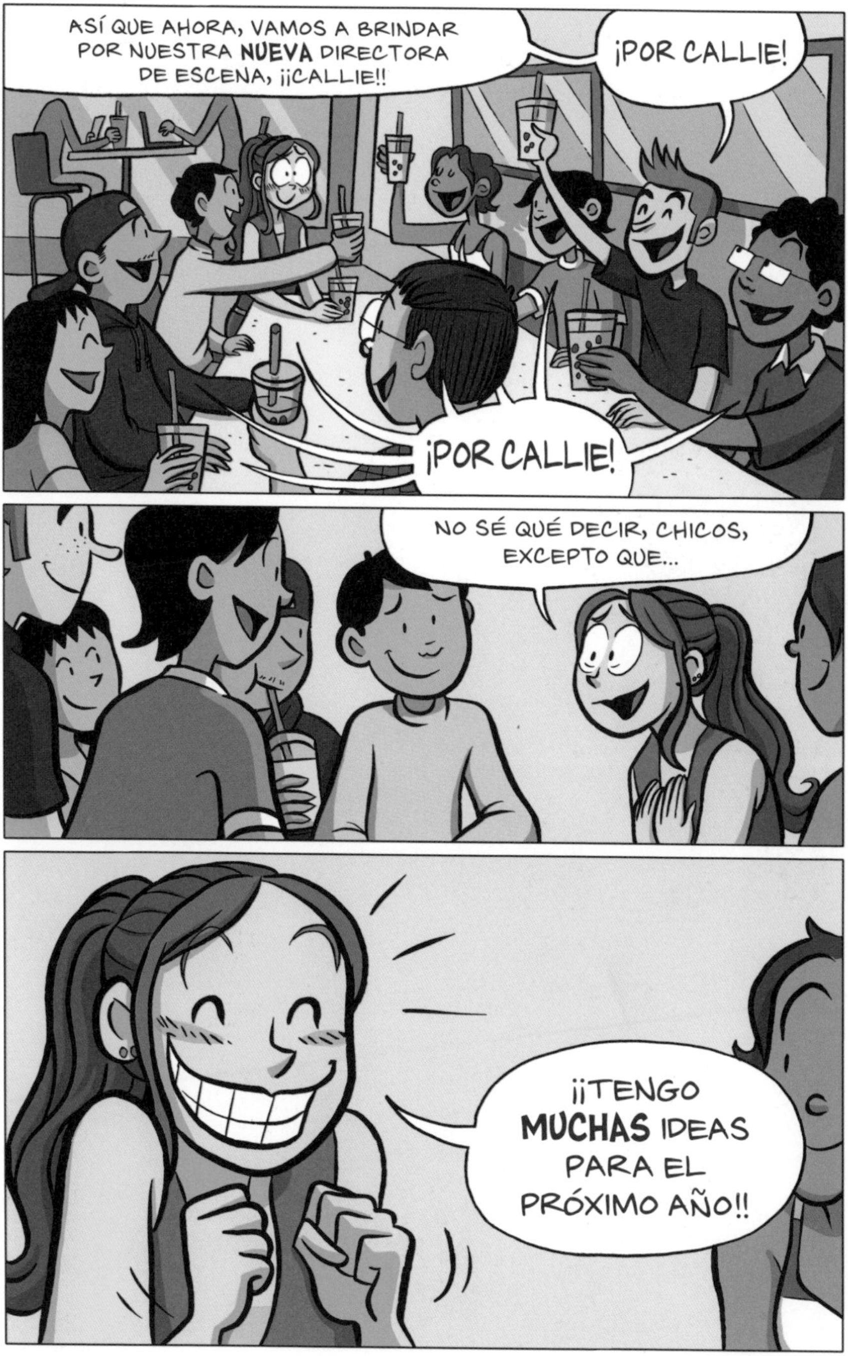
ASÍ QUE AHORA, VAMOS A BRINDAR POR NUESTRA NUEVA DIRECTORA DE ESCENA, ¡¡CALLIE!!
¡POR CALLIE!
¡POR CALLIE!
NO SÉ QUÉ DECIR, CHICOS, EXCEPTO QUE...
¡¡TENGO MUCHAS IDEAS PARA EL PRÓXIMO AÑO!!

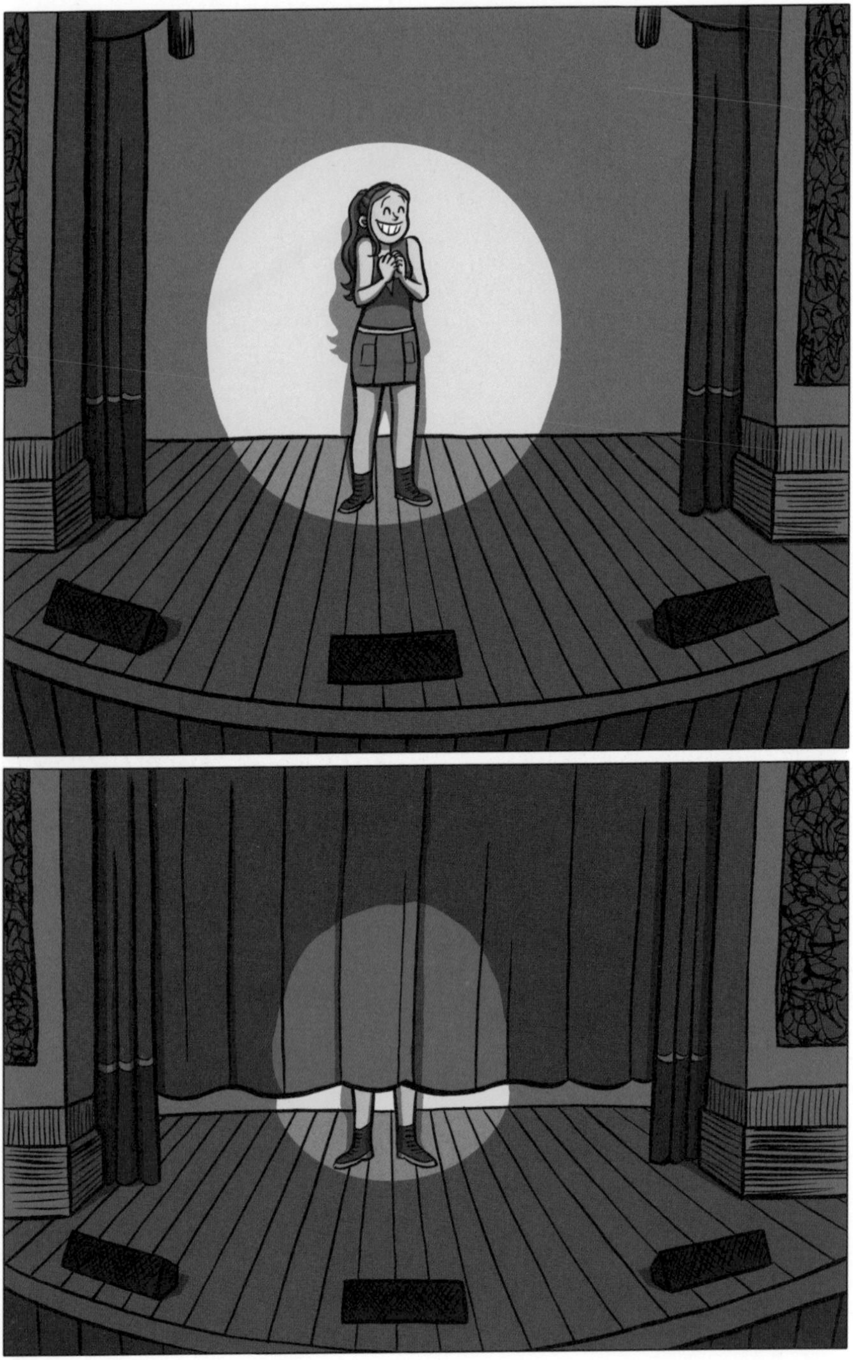

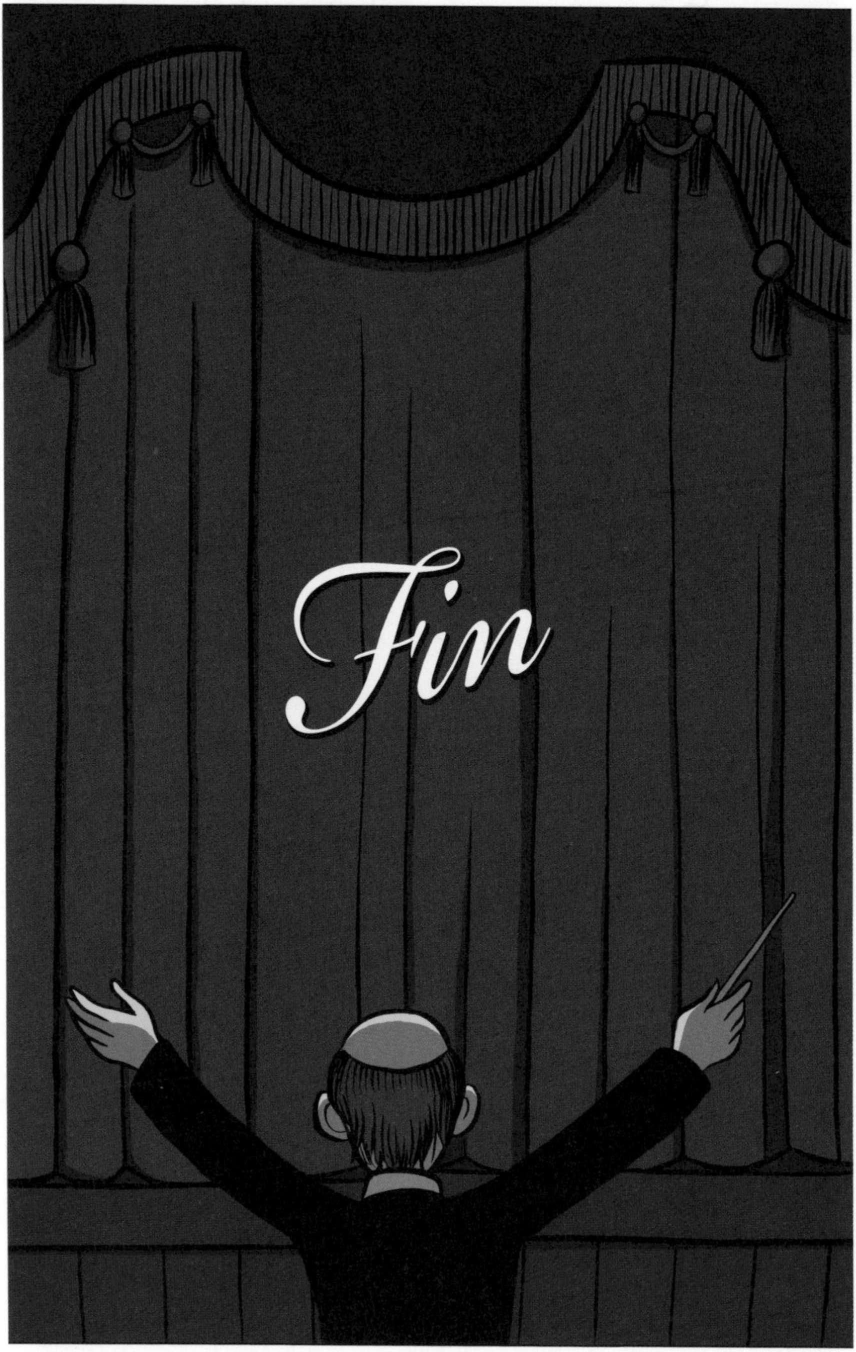
Fin

NOTA DE LA AUTORA

Este libro no existiría sin los amigos e instructores de teatro, coro y equipo escénico que tuve en la secundaria.

Cuando era una adolescente, me inscribí en clases de teatro y coro, lo que me llevó a tener papeles menores en los montajes de *Guys and Dolls*, *Sweeney Todd*, *Evita* y *City of Angels* de mi escuela. Durante mis cuatro años de secundaria, canté solo una línea como solista, pero me gustaba tanto estar en el reparto (como una de las cantantes que interpretan muchos papeles diferentes, casi siempre en escenas de grupo) que participé cada vez que pude.

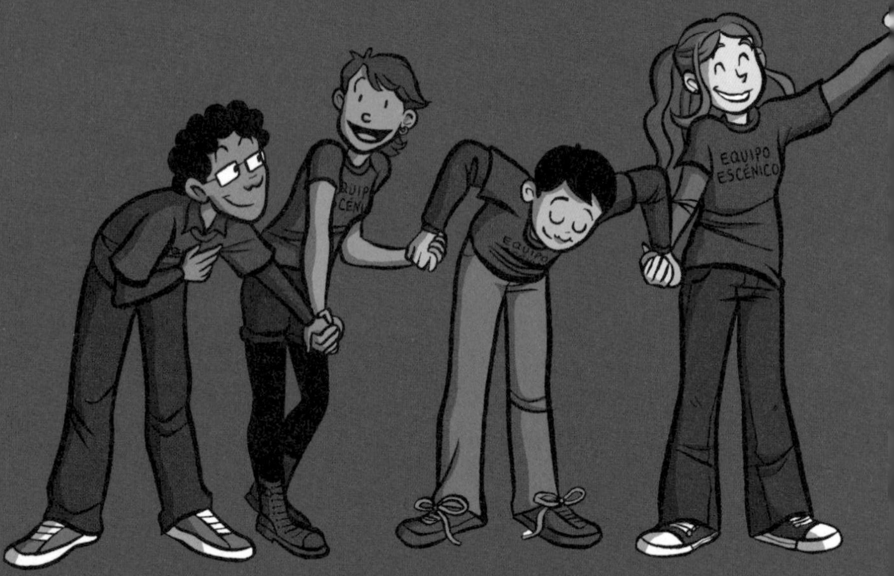
EQUIPO ESCÉNICO

Pero la gente que conocí fue más importante que los papeles que interpreté: cantantes, bailarines, actores —¡muchos de ellos increíblemente modestos o tímidos!— escenógrafos, directores de escena, directores, músicos... todas las personas que estaban en el escenario o detrás de él tenían un trabajo importante que hacer, y sacar adelante un espectáculo en vivo era emocionante.

De alguna manera, esos años de mi vida me ayudaron a encontrar mi voz y me dieron una gran cantidad de material artístico al que recurrir. Lo que vivió Callie es diferente a lo que yo viví, pero muchos de los personajes y eventos de la historia están inspirados en actividades en las que participé. Y el talento, el valor y la perseverancia de mis amigos sigue inspirándome cada día.

-Raina

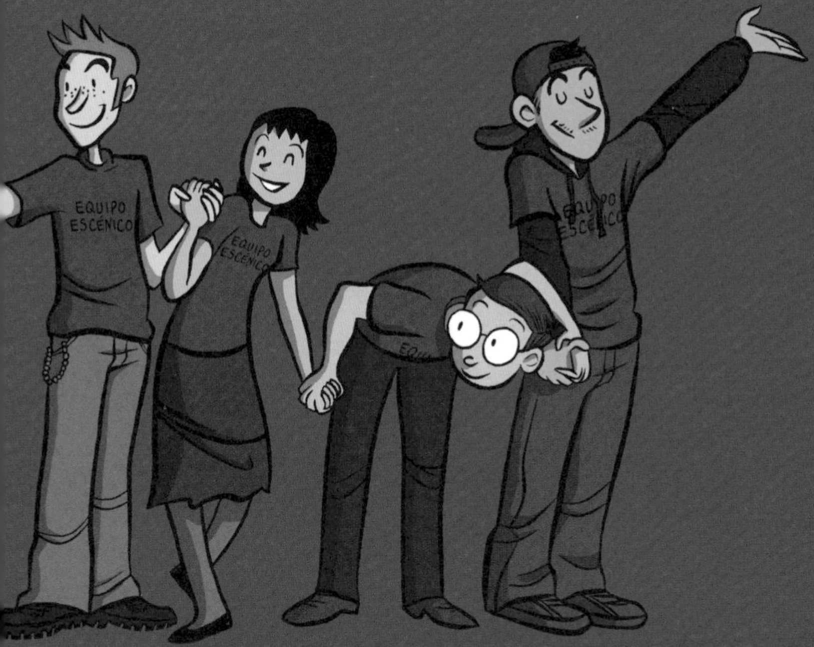
EQUIPO ESCÉNICO
EQUIPO ESCÉNICO
EQUIPO ESCÉNICO

AGRADEZCO A...

Jake y Jeff Manabat, por ser dos de mis personas favoritas en todo el planeta.

Cassandra Pelham, David Saylor, Phil Falco, Sheila Marie Everett, Lizette Serrano, Tracy van Straaten, Ed Masessa y todos en Scholastic. Es una alegría trabajar con ustedes.

John Green, Gurihiru y Aki Yanagi, mi esforzado equipo de producción.

Megan Brennan y Gale Williams, mis habilidosas asistentes de producción.

Riverdale Country School, que amablemente me dejó fotografiar su departamento de teatro.

Ivy Ratafia y Winter Mcleod, por sus atinados comentarios a este manuscrito.

Sara Ryan, Dylan Meconis, Faith Erin Hicks, Hope Larson, David Levithan, Kate Kubert Puls, Jerzy Drozd, Vera Brosgol y Debbie Huey por su apoyo, consejos y amistad durante la creación de este libro.

Judy Hansen, mi fabulosa agente.

Mi familia, que me enganchó a las películas musicales cuando era niña.

Y Dave Roman, que aportó tanto de sí a mi trabajo y a quien no puedo agradecerle lo suficiente. Tengo suerte de tenerlo de coestrella.